La mansión
de los
chocolates

Los años dorados

MARIA NIKOLAI

La mansión
de los
chocolates
Los años dorados

Traducción:
ELENA ABÓS y LAURA MANERO

MAEVA

Descarga nuestro
catálogo MAEVA

1

Stuttgart, finales de abril de 1926

—¡SEÑORITA, DESPIERTE!

La amable voz del revisor se entrometió sin permiso en los sueños de Serafina, que abrió los ojos y parpadeó adormilada.

—¿Ya hemos llegado?

Le parecía imposible no haber oído el chirrido de los frenos ni haber notado los trompicones y sacudidas que precedían cada parada del tren. El revisor sonrió satisfecho.

—Estamos en Stuttgart, el destino que indica su billete. Y si no desciende usted ahora mismo, viajará con nosotros hacia el lago Costanza.

—¡Oh! —Serafina se espabiló de golpe, se levantó, se alisó lo imprescindible las arrugas del vestido y sacudió su melena negrísima, cortada *à la garçonne.*

—Permítame que la ayude —se ofreció el revisor, mientras alcanzaba las maletas del portaequipaje. Mientras tanto, ella se puso los guantes en un santiamén, tomó el bolso y el abrigo, y salió del compartimento. El revisor la siguió con las dos maletas, descendió del vagón detrás de ella y se las entregó.

—Muchas gracias —dijo Serafina mientras se hacía cargo de sus bultos.

—No hay de qué —respondió el revisor—. Le deseo una estancia agradable, señorita —añadió al tiempo que levantaba dos dedos hacia la gorra en señal de despedida.

Serafina se despidió agradecida con una inclinación de cabeza y se unió a la riada de viajeros que se apresuraban hacia la cabecera del andén. El vapor humeante de la locomotora seguía flotando en el aire, aunque iba desapareciendo velozmente por los espacios libres entre el techado de los andenes. La joven atravesó uno de los grandes arcos y entró en el espacioso vestíbulo de la estación.

A su alrededor las personas se dirigían apresuradamente hacia la salida o saludaban a sus familiares. Se detuvo. Habían quedado en ir a recogerla, pero no reconoció a nadie que pareciera estar buscándola. No le quedaba más remedio que esperar.

Depositó en el suelo sus maletas, cuyo peso delataba lo llenas que estaban. Parecía que no solo llevara su ropa en ellas, sino todo el lastre de las últimas semanas: la triste despedida de su padre, la terrible noche en el Metropol, la incertidumbre de lo que la esperaba en Stuttgart.

Notó el inicio de un ligero dolor de cabeza. Seguramente llevaba demasiado tiempo sin comer y había bebido poco durante el viaje. Se frotó el cuello e intentó ignorar las preocupaciones. Encontraría alguna forma de seguir adelante. No había alternativa.

Miró a su alrededor.

La nueva estación de Stuttgart con sus formas rectas y poderosas trasmitía un aire de ligereza y, al mismo tiempo, de severidad. El gran estruendo, así como la enorme zona en obras, revelaban que aún no estaba terminada.

Su mirada se detuvo en una máquina de color rojo intenso, de la altura de una persona, que se hallaba junto a una pared a unos metros de distancia, con un llamativo rótulo: Rothmann. Aquel era un primer saludo de bienvenida en tierra extraña, pues era evidente que se trataba de una máquina expendedora de chocolate de la empresa de su hermanastro Victor.

Seguramente una chocolatina le aliviaría el dolor de cabeza. Serafina trasladó su equipaje unos pasos, lo dejó junto a la máquina y buscó el monedero en su bolso. Acababa de encontrar una moneda de diez céntimos y se disponía a introducirla en la ranura, cuando alguien se colocó a su espalda. Se giró molesta.

—¡Hemos tenido las dos la misma idea! —exclamó una joven, desafiante, mientras lanzaba una moneda al aire y la volvía a coger—. *Mais, après vous,* por favor, usted primero.

Serafina cerró instintivamente la mano con la moneda y examinó a la mujer que se encontraba a su lado. Su rostro juvenil no encajaba con aquella voz grave y ronca, con ligero acento francés; una voz que, sin embargo, pegaba muy bien con el traje oscuro con chaleco y corbata que vestía. Sobre el cabello castaño, corto y liso llevaba un sombrero masculino. Solo la blusa blanca destacaba entre los colores apagados de su indumentaria.

Serafina vaciló un momento, después se encogió de hombros, se volvió de nuevo a la máquina e introdujo la moneda. Inmediatamente sonó una cancioncilla infantil: «Es klappert die Mühle am rauschenden Bach» *(El molino golpetea junto al murmullo del arroyo).* Al mismo tiempo, se puso en movimiento la rueda de un molino que se veía tras la vitrina. Mientras la rueda giraba, apareció la figurita esmaltada de un molinero empujando una cajita metálica hacia la ranura de salida. Serafina la cogió y abrió la tapa.

—¡Mmm, tiene buena pinta!

La joven se inclinó también sobre la caja.

—*Un bonbon au chocolat?* ¿Relleno?

—¿Cómo quiere que lo sepa? —respondió Serafina con aspereza. Se sintió atosigada por la chica, pero en cuanto vio la expresión de entusiasmo en sus ojos oscuros, aquella sensación desagradable desapareció—. ¿Lo probamos? —preguntó más amable.

—¡Con mucho gusto!

Cada una eligió un bombón redondo y reluciente.

—Sí, están rellenos —confirmó alegre la chica—, de vainilla.

—El mío sabe a frutas, un poco ácido —respondió Serafina—. Yo creo que a grosella.

—Sean de lo que sean, son deliciosos —afirmó la joven—. Por cierto, ¡me llamo Lilou! —se presentó, guiñando un ojo.

—Yo soy Serafina.

—Bonito nombre —comentó Lilou con naturalidad—. ¡La ardiente!

—¿Ardiente?

—Sí, es lo que significa Serafina. ¡Te pega!

Lilou había pasado a tutearla sin más. Serafina sonrió con timidez.

—¡Pero si usted... si no me conoces de nada!

—Puede ser, pero conozco muy bien a la gente.

—Ah, bueno... vale. ¿Y qué quiere decir Lilou?

—En realidad me llamo Louise, que quiere decir la luchadora. Pero nadie me llama así —explicó Lilou—. Bueno, ahora me toca a mí. ¡Están buenísimos estos bombones!

Serafina se apartó y Lilou sacó otra cajita de la máquina.

—¿De dónde vienes, Serafina? —preguntó cuando se paró la música y la rueda de molino se detuvo.

—De Berlín. ¿Y tú?

—Yo vengo de París.

—¿De París? —Serafina sintió curiosidad. Ya había identificado el ligero acento francés, pero el hecho de que Lilou fuera parisina hacía aquel encuentro aún más interesante—. ¿Y qué te ha traído a Stuttgart?

—¿Conoces a Josephine Baker?

Serafina negó con la cabeza.

—*Non*? —Lilou pestañeó con incredulidad—. Es una bailarina, ¡la más grande de todas! Tienes que conocerla. ¿Sabes dónde está el Friedrichsbau?

—No, acabo de llegar a la ciudad.

Lilou miró las maletas de la chica y se rio.

—Sí, claro. Qué tonta soy, perdona. El Friedrichsbau es un teatro de aquí, de Stuttgart. La semana que viene se celebrará allí un espectáculo. ¡Tienes que verlo!

8

—Primero tengo que ver... —empezó Serafina, cautelosa.

—¡Si no vienes, te vas a perder algo grande! —Lilou metió la mano en el bolsillo interior de su chaqueta, sacó un lápiz y una tarjeta blanca y anotó algo—. Toma —le dijo—, aquí tienes mi nombre, Lilou Roche. También he apuntado el nombre de nuestro hotel. Por cierto, que dentro de dos semanas continuamos viaje hacia Berlín.

—¿En serio? ¿A Berlín?

—Sí. Josephine ha actuado varias veces en el teatro Nelson, desde principios de año.

Entonces Serafina recordó los carteles y las noticias en los periódicos.

—Josephine Baker... tiene otro color de piel, ¿verdad?

Lilou se rio con ganas.

—¡Ah, resulta que sí la conoces!

—¡En Berlín no se hablaba de otra cosa! —exclamó Serafina. Sintió que una emoción chispeante se apoderaba de ella. El mundo del teatro y las variedades le provocaba al mismo tiempo cierta atracción y algo de rechazo. Aquel *demimonde* era peligroso, y su padre se había mostrado decidido a protegerla de él.

Miró la tarjeta.

—Mmm, hotel Marquardt en la Schlosstrasse. No conozco nada de Stuttgart—. Pensó un momento—. Y tampoco sé si sería apropiado que asistiera a un espectáculo de revista aquí.

—¿Y por qué no? ¡Todo el mundo quiere ver a Josephine Baker! —Lilou dio una palmada—. Piénsatelo, *ma chère* Serafina. Ahora debo macharme. ¡Hasta pronto!

Le lanzó un beso con la mano y desapareció entre el bullicio de la estación.

Serafina se guardó la tarjeta y meneó la cabeza con incredulidad. Ahora que estaba en Stuttgart, lejos del desenfreno de Berlín, se topaba a una acompañante de Josephine Baker frente a una máquina expendedora de chocolatinas. A veces la vida te da sorpresas. Tomó otro bombón de chocolate. El dolor de cabeza se había esfumado.

Mientras saboreaba el dulzor con notas amargas del chocolate negro y pensaba que el carácter abierto y descarado de Lilou no pegaba ni con su voz ni con su atuendo, vio a un hombre mayor que se dirigía hacia ella.

—¿Señorita Rheinberger?

El hombre llevaba un uniforme oscuro de chófer, con la gorra de visera a juego sobre el pelo cano.

—¿Sí? —la joven se tragó el bombón.

—Me llamo Theo, disculpe usted el retraso, por favor. Soy el chófer de los Rheinberger.

—Buenos días, Theo —respondió Serafina, contenta de no tener que esperar más.

—El señor Rheinberger me ha pedido que le comunique que le habría gustado venir personalmente, pero no le ha sido posible dejar la fábrica —informó Theo, que indicó las maletas con un gesto—. ¿Me permite?

—Muchas gracias.

Serafina lo siguió a través de otro arco que daba a un vestíbulo con las paredes revestidas de arenisca. La luz entraba a través de unos enormes ventanales, creando una atmósfera mágica en aquella nave tan alta que recordaba a una catedral. Una amplia escalera, ribeteada por un elegante pasamanos, descendía hacia las taquillas, la oficina de correos y un quiosco, en dirección a la salida.

Al atravesar las puertas de doble hoja hacia la plaza de la estación, los recibió una gran algarabía acompañada por pitidos de claxon.

—¡Venga por aquí! —Theo indicó hacia la derecha, donde se veían varios automóviles aparcados frente a un vestíbulo con columnas que conectaba los dos enormes edificios principales de la estación.

Serafina fue detrás del chófer y estuvo a punto de tropezarse con la carretilla de una mujer mayor a la que no había visto entre el ajetreo de los vehículos.

—¡Mire por dónde va! —le gritaron cerca del oído. Un ciclista que se aproximaba desde el otro lado hizo sonar el timbre, malhumorado.

Mientras tanto, Theo había llegado junto a un Mercedes de color burdeos y estaba cargando su equipaje. Cuando Serafina lo alcanzó, este le abrió la puerta con una ligera reverencia. Subió al auto.

En el interior olía a cuero y a abrillantador y a nuevo.

El automóvil estaba cuidado con esmero: ni una mota de polvo ensuciaba los acabados de madera y los tiradores brillaban relucientes. Transmitía un aire de nobleza y elegancia, exactamente como se lo había imaginado.

Victor era una persona adinerada, eso ya lo sabía. Cuántas veces había oído a su padre hablar con orgullo de su único hijo, que dirigía en Stuttgart un negocio floreciente. Aquello había despertado en ella unos celos absurdos que realmente no era capaz de explicarse, ya que no se consideraba ni envidiosa ni celosa. Aun así, le había costado aceptar que había otra persona en el mundo tan cercana a su padre, alguien a quien él respetaba y quería mucho. Friedrich Rheinberger había ido incluso un paso más allá: su testamento incluía una disposición en la que Serafina quedaba bajo la tutela de Victor, que duraría hasta que cumpliese los veintiún años en enero. Y ese mismo día recibiría también su parte de la herencia.

Su padre. Le dolía pensar en él.

Con un leve suspiro, tragó el nudo que de repente le oprimía la garganta, alisó la falda del vestido de viaje, extendió el abrigo sobre las piernas y colocó el bolso a su lado, sobre el asiento. El color ocre anaranjado del bolso hacía un bonito contraste con el cuero negro del asiento, que se sentía cálido por el efecto del sol. Hacía bochorno y Serafina confiaba, no solo por eso, en que la última etapa de su viaje fuera corta. Estaba agotada, aunque había pasado las últimas horas en el tren dormida o adormilada.

11

—Bueno, señorita Rheinberger —dijo Theo, mientras ocupaba su lugar en el asiento del conductor—, ya podemos ponernos en camino. Ya verá qué tranquilo es todo en Degerloch. Y allá arriba se respira aire puro. Así podrá recuperarse del viaje.

Arrancó el vehículo, salió del aparcamiento y se incorporó hábilmente al tráfico irregular de las calles de Stuttgart. Serafina se recostó en el asiento y dejó vagar la vista a través de la ventanilla, pero los hermosos edificios se sucedían sin que ella apenas se fijara en ellos. Cada poco tenía que luchar por no dejarse vencer por el cansancio y mantener los ojos abiertos.

Se había sometido a la última voluntad de su padre. En un principio, la idea de abandonar Berlín le resultó horrible, pero ahora se alegraba de poder distanciarse de los acontecimientos de los últimos días. En Stuttgart encontraría la paz necesaria para decidir cómo continuar con su vida.

Theo tomó una amplia avenida que al poco tiempo fue trazando curvas elegantes para ascender una colina, junto a residencias elegantes, el verde intenso de los viñedos y mansiones ostentosas, algunas de ellas rematadas con torres. No había duda de que se trataba de un barrio de gente adinerada.

—Este es el tramo nuevo de la carretera de los viñedos —explicó Theo, que quería hacerle el trayecto agradable dándole conversación—. ¡Mire la ciudad desde aquí arriba! Unas vistas maravillosas.

—Es verdad —respondió a pesar de su cansancio. En un intento por mostrarse amable con Theo, se incorporó para contemplar la ciudad, que bajo la luz del atardecer lucía tranquila y agradable. Muy distinta a la animada Berlín, donde nunca parecía reinar la paz.

Adelantaron a un tranvía de color amarillo, que también ascendía la colina, y cuando por fin llegaron a la altura del restaurante Filderhöhe, el chófer giró a la derecha. El entorno era tan rural que por un momento Serafina pensó que se habían equivocado de camino. Primero pasaron por delante de granjas, talleres de artesanos y tabernas, después tomaron un camino entre prados y árboles, hasta que, de repente, se encontraron en un barrio de mansiones impresionantes.

Theo continuó durante dos manzanas, redujo la marcha, enfiló una corta vía de acceso y atravesó un alto portón de hierro que los esperaba abierto de par en par. Tan solo unos metros los separaban de la casa.

—Aquí estamos —anunció Theo con un asomo de orgullo mientras detenía el automóvil—. ¡Bienvenida a su nuevo hogar, señorita Rheinberger!

La joven esperó a que Theo la ayudara a salir del automóvil y, mientras el hombre se ocupaba de nuevo de su equipaje, permaneció un momento observando su nuevo hogar. Enseguida llegó a la conclusión de que el llamativo y espacioso edificio, aunque de aspecto distinguido y acogedor, transmitía una sensación de altivez pomposa. La luz vespertina delineaba la fachada, con sus resaltes y voladizos, y le restaba así algo de severidad. Además, le gustó que la mansión estuviera pintada en un tono amarillo pálido, que armonizaba muy bien con el blanco de las ventanas y los frontones.

—Bueno, pues adelante —dijo Theo de buen humor, con las dos maletas en la mano.

En ese momento se abrió de golpe la puerta principal.

—¡Ya están aquí!

Una niña salió corriendo a recibirlos. Llevaba los rizos claros recogidos a duras penas en una trenza.

—¡Ay, Viktoria, despacio! —la regañó una mujer que apareció al mismo tiempo en el umbral. Por la ropa se veía que era una empleada. La niña ignoró sus palabras y siguió corriendo.

—Así que tú eres mi tía —declaró al plantarse frente a Serafina, mientras la miraba de arriba abajo—. Yo soy Viktoria.

—Me llamo Serafina.

—Ya lo sé. Papá y mamá me han hablado mucho de ti.

—Ah...

—Viktoria, deja a la señorita entrar en casa tranquila —intervino Theo—. Ha tenido un largo viaje.

Le hizo un gesto con la cabeza a Serafina, con la intención de dirigirse al edificio.

—¡Sí, entra! —exclamó Viktoria inmediatamente—. ¡Te enseño tu habitación! —Y sonrió a Theo de buen humor.

Serafina se fijó en la sonrisa cariñosa del chófer. Era evidente que Viktoria lo tenía conquistado. Le gustó el espíritu resuelto de la niña.

—¡Pero Vicky, mira que eres! —exclamó la elegante mujer, de unos cuarenta años, que no había perdido de vista a la niña—. Tu madre te ha dicho que recibas a nuestra invitada como es debido.

—Oh, me encanta que Viktoria me haya dado un recibimiento tan caluroso —la tranquilizó—. Yo, en su lugar, me habría mostrado igual de curiosa.

—¿Ves? No hace falta que me regañes tanto, Dora —afirmó Viktoria con seguridad—. ¡Es mi tía!

—El señor y la señora están todavía en la fábrica, pues tenían que recibir a un proveedor de cacao de ultramar, pero estarán al llegar —le indicó la mujer a Serafina—. Soy Dora, el ama de llaves. —Tomó el abrigo de la recién llegada—. ¿Le gustaría descansar un poco antes de la cena, señorita Rheinberger?

—Con mucho gusto.

—La acompañaré a su habitación.

—¡No, Dora, yo la llevo! —intervino Viktoria—. ¡Se lo acabo de prometer!

—Bueno, está bien —accedió la mujer—. La cena se servirá a las siete y media en el comedor. Esperaré en el corredor...

—Sí, sí, seremos puntuales —interrumpió Viktoria, que tomó a su tía de la manga y la llevó a través de un amplio vestíbulo hacia una gran escalera curva.

ALGO MÁS DE una hora después, Dora, Serafina y Viktoria se dirigían por un amplio corredor hacia el comedor de la mansión. El delicado mosaico del suelo brillaba bajo la luz de las lámparas eléctricas de metal. Estaban situadas a intervalos regulares en las paredes pintadas de color claro y revestidas de paneles de madera blanca hasta media altura.

—Espero que haya algo rico para la cena —dijo Viktoria.

—Nuestra cocinera solo prepara cosas ricas —replicó Dora.

—Casi siempre. Pero el pescado no me gusta.

—Eso es cuestión de gustos, Vicky, no es que Gerti no lo prepare bien.

Serafina entendía bien a la niña. A ella tampoco le gustaba el pescado.

—Bueno, ya estamos, señorita Rheinberger —dijo Dora, que se detuvo ante una puerta de doble hoja—. Los señores ya se encuentran en el interior.

Llamó a la puerta y giró el picaporte de latón. Una luz cálida recibió a la chica al entrar en la sala.

—¡Serafina! ¡Cuánto me alegro de que estés aquí! —Judith, la esposa de su hermanastro, se dirigió hacia ella con los brazos abiertos. Aunque ya no era tan joven, tenía un aspecto muy atractivo, con rasgos delicados y el pelo rubio oscuro recogido en un moño suelto. El vestido azul claro, hasta la pantorrilla, reflejaba a la perfección el color de sus ojos. «El mismo azul que los de Viktoria —pensó Serafina—. Solo les falta el brillo travieso de los de la niña.»

—Sí, Serafina, lo mismo digo —añadió Victor, que en ese momento apareció detrás de su esposa. Era un hombre apuesto, grande y fuerte, con las sienes plateadas. Debía de andar en la cincuentena—. ¡Bienvenida a la mansión de los chocolates! —añadió, guiñándole un ojo a Viktoria.

—Papá siempre llama a nuestra casa «la mansión de los chocolates» —explicó la niña con cara de exasperación—. Pero es una casa normal y corriente.

Serafina sonrió y notó cómo se disipaba el ligero malestar que había sentido en el primer momento de aquel encuentro.

—Gracias por permitirme venir a vivir con vosotros —respondió, mientras recibía el abrazo de Judith.

—¿Qué tal el viaje? —preguntó Victor.

—Largo y aburrido —respondió la joven, y Victor se rio.

—Ya me imagino. A los Rheinberger no se nos da bien pasar largas horas sentados.

—No, seguro que no. —Serafina sintió hacia Victor un apego espontáneo que la sorprendió. Los sentimientos negativos que la habían invadido tantas veces al pensar en él habían desaparecido.

—Supongo que tendrás hambre —afirmó Judith atenta, mientras le ofrecía un sitio en la mesa, que estaba puesta con mucho estilo.

—¡Serafina, tú te sientas a mi lado! —exclamó Viktoria, señalando el otro lado de la mesa.

—¡Viktoria! —reprendió Judith a su hija.

—Sí, sí, mamá. Ya lo sé. Perdón. —A pesar de sus palabras, la niña no parecía arrepentida lo más mínimo, y Serafina tuvo la impresión de que la niña no solo hacía lo que quería con los empleados de la casa, sino también con sus padres. Incluso Victor seguía la escena con una mirada benevolente, mientras abría una botella de espumoso y vertía la bebida burbujeante en las copas que ya estaban preparadas.

La muchacha se descubrió pensando que a Viktoria le vendría bien una educación un poco más estricta, pero al mismo tiempo se dio cuenta de que ella y Viktoria tenían en común aquel espíritu libre.

—¿Cuántos años tienes, Viktoria? —le preguntó cuando se sentaron.

—Cumplí diez en enero —respondió su sobrina, que estaba sentada muy recta y, en contra de lo esperado, mostraba muy buenos modales—. ¿Y tú?

—Yo cumplí veinte también en enero —respondió Serafina—. El ocho, por si te interesa saber la fecha exacta.

—Ah, yo el diecisiete. Pues podríamos celebrar siempre nuestros cumpleaños juntas. Para el próximo ya tengo algo pensado: quiero ir a París —explicó Viktoria, y una expresión seria, casi triste, se apoderó de repente de su rostro.

—¿Y por qué a París? —le preguntó, sin saber a qué se debía el cambio de ánimo de Viktoria.

—Porque allí vive mi hermano.

—Nuestro hijo, Martin, estudia allí, en el conservatorio —aclaró Judith.

Serafina percibió en su mirada que Viktoria no era la única que lo echaba intensamente de menos.

—¿Sabes? —se dirigió a Viktoria—, en este momento tu hermano no está contigo, pero tú sabes que volverá. O que puedes ir a visitarlo. Y es una alegría saber que, sin duda, lo verás de nuevo. —Y en su mente terminó la frase: «Porque está vivo y no muerto, como mi padre».

—Sí, ya —respondió Viktoria, a quien la respuesta de Serafina le ofrecía un flaco consuelo—. Pero siempre tarda tantísimo...

Victor carraspeó.

—Yo también lo echo de menos —declaró, y Serafina dudó por un momento si se refería a su hijo o a su padre—. Pero —continuó, levantando la copa de espumoso— hoy brindamos por los que estamos aquí. Y por volver a ver a los ausentes.

Todos alzaron las copas. Viktoria, a quien Victor también había servido un poco de vino, probó con curiosidad un traguito y, cosa rara, no dijo nada más.

—Querida Serafina —dijo Victor—, aunque el motivo de que hayas venido a nuestra casa sea tan triste, nos alegramos mucho de tu llegada. Y también de que podamos conocernos mejor en las próximas semanas. Las disposiciones que estableció nuestro padre me demuestran sobre todo su íntimo deseo de que nosotros, sus únicos hijos, nos sintamos unidos y parte de una misma familia. A pesar de que no hayamos crecido juntos, bueno, de que apenas nos conozcamos, me resulta muy fácil acceder a su deseo. Brindo por ti, Serafina. Y por nuestro querido padre.

En las últimas palabras su voz había sonado velada. Dirigió su copa hacia ella.

—Gracias.

No fue capaz de decir nada más. Apenas habían pasado seis semanas desde que su padre se había desvanecido y había muerto en sus brazos.

En aquel momento se abrió la puerta.

Judith saludó con un gesto amable a la cocinera, que llevaba una gran fuente sopera con la ayuda de la criada. La depositaron sobre la mesa. La sopa de chirivía, de la que emanaba un delicado aroma, iba acompañada por pan blanco recién horneado.

Serafina recuperó el ánimo con la llegada de la comida. Se sentía muy a gusto en aquel comedor elegante, iluminado por una lámpara ornamental de varios brazos. Los muebles de madera de castaño estaban tallados con el mismo motivo que se reproducía en los respaldos de las sillas agrupadas en torno a la mesa maciza del comedor. El delicado estampado del papel pintado de las paredes armonizaba bellamente con el tapizado de las sillas. Aunque Serafina prefería los acabados modernos, más sencillos, que ahora estaban de moda, la sala le pareció agradable y refinada.

Después de la sopa les sirvieron un rollo de ternera rellena, acompañada por una pasta de forma muy peculiar que Viktoria comía con mucho gusto, tanto que incluso repitió dos veces.

—¿No te gustan los *spätzle*? —le preguntó, al notar la mirada sorprendida de Serafina.

Esta asintió con la cabeza.

—Sí, están buenísimos. Pero no soy capaz de comer tantos como tú.

Aquel comentario provocó el regocijo general.

—No sé dónde mete esta niña la cantidad de *spätzle* que come —se burló Victor, con lo que se ganó una mueca intimidatoria de su hija.

»La cocina sueva me conquistó desde el primer día —confesó, y miró a Viktoria y a Judith—. Pero no fue lo único, claro —añadió, mientras tomaba la mano de su esposa. Judith rio y el ambiente, después del breve recuerdo de Friedrich Rheinberger, se tornó relajado y alegre.

Cuando Victor finalmente se levantó de la mesa y les ofreció un licor digestivo, Serafina negó con la cabeza.

—Debes de estar cansadísima —dijo Judith comprensiva.

—Sí, la verdad —respondió Serafina—. Ha sido un día muy largo.

—En ese caso, sube a tu habitación y yo le indicaré a Dora que te prepare un baño antes de dormir. Mañana verás el mundo de otra manera.

—Gracias, Judith. Me parece muy buen plan.

Viktoria, que estaba de pie junto a su madre, se ofreció a acompañarla de nuevo, pero Judith meneó la cabeza.

—Serafina necesita estar tranquila. Y tu día también está llegando a su fin. Lo mejor es que te vayas preparando para ir a la cama. Después paso a darte las buenas noches.

Para sorpresa de Serafina, la niña no protestó.

Judith mandó llamar a Dora y poco después la joven disfrutó de su baño en una bañera grande esmaltada de blanco, en la que habían disuelto sales de baño aromáticas.

Mientras se despojaba del cansancio del viaje en el agua caliente, recordó que había metido el correo de los últimos días en la maleta sin leerlo. Tal vez hubiera algo importante.

Después de secarse y ponerse un kimono de seda que le habían dejado preparado, buscó las cartas en su equipaje. Tomó un bombón de chocolate de la cajita que había comprado en la estación y se sentó en la cama para examinar la correspondencia.

La mayoría eran cartas dirigidas a su padre, y Serafina decidió entregárselas a Victor sin abrirlas. Pero le llamó la atención un sobre. Era grueso y no llevaba ni dirección ni remite. Olía a humo rancio de cigarrillo. Lo sostuvo unos minutos sin decidirse a abrirlo y por fin lo rasgó con cuidado introduciendo el meñique por un lateral.

Sobre la cama cayeron varias fotografías y un escalofrío le recorrió la espalda al reconocer lo que mostraban las imágenes.

Por una parte, lo sospechaba, pero al mismo tiempo esperaba equivocarse y no haberse comportado así. Los recuerdos de aquellas horas, de aquella noche horrible en la que había perdido totalmente el control, le resultaban vagos y confusos. Le pareció surrealista que la persona de las fotos fuera ella. Con mano temblorosa sacó una nota que acompañaba a las fotografías, pero vaciló antes de leerla.

Nadie debía ver jamás aquellas imágenes. Y Victor menos que nadie, pues con razón esperaría de ella un comportamiento decente. Y ella lo era, aunque aquellas fotografías transmitieran una imagen totalmente distinta. Nunca habría imaginado...

Con lágrimas en los ojos, leyó finalmente las pocas líneas y se le escapó un ligero gemido.

¿Quién sería capaz de hacerle esto?

Las pocas personas de su entorno la apreciaban, había celebrado una despedida con sus dos amigas más íntimas hacía pocos días. Ambas reaccionaron consternadas a la noticia de que Serafina se marchaba a vivir a Stuttgart. Y tampoco la señorita Schmidtke, su ama de llaves, sería capaz de semejante canallada. Además, no había hablado con nadie de la noche en el Metropol.

¿Quién sería?

La nota se le cayó de las manos mientras las lágrimas le rodaban por las mejillas. Se las secó con un gesto desesperado.

Había cometido un error. Por culpa de la muerte de la persona a quien más quería y la tristeza que le causaba su pérdida, por culpa de su credulidad y una falsa esperanza... y por querer ir a la búsqueda de sus raíces.

Le ardían los ojos.

La habían engañado. No había otra explicación. Alguien la estaba utilizando para sus intrigas malvadas.

Aquella noche el sueño se le resistió. A pesar del cómodo edredón, Serafina dio vueltas y más vueltas, se levantó, volvió a la cama, bebió agua de la jarra que le habían dejado en la mesilla y estuvo pensando durante horas.

Y cuando los primeros rayos de sol penetraron por una rendija entre las cortinas, que llegaban hasta el suelo, había tomado una decisión.

2

Fábrica de pianos A. Rothmann en Stuttgart, 3 de mayo de 1926

Anton Rothmann se había levantado con el alba. Le habían encargado un piano de cola para conciertos y tenía que planificarse para pedir el material y calcular las horas de trabajo. Además, tenía varios pianos de pared casi listos para entregar. Anton se había especializado en la fabricación de modelos únicos, la mayoría con cuerpos originales que se diferenciaban de los clásicos bien en la forma, bien en el color, bien en el diseño, que era lo más habitual. Era muy conocido por su técnica de taraceado, por la que le llegaban encargos incluso de América.

En su amplio taller de la Augustenstrasse reinaba un intenso aroma a madera, con trazas de cola y barniz. Aquella mañana todavía se encontraba solo y, tras la ronda habitual en la que inspeccionaba el almacén, las herramientas y la temperatura de las salas, se detuvo frente a un piano de mesa que iba a ser entregado aquella misma tarde.

Lo contempló satisfecho y acarició la madera de nogal lacada. Cerrado como estaba, era imposible saber que bajo la superficie del escritorio se escondía un teclado completamente funcional.

Activó el mecanismo simple que permitía abrir la tapa y deslizó los dedos por las cincuenta y ocho teclas de marfil que quedaron al descubierto. Pulsó un do, tocó una escala y luego varios acordes. Después acercó una banqueta e interpretó «Who's Sorry Now», una pieza que había oído tocar a un cliente de

Nueva York y que le había cautivado. Le fascinaba ese tipo de música que llegaba a Europa desde el Nuevo Mundo, le parecía exótica y genial al mismo tiempo. Había formado un pequeño grupo de jazz junto a otros músicos para trasladar al escenario la impresionante fuerza de estas piezas musicales gracias al diálogo que se establecía entre los distintos instrumentos. Recientemente habían empezado a dar conciertos en el café Merkur, entre otros locales, y en los meses de verano también en los jardines municipales.

Anton dedicaba su vida a la música desde que, más de quince años atrás, su hermana Judith había hecho construir una salita de música en la mansión de sus padres, que equipó con un piano de cola de segunda mano de C. Bechstein. Aunque en realidad el instrumento estaba pensado para su hijo Martin, que ya desde muy pequeño había mostrado un extraordinario talento musical, desde el primer momento Anton sintió fascinación por el piano. Cuando Judith se dio cuenta de que su hermano intentaba imitar las piezas que tocaba Martin, le permitieron tomar clases de piano también a él. A partir de ese momento, se apropió del mundo de las notas y los tonos. Mientras Martin se convertía en un excelente pianista, Anton se fue interesando cada vez más por la mecánica de los instrumentos. En algún momento, el paso a la fabricación de pianos le resultó muy fácil.

Anton cerró los ojos y tocó «The Charleston», una auténtica novedad de James P. Johnson. Mientras los dedos volaban sobre las teclas, apareció una imagen en su mente: un rostro dulce con ojos color avellana y labios carnosos, enmarcado por una melena rubia clara. Elise.

Sin pausa, comenzó a improvisar sobre la obra de Beethoven del mismo nombre, a la que imprimía la energía y los acentos marcados de «The Charleston». De esta forma, la composición que en su melancólico tono original reflejaba con tanta precisión la ternura de Elise adquiría una personalidad arrebatadora.

Tan absorto estaba en la música que no oyó que alguien entraba en el taller.

—¡Buenos días, Anton!

Anton se giró hacia la voz.

—¡Alois! ¡Qué susto me has dado!

Alois Eberle soltó una carcajada.

—¡Bueno, ya es hora de que te pongas a trabajar, que te pasas el día dándole a las teclas!

—¡Pero si estoy trabajando! —replicó el joven, mientras cerraba con cuidado el piano de mesa. Se levantó y devolvió la banqueta a su lugar junto a la pared—. ¡Me alegro de verte, Alois! Tengo tanto que hacer que no he tenido tiempo de quedar contigo. ¿Qué te trae por aquí?

Eberle, un auténtico ciudadano de Stuttgart con el pelo blanco y espaldas cargadas, se sentó en la banqueta que Anton acababa de apartar.

—Ya sabes que la espalda me está causando problemas últimamente —dijo en tono de disculpa.

—Claro, siéntate —le ofreció Anton comprensivo—. Ahora mismo te traigo un café.

—No te molestes. Ya he tomado uno esta mañana —respondió Alois—. Mira, Anton, la razón de mi visita —continuó sin pausa— es que vino a verme tu hermano.

—¿Karl? ¿Para encargarte nuevas máquinas expendedoras?

—No, no era por eso. Las fabrican ellos mismos en el nuevo departamento de la fábrica de chocolate.

—Pero tú sigues construyendo algunas para Victor.

—¡Claro! ¡Los modelos especiales! Si no tuviera esos encargos, me moriría de aburrimiento.

—Ya me imagino —dijo Anton—. ¿Y qué quería Karl? Sabes que yo ya no me ocupo de los asuntos de la fábrica de chocolate.

Su amigo asintió con la cabeza.

—Me he dado cuenta. Y también he notado que entre Karl y tú hay algún problema.

—¿Lo has notado? —preguntó el chico sorprendido.

—Últimamente os pasáis el día discutiendo.

—Mientras no tengamos que trabajar juntos, no hay problema —replicó Anton evasivo. La verdad era que ya hacía mucho tiempo que las cosas estaban tensas entre Karl y él.

—A mí me da la impresión de que Karl no tiene muy en cuenta tus opiniones y de que a veces incluso se esfuerza por hacer las cosas exactamente al contrario de como le aconsejas tú —continuó Alois—. Entonces, es normal que estés decepcionado.

Anton se había acercado a una de las ventanas, cuyo cristal se hallaba cubierto por un ligero polvillo de madera, y miró hacia el exterior.

—No. Yo no diría decepcionado —explicó—. Pero en cuestiones fundamentales prefiero ser independiente, sobre todo respecto a Karl. Los dos somos completamente distintos, eso es todo.

—Anda, venga ya. Tan distintos no sois. Lo que pasa es que mantenéis un duelo que se os ha ido un poco de las manos.

—¿Así te lo parece? —preguntó Anton, con expresión de duda, y volvió la cabeza hacia Alois—. Yo no tengo la sensación de tener ningún tipo de enfrentamiento con él.

—Tú no, pero él sí. Tú te has labrado tu propia vida, mientras que a Karl le está costando mucho. Todavía depende de tu hermana y su marido. Necesita tener éxito por sí mismo de una vez, pero no lo consigue.

—¡Pero Judith y Victor le apoyan todo lo que pueden!

—Demasiado, en mi opinión. Así no puede demostrar de lo que es capaz por sí mismo, y los jóvenes necesitan ponerse a prueba.

Anton meditó las palabras de Alois.

—No lo había visto así —admitió el muchacho.

—Bueno, es solo mi opinión. Al final es cosa suya. Solo a él le corresponde decidir su camino.

—Tienes razón, Alois. Pero, por supuesto, me gustaría ayudarle, para que él también conozca la sensación del éxito. —Anton paseó la vista por su taller y sintió una repentina satisfacción interior. Miró a su interlocutor—. Si me hubiera quedado en la fábrica de chocolate, yo tampoco lo habría conseguido.

—Te entiendo, Anton —dijo Alois—. A mí tampoco me habría hecho feliz estar todo el día sentado en un despacho, que es lo que te habría tocado en la fábrica. Uno se siente enjaulado. ¡A nosotros dos nos gusta trabajar con las manos!

—Eso también. Pero, sobre todo, yo querría dirigir el negocio a mi manera. Y por mucho que aprecie a mi hermana y a mi cuñado, también sé que les cuesta mucho delegar las decisiones.

—Han tenido que luchar mucho por conservar la fábrica, y eso los ha marcado.

—Es comprensible, claro. Pero yo hace tiempo que entendí la situación y actué en consecuencia. A lo mejor Karl siente que le he dejado solo.

—Puede ser.

—De todas formas, yo creo que cada uno es responsable de su propia felicidad, Alois. Mi hermano, también.

—A mí lo que me hace feliz es la sidra—replicó Alois lacónico. Anton se rio.

—Bienaventurados los humildes. —Se acercó a su amigo y le puso una mano en el hombro—. ¿Para qué fue Karl a verte? —preguntó, volviendo al tema.

—Me encargó un disco de chocolate.

—No es mala idea, creo yo.

—No, pero no es tan sencillo.

—Hasta ahora has tenido éxito en todos tus proyectos —afirmó Anton con seguridad.

—No, con todos no—le contradijo—. Y con este disco de chocolate me encuentro en un dilema.

—No puede ser, ¿por qué?

—Va a resultar muy caro, Anton. —El hombre cambió de posición en la banqueta—. Necesitaría maquinaria nueva. Y me gustaría realizar mis propias grabaciones, pero no puedo adelantar tanto dinero. De todas formas, pienso que la idea del disco es excelente y que Karl debería tener la ocasión de demostrar lo que vale. Y me he puesto a experimentar un poco, claro.

—¿Con un disco de chocolate? ¿Y?

—Incluso tengo uno listo —anunció con una expresión pícara.

—¿Y qué tal? ¿De verdad se oye la música? —preguntó Anton.

—¡Pues claro! —Parecía que Alois se había picado un poco en su espíritu de inventor—. Pero todavía no estoy satisfecho —matizó—. Se oye mucho ruido de fondo y algunos chasquidos. Para poder venderlos todavía tengo que perfeccionarlos.

Anton meditó un momento.

—Es una idea atractiva, aunque no sea nueva. La marca Stollwerck ya hizo algo similar, pero como juguete. Me acuerdo de esos fonógrafos en los que se podían poner discos de chocolate con canciones infantiles. Aunque, claro, los niños se los comían después de escucharlos tres veces, como mucho.

Eberle sonrió ampliamente.

—Es un milagro que escucharan los discos y no se los comieran incluso antes de ponerlos.

Anton no pudo evitar reírse.

—Sí, es un milagro, tienes razón. —Se quedó pensando—. Pero me pregunto por qué desde entonces no se ha hecho nada parecido. Ninguno de nuestros competidores ha seguido por esa línea. Y me pregunto también si Karl podrá ganar dinero con ello.

—Tu hermano quiere grabar esas cosas modernas que tú te pasas el día tocando.

—¿O sea que tiene intención de combinar el chocolate con el *swing*? Una idea muy tentadora. ¿Sabes qué, Alois? Voy a hablar con mis músicos. Seguro que tendrían ganas de hacer algo así.

—Muy bien. Pero hay que grabar la música y para eso hace falta el equipo adecuado.

—Sí, es verdad. Por eso es imprescindible que Karl hable con Victor y Judith. Si no, se pondrá a planear e invertir dinero sin que ellos dos sepan nada, y tienen que saberlo para poder hacer cálculos.

—Sí, estaría bien —respondió Alois—. Pero, por otro lado, me preocupa que le quiten el proyecto de las manos. A ver si a ti se te ocurre cómo evitarlo. A lo mejor puedes hablar tú con tu hermana, o adelantarle algo de dinero tú mismo. Ya encontrarás un modo de hacerlo, Anton, no me cabe duda.

—Y a mí tampoco me cabe ninguna duda de que tú seguirás trasteando con los discos de chocolate de Karl, ¿verdad?

—¡Pues claro! Y no solo de chocolate. Si nos metemos en algo así, no se trata solo de chocolate, sino, sobre todo, de discos de verdad, hechos con goma laca. Cualquier otra cosa sería una tontería. Y ya me conoces, una vez que empiezo con algo, no puedo parar de darle vueltas. —Alois miró a Anton elocuentemente—. Y construir un equipo de grabación de ese tipo sería algo muy especial, tengo que intentarlo sin lugar a dudas... Por eso me gustaría tener noticias pronto.

—Te entiendo. —Anton asintió con la cabeza—. Entonces me pasaré a tomar una sidra contigo y veremos qué se puede hacer.

—Cuando quieras. ¡El barril está lleno!

—¡Bueno es saberlo! Gracias por haber venido, Alois.

Alois Eberle se puso de pie, levantó la mano en un gesto de despedida y atravesó renqueante el taller en dirección a la puerta.

—¡De nada!

3

Una violenta sacudida le hizo tambalearse. Tras recuperar el equilibrio, tomó sus dos maletas para ser uno de los primeros en desembarcar una vez que el buque arribara a puerto. Con los ojos entrecerrados, contempló a los hombres que, en el muelle, ataban las amarras alrededor de los bolardos. En la cubierta se estaban preparando para bajar la pasarela. El barco se bamboleó bruscamente varias veces más, chocando contra el muro del muelle. El viaje había llegado a su fin.

A pesar de la estación, Hamburgo lo recibía con una llovizna fría que le hizo tiritar. El clima de América Central era más benigno. Mientras comenzaba la descarga del barco, descendió e intentó orientarse pese a las nubes bajas.

Habían cambiado muchas cosas desde que, hacía más de veinte años, había abandonado Hamburgo en este mismo puerto rumbo a México. Aquella vez lo hizo de incógnito, con el alguacil de sus acreedores pisándole los talones.

Ahora que había regresado a suelo alemán, le asaltaron los recuerdos, como si las partidas de póquer en el cuarto trasero de la Taberna Alsaciana de Stuttgart hubieran transcurrido ayer mismo.

Allí había pasado innumerables noches, al principio con la esperanza de ganar mucho dinero, pero después con la intención de recuperar todo lo que había perdido. Al final ya no hubo manera de salvarse.

Cuando su padre tampoco estuvo dispuesto a saldar las deudas del hijo, las cosas se pusieron feas. Las amenazas directas de un amigo traicionero y la aparición de personajes de dudosas intenciones no le habían dejado otra elección. La única opción que le quedaba era huir.

Dejó el equipaje en el suelo para mirar a su alrededor.

En los muelles se hallaban atracados numerosos barcos y aquel ajetreado bullicio suponía un enorme contraste con la tranquilidad de ultramar a la que estaba acostumbrado.

En sus oídos resonaban los gritos y las discusiones entrecortadas. La lengua alemana le sonaba desconocida y al mismo tiempo familiar. En los últimos años solo había hablado su lengua materna con los comerciantes alemanes, pero el español se había convertido en la lengua de su corazón. También dominaba el inglés y el francés gracias a sus negocios con los exportadores de cacao de todos los países.

El sonido de una bocina de barco le recordó que el tiempo seguía avanzando. Todavía no había llegado a su destino. Volvió a tomar las maletas, lanzó una última mirada al agua gris del Elba y se encaminó hacia la estación central.

Después de tantos días en el mar, había interiorizado el balanceo del barco de tal forma que le hizo falta un buen rato hasta que dejó de sentir que el suelo se movía bajo sus pies y pudo caminar más rápido. A cada paso tenía que esquivar a los trabajadores del puerto, que recorrían el muelle con sus carros eléctricos.

Por fin alcanzó el llamativo edificio situado a la entrada del túnel que conducía por debajo del Elba a los desembarcaderos de San Pauli. Cuando atravesaba la entrada, recibió un empujón de un señor mayor.

—Le ruego que me disculpe. —Saltaba a la vista que el hombre, vestido con elegancia, lamentaba lo ocurrido—. Uno tarda en acostumbrarse a moverse en tierra.

—Tiene usted razón.

—¿Viene usted de lejos? —siguió charlando el hombre, mientras descendían juntos las escaleras.

—De ultramar. —En realidad no le apetecía entablar una conversación—. Y estoy muy cansado por el viaje.

—Mi trayecto también ha sido largo. Vengo de Nueva York —replicó el hombre.

—¿De Nueva York? —preguntó solo por amabilidad—. ¿Y viaja por motivos de negocios?

—¿Se me nota? —El hombre se rio—. Pues así es. Soy de Essen y viajo como representante de la firma Krupp.

—¿Y su trabajo le lleva a Nueva York a menudo?

—A América, no solo a Nueva York, también a otros estados. ¿Y usted?

—Yo vengo de Veracruz.

—¡Ah, México! ¿Una estancia por negocios?

—Vivo allí.

—¿En Veracruz? ¡Qué interesante!

Habían llegado a los pies de la escalera y caminaban por el túnel revestido de azulejos.

—Dirijo una plantación de cacao.

En realidad no quería contar nada de sí mismo, pero aquel caballero le iba sacando información con su amabilidad.

—Oh, el cultivo de cacao es muy lucrativo —apuntó.

—Pues sí.

El hombre pareció darse cuenta de que no quería decir nada más y cambió de tema.

—Nos encontramos a más de medio kilómetro bajo el Elba —informó—. Parece increíble que sobre nosotros fluya un río.

—Sí, es una gran obra de ingeniería. —Le costó mucho responder amablemente. En realidad, la idea de ir caminando a gran profundidad por un túnel estrecho bajo el agua del río le provocaba un gran malestar.

—Al principio algunos comparaban el túnel con un mausoleo —sonrió el hombre, como si le hubiera leído el pensamiento—.

Pero después la mayoría lo celebró. La verdad es que facilita muchísimo el trayecto a la ciudad.

—Pero seguramente habrá visto usted obras de mayor envergadura. —El ruido de sus pasos, que resonaban en las paredes del túnel, le pareció exagerado.

—Claro —respondió el hombre—, solo hay que mencionar el edificio Woolworth o la torre Metropolitan Life. Pero, de todas formas, la construcción de este túnel es un logro comparable.

No se le ocurrió ninguna repuesta, así que se limitó a asentir con la cabeza.

—El arte de la ingeniería va a producir obras aún más increíbles —continuó su interlocutor—. ¡Fíjese tan solo en la última década! En la red eléctrica o el teléfono. ¡Los aviones! ¡Algún día llegaremos a la Luna!

—Eso no me parece probable. ¿Cómo se podría viajar a la Luna, técnicamente?

—¡Oh, no subestime usted a la ciencia! Esa disciplina todavía está en pañales, pero el pasado marzo se lanzó en Massachusetts un cohete con combustible líquido. Era pequeño y voló tan solo cincuenta metros, pero lo considero un comienzo muy prometedor.

—Es posible. —La tecnología nunca le había interesado—. Pero nosotros dos no creo que veamos nunca la llegada del hombre a la Luna.

—Yo estoy convencido de que en este siglo llegaremos al espacio —replicó el hombre—. Lo que no sé es si será a la Luna. —El hombre interrumpió su charla, porque habían llegado al pie de las escaleras en San Pauli. Cargaron las maletas hasta arriba y aparecieron de nuevo a la triste luz del día—. Bueno —dijo levantando el sombrero como despedida—. Sea cuando sea que el hombre ponga un pie en la Luna, ahora seguimos cada uno nuestro camino. ¡Que tenga usted un día agradable!

—Gracias, igualmente.

Involuntariamente, siguió con la mirada al hombre, que abrió un paraguas y se alejó con pasos rápidos. Él estaba sin aliento después de subir las escaleras y se permitió una breve pausa para recuperarse antes de enfrentarse al mal tiempo.

La charla había tocado un punto sensible para él: su plantación de cacao.

Había tenido años buenos. Muy buenos, con cosechas abundantes que le habían reportado beneficios contantes y sonantes. Había ido ampliando la plantación y, gracias a su estricta gestión, había producido granos de cacao en cantidades enormes, así como beneficios formidables.

Además era un hábil vendedor. En Europa lo habrían considerado un estafador. Pero por mucho que sus métodos resultaran dudosos, una cosa era fundamental: su éxito. Y precisamente eso era algo que antes nadie habría pensado que alcanzaría, sobre todo su padre, un poderoso banquero. Para él, su hijo siempre había sido un gordo inútil, malo en escritura, malo con las cuentas, débil de carácter. Una mancha vergonzosa en el honor de una de las familias más reputadas de Stuttgart.

Su barriga no había disminuido, todo lo contrario. Pero en México aquel atributo contribuía, junto a la blancura de su piel y los ojos claros, a su buena reputación. Podía permitirse comer mucho y bien, recibía halagos, poseía enormes propiedades. Y tenía a su disposición a las mujeres más hermosas.

Solo estaba casado con una, Fernanda. La había elegido cuando ella tenía catorce años e inmediatamente se la había llevado a su casa señorial. Desde entonces vivía con él y le hacía la vida muy cómoda. En primer lugar, no hablaba tanto como otras mujeres y, en segundo lugar, llevaba la casa impecablemente. Y aceptaba sin queja sus líos de faldas.

Le iba de maravilla.

Si no fuera por la infertilidad de Fernanda, que él llevaba clavada como una profunda espina. Y si no fuera por la escoba de bruja, esa horrible enfermedad de las plantas provocada por hongos que había afectado a sus cultivos de tal manera que habían puesto en peligro su subsistencia. Solo cortando y quemando las ramas y frutos afectados había podido evitar la catástrofe. Había tenido que destruir y volver a plantar muchísimos árboles.

Su plantación iba recuperándose poco a poco, pero todavía tardaría bastante en recobrar el nivel de ganancias de otros tiempos.

De todas formas, decidió no cancelar su viaje a Alemania. Durante su ausencia, su administrador, Marcos, se encargaría de mantener todo en orden y de organizar las ventas. Era un hombre brutal pero absolutamente leal. Podía estar seguro de que, cuando regresara, no le habrían despojado de sus bienes.

Y es que había un asunto en Stuttgart que había estado postergando y del que debía ocuparse de una vez. Era algo que lo había humillado aún más que el desprecio de su padre.

Judith Rothmann.

Todavía sentía un dolor sordo al pensar en ella, a pesar de los muchos años que habían transcurrido. Nunca olvidaría aquel momento, la noche del anuncio de su compromiso frente a la alta sociedad de Stuttgart, en el que ella le había dejado en ridículo delante de todos con su frío rechazo. Aquel baile debía de haber sido el momento más hermoso de su vida, pues el compromiso con Judith había sido acordado por sus respectivos padres con anterioridad. Pero en cuanto consiguió ponerle el anillo, a pesar de los nervios, ella lo miró como si tuviera la lepra y abandonó la sala corriendo.

Un ridículo colosal.

Los padres se miraron y luego clavaron sus ojos en él. En los rostros de los invitados se leía la compasión, la burla y la malevolencia. El anfitrión se dirigió a los músicos para pedirles que tocaran inmediatamente música de baile e interrumpir así el silencio incómodo que se había apoderado de la sala.

Él abandonó la fiesta al momento, por mucho que el padre de Judith le asegurara que su hija solo estaba sorprendida y que no se negaría al matrimonio. No recordaba cómo había salido de allí. Pero sí recordaba claramente la promesa del padre de Judith de que conseguiría convencer a su hija.

Así pues, había esperado. Una visita suya o una carta. Después de mucho tiempo le hizo llegar una disculpa por escrito, aunque a través de su padre como mensajero. No se había dignado a excusarse personalmente. Ahora estaba convencido de que la carta en cuestión ni siquiera había sido escrita por ella.

Y luego estaba el tal Victor Rheinberger, un expresidiario, un forastero. Había dejado embarazada a Judith y con esta estratagema había logrado ascender al rango de esposo. Aunque de eso solo se enteró años después, en una carta que su hermana Dorothea le escribió con motivo de su boda con Fernanda. Seguramente pensó que esa noticia ya no le afectaría ahora que él también se había casado.

Pero había sucedido justo lo contrario. La carta de Dorothea había reabierto viejas heridas y había reforzado su deseo de venganza por todo el daño que le habían infligido.

Y para eso había vuelto.

Una ráfaga de viento acompañada por la bocina entrecortada de un buque de vapor lo devolvió a la realidad. Todavía se encontraba en la entrada sur del túnel del Elba, en los desembarcaderos. Reunió fuerzas y avanzó unos pocos metros bajo la intensa lluvia hasta la Hafenstrasse y buscó un coche de punto.

—¿Adónde le llevo? —preguntó el conductor después de cargar el equipaje.

Antes de responder, sacudió las gotas de lluvia del sombrero, que mojaron el interior del automóvil.

—A la estación central.

4

SERAFINA DESCENDIÓ DEL vagón del tranvía de la línea 16 en la plaza del Palacio. Gracias a su buen sentido de la orientación y a la ayuda de Judith y Dora, que le habían mostrado las calles y lugares más importantes de Stuttgart, ya se había familiarizado con la ciudad lo suficiente como para bajar sola desde Dagerloch sin depender de nadie que la acompañara. La meta de Serafina, el hotel Marquardt, no estaba lejos de la parada, pero dudó antes de acercarse al edificio.

En la mano derecha llevaba la tarjeta que Lilou le había entregado en la estación. Sus dedos jugueteaban nerviosos con la cartulina, que ya estaba arrugadísima de tanto toqueteo. ¿Hacía lo correcto? ¿Se acordaría Lilou de ella?

Había mucho ajetreo en la calle, a su alrededor se respiraba el ambiente típico de una gran ciudad. Las obras en la calle Königstrasse y en la plaza del Palacio daban muestra de los tiempos de bonanza, el grandioso edificio Königsbau, el gran Palacio Nuevo con la columna del Jubileo, el Kunstgebäude, un edificio dedicado a las artes. Delante del palacio del Príncipe había una columna de anuncios con carteles que publicitaban las atracciones y espectáculos de la ciudad. Una de ellas anunciaba la actuación de Josephine Baker.

Las numerosas tiendas abiertas desplegaban sus toldos para dar sombra a sus escaparates. A lo lejos, Serafina reconoció la inconfundible torre de la estación central.

Los peatones pasaban a su lado, algunos con prisa, otros paseando tranquilamente y disfrutando del cálido día de primavera. Bicicletas, coches, tranvías y motocicletas compartían la calzada. Se oían las bocinas y los cláxones, el petardeo de los motores y, por encima de todo el estrépito, destacaba la aguda campanilla del tranvía.

A pesar de todo, Stuttgart era más tranquila que Berlín. Sobre todo, la gente era distinta, más reservada e introvertida. Según Victor, era solo la primera impresión, porque cuando uno los conocía mejor resultaban ser amables, muy trabajadores y, a su manera, cariñosos.

Y como si la ciudad quisiera mostrarle que sus habitantes no eran raros ni tímidos, en ese momento tres chicas se cruzaron con ella. Tenían más o menos su edad y avanzaban agarradas del brazo. Su charla animada y sus risas se oían desde lejos. Llevaban vestidos sin talle hasta la rodilla, sombreros ajustados y cortes de pelo meticulosos. Iban perfectamente maquilladas.

Serafina las observó pasar bajo la columnata del Königsbau y luego girar en dirección al Castillo Viejo. Le habría gustado unirse a ellas. Aunque en cuestión de ropa y maquillaje iba mucho más discreta desde que estaba en Stuttgart, a Serafina le encantaba la moda de las *flappers:* seguras de sí mismas y poco convencionales.

Se alisó el vestido de batista color crema, cerrado hasta el cuello y hasta media pantorrilla. Una delgada banda acentuaba sus caderas. También ella llevaba un sombrero cloché con forma de campana, cuyo color claro hacía un bonito contraste con su pelo oscuro. Había elegido a propósito un estilo moderno y elegante, adecuado en casi cualquier circunstancia.

—¿Puedo ayudarla en algo, señorita? —le preguntó un señor mayor de aspecto distinguido, vestido de traje. Llevaba una barba blanca a la inglesa muy llamativa.

Serafina lo miró confundida.

—Mmm, no, gracias. Todo bien.

—Bueno. Solo me pareció... me dio la impresión de que usted no era de aquí —dijo el hombre, con una sonrisa de disculpa—. Y que tal vez andaba un poco perdida. Pero si no es el caso... ¡Que tenga un buen día!

Levantó su sombrero de paja y continuó su camino. Serafina se espabiló. Al parecer se había quedado parada e indecisa en medio de la acera. Ya era hora de continuar.

El hotel Marquardt estaba tan solo a unos pasos de distancia. Judith le había contado que era uno de los establecimientos más distinguidos de la ciudad y que no solo alojaba a huéspedes de todo el mundo, sino también a muchas personalidades conocidas.

Dejó vagar su mirada por el imponente edificio, que hacía esquina y presentaba varios balcones saledizos entre columnas talladas con diversas figuras. Las balaustradas de piedra y hierro forjado estaban ricamente decoradas con flores. Serafina se dirigió hacia la entrada, situada a mano izquierda.

En el vestíbulo del hotel, en el que entró poco después, se respiraba un ambiente de antaño. Los paneles de madera noble, el papel de pared de color claro y los muebles tapizados transmitían una atmósfera sólida y a la vez cosmopolita.

—¿En qué puedo ayudarla? —le preguntó un empleado con librea.

—Vengo a ver a Lilou Roche —respondió, mientras pellizcaba la tarjeta en la que Lilou había escrito su nombre en letras redondas y generosas—, si se encuentra en su habitación.

El empleado lanzó una breve mirada a la tarjeta y le pidió que esperara un momento.

Mientras él iba a preguntar por Lilou, Serafina observó las idas y venidas en el vestíbulo del Marquardt.

Una pareja mayor, que parecían ser americanos, se quejaba muy alterada de que en su habitación se oía todo. Al mismo tiempo, una dama pasó junto a ella con un perrito faldero en brazos, dejando tras de sí una nube de perfume dulzón. Una joven, tal vez su secretaria, corría detrás de ella para mantener el paso, mientras le llovía una cascada de instrucciones.

En un rincón había tres hombres fumando puros habanos. No se habían quitado ni el sombrero ni la chaqueta y su conversación tenía un aire conspirativo. Serafina aguzó el oído, pero estaba demasiado lejos para entender de qué hablaban.

Justo cuando entraba una joven pareja, seguramente de luna de miel porque parecían muy enamorados, regresó el empleado del hotel.

—La señorita Roche se encuentra en su habitación y la invita a subir. Sígame, por favor.

Serafina asintió y caminó tras el joven sobre una mullida alfombra persa hacia un ascensor decorado con apliques de latón.

Descendieron en el tercer piso.

—Es la habitación 301 —informó el empleado, señalando hacia un pasillo—. ¿Desea que la acompañe?

—No, gracias, no es necesario —respondió, mientras le entregaba una pequeña propina.

—Si desea algo, señorita, me encontrará en la recepción.

Se guardó la moneda, insinuó una reverencia y volvió al interior del ascensor.

Mientras las puertas se cerraban con un tableteo, Serafina avanzó por el pasillo. La habitación con el número 301 se encontraba al fondo. Una vez frente a la puerta, no se permitió más vacilaciones y llamó inmediatamente.

En el interior se oían voces apagadas y el ladrido de un perro.

Entonces se abrió la puerta y un perrito pomerano salió disparado y se puso a dar saltos delante de Serafina.

—¡*Coco! Arrête!* —Lilou salió de la habitación en penumbra y agarró al perrito por su collar de pedrería. Entonces reconoció a Serafina—. *Ah, ma chère Serafina!* ¡Qué alegría! ¡Adelante!

Llevaba unos pantalones de traje y una blusa blanca, sin chaqueta, y el pelo corto con una raya perfectamente recta muy pegado a la cabeza con pomada. Entre sus dedos brillaba un cigarrillo.

Serafina entró en la habitación llena de humo.

—Me tengo que ir, *chérie*. —De repente una joven apareció junto a Lilou, le tomó la cara en la mano y la besó apasionadamente en los labios—. Ya que tienes visita.

Miró a Serafina de arriba abajo y en su mirada se percibía un rastro de celos.

—De acuerdo, Milly. Nos vemos más tarde —respondió Lilou con una caricia sobre el cabello pelirrojo de la que, al parecer, era su pareja.

—Espero que no tardes mucho —dijo Milly, haciendo una mueca.

—Tardaré lo necesario —replicó Lilou.

Con una última mirada a Serafina, Milly abandonó la habitación.

Cuando desapareció por el pasillo, Lilou abrazó a la recién llegada y cerró la puerta.

—¡Me alegro de que hayas venido!

El perro seguía trotando alrededor de las dos jóvenes y no cesaba de saltar de una a otra.

—¡*Coco*! —gritó Lilou, esta vez con más energía—. *Non! Couche!*

Mientras el perro se tumbaba gruñendo en una manta junto a la pared, a los pies de la cama de matrimonio, Lilou le ofreció un cigarrillo a Serafina. Esta negó con la cabeza.

—*Non?*

—No, gracias.

—Vale. Siéntate.

Tomó asiento en uno de los dos mullidos sillones situados delante de la ventana.

—¿Te apetece beber algo? —En una mesita auxiliar había una botella de champán.

—Tampoco, gracias.

—¿De verdad que no? —Sin soltar el cigarrillo, Lilou se sirvió una copa y se sentó en el otro sillón—. Esta noche hay función, ¿quieres venir? Al público de Stuttgart le encanta el programa de Josephine.

—Me encantaría, pero no puedo.

—¿No puedes?

—Vivo con la familia de mi medio hermano, y no me gustaría...

—Ah, no quieres causar mala impresión, lo comprendo.

Lilou se inclinó hacia Serafina y esta se apartó instintivamente. Lilou sonrió y volvió a guardar las distancias.

En Berlín las relaciones amorosas entre mujeres eran habituales. Pero de todas formas Serafina se sentía incómoda con aquella cercanía.

—No te preocupes, *ma chère* —dijo Lilou tranquilamente, y tomó un gran trago de champán—. Seremos solamente amigas.

Serafina asintió, aliviada de que Lilou no se tomara a mal su reacción.

—Entonces, no has venido por la función. Y tampoco por mí —continuó la francesa—. ¿Quieres conocer a Josephine? Podríamos cenar con ella esta noche.

—No —respondió y sintió una incomodidad que no era propia de ella. Lilou la examinó.

—¿No? ¿Y entonces a qué has venido?

Serafina respiró hondo y se aferró al bolso que tenía sobre las piernas. Enlazó las manos sobre él.

—Yo... tengo un problema.

—¡Ah! —Lilou se recostó en el sillón—. ¿Y quieres que te ayude?

—Sí.

Serafina le lanzó una mirada de soslayo mientras Lilou terminaba el champán y contemplaba la copa vacía.

—¿Seguro que no quieres un poco? Así te resultará más fácil contármelo.

En lugar de responder, abrió su bolso de golpe, sacó las fotos comprometedoras y se las entregó a Lilou.

La francesa apagó el cigarrillo, ojeó las fotografías y lanzó un silbido de admiración entre dientes.

—¡*Oh là là!* Nunca habría pensado que tú te atreverías a esto. —Miró a su interlocutora—. *En fait...* en realidad, sí. Posees el fuego necesario.

—Pero esto es otra cosa.

—Tienes un aire soñador en estas fotos. Menos esta de aquí, las demás son muy hermosas... —Lilou tocó con un dedo la foto superior.

—No estaba en mi sano juicio. Había estado bebiendo. Y luego había una especie de polvo blanco... —Se retorció las manos en un gesto de desesperación—. A partir de ahí no recuerdo nada, ¿entiendes?

—Cocaína.

—¿Cómo?

—Que te dieron cocaína. ¿La aspiraste?

—Sí.

—Junto con el alcohol, te daría lindos sueños.

—Pesadillas.

Serafina sacó la carta del bolso.

—Pero lo peor es esto...

Lilou tomó el papel de su mano y leyó el escueto texto.

—Esto es... una maldad.

Serafina asintió. Sentía una tremenda opresión en la garganta.

—Te ayudaré, por supuesto —dijo Lilou espontáneamente, y cuando le puso la mano sobre el brazo en un gesto de consuelo, le transmitió una sensación de lealtad y amistad—. *Courage!* Tú no eres una mujer que se deje intimidar, ¿verdad?

—Normalmente, no.

—*D´accord.* Pues entonces cuéntame todo lo que sepas de este *affaire.*

Serafina empezó a contar la historia de modo vacilante.

Lilou encendió otro cigarrillo, expulsó el humo en el aire y la escuchó atentamente. De vez en cuando asentía con la cabeza o hacía alguna pregunta para averiguar más detalles. Su serena compostura transmitía tranquilidad.

—¿Y dices que Anita Berber estaba allí también? —preguntó Lilou cuando terminó el relato.

—Sí.

—La conozco bien, trabajamos juntas hace algunos años.

—Anita es muy... abierta.

Lilou sonrió.

—Ha convertido el escándalo en un arte. Ha llegado a ser, cómo se dice... *une légende.* Pero no es lo bastante fuerte para ese tipo de vida. —El cigarrillo de Lilou crepitó ligeramente al dar una bocanada—. ¿Conoces sus *Danzas del vicio, del espanto y del éxtasis*?

—Bueno... he oído hablar de ellas.

—Claro, todavía eres muy joven. Hace un par de años bailó esta producción con Sebastian Droste. Fue *scandaleux. Mais genial.* —En los ojos de Lilou apareció una expresión romántica—. A ella le gustan las dos cosas: hombres y mujeres.

Serafina se sintió incómoda.

Se quedó mirando fijamente las fotos en las manos de Lilou. Aquella noche, con toda su ingenuidad, había confiado en personas desconocidas, gente enraizada en lo más profundo de la vida nocturna de la gran ciudad. ¿Estaría cometiendo el mismo error en este preciso momento? ¿Podría Lilou ayudarla?

—¿Y qué hacía Anita aquella noche en el Metropol? —oyó preguntar a Lilou—. ¿Actuaba?

Serafina se obligó a no perder la calma. No tenía otra opción que confiar en Lilou si quería solucionar sus problemas sin involucrar a Victor ni a su mujer.

—Sí, pero en realidad yo había ido al Metropol para averiguar algo sobre mi madre.

—¿Tu madre?

—Sí... ella también era bailarina.

—¡Ah! *Très intéressant!* ¿Era?

—No sé dónde está ni a qué se dedica hoy en día. —La joven suspiró—. Me abandonó cuando yo era muy pequeña.

—Y tú querías encontrarla.

—¡Claro! Si es que todavía vive.

—¿Sabes cómo se llama?

—No. El único recuerdo que tengo de ella son unas cuantas historias y un par de fotografías.

—¿Y quién te habló de ella?

—Mi padre. Él me crio. Pero solo me contó lo mínimo, cuando yo le pregunté. Nunca me dijo su nombre. Cuando se trataba de mi madre, había un muro de silencio.

Lilou apagó el cigarrillo y miró a Serafina, pensativa.

—¿Y Anita Berber conocía a tu madre?

—Cuando era niña encontré una foto en la que aparecían las dos juntas. La he guardado durante años, escondida en un libro. —la muchacha tragó saliva.

—Entonces deben de haberse conocido, o todavía se conocen.

Serafina asintió.

—Pero no solo tengo las fotografías. También había un mensaje.

—¿Un mensaje? —Lilou se enderezó, atenta.

—Sí. Ya sé que sonará ingenuo, y ni siquiera yo misma sé por qué me lo creí. En cualquier caso, poco después de la muerte de mi padre recibí una carta que decía que podría averiguar muchas cosas sobre mi madre si acudía aquella noche al Metropol. Supuse que la autora era Anita, aunque no fui capaz de descifrar la firma. Estaba muy nerviosa y no me hice muchas preguntas.

—*Et...* acudiste. Con las consecuencias que ya conocemos.

—Sí.

—Pero Anita no te había enviado ningún recado.

—No. Le enseñé la vieja foto con mi madre, pero me dijo que no sabía nada. Iba a volver a casa cuando me ofrecieron una copa de champán...

—*Donc.* Pues entonces empecemos con Anita. Ella estuvo allí esa noche, eso seguro.

—Y ella permitió que tomaran ese tipo de... —Serafina hizo un gesto hacia las imágenes— fotografías.

—Anita seguramente no encontraría nada malo en este tipo de fotos. Para ella es normal posar así. —Frunció el ceño—. Pero, en cualquier caso, tiene que saber quiénes son estas personas que aparecen aquí.

Serafina miró a Lilou con incredulidad.

—¿Nada malo?

—Créeme. —Lilou extendió las fotos como un abanico—. Lo único malo de este asunto es el hombre que está usando estas fotografías para hacerte chantaje.

Serafina se retorció las manos.

—Pero ¿por qué? ¡No lo conozco de nada!

—¡Pero él te conoce a ti! Para algunos hombres, eso es suficiente. Cuando vaya a Berlín la próxima semana intentaré encontrarme con Anita —dijo Lilou—. A lo mejor ella me puede contar cómo ocurrió todo. Y probablemente pronto sepamos quién se esconde detrás de esto.

La confianza de Lilou le permitió a Serafina respirar con tranquilidad. Parecía que la francesa se había tomado muy en serio el ofrecimiento de ayudarla. Por primera vez desde aquella primera noche en Degerloch, cuando las fotos se le cayeron literalmente de las manos, sintió un atisbo de esperanza.

—¿Y qué haremos después?

—Ya se me ocurrirá algo. —Lilou la miró y se tocó el pelo para comprobar si seguía bien colocado—. Vuelve aquí pasado mañana por la noche.

Serafina, que se dio cuenta de que su nueva amiga quería terminar ya aquella conversación, recogió las fotos y la nota, y las metió en el bolso.

—Hasta pasado mañana —dijo, poniéndose en pie—. Gracias, Lilou.

—Oh, no hay nada que agradecer. Tenemos que estar unidas, *nous femmes*. —Lilou le guiñó un ojo y se levantó también. Inmediatamente, *Coco* dio un salto y, sin dejar de ladrar, se puso a corretear alrededor de las dos mujeres y las siguió hasta la puerta.

—Tranquilo —lo calmó Lilou. Empuñó el picaporte para dejar salir a Serafina—. ¿Sabes una cosa? ¡Tengo muchas ganas de pillar a ese tipo!

5

Galerías Schocken en Stuttgart, 5 de mayo de 1926

—ESTE PERFUME SE puede llevar a cualquier hora del día, señora —explicó Elise amablemente a su clienta, una mujer mayor que ella y sin lugar a dudas más adinerada, mientras le mostraba un elaborado frasco de cristal tallado con estilizadas figuras de abejas—. Para la noche, sin embargo, elegiría algo más sofisticado.

La dama probó unas pocas gotas de aquella esencia tan cara en el dorso de la mano.

—¡La verdad es que huele maravillosamente bien! Un aroma floral y delicado. Como a mí me gusta.

—*Après L´Ondée.* Una elegante composición con matices de violeta, iris y vainilla —confirmó Elise—. *Après L´Ondée* significa algo así como «el tiempo que sigue a la lluvia». Capturado en un frasco extraordinario, señora.

—Es muy bonito, señorita, tiene usted razón. Prepáreme el paquete, por favor, mientras curioseo un poco en este establecimiento tan maravilloso.

—Por supuesto, no tenga prisa —dijo Elise con cortesía y se despidió de la clienta.

Se alegraba de cómo había comenzado el día. No hacía ni un cuarto de hora que se habían abierto las puertas de los grandes almacenes de los hermanos Schocken, inaugurados recientemente, y los clientes ya deambulaban con interés por las distintas plantas del edificio. Todo era nuevo y muchos acudían atraídos en primer lugar por el edificio de arquitectura moderna con el nombre del establecimiento en un rótulo que se iluminaba por las noches, y, una vez en el interior, por el mobiliario de madera reluciente. La distribución de los artículos, organizados por secciones de manera muy atrayente, invitaba a curiosear. La oferta incluía desde artículos exclusivos hasta otros más de uso diario que, con sus precios ajustados, ofrecían algo apropiado a cada presupuesto, y no solamente al de la clase más adinerada de la ciudad.

Elise se alegraba de haber logrado un empleo como dependienta. Había aprendido su nuevo oficio con entusiasmo, aunque lamentaba que no la hubieran asignado al departamento textil. Enseguida se había familiarizado con jabones y cremas, pastas dentales y productos para el cuidado capilar y, sobre todo, con las grandes marcas de perfume y la elaboración y composición de las fragancias que vendían.

Le gustaba su trabajo. No solo porque allí se sentía valorada. Pasaba el día envuelta en una nube de aromas agradables, un contraste impresionante con el olor penetrante a cera para el suelo y el tufo a moho que emanaba de las viviendas del edificio en el que vivía con sus ancianos padres.

Como en ese momento no había nadie más en su departamento, se miró disimuladamente en su espejito de bolsillo y se peinó con los dedos el pelo rubio claro, que se había cortado recientemente al estilo *bob*, con ondas. A su padre no le había gustado nada y a sus lamentos se habían sumado los de su madre, como siempre, aunque Elise estaba convencida de que a ella en realidad sí le gustaba su nuevo peinado.

En fin. No iban a cambiar nunca. Hacía tiempo que habían dejado atrás los sesenta y vivían anclados en las tradiciones de los tiempos pasados, cuando todavía había un emperador y un imperio y Wüttemberg tenía su propio rey. Jóvenes y viejos habían dejado de entenderse. Elise sabía que ya era hora de salir del hogar paterno y comenzar su propia vida. Y lo haría, en cuanto su situación económica se lo permitiera.

Observaba el ajetreo por el rabillo del ojo mientras permanecía de pie tras el largo mostrador de reluciente madera de nogal que se encontraba delante de un gran panel de vitrinas también de madera con fondo de espejo. Dos jovencitas pasaron por delante, pero mostraban más interés por los artículos de cuero, situados al otro lado del pasillo, que por la cosmética.

Elise estaba a punto de volverse para comprobar el orden de los frascos de perfume y otros artículos de higiene personal expuestos en los estantes de cristal, cuando de repente vio aproximarse una figura masculina que le resultó familiar. Un ligero escalofrío recorrió su espalda.

¡No era posible! ¿Él? ¿Aquí?

Cerró un instante los ojos, pero cuando volvió a abrirlos no se había desvanecido en el aire. En lugar de eso, se acercaba hacia ella. Le flaqueaban las rodillas.

¿Qué hacía Anton Rothmann allí por la mañana? Según él mismo le había dicho, tenía muchísimo trabajo en su taller y apenas tenía tiempo para nada. ¿Acaso había decidido hacer una excepción? ¿Por ella?

El atractivo fabricante de pianos había conquistado desde el primer momento el corazón de Elise. Había salido con él dos veces y se había dado cuenta de que no solo era agradable a la vista, sino que era una persona detallista y segura de sí misma. Se atrevía a imaginarse que podrían llegar a ser algo más. No solo lo imaginaba, lo deseaba. Más que nada en el mundo. Tal vez no inmediatamente, pero con el tiempo, cuando se conocieran un poco mejor.

Se había detenido frente a un expositor de jabones de rosa. Elise se puso nerviosa y dio un par de pasitos involuntarios tras el mostrador mientras pasaba el dedo índice por la superficie brillante, como si estuviera eliminando una mota de polvo imaginaria.

A pesar de los nervios, se alegraba. Seguramente quisiera sorprenderla en su lugar de trabajo, lo que sería un gran gesto por su parte. Al fin y al cabo, ella ya conocía su fábrica de pianos, pues se habían conocido allí cuando ella acudió con un encargo del teatro para informarse sobre la reparación del piano de cola de los conciertos. En cuanto ella le explicó el problema con el instrumento, se pusieron a charlar. Habían estado hablando más de una hora sobre su nuevo empleo en las galerías Schocken y el taller de pianos de él. Solo cuando ella le preguntó por su familia, él respondió con monosílabos. Lo único que le había dicho es que estaba relacionado con la fábrica de chocolates Rothmann, nada más.

Elise volvió a mirar en su dirección. Anton Rothmann se encontraba a unos pasos de distancia y se dirigía hacia ella con una sonrisa amable. El corazón se le aceleró. Reconoció la nariz pronunciada, el pelo casi negro, su alta figura. Pero había algo en su actitud que no encajaba con la imagen que se había hecho de él en las pocas horas que habían pasado juntos. Su postura denotaba cierta arrogancia, y también le resultó nueva su llamativa indumentaria a la moda, pero tal vez fuese porque aún no lo conocía bien. Al mismo tiempo, irradiaba un aire de seductor que le produjo cierta reserva. Hizo un amago de sonrisa.

—Buenos días, señorita —saludó, y se llevó los dedos levemente a su sombrero de paja—. Tengo que decir que tienen una excelente selección de jabones y perfumes.

—La mejor de la ciudad —respondió Elise, confundida por aquella manera formal de dirigirse a ella. ¿Estaba de broma?

—¡Sí! Estoy buscando un aroma muy especial. Para una... ejem... dama.

Sonrió y pasó su mirada no solo por los frascos de perfume de las estanterías, sino también sobre su cuerpo. Hasta el momento no le había mostrado tan abiertamente su interés por ella. En realidad, debería haberle parecido un gesto descarado, pero Elise sintió que miles de mariposas bailaban en su vientre.

¿De verdad iba a comprar un perfume para regalárselo a ella? Era una forma un tanto desacostumbrada de expresar interés. Pero también inusualmente encantadora. Emocionante.

La sensación de hormigueo pasó del estómago a todo el cuerpo.

—¿Y? —insistió él.

Elise se dio cuenta de que se lo había quedado mirando fijamente.

—Mmm, bueno, yo... —empezó, pero le faltaban las palabras.

—¿Hay algún problema? —preguntó él, arqueando una ceja. Parecía estar confundido de verdad.

Elise meneó ligeramente la cabeza.

—N... no, nada, todo bien, señor...

—Rothmann.

—Sí, claro... señor Rothmann —balbuceó Elise desconcertada.

Era él, sin duda.

Frente a ella se encontraba Anton Rothmann.

Pero ¿cómo era posible que le lanzara aquellas miradas cargadas de deseo y al mismo tiempo fingiera no conocerla? Totalmente confundida, intentó comprender la situación.

Buscaba un perfume para una mujer. Eso había dicho. Pero obviamente aquella mujer no era ella.

Su buen humor dio paso a una profunda decepción.

En primer lugar, había tenido la insolencia de presentarse en su lugar de trabajo, hacer como si no la conociera de nada y pretender que lo aconsejara en la compra de un perfume para otra mujer. Ninguno de sus anteriores pretendientes se habría atrevido a ofenderla de aquella forma.

—Bueno, señorita, ¿tiene algún consejo para mí o no? —repitió la pregunta, con un deje de impaciencia apenas controlada—. En todo caso, que sea algo moderno.

Elise resistió el impulso de hacer algún comentario sobre su comportamiento. En lugar de eso, eligió tres frascos del amplio surtido. Sus manos se movían nerviosas en los estantes y estuvo a punto de que se le cayera uno de los caros recipientes. Por fin colocó los tres delante de él. Señaló el primero.

—¿Qué le parece Shalimar, de la casa Guerlain? —propuso, mientras levantaba el tapón y vertía unas gotas en un pañuelo—. Este aroma está muy *en vogue*.

Elise recurrió al orgullo para mostrar su profesionalidad. Él no debía notar en ningún caso cómo le afectaba su comportamiento. Si realmente no se acordaba de ella, tenía que dudar de su salud mental. Pero si la recordaba, como suponía, porque habían pasado una tarde maravillosa en el zoo Wilhelma, entonces estaba jugando a un juego maligno con ella. En cualquiera de los dos casos, no se merecía que desperdiciara ni un solo pensamiento más en él.

—Es muy original —comentó él, con el pañuelo bajo la nariz—. Sí, no está nada mal.

Ella carraspeó.

—Guerlain se inspiró para esta creación en los jardines de Shalimar. Están en Lahore, en Pakistán.

—Muy interesante. —Dejó el pañuelo junto al frasco correspondiente—. ¿Puedo probar los otros dos perfumes?

Una expresión zalamera y lisonjera se adueñó de su rostro. Y la ira sustituyó el desconcierto de Elise. Menudo descaro. Era evidente que se estaba riendo de ella, que para él no era más que una dependienta insignificante que se había creído que la pretendía. Él, el hijo de un empresario con una fábrica de pianos propia. Para alguien así todavía regía el antiguo orden, que lo colocaba claramente por encima de ella.

Sin decir una palabra más, echó unas gotas de los otros dos perfumes en sendos pañuelos y los colocó delante de él.

—Anda, ¿esta vez no hay explicaciones? Señorita, usted parece saber mucho del tema, no me gustaría renunciar a sus conocimientos.

Volvió a levantar una ceja. Aquel gesto pretendía transmitir complicidad, pero Elise miraba únicamente los frascos de perfume.

—Tulipe Noir —dijo, señalando uno de los pañuelos—, de Coudray. Limón, bergamota, rosa y bayas como nota de salida.

La nota de corazón recupera la rosa y la combina con el jazmín y el clavo. Y la base es de madera de cedro, almizcle blanco y pachulí.

Su tono denotaba una total indiferencia. Podría haberle estado informando sobre los horarios de las excursiones en barco por el río Neckar.

—Ajá —dijo él, también con poco entusiasmo—. Bien. Por el frasco, el que más me gusta es este. —Señaló el tercer perfume, que con su diseño de líneas sencillas y cuadradas se distinguía de los otros dos.

—Chanel N° 5 —informó Elise—. Es nuevo y muy exclusivo. En realidad, es una casualidad que ya lo tengamos a la venta. No se encuentra en ningún otro establecimiento de Stuttgart.

—Interesante.

—Fue creado por accidente, debido a un error del maestro perfumero.

—¿De verdad? ¿Dos casualidades en un único perfume? —Su explicación pareció divertirle, porque soltó una risita.

—Al parecer se les fue la mano con la proporción de aldehídos —explicó Elise, que tenía la sensación de que no la estaba tomando en serio. En realidad, aquel dato no estaba destinado a ser compartido con los clientes, pero no pudo evitarlo.

Mientras ella se asustaba de su propio valor, él aspiraba encantado el aroma.

—Bueno, pues teniendo en cuenta que «se les fue la mano con los aldehídos» —dijo él, imitando su expresión—, me parece un perfume extraordinario.

—Coco Chanel es una excepcional creadora de moda —replicó Elise irritada.

—Es cierto —asintió el hombre, que debía ser Anton Rothmann aunque no pudiera serlo—. Y por eso este perfume es exactamente el regalo que estaba buscando. ¿Me lo envuelve, señorita?

—Por supuesto. —Elise tragó saliva, pero se siguió mostrando educada y distante—. Un momentito, por favor.

Después no recordaría cómo había conseguido envolver el perfume, pese a sus dedos nerviosos, pero de alguna forma lo logró y le entregó el paquete.

—¡Muchísimas gracias!

Como si hubiera conseguido un triunfo, levantó el paquete en alto en señal de despedida, antes de dirigirse hacia la caja caminando con tranquilidad.

Cuando por fin desapareció de su vista, Elise suspiró hondo.

—¿Qué te pasa, Elise? —preguntó Gertrud, una de sus compañeras, que en aquel momento llegaba cargada de paquetes—. Era un cliente muy galante, ¿o no?

—Tendrías que haberle atendido tú, Gertrud. Y me habrías ahorrado un mal rato.

—¿En serio? —Gertrud la miró sorprendida—. Pues si hubiera sabido que alguien como él iba a venir a comprar perfumes, habría ido más tarde al almacén.

—Y si yo hubiera sabido que iba a venir, habría ido a buscar los paquetes de jabones en tu lugar, sin duda —replicó Elise.

—¿Qué se ha llevado?

—Chanel N° 5.

—Pues buen gusto tiene, eso seguro.

Elise se encogió de hombros. El día había perdido su alegría. Con rabia en el estómago y pena en el corazón, comenzó a organizar las almohadillas perfumadas y los frascos de perfume, e intentó ordenar sus sentimientos al mismo tiempo.

MIENTRAS TANTO, KARL atravesó la Charlottenplatz. Se había divertido con la compra del perfume, y la dependienta era realmente bonita. Habría querido regalarle el perfume allí mismo, directamente después de comprarlo, sobre todo porque parecía tener algo contra él. Era poco frecuente que las chicas le mostraran un rechazo semejante.

Daba igual. A lo mejor se acababa de comprometer. Karl decidió no dedicarle un solo pensamiento más. De todas formas, el perfume lo había comprado para Vera, la chica con la que estaba saliendo en ese momento.

Decidió tomarse un café tranquilamente. Iba a pasar demasiadas horas sentado en el despacho, así que no importaba que llegara un poco más tarde.

Se sentó muy relajado en el café Marquardt, pidió un café e hizo que le trajeran el diario *Stuttgarter Neue Tagblatt*. Pero después de hojear las primeras páginas, lo dejó a un lado.

Había dos cosas que le tenían preocupado.

En primer lugar, tenía que pasar por el taller de Alois Eberle ese mismo día para ver su prototipo de disco de chocolate. Había estado toda la semana en Colonia y no había podido hacerlo antes. Esperaba que Alois hubiera logrado eliminar las interferencias que impedían disfrutar de la música. Y luego quería presentárselo a Victor y Judith, con la esperanza de que lo aprobaran.

Pero, además, tenía otros planes de mayor importancia y temía no poder ponerlos en práctica tan rápido como los discos de chocolate. De todas formas, quería intentarlo.

Se trataba de la remodelación de la fábrica de chocolate. La construcción actual databa del siglo anterior y a Karl le parecía que ya no era adecuada para alojar la sede central de una empresa de prestigio como Chocolates Rothmann.

Quería modernizarla.

Las salas eran pequeñas y las distancias demasiado grandes, lo que complicaba los procesos. Y desde la construcción de las galerías Schocken se imaginaba un edificio de un estilo igualmente moderno, con ladrillo y cemento. Le parecía que el resultado era muy bueno, con sus numerosas ventanas y el perfil redondeado de la escalera principal, que se veía a través de una cristalera en la fachada. No era fruto de la casualidad que se considerase uno de los grandes almacenes más bonitos de

Alemania. Pero, para lograr algo similar, habría que derribar gran parte de la fábrica actual para construirla de nuevo.

Ya había contratado a un arquitecto y los primeros bocetos mostraban un gran potencial. Pero sin el visto bueno de su hermana y su cuñado no podía encargar una obra de semejante envergadura. Las decisiones sobre inversiones por encima de cierta suma tenían que decidirse de modo conjunto, con una mayoría de dos tercios. Era una disposición molesta que su padre había establecido poco después de que su hermana Judith se casara con Victor y que había confirmado varias veces antes de su muerte. Por tanto, Victor y Judith podían decidir siempre lo que quisieran, mientras que él dependía constantemente de ellos para sus emprendimientos.

Karl nunca había entendido por qué su padre había sido capaz de tomar aquella decisión sin tener en cuenta los intereses de sus hijos. Como muy tarde, en el momento en que Anton y él cumplieron dieciocho años, la influencia de Victor debería haber disminuido. Lo que todavía se lo hacía más difícil era que Anton se dedicaba más a sus instrumentos musicales que al chocolate, por lo que ya hacía años que le habían comprado su parte.

Pero él no se rendiría tan rápidamente. La empresa iba bien y, para que siguiera así, tendrían que avanzar al ritmo de los tiempos. La remodelación de la fábrica de chocolates Rothmann sería su gran obra. Aunque para ello tuviera que guardar algún secreto y al final incluso se arriesgara a un gran conflicto familiar.

Se bebió el café y dejó el dinero sobre la mesa. Ya iba siendo hora de ir a trabajar.

6

La mansión de los Rothmann, la misma tarde

SERAFINA FUE RECUPERANDO poco a poco las fuerzas. Se sentía mejor desde su conversación con Lilou el día anterior, aunque no lograba desprenderse de la duda de si el ofrecimiento de ayuda de su nueva amiga había sido en serio. La gente del teatro era muy afectuosa, pero también muy superficial. Muchas de las cosas que decían o prometían con buena intención no llevaban a nada. Y no era por falta de voluntad. Se trataba, más bien, de que el incesante vaivén entre la realidad y la fantasía conllevaba cierta inestabilidad caprichosa. Serafina ya había vivido esa experiencia de niña.

Se acercaba la hora de la cena y estaba sentada frente al tocador de su habitación. Aquel cuarto era el refugio de Judith antes de su llegada, según le había contado Viktoria, y la atmósfera encajaba con ella: luminosa y grácil, con muebles anticuados pero cálidos e imperecederos.

Serafina apoyó el rostro en las manos y lo contempló en el espejo.

Se le notaban las emociones de los últimos días y decidió usar un poco más de maquillaje. Empleó los polvos claros con mesura, coloreó las mejillas levemente y acentuó los ojos con sombra marrón y lápiz de khol negro.

Tomó la barra de labios, le quitó la tapa, aplicó cuidadosamente el tono rojo y comprobó que había dibujado bien el contorno. Durante la cena perderían el color rápidamente, pero le pareció que el rojo hacía un bonito contraste con su pelo negro y el vestido azul oscuro que llevaba.

—¡Tía Serafina!

Viktoria había adoptado la costumbre de pasar a buscarla para la cena y entró puntualmente en la habitación. Al ver a su tía, quedó admirada.

—¡Qué guapa estás!

—¿Sí? ¿Te gusta el vestido?

—No hablo del vestido. ¡Tu cara! —Viktoria se acercó—. ¿Me puedes pintar a mí también así de guapa?

A Serafina se le escapó una carcajada.

—Yo creo que a tus padres no les haría mucha gracia, Vicky. Será mejor que lo hagamos otro día con más tiempo, cuando no haya nadie en casa y podamos lavarte bien la cara antes de que alguien te vea.

—Pero yo quiero que me vean.

Viktoria hizo un mohín, pero enseguida aceptó la decisión de su tía y avanzó dando saltos delante de Serafina por las escaleras y el pasillo hacia el comedor.

Poco DESPUÉS SE encontraban reunidos a la mesa Judith, Victor, Serafina y Viktoria.

—Tengo hambre —anunció la niña.

—Seguro que puedes aguantar un par de minutos —respondió Victor.

—¿Por qué? ¿Va a venir alguien? —insistió Viktoria.

—Espera un poco —replicó Victor en tono misterioso.

Viktoria le lanzó una mirada inquisitiva, pero no dijo nada más.

—Espero que hayas tenido una tarde agradable —le dijo Judith a Serafina—. Tengo un poco de cargo de conciencia porque en los últimos días apenas he tenido tiempo para ti.

—No te preocupes, Judith —respondió Serafina—. Hoy Viktoria me ha enseñado la torre de Degerloch. Y ayer pasé una tarde muy agradable en Stuttgart.

—¿Y no te pasaste por la fábrica? —preguntó Victor, justo cuando la puerta del comedor se abría de golpe y aparecía un joven con un gramófono portátil bajo el brazo.

—¡Tío Karl! —gritó Viktoria entusiasmada, se levantó de un salto y le dio un fuerte abrazo al recién llegado.

—Cuidado, Vicky —le advirtió su tío—, que se me va a caer el gramófono.

Judith también se había levantado.

—¡Karl! ¡Me alegro de que hayas podido venir!

—Buenas noches a todos —saludó Karl, que apartó a Viktoria con delicadeza y le dio a Judith un beso en la mejilla—. ¡Cómo no iba a poder! ¡Disculpad, por favor, el retraso! ¡Pero he traído algo genial!

—Bueno, que llegues tarde no es ninguna novedad —protestó Victor, que empezó a servir el vino mientras Karl colocaba el gramófono en medio de la mesa y abría la tapa.

—Ay, ¿no puedes colocarlo mejor en el aparador? —pidió Judith, que había apartado rápidamente las velas para hacer sitio—. Van a servir la cena enseguida.

—¡Solo un momento, tengo que enseñaros algo! —exclamó Karl imperturbable.

Serafina lo miraba desconcertada. Aquel hombre alto y fuerte le gustó desde el primer momento. Tenía unos rasgos equilibrados, labios finos y nariz prominente, el pelo oscuro, casi negro. Sus ojos azul claro llamaban la atención, y en ellos se traslucía una indisimulada picardía. Cuando llamó la atención de todos, brillaban relajados.

—¡Escuchad bien!

Su entusiasmo era contagioso. Serafina se enderezó involuntariamente para ver mejor. Karl colocó un disco en el plato e hizo girar la manivela para poner en marcha el mecanismo.

—Ya sé que es un disco de chocolate —comentó Victor, mientras llenaba los vasos con bordes dorados—. Existen desde hace más de veinte años.

Serafina notó la resistencia que se insinuaba en aquel comentario.

—Es cierto, cuñado —admitió Karl—, pero hasta ahora los discos venían envueltos en papel de aluminio y contenían canciones infantiles. Solo se podían poner en un fonógrafo, no en un gramófono. Y desde luego no tenían música como esta.

La música que empezó a sonar era tan animada que a Serafina le costó quedarse quieta en la silla. A Viktoria le pasaba lo mismo, porque se levantó de un salto y se puso a bailar espontáneamente por la sala.

—¿Y? ¿Qué os parece? —preguntó Karl impaciente cuando sonó la última nota.

—¡La música es genial! ¡Ponla otra vez, por favor, tío Karl! —exclamó Viktoria entusiasmada.

—La calidad del sonido no está nada mal —admitió Victor—. Pero, de todas formas, ¿serías tan amable de recoger el gramófono para que podamos empezar con la cena?

Judith le puso una mano sobre el brazo a su marido.

—Escuchémoslo de nuevo, Victor. ¡Estoy realmente sorprendida de lo bien que suena!

—¿Sabes quién ha fabricado el disco de chocolate? ¡Tu viejo amigo Alois! —anunció Karl.

—Tendría que haberlo imaginado —comentó Victor—. Alois se apunta a cualquier idea descabellada, incluso a su edad. ¿Cuántos vasos de sidra habíais bebido cuando se os ocurrió esta idea?

—Unos cuantos —sonrió Karl—. El tipo es un inventor genial, no hay duda.

Victor inclinó la cabeza.

—Sin duda. Pero en el caso de que la idea se llegue a poner en práctica, ¿tienes los derechos de la música?

—Todavía se trata de un prototipo, para eso no hacen falta derechos. Entre tanto, estoy muy satisfecho con el sonido. Alois ha logrado realmente unos resultados excelentes en los últimos días. Si al final sacamos al mercado los discos de chocolate, por supuesto que me encargaré de los derechos.

—A mí me gusta la idea —dijo Judith—. Esta música es increíble. No se puede comparar con los fonógrafos. ¿Y cómo se llama la canción?

—Se titula «Whispering» —respondió Karl—. Es de Paul Whiteman.

—¡Pues a mí me ha encantado! —se oyó decir Serafina, y notó cómo la atención de todos recaía de inmediato sobre ella. Bajó un momento la vista, pero enseguida volvió a levantarla y se encontró con un par de ojos claros y brillantes.

—Me alegro mucho —dijo Karl—. Tenemos el mismo gusto.

Karl posó un momento la vista sobre ella y su rostro se relajó en una sonrisa cómplice.

El corazón de la chica se aceleraba mientras intentaba conscientemente resistirse a sus encantos. En lo relativo a los hombres, por el momento estaba en guardia. Karl siguió mirándola un poco más, y luego se dirigió a Victor y Judith.

—¿No me vais a presentar a vuestra invitada?

—Ya te lo hemos dicho, es mi her... —comenzó Victor, pero enseguida fue interrumpido por su hija.

—Esta es Serafina, la hermana de papá. O sea, mi tía. Igual que tú eres mi tío —le explicó.

—Gracias, Viktoria —dijo Karl, mientras retiraba el gramófono de la mesa.

—Oh, qué pena que no lo pongas otra vez —dijo Viktoria decepcionada—. Mamá ha dicho que a ella también le gusta.

—Después lo volveremos a escuchar, Vicky —replicó Karl de buen humor—. Y bailaremos los dos.

La sonrisa que Viktoria le dedicó a su tío era como para hacer un molde de oro con ella. Parecía que los dos se entendían muy bien.

Sirvieron la cena. Después de la sopa, mientras degustaban lomos de conejo a la sidra y patatas pequeñas y sabrosas, Karl les contó su viaje a Colonia de la semana anterior. Había viajado por encargo de Victor, para hacer averiguaciones sobre el competidor más duro de los chocolates Rothmann, la empresa Stollwerck.

—Además de las campañas habituales, ahora quieren usar el deporte para hacer publicidad —dijo Karl.

—Para relacionar la fuerza con el chocolate —pensó Judith en voz alta.

—Sí —confirmó Karl—. La concentración, el sustento adecuado para el cuerpo en la competición... esos serán sus mensajes.

—La verdad es que los coloneses son muy buenos —dijo Victor con admiración.

—Y pensar que empezaron con caramelos para la tos —comentó Karl meneando la cabeza—. Es increíble hasta donde han llegado.

—¿Y cómo van sus negocios internacionales? ¿Has podido averiguar algo sobre eso?

—Vuelven a ser estables después del parón de la guerra —respondió Karl.

—Eso ya lo sabíamos —dijo Victor—. Lo que a mí me interesa sobre todo son los planes para los Estados Unidos.

—No he podido enterarme de nada nuevo. Se supone que tendrán planes de expansión, Stollwerck lleva mucho tiempo operando en América —respondió Karl—. A principios de siglo, solo en las estaciones de Nueva York, tenían cuatro mil máquinas expendedoras de chocolate. Ahora serán muchas más.

—En realidad, tendríamos que viajar para ver cómo va la producción allí —intervino Judith—. Tal vez también sería algo interesante para nosotros fundar allí una filial.

—América... eso sería sin duda algo... —respondió Karl, y Serafina percibió una expresión soñadora en su rostro.

—Prefiero no abrir ninguna filial en ultramar todavía —dijo Victor—. Apenas nos hemos recuperado de la crisis de divisas.

—El hombre no puede descubrir nuevos océanos a menos que tenga el coraje de perder de vista la costa —citó Karl.

—Esa cita la conozco —intervino Serafina—. ¿No es de André Gide?

Karl la miró fascinado.

—Pues sí.

Serafina sonrió.

—¡Si te vas a América, tío, yo me voy contigo! —exclamó Viktoria—. Pero primero tenemos que tomar el postre.

—¡El postre es también lo que más me gusta a mí! —admitió Karl, y Serafina notó que la miraba con aire conquistador—. Y los postres de Gerti son los mejores. ¡Ya verás, Serafina!

El hermano de Judith era encantador. Poseía una frescura seductora que hacía temblar las rodillas de las chicas. Debía de andar cerca de los treinta, pero parecía mucho más joven.

El postre era una deliciosa combinación de tortitas de chocolate, todavía calientes, con una gran porción de nata y cremoso helado de vainilla.

—Oh, sí, Viktoria —dijo Serafina, después de probarlas—. ¡Están buenísimas!

La niña sonrió satisfecha.

Cuando terminaron de cenar y se recogió la mesa, Karl volvió a abrir el gramófono y bailó con Viktoria por el comedor. De vez en cuando dirigía su mirada a Serafina, lo que le provocaba un cosquilleo en la boca del estómago.

Después, Victor le pidió a su cuñado una charla a solas en su despacho. Serafina notó la mirada escéptica que Judith les dirigió a ambos. Parecía que algo entre Karl y Victor no iba bien. Cuando los dos salieron, entró Dora.

—Bueno, señorita —le dijo a Viktoria—. Es hora de ir a la cama.

A Serafina le caía muy bien el ama de llaves. Se mantenía en un segundo plano, pero siempre estaba a mano cuando se la necesitaba. Su relación con Judith le parecía casi de amistad. Serafina notaba que se tenían una gran confianza. Para Viktoria era casi como una segunda madre.

—¡Pero, Dora, todavía es muy temprano!

—Ya es bastante tarde, Viktoria —afirmó Judith—. ¡Nada de discutir!

—Y, además, tengo una sorpresa para ti —la tentó Dora.

—¿El qué?

—Ahora lo verás.

Viktoria decidió obedecer y le dio un beso a su madre.

—Buenas noches, mamá. —Le dio un abrazo a Serafina—. Buenas noches, tía Serafina.

—¡Buenas noches! —Serafina le acarició las trenzas rubias.

—Es un diablillo —suspiró Judith cuando Dora y Viktoria se marcharon—. Su hermano era mucho más sencillo.

—¿Martin?

—Sí. También tiene su carácter, pero normalmente se le puede convencer con argumentos.

—A mí me parece bien que Viktoria sepa lo que quiere y que lo exprese. —Serafina no estaba segura de si podía permitirse hablar así con Judith, pero no pudo contenerse—. ¿Sabes por qué, Judith? Porque es una chica. Nosotras tenemos que luchar más y decir las cosas más fuerte que los chicos para que nos hagan caso.

Judith frunció el entrecejo.

—Mmm.

—Al menos, si queremos conseguir algo.

—¿Sabes, Serafina? —empezó a contar Judith—. Ahora que pienso en todo por lo que he tenido que pasar solo por ser mujer, creo que tienes razón. Viktoria es fuerte porque yo la he criado para que lo sea. Y, naturalmente, también quiere salirse con la suya en ocasiones en las que yo preferiría que obedeciese. Pero seguramente una cosa no funciona sin la otra.

Serafina sonrió.

—No hay duda de que antes las cosas eran todavía peor. Por suerte, los tiempos están cambiando. Al menos podemos tomar nuestras propias decisiones.

En ese momento entró la criada, Walli, que era muy joven y tímida, y acabó de recoger la mesa. Serafina no pudo evitar preguntarse si todas las mujeres podían elegir.

Más tarde, ya en la cama, sus pensamientos volvieron a Lilou y la charla del día anterior. Se dio cuenta de que esa noche era la primera vez desde que había abierto la fatídica carta que no había tenido que dedicar todas sus energías a esconder sus preocupaciones de Judith y Victor.

¿Qué habría dicho su padre de todo aquello? ¿Se habría enfadado con ella? ¿La habría ayudado? ¿O su decepción habría sido demasiado grande? No quería ni imaginarlo. Tal vez habría utilizado sus conexiones como antiguo oficial del Ejército para aclarar el asunto.

Apagó la lámpara de la mesilla de noche. Cuando era pequeña, su padre le contaba siempre una historia antes de dormir. Era un ritual al que no quería renunciar. Serafina sintió una gran tristeza, comparable a su sentimiento de soledad.

7

La fábrica de chocolate Rothmann, al día siguiente

—CREO QUE DEBERÍAMOS darle una oportunidad a Karl. —Judith se colocó detrás de su esposo y le puso una mano en el hombro.

—Ya goza de muchas oportunidades —replicó Victor—, pero desgraciadamente no las aprovecha lo suficiente.

—En algunos aspectos es demasiado joven aún. —Judith acarició su espalda y notó los músculos bajo la tela de la camisa. Incluso después de más de veinte años casados, disfrutaba de su cercanía.

—Tiene casi treinta años, Judith. Eres demasiado indulgente con él.

Victor Rheinberger estaba de pie frente a la ventana del despacho que compartían desde hacía muchos años y miraba hacia el exterior, en la misma posición que una vez había adoptado Wilhelm Rothmann, el padre de Judith. La preocupación le había dibujado arrugas en la frente y consultaba constantemente su reloj de pulsera, pues estaba esperado un pedido importante. Judith, a su lado, le observaba con atención.

—Yo no diría que soy indulgente —replicó tranquila.

—Pues entonces digamos considerada —dijo Victor.

Judith sabía que Victor tenía razón. Y, sin embargo, no podía reprimir el impulso protector que sentía cada vez que se trataba de sus hijos o, como en este caso, de sus hermanos.

—Victor, ya sabes que Karl y Anton no lo tuvieron fácil. Crecieron prácticamente sin madre. Mira, Anton ya ha encontrado su camino y Karl podría encontrar el suyo —explicó Judith, aunque sabía que ya habían tenido la misma discusión cientos de veces. Con el mismo resultado.

—Anton siempre ha seguido su camino —replicó Victor, como era de esperar—. Nunca he tenido la menor duda de que sabría labrarse un futuro. Pero, en el caso de Karl, es distinto. La verdad, Judith, me encantaría darle más confianza. Pero me preocupa que tenga un efecto negativo en la fábrica. Y eso no podemos permitírnoslo.

—Entiendo tus dudas, Victor. Pero si no confiamos en él, tampoco podrá demostrar de lo que es capaz. Sería importante que pudiera alcanzar sus propios éxitos.

Victor se volvió hacia ella y la tomó en sus brazos.

—Cariño, aunque hayamos sobrevivido a los años de la guerra y el chocolate Rothmann vaya muy bien, tenemos que ajustar el presupuesto. Ahora, si vienen un par de años buenos, la cosa pintará mucho mejor.

Judith suspiró.

—Nadie es más consciente que yo, Victor. Tuvimos que sobrevivir sin tu ayuda los tres años que pasaste en el frente.

—Lo sé. Y lo hiciste todo estupendamente.

—Karl me ayudó mucho.

—Pero también estuvo a punto de gastarse todo el patrimonio de la empresa. De haber seguido así, nuestra fábrica habría entrado en bancarrota. Y eso lo sabes tan bien como yo.

Judith asintió. Victor le acarició el pelo con ternura.

—Tenemos una gran responsabilidad, Judith. Esta empresa debe su prosperidad a un cuidadoso control de gastos y a tu buena mano en el desarrollo de productos nuevos. Aunque tus hermanos son para mí como mis propios hijos, no debemos perder de vista la realidad. Karl, y no me gusta decirlo tan claro, todavía no goza de la madurez que correspondería a su edad. Por eso no tiene las manos libres para tomar decisiones que podrían afectar a la subsistencia de la empresa.

—Pero el disco de chocolate supone un riesgo moderado.

Karl la había convencido con su presentación.

—Al disco de chocolate ya le he dado el visto bueno, en parte porque su viaje a Colonia fue muy productivo.

—¿Ves? —Judith sonrió.

—Pero en los grandes temas no podemos dejarle decidir, Judith.

—En eso estamos de acuerdo. Ay, es muy difícil, no hay duda —Judith miró a su esposo a los ojos—. Pero, de todas formas, piensa si no tendrá razón con sus planes de remodelación.

—La tiene, de eso no me cabe duda. Pero al examinar sus propuestas más atentamente, me da la impresión de que en realidad quiere construir algo nuevo, en lugar de remodelar los edificios que ya existen para hacerlos más funcionales.

Victor la atrajo hacia sí.

—No es cierto —replicó Judith—. Lo que pasa es que él piensa en otra dimensión... —No pudo decir nada más. Victor bajó la cabeza y le selló los labios con un largo beso. Ella se pegó a él y sintió cómo sus manos le recorrían el cuerpo con confianza. Sin embargo, antes de llegar al punto en el que, lamentablemente, tendría que detener sus avances, el timbre del teléfono de la mesa de Victor interrumpió el momento de intimidad.

—Yo respondo —susurró Judith en sus labios, se soltó del abrazo y tomó el receptor.

—Una conferencia del extranjero —anunció la telefonista, y estableció la conexión con los usuales chasquidos en la línea.

Cuando Judith oyó al otro lado la voz de su hijo, su corazón le dio un vuelco:

—¡Martin! ¡Qué alegría oírte! ¿Cómo estás? ¿Ha mejorado tu resfriado?

—Sí, todo bien, mamá. No te preocupes.

—¿Tienes novedades?

—¡Sí! Imagínate, en otoño volveré a Stuttgart. ¡Voy a dar un concierto en la sala de conciertos Liederhalle!

—¿De verdad? ¡Qué noticia tan maravillosa! —Judith cubrió el micrófono y se volvió hacia Victor un momento—. ¡Es Martin! ¡Viene en otoño, va a dar un concierto! —Levantó la mano y habló con su hijo—. ¡Nos alegramos muchísimo! ¿Quieres que vayamos organizando algo? Seguro que hay que preparar muchas cosas.

Oyó reír a Martin por lo bajo.

—Gracias por la intención, mamá, pero no hace falta, todo estará preparado. ¡Eso sí, podéis encargaros de que asista mucho público!

—Claro. ¿Ya se sabe la fecha?

—Sí, apúntate el dos de octubre. Yo llegaré unos días antes, pero ya os escribiré con todos los detalles. Y la segunda buena noticia es que he aprobado el examen.

—¡Es maravilloso! ¡Esta noche brindaremos por ti con una copa de champán!

—¡Sí, buena idea! Dale recuerdos a papá y un beso a Viktoria. ¡La echo de menos!

—Ella también te echa mucho de menos, Martin, y se va a emocionar mucho cuando le cuente que vas a venir en octubre.

—¡Muy bien! Me alegro de haber hablado contigo, mamá.

—¡Que tengas un buen día, Martin!

La línea se cortó con un crujido y un murmullo.

Judith colgó el auricular.

—¡Qué noticias más estupendas!

El rostro de Victor reflejaba también la felicidad por las novedades.

—Voy a escribir a mi madre y a Georg en Múnich —anunció Judith.

—¡Buena idea! —respondió Victor—. Tu madre tiene que estar aquí para el concierto de su nieto.

Judith sonrió ensimismada. Se sentía especialmente cercana a Martin, que había heredado el talento musical de su padre biológico. Ese talento la llenaba de alegría y hacía posible que

Judith se sintiera en paz con las difíciles circunstancias en las que había concebido a su hijo.

Podía pensar que las cosas habían tenido que ser así, y no de otra forma.

Menos mal que Victor lo había tratado como a su propio hijo desde el primer minuto de vida. Incluso con la llegada al mundo de Viktoria, en pleno caos de la guerra, cuando Victor y ella ya habían renunciado a la esperanza de tener un hijo juntos, la relación entre los dos había seguido siendo muy estrecha. Y el hecho de que Martin hubiera abandonado la mansión en Degerloch hacía unos años para estudiar no cambiaba nada.

—Y respecto a Karl —Victor regresó al punto en el que habían dejado la conversación anterior—, te pido que confíes en mí, de verdad. Hace veinte años, cuando tu padre nos colocó a los dos en la dirección del negocio, invertimos grandes sumas de dinero en renovar o sustituir casi toda la maquinaria. Te aseguro que sería el último en oponerse a una modernización necesaria. Pero no a costa de endeudarnos. Si no hubiéramos tenido que soportar una guerra y una dura posguerra, con las enormes devaluaciones de la moneda, la cosa sería muy distinta.

Se pasó la mano por el pelo, un gesto que Judith conocía bien y que le encantaba.

Decidió no seguir presionándolo. Los últimos años habían hecho mella en él. Una herida de guerra le seguía causando dolores; las trincheras habían transformado su antiguo valor incombustible en un sentido de la prudencia que siempre estaba alerta. Ella, en cambio, se había sacudido la oscuridad de aquellos años y sentía latir el pulso de los nuevos tiempos. Miraba hacia el futuro con optimismo, de forma que no compartía totalmente las dudas de Victor. Pero su lealtad estaba de parte de su marido y, mientras él no autorizara la remodelación ni ampliara las funciones de Karl, tendría que apoyarlo en esa decisión.

Además, se preguntaba quien dirigiría la empresa en el futuro. Hasta el momento, Karl era la única opción. Martin vivía solo para la música y Viktoria era demasiado joven como para saber qué camino tomaría su vida. Judith quería ofrecerle a su hija todas las oportunidades, que no se centrara desde el principio en seguir una tradición familiar que tal vez no fuera adecuada a sus deseos ni sus intereses.

—Ah, se me olvidaba una cosa —dijo.

—¿Sí? —preguntó Victor, que entre tanto se había sentado detrás de su escritorio.

—¿Necesita Karl aumentar su presupuesto para los discos de chocolate?

—No. Pero si nos decidimos por producirlos a lo grande, de todas formas tendremos que establecer un plan de producción.

—Creo que debería hacerlo el propio Karl.

Una arruga profunda se formó entre las cejas de Victor.

—¿Tú crees? —Se frotó la frente, pensativo—. Bueno, por mí está bien —añadió—. No te rindes, ¿eh? Bueno, así se ganará sus primeros galones.

—Es un buen comienzo. —Judith sintió un gran alivio—. Pero estoy segura de que va a necesitar financiación —añadió.

—Que la pida.

Ella inclinó la cabeza ligeramente y lo miró cariñosamente.

—Ah, de acuerdo —dijo Victor—. Le ampliamos el presupuesto. Pero no mucho. Qué mujer, contigo me resulta imposible ganar.

—Lo que pasa es que mis propuestas son demasiado buenas —replicó ella—. Ahora me voy a casa, Victor. Nuestra hija está esperando abajo, y es muy impaciente.

—Sí, claro. ¿Y qué hace Serafina?

—Vino con nosotras, pero se bajó en el Königsbau.

—¿Está ahora mismo sola en Stuttgart? —preguntó Victor mirando a Judith irritado.

—Sí, claro. Tiene veinte años. Además, antes de ayer ya estuvo sola en la ciudad.

—Bueno, si te parece correcto... —Él no parecía convencido.

—Le hace bien. Si quiere acostumbrarse a vivir aquí, tiene que conocer la ciudad —dijo Judith con calma—. Sobre todo, porque me da la impresión de que está muy deprimida.

—Yo también lo he notado. Finge estar contenta, pero cuando cree que no la estamos observando, se le notan las duras semanas que ha vivido. Tenía una relación muy estrecha con mi padre.

—No me extraña, si le faltaba la madre.

Victor asintió.

—Nosotros todavía somos unos desconocidos para ella.

—Y además el traslado desde Berlín...

—Son dos mundos distintos. Te lo digo por experiencia —sonrió Victor con complicidad. Judith le devolvió la sonrisa.

—Creo que solo necesita un poco de tiempo para adaptarse. Estoy segura de que pronto se sentirá mejor. Tiene un temperamento alegre.

—Seguramente tienes razón. Y no creo que Karl tenga nada en contra de enseñarle la ciudad —dijo Victor. Y aunque lo dijo con una sonrisa, se notaba cierto disgusto en su voz.

—Sí, anoche ya estuvo embelesándola —confirmó Judith.

—¿No crees que sería una buena idea advertirla sobre el carácter impetuoso de tu hermano? —añadió Victor—. No me gustaría que terminara siendo uno de sus líos de faldas.

—A mí tampoco, Victor. Estaré atenta. Pero no le atribuyamos a Karl malas intenciones. Me parecería bien que se ocupara un poco de ella. Y seguro que Serafina sabe cuidar de sí misma en estos asuntos. —Judith le puso la mano en el hombro—. ¿Vendrás a cenar?

—Ah, menos mal que me lo has preguntado. No, cenad sin mí, por favor. Voy a ir con Müller al Marquardt, se me ha olvidado decírtelo. Si pongo ante él una buena comida, siempre consigo mejores precios que cuando negociamos aquí en el despacho.

—A juzgar por el diámetro de su estómago, parece que otros clientes han llegado a la misma conclusión —se burló Judith.

—Pues sí. —Victor se rio—. No se alargará mucho, Judith. Tal vez podamos tomar una copita de oporto cuando llegue.

—O un chocolate caliente —respondió Judith, que lo besó con cariño antes de salir del despacho.

Mientras atravesaba el departamento de administración, que estaba justo al lado del despacho de Victor, iba saludando a los empleados, que ya no trabajaban en atriles, sino en mesas individuales con sillas. El nivel de ruido de la sala también había cambiado notablemente: en lugar de las conversaciones en voz baja, el roce del papel y el suave deslizarse de las plumas, ahora resonaba el tecleo rítmico de las máquinas de escribir y de calcular. Además, en la época de su padre, casi todos los que trabajaban en contabilidad eran hombres, mientras que ahora había mayoría de mujeres. Una decisión que había tomado Judith por convicción. Ella misma había experimentado lo que significaba para una mujer poder ser independiente económicamente de su marido o su familia. Por eso contribuía a que las mujeres pudieran ganar su propio sueldo y fueran tratadas como iguales. Por lo menos en la empresa Rothmann.

8

—¿Me dejas jugar? —preguntó aquella niña delicada con lustrosos rizos rojos que acababa de aparecer a la vuelta de la esquina montada en una bicicleta demasiado grande para ella. Se bajó de un salto, pues no habría sido capaz de desmontar de la manera convencional debido a la gran altura del sillín.

—A lo mejor —dijo Viktoria dándole largas para hacerse la interesante, y saltó un poco más enérgicamente a través de las casillas con los números del juego de rayuela *Cielo* e *Infierno* que había pintado con tiza en el pavimento frente a la fábrica de chocolate de sus padres. Había salido de la escuela media hora antes y, después de haberse pasado todo el día sentada, necesitaba movimiento.

La niña se quedó quieta un momento, sujetando la bici, mientras la miraba.

—¿Y ahora, puedo jugar? —repitió la pregunta.

Viktoria le dio una patada a la piedra, que llegó hasta la casilla del *Cielo*, y saltó detrás de ella.

—Cuando vuelva a la *Tierra* —explicó, y se dio la vuelta para saltar de regreso.

La chica se animó, dejó la bici contra el muro de la fábrica de chocolate y esperó hasta que Viktoria terminara su ronda.

—¿Sabes qué? —dijo entonces, mientras se ponía a su lado y contemplaba la rayuela—. ¡Podemos hacerlo todavía más emocionante!

Viktoria pensó un momento si debía sentirse ofendida porque aquella niña que no conocía de nada se había atrevido a criticar su juego, pero su curiosidad pudo más.

—¿Y cómo? —preguntó molesta.

La chica tomó uno de los trozos de tiza que estaban en la acera.

—¡No! —gritó Viktoria al momento—. ¡No puedes ponerte a pintar en mi juego!

—No voy a pintar en el tuyo, ¡voy a hacer uno nuevo!

Viktoria, que ya estaba molesta porque la chica era media cabeza más alta que ella, observó críticamente cómo iba trazando una nueva rayuela con líneas muy rectas al lado de la suya, que la verdad es que le había quedado un poco chapucera. No solo estaba mejor pintada, sino que además tenía más casillas.

—Pero ese no es el juego del *Cielo* y *Tierra* —protestó con insolencia.

—Claro que sí —replicó la niña—. Míralo: ¡aquí abajo está la *Tierra* y allí arriba el *Cielo* y el *Infierno*!

—Pero ¿por qué hay tres casillas dentro del *Cielo*? ¿Y por qué has escrito por todas partes *Correos*?

—Porque este juego es distinto. Siempre me estoy inventando cosas nuevas para la rayuela.

Ahora era la niña la que parecía estar irritada, lo que de alguna forma alegró a Viktoria, ya que se había entrometido en el juego sin que ella la invitara. Sin embargo, ahora tampoco quería decirle que se fuera. Tenía que saber qué eran aquellas casillas de *Correos*.

—Pues enséñame cómo se juega —exigió.

La niña tomó una piedra, se colocó en la *Tierra* y la lanzó a la siguiente casilla, en la que había escrito un *1* muy claro. Luego saltó a la misma casilla, la recogió y la arrojó al *2*. En los números *4* y *5* dio un salto con las piernas abiertas sobre cada uno, lo que impresionó a Viktoria. Después de pasar por varios números más, la niña superó la casilla del *Infierno* con una tirada más larga y llegó al *Cielo*, donde había tres casillas de *Correos*.

Viktoria se mordió pensativa el labio inferior. La chica no había lanzado la piedra en la casilla equivocada ni había saltado mal en todo el rato. Aquello no presagiaba nada bueno para la partida que iban a jugar. Viktoria imaginó que podría perder, y no le gustaba nada.

—Bueno, ahora voy a lanzar la piedra en una casilla de *Correos* —explicó la niña, que a continuación hizo exactamente lo que había dicho. La piedra cayó sobre una de las tres C.

—Has puesto la mano prácticamente encima de la casilla, así cualquiera —protestó Viktoria.

—¡Pues claro, porque quería enseñártelo!

Viktoria ignoró la objeción.

—¿Y ahora? —preguntó.

—Ahora no podemos reírnos ni hablar.

—¡Menuda regla más idiota! ¿Y eso para qué sirve?

—Para que no sea tan fácil en la casilla del *Cielo*. Hay que intentar no caer en ninguna de las tres casillas de *Correos* porque, si no, queda prohibido para siempre hablar y reírse.

—¡Ah!

—¿Jugamos una partida?

—Vale. —Viktoria fingió que no tenía muchas ganas, pero de todas formas se puso al lado de la chica—. Pero seguramente es más difícil si empujamos la piedra con el pie, en lugar de tirarla con la mano —añadió enseguida.

—Es verdad —dijo la chica—. Podemos jugar así la segunda ronda.

—De acuerdo. Pero empiezo yo.

Viktoria cogió la piedra y se colocó en la casilla de *Tierra*. Pero ya en el primer lanzamiento la piedra rebotó en un extraño zigzag y se salió del tablero de juego.

—Me toca a mí —anunció triunfalmente la chica.

—Este juego es una tontería —dijo Viktoria, que le cedió el sitio de mala gana.

—Eso lo dices solo porque has fallado. —La chica llegó sin esforzarse hasta el 6, después de superar el 4 y el 5 con un salto separando los pies, pero luego lanzó la piedra demasiado lejos, hasta el 8 en lugar del 7.

—¡Ja! —gritó Viktoria muy contenta—. ¡Fuera!

Mientras se acercaba para disponerse a lanzar, la chica sacó una galleta de un bolsillo del vestido. Y por mirarla de reojo, Viktoria volvió a fallar y su piedra no cayó en el 1.

—¿Quieres una? —le preguntó la niña en tono conciliador—. ¡Las ha hecho mi madre!

Viktoria asintió, cogió una galleta y le dio un mordisco.

—¿Y cómo te llamas, por cierto?

—Mathilda. ¿Y tú?

—Viktoria. Pero puedes llamarme Vicky.

—Vale, pues te llamaré Vicky, que no es tan largo.

—Y yo te llamaré Tilda.

—Si quieres... —A Mathilda no pareció hacerle mucha gracia, lo que animó a Viktoria a llamarla así.

—¿Cuántos años tienes, Vicky?

—Diez. ¿Y tú?

—Doce. ¿Vives por aquí cerca?

—No. Vivo en Degerloch.

—¿Y por qué has bajado a la ciudad?

—Porque he ido al cole, y la fábrica esa de ahí es de mis padres. —Viktoria señaló con el pulgar a su espalda, en dirección a la fábrica de chocolate.

—¿De verdad? —preguntó Mathilda con curiosidad—. ¿El chocolate Rothmann es vuestro? ¿Podría entrar alguna vez a probarlo?

—Bueno, la cosa no es tan fácil —respondió Viktoria, dándose importancia—, pero puedo preguntarlo en algún momento.

—¡Ay, sí! ¡Sería estupendo!

—También puedo preguntar ahora. —Viktoria adoptó una actitud displicente—. Pero tienes que esperarte aquí.

—¡Sí, claro! ¡Te espero aquí!

El entusiasmo de Mathilda ablandó a Viktoria y su mal humor cedió un poco. Se dirigió a la tienda de chocolates.

A esa hora su madre solía comprobar las existencias y de vez en cuando también se colocaba tras el mostrador. A veces Viktoria la ayudaba, sobre todo en las tardes en las que Theo no la llevaba directamente a casa y hacía demasiado calor para jugar fuera, o estaba lloviendo.

—¡Mamá! —gritó en cuanto abrió la puerta de golpe e irrumpió con el cascabeleo agitado de las campanillas en la tienda, que olía a todo tipo de dulces deliciosos.

—¡Despacio, Viktoria! —la riñó Judith inmediatamente—. Disculpe usted la interrupción —le dijo a la clienta a la que estaba atendiendo.

—Ah, no se preocupe —respondió la vieja dama con el pelo blanco como la nieve—. ¿Sabe usted? Mi hermana sufrió parálisis infantil y luego solo podía caminar con muletas. Por eso me alegra ver a los niños corriendo alegremente.

—Gracias, señora Veit. —Judith pareció aliviada, y Viktoria sonrió a la clienta tan amablemente como pudo.

—Entonces me llevo también dos bolsitas de estos caramelos surtidos, señora Rheinberger —dijo la señora Veit. Mientras Judith los preparaba, Viktoria fue al otro lado del mostrador y se puso junto a su madre.

—¿Me dejas que lo envuelva, mamá?

—Ay, mi niña...

—Me haría mucha ilusión que me los envolvieras tú bien bonitos. —La señora le guiñó un ojo, comprensiva.

—Bueno... puedes preparar el paquete, Viktoria —se rindió Judith, y Viktoria se puso manos a la obra. Si uno no se fijaba en las esquinas aplastadas y el papel rasgado, incluso parecía que le había quedado bien.

La señora dio las gracias, pagó y salió de la tienda.

Viktoria se acordó de que Mathilda estaba esperando fuera.

—Mamá, tengo una nueva amiga. ¿Puedo dejarla pasar y enseñarle la tienda?

Judith miró alrededor.

—Ya sabes que tengo mucho que hacer, cariño. Pero como ahora mismo no hay nadie...

Al oír estas palabras, Viktoria salió corriendo hacia la puerta y unos momentos después regresó con Mathilda, acompañadas ambas por el enérgico repiqueteo de las campanillas.

—Mamá, esta es Tilda —la presentó.

—Mathilda —dijo la niña, que le ofreció a Judith la mano educadamente.

—Bienvenida, Mathilda —la saludó Judith—. Podéis echar un vistazo y mientras os prepararé un platito de dulces.

Mathilda contemplaba maravillada la tienda, equipada con muebles de madera lustrosa, y Viktoria observaba a su nueva amiga.

—¿Te gusta?

—¡Claro! —Mathilda estaba entusiasmada—. ¡Es preciosa! Y huele muy bien. Como cuando mi madre hace un pastel.

Judith colocó un platito de porcelana en el mostrador.

—Espero que os gusten.

En ese momento volvió a sonar la campanilla. Judith se preparó para atender a la pareja que acababa de entrar en la tienda.

Viktoria no se pudo controlar. Aunque sabía que debía dejar a Mathilda servirse en primer lugar, se metió en la boca un bombón de caramelo, de los que hacía su madre personalmente.

—Toma uno tú también —invitó a Mathilda con la boca llena—. ¡Están buenísimos!

Mathilda no tomó el otro bombón de la misma clase, sino una almendra recubierta de chocolate con leche.

—Estas también están muy buenas —dijo Mathilda, masticando la almendra tostada.

—Pero tienes que probar el bombón de caramelo, Tilda —insistió Viktoria—. ¡Son los mejores!

Mathilda, sin embargo, tomó un caramelo de menta.

—Uy, esos dulces de menta no me gustan—comentó Viktoria—. Si a ti no te gusta el bombón, me lo como yo. —Y con estas palabras se metió en la boca el segundo bombón de caramelo.

—No he dicho que no me guste el caramelo. Es solo que no me apetece comer lo que me mandas tú.

Mathilda cogió la segunda almendra de chocolate.

—¿Y tu madre sabe hacer buenos pasteles? —preguntó Viktoria para cambiar de tema.

—Sí, hace unas tartas riquísimas. Mi favorita es la de chocolate con salsa de vainilla.

—En nuestra casa la que hace las tartas es Gerti, la cocinera. Hace unas tartas altísimas, es casi imposible acabárselas.

—¿Tenéis una cocinera?

—Sí, claro. ¿Vosotros no?

—No.

—¿Dónde vives, Tilda?

—En la Stuifenstrasse.

—No la conozco. ¿Tenéis una casa grande?

—Sí. Pero no vivimos allí solos, sino con otras familias. Mi padre trabaja en la fábrica de tabaco.

—Ah. —Viktoria tomó la última almendra y el plato quedó vacío.

—¿Salimos otra vez? —preguntó Mathilda.

—Sí —asintió Viktoria y avisó a su madre, que todavía estaba atendiendo a la pareja.

—Has pintado otra rayuela—se fijó Viktoria cuando volvieron a la acera—. ¡Y ahí están los números todos revueltos!

Mathilda sonrió.

—¡Exacto! ¡Así es mucho más difícil acertar la casilla siguiente!

—Empiezo yo —declaró Viktoria—. Y esta vez empujamos la piedra con el pie, en vez de lanzarla con la mano.

—Vale.

Se pusieron a jugar y poco a poco el espíritu competitivo se fue tornando en una compañía amistosa. Aunque Mathilda ganase más veces que Viktoria.

—Bueno, tengo que irme a casa ya —dijo Mathilda, al ver que se estaba poniendo el sol—. Pronto será la hora de cenar.

—Oh, qué pena. ¿Vendrás mañana otra vez?

—Si quieres...

—Estaría muy bien. Así podríamos seguir jugando.

—Sí, pero a otra cosa. Por ejemplo, a los timbrazos.

—¿Y eso qué es?

—Ay, Vicky. ¿No lo sabes? Pues llamar al timbre de casas desconocidas y salir corriendo antes de que abran. Sin que nos vean, claro.

—No, ese juego no lo conozco. Pero ¿eso no está prohibido?

—Bueno, el truco es que no te pillen. No serás una cobardica, ¿no?

—¿Yo? ¡No! Incluso me atrevería a quedarme encerrada en nuestra fábrica de chocolate. Y por la noche.

Viktoria hablaba sin pensar en lo que decía. Aquella idea le había venido a la cabeza sin saber de dónde había salido, porque le pareció que necesitaba una ocurrencia especialmente atrevida.

—¿En serio? ¿Dejarías que te encerraran aquí? —preguntó Mathilda, señalando la fábrica—. ¿Por la noche?

—Sí, claro —respondió Viktoria, ahora con menos seguridad—. Pero...

—¿Sabes qué? ¡Pues vamos a hacerlo! —La voz de Mathilda vibraba de entusiasmo y sus rizos pelirrojos se bamboleaban—. ¡Nos quedaremos encerradas en vuestra fábrica! ¡Una noche entera!

9

Stuttgart, al mismo tiempo

—Tienes que ver la actuación de Josephine, *ma chère* Serafina —dijo Lilou, que se reía meneando la cabeza mientras su amiga tomaba aire para responder—. Sí, ya lo sé. No puedes. Pero vamos a actuar un par de días más —añadió tomándola del brazo—. A lo mejor se te ocurre una buena excusa sobre la marcha. Pero ahora disfrutemos de nuestra tarde.

Las dos jóvenes estaban de paseo en los jardines municipales. Serafina contemplaba maravillada la cantidad de gente que paseaba por el inmenso parque adornado con fuentes y coloridos arriates de flores. Hasta aquel momento, Stuttgart le había parecido una ciudad más bien orientada a los negocios, pero aquí la ciudad mostraba su cara más alegre.

—Me gusta Stuttgart —dijo Lilou como si le hubiera leído el pensamiento a Serafina—. Es tan... *vivant*, ¡tan animada! —Se echó a reír al ver su cara de sorpresa—. ¿No me crees? Ay, me parece que todavía no conoces bien la ciudad.

Serafina pensó en la mansión de su hermano en el apacible barrio de Degerloch y en las pequeñas excursiones por los alrededores de la Königstrasse que había hecho hasta ahora, y le dio la razón a Lilou en silencio. Era evidente que solo conocía unas pocas facetas de la ciudad.

Serafina se alegraba de que Lilou hubiera acudido a su encuentro. Cuando bajó de Degerloch con Judith y Theo después del almuerzo y la dejaron en la estación, todavía no estaba convencida de que Lilou fuera a aparecer.

Pero pese a todas sus dudas, había encontrado a Lilou en el vestíbulo del hotel Marquardt con una copa de champán en la mano. La simpática francesa vestía en aquella ocasión una blusa con corbata estampada, chaqueta y una falda lisa.

—No me apetece estar en el interior con este tiempo tan agradable —comentó, e inmediatamente se llevó a Serafina de nuevo a la calle—. Vamos a dar una vuelta.

Pasearon primero frente a las tiendas elegantes tras las columnas del Königsbau, donde Lilou hizo algunas compras. Serafina tuvo la ocasión de comprobar que había una oficina de telégrafos y, un poco más adelante, otra de correos. Era importante saberlo para poder seguir en contacto con su amiga francesa cuando ella volviera a Berlín.

Después siguieron caminando hasta los jardines municipales, pues Lilou era de la opinión de que no se podía vivir en Stuttgart sin conocerlos.

Y, como se verá, resultó ser una buena idea.

—¡Mira! ¡Ahí está la Vinoteca del Lago! Justo frente al restaurante —Lilou señaló con un gesto un bonito edificio de piedra de color claro con un techado de tejas rojas y una torreta que brillaban al sol del mediodía—. Vamos para allá. ¡Es muy agradable sentarse en la terraza!

—¿Has venido muchas veces? —preguntó Serafina sorprendida de que Lilou conociera tan bien la ciudad.

—Unas cuantas. Siempre que me encuentro en una ciudad desconocida, lo primero que hago es localizar los lugares más bonitos. —Soltó el brazo de Serafina y entró en primer lugar en el pequeño local. Preguntó si había sitio libre en la terraza y las condujeron hacia una zona con forma de semicírculo que se encontraba entre una escalera exterior de la vinoteca y un pequeño lago. Sobre los numerosos clientes, las ramas con hojas verde claro de un tilo aún joven se extendían hacia el cielo.

Detrás de cinco columnas redondas que separaban un camino corto y amplio de las tres puertas blancas de cristal del edificio, un conjunto de músicos tocaba una melodía pegadiza. Debajo del muro que separaba la terraza del lago, el agua de un pequeño arroyo salpicaba al caer en una pileta.

Eligieron una mesa desde la que gozaban de una buena vista sobre los pulcros alrededores. Lilou se sentó tranquilamente, pero enseguida empezó a mover los pies al ritmo de la música. Pidió un vino blanco, mientras que Serafina se decidió por un café. Cuando se los sirvieron, Lilou le puso una mano en el brazo a su acompañante.

—¿Cómo estás? Seguramente todavía sigues preocupada.

—Bueno... sí. Intento no pensar constantemente en eso, pero la verdad es que no resulta nada fácil.

Lilou asintió comprensiva.

—*J'ai réfléchi, ma chère*. He estado reflexionando.

Serafina notó que se ponía tensa.

—*Eh, bien* —continuó Lilou—. En nuestro último encuentro me contaste que habías ido al Metropol a ver a Anita, porque te habían hecho creer que ibas a averiguar algo sobre tu madre.

—Sí. —Serafina miraba el lago poco profundo en cuyo centro se elevaba una sirena de mármol.

—Y no sabes quién te atrajo hasta allí.

—No.

—Anita seguro que no. Aunque beba demasiado, esnife demasiada cocaína y tome demasiada morfina. Ella no te habría causado problemas a propósito. —Bebió un sorbo de vino y contempló la copa medio vacía—. Es una pena lo de Anita, porque tiene un talento enorme, de verdad —añadió—. Y siempre fue una buena *croqueuese*, una amante maravillosa. Pero dejemos eso. *Passé*. Se ha vuelto muy complicada, incluso diría que está trastornada.

—A mí me dio una impresión... como de distraída e inquieta.

—Se lio con los hombres equivocados. Se casó, se divorció, se volvió a casar. Si se hubiera quedado con nosotras las *femmes*... en fin.

A Serafina le resultaba incómodo que le recordara constantemente su preferencia por las mujeres, y se concentró en su café. Esperaba que la francesa no confiara en que ella acabaría correspondiendo a sus afectos.

Lilou se rio, como si supiera lo que Serafina estaba pensando.

—Bueno. Entonces bebisteis champán —continuó en tono chismoso—. Mucho.

—Sí. Demasiado. Al principio noté que el corazón se me aligeraba y la tristeza desaparecía. Incluso sentía que resultaba muy divertida. Pero, de repente, en algún momento, me encontré fatal y le pregunté a Anita si conocía a alguien que pudiera llevarme a casa.

—Pero no te llevaron a casa, sino que te dieron cocaína.

—El polvo blanco. Me dijeron que con eso me sentiría mejor. A partir de ese momento, ya no me acuerdo de casi nada.

—Me dijiste que tampoco recordabas quién más estaba allí.

—He estado pensando, y había otras dos bailarinas que también habían actuado aquella noche, pero la función ya había terminado hacía mucho. Y luego había algunos hombres. Como eran muchos, no consigo acordarme ni de los nombres ni de las caras.

—Uno de ellos tendría una cámara de fotos.

Serafina pensó un momento.

—Sí. Había uno que dijo que era fotógrafo, pero solo le hizo fotos a Anita y luego guardó la cámara.

—¿Tal vez la volvió a sacar más tarde?

—Eso puede ser, claro.

Serafina entrelazó los dedos.

—A ver, en dos de las fotografías estás... desnuda de cintura para arriba —dijo Lilou—. Te convencieron para que te dejaras retratar en una pose seductora. Y me parece que estás muy guapa, incluso. ¿Has traído las fotos?

—No. Las he escondido.

—Comprendo. La tercera foto... —empezó Lilou.

Serafina apretó los labios y bajó la cabeza.

—*Mais non!* —Lilou la tomó de la barbilla y le hizo levantar la cabeza—. No te avergüences.

—¿Cómo no me voy a avergonzar?

—No has hecho nada reprochable, Serafina. Son los otros los que te han hecho algo reprochable a ti. No lo olvides nunca.

La joven se encogió de hombros.

— Y al fin y al cabo, ¿eso qué importa?

—Importa mucho. Si tú estás convencida de que los culpables son ellos y no tú, entonces también podrás convencer a los demás.

Serafina la miró con una expresión de duda.

—¿Por qué me estás ayudando? —le preguntó de repente.

Lilou se rio con intención.

—Porque las mujeres no deben permitir que los hombres las traten así. Porque tenemos que apoyarnos unas a otras. Y porque no soporto la injusticia.

Serafina pestañeó con el sol en la cara.

—Son buenas razones.

Lilou le dedicó una amplia sonrisa.

—A ver, en la estación hablé contigo porque me gustaste. Pero aunque ahora ya sé que no eres *una de las nuestras*, quiero ayudarte. Los hombres pueden ser horribles.

Serafina tironeó de su pelo negro.

—Espero que no todos sean así. Mi padre era distinto, mi hermano...

Lilou arqueó las cejas.

—Sobre eso no puede decir mucho, claro, no tengo experiencia. *Enfin.* La tercera fotografía es... —continuó donde se había interrumpido antes— ... de muy poco gusto, cuando se sabe que no participaste voluntariamente. Y por eso hay que castigar a quien la haya hecho. ¿De verdad no puedes contárselo a tu hermano? ¿No te ayudaría?

—Tal vez... pero la vida de Victor aquí es muy ordenada. Y tampoco me gustaría incomodar con esto a su mujer. Parecen los dos tan... rectos.

—Y te preocupa que puedan pensar mal de ti, *n´est-ce pas?*

La muchacha asintió.

—No sabría cómo explicárselo.

—Te entiendo —respondió Lilou—. En esa fotografía estabas apoyada en una columna, si recuerdo correctamente. Te pusieron un pañuelo blanco por encima, pero no tapaba apenas nada. A tu derecha está una de las bailarinas con una máscara y a la izquierda un hombre. Parece como si te estuvieran sujetando entre los dos.

Serafina jugueteó nerviosa con su taza.

—La bailarina va disfrazada de Cleopatra —continuó la francesa—. Y el hombre lleva un taparrabos egipcio. El movimiento de su mano hacia tu pecho... es indecente.

Serafina apretó los labios y asintió con la cabeza.

—Voy a preguntarle a Anita sobre esa bailarina —afirmó Lilou—. El hombre me pareció algo mayor, en torno a los cuarenta. Fue la impresión que me dio, aunque tenga la cara vuelta hacia un lado y la imagen sea un poco borrosa. Seguramente se pueda averiguar quién es.

—Pero para eso habría que mostrar la foto.

—*Oui.* Sí, claro.

—De ninguna manera.

—Podemos hacer que no se distinga tu cara.

Serafina metió la mano en su bolso.

—¿Y no basta la nota para investigar? La tengo aquí.

—El que la haya escrito no tiene por qué haber estado presente esa noche —dijo Lilou, después de volver a leerla—. A lo mejor fue una casualidad que las fotos llegaran a él.

—¿Tú crees?

—Al menos no podemos descartarlo. —Lilou inclinó la cabeza, pensativa.

Le pasó la nota por encima de la mesa y Serafina se obligó a leerla otra vez: «Mírate, voluptuosa hija de Babilonia. A lo mejor el mundo debería enterarse de a qué te dedicas cuando cae la noche en Berlín. Envía un telegrama. La dirección la encontrarás abajo. Decide una hora. Decide un lugar. Y así podrás averiguar cómo proteger tu secreto».

Mientras tanto, Lilou sacó un cigarrillo de su estuche y lo prendió.

—Bueno —dijo, expirando el humo en el aire—. No dice qué quiere de ti exactamente.

—Eso también me ha llamado la atención.

—¿Has heredado mucho dinero de tu padre? —preguntó Lilou. Estaba sentada en una postura deslavazada, con un codo descansando en el apoyabrazos—. ¿Y quién lo puede saber?

—Yo creo que se trata de una suma elevada, pero no lo sé. La recibiré en enero, cuando cumpla veintiún años. Hasta entonces, Victor se encarga de administrarla.

—Victor, ¿es posible que él esté involucrado en esto?

Serafina se indignó.

—¡Claro que no! ¡Por él pongo mi mano en el fuego!

—*Allez, allez* —dijo Lilou en tono conciliador—. Te creo, tranquila. —Señaló la tarjeta que Serafina todavía sostenía en la mano—. Para averiguar quién se oculta detrás de todo esto tenemos que identificar a las personas de la fotografía. Y eso solo podemos hacerlo si...

—¿Mostramos la foto?

—No solo eso.

—¿Qué quieres decir?

—Tienes que ir a Berlín.

10

ROBERT NOTÓ QUE comenzaba el ataque en cuanto cerró la puerta de la vivienda.

—¿Eres tú, Mathilda? —La voz de su esposa le llegó a los oídos de una forma casi dolorosa.

—No.

Enseguida se vio sacudido por los odiados temblores. Se apoyó en la puerta que daba a la cocina y respiró hondo. Las llaves se le cayeron al suelo.

—¡Robert!

Luise comprendió con una mirada lo que estaba sucediendo y dejó a un lado el cuchillo con el que estaba cortando cebolla.

Su marido entró en la cocina con paso vacilante y se dejó caer en una silla. Sin decir una palabra, Luise sacó del armario una botella con un jarabe marrón oscuro, sirvió un poco en un vaso y se lo dio.

Robert lo bebió de golpe y dejó el vaso en el extremo de la mesa con tanta brusquedad que se cayó al suelo y se rompió. Cerró los ojos, sin reaccionar. Mientras esperaba a que se le pasara el episodio, oyó cómo Luise recogía los pedazos.

Esa maldita guerra.

Habían pasado siete años desde el fin de la contienda y los recuerdos lo seguían atormentando. De día y de noche. La maquinaria bélica se había detenido, pero aún seguía atronando en sus oídos. Su mente no encontraba la paz y le estaba llevando al borde de la locura.

Ahora no luchaba contra un enemigo externo. Luchaba consigo mismo. Y eso, a pesar de que su cuerpo había superado aparentemente la dureza de la vida en las trincheras. Al contrario que otros excombatientes, no andaba con muletas, no le faltaba ningún miembro. Tampoco le dolía ninguna herida mal curada. Su dolor estaba en otro lugar.

Como a través de algodones oyó que llamaban a la puerta.

—Será la señora Müller —murmuró Luise, que fue a abrir. Robert percibió retazos de la conversación. Seguramente Käthe Müller, la vecina de arriba, había venido a recoger el paquete de ropa que Luise había planchado la noche anterior para los adinerados de la ciudad, y le había traído más trabajo. El dinero extra que ganaba su esposa les venía muy bien.

Las dos mujeres parecían estar riéndose de algo. Robert oyó risas apagadas. Llevaban varios años trabajando juntas. Mientras Käthe Müller recogía la ropa sucia en casa de los clientes y la lavaba, Luise era responsable del planchado. Durante el día, las dos trabajaban en Bleyle, una de las fábricas textiles más grandes de la ciudad.

Luise era una buena mujer. Aceptaba su enfermedad sin quejarse, llevaba la casa a la perfección y trabajaba, cuando hacía falta, hasta bien entrada la noche. Sin ella, su vida sería mucho más difícil.

Por eso reunía todas sus fuerzas e iba a trabajar en la fábrica de tabaco Waldorf-Astoria, en la Hackstrasse, y allí padecía un turno tras otro. A menudo pensaba en los tiempos en que trabajaba en la fábrica de Robert Bosch. Habían sido varios años en los que recibía un buen salario a cambio de menos horas de trabajo que ahora. Pero, de todas formas, no lamentó haber participado en la gran huelga de 1913. En aquel entonces, Bosch había despedido a varios colegas sin razón alguna y había rechazado la demanda de una subida de sueldos que solicitaba la plantilla. Como sindicalista, para Robert había sido una cuestión de honor ayudar a organizar la huelga, aunque al final terminaran despidiéndole por ello.

El trabajo en la fábrica de tabaco no estaba ni mucho menos tan bien pagado como el de Bosch, pero no les iba mal. Podían permitirse aquel piso luminoso en la colonia Ostheim, un barrio al este de Stuttgart. Ostheim ofrecía viviendas económicas a familias de obreros, artesanos, empleados y funcionarios de bajo rango. El barrio tenía un vigilante privado y una iglesia, una farmacia y una oficina de correos, así como un economato. Y contaba con una escuela, una enfermera, una biblioteca popular y una piscina.

Pero, a pesar de la atención que la ciudad otorgaba a los menos afortunados de entre sus habitantes, no se podía ocultar el hecho de que todavía había muchos problemas y que no se podía hablar de un trato igualitario a las distintas clases sociales.

Si la enfermedad lo incapacitaba, si le hacía imposible trabajar y mantener el mínimo bienestar del que gozaba su familia, se verían amenazados con el descenso a la más absoluta pobreza. Tendrían que mudarse a uno de los deteriorados bloques de viviendas en los que se hacinaban desde hacía décadas los que no tenían otra opción.

Robert notó cómo iban desapareciendo los temblores y agradeció en silencio el día en que un compañero de trabajo le dio una botella del jarabe para la tos One Night, que era una mezcla de alcohol, cannabis, cloroformo y morfina. En aquella época estaba luchando contra una terrible bronquitis. Cuando empezó a tomar el jarabe, notó que no solo mejoraba la tos, sino también sus temblores. Por eso le compensaba el alto precio de la medicina, que llegaba desde América por caminos para él desconocidos. Lo que le preocupaba era que debía aumentar la dosis constantemente para que hiciera efecto.

Abrió los ojos con cautela, aunque se sentía agotado. Aquella noche había reunión de la organización y no podía faltar de ninguna manera.

La puerta de la casa se cerró de golpe. ¿Seguía hablando Luise con la señora Müller? ¡Estas mujeres siempre tenían cosas de que hablar! Levantó los párpados.

—¡Papá!

Su hija irrumpió en la cocina. Ajá, Mathilda había vuelto a casa.

—¡Shhhh! ¡Papá no se encuentra bien! —advirtió Luise, que se encontraba de nuevo ocupada en la cocina. Olía a lentejas con panceta.

—Ya estoy bien —dijo Robert, y se alegró de que su voz le obedeciera de nuevo.

—¿Sabes una cosa? ¡Tengo una nueva amiga! —exclamó Mathilda con los brazos en jarras. Sus rizos rojizos le rodeaban la cara como una bola de fuego—. Se llama Vicky y la fábrica de chocolate es suya.

—¿Tiene una fábrica de chocolate? ¿No estarás hablando de Viktoria Rothmann?

—¡Sí! ¿Es algo malo?

—¡Es una mala compañía para ti! —Robert se pasó la mano por el cabello escaso.

—¿Y por qué?

—¡Mathilda! —exclamó su madre—. Deja a papá tranquilo. Si no quiere que juegues con esa niña, pues no lo hagas.

Robert se enderezó en la silla. ¿Cómo podía explicarle a su hija que, para él, los Rothmann representaban la arrogancia de la clase dominante de Stuttgart?

Mathilda hizo una mueca de enfado. Desde que era niña, se le podía leer en la cara el estado de ánimo. Se sentó a la mesa y guardó silencio. Robert sabía que todavía no se había dicho la última palabra al respecto, ni mucho menos.

Luise depositó el cazo de lentejas en el centro de la mesa. Bendijeron la mesa y comenzaron a comer.

—¿Vas a ir a la reunión? —preguntó Luise, y Robert asintió con la cabeza. Hacía mucho que era miembro de la sección de Stuttgart del Partido Comunista de Alemania, el KPD, y apoyaba la lucha de clases con convencimiento. El partido estaba experimentando en esos momentos un ascenso fulminante. En las últimas elecciones de la región, hacía dos años, habían superado incluso al Partido Socialista, SPD.

Ahora tocaba mantener esos resultados, o incluso superarlos. Con ese fin, Robert estaba trabajando con algunas células operativas que se habían establecido en las grandes empresas de Stuttgart para hacer propaganda de los objetivos del KPD.

Miró a su hija, que seguía con la cabeza gacha para demostrar su contrariedad. Peor para ella. En caso de duda, el padre siempre tenía la última palabra.

Rebañó el plato con un pedazo de pan y se levantó. Por un segundo se sintió un poco mareado y se pasó una mano por delante de los ojos.

—¿De verdad quieres ir? —preguntó Luise preocupada—. ¿No sería mejor que descansaras un poco?

—Lo que sería mejor para mí no es importante —respondió Robert—. Se trata de lo que tiene importancia.

Reunió fuerzas, le dio a Luise un ligero beso en la sien, tomó su chaqueta y, justo cuando se disponía a salir, sonó el timbre.

Luise y Mathilda levantaron la vista.

—¿Viene alguien a buscarte?

Robert negó con la cabeza y abrió la puerta.

Dos agentes de policía entraron en la vivienda.

—¿Es usted Robert Fetzer? —preguntó uno de ellos.

—Sí. ¿De qué se trata?

—Queda detenido como sospechoso de la participación en el asesinato del sargento mayor Tschirsch el veinticinco de noviembre de 1923. Tenemos orden de llevarlo a comisaría.

11

La mansión de los Rothmann en Degerloch, 8 de mayo de 1926

SERAFINA ECHÓ UN vistazo al reloj ricamente decorado que marcaba la hora sobre la repisa de la chimenea. Eran casi las cinco de la tarde y aún no se había decidido. Si quería ir a Stuttgart para darle las fotos a Lilou y que esta se las llevara a Berlín, tenía que darse prisa.

Se acercó a la ventana, apartó la cortina de encaje y miró hacia el exterior, al árbol de hojas verdes que crecía delante de su habitación, en el que una familia de pájaros había construido su nido. Una ligera brisa jugaba entre las hojas. Para la naturaleza parecía todo tan simple. Cómo le gustaría cambiar su lugar por el de aquellas aves, sentir su ligereza, dejarse llevar por el viento lejos de todo sufrimiento.

Cuando volvió a dejar que la tela se deslizase frente al cristal, había decidido quedarse en casa. Lilou se marchaba al día siguiente. Todavía tenía tiempo para pensarlo.

El campanilleo de la puerta principal hizo que Serafina prestase atención. Poco después oyó cómo la risa cantarina de Viktoria resonaba por toda la casa.

Serafina se alegraba de que la niña hubiera vuelto de la escuela y salió de su cuarto para bajar los dos pisos que la separaban de la entrada. El ánimo de Viktoria era justo lo que necesitaba en esos momentos. Mientras descendía con rapidez las escaleras, oyó la voz de Dora.

—¿Qué tal en la escuela?

—Ah, muy bien —respondió Viktoria—. Elisabeth Mayer se ha hecho otra vez la engreída con sus notas en griego y latín, como siempre, pero a mí me da igual.

—¿Y cómo han sido tus notas? ¿Habéis tenido un control?

—Mmm, sí, por ahora bien. —Serafina le notó en la voz que esquivaba el tema.

—¡Serafina! —Viktoria la vio en cuanto llegó al final de la escalera.

—¡Señorita Rheinberger! ¿Necesita algo? ¿Quiere que haga que le lleven ahora o más tarde un té o un café? —preguntó Dora, que le pasó un brazo por el hombro a Viktoria.

—Yo voy a tomar un chocolate caliente en la cocina —intervino Viktoria—. ¡Ven conmigo!

Serafina miró a Dora.

—Si no es molestia, me gustaría tomar un chocolate con Viktoria.

—Claro que no es molestia, señorita Rheinberger —respondió Dora, mientras Viktoria le daba la mano a Serafina y tiraba de ella en dirección a la cocina.

—¡Oh, la señorita Viktoria! —exclamó la cocinera cariñosamente cuando entraron en sus bien equipados dominios—. Supongo que querrás tu chocolate caliente, ¿no?

—Sí, Gerti, y Serafina también quiere uno. ¿Puede?

—¡Pues claro que sí! Sentaos a la mesa, no tardo nada.

—¡Yo te ayudo, Gerti! —replicó Viktoria—. Vamos a enseñarle a Serafina cómo se prepara nuestro chocolate con especias.

—¿Chocolate con especias? —preguntó la joven con curiosidad—. Suena muy rico.

Viktoria sonrió satisfecha, la cocinera suspiró y Serafina se acercó también a la cocina de hierro fundido, donde se estaba haciendo la cena. Imaginó que se trataba de carne de ternera guisada. En cualquier caso, olía muy bien.

Walli estaba sentada en un rincón, casi como una sombra, y Serafina se dio cuenta de que hasta ese momento nunca había oído hablar a la criada. Sostenía en el brazo una escudilla con una masa amarilla dorada que estaba trabajando con una cuchara de madera. Cuando Walli levantó la vista y notó que la observaban, enrojeció violentamente. A Serafina le sorprendió su exagerado nerviosismo y miró hacia otro lado para no incomodar aún más a la chica.

Mientras Viktoria rebuscaba todo tipo de ingredientes en la enorme despensa, la cocinera regordeta, de unos sesenta años según los cálculos de Serafina, colocaba un cazo con leche sobre la oscura plancha de metal caliente.

—Bueno, señorita Rheinberger, ahora conocerá la receta favorita de la señora de la casa.

—¿Algo así como un secreto de familia? —preguntó Serafina.

—Más bien una especialidad —respondió la cocinera mientras agarraba las dos latas grandes que Viktoria había sacado de la despensa. Después puso en la mano de Serafina un batidor de huevos, que consistía en un mango de madera con una espiral de metal.

Viktoria abrió las latas, tomó una cuchara y añadió azúcar y cacao oscuro en polvo a la leche.

—Hay que removerlo mucho —indicó la niña, y luego observó atentamente si Serafina lo hacía todo bien.

Al parecer quedó satisfecha, porque después de una última mirada crítica a la leche espumosa de color chocolate, se dirigió a una estantería en la pared adyacente y tomó dos tarritos de porcelana para especias. Los dejó en la mesita de madera en la que la cocinera se había puesto a pelar patatas mientras tanto. Gerti interrumpió su trabajo y colocó una vaina de vainilla en la tabla.

Viktoria la cortó con gran concentración y rascó la pulpa de su interior, que añadió a la leche que Serafina seguía agitando con energía al tiempo que disfrutaba del delicado aroma que se elevaba del cazo.

Justo cuando Viktoria les quitaba la tapadera a ambos tarritos de porcelana, se abrió la puerta de la cocina.

—Sabía que había chocolate con especias —dijo una alegre voz de hombre—. ¡Este aroma me recuerda a mi infancia!

—¡Tío Karl!

Viktoria dejó caer la tapa. En un instante se había lanzado a los brazos de Karl, que la levantó en alto riéndose.

—¡Eh! ¡Que ya no soy pequeña! —protestó Viktoria a medias, pero Serafina se dio cuenta de que le encantaba la atención de su tío. A la vivaracha niña de la casa todavía le faltaba un buen trecho para ser adulta.

Karl volvió a dejar a su sobrina en el suelo. Viktoria le dio un codazo en los abdominales, que soportaron aquel ataque fingido tan firmes como una tabla. Se echó a reír de nuevo.

—Tienes que boxear con en poco más de fuerza, Viktoria —le dijo—. ¡La próxima vez te llevo al club conmigo!

—¿Practicas boxeo? —preguntó Serafina.

—Claro. El deporte es mi elixir vital —respondió Karl con un tono autosuficiente, y se colocó detrás de ella—. Además del chocolate caliente recién hecho, claro.

Serafina sonrió.

—Estoy deseando probarlo.

—Pero todavía faltan las especias —intervino Viktoria, que le añadió a la leche un poquito de canela y otro de anís con la punta del cuchillo.

—Ahora huele a Navidad —declaró Serafina. Karl tomó el batidor y sus dedos se rozaron.

—Exactamente. El chocolate con especias transforma cada día del año en Navidad.

En ese momento, Viktoria alzó un pedazo de jengibre.

—¿Vas a añadirle eso? —preguntó Serafina sorprendida.

—Pues claro que lo va a hacer —respondió Karl en lugar de su sobrina—. ¡A veces incluso le echa pimienta!

—Pero no combina bien con el chocolate —se extrañó Serafina.

—Ya verás como sí —replicó Viktoria—, le va fenomenal.

Depositó el pedazo de jengibre pelado en el chocolate y Karl depositó el cazo en el borde de la placa de la cocina.

—¿Dónde están las tazas? —preguntó.

—Yo las traigo —respondió Viktoria, que trajo tres vasos de loza con flores azules. Estaban bastante desportilladas, lo que daba fe de su uso frecuente.

—Ay, Viktoria, ¿por qué siempre eliges estos viejos vasos de sidra? —preguntó la cocinera.

—Porque el chocolate sabe mejor así —fue la explicación lógica de Viktoria—. Serafina, puedes servirlo.

—¡Oh, muchas gracias! —respondió, y se dispuso a servir con cuidado el chocolate especiado. En el último vaso se deslizó el pedazo de jengibre.

—¡Ese para mí! —exclamó Viktoria inmediatamente, agarrando el vaso.

Unos minutos más tarde, los tres estaban sentados en la gran mesa del comedor contiguo, donde normalmente comían los empleados de la casa.

—¿Y qué has hecho hoy? —le preguntó Karl a Serafina.

—Hoy, no gran cosa, porque en los últimos días he salido mucho. He dado un paseo y he visto la cancha de tenis que hay detrás de la casa.

—¿Te gustaría jugar? —le preguntó él.

—Me encantaría —respondió Serafina—, pero no sé.

—Eso se puede arreglar —se ofreció—. Ahora mismo, después de tomarnos el chocolate.

—¿De verdad? ¿Me enseñas?

—Yo también te puedo enseñar —intervino Viktoria.

—Ay, Viktoria, tú tienes a la tía Serafina siempre contigo. Déjame que le enseñe yo a jugar al tenis. —Serafina vio cómo Viktoria escondía en el bolsillo de la falda una moneda de diez centavos que Karl le había deslizado subrepticiamente. Aquellos dos eran una pareja de conspiradores.

—¿Nos traes las raquetas, Vicky? —le pidió Karl.

Viktoria se bebió el chocolate a toda prisa, lo dejó ruidosamente sobre la mesa y puso los brazos en jarras.

—¿Y qué me das a cambio?

—A las niñas con bigote de chocolate no se les da nada —se burló Karl, y Viktoria se limpió el labio superior con la manga a toda velocidad.

—Ya está. Limpio. ¿Y?

—Vicky, no hay que pedir algo a cambio de cada favor que se hace —comenzó Karl, que se esforzaba por aparentar severidad—. Mira, si me traes las raquetas, me parecerá muy amable por tu parte.

Viktoria lo miró con ojos fulgurantes.

—Pero ya te parezco amable de todas formas —afirmó en tono lapidario—. Eres mi tío.

Serafina se estaba divirtiendo, pero lo ocultaba para no minar la autoridad de Karl.

—¿Entonces? —repitió Viktoria con insistencia—. ¿Qué me das si voy a buscar las raquetas?

Karl suspiró.

—Ya las traigo yo.

Viktoria lo miró indecisa. Luego dio media vuelta y salió de la cocina.

—Es un diablo —gruñó Karl en tono cariñoso.

—Es una niña muy segura de sí misma —comentó Serafina—. Y eso no es nada malo.

—Las mujeres siempre os dais la razón entre vosotras. —Karl se echó a reír—. Qué le vamos a hacer.

Unos minutos más tarde apareció Viktoria con una raqueta bajo el brazo y la otra en la mano. Karl esbozó una gran sonrisa.

—¡Muchas gracias, Vicky! ¡Has sido muy amable!

—Ya lo sé —respondió Viktoria satisfecha—. Por eso puedo jugar.

12

Poco después se encontraban sobre la superficie de hierba en la que habían delimitado con pintura blanca el campo de juego. Una red a la altura de la cadera separaba el rectángulo en dos grandes secciones.

—¡Empiezo yo! —gritó Viktoria, que se colocó en el lado izquierdo, preparada para devolver la primera bola.

—¡No! —replicó Karl, esta vez con gran firmeza—. Primero tenemos que enseñarle a Serafina cómo se juega.

—¿No tendríamos que habernos cambiado de ropa? —preguntó esta precavida.

—Normalmente sí, pero no creo que hoy vayamos a sudar mucho —respondió con un guiño—. Viktoria —le indicó a su sobrina—, ¿le das la raqueta a tu tía Serafina, por favor?

Viktoria obedeció sin rechistar y se sentó en el borde de la pista de juego.

Serafina agarró la raqueta sin saber qué hacer. Karl dejó la suya en el suelo, tomó la de ella y se la ofreció de nuevo con el mango por delante.

—Así. Alarga la mano derecha como si quisieras estrecharle la mano a la raqueta.

Ella obedeció.

—Y ahora colocas el dedo índice sobre el mango. Sí, bien. Cierra la mano sobre el mango. Bueno, casi. —Con su mano libre, tomó la de ella y le corrigió la posición—. Así, ¿ves? La superficie del mango queda más o menos en diagonal sobre la palma de tu mano.

Soltó la raqueta y Serafina probó unos cuantos movimientos.

—¡Lánzame la bola! —le gritó a Karl.

—¡Espera! —Sonrió—. Primero mueve un poco la raqueta en el aire.

Serafina obedeció y le entró la risa.

—No es así, ¿no?

Karl también se echó a reír.

—No. Primero levántala... bien. Ahora gira el tronco hacia la derecha y coloca la pierna derecha hacia adelante... un poco más... sí. Flexiona un poco las rodillas, así es más fácil.

A Serafina le parecía una postura un poco rara, pero se esforzaba por seguir las indicaciones de Karl.

—Ahora levanta la raqueta... un poco más hacia atrás, a la derecha... ¡Bien! Y ahora, al mismo tiempo, adelanta la pierna izquierda e impulsa la raqueta con fuerza hacia adelante.

Serafina realizó el movimiento.

—¡Así! —exclamó Karl—. ¡Ha estado muy bien!

—Me estoy aburriendo —intervino Viktoria—. Me voy a casa. Avisadme cuando empecéis a jugar de verdad.

—De acuerdo —respondió Karl, y Serafina se dio cuenta de no le importaba seguir con la lección sin su sobrina.

Estuvieron ocupados practicando las distintas formas de agarrar la raqueta y los distintos golpes de pelota. En ocasiones, él se acercaba a ella por detrás y corregía su posición con toques suaves. Al final le explicó las reglas más importantes, hasta que por fin intercambiaron las primeras bolas.

Más de una hora después regresaron a la cocina. Serafina notaba que le ardían las mejillas, seguro que estaban coloradas por el calor y los acercamientos de Karl, que ella no sabía cómo tomarse. Le costaba distinguir si realmente le gustaba, o solo era una agradable distracción de sus preocupaciones.

—Ya sé que falta poco para la cena —se adelantó Karl a las protestas de la cocinera—. Pero seguro que podemos beber algo antes de ir a cambiarnos.

La cocinera le señaló el grifo con un gesto huraño. Karl sonrió, cogió un vaso y lo sostuvo debajo. Pero antes de que pudiera abrir el grifo y ofrecerle agua a Serafina, sonó un golpe en la puerta de servicio.

La cocinera levantó la vista sorprendida. Karl también se interrumpió, dejó el vaso en el fregadero y fue a abrir la puerta.

—¿Está Vicky en casa? —preguntó una chica de rizos pelirrojos. Al parecer estaba muy alterada, porque sus ojos de un azul grisáceo estaban enrojecidos de tanto llorar.

—Viktoria está en su cuarto —informó Gerti.

—Voy a buscarla —se ofreció Karl, que se dirigió al piso superior.

—Venga, pasa —dijo la cocinera, que tomó a la niña por el hombro y la hizo entrar en la cocina—. ¿Qué ha pasado?

—Se lo voy a contar solo a Vicky —murmuró la niña.

Serafina le hizo un gesto a Gerti y le dio la mano a la niña cariñosamente.

—Esperaremos aquí contigo hasta que venga Viktoria, ¿de acuerdo?

La cocinera se volvió y siguió preparando la cena.

—¿Quieres una galleta? —preguntó Serafina después de conducir a la niña hasta la mesa. Pero esta negó con la cabeza. Como parecía decidida a no hablar con nadie excepto con Viktoria, decidió no seguir insistiendo. Se sentaron.

Cinco minutos más tarde, Viktoria irrumpió en la cocina seguida de Karl.

—¡Tilda! ¿Qué haces aquí? —le preguntó sorprendida, y se sentó junto a su amiga.

La niña miró a los adultos y le susurró algo al oído a Viktoria, que se tapó la boca con la mano.

—Pero ¿por qué?

La chica se encogió de hombros y se puso a llorar de nuevo.

—Tal vez sería mejor que nos contaras a todos qué ha pasado —intervino Karl.

—Sí, cuéntalo —dijo Viktoria—. ¡Seguro que te ayudarán!

—Mi padre —hipó la niña—, se lo han llevado preso.

—¿Cómo te llamas? —preguntó Karl.

—Mathilda Fetzer.

—¿Qué? —gritó Gerti horrorizada—. ¿Eres la hija de Robert?

Mathilda asintió con la cabeza.

—¿Conoce a mi padre?

—¡Pues claro! ¡Cómo no lo voy a conocer, si trabajó aquí! Aunque de eso ya hace mucho tiempo, por lo menos veinte años.

Mathilda se sorbió los mocos.

—No me lo ha contado.

—Sí, me puedo imaginar que no lo haya hecho. Ahora es uno de los rojos. Ahí se olvidan muy rápido de los señores.

Serafina seguía la conversación con mucha atención, pero se mantenía al margen.

—¿Y por qué está tu padre en la cárcel? —preguntó Karl.

—Dicen que ha matado a alguien —Mathilda tragó saliva.

Viktoria abrazó a su amiga y se volvió hacia Karl.

—Tío Karl, lo vas a sacar de la cárcel ahora mismo, ¿verdad?

—Bueno, Vicky, me encantaría. Pero no es tan fácil.

—¿Por qué?

—Primero hay que averiguar lo que ha pasado de verdad.

Karl le puso la mano en el hombro a su sobrina para calmarla.

—Se lo vamos a decir a papá —replicó Viktoria decidida—. ¡Y seguro que así el padre de Tilda saldrá libre enseguida!

—Bueno, para empezar no se lo contaremos a tu padre —respondió Karl—. Él ya tiene muchas cosas que hacer. Yo me encargaré. ¿Sabes a dónde han llevado a tu padre, Mathilda?

La niña negó con la cabeza.

—No. Pero mi madre sí lo sabe.

—Entonces tenemos que preguntárselo a ella —propuso Karl—. ¿Está en casa?

—No lo sé —respondió Mathilda—. Quería ir donde está mi padre a llevarle su medicina.

—¿Su medicina? ¿Está enfermo? —preguntó Karl.

—Tiene muchos temblores. Y solo se le quitan cuando se toma el medicamento.

Karl intercambió una mirada con Serafina. Temblores de soldado. Era algo muy frecuente entre los excombatientes.

—Ahora te acompaño a tu casa —decidió Karl—. ¿Te atreves a montar en auto?

Mathilda miraba indecisa a Karl y a Viktoria.

—Claro que me atrevo —dijo al fin, venciendo las lágrimas.

—Espérame aquí —indicó Karl—. Solo voy a cambiarme de camisa.

—¿Crees que puedo ir yo también? —preguntó Viktoria a su tía cuando Karl se marchó.

—No, Vickly —respondió Serafina—. Nosotras no pintamos nada.

—Qué pena.

Poco después Karl se marchó con Mathilda.

La cocinera le contó a Serafina la historia de Robert y la criada Babette, de la que estaba muy enamorado durante la época en la que trabajó en la casa Rothmann. Un romance que había terminado mal.

Karl no regresó aquella noche.

A Viktoria le resultó muy difícil no contarle nada de aquello a sus padres, y durante la cena estuvo tan inquieta que la mandaron pronto a la cama.

Cuando Serafina terminó de cenar, subió a la habitación de Viktoria.

—¿Cómo estás, Vicky? —le preguntó en voz baja.

La niña se sentó en la cama.

—No me puedo dormir.

—Ya me imagino. ¿Quieres que te suba un chocolate?

—Gerti ya me ha traído uno.

—Vale. ¿Quieres contarme algo sobre tu amiga?

—No la conozco desde hace mucho. Solo un par de días.

—¡Ah! Pues confía mucho en ti. ¿Sabes dónde vive?

Viktoria pensó un momento.

—Algo con Berg... Stuifenstrasse, creo.

—No te preocupes tanto, Vicky. Seguro que Karl las va a ayudar a ella y a su madre. Y mañana veremos qué podemos hacer nosotras por tu amiga.

Viktoria bostezó.

—Sí.

—Buenas noches, Vicky.

—Buenas noches, tía Serafina.

Cuando Serafina, cansada, por fin retiró la colcha de su cama, encontró debajo un paquetito envuelto en papel de seda y decorado con una ramita de capullos de rosa.

13

Berlín, 11 de mayo de 1926

ANITA BERBER COLOCÓ el polvo blanco con pericia formando un pequeño montoncito, lo tomó con una cucharilla dorada, se inclinó sobre él y luego lo aspiró por la nariz.

—*Tu va mourir*. Esto te va a matar —dijo Lilou sin miramientos, y le dio una calada a su cigarrillo.

—Ah, qué sabrás tú, Lilou Roche —respondió Anita—. ¡Ya te gustaría a ti disfrutar de un éxito como el mío!

—Depende de lo que se entienda por éxito.

—¡Ja! —Anita sacudió sus rizos morenos y sonrió seductoramente adoptando un gesto que parecía artificial—. Yo sé perfectamente lo que significa tener éxito. Entradas agotadas. Hombres y mujeres que suspiran por ti. El público a tus pies...

—Ese tipo de éxito es como una embriaguez pasajera, Anita.

—Sí, pero que vuelve una y otra vez. —Anita sorbió. La nariz le goteaba, una consecuencia de su constante consumo de cocaína.

—Hasta que un día se acabe. A más tardar, cuando se te arrugue la cara y tu cuerpo se vuelva flácido por todos los excesos a los que lo sometes.

—A ti también te gusta divertirte, Lilou.

—*Bien sûr*. Pero yo conozco mis límites.

Los labios de Anita se torcieron en una risa burlona. Se reclinó en el diván, que destacaba en el medio del salón del pequeño piso que compartía con su marido, Henri, en Berlín. Parecía estar cansada y sobreexcitada al mismo tiempo.

—El éxito todavía no se ha terminado. ¡Ni mucho menos! ¡No tienes ni idea de cómo nos aplauden en Hamburgo, a Henri y a mí! ¡Con el Alkazar lleno hasta la bandera en cada maldita función!

Lilou se inclinó hacia adelante y apoyó los codos sobre las piernas.

—No te engañes, Anita. Hace mucho tiempo que tu público no te entiende.

—Me admira.

—Esos tiempos ya han pasado. Ahora consideran tus actuaciones como un simple pasatiempo erótico.

Anita entrecerró los ojos.

—De todas formas, siempre podré decir que he vivido mi vida —dijo—. Lo he tenido todo, Lilou. Y no me arrepiento de nada. En absoluto.

Aspiró una bocanada por la boquilla del cigarrillo y expulsó el humo con elegancia.

Lilou lo dejó estar.

—*Dis moi*, Anita —dijo, para abordar el verdadero motivo de su visita—. ¿Todavía actúas en el Metropol?

—De vez en cuando. Cuando estoy en Berlín. —Anita tosió.

—Y... ¿conoces a algunos de los espectadores que acuden allí?

—¿Si los conozco bien? Eh... pues no.

—Pero seguro que habrá algunos clientes habituales, ¿no?

—¿Me estás interrogando?

—*Si tu veux.* —Lilou soltó una carcajada áspera—. Si lo quieres ver así...

—Claro que hay algunos que vienen a menudo. ¡Y otros vienen siempre que actúo yo!

Un nuevo ataque de tos le llenó los ojos de lágrimas.

—¿Te acuerdas de una chica joven que estuvo divirtiéndose con vosotros hace unas cinco o seis semanas? ¿Serafina Rheinberger?

Anita se enderezó.

—¿La pequeña Rheinberger? ¡Una cosa increíble!

—¿Por qué?

—Se emborrachó, esnifó y luego estaba tan embriagada que no sabía lo que hacía.

—Estaba buscando a su madre.

—Sí, a Elly Schwarz. Tenía una vieja fotografía de ella.

—¿Entonces conoces a su madre?

—La conocía. Dicen que murió de tisis, pero la gente habla mucho. Y, además, tampoco me interesa, hace una eternidad que no sé nada de ella.

—Pero a Serafina no le dijiste nada de eso.

—¿Que se supone que su madre está muerta? ¡Pues claro que no! Ni siquiera sé si es cierto. Elly siempre estaba hablando de irse a París. Quién sabe dónde habrá terminado en realidad. Y si la chica piensa que su madre ha muerto pero en realidad está viva en algún sitio... No, no, yo ahí no me meto, Lilou.

—Temiste que Serafina te diera la lata, ¿no?

—Es posible. Pero mi vida ahora no transcurre en Berlín, sino en Hamburgo. De vez en cuando una actuación en el Metropol, para respirar el aire de la ciudad. Pero eso es todo. —Anita levantó un momento la vista, meditando—. Y el año que viene voy a salir de gira, seguro. Con Henri.

Lilou se dio cuenta de que con Anita no iba a avanzar más. Pero al menos ahora tenía un nombre. Si Elly Schwarz de verdad era la madre de Serafina, había un hilo del que tirar.

—¿No tienes nada de beber aquí? —preguntó la francesa mientras contemplaba la decoración, en la que predominaba la felpa.

Anita se levantó lentamente, dejó su boquilla en una mesita y se dirigió a un aparador. Allí sirvió un vaso de whisky y se lo ofreció a Lilou.

—*Merci.* —Apagó el cigarrillo y tomó el vaso. Antes de volver a sentarse en su diván, Anita le acarició el cuello con suavidad.

—Así que aquella noche os lo pasasteis bien con la chica —volvió al tema Lilou. Anita Berber miró al techo.

—¿Qué tiene de interesante esta Serafina Rheinberger? No la conoces.

—La he conocido. —Lilou sacó una fotografía de su chaqueta y se la mostró a Anita—. ¿Qué me dices de esto?

Menos mal que Serafina había logrado vencer su pudor y entregarle la foto en la que aparecía con aquellas dos personas en posición seductora. Literalmente en el último segundo, justo antes de abandonar la ciudad con Josephine y toda la *troupe* camino a Berlín, se había presentado en el hotel Marquardt un señor mayor con uniforme de chófer y se la había entregado. Pero Serafina había vuelto su rostro irreconocible.

—Ah —dijo Anita en tono burlón—. ¿Te gusta?

—*Oui*. Me gusta, pero no es esa mi motivación.

—¡Oh, no te rendirás fácilmente, Lilou, te conozco bien! Habría que advertir a la pobrecita chica. —Anita se abanicó con la fotografía fingiendo indiferencia antes de devolvérsela a Lilou—. Sí, le hicieron fotos —continuó, y se secó con un pañuelo la nariz, húmeda e infectada—. Le iba a decir a Hugo que la dejara en paz, pero fue muy divertido. Ella no se enteraba de nada.

—*Justement*. Habría que haberlo impedido.

—¿Acaso soy una institutriz, Lilou? No, no. Eso es cosa suya. —Anita volvió a tomar su boquilla—. Oye, ¿de dónde has sacado la foto?

—Eso da igual. Hay otras dos más. La pregunta es por qué existen estas imágenes. ¿Quién las ha revelado y las ha compartido?

—Ay, Lilou. Estamos en Berlín. Estas cosas pasan. —Anita le guiñó un ojo—. Al menos, por la noche.

—¿Sabes quiénes son los de la foto, por lo menos?

—Yo creo que fue una tal Paula la que se puso ahí, una chica. No la conozco. Aquella noche estaba sustituyendo a una de mis bailarinas. —Anita parecía estar concentrándose en recordar—. Y un tal Ernst Ludwig o algo así. Apareció con Paula aquella noche. Un tipo fanfarrón, que no hacía más que sacar billetes. Creo que trabaja en la Caja de Ahorros, como cajero. Lo repitió diez veces por lo menos. Si es que es cierto.

—¿Y no sabes nada más?

Anita negó con la cabeza.

—No. Pero él tenía mucho interés en ella.

—¿En Serafina?

—Sí. Por eso en algún momento la metí en un coche de punto e hice que la llevaran a casa.

—¡Ajá! Entonces te diste cuenta de que allí había algo que no estaba bien. ¿Sabías dónde vivía?

—Se lo pregunté. Hay que ver, Lilou. ¡Te estás portando como la policía criminal!

—¿Y el fotógrafo?

—¿Hugo Baltus? Se quedó con nosotros mucho tiempo. Hasta que llegó Henri. Después se fueron todos a casa. Pero ya era de madrugada. Hugo hizo las fotos de la Rheinberger solo como un juego. No pensé que fuera a revelarlas.

—Qué ingenua, Anita. Teniendo en cuenta que le quitasteis la ropa. Y este hombre con el taparrabos... Ernst Ludwig, ¿cuántos años tiene más o menos?

—Pues calculo que unos cuarenta. Después se entretuvo con Paula. Y seguro que ella le compensó por la que se le había escapado.

Anita había cerrado los ojos. Lilou se levantó, vació el vaso de whisky de un trago y tomó su chaqueta, que había arrojado sobre el respaldo de su sillón.

—A lo mejor me paso esta noche a ver tu actuación —le dijo.

—¡Es sensacional! —Anita sonrió y levantó los párpados con esfuerzo—. ¿Cuánto te quedas en Berlín?

—*Quelques semaines.* Un par de semanas. Mientras Josephine esté en la ciudad.

—¡Ah, la Baker! —Anita parecía desdeñosa—. ¿Qué le verá la gente?

—Es sensacional. *Extraordinaire.*

—Eso dicen, aunque yo no lo creo. —Se llevó la mano a la frente con un gesto teatral—. Pero ella te paga, tiene que parecerte espectacular.

Lilou dejó pasar el comentario.

—Ya me voy, Anita. Gracias por la copa.

—¡Yo quería visitarte en París, Lilou!

—Te estuve esperando mucho tiempo. —Ya estaba junto a la puerta y se volvió a mirar a Anita que, con las mejillas hundidas, estaba recostada en el diván—. ¡Pero tus promesas no valen nada!

—Ay, no tienes ni idea de cómo es mi vida. —Volvió a sorber por la nariz—. Hasta esta noche, Lilou.

14

Olía a avellanas tostadas, caramelo y cacao. Serafina olfateó discretamente al entrar en la tienda detrás de Viktoria y Judith. Distinguió la agradable esencia de la vainilla y le pareció percibir unas notas de canela, clavo y anís, así como un ligero aroma de almendras amargas que le recordó al mazapán.

—¡Fíjate, Serafina! —Viktoria bailoteaba detrás del mostrador—. ¿No te parece precioso?

Serafina le dio la razón. Todo brillaba y relucía: el mostrador, los estantes y las mesitas auxiliares. Las bandejas y los recipientes de cristal llenos de chocolate y caramelos se reflejaban en los espejos y se multiplicaban formando una refinada composición.

—Voy a subir un momento a la oficina —dijo Judith—. Cuando vuelva, te enseñaremos todo. Hasta entonces, Viktoria será tu anfitriona.

—Encárgate tranquilamente de lo que tengas que hacer, Judith. Nosotras estaremos muy bien aquí, ¿verdad, Viktoria?

Viktoria asintió con vehemencia.

—¡Pues claro! Mamá, no hace falta que te des prisa en volver. Yo le explico todo a Serafina y así me puede ayudar a vender.

Judith les guiñó un ojo a las dos.

—Muy bien. De todas formas, me daré prisa.

Salió de la tienda por una puerta del fondo que llevaba a una escalera. A Serafina también le habría gustado retirarse, pues llevaba en el bolso una carta urgente de Lilou. La había recogido media hora antes en la oficina de correos, mientras Judith y Viktoria hacían unos recados. Le resultaba muy difícil reprimir la curiosidad, pero para que nadie se enterase de su correspondencia con Berlín, tendría que esperar a leerla hasta estar sola en su habitación, por la tarde. Menos mal que antes de la partida de Lilou se había sacado la tarjeta de identidad postal y había dejado su número en el hotel Marquardt, para que Lilou pudiera escribirle a la lista de correos.

—Bueno —dijo Viktoria con determinación cuando su madre se marchó—. Pues empecemos. Primero tienes que probar las cosas que tenemos a la venta.

—¿Todas? —preguntó Serafina, fingiendo horror.

—Bueno, no todas, pero las mejores. Yo te las doy.

Mientras Viktoria tomaba un cuenco de porcelana color marfil y lo iba llenando con distintos tipos de dulces y caramelos, entró una mujer mayor por la puerta por la que Judith acababa de salir.

—¡Trude! —exclamó Viktoria—. Mamá acaba de subir.

—La he visto, Viktoria —respondió Trude, dirigiendo su mirada a Serafina—. ¿Es usted la señorita Rheinberger?

—Sí, soy yo.

—La señora me ha informado de que vive usted ahora en Degerloch con ellos. Soy Trude Schätzle y trabajo aquí como dependienta. Encantada de conocerla.

—Igualmente.

Se acercó a Viktoria.

—¿Qué estás haciendo, Viktoria? —le preguntó.

—Le voy a dar a Serafina algunas cosas para probar.

—Sí, claro. Buena idea. ¿Le gusta el chocolate, señorita Rheinberger?

—Me encanta. —Serafina sonrió—. Si pasara todo el día en esta tienda, no estoy segura de que quedara mucho chocolate para la venta.

Le guiñó un ojo a Viktoria, que le había colocado delante el cuenco bien cargado de delicias.

—¿Es para mí? —preguntó Serafina.

—Sí. Y para mí —respondió Viktoria.

En ese mismo momento entró una mujer joven con su hijo pequeño. Trude se dirigió inmediatamente hacia ella para atenderla.

Mientras tanto, Serafina probó un bombón con forma de huevo. El chocolate se le deshizo en la boca con rapidez y reveló el sabor tostado de su interior. Masticó.

—Mmm. Qué rico.

—Es una almendra bañada en chocolate. Las tostamos en el horno —le explicó Viktoria, que sacó un bombón de la montaña de chocolate—. ¡Y ahora este!

Serafina mordió la capa exterior de chocolate negro y reconoció el sabor familiar del relleno.

—¡Mazapán! ¡Me gusta mucho!

Viktoria esbozó una sonrisa y tomó una chocolatina cuadrada.

—Es de chocolate con leche con mucha vainilla —dijo entusiasmada con la boca llena.

Justo entonces se fijó en que el niño la miraba anhelante mientras Trude le mostraba a su madre distintos paquetes de caramelos.

—¿Quieres probar tú también? —le preguntó Viktoria generosa. El niño asintió con energía y ella le puso en la mano un pedazo de chocolate con leche. Se lo metió rápidamente en la boca.

—Gracias —murmuró. Viktoria sonrió y se volvió de nuevo hacia Serafina—. ¡También tienes que probar mi Sueño de Frambuesa! —Señaló un dulce alargado—. Lo inventamos juntas mamá y yo.

—Pero es el último, si no, me voy a poner mala —dijo Serafina llevándose la mano al estómago.

—Es imposible ponerse mala por comer chocolate —replicó Viktoria.

—A mí tampoco me sienta mal el chocolate —anunció el niño pequeño, que se había colocado, con la boca pringosa, junto a Viktoria. Ella entendió el mensaje y le dio dos bombones.

Serafina probó el Sueño de Frambuesa. Era maravilloso. El relleno cremoso y ácido contrastaba con la cubierta de chocolate negro y su intenso aroma a cacao.

—¡Delicioso!

—¿Verdad? —Viktoria parecía contenta—. Me alegro de que te guste.

Por el rabillo del ojo, Serafina vio que la joven madre había terminado sus compras y se acercaba a ellos con una gran bolsa de papel en la mano.

—Leonard, tenemos que irnos —le dijo a su hijo, pero al verle la cara se quedó estupefacta—. ¡Madre mía! ¡Cómo te has puesto!

En lugar de responder, el niño le mostró la mano derecha con unos cuantos bombones medio derretidos.

—¡Pruébalos, mamá!

La mujer meneó la cabeza irritada.

—Voy a buscar ahora mismo algo para limpiarlo, señora —dijo Viktoria para evitar una reprimenda, y se dirigió a la trastienda. Poco después volvió con un trapo húmedo.

Como su madre no mostraba ninguna intención de probar los bombones, el niño se metió el resto en la boca. Luego le mostró las manos a Viktoria para que se las limpiara. Serafina contemplaba la escena divertida y se dio cuenta de que Trude Schätzle se esforzaba por mantener una expresión seria. Al mismo tiempo, admiró la reacción atenta de Viktoria.

—Bueno, ya estás limpio de nuevo. —Viktoria examinó con satisfacción las manitas. Luego se dirigió a la madre con expresión de disculpa—: Soy yo la que le ha dado los bombones.

—Está bien. Gracias por tu ayuda.

Tomó al niño de la mano y salió de la tienda. Justo antes de que la puerta se cerrara, el niño dio media vuelta y se despidió de las dos con la mano. La cara de satisfacción de Viktoria no dejaba lugar a dudas.

—¿Sabes? —le dijo a Serafina—. Aunque la madre se haya molestado un poco al ver a su hijo manchado de chocolate, seguro que vuelven pronto porque el niño va a estar deseando que llegue su próxima visita a nuestra tienda.

Y con estas palabras, tomó otro pedazo de chocolate del cuenco.

Las campanillas tintinearon de nuevo, anunciando la llegada de otro cliente. A Serafina le gustaba el sonido claro y ligero que encajaba muy bien en aquella tienda alegre, con su decoración algo anticuada pero elegante. Viktoria se encargó de atenderlos, algo que hacía muy bien.

A lo largo de la tarde cada vez llegaban más clientes, por lo que Serafina terminó ayudando a pesar, empaquetar y cobrar los dulces y chocolates.

Con la concentración puesta en el trabajo, el tiempo se les pasó volando y todas levantaron la vista sorprendidas cuando Judith apareció de nuevo junto al mostrador.

—He tardado un poco más de lo que pensaba, lo siento —se disculpó—. Pero teníamos que hablar de algunas cosas con Karl.

—Oh, mamá, no pasa nada. Nos habíamos olvidado de ti completamente —respondió Viktoria con sinceridad, y todos se rieron.

—Me alegro de que no os hayáis aburrido. ¿Qué te parece, querida Serafina? ¿Te apetecería ver cómo se fabrica el chocolate?

—Sí, muchísimo. ¿Vienes, Viktoria?

—¡Claro! ¿Podemos dejarla sola, señora Trude? —preguntó Viktoria.

—Por supuesto. Ve con ellas, niña.

Judith iba delante en dirección a las escaleras. Una vez en el descansillo, bajaron tres escalones y atravesaron una puerta grande y pesada para salir del edificio donde se encontraban la tienda y las oficinas. Cruzaron un gran patio en el que había varias camionetas de reparto y se dirigieron a un gran almacén.

En la zona de entrada se pusieron delantales y cofias blancas. A continuación, Judith y Viktoria le mostraron a Serafina la vida interior de la fábrica de chocolates Rothmann.

El almacén de la planta baja estaba dividido en varias salas grandes. Entre las distintas máquinas se veían muchos trabajadores. Algunos transportaban sacos a la espalda, otros cargaban con cubos.

—En los sacos van los granos de cacao —explicó Viktoria—. Primero se seleccionan allí, en esas cintas.

—Y se lavan —añadió Judith, que avanzó en primer lugar por el pasillo—. Y al final se tuestan aquí.

—Tiene un olor muy intenso —notó Serafina, que aspiró hondo, sumergida en una nube de aroma de cacao.

—Sí, el proceso de tueste libera muchos aromas, y son distintos según el grano. A veces es un olor muy fuerte, otras, menos intenso.

—Se huele incluso desde fuera —agregó Viktoria.

En la siguiente sala los crujidos y siseos anunciaban el triturado de los granos.

—Después hay que descascarillar y triturar los granos —explicó Judith—. Así se llega a la semilla del cacao.

El ruido provocó un zumbido en los oídos de Serafina.

—Aquí se muelen los granos muy finos —añadió Judith en la siguiente sala, y le mostró otra máquina de cuya abertura delantera llovía un polvo finísimo. Viktoria corrió hacia allí y quiso tomar un poco con la mano, pero Judith se lo impidió con firmeza—. ¡No lo toques! Sabes que no se puede tocar, Viktoria.

—Solo quería enseñárselo a Serafina.

—No hace falta. —Serafina le puso la mano en el hombro a Viktoria—. Ya lo veo.

La niña no aguantaba quieta, y enseguida señaló con el dedo otra máquina muy aparatosa.

—Aquí se hace la torta de cacao.

—¿Torta?

Judith se rio.

—Así se llama a lo que queda cuando se separa la manteca de cacao mediante el prensado. Eso es lo que hace esta máquina.

Serafina inspeccionó interesada la prensa de manteca de cacao. Judith se acercó.

—¿Ves eso? Ese líquido que fluye es la manteca de cacao.

—Es amarilla y líquida —notó Serafina.

—Sí. Se utiliza después en la fabricación del chocolate —dijo Judith—. El resto, la torta de cacao restante, se procesa para fabricar el cacao en polvo y las coberturas. El chocolate se fabrica con cacao al que no se le ha quitado la grasa.

En ese momento llegó un trabajador y comprobó en qué punto se encontraba el proceso de prensado y si todo iba sin novedad. Judith intercambió con él unas palabras y luego las tres siguieron avanzando junto a unas máquinas con grandes tinas en las que se mezclaba el cacao, la manteca de cacao, la vainilla y el azúcar.

—En el chocolate con leche se añade también leche en polvo —apuntó Viktoria.

En la siguiente sala las recibió un ruido rítmico.

—Son las máquinas de molido, para hacer el chocolate muy fino —informó Viktoria.

—¡Ah, interesante! —Serafina no podía distinguir los distintos procesos porque la mayoría de las máquinas se componían de cubetas de metal cerradas.

—Este proceso se llama conchado. La masa de chocolate se remueve y refina durante mucho tiempo hasta que alcanza una consistencia muy suave —explicó Judith.

—Ah, ¿y dentro de esas tinas hay rodillos? —preguntó Serafina.

—Judith se acercó a una de las máquinas y levantó la tapa, dejando al descubierto el movimiento de los rodillos, que removían el chocolate formando olas.

—Antes había muchísimo ruido en la planta de producción —dijo Judith—. Pero Victor y yo transformamos todo el proceso para hacerlo eléctrico. Y desde entonces es mucho más silencioso.

Por último, visitaron la zona donde se daba forma a las tabletas a partir de la masa fluida.

—En esta máquina se fabrican las típicas tabletas. Los bombones y otras especialidades las hacemos todavía a mano, totalmente o con ayuda de algunos aparatos. A Victor se le ocurren muchas buenas ideas para mejorar las técnicas —dijo Judith por último—. Y a Karl también.

—Y luego Eberle las pone en práctica —completó Viktoria. A Serafina le sonaba el nombre.

—¿Eberle?

—Un amigo de Victor. Tiene mucho talento técnico y manual, y trabaja mucho con él y con Karl —respondió Judith—. Seguro que lo conocerás muy pronto.

—Seguro. Karl lo mencionó en una ocasión —dijo Serafina—. Muchas gracias por enseñármelo todo. No sabía que hacían falta tantos pasos para producir chocolate.

—Lo hemos hecho encantadas, ¿verdad, Viktoria? —respondió Judith, que acarició la cabeza rubia de su hija.

—Sí. —Viktoria se apartó de las caricias de su madre—. Yo ya me voy.

—Espera, que vamos contigo —dijo Judith.

Serafina permaneció junto a Judith en el camino de vuelta hacia donde habían comenzado la visita de la planta.

—¿No os afectó mucho la guerra? —le preguntó, antes de quitarse la cofia y el delantal.

—Esos años fueron relativamente llevaderos porque el ejército nos hizo muchos pedidos. Fueron peores los siguientes, cuando nadie sabía qué iba a pasar. Y luego llegó la horrible devaluación. En aquel entonces, una tableta de chocolate costaba por la mañana un millón de marcos y por la tarde tres. Increíble.

—De aquello me acuerdo muy bien. Nuestra asistenta llenaba una cesta de la ropa con billetes para ir a comprar el pan.

Al recordarlo, Serafina meneó la cabeza.

—Y, además, las calles llenas de indigentes y soldados tullidos. Todavía se los ve ahora, aunque ya no hay tantos. —Judith colocó la ropa de nuevo en el armario—. Menos mal que esa época ya pasó.

En aquel momento se abrió la puerta que daba al exterior.

—¿Qué época? —preguntó una voz varonil.

—¡Tío Karl! —exclamó Viktoria entusiasmada. Karl pasó el brazo por el hombro a su sobrina.

—¡Ah, Karl! ¿No te has ido aún a casa? —preguntó Judith.

—No, ¿por qué me iba a ir? —replicó irritado.

—Pensaba que después de la discusión de antes con Victor... —empezó Judith, pero Karl la interrumpió con un gesto de la mano.

—No pienso dejar que algunas diferencias de opinión me amarguen el día, Judith. Además, al final hemos hecho las paces, como siempre. Tu marido me manda a Berlín.

Serafina sintió curiosidad.

—Ah, ¿sí? —Judith pareció alegrarse de la noticia—. ¿Y para qué?

—Queremos explorar la posibilidad de una cooperación con la familia Sarotti. Al parecer van a vender participaciones de la empresa —respondió Karl—. Y yo tengo que venderles nuestras máquinas expendedoras de chocolate.

—Ah, cierto, de eso ya habíamos hablado.

—No hay nada que tú no sepas, Judith, ¿no?

Judith sonrió y le dio una palmadita en el antebrazo.

—Pocas cosas. Las mujeres tienen que enterarse siempre de todo.

—Pero ahora soy yo el que quieres saber de qué época estabais hablando vosotras —dijo Karl, de nuevo con aire pícaro.

—De la época en que el dinero no valía nada —respondió Judith.

—¡Ay, sí! Menos mal que aprobaron la reforma monetaria y a partir de entonces se acabaron las preocupaciones —dijo Karl con ligereza. Se dirigió a Viktoria—. ¿Le has enseñado todo a Serafina, Vicky?

—¡Claro! ¡Y le encanta nuestra fábrica!

—Entonces me quedo tranquilo.

Karl se rio y miró a Serafina, que no reaccionó inmediatamente. Al oír hablar de los planes de Karl de viajar a Berlín, sus pensamientos se trasladaron a Lilou, a quien solo había visto brevemente desde su tarde en la vinoteca para darle la dirección de Degerloch. La francesa había abandonado la ciudad el domingo anterior con la comitiva de Josephine Baker.

Cuando se dio cuenta de que Karl y Viktoria la miraban expectantes, se sintió avergonzada y se apartó de la cara un mechón de pelo que se colocó tras la oreja.

—¿Cómo?

—Te gusta nuestra fábrica, ¿no?

—¡Pues claro! Es muy interesante. Gracias por haberme explicado todos los detalles.

—Entonces, si habéis terminado aquí, ¡puedo llevar a Serafina a casa! —Los ojos de Karl refulgieron de alegría.

—¡Imposible! ¡Todavía quiero enseñarle nuestra cocina de pruebas! —protestó Viktoria.

—Vamos a tardar todavía una hora, Karl —intervino Judith.

—¿Una hora? ¿Tanto? —preguntó Karl con fingida indignación.

—Sí. ¡Una hora! —repitió Viktoria satisfecha. Serafina se echó a reír.

—¿Y a mí nadie me pregunta?

—No, ¿por qué? —preguntó Viktoria confundida—. ¿Es que no quieres?

—Querida Serafina —se entrometió Karl—, ¿permitirías que después de tu audiencia chocolatera privada con Vicky te llevara en coche a Degerloch?

Se quitó el sombrero e hizo una reverencia un tanto exagerada.

—Ay, Karl, siempre estás de broma —suspiró Judith.

—Tendré que pensarlo muy seriamente —respondió Serafina, imitando el tono humorístico de Karl.

—De acuerdo —replicó él otra vez serio—. Te esperaré en el coche, Serafina. Está abajo, en el patio, un descapotable verde.

—¿Un descapotable? —Serafina se alegró—. He visto muchos, pero nunca he montado en ninguno. ¡Seré puntual!

—De todas maneras, tengo que mirar una de las tostadoras, que está dando problemas otra vez —dijo Karl—. ¡Hasta luego!

Serafina había oído un par de veces que en los últimos tiempos se repetían los problemas técnicos. Por eso se percató de la expresión de preocupación que pasó por la cara de Judith.

—¡Yo voy luego con vosotros en el descapotable! —anunció Viktoria.

Karl hizo un gesto con la mano.

—Esta vez no, Vicky. Pero la próxima, seguro.

Le dio un abrazo rápido a la niña, se despidió con una inclinación de cabeza de Judith y Serafina, y se dirigió a las salas de producción. Judith se quedó mirando en dirección a su hermano y frunció el entrecejo.

—Tú vienes luego con Theo y conmigo a casa, Viktoria.

—Ay, mamá...

—Pero de camino pasaremos por el mercado, ¿de acuerdo? —le ofreció Judith.

Viktoria se lo pensó, pero al final accedió.

—Vale, mamá. Y tú vienes ahora conmigo a la cocina de pruebas, tía Serafina.

—¿Tienes una cocina para ti sola? —preguntó Serafina con auténtico interés.

—Sí. Bueno, en realidad es de mamá, pero me deja entrar siempre que quiero.

—Pues me encantará verla —le dijo Serafina.

—Muy bien —dijo Judith—. Y cuando terminéis vienes a mi despacho, ¿de acuerdo, Viktoria?

—Sí, mamá.

Cuando Judith desapareció de su vista, Viktoria condujo a su tía escaleras arriba. Después recorrieron un pasillo hasta que la niña se detuvo frente a una puerta pintada de blanco y agarró el picaporte.

La abrió con mucha ceremonia.

Serafina se encontró de repente en un pequeño paraíso de chocolate.

15

—¿Y QUÉ TAL en el taller de experimentos de Vicky? —le preguntó Karl a Serafina una hora después, cuando se dirigían juntos en el descapotable hacia Degerloch. Tuvo que levantar la voz para hacerse oír por encima del ruido del motor.

—¡Fenomenal! —exclamó Serafina entusiasmada—. Imagínate, está intentando hacer un bombón con un pastelillo dentro.

—¿En serio? Una idea original, aunque no será fácil de realizar. Pero Vicky es muy ingeniosa, veremos qué se le ocurre.

—Le sugerí que en lugar de un pastelillo probara con una galleta —dijo Serafina—. Me puedo imaginar que es más fácil cubrir de chocolate una galleta, que es más dura, porque un pastel más blando se puede deformar fácilmente.

—Es una buena idea —dijo Karl—. ¿Qué dice Vicky?

Serafina se rio.

—Se quedó sorprendida, pero quiere probarlo mañana, en cuanto consiga unas galletas o las haga ella misma.

—Ah, es verdad, que también tienen un horno allí. Entonces seguro que las hará ella misma.

Karl tuvo que frenar de golpe porque se le cruzó una moto con sidecar.

—¡Idiota! —insultó Karl—. ¡Hay algunos que no saben conducir!

Volvió a acelerar.

Serafina estaba disfrutando mucho del trayecto a pesar de la conducción temperamental de Karl. La brisa le acariciaba la cara y jugaba con los mechones de pelo negro que asomaban bajo el sombrero rosado. La invadió una sensación desacostumbrada de libertad, ligera y embriagadora.

—¿Te gusta? Me refiero a viajar en descapotable. —Karl la miró de reojo.

—¡Sí! ¡Es maravilloso! —Serafina le sonrió—. Gracias por llevarme.

Él le tomó la mano y le dio un ligero apretón.

—¡Sabía que ibas a disfrutar!

—La verdad es que es una sensación totalmente distinta viajar al aire libre, en comparación con los automóviles cubiertos —confirmó Serafina—. Casi me dan ganas de probar yo misma.

—¿Quieres decir que te gustaría conducir?

—¡Claro que me gustaría!

—Pues entonces no lo dudes y hazlo.

—En cuanto se presente la ocasión.

—¿Has conducido alguna vez, Serafina?

—No. Mi padre tenía un automóvil, pero no le parecía apropiado dejar conducir a su hija. Aunque en Berlín hay muchas mujeres al volante.

Karl sonrió.

—¿Y tu padre era tan severo en todo?

—Bueno, sí que ponía cuidado en que no me desmandara demasiado. Yo era una niña muy viva, cosa que no cambió al crecer.

—¿Más bien al contrario?

Serafina se rio.

—Más bien al contrario.

—¿Y tu madre?

—A mi madre no la conocí.

—¿Y eso? ¿Falleció?

—La verdad es que no lo sé. —Serafina suspiró. Karl estaba atónito.

—¿No sabes si tu madre está viva?

—Puede sonar un poco raro —respondió Serafina en voz baja—, pero así es. No sé prácticamente nada de ella. —Se recostó en el asiento de cuero y dirigió su vista al cielo azul, en el que se movían unos pocos retazos de nubes—. Me dejó con mi padre cuando yo tenía un año. No la he visto desde entonces.

—Mi madre también nos abandonó —dijo Karl tras un momento de duda—. Anton y yo teníamos entonces ocho años.

Serafina se enderezó en el asiento y lo miró.

—¿De verdad?

—Sí, de verdad. Pero... al menos sabíamos dónde vivía. Y teníamos a Judith.

—¿Vuestra hermana os crio?

—Sí. Cuidó de nosotros. Mejor que mi madre en los años anteriores. —Su voz adoptó un tono tierno—. Al menos así nos pareció a nosotros. Ella tenía entonces veintiún años y poco después tuvo su primer hijo. Pero eso no afectó a sus cuidados ni a su cariño. Martin y Vicky son para mí como hermanos.

—Tengo que decir que tu hermana es impresionante —dijo Serafina con admiración.

—Sí que lo es. —Karl agarró el volante con más fuerza—. Entonces no conoces a tu madre. ¿Y tampoco tienes una fotografía o algún otro recuerdo de ella?

—Hay algunas fotos. Era bailarina y yo fui la consecuencia no deseada de una noche de estreno. —Volvió a recostarse en el asiento—. Mis primeros meses de vida los pasé entre el escenario de un teatro de variedades de reputación dudosa y un cuarto de alquiler barato. Y luego murió su madre, o sea, mi abuela, que me había cuidado, y mi madre me entregó a mi padre. Él me aceptó, entonces ya llevaba varios años viudo. Por lo menos, así me lo contaron a mí.

—Es una historia de novela —declaró Karl mientras adelantaba temerariamente a un ciclista.

—Sí. De una novela muy triste. —Serafina jugueteó con su collar de perlas—. Le estoy muy agradecida a mi padre. —Bajó la cabeza—. Y a ella también, al fin y al cabo, porque, al entregarme a mi padre, me dio una vida que ella nunca habría podido ofrecerme. Tal vez esa fuera la mayor prueba de su amor por mí.

—¿Nunca la has buscado?

Serafina vaciló antes de responder.

—En realidad, no —dijo por fin—. Solo cuando murió mi padre, pero fue... muy difícil.

—De todas formas, no lo dejes. A lo mejor la encuentras algún día. ¡Seguro que Victor te ayudaría!

Karl dio un golpe en el volante para subrayar sus palabras y el automóvil desvió su trayectoria.

—¡Cuidado! —gritó Serafina.

—Tranquila, todo bajo control.

—¿Estás seguro?

—Lo mejor será que conduzcas tú—sugirió Karl—, ya que parece que lo haces mejor que yo.

—¡Sí, sería lo mejor! —exclamó Serafina, dándole una palmadita en el brazo.

—Muy bien, señorita Rheinberger, entonces voy a darle su primera lección ahora mismo.

—¿Perdona?

—Has oído bien. Te voy a enseñar a conducir. Ahora. Ya has aprendido conmigo a jugar al tenis.

Karl mantuvo su palabra. Cuando llegaron al barrio de Degerloch, eligió un callejón tranquilo, detuvo el coche y le cedió el volante a Serafina. Después comenzó a explicarle el funcionamiento de los pedales y el cambio de marcha.

Cuando terminó, animó a Serafina a arrancar el descapotable. Ella pulsó el botón de encendido, pero el auto no se movió.

—Aprieta otra vez —dijo Karl.

Serafina lo intentó varias veces más.

—Esto no tiene sentido —dijo Karl, que se bajó del automóvil e hizo girar con energía una manivela situada entre los dos faros.

El vehículo se puso en marcha inmediatamente y Karl volvió a subir a su asiento. Pero cuando Serafina quiso iniciar la marcha, el auto dio una súbita sacudida hacia adelante.

—¡No! ¡Así no! —protestó Karl—. Te lo he explicado bien claro.

—Bueno, me has enseñado todas las funciones en un momento —refunfuñó Serafina, que se había asustado a sí misma—. Una explicación en toda regla no ha sido.

—¿Te vas a quejar?

—Sí. —A Serafina se le escapó una risita. La cara de Karl, roja por la tensión, mostraba claramente que solo estaba preocupado por los dos, y sobre todo por el descapotable.

—¿Y qué te hace tanta gracia? —le preguntó, pero las comisuras de sus labios también se curvaron hacia arriba cuando Serafina no pudo controlar su risa—. ¿Quieres que dejemos la clase de hoy?

—¿Cómo? ¿Dejarlo? —preguntó Serafina con indignación fingida—. No, no. Pero si acabamos de empezar. Ten un poco de paciencia conmigo, Karl Rothmann. Normalmente no eres tan miedoso.

Karl carraspeó, se inclinó hacia ella y señaló su pierna que, cubierta por una media de color claro, asomaba bajo el vestido rosado y pisaba con fuerza el embrague.

—Tienes que soltar ese pedal muy lentamente. Y al mismo tiempo pisar el acelerador con el pie derecho, hasta que notes que el coche quiere avanzar —indicó Karl—. Hay que hacerlo con mucha sensibilidad. ¿Serás capaz?

Serafina no respondió, sino que lo miró con una expresión burlona. Luego se volvió a concentrar en el automóvil. Esta vez funcionó mejor y avanzaron unos metros, aunque el vehículo trazó una curva alarmante en dirección hacia un prado rodeado por un vallado.

—¡No te olvides de conducir el coche! —Karl agarró el volante y corrigió la dirección de forma que recuperaron la línea recta.

Serafina se concentró en mantener el automóvil en su carril e incluso se atrevió a pisar un poco más el acelerador.

—Bueno, ahí delante giras a la izquierda —indicó Karl unos metros después, e indicó con el dedo el siguiente cruce—. ¡Acuérdate del doble embrague cuando reduzcas la marcha!

Serafina hizo lo que le habían dicho, pero cuando intentó girar el volante a la izquierda, notó una gran resistencia.

—¡No va! —exclamó.

—Claro que va. Solo necesitas más fuerza.

Serafina agarró el volante con las dos manos y lo hizo girar con todas sus fuerzas hacia la izquierda.

—¡Qué difícil es girarlo!

—¡Claro! ¡Son varias toneladas de acero!

El descapotable dobló la esquina con dificultad.

—¡Cuidado! —Karl volvió a agarrar el volante porque, como a Serafina le costaba tomar la curva, le había cortado el paso a una moto que venía en sentido contrario.

El automóvil y la motocicleta se esquivaron por muy poco.

—Por los pelos —gimió Karl—. ¡Tu forma de conducir nos va a costar la vida!

Serafina dejó rodar el vehículo.

—¡Pues conduce tú! —exclamó. El corazón latía agitado en su pecho. Aunque parecía tranquila, llevaba el susto metido en el cuerpo.

—¿Por qué?

—¡Esto es demasiado peligroso!

—¿Te rindes?

—No... Bueno, sí, me rindo. Al final el automóvil va a terminar destrozado y alguna persona muerta.

Karl se rio.

—Todo el mundo tiene que aprender. ¡Acelera!

La dirigió unas cuantas calles más mientras atravesaba el centro del pueblo, donde pasaron peligrosamente cerca de un carruaje de caballos, por delante de una iglesia y una escuela, hasta llegar al otro lado de la localidad, donde la carretera asfaltada se convertía en un camino flanqueado por árboles. Con una última sacudida, el motor se apagó.

—Bueno, por hoy ya ha hemos tenido bastante —declaró satisfecho Karl—. Ahora le ha llegado el turno a otra cosa.

Y antes de que Serafina supiera qué estaba pasando, se encontró entre sus brazos, con los labios frescos de Karl sobre su boca. Por un momento se puso tensa, se sintió abordada por sorpresa, pero las emociones vividas y la exaltación de haber conducido ella misma un automóvil hicieron desaparecer su resistencia.

Solo cuando las muestras de cariño de Karl se volvieron más exigentes, Serafina se dio cuenta de que estaba permitiendo algo que en realidad no quería.

Apartó la cara y le puso una mano en el pecho para apartarlo con suavidad. No quería rechazarlo demasiado bruscamente. Por fin, él relajó su abrazo y carraspeó.

—Deberíamos regresar.

—Sí.

Un poco aturdida, Serafina se bajó del coche, se colocó bien el vestido y volvió al asiento del acompañante. Karl puso en marcha el auto y condujo lentamente hacia el barrio residencial.

—Lo que me sigo preguntando —inició la conversación para evitar que surgiera un silencio embarazoso—, es lo siguiente: ¿cómo se las arregló tu padre en aquella época? Me refiero a que tener una niña pequeña, sin esposa, seguramente fue una tarea muy complicada.

—Ah, ¿te parece que solo las mujeres pueden criar niños?

—El tono de Serafina fue un poco mordaz, pero enseguida continuó más amablemente—. Teníamos a la señorita Schmidtke, nuestra ama de llaves. Pero, sobre todo, él hizo siempre todo lo que pudo por mí. No eché nada de menos.

—Te creo. Me parece que entre los dos te inculcaron una personalidad fascinante.

Serafina notó que su cumplido era sincero. Lo miró.

—¿Karl?

—¿Sí?

—¿Me llevas contigo a Berlín?

YA ESTABAN CASI en casa. Karl cambió a la marcha más baja y redujo la velocidad. Cuando tomaron el camino de entrada de la mansión Rheinberger, Theo salió a recibirlos.

—Gracias a Dios, señor. ¡En la casa están todos preocupados!

—Pero si apenas acaba de anochecer, Theo. ¡Y ya no somos niños!

—Los esperaban a cenar. ¡Hace dos horas! —Theo se colocó bien la gorra de chófer—. ¿Vuelve usted a su casa esta noche, señor Rothmann, o se queda a dormir aquí?

Karl se lo pensó unos segundos.

—Me quedo.

—¡Entonces voy a meter el coche en el garaje!

Karl apagó el motor y Theo le abrió la puerta del descapotable a Serafina. Cuando descendieron, el chófer tomó el lugar de Karl al volante.

—Ya conoce a su hermana —le dijo mientras se alejaban—. No creo que acepte el retraso así, sin más.

Se tocó la gorra como despedida, aceleró con cuidado y avanzó unos metros por el camino de gravilla. Cuando Theo ya no podía oírlos, Karl meneó la cabeza.

—Siempre lo mismo. Voy a cumplir treinta años, no tres. Ya va siendo hora de que acepten que vivo mi vida como mejor me parece.

—Te entiendo. —Serafina lo tomó del brazo—. Pero también entiendo a Judith. Al fin y al cabo, se siente responsable.

—Si tú estás conmigo, yo soy responsable de ti —gruñó Karl.

—Te equivocas —replicó Serafina con calma—. La responsabilidad sobre mí la tengo yo misma, y nadie más. Pero seguramente se habrán preocupado al ver que no volvíamos a casa. Podríamos haber tenido un accidente.

—Y no ha faltado mucho, no —sonrió Karl.

16

Stuttgart, taller de Alois Eberle, 12 de mayo de 1926, por la mañana

—Bueno, a mí me gusta mucho este modelo nuevo —dijo Victor, y le dio una palmadita de admiración en el hombro a Alois, que estaba arrodillado, trabajando en su nuevo invento.

—Otra pieza muy lograda —afirmó Edgard Nold, un viejo amigo de ambos que había venido desde Múnich y que se encargaba, como tantas otras veces, del diseño artístico de las máquinas expendedoras de chocolate.

—¡Excelente trabajo! —También Anton asintió entusiasmado.

—Bueno, ya está bien —gruñó Eberle, aunque no podía disimular su satisfacción.

—Estoy seguro de que nuestro nuevo concepto, ofrecer pocas unidades de las máquinas más extraordinarias, va a funcionar —resumió Victor—. Ya no crecemos tanto como al principio, pero lo seguimos haciendo. Karl va a viajar pronto a Berlín y le he encargado que compruebe cómo podemos mejorar nuestros negocios allí.

—¡Buena idea! ¿Cuándo va para allá? —preguntó Edgar.

—Tan pronto como sea posible. Seguramente en el mes de junio.

—Aquí están los planos del aparato. —Alois Eberle se incorporó, tomó unos cuantos pliegos de papel de su mesa de trabajo y se los entregó a Victor—. Y, además, dijiste que tenías algo importante para mí.

—Pues sí —dijo Victor, pensativo—. Se trata de varios problemas que han surgido últimamente en el proceso de producción. ¿Podrías venir a echar un vistazo cuanto antes, Alois?

—Sí, claro. ¿De qué se trata exactamente? —Alois ahuecó la mano detrás de la oreja, como si así pudiera oír mejor. Era un gesto al que se había acostumbrado en la vejez, aunque no tenía ningún problema de sordera.

—En uno de los sacos con granos de cacao se colaron unos guijarros —explicó Victor—. Y eso produjo fallos en la línea de producción.

—Pero en los sacos siempre hay piedras, ¿no las han eliminado las máquinas de limpiado? —preguntó Alois de inmediato.

—No. Eran guijarros de río, que tenían prácticamente el mismo tamaño que los granos de cacao. Por eso no se quedaron en las mallas de los coladores de lavado. En el proceso de selección, las trabajadoras entresacaron algunos, pero no todos. Lo más raro de todo era su color. Marrón amarillento. Tenían el mismo aspecto que los granos del cacao de Trinidad, entre los que se encontraban.

—Así que un par pasaron el proceso de lavado—declaró Alois.

—Sí. Y terminaron bloqueando la trituradora.

Alois asintió.

—¿Habéis conseguido ponerla de nuevo en marcha?

—Sí —respondió Victor—, pero preferiría examinarlo todo con más detalle. Sobre todo, me interesa saber si hay que temer más daños derivados de este percance, y si es posible evitar que se repita algo así. Y me gustaría que lo miraras tú.

—¿Habéis comprobado el cargamento de cacao?

—Sí. En tres sacos de cacao de Trinidad hemos encontrado este tipo de piedras.

—Mmm —pensó Alois—. Es muy extraño.

—Dos días después tuvimos problemas con las máquinas de molido —continuó Victor.

—¿Con todas? —preguntó Eberle.

—No, con dos. Pero estuvieron una noche entera sin funcionar.

—¿Tal vez fue a propósito? —aventuró Anton—. A mí me da la impresión de que esas piedras estaban preparadas. Y tantos problemas en tan poco tiempo...

—Realmente insólito —dijo Edgar—. Por otra parte, también hay casualidades increíbles.

Edgar era de Stuttgart, pero con su esposa, Dorothea, dirigía desde hacía muchos años una fábrica de esmaltes en Múnich.

—Si realmente sospechas que son incidentes intencionados, Victor, podríamos involucrarnos como policía criminal. —Sonrió. Victor lo miró indeciso.

—La última vez éramos mucho más jóvenes, amigo mío, y no habíamos vivido una guerra. No, esos tiempos ya pasaron.

—En primer lugar, vamos a echar un vistazo. Esta tarde me paso por la fábrica —prometió Alois Eberle—. Después de mi cabezadita.

—¿Lo sabe Karl? —preguntó Anton.

—Sí, claro. Él fue el primero en descubrir los guijarros. Hemos decidido que tenga el edificio vigilado, sobre todo por las noches.

—Ah, claro —recordó Edgar—, su piso está justo en frente de la fábrica. —Hizo una pequeña pausa—. ¿Sigue siendo tan impetuoso? —preguntó al cabo de un instante.

—Depende de cómo lo mires. —Anton tomó partido por su hermano de inmediato—. La verdad es que es un gran tipo.

—Claro que sí —replicó Edgar—. Pero Karl siempre fue un poco más irresponsable que tú, Anton. Y parece que eso no ha cambiado, al menos por lo que se oye por ahí.

—Estoy seguro de que Karl haría cualquier cosa por mí, igual que yo por él. Lo que pasa es que llevamos vidas muy diferentes, eso es todo.

—En mi opinión, Karl no asimiló bien que vuestra madre os dejara aquí cuando ella se quedó a vivir en el lago de Garda —dijo Victor—, aunque él mismo no sea consciente de ello.

—Eso ya no tiene importancia —replicó Anton—. Hace mucho que somos adultos. Nuestra madre tuvo sus razones para tomar aquella decisión. Por cierto, ¿la habéis visto últimamente en Múnich? —le preguntó a Edgar.

—Dorothea se pasa a menudo por su librería —respondió Edgar—. Nuestros niños leen mucho.

—Eso me recuerda que Martin va a dar un concierto en la sala Liederhalle. Esperamos que por fin regrese a Stuttgart, dada la ocasión. Como abuela, debería ser razón suficiente. Judith quería escribirle para contárselo.

—¿Que Martin da un concierto? Eso no lo sabía. —Anton estaba sorprendido—. ¿Me dices qué día es para dejarme esa tarde libre?

—A principios de octubre —respondió Victor—, pero habla mejor con Judith. Por cierto, te espera el sábado para cenar, Anton. Me ha encargado que te lo diga.

—En realidad, hace mucho que quería pasarme por Degerloch a visitaros. —Anton había captado la ligera insinuación—. Pero he tenido que hacer una reparación complicada del piano de conciertos del teatro, además de unos cuantos encargos especiales. He estado trabajando día y noche, la verdad.

—Ya sabemos que tienes poco tiempo. Seguro que no se lo toma a mal.

—Pues si Martin viene en octubre, me gustaría invitar a Dorothea a su concierto —intervino Edgar—. ¿Le puedes decir a Judith que nos consiga entradas, Victor?

—Claro —respondió Victor, y se volvió hacia Anton—. Tú también querías hablar de algo, ¿no, Anton?

—Sí. —Anton fue a la esquina del taller, donde Alois había colocado un gramófono—. ¿Te has enterado de los planes de Karl con los discos de chocolate?

—Sí, nos hizo una demostración al otro día. —Victor lo siguió—. Y Judith me tiene tan dominado que le he permitido seguir con ese tema.

Anton sonrió satisfecho.

—Podemos seguir desarrollando la idea —intervino Alois Eberle—, si consigue financiación.

—Judith también me ha hecho prometerle que dispondrá de una suma adecuada.

—¿En serio? —preguntó Anton.

Victor asintió.

—Bueno, entonces hay que fabricarlos de forma que el cabezal no se deslice sobre el aluminio, sino sobre el chocolate.

Alois Eberle pasó sin preámbulos a hablar de la técnica y se les unió en el rincón junto al gramófono.

—La verdad es que tengo mis dudas de si esta inversión merece la pena —opinó Victor—. Es un juguete. Pero no creo que vaya a encontrar muchos compradores. Al menos, a mi parecer.

—El chocolate tiene que ser lo más duro posible. —Eberle ignoró las dudas de Victor—. O sea, con un gran porcentaje de cacao. Y antes de ponerlo en el gramófono debe estar bien frío. Así funcionará bien.

—La idea no me parece mala —opinó Edgar—. A lo mejor no es un éxito de ventas por sí mismo, pero sería una excelente manera de hacer publicidad de los chocolates Rothmann. Imagínate: la única fábrica de chocolate que hace discos comestibles de música bailable, o algo parecido. ¡Se me ocurren un montón de cosas!

—¡Siempre has sido un genio de la publicidad, Edgar! —Victor sonrió—. ¿Nos haces unos bocetos para las fundas de los discos?

—¡Con mucho gusto! Ya me las imagino: una serie con motivos de Stuttgart. Sería estupendo, el teatro de variedades, la ópera y los palacios. O una con músicos, cantantes y bailarinas. O incluso podéis ofrecer fundas individualizadas, por ejemplo, el emblema del mejor vendedor...

—Vale, vale —lo interrumpió Victor riéndose—. Me has convencido. Mientras Alois no nos envíe facturas astronómicas, por mí, Karl puede seguir con su proyecto.

—Es una buena cosa que se encargue Karl —afirmó Anton con confianza.

—Bien, ¿y cómo procedemos? —preguntó Victor, pragmático.

—Necesitamos moldes que se puedan utilizar durante mucho tiempo, en los que se vierta el chocolate líquido y de los que se puedan sacar los discos sin romperlos. Pero ya estoy trabajando en algo así.

—¿Cómo fabricaste el prototipo? —preguntó Victor.

—Primero grabé el disco original con cera, luego lo utilicé como molde para hacer su negativo y lo rellené de chocolate. Es complicado y todavía no funciona bien para grandes cantidades.

—Entonces estás planeando fabricarlos en serie —dijo Victor.

Alois Eberle movió la cabeza lentamente de un lado a otro.

—Si es posible, sí. Y luego ya le he dicho a Anton que estoy pensando en montar un pequeño estudio de grabación. —Sonrió.

—Te entusiasma innovar con la técnica, ¿verdad, Alois? —Anton le guiñó el ojo. A Alois no le cabía la sonrisa en el rostro.

—Pues sí.

—Y mi grupo podría poner la música —añadió Anton.

—¡Exacto! Por ejemplo, tus propias composiciones. —Eberle parecía satisfecho—. Así se podría lograr toda una producción.

—De acuerdo, pues entonces os dejo con ello. —Victor se dio por vencido.

—¿Me necesitáis para algo? —preguntó Anton—. Si ya hemos hablado sobre lo más importante, me tengo que ir.

—Sí, Anton. Por el momento está todo hablado, como diría Alois —respondió Victor.

Eberle carraspeó.

—¿No quieres tomar un vasito de sidra con nosotros, Anton?

—No, gracias. Aunque me cuesta mucho rechazar tu sidra, todavía tengo algo que hacer. —Anton se dirigió a la puerta del taller.

—¡Una última cosa! —exclamó Edgar—. A Dorothea le pareció haber visto a su hermano en Múnich.

Victor prestó atención.

—¿Albrecht von Braun? ¿De verdad?

—Sí, hace un par de días, cerca de nuestra casa. Pero no estaba totalmente segura.

—No me lo puedo imaginar —dijo Victor, meneando la cabeza.

—Ese era el hombre que se iba a casar con Judith, ¿no? —recordó Anton.

—El mismo. —Victor se masajeó el cuello—. Yo pensé que estaba en las colonias y que allí llevaba una vida de lujos como dueño riquísimo de una gran plantación.

—Eso pensábamos todos. Y no me puedo imaginar ninguna razón por la que quisiera presentarse aquí ahora —dijo Edgar—. Su madre no se encuentra muy bien, pero eso solamente no es razón suficiente. Y, además, si estuviera aquí, ¿por qué no visitarnos en lugar de merodear por nuestra casa como un delincuente?

—La verdad es que suena muy extraño —respondió Victor—. Pero ¿quién sabe qué tiene en la cabeza un hombre como Albrecht?

Edgar meneó la cabeza.

—No perdamos tiempo en suposiciones. Seguramente Dorothea se ha equivocado y la persona que vio no era Albrecht. Aunque sea su hermana, al fin y al cabo hace veinte años que no se ven.

—Esperemos que tengas razón —dijo Victor—. Si hay alguien a quien no me gustaría tener cerca de ninguna manera es a Albrecht von Braun. Ni siquiera después de todos los años que han pasado.

17

Una hora más tarde, Anton estaba frente a las galerías Schocken esperando a Elise. Se había dado un baño rápido, se había cambiado y había vuelto a salir a toda prisa.

Llevaba en la mano un ramo de claveles blancos y rosas de olor intenso que había comprado de camino a una florista de la Königstrasse. Esperaba que a Elise le gustaran los claveles y se alegrara del detalle.

Porque Anton tenía mala conciencia.

Se habían visto dos veces, sin contar su primera visita al taller. La primera vez habían paseado por los jardines del palacio y luego habían ido al café Fürstenhöfle en la Wilhelmsplatz. Y la segunda le había enseñado los invernaderos exóticos del zoo Wilhelma.

Después de eso, la cantidad de trabajo que tenía en su fábrica de pianos le había impedido invitarla a una cena formal, como era su intención y como le había insinuado a ella. Y para recuperar por fin aquel plan, el viernes anterior le había hecho llegar una carta para solicitarle una cita el miércoles por la noche.

Ella había tardado en responder, pero el martes le había dejado su respuesta afirmativa en el buzón del taller. Anton se sintió aliviado y se había propuesto disculparse adecuadamente.

Se estaba haciendo esperar. Aunque las galerías ya habían cerrado sus puertas hacía más de un cuarto de hora, no había ni rastro de Elise. Alrededor del edificio reinaba una gran animación a aquella hora.

Los últimos clientes llevaban sus compras a casa, algunos viandantes contemplaban en grupitos los productos que se exhibían en los escaparates. En las calles y alrededor del cruce donde se encontraba Anton se observaba el tráfico normal del final de la jornada laboral.

La entrada del personal estaba situada al otro lado del edificio, eso sí lo sabía Anton. Pero había preferido esperarla junto a la entrada principal. Le pareció más discreto.

Pasó otro cuarto de hora hasta que Elise por fin apareció en la acera entre el flujo de peatones. Estaba muy guapa con un vestido de líneas sencillas de color verde tilo hasta la pantorrilla y un sombrero a juego adornado con un discreto lazo.

No lo vio enseguida porque iba hablando con su acompañante, seguramente una compañera de trabajo. Anton la observó por el rabillo del ojo: la figura delicada, la sonrisa simpática, los gestos tranquilos con los que subrayaba la conversación.

Luego, cuando lo reconoció, se quedó un momento parada y le hizo un gesto a su acompañante para que continuara sin ella. La chica asintió de buen humor y pareció hacerle algún comentario en broma a Elise antes de marcharse; Anton notó su sonrisa reservada mientras se dirigía hacia él abriéndose paso entre la gente que caminaba apresurada.

—Buenas tardes, señorita Bender —le dijo cuando la tuvo delante.

—Buenas tardes, señor Rothmann.

Su mirada recayó un momento sobre las flores.

—Señorita Bender —comenzó Anton, y se dio cuenta de que se le tomaba la voz—. Me gustaría disculparme. —Carraspeó y le entregó los claveles—. Lamento mucho no haber dado señales de vida durante tantos días. He tenido muchísimos encargos...

—Gracias —lo interrumpió Elise, que lo miró unos instantes. Luego tomó las flores con una discreta inclinación de cabeza y las contempló—. Son muy bonitas —dijo finalmente.

—Me alegro de que le gusten. —Anton entendía su reserva y esperaba que aquella distancia tan evidente se fuera reduciendo a lo largo de la velada. Le ofreció el brazo—. ¿Vamos?

Ella lo aceptó.

—Sí. ¿Adónde?

—Déjeme que la sorprenda. —Le sonrió.

Cruzaron juntos la Hirschstrasse y unos metros más allá tomaron la Königstrasse. También aquí, en el amplio eje principal que atravesaba el centro de la ciudad, reinaba el bullicio y la animación. La cálida tarde de verano ejercía su influjo y se notaba cierta relajación en el ambiente mientras paseaban por el corto trayecto hacia la calle del palacio.

—Hace una tarde preciosa —se le escapó a Elise—. Me encantan estos días cálidos en los que ya se anuncia la llegada del verano.

Anton le dio un ligero apretón en el brazo y recorrió la plaza con la mirada. El chapoteo de las dos fuentes acompañaba las risas y la charla de las personas que paseaban por los senderos de gravilla entre las grandes superficies de césped. Otros pasaban el final del día bajo los toldos del imponente edificio Königsbau, al otro lado de la plaza.

—Sí, es cierto —respondió—. A mí también me gusta mucho la primavera.

Aunque aún se trataban de modo muy formal, el interés de Anton por Elise era sincero.

Llevaba mucho tiempo pensando en fundar una familia. Hasta entonces había evitado pensar en el matrimonio, primero porque lograr la consolidación de su fábrica de pianos le había requerido mucho tiempo y energía, y después porque no había conocido a ninguna chica con la que pudiera imaginar una vida en común.

A veces pensaba que la razón por la que evitaba dar ese paso podía ser la mala relación de sus padres. A pesar de la soledad, le parecía mejor estar así que atrapado en una relación infeliz. Se acordaba vagamente de su madre, que solo había podido evitar la confrontación con su marido sumiéndose en una aguda melancolía. Y aquel ánimo sombrío había pesado mucho en la vida de la mansión de Degerloch, por muy lujosa que pareciera desde el exterior. La auténtica felicidad solo llegó con la boda de Judith.

A pesar de todo, Anton había dejado el domicilio familiar con mucho gusto cuando le surgió la oportunidad de comprar la casa con el taller en la que ahora vivía y trabajaba. Su fábrica iba bien y disfrutaba de su independencia en todos los sentidos. Abrirse a una mujer habría sido, para él, como correr un riesgo incalculable que podía poner patas arriba su ordenado mundo.

Pero con Elise todo era distinto.

Su carácter nada pretencioso la diferenciaba de la mayoría de las mujeres, que a él le parecían veleidosas y superficiales, interesadas principalmente en la diversión y las apariencias. En cambio, a Elise podía imaginársela muy bien a su lado, tranquila y seria como él. Un matrimonio así sería muy sencillo, sin altibajos extremos, y todos podrían concentrarse en lo importante: mantener un negocio próspero y una vida familiar armoniosa.

Cuando unos pasos más adelante llegaron a la siguiente esquina, Anton se detuvo.

—Hemos llegado.

—¡Oh! ¡El hotel Marquardt!

—Sí. —Anton sonrió—. ¿Me acompaña?

La condujo hacia la entrada al hotel, bajo el dosel, y le abrió la puerta cortésmente.

—Después de usted, señorita Bender.

En el vestíbulo se había reunido un grupo de mujeres que vestía ropa muy atrevida, con vasos de champán en la mano y fumando en boquilla. Anton se dirigió directamente al restaurante. De todas formas, a Elise no le interesaban aquellas actividades frívolas. En lugar de eso, contempló con atención el interior del restaurante. Con un gesto inconsciente, se quitó el sombrero y sacudió su melena rubia, cuidadosamente peinada. Anton la ayudó a quitarse el abrigo.

—Gracias, señor Rothmann.

El encargado del restaurante se acercó apresuradamente.

—Ah, señor Rothmann, bienvenido. ¿Me permite? —Colgó el abrigo de Elise y luego hizo un movimiento con la mano hacia la sala—: Le hemos reservado una mesa, como pidió. ¿Me acompañan, por favor?

Los condujo a una mesa junto a la ventana con mucha luz. Cuando estuvieron sentados, les entregó la carta con una ligera reverencia.

—Muchas gracias. —Anton le respondió con una inclinación de cabeza al encargado, que se retiró discretamente.

Se concentraron en la elección de las bebidas y los exquisitos platos. Anton se decidió con rapidez, mientras que a Elise le resultaba muy difícil.

—¿Me permite que elija por usted? —se ofreció Anton para ayudarla.

Ella asintió.

Parecía que no estaba acostumbrada a un marco tan elegante como el Marquardt. Anton deseó por un momento haber elegido un local más sencillo para que les resultara más fácil romper el hielo.

Un camarero se acercó a su mesa.

—¿Han elegido los señores?

—Sí —respondió Anton—. Como entrante, por favor, tosta de caviar para los dos, acompañada de un Riesling ligero. Después, para la dama, un solomillo, y yo tomaré el Chateubriand. Y como acompañamiento, ragú de espárragos para los dos.

—Muy bien.

—Con la carne yo tomaré un tinto Spätburgunder. La señora seguirá con el blanco —añadió Anton.

El camarero le dio las gracias por la comanda y poco después les sirvió dos copas de un vino blanco de color amarillo claro.

—A su salud. —Anton levantó la copa y buscó la mirada de Elise—. Un Riesling ligero va muy bien con una tarde de aire veraniego como esta.

144

Elise imitó su gesto, bebió un sorbito de su copa y volvió a dejarla en la mesa con cuidado.

—No sé mucho de vinos. Pero este sabe muy rico.

Anton asintió satisfecho.

—¿Cómo ha estado usted estas semanas, señorita Bender?

—Bien.

—La gente dice que las galerías van estupendamente.

—Hay siempre mucho que hacer, pero me encanta trabajar allí —respondió Elise—. ¿Y usted? Seguramente tiene también mucho trabajo.

Anton asintió.

—Sí, la verdad es que sí. Por eso... —se detuvo un momento antes de seguir hablando—. Me gustaría pedirle disculpas, señorita Bender. En las últimas semanas he estado muy ocupado y no le he mostrado la atención que merecía.

Elise lo miró tranquila.

—Acepto sus disculpas —dijo después de un momento de duda.

—Me alegra mucho oírlo, señorita Bender. Muchas gracias por su generosidad. En verdad tenía mala conciencia.

—Pero me gustaría que me lo explicara todo.

Anton la miró confundido.

—¿Que le explicara todo?

—Sí. Todo.

—Ya le he dicho que he estado muy atareado.

Ella lo miró con aire desafiante.

—Sí, eso ha dicho.

Anton se sintió incómodo. Tenía la sensación de que ella esperaba algo de él, pero no tenía la menor idea de qué.

—No he podido cumplir antes mi promesa —continuó—. Hace mucho que quería traerla aquí, pero siempre surgía algo que me lo impedía.

Se pasó la mano por el cabello oscuro y luego, con un movimiento rápido, bebió un trago de vino.

—Mmm. —Elise adoptó una postura más erguida.

—Señorita Bender, no entiendo qué quiere decir. —Se le notaba cierta impaciencia en la voz. A Anton no le gustaban los jueguecitos y empezaba a pensar que ella estaba jugando con él—. Es verdad que he dejado pasar demasiado tiempo desde nuestro último encuentro, y me disculpo por ello. Pero no tengo nada más que decir al respecto, únicamente que esperaba con ilusión esta velada con usted.

Elise lo miró con los ojos muy abiertos, que brillaban con un destello poco habitual en ella. Tomó su vaso de vino, bebió la mitad de un trago y lo dejó bruscamente sobre la mesa. ¿Querría envalentonarse con la bebida?

—¿Y le gustó el regalo a la dama?

Antón la miró atónito.

—¿Cómo dice?

—Ya sabe a qué me refiero, señor Rothmann.

Ella fingió calma y Anton se preguntó cómo había podido equivocarse de aquel modo. Al parecer, no era ni una pizca mejor que las demás mujeres que había conocido hasta ahora. Meneó la cabeza.

—A riesgo de decepcionarla, tengo que admitir que no tengo la menor idea de qué me habla.

Elise se apartó un mechón de pelo de la cara con un gesto brusco. Anton se dio cuenta de que también era una situación incómoda para ella.

—Muy bien. ¿Para quién era el exclusivo perfume de mujer que compró hace algo más de una semana? Y lo compró en mi departamento.

—¿En su departamento?

—Sí.

—No he comprado ningún perfume de mujer. Ni en su departamento ni en ningún otro sitio.

Ella le lanzó una mirada inquisitiva.

—¿Cree que me he vuelto loca?

—Claro que no, señorita Bender. Pero le agradecería mucho que me aclarara este extraño... suceso.

—En realidad, le corresponde a usted aclararlo. Se presenta una mañana en mi departamento de perfumería, actúa como si no me conociera y me pide que le aconseje con todo detalle en su elección de perfume, y después se lo regala a otra... mujer.

Elise pronunció la última palabra en voz muy baja.

Anton comprendió por fin lo que había pasado y no pudo evitar una sonrisa.

—¿Qué le hace tanta gracia? —preguntó Elise irritada—. ¿Es que tiene un doble?

—Se podría decir así.

—¿Qué quiere decir con eso?

—Tengo un hermano gemelo.

Al ver su cara de estupefacción, la sonrisa de Anton se ensanchó.

—Señorita Bender, le ruego que no se tome a mal que me divierta la situación.

—A mí no me hace ninguna gracia.

—Lo comprendo. Pero hacía mucho tiempo que no me confundían con mi hermano, Karl. De niños era muy habitual, pero desde que somos adultos apenas había vuelto a suceder.

—De... ¿de verdad tiene un hermano gemelo? —Elise menó la cabeza confundida—. ¡Vaya! Ahora me toca a mí disculparme.

—No, claro que no. Usted no podía saberlo. Karl y yo nos parecemos mucho. Pero para evitar confusiones en el futuro, sugiero que me llame Anton. —Le guiñó un ojo.

Su expresión se relajó al fin.

—Si quieres llamarme Elise... —dijo con un ligero suspiro. Anton percibió el alivio en su voz.

—Sí, me gustaría mucho llamarte Elise —respondió él—. Brindemos por ello, Elise.

Justo cuando Anton comenzaba a contarle algunas cosas sobre su niñez como gemelo, les sirvieron los entrantes. Elise estaba tan interesada en las historias de Anton que casi se olvidó de comer.

—¿De verdad vaciasteis el licor de las botellas de vuestro padre e intentasteis incendiar con él un pajar? —Se rio por lo bajo.

—No solo lo intentamos, el pajar ardió de forma espectacular.

—¿Se quemó?

—Sí, pero tengo que reconocer que el plan original era otro. Queríamos invocar una serpiente de fuego.

—¿Con licor?

—Sí. Pensábamos que si derramábamos el licor en una línea serpenteante y lo prendíamos, sería un espectáculo emocionante. Y lo fue, pero de forma distinta a como lo habíamos planeado.

—¡Madre mía! —Elise parecía fascinada por la historia, y Anton se alegraba de haber despejado el malentendido entre ellos—. Seguramente aquello tuvo sus consecuencias negativas.

—Pues sí. Muy negativas. Sobre todo para el pajar, que terminó la jornada como un montón de madera quemada. Y luego para nosotros, porque la vara de mi padre nos dejó unos cuantos verdugones.

—Pero vuestro padre tenía que castigaros, claro. Imagínate que hubiera sido una vivienda. O que hubiera habido animales en el pajar. —Se percibía la auténtica preocupación de Elise—. Los niños no deben hacer ese tipo de cosas.

Por un momento, Anton vio en su mente la imagen de dos granujillas que, por fuera, eran como dos gotas de agua, pero con dos personalidades muy distintas. Con un espíritu aventurero, Karl buscaba siempre el riesgo, mientras que Anton ya de niño se debatía entre una curiosidad vivaz y la voz precavida de su conciencia.

Y en el fondo así había continuado hasta hoy.

El lazo que unía a los gemelos desde el vientre materno no había cambiado en absoluto. Aquel hilo invisible era el responsable de que Anton, por ejemplo, se comprara el mismo sombrero que Karl, con la única diferencia de que uno lo había comprado en Ludwigsburg y el otro en Stuttgart. También explicaba el hecho de que los dos, el mismo día y casi a la misma hora, hubieran tenido un accidente de moto, Karl en Degerloch y Anton en Cannstatt. Era la causa de incontables hechos paralelos en sus vidas que, de otra forma, habrían sido imposibles de explicar.

—Nadie sufrió ningún daño, Elise —la tranquilizó Anton—. Y de eso hace ya muchos años. —Decidió cambiar de tema, ahora que habían servido el plato principal—. Espero que te guste el solomillo. Aquí son siempre tiernísimos.

Mientras disfrutaban de la cena, Anton animó discretamente a Elise a que le hablara un poco de sí misma. Le contó cuánto se había alegrado al conseguir un trabajo en Schocken y le habló de lo simpáticas que eran sus compañeras y de la azotea de las galerías, que los empleados podían usar durante los meses de verano en las pausas. Esto último sorprendió a Anton.

—¿De verdad que han instalado un solárium en la azotea? —le preguntó.

—Sí. Y han dicho que van a poner unos toldos —continuó ella—. A mediodía hace mucho calor y no hay nada de sombra.

Anton estaba sorprendido.

—¿Y van a poner también tumbonas?

Había hecho la pregunta en broma, pero Elise le respondió totalmente en serio.

—Sí, eso es lo que han planeado. ¿Y por qué no?

—Claro. Seguramente es muy placentero poder disfrutar así de los descansos. —Anton meneó la cabeza sin darse cuenta. Tumbonas para los empleados, le pareció una idea un poco feudal.

—Pues sí. Y si alguien, como es mi caso y el de muchos otros empleados, no goza de grandes comodidades en casa, lo valora cada día como un regalo.

En su última frase se notaba un poco de despecho, y Anton tuvo mala conciencia porque al parecer ella había percibido su tono burlón.

—Discúlpame, Elise. Mi reacción ha sido muy arrogante.

—Está bien.

Después de comer un poco, habló en tono sosegado de cómo era su casa. Anton se dio cuenta de que los aprietos económicos no eran la única razón por la que no se sentía cómoda allí. Parecía que la relación con sus padres era difícil, y dejó muy claro que abandonaría el hogar paterno en cuanto tuviera ocasión.

Aquello subrayaba su espíritu luchador, que él no había intuido en la primera impresión. Siempre le había parecido tranquila y modesta, pero aquella otra cara de su personalidad le gustó. Tenía objetivos en la vida y estaba dispuesta a trabajar duro para alcanzarlos.

—¿Sabes? —continuó Elise—. Tú vienes de un mundo completamente distinto al mío.

—Es posible —replicó Anton—. De todas formas, sé lo que significa lograr algo con esfuerzo propio. Detrás de las fachadas nobles, no siempre se halla una vida fácil.

Ahora fue Elise quien lo miró con gesto interrogante. Pero antes de que pudiera incidir en ese tema, Anton volvió de nuevo a la conversación sobre ella—. ¿Y qué haces cuando no estás trabajando en Schocken?

Ella pensó un momento.

—Me interesa el diseño de objetos —dijo al fin. Anton arqueó una ceja.

—¿Diseño de objetos? Es una afición poco habitual.

—Puede ser. —Elise sonrió—. Pero interesante.

—¿Y le dedicas mucho tiempo?

—Muy poco. No me queda mucho tiempo libre entre las galerías y el teatro...

—Es verdad. Cuando viniste a mi taller por primera vez, por la reparación del piano, te habían enviado los del teatro, ¿no?

—Sí.

Elise dejó el cubierto y tomó la servilleta.

—Trabajo allí de vez en cuando en la confección del vestuario —respondió después—, y me gano con ello algo de dinero.

—Entonces tendré que ir pronto a una función—indicó Anton— para admirar tu trabajo.

Elise se rio.

—Mi trabajo es solo una pequeña parte de la obra.

—Todos los componentes son importantes; si no, el conjunto no funciona —filosofó Anton—. Lo mismo pasa con los instrumentos. Un buen sonido solo se logra si todas las piezas encajan a la perfección.

Tomó su copa. El camarero había retirado la de vino blanco y ahora brillaba en ella un vino tinto oscuro. Ella lo miró. Antón contempló su rostro, que en aquel momento parecía estar iluminado por dentro.

—Estás muy hermosa esta noche —dijo él—. Me alegro de que vinieras aquel día a mi taller.

—Yo también —respondió ella en voz baja.

18

Múnich, 15 de mayo de 1926, por la tarde

—¡Ay, Georg! —Hélène Rothmann había tomado un libro envuelto en papel de seda de la caja que acababan de entregarle—. ¡Creo que es este!

Georg Bachmayr se acercó.

—¿De verdad? ¡A ver!

Hélène desenvolvió el libro con mucho cuidado.

—Sí. Mira: ¡*El doctor Dolittle y sus animales!* ¡Recién salido de la imprenta!

—¿Cuántos has pedido, Hélène?

—Diez ejemplares. ¿Te parecen muchos?

Georg se rio.

—No, más bien pocos. Creo que ya podríamos ir encargando otros tantos.

—Voy a colocar uno en el escaparate. Será mejor que pinte un cartel también. Así llamará más la atención de los viandantes.

—Buena idea —aprobó Georg—. Y ya que hablamos de pintar, ¿cómo va la nueva exposición del año que viene?

—Pues, por ahora, bastante bien.

—¿Bastante bien? —Georg le lanzó una mirada inquisitiva.

—Bueno, siempre es lo mismo —respondió Hélène—. En la actualidad, Múnich no es un buen lugar para los artistas, no hay oportunidades. Y mucho menos si pintan cosas modernas, como yo.

—¡Pero esas «cosas modernas» que pintas tú son muy buenas! —La abrazó—. Y el mundo se va a dar cuenta en algún momento. ¡Ya verás!

—Si me quedo en Múnich, no.

Él guardó silencio unos instantes.

—Ya lo sé, querida, ya sé que te gustaría mudarte a Berlín o a alguna otra ciudad. Pero nuestra vida está aquí, en Múnich. Aquí tenemos la librería, tu galería de arte...

—... aquí trabajas tú como crítico, ya lo sé. Y, sin embargo, ¿no crees que debería al menos intentarlo?

Georg suspiró e inmediatamente Hélène tuvo mala conciencia. Ella sabía cuánto le afectaba este tema. ¿Tenía derecho a ponerlo en la tesitura de decidir entre abandonarlo todo en Múnich, toda su vida, para irse con ella a Berlín, o aceptar que se fuera ella sola?

Habían pasado más de veinte años desde que se conocieron en Riva durante una estancia en el balneario. Y más de diez desde que, poco después de estallar la guerra, ella había abandonado su casa en el lago de Garda y se había presentado en su puerta con tres maletas enormes, llena de tristeza y sin un lugar adonde ir.

Desde entonces había sido un compañero leal, que la apoyaba y animaba en todo lo que podía. Llevaban una vida de matrimonio, al menos casi en todo. Porque por muy bien que se entendieran y confiaran el uno en el otro, su relación nunca se transformó en amor. Ocupaban dos habitaciones separadas en el piso de Georg, aunque Hélène sabía que a él le gustaría compartir con ella algo más que la mesa.

Una sola vez, muy al principio, le había hecho saber que también se sentía atraído por ella físicamente. Pero Hélène no podía corresponder a sus deseos y Georg lo había aceptado sin una queja.

Desde que Max se marchó, no había deseado a ningún otro hombre.

Parecía que había pasado una eternidad desde la época dorada de Riva, con sus noches llenas de vino y sensualidad y los días luminosos y creativos, de los que surgieron cuadros llenos de luz y en los que la risa vibrante de Max la envolvía como un abrigo de puras ganas de vivir.

Todavía recordaba la sensación del agua fresca del lago en la piel, el olor de los prados de hierbas aromáticas durante las excursiones a la montaña y el aroma intenso de los bosques que habían recorrido. Echaba de menos las vistas desde las cumbres y la vida tranquila de las aldeas y los pueblos impregnados del estilo de vida del sur, donde los relojes avanzaban a un ritmo más tranquilo.

Intentó alejar aquellos pensamientos y la nostalgia que le seguían provocando a pesar de todo el tiempo transcurrido

Riva pertenecía al pasado, igual que Max.

Hélène notó que Georg la estaba mirando. Sabía lo que a él se le estaba pasando por la cabeza en ese momento, pero ella no podía solucionar su dilema. Algún día tendría que decidirse: seguir con su vida como de costumbre o probar un nuevo comienzo en otro lugar.

—¿Sabes qué, Georg? —preguntó de repente—. Esta noche te acompañaré al teatro.

Aquel anuncio tuvo un efecto inmediato. Georg sonrió ampliamente.

—¡Sí, con mucho gusto!

—Vas a ir al teatro de salón, ¿no?

—Sí. Se han mudado a la sala de la Maximilianstrasse y hoy representan *La muerte de Danton*. Tengo muchísima curiosidad por ver lo que ha hecho el director Falckenberg con la obra. En cualquier caso, será algo moderno. La escenografía es completamente nueva.

—Suena interesante. ¡Me apetece mucho!

—Y yo me alegro muchísimo de que me acompañes, Hélène.

Ella se apartó de la cara un largo mechón de pelo. No había sido capaz de cortarse los rizos oscuros, aunque le gustaban mucho los nuevos peinados cortos y elegantes. A pesar de que estaba a punto de cumplir sesenta años, su melena, que solía recogerse en un práctico moño, no estaba plateada por las canas.

—¿A qué hora es?

—A las siete y media.

—De acuerdo. Estaré lista a tiempo, Georg.

Tomó tres libros del Doctor Dolittle y se dirigió a uno de los dos escaparates que flanqueaban la puerta de la amplia librería Georg Bachmayr.

—¿Puedo retirar dos libros de Karl May para hacerles sitio? —preguntó.

—Sí, claro —respondió Georg. Se puso detrás de ella, tomó los ejemplares de Karl May y los colocó en uno de los estantes de madera lacada en color oscuro.

Hélène puso a la vista los libros nuevos y a continuación se dedicó a ordenar la tienda: colocó algunas novelas en su sitio y retocó la posición de los dos sillones tapizados de terciopelo rojo oscuro que habían comprado hacía poco para invitar a los clientes a permanecer más tiempo en la librería.

La campanilla tintineó sobre la puerta. El señor mayor que apareció ataviado con un elegante traje Stresemann era un cliente habitual, pero insistía siempre en ser atendido por Georg.

Hélène escuchaba a medias la conversación entre los dos y así se enteró de que se interesaba por la nueva obra de Thomas Mann, *Desorden y dolor precoz*. Georg le entregó un ejemplar. La novela corta era muy apreciada por los muniqueses, porque la historia estaba situada en la mansión del autor en Bogenhausen, un barrio de la ciudad. Al menos, todos asumían que la elegante mansión de la novela era la casa del autor.

Hélène había leído hacía años su novela *Los Buddenbrook*, pero le gustaban más los libros de su hermano Heinrich Mann o de Stefan Zweig. Le parecían más animados, atrevidos y apasionados. Además, leía con gusto libros escritos por mujeres. Por supuesto, los de Vicki Baum, pero también los de Clara Viebig, de la que apreciaba especialmente que no se mordiera la lengua. Sus obras a veces eran como un espejo en el que se veía reflejada la sociedad. Le parecía estupendo que las mujeres hubieran dejado atrás el corsé, no solo en cuestión de moda sino también en el terreno de la moral.

Hélène oyó cómo Georg manejaba la gran caja metálica, finamente cincelada: el tableteo de las teclas con los números, el rotar de la manivela y el ligero campanilleo al abrirse el cajón.

Con el libro envuelto bajo el brazo y un ligero gesto de despedida dirigido a ella, el cliente se marchó y Georg echó el cierre a la tienda.

—No nos queda mucho tiempo antes del comienzo de la obra —dijo él—. Voy a cambiarme enseguida. Ah, por cierto, antes de que se me olvide, había una carta para ti en correos. De tu hija.

—¿Ha escrito Judith?

Georg fue a la oficina de la trastienda, sacó un sobre del archivo y se lo dio.

—Gracias —dijo Hélène, que lo había seguido. Tomó un abrecartas—. Ve subiendo, Georg, ahora mismo voy.

Mientras Georg se marchaba a la vivienda que compartían en el segundo piso, sobre la librería, Hélène abrió el sobre y desplegó la carta de Judith.

Querida *maman*:

Muchas gracias por tus líneas. Han pasado unas cuantas semanas hasta que he conseguido encontrar un rato tranquilo para escribirte. Pero tú ya sabes cómo de turbulenta es nuestra vida y seguramente no te lo tomarás a mal.

Antes de nada, espero que Georg y tú estéis bien. ¿Cómo van los preparativos para la exposición? ¿Has podido terminar todos los cuadros?

Nosotros nos encontramos bien.

Sin embargo, hemos tenido algunas averías en la fábrica que nos han llevado a detener la producción varias veces. Karl piensa que deberíamos invertir por fin en una gran reforma, pues las máquinas ya se están quedando anticuadas, y lo mismo pasa con el edificio, pero a Victor y a mí nos gustaría esperar un poco. Ese tipo de cosas hay que planearlas bien y, sobre todo, tenemos que asegurarnos de que seremos capaces de afrontar la financiación.

Nuestro querido Karl sigue siendo un poco impaciente, pero eso ya te lo he escrito muchas veces. Yo creo que, de todos nosotros, él fue quien más te echó de menos cuando te marchaste al lago de Garda. No lo digo como reproche, hace ya mucho tiempo de todo aquello y los tres somos ya adultos responsables de nuestro destino. Pero últimamente recuerdo a menudo cómo fue cuando desapareciste de repente de nuestras vidas. Tal vez porque Martin ya no vive con nosotros y lo echo muchísimo de menos. La verdad es que no podría imaginarme jamás dejar a mis hijos y marcharme. Y en caso de que fuese absolutamente necesario, como pasó contigo cuando tuviste aquella crisis nerviosa, intentaría regresar a casa lo antes posible. Además, papá se volvió bastante más afable después de los problemas con la fábrica y el fraude de Von Braun. Tal vez en algún momento tengamos la ocasión de hablar de estas cosas. Hasta ahora siempre lo has evitado y yo no he querido presionarte. Pero a medida que me hago mayor, siento una necesidad creciente de entenderte a ti y tus decisiones. No solo como tu hija, sino como la madre que soy ahora.

Pero me he desviado del tema.

¡Imagínate, nuestra familia ha aumentado! El padre de Victor murió hace unas semanas. Él quería ir al entierro en Berlín, pero una fuerte gripe se lo impidió, así que tuvo que arreglar las cosas más importantes desde Stuttgart. No solo la herencia y la venta del piso de Berlín, sino también el hecho de que hemos acogido en casa a su medio hermana.

Serafina llegó hace unas dos semanas y se está adaptando bien. Por supuesto, todavía sufre mucho por la pérdida de su padre, como es normal. Pero con el tiempo aprenderá a sobrellevar el duelo. Se entiende muy bien con Karl, que se está encargando un poco de ella. De vez en cuando escribe al ama de llaves que la cuidó durante muchos años. La señora es ya muy mayor y Victor le ha conseguido una bonita habitación en Berlín para que pueda disfrutar allí de su retiro. Incluso le ofreció venir a Stuttgart, pero ella rechazó la oferta, aunque al parecer se siente muy unida a Serafina.

¿Te había hablado alguna vez de ella? Desgraciadamente habíamos tenido muy poco contacto en los últimos años, primero a causa de la guerra y después por la dura posguerra, que, como sabes, nos obligó a dedicarle todas nuestras energías a la fábrica.

Serafina es el resultado de una corta relación del padre de Victor con una bailarina. Esta dama actuaba en espectáculos de variedades y otros establecimientos de cuestionable reputación, y además hacía trabajillos aquí y allá, como suele ser el caso de la gente del teatro. En algún momento, la niña se convirtió en una molestia para ella, al parecer quería irse a París o a América; en cualquier caso, un día dejó a su hija con Friedrich Rheinberger y desapareció.

En cualquier caso, Serafina se quedará con nosotros hasta su mayoría de edad, el próximo mes de enero. Pero esperamos que para entonces se sienta a gusto en Stuttgart. Se lleva muy bien con Viktoria y es una relación muy bonita para las dos.

Ya ves, así se pasan volando los días y al final nunca nos queda tiempo para planear una visita a Múnich. ¡Este año no hemos ido todavía!

Sé que no quieres venir a Stuttgart, pero ya hace siete años de la muerte de papá. Yo creo que va siendo hora de dejar atrás el pasado. A principios de octubre puede darse una buena ocasión para ello, pues Martin vuelve a casa para dar un gran concierto en el Liederhalle. Seguro que se alegraría mucho si pudieras acompañarlo en ese día tan importante para él. Y sería una señal para todos nosotros.

Un abrazo, mamá, y saludos cariñosos,

Judith
Stuttgart, 12 de mayo de 1926

Perdida en sus pensamientos, Hélène dobló la carta y se encaminó a casa. Mientras subía las escaleras, sintió una punzada en el estómago.

La idea de viajar a Stuttgart le provocaba angustia, aunque hacía más de veinte años que no había vuelto a pisar la ciudad. ¿O tal vez justo por eso?

Hélène había entendido muy bien el mensaje de Judith.

Tal vez ya iba siendo hora de recuperar su lugar en la familia, aunque apenas tuviera relación con sus hijos. Poco después del nacimiento de los gemelos, se sumió en una profunda melancolía que ya no la abandonó. Al pensar en aquellos años, recordaba un letargo apático que hasta el día de hoy la desconcertaba.

Sin embargo, siempre se había sentido muy unida a Judith, desde el momento en que Wilhelm Rothmann mostró su fría decepción ante el nacimiento de una hija. Él esperaba un heredero.

Cuando Hélène abandonó Stuttgart para curarse, Judith ya era adulta, tenía veintiún años, pero los niños tan solo ocho. Aunque había intentado, por medio de cartas y después con los nuevos aparatos telefónicos, establecer una relación más estrecha con ellos, no lo había conseguido. Anton había hecho el esfuerzo de visitarla en Riva una sola vez. Karl no había ido nunca.

Judith y su familia, en cambio, habían acudido muchas veces a su casa del lago de Garda. Y, desde que vivía en Múnich, Judith la visitaba un fin de semana cada dos o tres meses. Al principio con los dos niños, ahora ya solo con Viktoria, mientras que su marido solía quedarse en Stuttgart.

Pero había algo que había mantenido en secreto durante todos esos años: su relación con Max Ebinger, que era más de diez años menor que ella. Max viajaba mucho, al principio por Italia, y luego amplió su radio de acción con excursiones a Praga, Estocolmo, París y también Nueva York. Hélène siempre planeaba las visitas de su familia en las semanas que él no estaba en casa.

Georg era el único que conocía aquella relación, y también sabía que Max era el hijo de un conocido empresario de Stuttgart.

Solo por ese motivo era necesaria una discreción absoluta. No quería ser la causa de rumores malintencionados, ni que sus hijos o nietos tuvieran que padecerlos.

Hélène subió el último tramo de escaleras y empujó la puerta, que Georg había dejado entornada.

—¿Y? ¿Qué te cuenta Judith? —Estaba frente al espejo del recibidor, a punto de anudarse la corbata.

—Martin va a dar un concierto en Stuttgart en octubre.

—¡Suena bien!

—Sí —respondió Hélène con voz apagada.

Georg la miró.

—Y Judith quiere que vayas.

Hélène asintió y se dirigió a su dormitorio. Eligió un vestido elegante en color rosa palo y se arregló el moño. Luego se aplicó perfume detrás de las orejas y se calzó.

—Estás muy guapa. —La mirada de Georg le transmitió admiración y ánimo a la vez, mientras la ayudaba a ponerse el abrigo—. ¿Vas a ir? Me refiero al concierto de Martin —preguntó cuando salían de la vivienda.

—No lo sé —respondió Hélène con sinceridad.

19

El circuito Solitude, junto a Leonberg, 16 de mayo de 1926

—¡VEN, YO SÉ desde dónde se ve mejor! —Karl tomó a Serafina de la mano y la arrastró tras de sí. La joven avanzaba a trompicones.

—¡No tan rápido! —le pidió, pero Karl se limitó a reírse.

—No está lejos, ¡ya casi estamos!

No había quien lo parase. Al parecer, la carrera que estaba a punto de celebrarse le había disparado la adrenalina, aunque él no iba a participar en ella. Pero se le había contagiado la vibración nerviosa que se notaba en el aire.

También Serafina estaba impaciente por ver la competición motociclista que hoy se celebraría por segunda vez en el circuito que rodeaba el palacio llamado Solitude. Pero la soledad que implicaba el nombre del palacio brillaba por su ausencia. A aquellas horas, y todavía era por la mañana temprano, se había congregado una muchedumbre que buscaba los mejores sitios para contemplar la carrera y animar a los participantes. Al igual que Karl y Serafina, habían llegado con trenes especiales y tranvías desde Stuttgart a Leonberg, la estación de ferrocarril más cercana.

—¡Menos mal que conseguí entradas de tribuna! —le dijo Karl a Serafina—. ¡Vas a ver, es algo único!

—¿Tenemos asientos? —Serafina estaba sin aliento.

—Claro. No te obligaría a estar de pie todo el tiempo.

Ascendieron los últimos metros por el camino que transcurría junto al sinuoso circuito hasta alcanzar varias tribunas construidas en una zona abierta entre las colinas. Karl iba delante y buscaba el número de sus asientos.

—¡Aquí, mira, Serafina! —Hizo una señal a Serafina hacia dos asientos contiguos en segunda fila—. Esos son los nuestros.

Serafina se puso a su lado y él le pasó un brazo por la cintura. Con un gesto, le señaló la calzada, que en ese punto trazaba una curva de unos noventa grados.

—Estas son las famosas curvas de Ramtel —le explicó—. Primero viene la curva de horquilla, y ahí los conductores tienen que tener cuidado para no salirse. Y justo después la curva en punta, ¡de tremenda dificultad!

Serafina lo miró de reojo y contempló su notable perfil.

Era un hombre atractivo. Muy atractivo.

Y también detallista. Ella usaba cada día el maravilloso aroma de Coco Chanel que le había dejado en su almohada la semana anterior. Y se preguntaba una y otra vez cómo había logrado acertar tan plenamente, a pesar de que se acababan de conocer. Cuando estaban solos, a él le gustaba olisquear el punto detrás de la oreja donde ella siempre se aplicaba el perfume.

Gracias a su ayuda, ahora sabía conducir de forma aceptable. Karl le permitía tomar el volante frecuentemente e incluso había contratado a un profesor para que pronto pudiera hacer el examen. Ni en sus mejores sueños habría podido imaginar que ese año sería capaz de viajar en un descapotable conducido por ella misma.

—Y luego —siguió explicando Karl, lo que la obligó a dirigir de nuevo sus pensamientos a la carrera que estaba a punto de celebrarse—, después de tomar las curvas, llega la recta en dirección a Glemseck. ¿Ves el balneario a lo lejos?

Serafina asintió y él la atrajo un poco más cerca.

—Después siguen por allí hasta Frauenkreuz. Es un trazado muy exigente. Vamos a ver cómo lo toman los conductores.

Karl miró a Serafina y, con los ojos azules radiantes de entusiasmo, volvió a parecer un niño encantador.

Tomaron asiento y Serafina examinó el programa de carreras que Karl le había conseguido. Esa mañana tomarían la salida más de cien conductores alemanes, además de ingleses, italianos y belgas. Incluso había un participante suizo entre ellos. Las nacionalidades se distinguían con brazaletes de distintos colores.

Poco a poco el entusiasmo se apoderó también de ella y, cuando se oyeron los tres disparos de fogueo sobre la línea de salida que anunciaban el comienzo de la carrera, esperó con tanta tensión como Karl la llegada de las primeras motos.

Poco después, un fuerte petardeo anunciaba que los primeros habían alcanzado las curvas de Ramtel. Suponían la primera dificultad del circuito Solitude y Serafina se maravilló de la enorme velocidad con la que los vehículos encaraban ese tramo tan peligroso.

A su alrededor la multitud rugía. Un locutor comentaba el avance de los conductores con un megáfono. Además, una pequeña orquesta de instrumentos de viento se sumaba a los gritos de júbilo de los espectadores, de forma que el ruido de fondo se hacía casi insoportable.

Karl no aguantaba sentado. Se levantó y se puso a silbar, aplaudir y animar de tal forma que le hacía la competencia al hombre del megáfono.

Serafina se tapó los oídos. Al darse cuenta, Karl sonrió, se inclinó hacia ella y le dio un beso en la frente.

Después de que las motocicletas superaran las curvas y acelerasen en la recta hacia Glemseck, Serafina bajó las manos. El petardeo iba reduciéndose, pero el polvo y el olor penetrante de los gases de escape permanecieron en el aire.

—Es impresionante, ¿no? —dijo Karl, que volvió a sentarse—. Dentro de poco aparecerán de nuevo los más rápidos.

—¡Es increíble! —Serafina se había propuesto no reaccionar de forma tan sensible en la segunda ronda, y tomarse el ruido y la nube de gasolina como parte de la diversión.

—¿Qué te parece? ¿Exageraba?

—No. ¡Nunca había visto nada igual!

—¿Has visto cómo tomaban las curvas? ¡A toda velocidad! —Karl estaba entusiasmado—. ¿Y viste cómo el inglés obligó a frenar al italiano? Ha sido una obra de arte.

—Seguramente todavía... —empezó Serafina, pero en ese momento pareció que Karl había identificado a algún conocido. Levantó la mano y saludó a un hombre delgado de unos cuarenta años que estaba sentado unas filas más atrás y que se levantaba a su vez para saludar a Karl con una inclinación.

—¡Señor Rothmann! ¡Me alegro de verle por aquí!

—Yo sí que me alegro —respondió Karl, que señaló a Serafina con un gesto—. Permítame que le presente a la señorita Rheinberger, familiar de mi cuñado.

El hombre inclinó la cabeza.

—Adolf Schneck. Encantado, señorita Rheinberger.

—Buenos días, señor Schneck.

—El señor Schneck es arquitecto, Serafina. Va a planear la remodelación de la fábrica de chocolate.

—¿Vais a renovar la fábrica de chocolate? —preguntó ella sorprendida.

—No inmediatamente —matizó Karl—. Pero antes o después tiene que ocurrir. Y le he encargado unos esbozos al señor Schneck. Además, está participando en la exposición del año que viene que tendrá lugar en el Weißenhofsiedlung.

—¿Weißenhofsiedlung? Lo siento, pero no me dice nada —admitió Serafina.

—Claro —dijo Karl comprensivo—. Llevas poco tiempo aquí. Pero como estos planes están llamando la atención más allá de Stuttgart, podría ser que hubieras oído hablar de ello.

—Allí vamos a construir una urbanización sin igual —explicó el arquitecto, al que se le notaba el entusiasmo por el proyecto—. Participan muchos arquitectos notables. ¿Conoce usted a Walter Gropius? ¿O a Le Corbusier?

A Serafina le sonaban aquellos nombres, pero antes de poder contestar, el arquitecto siguió hablando.

—Todos pertenecen a la Bauhaus y representan la arquitectura moderna. Atractiva pero sin adornos pesados. Con formas y materiales totalmente nuevos. Me atrevo a decir que va a ser extraordinario.

—Las formas modernas las conozco de Berlín —dijo Serafina.

—¿De Berlín?

—La señorita Rheinberger viene de allí —respondió Karl por ella.

Ella notó la mirada interesada del arquitecto, pero antes de que le diera tiempo a hablar, Karl tomó el control de la conversación y charló emocionado con Adolf Schneck sobre las características del movimiento Nueva Construcción. Serafina sintió que casi estaba de más.

Cuando se produjo una pausa, intentó formular una pregunta sobre la nueva urbanización, pero justo en ese instante Karl levantó la mano.

—¿Lo oís? ¡Ya vuelven! —exclamó, y se volvió hacia el circuito.

Serafina y Schneck también se giraron a mirar.

Las motocicletas trazaron por segunda vez las curvas de Ramtel. El grupo se había dispersado y había varios conductores a la cabeza. El ruido volvió a subir de nivel, pero esta vez a Serafina no le pareció tan molesto.

Cuando pasó el grupo principal y solo quedaban un par de rezagados, Karl se volvió de nuevo hacia ellos.

—¡A mí también me encantaría participar en la carrera! —exclamó con una sonrisa de oreja a oreja.

—¡Pues apúntese la próxima vez! —aconsejó el arquitecto.

—A decir verdad, lo había pensado —replicó Karl.

—A mí me gustaría recorrer alguna vez el circuito en automóvil —dijo Serafina—. Y puede que también en moto, pero no a esa velocidad.

—¿Le gusta el mundo del motor? —preguntó Adolf Schneck.

—Los automóviles me parecen interesantes.

—¡Precisamente le estoy enseñando a conducir! —A Karl se le notaba orgulloso—. ¡Y lo hace muy bien!

Schneck se rio.

—Las mujeres están conquistando el mundo, ¿no es cierto?

Serafina no sabía lo que había querido decir el arquitecto exactamente con aquella frase, pero como la miró con respeto, supuso que no era una burla encubierta.

—¡Como debe ser! —concluyó Karl antes de que ella pudiera intervenir, y volvió de nuevo al inicio de la conversación—. Bueno, señor Schneck, ¿cuándo cree que podré contar con las primeras propuestas?

—En estos momentos estoy muy ocupado, señor Rothmann. Pero ya tengo algunas ideas sobre su proyecto. Me interesa mucho remodelar la sede de la empresa de una manera funcional y al mismo tiempo representativa de los nuevos tiempos, siguiendo sus indicaciones. Le avisaré en cuanto tenga el primer boceto.

—Pero no tardará mucho, ¿no? —Karl sonó impaciente.

—Me ocuparé de su proyecto tan pronto como pueda. —El arquitecto le tendió la mano a Karl—. Para ello sería importante que me hiciera llegar los planos del edificio actual.

—Sí, claro, señor Schneck. Recibirá los planos en los próximos días. Yo me encargo.

—Bien. Pues les deseo una carrera emocionante a los dos. Señorita Rheinberger, señor Rothmann. Me despido de ustedes.

Adolf Schneck se incorporó y regresó a su asiento.

—¿Sabe tu hermana algo de esos planes? —preguntó Serafina en cuanto el arquitecto se alejó lo suficiente.

—Hemos hablado de ello en alguna ocasión —respondió Karl sin darle importancia—. Pero no te rompas tu linda cabecita con estas cosas. Hemos venido aquí a divertirnos.

El petardeo lejano anunciaba la tercera ronda de la carrera y Serafina dirigió de nuevo su atención a la calzada situada debajo de las tribunas.

Dos motocicletas se aproximaron a las curvas de Ramtel y las trazaron sin grandes dificultades. Las seguía uno de los ingleses, y, cuando este entró en la recta, apareció un gran pelotón por la curva de horquilla.

A pesar de lo cerca que iban unos de otros, cada uno de los veintitantos conductores intentaba encontrar el mejor trazado para tomar las curvas en serpentina. Era inevitable que algunas motos se rozaran.

—¡Vamos, no seáis lentos! —exclamó Karl, levantando el puño—. ¡Venga, adelante!

Otros espectadores también jaleaban a los conductores. La voz del comentarista con el megáfono denotaba su nerviosismo. El grupo se iba agrandando con nuevos corredores y cada vez había menos espacio.

Entonces, uno de los conductores apartó a otro competidor sin contemplaciones y ocurrió un accidente: dos motocicletas se engancharon con tal mala suerte que para los pilotos fue imposible controlarlas, de forma que se salieron de la carretera y cayeron en un bosquecillo colindante.

Un murmullo de preocupación recorrió la tribuna. El comentarista pidió ayuda inmediata por el megáfono. Mientras los sanitarios apostados junto a la calzada se apresuraban hacia los conductores accidentados, la carrera continuó.

Serafina se había asustado cuando vio el accidente, y sintió un gran alivio cuando vio que los pilotos salían del bosquecillo acompañados por el personal médico.

—No pasa nada —dio Karl, lapidario—. Estas cosas son parte del deporte.

Serafina se encogió de hombros. En eso tenía razón. Ella también aceptaba cierto riesgo cuando conducía por las calles de Degerloch en el descapotable de Karl.

Por suerte, fue el único contratiempo, al menos en la parte del circuito que Karl y Serafina podían ver desde su tribuna, aunque sin duda las situaciones de peligro también contribuían a la diversión.

Serafina se dejó arrastrar por la euforia que bullía a su alrededor. Con cada ronda aumentaba su entusiasmo y en algún momento se puso a animar a los participantes como el resto de los espectadores.

Entre medias, Karl trajo algo de beber y un piscolabis. Serafina estaba disfrutando muchísimo de aquel hermoso día de primavera.

El ambiente era espectacular, hasta que a media tarde se desató una tormenta que descargó sobre los participantes y espectadores de la carrera y puso un súbito punto y final al júbilo de la jornada.

20

Seguía lloviendo a cántaros cuando Serafina y Karl llegaron a Degerloch a última hora de la tarde.

—¡Por Dios bendito! —se le escapó a Dora al abrirles la puerta de casa—. ¡Enseguida le preparo un baño, señorita Serafina!

—¡Ah, vamos! ¡Si solo es agua! —exclamó Karl, con un gesto desdeñoso de la mano—. ¡Si tengo que esperar hasta que te hayas bañado, me moriré de hambre!

—Por supuesto que me voy a bañar —replicó Serafina rotundamente con intención de seguir a Dora, que ya subía las escaleras. Karl la sujetó por el brazo.

—Estás preciosa.

Como tantas veces, su rostro mostraba una sonrisa desafiante. Serafina se liberó de su mano.

—Me puedes hacer cumplidos más tarde. Primero voy a cambiarme. Tú ve a cenar, si quieres.

Dora, que, como ya sabía Serafina, llevaba años al servicio de Judith y Victor, asintió con un gesto de aprobación.

—Es la decisión correcta. Y a usted, señor Rothmann, le recomiendo que al menos se cambie de calzado.

Serafina miró los zapatos de Karl, que habían dejado grandes huellas en el suelo de mármol reluciente de la entrada.

—Lo mismo digo —opinó. Luego se miró a sí misma. Sus zapatos estaban destrozados, así como las finas medias y el dobladillo del vestido.

Karl y ella no habían sido los únicos; la mayor parte del público presente en la carrera no había pensado en llevar ropa adecuada para ese tiempo. Como el día había comenzado tan soleado, nadie había contado con que tendrían que abrirse paso a través del barro y de enormes charcos para llegar a la estación de Leonberg.

La sonrisa de Karl parecía mostrar reparo.

—Bueno, puede que tengas razón —admitió—. Me habría gustado hacerte compañía en el baño, pero...

—¡Señor Rothmann! —intervino Dora enfadada, como era de esperar.

Karl soltó una carcajada.

Serafina le lanzó una mirada severa, y estaba a punto de seguir a Dora escaleras arriba cuando sonó la campanilla de la puerta.

—Ah —dijo Dora—. ¡Seguramente es su hermano!

Bajó a toda prisa los pocos escalones que había subido, pasó junto a Karl y Serafina y abrió la puerta.

—¡Menudo tiempo!

—Pues sí, señor Rothmann. ¡Entre usted deprisa!

Serafina se quedó mirando fijamente al hombre que acababa de entrar y que cerraba con calma su paraguas. En lugar de entregárselo a Dora, como había hecho Karl un momento antes, lo dejó él mismo en el paragüero de metal. Después se quitó el sombrero y la chaqueta. Dora le arrebató ambos de las manos obedientemente.

Entonces el caballero pareció darse cuenta de que había más gente en el recibidor de la casa y volvió su mirada hacia ellos.

Serafina parpadeó.

Se parecía muchísimo a Karl, la misma estatura y complexión musculosa, igual de atractivo. Pero la expresión de sus ojos era distinta. Más seria, más profunda.

—Querida, ¿puedo presentarte a mi decentísimo hermano gemelo Anton? —preguntó Karl, en un tono demasiado alto.

Anton arqueó una ceja.

Karl le puso a Serafina una mano en la espalda.

—Anton, esta es... —comenzó. Pero Serafina se apartó de él, se dirigió a Anton y le ofreció la mano.

—Soy Serafina, la hermanastra de Victor.

Anton alternó la mirada rápidamente de Karl a ella, y su rostro adquirió una expresión divertida.

—Me alegro de conocerte por fin, Serafina —le dijo, y le dio la mano.

El tacto suave tuvo un efecto electrizante.

En el mismo momento se dio cuenta de que debía de tener un aspecto horrible con el vestido empapado y lleno de barro. El pelo y el sombrero se le habían pegado a la cabeza, y los restos de su ligero maquillaje seguramente le habrían dibujado rastros horribles en la cara.

—Yo me alegro... también. —Le extrañó sentirse tan insegura—. Justamente iba a arreglarme un poco. ¿Me disculpas?

Anton asintió.

—Por supuesto. Nos vemos en la mesa.

Serafina asintió y subió las escaleras.

—El señor Rheinberger se encuentra todavía en su despacho —oyó que le decía Dora a Anton, mientras ella subía las escaleras.

—Gracias, Dora, ahora pasaré a verlo —respondió Anton—. Y tú, hermano, deberías buscarte un baño, si es posible —le recomendó a su hermano.

Serafina no pudo evitar sonreír al oír aquella pulla. Se dio cuenta de que la relación entre los dos gemelos estaba marcada por un fuerte espíritu competitivo.

Cuando poco después llegó a su cuarto, sintió un gran cansancio en todo el cuerpo. Hubiera preferido meterse directamente en la cama, pero Dora ya le estaba preparando el baño. Una media hora más tarde, todavía un poco cansada pero al mismo tiempo animada, entró en el comedor.

ANTON OYÓ EL ligero crujido de la puerta del comedor y levantó la vista del plato. Serafina apareció en la sala con una sonrisa alegre y, aunque se le notaba el cansancio de las últimas horas, resplandecía con un brillo que ya le había llamado la atención al verla por primera vez en la entrada de la casa.

—Disculpad el retraso —les dijo a Judith y a Victor.

—No hace falta que te disculpes —respondió Judith—. Nos alegramos de que hayáis llegado a casa sanos y salvos.

Justo entonces le lanzó una mirada cargada de intención a Karl, que estaba sentado en frente de su hermana y al lado de Viktoria. Este miraba a Serafina con una mezcla de enfado y esperanza.

Anton sabía muy bien lo que le pasaba a su hermano. El interés de Karl por Serafina era evidente. Pero Viktoria se había empeñado en sentarse entre Karl y Serafina, de modo que Serafina no podía sentarse junto a él porque al otro lado estaba sentado Victor.

Anton sonrió para sus adentros.

—Serafina, cariño, siéntate al lado de Anton —le pidió Judith con un gesto de invitación, y la mirada de la chica pasó de Judith a él. Los ojos que lo observaban inquisitivos eran de un color verde iridiscente, rodeados por una corona de pestañas oscuras y tupidas que los enmarcaban y resaltaban su inusual color.

A Anton le vino a la cabeza una melodía, un swing con un ritmo irresistible. Era raro que le pareciera haber captado la personalidad de Serafina de forma tan espontánea. Le ocurría de vez en cuando que algunas personas o acontecimientos hacían surgir melodías en su mente. Pero pocas veces habían sido tan claras e impresionantes como esta. En cuanto llegara a casa esa noche, pensaba sentarse al piano y escribir el tema: «Dedicated to Serafina».

Anton le dedicó una inclinación de cabeza y, mientras ella rodeaba la mesa en su dirección, él dejó la servilleta sobre la mesa, se levantó y le retiró la silla.

—Muchas gracias —dijo ella al tomar asiento—. No era necesario...

—A Serafina no le impresiona mucho la ayuda masculina —explicó Karl, al que se le notaba que se había picado—. Ya la conozco bien y...

—Por favor, Karl, puedo hablar por mí misma —lo interrumpió Serafina, y se volvió hacia Anton para continuar—.... pero es muy amable por tu parte.

Le lanzó una sonrisa encantadora que mostraba unos dientes blanquísimos y, aunque Anton no sabía si la sonrisa iba dirigida solo a él o tal vez pretendía dejarle claro a Karl que no le gustaba que se metiera en sus cosas, su reacción le pareció excelente.

—Gerti ha cocinado hoy algo berlinés, especialmente para ti —intervino Viktoria, captando la atención de todos.

—Oh, me muero de curiosidad —respondió Serafina con un guiño—. ¿Y qué es?

—No lo sé exactamente, pero algo con patatas. Te gustaría volver a comer patatas, ¿no? —Viktoria guiñaba el ojo descaradamente y Anton se dio cuenta de que Serafina se estaba aguantando la risa.

—Sí, claro —le siguió el juego Serafina—. ¿Le has dicho tú algo a Gerti?

—Mmm, ¡sí! —respondió Viktoria, mientras Karl seguía enfurruñado a su lado. Serafina lo miró un momento y Anton notó la tensión entre los dos. Al parecer, ella no aceptaba bien las escenitas de celos.

Como Serafina se había perdido el primer plato, le trajeron rápidamente una crema de patatas. Parecía hambrienta. Anton observó divertido cómo se la tomaba a gran velocidad, sin perder del todo los modales.

Viktoria también se dio cuenta.

—Oye, ¿es que llevas muchas horas sin comer?

Serafina dejó la cuchara un poco abochornada.

—Bueno...

—¡Viktoria! —exclamó Judith—. ¡No se avergüenza a los invitados!

Viktoria se puso de morros, pero enseguida desplegó su mejor sonrisa.

—Lo mismo hago yo siempre, y a mamá no le gusta nada. Porque cuando tengo hambre... —hizo una pausa dramática—... zampo tan rápido como el tren de Stuttgart a Ludwigsburg.

Anton colocó la mano delante de la boca para ocultar su regocijo. Los hombros de Serafina también mostraban un temblor sospechoso. Cuando sus miradas se cruzaron, fue evidente que estaban pensando lo mismo en ese instante: «Ay, Vicky».

—Pero —continuó Viktoria sin inmutarse—, ahora vas a ver, tía Serafina. Hay cosas de esas de Königsberg.

—¿*Klopse*? —preguntó Serafina.

—Sí, eso. Qué palabra tan rara —opinó Viktoria.

—¿Y eso está rico? —preguntó Karl de mal humor.

—Seguro que Gerti ha hecho un plato exquisito —dijo Serafina tranquilamente—. Hasta ahora siempre me ha parecido todo muy rico, aunque muchos de sus platos no los conociera de antes.

A continuación entró la criada y recogió los platos antes de traer el plato principal. Serafina se humedeció el labio inferior inconscientemente, pero de una forma que a Anton le pareció muy atractiva, cuando llegó la fuente con albóndigas de carne en salsa blanca con patatas. Victor se levantó y sirvió vino blanco.

Anton no había probado nunca las albóndigas preparadas de esa forma, pero desde el primer bocado supo por qué a Serafina le gustaban tanto. Eran excelentes, con un sabor a la vez delicado por la salsa e intenso por las alcaparras. Además, Gerti había condimentado muy bien la carne. Lo único que no le gustó mucho fueron las patatas cocidas.

—A mí también me habrían gustado más con *spätzle* —dijo Viktoria, que pensaba lo mismo que él—, pero así también están ricas.

—Está delicioso —afirmó Victor, y miró a Serafina—: ¿Qué tal la carrera, aparte del poco edificante final?

—¿La carrera? —respondió Karl inmediatamente—. ¡Alucinante! Es increíble que haya gente a la que no le guste, ¿verdad, Serafina?

Aunque le preguntó a ella, estaba mirando a Anton.

—Sí, a mí me gustó mucho —dijo Serafina con cierta reserva, ya que el diálogo mudo entre los hermanos parecía molestarla.

—¡Anda, venga, Serafina! ¡Si tú animabas igual que yo! —exclamó Karl, que parecía enfadado—. ¡No hace falta que muestras una falsa consideración con Victor, o con mi hermano, que rechaza cualquier tipo de diversión!

Anton, que en ese instante se llevaba a la boca la copa de vino, se interrumpió y la volvió a dejar sobre la mesa. Luego fijó su mirada sobre Karl.

—No veo ninguna razón —respondió con calma— para discutir sobre gustos durante la cena.

A Anton le molestaban los intentos de Karl de desacreditarlo, achacándole falta de sentido del humor o conservadurismo, pero mantuvo la calma. Notó que Serafina lo miraba, volvió a tomar su copa y la levantó en su dirección.

Una chispa maravillosa se encendió en los ojos de ella cuando lo miró por encima de su copa. A Karl le hubiera gustado secar con el dedo la última gota de vino que se quedó en sus labios.

—Tengo que admitir —respondió, y Anton se fijó en el suave timbre de su voz, que no era demasiado agudo ni demasiado grave— que la carrera tuvo un poco de todo. Por un lado, un ruido atronador, pero también fue muy, muy emocionante.

—¡Exacto! —Karl se mostró satisfecho con su respuesta.

—A mí no me entusiasman mucho las carreras automovilísticas —admitió Anton.

—Para mí, montar en coche significa simplemente libertad —replicó Serafina, y volvió a atraparlo con sus ojos—. Y ahora que estoy aprendiendo, lo entiendo mejor.

—Hemos estado practicando intensamente —replicó Karl, guiñándole un ojo como muestra de complicidad. Pero Serafina solo le dedicó una mirada de soslayo.

—¿Tú conduces? —le preguntó Anton sorprendido.

—Sí, mi descapotable. —Karl volvió a responder por ella.

—En realidad es el descapotable de Judith —intervino Victor.

Karl guardó silencio.

Serafina pareció sorprendida, pero respondió con tacto:

—Sea de quien sea el coche, cuando conduzco tengo la sensación de que puedo llegar a donde quiera y cuando quiera.

—¡Te entiendo perfectamente, Serafina! —exclamó Judith—. Yo sentí lo mismo cuando aprendí a conducir.

Victor le tomó la mano.

—Conduces muy poco, cariño —observó.

—Es verdad. Pero he prestado mi descapotable. —Le hizo un guiño a Karl, que no reaccionó—. Y de vez en cuando también es práctico que me lleve Theo, así puedo ir preparando un par de cosas por el camino.

—A mí me gusta que conduzca mamá. ¡Y cuando sea mayor, yo también quiero conducir un coche! —volvió a intervenir Viktoria.

Judith miró orgullosa a su hija.

—¡Pues claro que aprenderás a conducir! Igual que Serafina lo está haciendo ahora. Al fin y al cabo, la primera persona que condujo un coche durante un trayecto largo ¡fue una mujer!

—¿De verdad? —preguntó Serafina sorprendida.

—¿Y quién fue? —quiso saber Viktoria.

—Se llamaba Bertha Benz. Su marido construyó el automóvil —respondió Judith—. Pero como él solo había hecho trayectos cortos de prueba, ella quiso demostrarle que su invento también podía recorrer trayectos más largos. Así que se puso en marcha con sus hijos al principio de las vacaciones desde Mannheim hasta Pforzheim, casi noventa kilómetros. Y lo hizo en secreto, porque su marido jamás se lo habría permitido. De eso hace ya cuarenta años.

—Si ya lo digo yo, lo más importante para un hombre es tener una mujer lista y decidida al lado —señaló Victor con ternura.

—Por el camino tuvieron averías —continuó Judith—, pero ella consiguió repararlas. Por ejemplo, desatascó el conducto de la gasolina con un alfiler de su sombrero y aisló el motor de encendido con una liga.

—¿Y hoy todavía hacen falta los alfileres de sombrero y las ligas para conducir? —quiso saber Viktoria. Todos se rieron.

—La verdad es que no —respondió Judith—, pero quién sabe...

—¡Qué ganas tengo de conducir! —dijo la niña—. ¡Qué suerte tienes, Serafina, que tú ya puedes aprender!

—Todavía tengo que practicar un poco hasta poder hacer el examen —explicó Serafina, pero sus ojos brillaban ilusionados.

—¡Y después seguramente no habrá quien te pare! —profetizó Anton.

—¡Seguramente no! —respondió ella a su broma.

El carácter de Serafina, al mismo tiempo delicado y temperamental, tenía fascinado a Anton. Sentía su presencia a su lado con gran intensidad: cálida y excitante.

—¿Tocas algo para nosotros, Anton? —preguntó Judith cuando terminaron la cena.

—Pero hoy no teníamos concierto —protestó Karl.

Serafina vio que Anton fruncía el entrecejo.

—¡Claro que va a tocar algo! —Viktoria salvó la situación—. ¡Conmigo!

—Con mucho gusto, Vicky —respondió Anton, que parecía aliviado de haber encontrado una salida elegante.

—En ese caso —dijo Victor—, ¡nos llevamos nuestro Becherovka a la salita de música!

Se levantó y le ofreció el brazo a Judith. Fueron del comedor a la sala de música de la parte de nueva construcción de la casa. La sala era muy amplia y estaba equipada con dos pianos de cola. Por el suelo y en las paredes se veían otros instrumentos: una flauta travesera, dos violines, un violonchelo y un timbal. A Serafina le extrañó no haber notado hasta ese momento que la familia fuera especialmente musical, salvo por el hijo que estaba en el conservatorio.

Lo que más le habría gustado hubiera sido sentarse ella misma al piano. En cuanto tuviera ocasión, preguntaría si podía utilizar uno de los instrumentos. Durante muchos años había tomado clases de piano y canto, y la música constituía una parte fundamental de su vida. Ahora se daba cuenta de cuánto lo había echado de menos en las últimas semanas.

Viktoria ya había ocupado el piano más pequeño. Anton intercambió unas palabras con Victor y luego se sentó ante el más grande.

Además de Judith, Victor, Karl y ella misma, Dora y Theo se habían unido a los espectadores, que se distribuyeron en las sillas tapizadas con respaldo alto que se hallaban dispuestas en hileras. Parecía que Judith y Victor celebraban habitualmente veladas musicales o pequeños conciertos en aquella sala.

Viktoria balanceaba las piernas, nerviosa, mirando a su tío muy concentrada. Anton tocó algunos acordes y le lanzó una mirada para confirmar que estaba preparada. Ella asintió.

—Estimado público —anuncio Anton en tono formal—, Viktoria y yo vamos a presentarles el «Rondo Allegro Opus 163», de Anton Diabelli. ¡Esperamos que les guste!

Le hizo un gesto con la cabeza a su sobrina y los dos atacaron con mucha energía la animada pieza. Tocaban muy bien. Anton guio a Viktoria sin dificultad durante la interpretación y cuando terminaron recibieron un gran aplauso.

—¡Ahora otra! —exclamó Viktoria enseguida.

Serafina levantó la vista hacia Karl, preocupada por si volvía a hacer algún comentario despectivo, pero lo vio sentado en silencio en su silla, con los antebrazos apoyados sobre las rodillas.

Anton le indicó a Viktoria con un gesto de la mano que se levantara a saludar.

—Ahora vamos a tocar «El cuento de los fantasmas», de Robert Schumann.

Ella hizo una reverencia y añadió:

—¡Que se diviertan!

La animada música que siguió les iba muy bien a los dos. Serafina admiró el tacto con el que Anton se adaptaba a su sobrina, adecuaba el volumen y le hacía recuperar el *tempo*, porque Viktoria tendía a acelerarse.

Así que cuando los dos se levantaron y saludaron con una inclinación como artistas de verdad, ella no aplaudió solo a Viktoria.

—Me tengo que ir —dijo Karl, como si hubiera estado esperando el momento para poderse marchar al fin.

—¿Tan pronto? —preguntó Judith.

—¡Normalmente no te pierdes la ocasión de tomar un Becherovka! —se extrañó Victor.

—Lo siento, pero tengo planes.

—Qué pena —dijo Judith—. ¿Y no podemos convencerte?

Karl meneó la cabeza.

—Entonces te acompaño a la puerta. —Judith se enganchó del brazo de su hermano.

Cuando Anton, que seguía junto a Viktoria, se dio cuenta de que su hermano quería marcharse, se adelantó.

—Venga, Karl, quédate un rato más.

Karl meneó la cabeza y salió acompañado de Judith.

Victor repartió los vasitos de licor, también para Dora y Theo, y todos los levantaron para brindar. A Serafina le gustó que sirviera también a los empleados. Viktoria se había sentado de nuevo al piano y tocaba un vals. Serafina tomó un bombón de frambuesa de una bandeja sobre una mesita junto a la pared.

—¿Cómo va tu orquesta, Anton? —preguntó Victor, mientras el vals iba llegando a su fin.

—Pues nos contratan mucho —respondió Anton—. Si alguna vez logras salir de tu fábrica, ¡ven a un concierto nuestro!

—¿Tienes una orquesta? —preguntó Serafina.

—Sí.

—¿Y qué tipo de música tocáis?

—Depende de los deseos del público. Charleston o foxtrot, pero también blues y swing.

Serafina lo miró entusiasmada.

—¡Me encantaría escucharos alguna vez!

—¡Cuando quieras! —Anton sonrió.

Estuvieron un rato sentados y después mandaron a Viktoria a la cama. Poco después Judith se disculpó, aquejada de un ligero dolor de cabeza, y Dora y Theo también dieron las buenas noches.

Poco después, Serafina y Victor acompañaron a Anton al vestíbulo para despedirse.

—No va a ser un viaje muy agradable, con esta lluvia —afirmó Victor al abrir la puerta. La tormenta no había amainado.

—No. —Anton ya se había puesto el abrigo y sostenía el paraguas en la mano—. Pero conozco el camino con los ojos cerrados, y mi auto tiene techo.

—Vas a... —comenzó Victor, cuando más arriba del descansillo de la amplia escalera se oyó un «¿papá?» en voz baja. Victor dio dos pasos hacia la escalera y miró hacia arriba—. ¿Vicky? ¿Qué pasa? ¡A dormir!

—Estaba ya dormida, pero he tenido un sueño horrible. Y luego he oído un ruido.

—Ve con ella, Victor —le dijo Anton—. Yo ya me marcho. —Sonrió.

—¡Papá! —Se le notaba en la voz el miedo y la urgencia.

—Está bien. —Victor le dio una palmada en el hombro a su cuñado—. Me toca subir a que me cuente su sueño —respondió Victor bromeando—. Que llegues bien a casa, Anton. Y tú, Serafina, no me esperes, mejor acuéstate también.

Con estas palabras, Victor dio media vuelta y subió las escaleras de dos en dos.

Serafina lo miró.

—Bueno —dijo Anton, que se quedó un momento en la puerta y le tendió la mano para despedirse—. Espero que tus sueños sean mejores que los de Vicky.

—Seguro que sí.

Le estrechó la mano y sintió su piel cálida.

Anton inclinó la cabeza y soltó la mano de Serafina, a su pesar. Al traspasar el umbral se detuvo de nuevo y se volvió hacia ella. El corazón de Serafina se aceleró. La atracción que ejercía sobre ella casi le daba miedo.

—¿Serafina?

—¿Sí?

—¿Me llevarás algún día a dar una vuelta en el descapotable de Judith?

—Sí. —Le temblaba la voz—. Con mucho gusto.

Él asintió, abrió el paraguas y salió hacia la noche oscura y cálida.

21

Stuttgart, prisión de Büchsenstrasse, 18 de mayo de 1926

—BIEN —DIJO EL guardia mientras evaluaba a Karl con ojos de experto—, así que viene usted a visitar a Fetzer.

—Sí, si es posible. —Se sentía incómodo en aquella oficina sórdida.

—¿Es usted familiar suyo?

—No. Me llamo Karl Rothmann. El señor Fetzer trabajó hace tiempo en nuestra casa.

El funcionario se atusó el bigote, pensativo.

—Ajá.

Karl guardó silencio.

Un momento después, el policía se levantó, sacó un impresionante juego de llaves y le hizo un gesto para que lo siguiera.

—Voy a permitir la visita —le informó, mientas pasaban por delante de varias celdas—, pero solo durante un cuarto de hora.

La llave giró en la cerradura con un chirrido. La puerta de la celda emitió un leve crujido y Karl se encontró en un cuarto pequeño con una ventana con barrotes. Oyó cómo se cerraba la puerta a su espalda y la llave giraba de nuevo. Inmediatamente lo invadió una sensación de angustia.

—¿Qué quiere? —preguntó el hombre delgado que estaba delante de la ventana mirando hacia afuera. Le había dado la espalda a Karl.

Este carraspeó.

—Me gustaría ayudarle.

El hombre soltó una carcajada entrecortada y se giró de repente. Entrecerró los ojos al reconocer a Karl.

—¡Pero si es un Rothmann!

—Hace mucho tiempo que no nos vemos, Robert —comenzó Karl.

—Sí, muchísimo, señor Rothmann —replicó Robert Fetzer con frialdad—. No se me ocurre qué podría hacer por mí alguien tan bien vestido.

—Mi ropa no tiene nada que ver en esto.

—No necesito su ayuda, Rothmann. Será mejor que vuelva a su fábrica a explotar a sus trabajadores. A mí déjeme en paz.

—Su hija vino a vernos.

Su figura consumida se estremeció.

—¿Tilda?

—Sí. Vino a pedirnos ayuda. Yo quería contratar a un abogado, pero su mujer lo rechazó porque al parecer espera usted el apoyo del partido.

—Los camaradas hacen lo que pueden.

—Le creo, pero su hija está sufriendo.

Robert Fetzer se dejó caer en el estrecho catre pegado a la pared.

—Seguramente me van a trasladar pronto. Al presidio de Ludwigsburg.

Karl asintió.

—He oído que el juicio no tendrá lugar antes del año que viene.

Notó que la actitud defensiva de Robert iba cediendo.

—Quién sabe. Hoy dicen una cosa, mañana otra. —Robert se llevó la mano a la cabeza recién rapada—. Si quiere ayudarme, Rothmann, ocúpese de mi hija y mi mujer. ¿Cómo se le ocurrió a mi pequeña acudir a ustedes en busca de ayuda?

—Al parecer, hace poco que se ha hecho amiga de mi sobrina, Viktoria.

—Ah, sí. Tilda me lo contó. Pero yo soy de la opinión de que no deben tener contacto. Viven en mundos distintos.

—¿Y por qué no? Robert, a mí sus ideas me parecen antediluvianas. Los tiempos han cambiado y la llamada sociedad de clases es, sobre todo, un invento de los comunistas, que lo sacan a relucir cada dos por tres.

—Y con razón. La situación no ha mejorado, Rothmann, ¡mire a su alrededor! Primero fuimos explotados haciendo el trabajo sucio y luego nos enviaron al frente como carne de cañón.

Aquel comentario le tocó la fibra a Karl.

—Carne de cañón fuimos todos, Robert.

Por un momento, en la pequeña celda se hizo un silencio que los unió mientras las explosiones del fuego de artillería parecían volver a retumbar sobre ellos.

Karl recordó los pocos meses que había pasado en el frente occidental. En aquel entonces, 1918, había marchado a filas lleno de entusiasmo. Pocas semanas más tarde, fue trasladado a un hospital de campaña con una bala alojada en un pulmón. Después, recibió la buena noticia de que cuando pudiera volver a moverse no lo enviarían de nuevo al frente, sino a un puesto administrativo en la Comandancia General Adjunta, en Stuttgart. Al mismo tiempo, pudo seguir trabajando en la fábrica de chocolate, que como proveedora de víveres para el ejército funcionaba a pleno rendimiento.

Solo después descubriría que lo que en su día creyó un golpe de suerte en realidad debía agradecérselo a su padre. El viejo Rothmann, en realidad, había sido un firme defensor de la guerra, y para él era un asunto de honor que sus hijos cumplieran con su deber hacia su patria y su pueblo. Sin embargo, se había encargado de que su hijo malherido volviera a casa para curarse completamente. Karl, que hasta entonces mantenía una relación complicada con su progenitor, estableció un nuevo vínculo con Wilhelm Rothmman. Por este motivo, su súbita muerte en 1919 le había afectado profundamente.

Durante los años que duró la contienda, Karl dirigió la fábrica de chocolate con su hermana y tuvo que enfrentarse muchas veces a la acusación de que se había escabullido de sus deberes militares. Pero ¿quién habría ayudado a Judith, si no?

Victor regresó a casa después de la guerra, igual que Anton. Karl se sentía difamado injustamente. Él había contribuido a la guerra, igual que los demás hombres.

—Usted sabe perfectamente por qué lo digo, Rothmann —dijo Robert al cabo de un rato.

Karl carraspeó.

—No creo que se pueda comparar una cosa con la otra. Pero da igual, eso ya pasó. Aquí estamos hablando de otro asunto.

—Ah, sí, que quiere usted ayudarme. —El tono mordaz de Robert lo irritó. Le habría gustado dejar a aquel hombre renitente a su destino. Pero les había prometido a Vicky, Tilda y su madre que intentaría conseguir su libertad, por eso no se rindió.

—No tiene muchas opciones, Robert. —Karl pronunció aquellas palabras con una serena autoridad—. Si lo acusan de asesinato, lo más probable es que nunca vuelva a salir de la penitenciaría.

Una sombra atravesó la expresión de Robert. Se notaba que estaba librando en su interior una lucha interna entre el orgullo, la desesperación y el miedo.

—¿Y qué le parece que debo hacer? —le preguntó a Karl, con una voz que por primera vez denotaba fragilidad—. Usted ya sabe cómo funciona esto. Soy un rojo. Un bocazas. Una persona incómoda. Eso les basta a nuestras autoridades para encerrarme. Les da lo mismo si realmente he matado a alguien o no.

—Primero tengo que saber qué pasó de verdad. —Se apoyó en la pared desnuda de la celda para darle a entender a Robert que estaba dispuesto a esperar su respuesta. Este cerró los ojos un instante.

—Estábamos allí —comenzó a contar entrecortadamente—, en el local de la Leonhardsplatz. Entonces llegaron dos guardias, se pusieron a dar voces y querían detenernos a todos. Por supuesto, no estábamos dispuestos a permitirlo.

—A ver, no me puedo imaginar que la policía llegue a un local y directamente arreste a la gente sin más —intervino Karl—. ¿Por qué estaba usted allí con sus camaradas?

—Era una reunión del Partido Comunista. En algún sitio tenemos que poder hablar.

—¿Y eso cuándo fue?

—En 1923.

Karl resopló.

—Entonces aquella reunión era ilegal. El KPD estaba prohibido. ¡Maldita sea, Robert, estábamos al borde de un golpe de Estado! ¡De una revolución a la rusa! ¡No me extraña que la policía estuviera alarmada!

—Aquí habla de nuevo el capitalista Rothmann. —Robert fingió calma, pero su voz seguía temblando—. Todos teníais miedo de perder vuestro dinero y vuestra posición. De que los trabajadores os quitásemos de en medio.

Karl meneó la cabeza. Si se enzarzaba con Robert en una discusión política, no iban a llegar a ninguna parte, al contrario. Las toscas opiniones de aquel hombre que, obviamente, seguían empapadas de la ideología comunista le exigían a Karl una buena dosis de autocontrol.

—Por su propio interés, le aconsejo que me relate los acontecimientos de aquel día, Robert —dijo Karl—. Si no, se va a pudrir en la cárcel.

Robert Fetzer soltó una carcajada que Karl no supo cómo interpretar, si era burla o resignación.

—Nos querían detener. Y a los camaradas de la Alfredstrasse también, incluso querían que los denunciáramos. ¡Ja! Pero eran solo dos y no se atrevieron. Por eso uno de los guardias se marchó a buscar refuerzos. Una decisión realmente idiota, nos sorprendió mucho. Y claro, aprovechamos para intentar escapar.

—¿Y fue cuando murió el policía?

—Estaba diciéndonos tonterías. Y entonces alguien disparó, pero no sé si fue uno de los nuestros. Yo ni siquiera me enteré de que el guardia estaba muerto. Solo puse pies en polvorosa, como todos los demás.

El tono frío de Robert hacía evidente de que solo dirigía sus pensamientos a aquel acontecimiento porque no le quedaba más remedio, y que la muerte del policía, para él, era un sacrificio por un fin más importante.

—¿Y no corrieron rumores sobre quién había sido el autor de los disparos?

—Según dicen, fue Metsch Ferdinand, un tipo joven que huyó a la Unión Soviética.

—¡Eso no hay quien se lo crea! —Ahora le tocó a Karl reírse burlonamente—. ¿De verdad creéis que os vais a librar con eso? ¿Cargándole el asesinato a otro? ¿Uno que casualmente está huido?

—Es la verdad.

Se oyeron pasos en el pasillo. El ruido de las llaves al girar en el cerrojo le causó a Karl un gran alivio.

—No va a ser fácil. —Se separó de la pared.

—Eso ya lo sé —replicó Robert—. Nunca es fácil estar en el bando correcto. —De repente pareció retraerse de nuevo—. Lo más importante son mi mujer y mi hija.

—¡Se acabó el tiempo! —El guardia estaba en el marco de la puerta.

—No sé si se podrá hacer algo, Robert. Pero voy a ver qué se me ocurre —dijo Karl.

—Sí, piense, Rothmann. Al final la revolución vencerá. Somos muchos.

Karl no respondió. Salió de la celda con el ceño fruncido.

—Panda de rojos —gruñó el policía—. Al paredón los mandaba a todos.

22

La última frase del guardia todavía resonaba en sus oídos mientras se dirigía de la prisión a la oficina. A decir verdad, lo que le más apetecía era tomarse una cerveza fresca, pero todavía tenía que resolver unos asuntos en el despacho, por lo que puso rumbo directamente a la fábrica de chocolate.

Una vez allí, habló con Judith sobre varias adquisiciones. Su hermana le advirtió que consideraba que eran demasiados gastos, pero Karl no estaba de acuerdo en tener que mirar cada céntimo con lupa. La empresa generaba suficientes beneficios y él hacía sus pedidos en función de estos.

Por suerte, consiguió captar su interés con la lista de los puntos de venta externos, de forma que cambiaron de tema enseguida. Después se concentró en hacer varias llamadas telefónicas a restaurantes y hoteles berlineses para ofrecerles su colaboración en la instalación de máquinas expendedoras de chocolate. Al cabo de un rato había conseguido tres posibles clientes, a los que visitaría en su próximo viaje para concretar los detalles. Informó de ello a Victor, que apreció aquellas citas prometedoras con un asentimiento.

Después se dirigió al centro para cenar. Tras obsequiarse con un buen festín en el Marquardt, fue a buscar a Vera, la estenotipista menuda de pelo castaño teñido con la que salía desde principios de año.

Como tantas veces, no estaba lista cuando llamó al timbre, así que no le quedó más remedio que esperarla una buena media hora frente al edificio de viviendas en el que ocupaba una minúscula habitación. Cuando por fin apareció, no estaba sola, sino acompañada nada menos que por cinco amigas.

Karl puso buena cara y le ofreció el brazo.

—¡Vamos al Merkur! —anunció la chica—. ¡Hoy hay buena música!

—Por mí, de acuerdo —respondió él.

Las amigas iban charlando delante, seguidas a cierta distancia por Vera y Karl.

—Se han presentado sin avisar —se disculpó Vera en cuanto estuvo segura de que las demás no la oían—. Pero les he dicho que había quedado contigo—. Se apretó contra su hombro—. ¿Qué tal tu día?

—He estado en la cárcel.

—¿Cómo? —Vera soltó una risita—. ¿Qué has hecho?

—Pues nada —replicó Karl—. Fui a visitar a alguien. Pero esa historia no es apropiada para tus bonitas orejas, Vera.

—¡Claro que sí! Me interesa. —Vera lo miró llena de curiosidad—. ¿Y qué es lo que ha hecho él?

—Él es comunista y hace unos años participó en no sé qué reunión en la que mataron a un guardia.

—Ah, un comunista. —Vera pareció perder el interés—. Yo pensé que tendría algo horrible sobre su conciencia, un asesinato o algo así.

—Bueno, hubo un muerto.

—Pero no lo hizo él, ¿verdad?

—No. ¿Eso te habría parecido más interesante?

Vera volvió a reírse por lo bajo.

—Claro. —Se quedó unos minutos pensando—. ¡Imagínate, un asesino de verdad! —susurró después.

—A mí me ha bastado con el comunista. —Karl suspiró y se soltó de su brazo para encender un cigarrillo—. Encerrado tras las rejas, como un animal en el parque zoológico del Doggenburg. Indigno.

—Bueno, si eres comunista, te arriesgas a que te pase algo así —afirmó Vera como si fuera algo obvio.

—No es tan sencillo. —A Karl le molestaba la cháchara de Vera, aunque seguramente no daba para más—. En cualquier caso, lo voy a ayudar.

—¿Cómo que lo vas a ayudar? —preguntó Vera atónita—. Pero ¿por qué?

Karl dio una calada a su cigarrillo.

—Porque fue empleado nuestro —respondió—. Y su hija conoce a mi sobrina Vicky. En esos casos hay que echar una mano.

—Bueno, si tú lo dices.

Y, con eso, el tema quedó zanjado para Vera. El resto del camino le fue contando cómo había sido su día en la oficina. Karl no le prestó mucha atención.

EL CAFÉ MERKUR, en la Königstrasse, era famoso por sus espectáculos musicales y tenía siempre mucho público. Las amigas de Vera ya habían ocupado una mesa y les hicieron señas cuando entraron. Karl consiguió sillas para los dos, porque las demás ya estaban ocupadas, y se sumaron al grupo.

Enseguida Vera se pegó tanto a él que básicamente quedó sentada en su regazo.

—¿Sigues pensando en el comunista? —le susurró al oído—. Estás tan callado hoy.

Karl, que en ese momento estaba pensando en llevar a Serafina a aquel local, meneó la cabeza. Vera lo miró con escepticismo, dio una calada lenta de su boquilla, expulsó el humo provocativamente y lo besó. Los numerosos espejos de la sala le devolvieron la imagen multiplicada.

—Venga —ronroneó ella—. Hemos venido a divertirnos, ¿no?

Karl se espabiló y la sujetó por las caderas.

—¡Claro que sí, cariño!

Vera soltó una carcajada cuando él la agarró, se levantó con ella y la dejó de pie en el suelo. Luego la tomó de la mano y la llevó a la pista de baile.

Karl sabía que bailaba bien y también cómo utilizarlo a su favor. Al poco tiempo estaban bailando muy pegados al ritmo ligero de la orquesta de jazz.

Mientras abrazaba el cuerpo flexible de Vera, imaginó que era Serafina la que se entregaba tan gozosamente a él. No terminaba de entender por qué siempre guardaba las distancias. Habían hecho muchas cosas juntos, tenía la impresión de que le gustaba y él se esforzaba mucho por caerle bien. Pero no conseguía que su relación avanzara. Tenía la sensación de que ella lo consideraba como una especie de hermano mayor. Pero Anton le dejaba ese papel a su cuñado Victor. Él tenía otras intenciones.

Las manos de Vera provocaron las reacciones que ella buscaba y sonrió confiada.

—¿Sabes que me gustaría conocer a tu familia algún día? —susurró.

—Ya la conoces, de la tienda de chocolate —respondió Karl, que no tenía intención de presentar a Vera en Degerloch—. ¿O acaso nunca has comprado allí?

—Claro que sí —respondió la chica con aire sensual—. ¿Quién sería capaz de resistirse a los chocolates Rothmann? —Le acarició el costado suavemente.

—Entonces, arreglado —replicó Karl, con intención de esquivar así el asunto.

—Ya sabes lo que quiero decir.

—No, no lo sé —mintió Karl—. Pero sí sé lo que *quieres*. —La apretó más fuerte contra su cuerpo.

Ella echó la cabeza hacia atrás y le ofreció su delgado cuello, por el que Karl repartió unos cuantos besos. Albergaba la esperanza de que abandonara pronto la ambición de que su relación se convirtiera en algo serio.

—¿Karl?

«No, por favor.»

—Ya llevamos mucho tiempo saliendo. —No se rendía—. ¿No te parece que ya va siendo hora de... pensar en nosotros?

El joven podía ver claramente cómo se movían sus pensamientos detrás de su bonita frente.

—Pienso en ello todo el tiempo, cariño —respondió en tono de broma—. Es lo que hace todo el mundo.

—¿En serio? —Con su uña pintada de rojo trazó una línea sensual sobre su pecho—. Entonces, seguro que tú también te planteas que pronto... —continuó. No se atrevió a terminar la frase, pero sus ojos brillaban llenos de esperanza.

—Lo que yo creo —dijo él, y relajó el abrazo— es que tengo muchísima sed. —Dejó de bailar—. El aire aquí dentro es muy seco.

No tenía ninguna intención de que le echaran el lazo del matrimonio al cuello. Pero, al mismo tiempo, no quería echar a perder la posibilidad de una noche de pasión.

Se dirigieron a la barra y él pidió dos copas de champán.

—¡Por la libertad! —exclamó Karl, que levantó su copa.

Ella miró primero su copa y luego a él.

—¿Por la libertad? ¿Te refieres a los comunistas?

Karl se echó a reír.

—¿Qué te hace tanta gracia? —Vera puso morritos—. ¡Ese hombre está en la cárcel!

—No lo entiendes, cariño —dijo Karl indulgente cuando consiguió controlarse—. Hay distintos tipos de libertad. Una consiste en no estar encerrado. Y la otra... es una sensación vital.

—Ah. Si tú lo dices... —Vera lo miró vacilante.

Karl renunció a explicárselo mejor.

—No sé por qué hoy no me entusiasma el ambiente de este sitio. ¿Qué te parece si nos vamos? —Dejó la copa sobre el mostrador—. ¿A mi casa?

Ella le sonrió con complicidad sobre el borde de su copa.

—Si tienes en casa algo de beber... encantada.

23

Stuttgart, taller de Mia Seeger, 19 de mayo de 1926

—¡Es MUY BONITO, Elise! —Mia Seeger contempló las piezas de vajilla que tenía delante—. ¡Justo lo que estaba buscando!

Elise sonrió satisfecha y siguió rebuscando en su bolsa.

—También he traído unos cubiertos que combinan muy bien. Seguro que también te gustan. —Sacó un cuchillo, una cuchara y un tenedor—. Mira, la serie se llama Lirio.

Los ojos oscuros de Mia mostraron interés.

—¡De la marca WMF! También estuve en su tienda, buscando otras piezas especiales para la exposición.

—¿De verdad?

Mia asintió.

—Y encontré varias. Pero tuve que buscar mucho y mirar con detenimiento. Queremos objetos funcionales que estén elaborados a la perfección. Pero también tienen que encajar con la estética moderna. —Trazó con el dedo el contorno redondeado del cuchillo plateado y lo puso junto al plato de elegante porcelana blanca—. Son los pequeños detalles los que transforman una vivienda en un hogar. También en eso hay que pensar a la hora de diseñar el interior. Buen trabajo, Elise.

La muchacha asintió.

—Estoy impaciente por ver cómo reaccionará la gente a esta exposición. Cuando van al teatro lo hacen con ganas de pasarlo bien, pero no sé si acogerán también una cosa como esta.

Mia Seeger se rio.

—Vamos a ver. Esperemos que el ayuntamiento nos la autorice.

El sonido del teléfono en el pasillo interrumpió la conversación. Mia se levantó para contestar. Mientras hablaba en voz baja, Elise dejó vagar la vista por el amplio taller, que reflejaba bien la personalidad de Mia. La artista proyectaba elegancia y cierta reserva, llevaba corto el pelo oscuro y vestía a la moda pero con discreción. Elise la había visitado varias veces y se había dado cuenta de que la decoración de su taller cambiaba cada vez, según las distintas muestras que traía de sus viajes por fábricas y talleres de artesanía.

La había conocido hacía poco más de un año en el teatro, cuando Mia había contribuido con algunas ideas al decorado del teatro municipal. Se habían llevado bien desde el primer momento y también coincidían en sus criterios creativos. Desde entonces, Elise había hecho algunos encargos para ella con los que ganaba algún dinero extra, como hacía con la confección del vestuario del teatro.

—Era Adolf Schneck. —Mia había concluido la llamada y estaba de vuelta en la sala—. Uno de nuestros arquitectos. —Hizo una pausa y miró a Elise—. Voy a quedar con él dentro de un rato, quiere presentarme a alguien. Pero antes de eso me gustaría enseñarte algo.

Mia rodeó su escritorio y se dirigió hacia una silla con un aspecto inusual. La colocó en el medio de la habitación. Su armazón estaba compuesto de tubos de metal con la forma de un cinco curvo al que le faltaba el trazo superior horizontal. El respaldo y el asiento estaban fabricados con un entramado de mimbre.

—¡Siéntate! —le indicó a Elise.

—Pero ¿no se caerá? —preguntó Elise escéptica mientras se acercaba a Mia. Esta hizo un gesto hacia la silla.

—¡Pues claro que no! Ya la he probado yo misma. ¡Te va encantar!

Elise se sentó con precaución y quedó sorprendida por su comodidad. La estructura contaba con una ligera suspensión y daba la maravillosa sensación de estar flotando.

—Estupendo, ¿no? —Mia se quedó mirándola expectante.

—¡Ay, sí, es increíble! —Elise se balanceó un poco en la silla—. ¡Cuando tenga mi propia casa, solo habrá muebles como estos!

—Van a llegar muchos más, ya verás. Después de esta exposición, todo lo demás quedará relegado a los libros de historia. —Mia pasó los dedos por el entramado del respaldo—. La silla es funcional, sin ringorrangos. Oscila entre la estética y la comodidad. Y es asequible.

Elise soltó una risita y se balanceó un poco más.

—¡Pues sí que oscila, en todo el sentido de la palabra!

—¡Es cierto! —Mia sonrió—. Soy de la opinión de que todos deberían poder permitirse un mueble así —continuó—. Y me refiero realmente a todo el mundo, no solo a los más adinerados.

—¿Quién la ha fabricado?

—El diseño es de mi amiga Lilly Reich.

—¿Es arquitecta?

—Diseñadora de muebles. Es excepcional. Pronto te la presentaré. Vive con Ludwig Mies van der Rohe.

Elise asintió y se levantó de la silla.

—¿El que está planeando la urbanización de Weissenhofsiedlung?

—Sí. Pero las mejores ideas vienen de Lilly, aunque ella no lo reconozca. Por lo menos, no lo admite de cara al exterior.

A Elise le pareció reconocer una expresión de enfado en el rostro de Mia.

—¿Crees que él se adjudica sus méritos? —le preguntó.

—Pues yo diría que sí —respondió Mia. Dejaron la silla en su sitio—. Ahora me tengo que ir, Elise, lo lamento.

—Sí, claro —dijo Elise—. Solo quería traerte los platos y los cubiertos. —Tomó su bolsa.

—Pero, de todas formas, hay algo que quisiera preguntarte. —Mia se puso el sombrero—. Te va a parecer un poco precipitado, pero ¿te imaginas siendo mi ayudante?

—¿Cómo? —Elise creyó haber oído mal. Mia se rio.

—Me has entendido bien. ¿Te gustaría trabajar conmigo?

—Esto... ¿quieres de decir, de verdad? —preguntó Elise confundida.

—Sí, claro, de verdad, ¿cómo va a ser, si no? —Mia tomó un montón de documentos de la mesa y los metió en una bolsa—. Perdona que te lo haya preguntado así a bote pronto. La verdad es que tenía intención de hablarlo contigo tranquilamente porque ya llevaba un tiempo pensándolo. Necesito ayuda con el trabajo.

—Entiendo —dijo Elise—. ¿Quiere eso decir que tendría que dejar mi empleo en Schocken?

—Sí.

—Ah. —Elise no sabía qué decir—. La verdad es que me gusta mucho trabajar en las galerías.

Mia se puso un abrigo ligero.

—Piénsatelo. —Abrió la puerta y le cedió el paso a Elise—. Si aceptas, van a cambiar algunas cosas en tu vida. Y viajarás mucho. No solo por Alemania, sino por toda Europa.

—¿Cuándo tengo que darte una respuesta? —preguntó Elise.

—Pues, teniendo en cuenta los preparativos de la exposición... muy pronto.

—Es una propuesta increíble, Mia, disculpa que dude.

—Es comprensible. Al fin y al cabo, se trata de tu futuro. —Mia le dio la mano—. Pero, de todas formas, espero que puedas contestarme en los próximos días.

ELISE CAMINABA POR la Königstrasse perdida en sus pensamientos. La oferta de Mia abría para ella un mundo nuevo, una perspectiva con la que nunca se habría atrevido a soñar. Y al mismo tiempo se le planteaban muchas preguntas. ¿De verdad quería renunciar a su empleo en Schocken, y con él a su seguridad financiera? Además, disfrutaba con su trabajo. ¿Qué pasaría con sus padres si iba a viajar tanto en el futuro? Era cierto que nada le gustaría más que escapar de las estrecheces de su casa, pero ¿quién cuidaría de ellos? Ya eran mayores, alguien tendría que estar pendiente de ellos. Pero, sobre todo, ¿cómo reaccionaría Anton? No podía imaginarse que él quisiera un matrimonio en el que la mujer tuviera en la cabeza otras cosas, más allá del futuro en común. Y el deseo de tener hijos también tendría que esperar.

Para Elise estaba claro que se hallaba ante una decisión de enormes consecuencias. No solo le daría una nueva dirección a su vida, la pondría patas arriba.

A la altura del quiosco, delante del palacio del Príncipe, alguien le salió al paso.

—¿No nos conocemos, señorita?

Elise se sobresaltó.

—¡Anton! ¡Dios mío! ¡Qué susto me has dado!

Él sonrió con desenvoltura.

—¡Esa era mi intención!

Muy relajado, lanzó una cajetilla de tabaco en el aire y la volvió a coger. Al parecer, acababa de comprarla en el quiosco. Elise se sintió insegura.

—Usted no es Anton.

Su risa estaba destinada a engatusarla.

—No.

La chispa de sus ojos no falló en su objetivo. Elise notó que estaba acostumbrado a utilizarla.

—El hermano gemelo —constató, y esperó que su voz sonara poco impresionada.

—¡Ha acertado! —Se guardó la cajetilla de tabaco—. Karl Rothmann. Hace poco me aconsejó usted de forma excelente. En Schocken.

—Ya lo sé.

—Aquel día seguramente pensó que se trataba de mi hermano. —Era una afirmación, no una pregunta.

—No es de extrañar.

—No. —Meneó la cabeza—. Tengo que admitir que Anton tiene un gusto exquisito —añadió. La mirada que le dedicó se pasó un poco de la raya.

Elise dio un paso atrás involuntariamente.

—Me tengo que ir.

La expresión de Karl cambió y se puso serio.

—Por supuesto, no era mi intención entretenerla. —Siguió mirándola a los ojos—. Pero me encantaría poder invitarla a un café en el Königin-Olga-Bau—. Sus ojos eran del mismo azul intenso que los de Anton, pero con un brillo mucho más provocador—. Por favor, no me rechace a la primera.

—Yo... no tengo tiempo. Lo siento. —No era propio de Elise dejarse invitar a un café por alguien que la había abordado en plena calle.

—Qué pena. —Su decepción sonó sincera.

Justo entonces se acercaba por la Königstrasse un caballero que parecía conocer a Karl, porque se dirigió en línea recta hacia él.

—¡Señor Rothmann!

Karl se volvió.

—¡Señor Schneck! ¡Menuda sorpresa!

—Saludos, señorita. —Se levantó el sombrero—. Me llamo Adolf Schneck. Disculpe la interrupción, será solo un momento. —Se dirigió a Karl—. Ahora que lo veo, señor Rothmann, ¿me permite recordarle que necesitaría los documentos? Ya tengo preparado un esbozo, pero sin los planos...

—Lo sé, señor Schneck —respondió Karl con brusquedad—. Y ya los he localizado, en parte. Pero desgraciadamente otras cosas me han mantenido ocupado y no he podido llevárselos.

Elise seguía el diálogo asombrada. Adolf Schneck era el arquitecto con el que había quedado Mia. Al parecer, iba con retraso a su encuentro.

—Si lo tengo todo el viernes, podría trabajar en el proyecto el fin de semana —dijo Schneck—. Pero ahora tengo que marcharme, tengo una cita.

Elise estuvo a punto de mencionar a Mia, pero se contuvo.

El arquitecto volvió a ponerse el sombrero, agachó ligeramente la cabeza a modo de despedida y se marchó a toda prisa.

—Disculpe la interrupción —le dijo Karl a Elise cuando Schneck desapareció de su vista.

—No tiene que disculparse —replicó Elise—. ¿Era el arquitecto Adolf Schneck?

La pregunta se le escapó sin pensarlo. Karl reaccionó sorprendido.

—Sí, el mismo. Va a dirigir la remodelación de nuestra fábrica de chocolate. Un hombre formidable. ¿Por qué lo pregunta?

—Es que... es una curiosa coincidencia —respondió Elise—. Justo vengo del taller de Mia Seeger, que está trabajando con el señor Schneck para la Exposición del Gremio de Artesanos del año que viene.

—¿Conoce usted a Mia Seeger? —La joven percibió su sorpresa.

—Sí. Nos conocimos debido a mi trabajo en el teatro. De vez en cuando hago algunos encargos para ella.

—Yo creía que trabajaba usted en las galerías Schocken.

—Y así es. —Ahora le tocó reír a Elise—. Pero no siempre somos únicamente lo que parecemos ser.

—Esa ha sido una respuesta filosófica, señorita... —Se interrumpió—. ¿Puedo preguntarle cómo se llama?

—Me llamo Elise Bender.

—Elise, un nombre muy bonito. —La voz de Karl sonó muy queda—. Pero antes de que nos pasemos horas hablando aquí en medio de la abarrotada Königstrasse, ¿me haría usted el honor de acompañarme a la cafetería? —Hizo un gesto en dirección a la plaza del Palacio—. Me alegraría muchísimo, de verdad.

Elise lo miró.

A través de su aparente confianza en sí mismo se traslucía una inseguridad oculta que la conmovió de una forma que no se supo explicar.

—Bien, de acuerdo.

—¡Maravilloso! —Una amplia sonrisa iluminó su rostro.

Mientras recorrían los escasos metros hasta la plaza, Elise tranquilizó su incipiente mala conciencia respecto a Anton. En realidad, no debería tener nada en contra de que conociera un poco mejor a su hermano gemelo. Porque si las cosas entre ella y Anton eran lo que parecían, Karl Rothmann podría llegar a ser su futuro cuñado.

Se sentaron a una mesa rodeada por un seto en la terraza del café Königin-Olga-Bau. Las marquesinas los protegían del sol de una bonita tarde de mayo. Reinaba la tranquilidad, pero al mismo tiempo se percibía el ambiente animado del centro de la ciudad.

Karl pidió café con una tarta corona de Fráncfort para los dos.

—Encuentro muy interesante que conozca, mejor dicho, que trabaje con Mia Seeger —dijo Karl, siguiendo directamente la charla que habían mantenido en la calle, mientras le añadía un chorrito de leche a su café—. ¿La conoce desde hace mucho?

—Desde hace seis meses más o menos. —Elise probó la delicada tarta de bizcocho, crema de mantequilla y crocante. Se deshacía en la boca.

—¿Y qué hace usted exactamente? —Karl dio un sorbito a su café.

—Estamos buscando objetos de la vida diaria que puedan encajar en la exposición del Gremio de Artesanos. Yo la ayudo en esa tarea.

—¿Y eso además de su trabajo en las galerías?

—Sí. —Elise sonrió—. Por ahora.

—¿Por ahora? ¿Quiere eso decir que pronto dejará de trabajar allí?

—Oh —suspiró Elise—, ese es justamente el dilema en el que me encuentro. Mia me ha ofrecido trabajar para ella. Como su ayudante.

—Es una oferta muy tentadora —opinó Karl—. Yo también dejaría el puesto en las galerías, si estuviera en su lugar.

—No resulta tan fácil.

—¿Por qué?

—Tengo que considerar muchas cosas. Además, eso significaría que en el futuro tendría que viajar mucho.

—¡Pero ahí está lo interesante! A mí me encanta viajar. ¡Salir de Stuttgart, viajar por todo el mundo! ¿Hay algo mejor que eso?

Su entusiasmo resultaba contagioso. Durante la conversación, Elise se fue sintiendo cada vez más a gusto con la idea de atreverse a dar un paso hacia lo desconocido y aceptar la oferta de Mia.

Hacía mucho rato que no quedaba rastro de la tarta cuando Elise miró incrédula su reloj.

—Ay, madre, ahora sí que he perdido la noción del tiempo. —Tenía que ir al teatro, pero no se lo dijo. Karl se puso de pie de un salto.

—No era mi intención entretenerla...

A pesar de las prisas, ella sonrió.

—Pues claro que era su intención.

—Bueno, un rato puede que sí. —Sonrió y puso cara de pillo, como si acabaran de descubrirlo en plena trastada. Elise soltó una carcajada.

—Me ha ayudado mucho, Karl. A lo mejor reúno el valor para aceptar el reto. —Se apartó un mechón de pelo rubio de la cara—. Gracias.

24

La mansión de los Rothmann, 21 de mayo de 1926

LA PUERTA DE dos hojas de la salita de música se encontraba entreabierta, como si alguien hubiera salido un momento pensando en volver enseguida. Serafina miró alrededor, pero el amplio pasillo que conducía a aquella ala de la mansión estaba desierto. Seguramente Viktoria habría estado practicando y había olvidado cerrarla.

Serafina la empujó con delicadeza, entró en la sala y volvió a dejarla entornada. El gran piano de cola brillaba negro y prometedor. Se acercó al instrumento con un sentimiento casi reverencial, acarició la superficie lacada y abrió la tapa con un movimiento elegante.

Ante ella se extendía el teclado de marfil y ébano, que reflejaba tenuemente la luz que llegaba a la salita a través de los visillos de encaje. Su mirada recorrió las ochenta y ocho teclas: cada una de ellas guardaba un tono inconfundible y en conjunto establecían un diálogo constante en blanco y negro.

Serafina acercó la banqueta forrada de terciopelo amarillo claro, se sentó y colocó la falda plisada de color rosado.

Después de unos instantes para concentrarse, comenzó a tocar.

Los primeros compases del «Impromptu», de Franz Schubert sonaron un poco irregulares, pues al principio sus dedos no conseguían seguir el ritmo rápido de la pieza en la bemol mayor. Por eso se detuvo y volvió a comenzar desde el principio.

Y esta vez se sumergió en la música, las notas brotaron de sus dedos al ritmo vivo del *allegretto*, pasaron al ánimo más reflexivo del trío en bemol, desplegaron toda la dinámica desde el *pianissimo* al *fortissimo* y regresaron a los burbujeantes arpegios del tema musical que constituía la base de la composición.

Con los dos últimos acordes poderosos todavía suspendidos en la sala, Serafina oyó un aplauso suave. Se giró.

Anton estaba apoyado en el marco de la puerta, ataviado de manera informal con un pantalón abrochado por debajo de la rodilla y una camisa azul claro con tirantes, que marcaban sus anchos hombros. Cuando se dio cuenta de que Serafina lo había visto, se enderezó y se dirigió lentamente hacia ella, como si quisiera darle tiempo a acostumbrarse a su presencia.

Ella no quería mirarlo fijamente, pero no podía apartar los ojos de él. Alto y atlético, transmitía una tranquila energía. Los ojos azules, el inconfundible sello de los Rothmann, se posaron en los suyos. Relucían en contraste con su piel tostada por el sol.

—Es increíble la fuerza que esconden estas teclas, ¿no es cierto? —Se encontraba de pie junto al piano de cola y miró en el interior a través de la tapa abierta—. No solo hacen vibrar las cuerdas del instrumento, sino también las de nuestros corazones.

Introdujo la mano en el voluminoso armazón y tocó una sencilla melodía infantil pinzando las cuerdas. El sonido era similar al de un arpa.

—¿La reconoces? —le preguntó.

—«Bona Nox» —respondió Serafina—. Mozart. No es difícil.

Anton sonrió. Su mirada recayó sobre la banqueta.

—¿Me permites que me siente a tu lado?

Si se acercaba tanto, oiría los latidos de su corazón.

—Sí... claro. —Se apartó a un lado para dejarle sitio.

Con la mano derecha, Anton tocó unos cuantos compases del «Impromptu», de Schubert.

—Cada nota destaca por sí misma —reflexionó—. Sin embargo, la plenitud se logra al combinarlas entre sí. —La miró—.

Solo entonces se torna en algo grandioso. Impresionante. Esférico.

—Así lo siento yo también —respondió ella en voz baja. Anton carraspeó.

—¿Tocamos algo a cuatro manos?

—Sí, con mucho gusto.

—¿La «Gartenmelodie», de Schumann?

—¡Oh, preciosa!

—¿La voz alta o la baja?

—Prefiero tocar la alta.

—Entonces cambiemos de sitio.

Se levantó y Serafina se deslizó del lado izquierdo al derecho de la banqueta. Anton volvió a sentarse a su lado en el estrecho asiento. Sus muslos se rozaban, y Serafina notó que Anton no hizo intención de apartarse ni un milímetro. Ella disfrutaba de su cercanía conteniendo la respiración.

Anton contó en voz baja hasta cuatro, hizo un breve movimiento de cabeza para dar la entrada y empezaron a tocar. La pieza ligera le recordó a Serafina los días cálidos y felices del verano. Al cabo de pocos compases, Anton comenzó a improvisar cruzando la mano derecha una y otra vez por encima de la mano izquierda de la joven, que cada vez tenía más dificultad para concentrarse, pues cada roce involuntario hacía saltar chispas en todo su cuerpo.

—Es un placer tocar contigo —le dijo Anton cuando después de las múltiples variaciones adicionales la melodía llegó a su fin.

—Sí, suena estupendamente. —Apartó las manos del teclado y las enlazó en el regazo. No le resultaba fácil mantener la calma—. ¿Has construido tú este piano?

—Viene de mi taller, sí. —Tocó un par de acordes graves—. Pero el otro más pequeño, no. Es un Bechstein. Se lo compró Judith a su hijo cuando empezó a tocar el piano.

—El pianista. Martin.

—Sí.

—Me parece impresionante que hayas seguido tu propio camino de forma tan consecuente, Anton. —La admiración de Serafina era sincera—. Y que hayas levantado tú solo tu propio negocio.

—¿En lugar de permanecer en el nido y dirigir la fábrica de chocolate con el resto de la familia? —En la sonrisa de Anton se percibía un regusto de amargura—. Fue una de las decisiones más difíciles de mi vida.

—Oh... no me lo esperaba.

—Mi padre se sintió profundamente herido porque yo no quería dirigir la obra a la que había dedicado su vida. Y a Judith y Victor tampoco les resultó fácil aceptar mi decisión.

—Seguramente nadie contaba con ello...

—Tendrían que haberlo hecho. Estuve de aprendiz en el taller de Pfeiffer en Leonberg y no fue solo para entretenerme. —La mano grande y fuerte de Anton descansaba sobre las teclas—. De todas formas, nunca habría salido bien que yo trabajara con... —Se interrumpió.

—¿Karl?

Anton no contestó.

—Lo siento, no era mi intención... —se disculpó Serafina.

—No pasa nada —carraspeó él—. ¿Tocamos otra?

Serafina se alegró del cambio de tema.

—¿«Beim Kranzewinden»? —sugirió.

—¡Muy bien!

Marcó la entrada y ella se lanzó a disfrutar de la sensación de crear juntos aquellos mundos sonoros y de la conexión única que surgía entre los dos por medio de la música.

Cuando terminaron la pieza de Schumann, Anton la miró pensativo.

—Serafina...

—¿Sí?

—Karl y tú...

—No. No hay ningún «Karl y yo».

Él asintió y Serafina notó cómo la atmósfera entre ellos se electrizaba aún más. Los ojos de Anton recorrieron su rostro y se detuvieron en su boca. Serafina quiso decir algo, pero no logró articular sonido.

—Serafina, yo... —comenzó Anton a media voz.

De repente, se abrieron las puertas de par en par y sintieron una corriente de aire fresco.

—¡Muchas felicidades, tío Anton!

Cuando Viktoria entró en tromba en la sala, se separaron. La niña los miró sorprendida.

—¿Estabais tocando el piano vosotros dos? —preguntó incrédula.

—¿Quién si no? —preguntó él imitando la entonación resuelta de su sobrina—. ¡Serafina toca muy bien!

—¿Igual de bien que yo? —quiso saber Viktoria.

Serafina notó que la niña veía amenazado su territorio y se levantó.

—Seguro que tu tío quiere tocar algo contigo, Vicky. —Se colocó al lado del piano—. Y yo podré ver desde aquí cómo los martillos van tocando las cuerdas.

Viktoria pareció satisfecha.

—¡La marcha de cumpleaños de Clara Schumann!

—¡Ah! ¡De acuerdo! —Comenzaron la animada pieza, pero Viktoria tocaba tan rápido y de forma tan irregular, que el joven apenas podía seguirla—. ¡Madre mía, Vicky! ¡Que es una obra musical, no un *sprint* de cien metros!

Su sobrina sonrió y tocó aún más rápido. Y más fuerte.

—En el caso de Viktoria, está claro por qué se llama pianoforte —comentó Serafina con un guiño a Anton, que comprendió la alusión inmediatamente.

—Desde luego —respondió él sonriendo, y añadió un temperamental *glissando*.

Viktoria se bajó de la banqueta.

—Gerti ha hecho una tarta, ¡para vuestro cumple! Mamá ya

está en el comedor y el tío Karl llegará enseguida. —Salió corriendo hacia la puerta, que seguía abierta de par en par—. Os espero allí. —Y con estas palabras, desapareció.

—¡Seguro que va a elegir el mejor trozo de la tarta! —aventuró Anton.

—¡Eso mismo pienso yo! —Serafina se acercó un paso hacia él—. ¡Felicidades! No sabía que hoy era vuestro cumpleaños.

—Tengo que confesar que, si Judith no hubiera insistido en celebrarlo aquí, se me habría olvidado.

—¡Ahora no tengo nada que regalarte! —lamentó Serafina.

—Ya me has hecho un gran regalo.

La contempló pensativo y ella deseó que continuaran en el punto en que Viktoria los había interrumpido. Pero, por algún motivo, parecía que se estaba conteniendo. La joven se sintió confundida.

—¿Anton? ¿Serafina? —La voz de Judith desde el pasillo interrumpió su diálogo mudo—. ¿Venís al comedor?

Él le ofreció el brazo.

—Si queremos probar algo de la tarta, más vale que obedezcamos a Judith, tanto si queremos como si no.

—Tanto si queremos como si no —se lamentó Serafina, y tomó su brazo.

25

Berlín, barrio de San Nicolás, el mismo día

LILOU ASCENDÍA CON paso firme la escalera de piedra hacia el primer piso de la Caja de Ahorros de Berlín, un edificio con aire de fortaleza a las orillas del Spree, cerca de la iglesia de San Nicolás. Los berlineses llamaban a la sede del banco el «castillo normando», y así de imponente se veía en medio del tranquilo barrio de San Nicolás, donde destacaba por su gran tamaño y solidez, y algunas estructuras de la época medieval.

Las pisadas de Lilou resonaban en las paredes revocadas del edificio, demasiado angular para su gusto. En aquellos momentos echaba de menos París, su diminuto cuarto en la rue des Abbesses, en el barrio de Montmartre, donde los callejones y senderos, los jardines llenos de maleza, los pequeños cafés y las tiendas diminutas se combinaban al azar con los estudios austeros de los pintores y los numerosos establecimientos, cada uno con su propia historia que contar.

Dos hombres bajaban las escaleras absortos en su conversación, vestidos con corrección y con sendas carteras bajo el brazo. Iban uno junto al otro y no hicieron intención de apartarse al llegar a la altura de Lilou, por lo que uno de ellos chocó contra su hombro y estuvo a punto de dar un traspié. La mirada despectiva que le lanzó él lo dijo todo. Pero ella no cedía nunca su espacio personal. Además, aquellos dos personificaban exactamente esa honorabilidad superficial que tanto le repugnaba.

Lilou recorrió los pasillos, preguntó a una secretaria y, siguiendo sus indicaciones, encontró al fin las oficinas de contabilidad. Se detuvo delante de una de las puertas y comprobó el nombre que aparecía en el rótulo: «Ernst Ludwig Richter. Contable». Era el hombre que buscaba. Gracias a la información de Anita, no había sido difícil localizarlo.

Llamó a la puerta y entró después de oír una brusca orden procedente del interior. La habitación sin ventilar olía a burocracia polvorienta y a ese sudor particular propio de alguien que realiza su trabajo con exceso de celo y meticulosidad.

—¿Qué desea? —La voz desabrida del empleado sentado tras el escritorio resonó de forma desagradable en los oídos de Lilou.

—Tengo una pregunta, *monsieur.*

—Las libretas de ahorro se abren en la planta baja. El fondo de los pobres está justo al lado —informó el hombre sin levantar la vista.

—¿Conoce usted a Anita Berber?

Un escalofrío apenas perceptible recorrió el cuerpo del hombre. Entonces levantó la cabeza y la miró.

Ella lo reconoció inmediatamente.

Y supuso lo que estaría pensando cuando lo vio mirarla de arriba abajo con aire displicente. Adivinó lo que pensaría sobre una mujer como ella, que, a pesar de su delicadeza, se vestía de forma masculina, hablaba con voz grave y, de esta forma, ponía en entredicho su imagen prefabricada del mundo.

—¿Qué la trae por aquí exactamente? ¡Ya puede irse si no quiere que ordene que la echen de aquí ahora mismo!

—Yo que usted, me lo pensaría, señor Richter.

Lilou dio un paso al frente y dejó la fotografía sobre la mesa con un movimiento lento, mientras contemplaba el cambio de expresión del empleado bancario cuando se dio cuenta de lo que mostraba la fotografía.

—¿De dónde demonios ha sacado esta imagen? —preguntó el hombre mientras se pellizcaba nervioso la barbilla.

—Eso no importa.

—¿Se la ha dado la Berber?

—He dicho que eso no tiene importancia.

—Guárdela ahora mismo.

—No.

—¿Qué quiere de mí?

—En primer lugar, quiero que me diga quién es esta joven. —Señaló con el dedo a la bailarina que se encontraba junto a Serafina—. Y, en segundo lugar, me interesa saber cómo es posible que esté circulando esta imagen.

—¿Y cómo quiere que lo sepa? No los conocía bien. La chica estaba borracha e iba hasta arriba de coca. No era capaz de tenerse en pie.

—Y usted se aprovechó gustosamente de la situación, *n'est-ce pas?*

Ernst Ludwig Richter estornudó, sacó un pañuelo del bolsillo del pantalón y se sonó la nariz.

—Escuche, seguro que ha sido la Berber la que se lo ha contado, y esa mujer no está en sus cabales. Usted también debe de pertenecer a esa pandilla que se pasa toda la noche de juerga. ¿A qué viene todo esto?

Lilou no respondió.

—¿De dónde ha sacado la foto? —insistió Richter—. Si quiere que le diga algo, quiero saber de dónde ha salido.

—Si coopera usted conmigo, los dos saldremos ganando. —Notó cómo el hombre reflexionaba, seguramente incluso se sentía inseguro—. Con esta foto, se puede convertir usted en objeto de chantaje, igual que todos los demás que aparecen en ella —añadió.

El hombre guardó silencio.

Lilou notó una sensación de alarma.

—Le aconsejo que olvide este asunto lo antes posible —dijo Richter de repente en un tono amenazante.

Sabía algo. Por un momento, pareció que iba a decir algo

más, pero luego apretó los labios y se lanzó hacia la foto. Lilou fue más rápida y la guardó inmediatamente.

En ese momento, la puerta se abrió de improviso y una mujer mayor asomó la cabeza.

—¡Señor Richter, el director lo está esperando!

Volvió a marcharse, dejando en la habitación un soplo de aire fresco.

Richter se puso de pie enseguida, visiblemente aliviado por la interrupción.

—Mi único consejo es que destruya esta foto. —Tomó su chaqueta de una percha en la pared y se la puso—. Da igual cómo la haya obtenido, no estaba destinada a usted.

—Eso ya lo sé —respondió Lilou con sequedad.

—Si se le ocurre intentar usarla contra mí, no respondo de lo que pueda pasar.

Lilou soltó una carcajada burlona.

—Y ahora discúlpeme —añadió el hombre con frialdad—. Como ha oído usted misma, tengo una cita.

—No. No le disculpo lo más mínimo. Solo por el momento. —Se dirigió a la puerta, pero se giró de nuevo antes de abandonar el despacho—. Esta vez se ha librado usted, *monsieur* Richter. Pero volveremos a vernos.

Unos minutos más tarde, Lilou salió del edificio de la caja de ahorros y atravesó la Gertrudenstrasse y la Spittelplatz hacia la Leipizigerstrasse, mucho más concurrida. Tardó una media hora en llegar a la Postdamer Platz.

Berlín era una ciudad con prisas, aunque con otro carácter que París, que pese a la locura no dejaba de presentar cierta serenidad, o Stuttgart, cuyo pulso vivaz no se notaba a primera vista. Berlín transmitía desorden y nervios, como si no supiera hacia dónde se dirigía. Al menos, así se lo parecía a ella.

Se detuvo un instante antes de atravesar con pericia el enorme cruce de calles, entre tranvías, ómnibus y automóviles, hasta alcanzar una isla en la que se erigía una torre de tráfico pentagonal. Sobre las cinco columnas se alzaba una cabina en la que un vigilante activaba a mano tres luces: rojo, amarillo y verde. Le pareció una tarea agotadora, porque tenía que hacer señales en cuatro direcciones distintas, una para cada una de las calles que confluían en la plaza.

Aprovechó la breve pausa de tráfico para cruzar a la acera de enfrente, caminó unos pasos más y se sentó en el café Josty, desde que el que se podía contemplar el bullicio de la Postdamer Platz. Pidió una ginebra y un café, y sacó del bolso la nota del chantajista, unas cuantas hojas en blanco y un lápiz.

Antes de anotar los detalles de su encuentro con Richter, encendió un cigarrillo y expulsó el humo en una larga bocanada hacia el aire cálido, bajo los tilos. Colocó la nota sobre la mesa. Las hojas de papel se fueron llenando poco a poco con su letra fina y elegante.

Era un hombre extraño, ese tal Ernst Ludwig Richter. Al parecer, se había dejado fotografiar en una situación delicada, sin pensar que aquella foto pudiera ser problemática para él. Al fin y al cabo, ocupaba un puesto directivo en el banco. ¿Había hecho aquel gesto indecente a propósito, para que la foto resultara comprometedora?

Además, Richter había mentido al afirmar que no conocía a la bailarina de la foto. Anita le había dicho claramente que él había estado en el Metropol con aquella mujer. Era una pena que llevara una máscara puesta, con lo que solo conocía su nombre: Paula. Un nombre al que no podía ponerle cara.

Lilou mordisqueó el extremo del lápiz y siguió pensando.

Si realmente era Richter el que estaba chantajeando a Serafina, necesitaba un motivo. Seguramente, dinero. ¿Tendría deudas? ¿Llevaría una vida paralela en las antípodas de su posición burguesa? Tendría que averiguarlo.

Además, era decisivo descubrir si Richter actuaba solo o con ayuda de algún cómplice. ¿Estaría involucrada también la tal Paula?

Lilou dibujó un esquema sencillo de un posible triángulo amoroso y estudió pensativa sus apuntes. Al cabo de un rato, dobló el papel y lo volvió a meter en el bolso.

Antes de guardar la nota, la giró varias veces. Era la segunda pista, con la que esperaba averiguar algo. La había examinado una y otra vez, y dos días antes había dejado una respuesta muy meditada en el barucho de Alexanderplatz que se citaba como lugar de contacto. Dentro de tres días, había escrito Lilou en nombre de Serafina, recogería una respuesta en el mismo lugar. Eso sería al día siguiente, tendría que esperar hasta entonces.

Lilou se levantó, depositó sobre la mesa el importe de las bebidas y se sumergió en las profundidades del suburbano berlinés para dirigirse a casa. Necesitaba algo de tiempo para preparar la función de aquella noche, pues el nuevo espectáculo de Josephine tenía una coreografía muy compleja. Lilou se ocupaba de la organización entre bambalinas, guiaba a las bailarinas, se encargaba de que el maquillaje y el vestuario estuvieran impecables, ayudaba con los nervios y los mareos. Además, se encargaba de que en el camerino de Josephine todo se ajustara a la perfección a sus deseos y caprichos.

Lilou tomó la línea A y, al cabo de unas pocas paradas, se bajó en Wittenbergplatz. Desde allí tuvo que caminar unos minutos hasta su habitación de la Marburger Strasse, donde se alojaba siempre que iba a Berlín y que pertenecía a una amiga pintora. Allí tenía su propio espacio y podía escapar, al menos a ratos, tanto de la vida ajetreada de Josephine como de la exigente atención de Milly. Afortunadamente, la chica estaba de morros, por lo que no se veían mucho. Ya iba siendo hora de dejarla.

Fruto de una súbita inspiración, decidió hacer una parada en una peluquería de señoras en las lujosas galerías KaDeWe, porque por la noche, después de la función, tenía intención de acudir al café Domino, un club ubicado a pocos pasos de su domicilio. Era un lugar de encuentro para las mujeres como ella. Y eso era justo lo que le apetecía ese día a Lilou.

26

Stuttgart, jardines municipales, 22 de mayo de 1926

LA MÚSICA DE «The Chocolate Kiddies», de Duke Ellington, animaba el ambiente cuando Serafina entró detrás de Karl en la gran sala de fiestas que se encontraba junto a la Vinoteca del Lago. El ritmo de la música se entrelazaba con las risas y conversaciones animadas, y la muchacha comenzó a moverse al compás de la melodía. Del techo colgaban lámparas de araña negras y numerosos apliques con forma de cáliz inundaban la sala con una débil luz anaranjada. Los paneles de tela amarilla con aplicaciones doradas y negras que colgaban de las paredes contrastaban con grandes maceteros con palmeras, que proporcionaban un toque exótico.

Antes de mezclarse con la multitud, Serafina se detuvo, se quitó sus guantes largos y los introdujo en su *pochette*.

—¿Ocurre algo? —le preguntó Karl, mirando el bolso—. ¿Se te ha olvidado algo?

—No, no, no pasa nada —respondió ella. Antes de seguir a su acompañante, se colocó los tirantes finos de su vestido de satén dorado, adornado con innumerables perlas y lentejuelas que brillaban con cada movimiento. Enseguida fue el blanco de numerosas miradas curiosas, seductoras, evaluadoras. Miradas de hombres, pero también de algunas mujeres.

Pasaron junto a la pista de baile y una pirámide de copas de champán mientras se dirigían a la barra.

—Me imagino que quieres beber algo —dijo Karl, que pidió dos copas del caro vino espumoso sin esperar su respuesta. El camarero las sirvió con generosidad—. Bueno —dijo alzando la copa—, ¡por esta noche!

Las copas tintinearon levemente al hacer el brindis. Serafina bebía a pequeños sorbos, pues se había vuelto precavida con el alcohol. No quería arriesgarse de ninguna a manera a volver a perder el control. Por un momento, una sensación de amenaza nubló el ambiente festivo y mundano que la rodeaba. Lilou le había enviado un telegrama en el que insinuaba que había hecho algunos avances y había identificado sin lugar a dudas a una de las personas de la fotografía. ¡Ojalá el asunto se solucionara pronto! La fotografía se cernía como una montaña amenazadora entre ella y un futuro libre de preocupaciones.

Serafina intentó apartar de su mente las imágenes. Por el momento no podía hacer nada más que confiar en que Lilou fuera por el buen camino.

Algo le rozó el cuello.

Se volvió. Junto a ellos se encontraba una pareja abandonada a caricias cada vez más intensas. Se apartó un poco para que la boa de plumas de la mujer no le hiciera cosquillas. Karl contempló la escena divertido, sin dejar de dirigirle a Serafina una mirada insinuante.

Ella hizo como si no se diera cuenta y tomó un sorbito distraído de su copa mientras contemplaba a los invitados y a los músicos que tocaban sobre el escenario.

Anton estaba muy atractivo.

Se había quitado la chaqueta y remangado descuidadamente las mangas de la camisa blanca, que vestía bajo un chaleco a rayas. Se había aflojado la corbata y los pantalones oscuros le quedaban a la perfección. Sus dedos se deslizaban sin esfuerzo sobre las teclas del piano. Junto al saxofón, la trompeta, la guitarra, la batería y el contrabajo hacían vibrar la sala.

Todos los músicos eran brillantes, tanto cada uno con su instrumento como en conjunto, y Anton dirigía la orquesta con maestría. Un mechón de pelo oscuro le caía sobre la frente, y sus mejillas mostraban la sombra de una barba incipiente. A Serafina le sorprendió ver cómo se soltaba de aquella forma. Aunque conocía su pasión por la música, hasta entonces le había parecido una persona muy mesurada y prudente. Aquella faceta desconocida le gustó.

Anton recorría el público con la mirada de vez en cuando. Cuando la reconoció y la saludó discretamente con un movimiento de cabeza, Serafina sintió que un cosquilleo le erizaba la piel. Y entonces, como si él lo hubiera notado, sonrió levemente.

Ella vació la copa y la dejó sobre la barra.

Karl la miró expectante.

—¿Quieres sentarte? —preguntó, haciendo un gesto hacia las mesas que rodeaban la pista.

—No —respondió Serafina—. Voy a bailar.

Él se encogió de hombros, pero poco después la siguió a la pista de baile.

Mientras que a ella le bullía la sangre, Karl se movía sin ganas. Era evidente que era un buen bailarín, pero parecía que no estaba a gusto y poco después regresó junto a la barra.

Al cabo de un rato lo vio hablando con una joven que iba ataviada con un vestido negro con flecos. Llevaba un turbante muy llamativo del mismo color adornado con un deslumbrante broche de pedrería con forma de escarabajo. Su pálido rostro estaba maquillado con esmero, lo que le confería a la caída de ojos que le dirigía a Karl el efecto deseado. Tomó una bocanada de su boquilla negra con aire lascivo.

Serafina miró hacia otro lado.

Dos hermanos y dos mundos. No dejaba de encontrar perturbador que Karl y Anton Rothmann se parecieran tanto físicamente y al mismo tiempo fueran tan distintos.

Se concentró en la música y se dejó llevar por el ambiente relajado, los movimientos alocados de los danzantes, el torbellino de la noche. Nunca había pensado que la vida nocturna de la ciudad pudiera vibrar de aquella forma, que pudiera generar una alegría de vivir tan grande como la que conocía de Berlín cuando salía con sus amigas. Eso sí, su padre siempre enviaba a un chófer que se encargaba de vigilar que no pasara nada y que tenía instrucciones estrictas de llevarla a casa a una hora adecuada.

Serafina se acercó más al escenario. Anton pareció darse cuenta y la siguió con los ojos. Cada vez que sus miradas se encontraban, era como si la recorriera una descarga eléctrica.

En algún momento, Anton se obligó a concentrarse de nuevo en la orquesta, interrumpiendo así el diálogo silencioso que se había establecido entre ellos. Dio unas instrucciones breves y luego cambió la música a un foxtrot, que obligó al público de la pista a buscar pareja.

Serafina abandonó la zona de baile y buscó a Karl. Cuando se dio cuenta de que estaba solo en la barra, regresó a su lado.

—¿Tienes hambre? —le preguntó, acompañando su pregunta con un gesto hacia una mesa larga en la que se presentaban todo tipo de tapas y aperitivos.

—Un poco.

Karl probó de todo, ya fueran ostras fritas con jamón, rosbif a la sal o ensalada Waldorf con pollo y nueces, pero a Serafina le costaba decidirse. Al final se sirvió huevos cocidos con caviar y un poco de langosta. Hasta que descubrió una bandeja con dulces y añadió un pastelito de arándanos.

—¿Y? ¿Te gusta el sitio? —le preguntó Karl después de haber terminado su plato.

Ella sintió su mano en la espalda. No le pareció agresivo, más bien un gesto de confianza, pero de todas maneras se apartó ligeramente para evitar el roce.

—¿Qué te pasa? —La expresión de su rostro reflejaba inseguridad.

—Nada. ¿Por qué?

—Estás tan... distinta.

Serafina se encogió de hombros y tomó un bombón de chocolate de la bandeja.

—¡Ah, aquí estás! —La mujer del turbante apareció de nuevo y se enganchó del brazo de Karl con toda confianza—. Cuando volví de retocarme, habías desaparecido.

—Bueno, pues parece que ya me has encontrado, Vera —replicó Karl, que no parecía ni alegre ni enfadado.

—¿Quieres dar un paseo por el jardín? —preguntó la tal Vera—. ¡Hace una noche maravillosa! —Le acarició el brazo con la mano enfundada en un guante negro, mientras le lanzaba a Serafina una mirada de advertencia. ¿Se trataba de su amante?

Karl parecía dudar. Contempló a su admiradora, que se pegaba a él con movimientos seductores.

—Sí, ¿por qué no? —respondió, y luego miró a Serafina—. ¿Te importa?

Ella meneó la cabeza.

—No. Ve tranquilo.

—Ahora mismo vuelvo. Voy a estirar un poco las piernas.

Notó que no le gustaba dejarla sola, pero al mismo tiempo era incapaz de decirle que no a la hermosa joven. Pero a ella realmente no le importaba. Al contrario. Se sintió aliviada cuando los dos abandonaron la sala.

MEDIA HORA MÁS tarde no habían regresado. Serafina se había colocado cerca del escenario para ver tocar a Anton, pero él apenas la miraba, de repente parecía tener los pensamientos en otra parte. Al cabo de un rato, se levantó del piano y desapareció entre bambalinas. Los demás se pusieron a tocar el «Down Hearted Blues», de Bessie Smith, que cantó uno de ellos.

Sintió que la melodía melancólica le provocaba una nostalgia poco habitual en ella, y tuvo la necesidad de respirar aire fresco. Salió de la sala abarrotada y subió por una escalera ancha al primer piso del edificio, hacia la terraza.

La cálida brisa del verano la envolvió al salir al aire libre. Sobre ella brillaba el cielo estrellado. La luna estaba muy alta y quieta, y proyectaba su tenue luz sobre las avenidas, jardines, pabellones y pajareras. ¡Qué distinto se veía todo a aquellas horas! Los jardines municipales adquirían un aspecto romántico y al mismo tiempo misterioso.

—Parece un jardín encantado, ¿verdad?

El corazón le dio un vuelco al reconocer la voz de Anton. Estaba detrás de ella, tan cerca que le pareció notar su respiración en el cuello.

Se giró lentamente hacia él.

Su distinguida silueta se recortaba oscura contra la luz que salía del gran ventanal del edificio. Pero antes de que pudiera articular una respuesta, él la tomó de la mano y la condujo hasta un lugar en el que un saliente del muro los protegía de miradas indiscretas.

—¿Lo oyes? —preguntó, mientras le soltaba la mano—. ¡Es un cárabo!

Serafina prestó atención a los sonidos de la noche al tiempo que ignoraba la música lejana y las voces apagadas de los invitados. Y al cabo de un momento oyó el «uh-uh-uuuuh» típico de aquellos pequeños búhos.

—Su llamada no se suele oír mucho en esta época del año. Es más habitual en otoño o a finales del invierno.

—Suena un poco fantasmagórica —susurró ella.

Anton se rio quedamente.

—Sí, uno piensa enseguida en Sherlock Holmes. Y si miramos hacia el jardín, entonces...

—... podría aparecer alguien con malas intenciones a la vuelta de la esquina.

Se rieron.

—¿Te gusta lo que estamos tocando? —preguntó él de repente.

—¡Claro que sí! ¡Sois geniales!

—La música tiene su propio idioma, sobre todo en el caso del jazz. —Dio media vuelta y se apoyó en la balaustrada—. Tú también tocas muy bien el piano —afirmó ensimismado. Ella lo miró.

—Me gusta mucho. Claro que no soy una virtuosa como tú, pero también canto.

—¿De verdad? —Parecía sorprendido—. ¿Cantas? Eso no lo sabía. ¿Tomas clases de canto?

—Desde que estoy en Stuttgart, no.

—¡Necesitamos una cantante! ¿Te apetecería venir algún día a un ensayo? ¿Solo para probar si te gusta?

Su oferta fue tan inesperada que no supo qué decir. Anton se separó del parapeto de piedra y dio un paso hacia ella.

—Lo digo en serio, Serafina. Podrías encajar muy bien con nosotros.

Su voz se había vuelto más profunda y, de una forma sutil, seductora. De nuevo se estableció un lazo intenso entre los dos, igual que el día anterior en la salita de música. Era muy inquietante cómo aquel hombre trastocaba sus sentidos.

—Sí... encantada. Pero... no sé si seré capaz de cantar todo de memoria.

Sus palabras salieron con dificultad.

—No hace falta. Lo ensayaremos juntos. Y si te das cuenta de que no te sientes a gusto, pues solo tienes que decirlo. —Su tono era casi de ternura—. Tal vez podamos encontrar un repertorio que se ajuste a tu voz.

En la tenue luz de la luna apenas distinguía los contornos de su cara, pero notaba en cada fibra de su cuerpo cómo la miraba. Anton levantó la mano muy despacio y la posó en su mejilla. Serafina se apoyó contra la calidez de sus dedos y sintió que la acariciaba tiernamente con el pulgar.

—Serafina... —Inclinó la cabeza. Ella notó su aliento en la frente, en la mejilla. Pero antes de que sus labios rozaran los de ella, él se retiró lentamente. Permanecieron inmóviles un instante y luego él carraspeó—. Volvamos adentro.

Serafina sintió una gran decepción... y una oleada de vergüenza.

—Yo me quedo un momento más aquí. —Le dio la espalda y cruzó los brazos sobre el pecho—. Ve tú primero. Seguro que te están buscando. ¡Sin el piano, la orquesta no suena ni la mitad de bien!

Él vaciló un instante.

—De acuerdo —dijo al fin—. Hasta luego. Ya te haré saber cuándo ensayamos y dónde.

Cuando se marchó, la joven levantó la vista para contemplar de nuevo el cielo estrellado. Una delgada nube se había deslizado delante de la luna como si quisiera atrapar su brillo, sin conseguirlo. En lugar de eso, tejía un tenue velo de luz que prometía más de lo que ocultaba.

Suspiró, comprobó con un gesto mecánico que la diadema estaba bien puesta y se dirigió hacia la sala.

La atmósfera, una mezcla de humo y sudor, era tan densa que podía cortarse, la orquesta interpretaba un *shimmy* en un ambiente relajado. Anton tocaba ensimismado y parecía no pensar en nada.

Serafina buscó a Karl para pedirle que la llevara a casa. Tardó un rato en localizarlo en un rincón apartado, fumando y con una mirada torva. De la mujer del turbante que lo había arrastrado al jardín no había ni rastro.

Se abrió paso entre la multitud para dirigirse hacia él tan rápido como pudo. Le dio un golpecito en el hombro y él, al verla, le dedicó una amplia sonrisa. Parecía artificial.

—Quiero irme —dijo ella.

—Ah... ¿tan pronto?

—Por favor. Estoy cansada.

Él se rascó el cuello.

—¿Tan aburrido ha sido con Anton?

Serafina se quedó petrificada. ¿Los había visto juntos en la terraza?

Karl dio una calada a su cigarrillo.

—Sé que te gusta, Serafina. Y que acabáis de estar juntos en alguna parte, pero eso ya da lo mismo.

—¡Estás borracho!

—No serías feliz con él. —Karl ignoró su comentario—. Es demasiado burgués para ti, créeme. Además, tiene una chica. Y Elise es totalmente adecuada para él.

—¿Elise? —preguntó Serafina sin expresión.

Karl señaló hacia el escenario. En el lugar donde ella había estado mirando a Anton, había una chica muy joven de melena rubia ondulada, que iba vestida con demasiada formalidad para una noche como aquella. Sus ojos estaban fijos en Anton, que le sonreía de vez en cuando.

—Olvídalo, Serafina. Las cosas son como son. Lo mejor es que pienses en ello lo menos posible. Venga, vámonos.

Su voz parecía venir de muy lejos.

Sintió una oleada de desilusión y tristeza mientras seguía a Karl hacia la salida. ¿Por qué interpretaba Anton semejante charada? ¿O acaso sería Karl quien estaba jugando a confundirla?

27

Stuttgart, Weissenhof, 24 de mayo de 1926

—¿Qué te parece? ¿Exageraba? —preguntó Mia con una sonrisa satisfecha.

Elise miró hacia el mar de edificios de Stuttgart que se extendía a sus pies.

—¡No! ¡Desde aquí arriba hay una vista maravillosa! —Su mirada avanzó hasta las verdes colinas boscosas que se alzaban en frente.

—¡Imagínate! —exclamó Mia—. Aquí se van a levantar casas desde cuyas azoteas se podrá disfrutar de este increíble panorama. —Avanzó un par de pasos para admirar el paisaje desde otro ángulo.

—¡Sí, realmente impresionante! —Elise la siguió.

—El año que viene, cuando todo esté construido, vendremos a verlo de nuevo —le prometió Mia—. ¡Aquí se levantará la urbanización del futuro! Me muero de impaciencia.

—¡Ah! ¡Ya han llegado las damas! —anunció en ese instante una voz masculina. Las dos mujeres se volvieron hacia ella.

—¡Ludwig! —exclamó Mia, que avanzó hacia un hombre imponente que se acercaba hacia ellas a paso ligero. Dos caballeros lo seguían a cierta distancia.

—¡Mia Seeger! —la saludó Mies van der Rohe—. ¡Cuánto me alegro de volver a verla! Lamentablemente tengo muchísima prisa, pero he venido con Adolf Schneck. Puede tratar los detalles con él.

—El señor Schneck y yo ya estamos en contacto —respondió Mia.

—¡Mejor aún!

—¿Cómo está Lilly? —se interesó Mia.

—¡Muy bien, muy bien! Me ha encargado que le dé recuerdos de su parte —respondió Mies van der Rohe.

—¿Me permite que le presente a una amiga, Ludwig? —Mia le hizo un gesto a Elise, que se había quedado unos pasos más atrás porque se sentía insegura—. Esta es Elise Bender. Trabaja en las galerías Schocken y tiene muy buen ojo para localizar piezas únicas. En estos momentos colabora conmigo en una parte del mobiliario para la exposición Nueva Construcción.

El arquitecto le tendió la mano a Elise.

—Me alegro de conocerla, señorita Bender.

—Igualmente —respondió Elise con timidez.

Entretanto los acompañantes de Mies van der Rohe se habían unido a ellos y Elise quedó asombrada al reconocer a uno de los hermanos Rothmann. Por su lenguaje corporal, supo inmediatamente que se trataba de Karl, pero ¿qué hacía allí, en la reunión que habían decidido celebrar en la colina asignada para la construcción de la nueva urbanización?

Al verla, Karl le guiñó un ojo.

Elise no reaccionó, aunque le había resultado muy simpático aquella tarde tan inesperada que habían pasado en el café. Sin embargo, no quería darle falsas esperanzas, sobre todo por Anton. Además, lo había visto la noche anterior en los jardines municipales con una atractiva joven.

—Señorita Bender, ¿sabe usted que está trabajando en un proyecto de una importancia increíble? ¡La urbanización Weissenhof va a revolucionar la construcción! —exclamó Mies van der Rohe, que con sus palabras acaparó toda la atención.

—Sí, realmente es algo fuera de lo común —respondió Elise.

El hombre asintió brevemente y se dirigió a Adolf Schneck.

—Lo importante es medir todo el terreno lo antes posible. Y luego podemos hacer las divisiones y repartir las parcelas entre los colegas. Gropius, Le Corbusier y los hermanos Taut ya han confirmado su participación. Y Behrens también.

—Vamos muy bien —respondió Schneck—. ¡Esperemos que los arquitectos de Stuttgart no nos agüen la fiesta! Están luchando con todos los medios a su alcance contra nuestras ideas.

—No creo que lo logren —intervino Mia—. El ayuntamiento está totalmente a favor del proyecto.

—¡Stuttgart no puede retroceder! ¡No se presentan oportunidades como esta todos los días! —Mies van der Rohe parecía muy seguro de sí mismo—. Señor Schneck, cuento con que el ayuntamiento mantenga la financiación.

—¡De eso no cabe ninguna duda! Aunque tendremos que contar con duras críticas, sobre todo por los tejados planos.

El arquitecto se rio.

—¡Somos la vanguardia, señor Schneck! La casa se ha convertido en un objeto utilitario. Queremos alejarnos de la ostentación, y es natural que esto indigne a los conservadores. ¿Cuándo se espera la autorización definitiva?

—No antes de julio.

—Para entonces ya tendremos la lista de los arquitectos participantes.

—Excelente, así podremos presentarla también.

—¡Y no permita que le den largas con la fecha de inicio de obra! ¡Cuento con que la exposición pueda celebrarse el año próximo! —Mies van der Rohe recorrió el terreno desigual con la mirada—. Un sitio perfectamente elegido —dijo, más para sí mismo que para los demás. Luego consultó su reloj de bolsillo y añadió—: Señoras, caballeros, discúlpenme. Tengo que tomar hoy mismo el tren a Berlín. El tiempo apremia. Y... ¡manténgame informado de todo, señor Schneck!

—¡Por descontado! ¡Le deseo buen viaje!

—Gracias. ¡Hablaremos por teléfono en los próximos días!

Se despidió con una inclinación de cabeza y emprendió la bajada hacia la Birkenwaldstrasse, donde lo esperaba el taxi.

—Bueno —dijo Adolf Schneck, cuando el traqueteo del automóvil desapareció a lo lejos—. Parece que tendremos que volver a pie a la ciudad.

Mia se rio.

—Pueden unirse a nosotras, si quieren. ¡Hemos subido andando!

—Un paseíto no hace daño a nadie —respondió Schneck—. Pero antes de ponernos en camino me gustaría presentarles a mi cliente, Karl Rothmann, que tiene un gran interés por nuestros proyectos. Y seguramente no es mala idea tener defensores entre los industriales de la ciudad. Lo he traído conmigo para que pueda valorarlo todo por sí mismo.

Mia lo miró con escepticismo en un primer momento, pero después se mostró amable.

—Es estupendo que se haya tomado tiempo, señor Rothmann. —Con un movimiento de la mano señaló hacia Elise—. Elise Bender, mi...

—Ya nos conocemos —la interrumpió Karl, que intentó intercambiar una mirada con Elise.

—¿Ah, sí? —Mia miró a ambos.

—Sí —respondió Karl antes de que Elise pudiera intervenir—. Elise me ha contado lo apasionante que es colaborar con usted.

—Interesante. —Mia contempló a Karl de arriba abajo—. ¿Y usted también se va a involucrar en los preparativos de la exposición del Gremio de Artesanos?

—Mmm..., bueno, hasta ahora no lo he hecho.

—Estaba pensando más bien en una colaboración financiera —concretó Mia.

Karl se rio, pero pareció sentirse algo incómodo con aquel comentario tan directo.

—¡Ah, entiendo! —exclamó sin darle importancia—. Bueno, de eso podremos hablar seguramente en otro momento.

Elise no dijo nada. Sus pensamientos regresaron a la noche pasada en los jardines municipales. Anton se había comportado de forma impecable, la había invitado a una copa de champán, la había llevado a casa no demasiado tarde y se había despedido de ella formalmente, como siempre. Serio. Previsible.

—¿Elise? —Mia le dirigió una mirada interrogativa.

—Eh... ¿sí?

—Acabo de decirle al señor Schneck que vas a participar en el diseño de los interiores.

—Sí... sí, así es.

—Yo creo —intervino Adolf Schneck— que nosotros también nos hemos conocido hace poco, en el centro, ¿no? ¿No iba usted con el señor Rothmann?

—No, bueno, más bien, el señor Rothmann y yo... pues... solo estábamos charlando un momento —dijo Elise rápidamente.

Karl sonrió ampliamente.

Mia le lanzó una mirada significativa, pero después se dirigió al arquitecto.

—Nuestras ideas, señor Schneck, ya son bastante concretas. Podríamos organizarlas en una especie de exposición informal, que iríamos ampliando según haga falta.

—Y yo podría contribuir con algo de chocolate, que da mucha energía —ofreció Karl en broma.

Mia rio.

—Ya se lo recordaré.

—El señor Rothmann es un gran simpatizante de nuestro movimiento —explicó Adolf Schneck—. Y es posible que las propuestas del movimiento Nueva Construcción se encuentren pronto en la Calwer Strasse. El señor Rothmann está pensando en remodelar la fábrica con tendencias más actuales.

—Sería algo estupendo, en pleno centro de la ciudad. Eso daría visibilidad a nuestro proyecto.

—Tan rápido no creo que se pueda hacer —se lamentó Karl—. Todavía tengo que convencer de la necesidad de esta medida al resto de la dirección.

—Estoy seguro de que lo logrará, señor Rothmann —afirmó convencido Adolf Schneck—. La renovación es el signo de los tiempos. Y seguramente la empresa Rothmann no dejará pasar la oportunidad de marcar un hito como este.

—Haré todo lo que esté en mi mano.

—Seguramente le gustaría que hubiera un terremoto para poder construir algo nuevo desde cero, ¿no es así? —continuó el arquitecto.

—Bueno, en determinadas circunstancias, sería una solución —respondió Karl con una sonrisa.

—Sugiero que pongamos fin a la visita y que pronto sigamos hablando sobre cosas más concretas frente a una copa de vino —dijo Mia—. Tenemos que irnos.

Se pusieron juntos en camino. Los hombres iban delante y, mientras charlaba con Mia, Elise se descubrió contemplado los fuertes hombros de Karl bajo la camisa clara y los potentes gemelos que los pantalones de estilo bávaro dejaban al descubierto. Seguro que hacía deporte. Si no, era imposible explicarse su fuerte complexión.

La cálida tarde había dado paso a una noche agradable cuando llegaron al centro por la Panoramastrasse.

—Señora Seeger, me gustaría hablar un momento con usted... —dijo el arquitecto.

Mientras Mia Seeger intercambiaba unas frases con Adolf Schneck, Karl se volvió hacia Elise.

—¿Ya ha tomado una decisión? —le preguntó en voz baja—. Ya sabe, por lo de...

—Sí, ya sé. —Elise no quería dejarse camelar—. No, todavía no me he decidido.

—Espero que diga que sí —comentó Karl—, a la señora Seeger... y a una invitación en el café Mohrenköpfle.

—Pues... todavía tengo que ir al taller —se excusó Elise.

—¿Una horita nada más? —Le resultó difícil resistirse a los ruegos de Karl.

—No puedo, de verdad. —Se puso firme. Lo único que le faltaba era rendirse a su encanto natural, que ya sabía con qué facilidad empleaba.

—Entonces... ¿mañana?

—Señor Rothmann...

—¡Elise! ¿Vienes? —la llamó Mia, que ya se había despedido de Adolf Schneck—. Vamos un momento al taller.

—Ya lo ve, señor Rothmann, de verdad no tengo tiempo —dijo Elise apresuradamente—. Y mañana tampoco. —Se acercó a Mia y pellizcó nerviosa sus guantes—. Hasta pronto.

Mientras se marchaban en direcciones distintas, Elise se volvió una última vez.

Karl la estaba mirando con una mano en el bolsillo. En la otra llevaba la chaqueta colgada por encima del hombro con ademán despreocupado. Y algo en lo más profundo de su ser lamentó no haber aceptado su invitación.

28

La fábrica de chocolate, 28 de mayo de 1926, por la mañana

LA EXPLOSIÓN RESONÓ hasta el despacho y los cristales de las ventanas temblaron. Victor se puso en pie de un salto y Judith también se alarmó. Entraron corriendo en el departamento de administración. Karl salió de su despacho, situado en la esquina opuesta.

—¿Qué ha sido eso? —preguntó Victor.

—Algo grave, en cualquier caso —declaró Karl, mientras Victor se dirigía hacia el piso inferior.

En la sala reinaba la inquietud y algunas chicas se acercaron a las ventanas mientras otras cuchicheaban nerviosas.

—Vuelvan a su sitio, por favor —les indicó Judith—, y permanezcan sentadas hasta que les demos instrucciones.

—No se ve nada, de todas formas —anunció una de las mecanógrafas, que regresó a regañadientes frente a su máquina de escribir.

—¿Habrá volado por los aires el edificio del Königsbau? —preguntó otra.

—¿O el Castillo Antiguo?

Al momento empezaron todas a hablar a la vez.

—¡Por favor, señoras! —Karl levantó la voz y por fin se hizo el silencio—. Dejemos las especulaciones.

Judith le hizo un gesto a la señora Fischer, la encargada de la oficina, que enseguida empezó a pasear entre las hileras de las mesas para imponer el orden.

—La verdad es que ha sonado como una explosión —le dijo Judith a Karl en voz baja.

—Ahora mismo lo veremos —respondió su hermano, que se dirigió a toda prisa hacia la puerta para seguir a Victor.

Se oían gritos que venían de fuera.

Judith abrió una de las ventanas y miró hacia el exterior.

Una nube de humo negro salía del edificio de enfrente, la planta de producción. Varios trabajadores se dirigían hacia allí, algunos con los nuevos extintores de mano Minimax, con forma de cucurucho. Victor y Karl atravesaron el patio corriendo, mientras que los hombres comenzaban a abrirse paso en las salas afectadas con ayuda de los extintores.

Judith sabía que en aquella zona se encontraba la instalación eléctrica de la fábrica. Un incendio allí podría tener consecuencias devastadoras, aunque consiguieran apagarlo pronto.

Pero en primer lugar tenía que pensar en las mecanógrafas. Le hizo una señal a la señora Fischer y se dirigió a la pesada puerta de doble hoja que conducía a las escaleras.

—Señoras —comenzó, intentando disimular su preocupación—, parece que se ha producido una avería.

Un murmullo recorrió la sala.

—¿Otra vez? —preguntó una joven—. Ya tuvimos una con lo de las piedras.

Judith ignoró el comentario.

—Por su seguridad, les pido que abandonen la sala y permanezcan en el exterior.

—¡Dios mío! —exclamó otra, presa del pánico, y su nerviosismo se contagió a sus compañeras en cuestión de segundos. Muertas de miedo, se levantaron rápidamente y se reunieron frente a Judith, que bloqueaba intencionadamente la puerta hacia las escaleras. La señora Fischer se retorcía las manos sin saber qué hacer.

—¡Mantengan la calma! —Judith apoyó una mano en el picaporte—. En estos momentos no corren ustedes ningún peligro. Se trata de una medida de precaución, nada más. Por favor, salgan en orden y con tranquilidad, y reúnanse en el camino que está enfrente de la fábrica.

Con estas palabras, abrió la puerta y salió en primer lugar, intentando ocultar su propio nerviosismo lo mejor que podía. Por el camino, avisó a las dependientas de la tienda, en la que por suerte no se encontraba ningún cliente. Con cierta disciplina llegaron al lugar acordado.

—La señora Fischer esperará aquí con ustedes —explicó Judith—. En cuanto nos hagamos una idea de la situación, les indicaremos cómo proceder.

Con una inclinación de cabeza en dirección a la señora Fischer, se encaminó en busca de Victor y Karl, a quienes encontró en el patio, entre el edificio de oficinas y la fábrica, en plena conversación con el encargado.

La nube de humo se había disipado y permitía percibir la magnitud de los destrozos. El marco astillado de la puerta, dos ventanas reventadas y las paredes ennegrecidas daban prueba de los dramáticos acontecimientos.

—¡Judith! —Victor la vio inmediatamente.

Los cristales rotos crujieron bajo sus zapatos cuando se unió a ellos.

—¿Hay algún herido?

—No —respondió Karl—. Por suerte. Y el fuego ya está apagado. Algunos trabajadores reaccionaron enseguida.

—¡Menos mal! —Judith sintió un gran alivio—. Entonces puedo dejar subir a las chicas.

—¿Las chicas? ¿No me digas que has evacuado la sala de mecanografía? —preguntó Karl.

Judith asintió.

—Y la tienda. He visto el humo, y no sabía si se trataba de un incendio. No quería arriesgarme a que se quedaran arriba atrapadas.

—Has reaccionado bien —reconoció Victor—. Escucha, Judith, hay que comprobar las máquinas inmediatamente. Casi todas se han quedado sin corriente. Parece que se ha producido un tremendo cortocircuito.

—¡Ay, madre mía! ¿Y por eso el fuerte estruendo?

—Sí —respondió Victor—. Estamos reuniendo a nuestros técnicos para asignarles tareas. Espero que así podamos tener pronto una idea concreta de los posibles daños.

—De acuerdo. Avisadme cuando pueda ayudar con algo. —Se volvió para marcharse.

—Lo más importante es que mantengas a las damas bajo control —sonrió Karl.

—Y tú, Karl —apuntó Victor inmediatamente—, será mejor que vayas a buscar a Alois. Si hay alguien que pueda tener alguna idea de cómo podemos volver a poner en marcha la fábrica rápidamente, es él.

El taller de Alois Eberle, un cuarto de hora más tarde

—¡No pensé que realmente fueras a construir un aparato de grabación, Alois! —Anton contempló las distintas piezas que Alois había reunido sobre una mesa grande.

—Cuando me agarra una idea —respondió Alois—, ¡no dejo que me suelte hasta que funciona!

—¡Ya lo creo! ¡Madre mía! ¡Si funciona de verdad, podríamos grabar nuestros propios temas! Tengo unas cuantas melodías rondándome por la cabeza. —Anton tomó una cajita rectangular—. ¡Y has conseguido un micrófono!

—Lo he construido yo mismo —se rio—. No es tan difícil.

—Para ti —replicó Anton.

—Me agencié unas instrucciones. Solo hay que colocar la membrana de un material que conduzca la electricidad y colocarla sobre esta placa de metal, ¿ves? —Le mostró a Anton la delgadísima membrana del micrófono—. Cuando llega la onda sonora, comienza a vibrar.

—¡Ah, por la electricidad!

—¡Justo! Después hay que conseguir que los surcos del disco queden grabados limpiamente en la matriz. Si no, no sirve para nada. Y luego con esa matriz fabricamos los discos de goma laca.

—¿No de chocolate?

—Bueno, de chocolate también. —Comenzó a fijar el micrófono a unas varillas—. Y en los de chocolate podríamos grabar, por ejemplo, música adecuada para cada estación del año.

—Buena idea. Y los envolvemos con las atractivas fundas que diseñe Edgar. Nos los quitarán de las manos.

Alois se rio por lo bajo.

—Pues no me extrañaría.

—¡Caramba, vas a ser productor musical, Alois! —Anton estaba impresionado—. ¡Tienes que diseñar tu propia etiqueta para los discos!

—Eso os lo dejo a Edgar y a ti. Y a Karl. —Alois había terminado su obra y la contempló por los cuatro costados—. Ya está. Listos para la prueba de grabación.

—Ya he avisado a mi gente —dijo Anton—. ¡Dinos cuándo podemos empezar!

—Ya no falta mucho. Mira, ven. —Le indicó con un gesto de la mano que lo siguiera—. ¡Te voy a enseñar otra cosa!

Anton lo siguió a una estancia que se encontraba detrás del taller.

—¡Esto parece nuevo! —exclamó al notar que la pared, en la que se había construido una puerta sencilla, desprendía un intenso olor a madera.

—Es que está recién hecho —replicó Alois—. Hace tiempo, cuando todavía eras un crío, Edgar fabricaba aquí sus primeros letreros esmaltados. Más tarde usé el cuarto para las máquinas expendedoras de chocolate. Y ahora —abrió la puerta con ceremonia—, ¡es una sala de grabación!

Anton quedó impresionado. Su amigo había construido un verdadero refugio para la grabación musical. Lo primero que le llamó la atención fueron varias cajas rectangulares, recubiertas de tela, que se encontraban distribuidas por la habitación.

—¡Es increíble! ¡Alois, te has superado a ti mismo! Y estos artilugios van a mejorar muchísimo el sonido, muy bien.

Alois sonrió ampliamente.

—Así es. Y no ha sido muy caro, además. Son estanterías de madera, recubiertas con una capa aislante de lana de escoria. Luego viene una delgada plancha de madera y, por último, la tela. Vosotros mismos podéis situarlas donde queráis durante la grabación.

Anton entró en el cuarto, cuyo suelo estaba recubierto por una gruesa moqueta, y se acercó a una de las cajas para examinarla de cerca.

—¡Es excelente! Las colocaremos en lugares diferentes, según la pieza que toquemos.

—Esa era mi idea. —Alois parecía estar muy satisfecho.

—¿Se pueden mover los cortinajes? —preguntó el joven, mirando las cortinas que colgaban hasta el suelo.

—¡Pues claro!

—¡Entonces solo nos falta la técnica!

—¡Y los músicos!

Los dos se echaron a reír.

El bueno de Alois. No había especialidad que se le resistiera.

En ese momento repiqueteó la campanilla de la puerta.

—Ah, debe de ser tu hermano —dijo—. No pensé que fuera a venir por la mañana.

—¿Karl?

—Sí. Quería ver la sala de grabación antes de volar a Berlín la próxima semana.

—¿Volar? ¡Yo pensé que iba en tren!

—A mí me ha dicho que va en avión —dijo Alois mientras salía de la sala—. Con esa chica de Berlín que vive con Victor y Judith allá arriba, en Degerloch. Serafina.

Ahí estaba de nuevo aquel breve fulgor que surgía cada vez que pensaba en ella. Como si sus sentidos no lo obedecieran.

Desde la noche del sábado en los jardines municipales no la había vuelto a ver. No podía explicarse por qué había cedido al impulso de seguirla a la terraza. Y una vez allí... la encontró fascinante, ingeniosa, vivaz. Increíblemente atractiva con aquel vestido dorado, que dejaba al descubierto la piel desnuda de sus hombros. Le había costado mucho no besar sus labios pintados de rojo oscuro, que mostraban una hilera de dientes blancos como perlas cuando sonreía...

Anton se pasó una mano por el pelo y meneó la cabeza. Había actuado bien al romper el hechizo y regresar a la sala. Sobre todo, porque Elise había aparecido por sorpresa después de haber cenado por allí cerca con Mia Seeger. No habría sido correcto decepcionarla, ni darle a Serafina falsas esperanzas.

No obstante, el hecho de que ella fuera a viajar con Karl a Berlín lo molestaba. Lo irritaba. No le gustaban los sentimientos descontrolados y, por tanto, se propuso ofrecerle a Elise una fecha para celebrar su compromiso. Su futuro era Elise, no Serafina.

—Ay, hermanito, ¿en qué piensas? —Karl había entrado sin que Anton se hubiera dado cuenta—. ¿Soñando con la dulce Elise?

—No, con la Venus de Milo —respondió Anton, que intentó darle un tono de humor a su respuesta.

—Con ella sueño yo también de vez en cuando —sonrió Karl, y contempló la sala de grabación—. Es realmente increíble lo que has hecho aquí, Alois.

Se notaba que el hombre estaba satisfecho.

—¿Qué pasa, Karl? —Anton notó enseguida que había algún problema.

—Hemos tenido otro incidente en la fábrica.

Karl se frotó la base de la nariz. Parecía cansado.

—Dime qué ha pasado —insistió Anton.

—Un gran cortocircuito. Se ha detenido toda la producción.

—¿Sabéis cuál es la causa? —preguntó Alois.

—Parece que alguien ha estado manipulando la instalación eléctrica. Pero no tenemos la menor idea quién podría haber hecho algo así.

—¿Quieres que vaya contigo? —se ofreció Alois.

—Por eso he venido —asintió Karl—. Necesitamos una solución de emergencia para el suministro eléctrico. ¿Crees que puedes arreglarlo?

—Tengo que ver —respondió—. Lo primero es comprobar el estado de la instalación.

Karl y Anton salieron con Alois de la sala de grabación y lo siguieron a su amplio taller. El viejo inventor sacó herramientas y materiales de un armario y los metió en una cartera de cuero.

—Bueno, yo estoy listo.

—¿Puedo echar una mano? —preguntó Anton—. ¡Os acompaño con gusto!

—Ya nos arreglaremos sin ti, Anton —dijo Karl.

—Y yo estoy seguro —lo contradijo Alois—, de que en una situación como esta toda ayuda será bienvenida.

29

Stuttgart, mansión de la familia Ebinger, un día después

—Buenos días, señora Rheinberger —saludó la empleada doméstica que le abrió la puerta a Judith—. ¡Pase usted!

Judith entró en el impresionante vestíbulo de la mansión de la familia Ebinger.

—¡Bienvenida, Judith! —La dueña de la casa venía hacia ella vestida impecablemente con un gusto exquisito, como siempre, y el pelo canoso recogido en un moño perfecto—. ¡Me alegro de que te hayas pasado a vernos! —La contempló a un metro de distancia—. Estás muy pálida, querida.

—Ay, Josefine —suspiró Judith—. Estamos pasando una temporada difícil.

—¡Dios mío! —La señora Ebinger pareció asustada—. ¿Hay alguien enfermo? ¿Le pasa algo a Viktoria o... a Martin?

—No, no. —Judith intentó aplacar la preocupación de la anciana—. No es eso. Pero tenemos otra vez dificultades en la fábrica.

—Ahora mismo me lo cuentas. —Se volvió a su empleada—: Puede servirnos el café en el salón, por favor.

—Enseguida, señora. —La joven se retiró.

—Entonces estáis todos con buena salud —se aseguró mientras conducía a Judith a un salón decorado de azul.

—Sí, estamos todos bien. ¿Y vosotros?

—También, bueno, para nuestra edad. —La mujer señaló una silla tapizada de terciopelo rojo y azul—. ¡Siéntate, por favor!

—Gracias. —Judith tomó asiento.

—Y ahora cuéntame qué ha pasado. —Josefine se acercó a la mesa de nogal, tomó una silla y la colocó en posición antes de sentarse.

—Pues todo empezó hará unas dos semanas con unas piedras mezcladas entre las semillas de cacao, y terminó ayer con un cortocircuito en el cuarto de la instalación eléctrica —resumió Judith muy brevemente, ya que no la quería preocupar en exceso.

—¿Y ha habido accidentados?

—Por suerte, no. Pero hemos sufrido daños en la maquinaria y retrasos en la producción.

—Bueno, mientras nadie haya resultado herido, hay que dar las gracias al cielo. Es lo que digo siempre. Las máquinas se pueden reemplazar, pero las personas no.

—En eso tienes razón, Josefine. —Miró alrededor—. Me gusta vuestro salón azul. Tiene un efecto tan... refrescante.

—Me encanta estar aquí en las temporadas más calurosas. —Jugueteó con el broche de la solapa de su vestido—. Aquí pasé mucho tiempo con Martin... cuando era pequeño, ¿te acuerdas?

—Claro que me acuerdo. —Judith sonrió al recordarlo—. En aquella época lo convertisteis en un cuarto de juegos. Incluso había un caballito balancín.

—¡Sí! —La nostalgia se reflejó en su rostro—. ¡Cómo pasa el tiempo!

—Pasa volando —respondió Judith—. Me doy cuenta cada día con Viktoria.

—Ah, la pequeña —sonrió Josefine—. ¡Vuestro pequeño diablillo!

—¡Pues sí! —exclamó con una sonrisa satisfecha—. Sin Vicky, la vida sería un aburrimiento.

—Alégrate de que en vuestra casa haya tanto jaleo —suspiró Josefine—. Aquí hay demasiado silencio. —Contempló su alianza—. Y Artur últimamente no hace más que quejarse. No es propio de él.

—¿Qué le pasa? ¿Tiene dolores?

—Pues lo de siempre —respondió, mirándola.

Judith sabía a qué se refería.

—¿Martin?

—Sí. Y lo entiendo un poco. ¿Sabes? Para nosotros no ha sido fácil, todos estos años...

—Ha sido mejor así, Josefine. Para todos.

—Es posible. Pero hay tantas cosas de él que me resultan familiares: el piano, el talento musical... —Las mejillas comenzaron a teñírsele de rojo, como siempre cuando hablaba de Martin.

—Lo habéis visto crecer. ¡Y Martin os quiere mucho! ¿Acaso ya no os escribe?

—¡Sí, claro! —Los ojos se le iluminaron—. Escribe y nos llama de vez en cuando. Son nuestros mejores momentos.

—¡Entonces está todo bien! —Judith esperaba poder restringir aquel tema tan delicado al terreno de la charla superficial. Evitarlo completamente era imposible cuando visitaba a los Ebinger.

—De todas formas, a Artur le resulta difícil —continuó Josefine, esta vez con mayor insistencia—. Pronto no será capaz de seguir dirigiendo la empresa, y no hay ningún heredero.

Se abrió la puerta.

—¡Hola, Judith, querida! —El viejo Ebinger entró en el salón. Cojeaba ligeramente y se apoyaba en un elegante bastón.

—¡Artur! —Judith quiso levantarse para saludarlo.

—No te levantes, por favor —indicó él—. Voy a sentarme un poco con vosotras. —Con la respiración entrecortada tomó asiento en una silla—. Estás muy guapa, Judith. Como siempre.

—Gracias, Artur —respondió ella con amabilidad—. Pero me han dicho que tú tienes algunos achaques...

—Ay, sí, sí —suspiró—, la cadera, el hombro, la rodilla. Pronto no habrá ninguna parte del cuerpo que no me dé la lata.

Pero ya he dejado atrás los setenta y cinco, así son las cosas. ¡No podemos durar para siempre!

—¿Sigues yendo a la empresa?

—¡Naturalmente! ¡Todos los días! Pero quién sabe hasta cuándo podré continuar. —Su mirada se nubló y permaneció con la mirada fija unos minutos.

—Pero ahora tienes un socio, ¿no? —comentó Judith—. O sea, que podrías reducir el ritmo un poco.

—Ah, Brändle. Quiere que cambiemos el nombre de la fábrica a Ebinger & Brändle. —En su entrecejo se formó una profunda arruga—. Pero yo me niego. Solo habría hecho algo así por tu marido. ¡Pero Victor no quiso!

—Victor tuvo que encargarse de la fábrica de chocolate.

—¡Quiso encargarse de la fábrica de chocolate! Y para eso elaboró un refinado plan en aquel entonces.

A Judith le invadió una oleada de gozo al recordar con qué determinación había luchado Victor para conseguir la felicidad de los dos, en un momento en el que ella tenía la sensación de haber sido abandonada por todos.

Llamaron a la puerta.

La empleada doméstica entró empujando un carrito de servicio. Después de servirles a todos café, repartió platos y cubiertos y colocó en la mesa un plato de porcelana con pan de azúcar y una mantequera de cristal.

—¡Adelante! —indicó Ebinger.

—¡Sí, está recién hecha! —añadió Josefine.

El pastel estaba delicioso. Judith también le contó brevemente a Ebinger los incidentes de los últimos tiempos.

—Qué rabia. —Le dio la tos. Hacía años que los pulmones le causaban problemas—. Pero todos tenemos nuestras... dificultades.

—Por supuesto. —Judith le dio un sorbito al café, mientras un silencio melancólico se extendía unos minutos por la sala—. En realidad, había venido para deciros algo —continuó, cambiando delicadamente de tema—. ¿Habéis oído que Martin va a dar un concierto en octubre?

—¡Sí, claro! Nos lo dijo él en una carta —le contó Josefine—. ¡Estamos deseando escucharlo tocar!

—Muy bien. Solo quería asegurarme. Ya se lo he dicho a mi madre. ¡Sería tan bonito que viniera a Stuttgart para oír tocar a su nieto!

—Su nieto, sí —gruñó el viejo Ebinger, y Judith percibió la amargura en sus palabras.

—Artur... —le advirtió su esposa.

—¡Es verdad, Josefine! Cuando ocurrió todo aquello, no hubo más remedio que hacer las cosas como se hicieron. ¡Pero ahora son otros tiempos! ¿Por qué no podemos contar simplemente lo que pasó? Que nuestro Max es el padre de Mar...

—Artur —interrumpió Judith, intentando conservar la calma—. No sería buena idea decir la verdad. Sobre todo, pensando en Martin. Todo su mundo se vendría abajo.

—Va a cumplir veintidós años. ¡Es todo un hombre! ¡Debería ser capaz de aceptar una verdad como esa! —contradijo Ebinger—. ¡Imagínate las cosas a las que tuvieron que enfrentarse los jóvenes durante la guerra! Comparado con eso, lo de Martin es... ¡ridículo!

—¡Esa es tu opinión! Yo pienso de otra forma. Y Victor también.

Judith permaneció firme. La idea de tener que revelar aquella parte de su vida después de tantos años le resultaba insoportable. ¿Se enfadaría Martin con ella? ¿Dejaría de hablarle? No quería arriesgarse a algo así de ninguna manera. ¿Y cómo reaccionaría Viktoria?

—Pero tienes que comprendernos —insistió Ebinger—. ¿Qué pasará cuando ya no estemos?

Judith sintió un desgarro por dentro.

—Tenéis una relación muy íntima con él —afirmó sin mostrar ninguna emoción.

—¡Tienes razón, Judith! —intervino Josefine—. Las cosas son como son. No podemos cambiar el pasado. Por cierto, Max va a venir a finales del verano, ¿no es estupendo?

Múnich, librería de Georg Bachmayr poco antes del cierre, el mismo día

—¡ME HAS PUESTO la zancadilla! —Hélène conocía bien aquella voz infantil que se quejaba a grito pelado.

—¡Albert! ¡Ya está bien! —Dorothea Nold, la mujer de Edgar, empujó hacia el interior a sus dos hijos menores y cerró la puerta—. ¡Buenas tardes, Hélène!

—¡Hola, Dorothea! ¡Me alegro de verte! ¿Qué te trae por aquí?

—Me han hablado de un libro y quería preguntar si ya lo habéis recibido... ¡Estaos quietos los dos! —Volvió a mirar a sus hijos con severidad.

—¿Cuántos años tienen ya?

—Albert tiene nueve y Johannes, diez —suspiró Dorothea—. Y no recuerdo que sus hermanos mayores fueran tan traviesos.

Hélène sonrió insegura.

—Sí, los chicos a esta edad pueden ser difíciles —dijo Hélène, que no había visto crecer a sus hijos cuando tenían esa edad—. ¿Y de qué libro se trata?

—Del *Libro de las maravillas*. Versa sobre el mundo y el espacio... ¡Dejad inmediatamente de correr aquí dentro! ¿Me habéis oído?

Albert y Johannes no hicieron caso a las amenazas de su madre y siguieron persiguiéndose y gritando entre las estanterías de la librería. Hélène empezó a temer por los jarrones y bandejas con los que había decorado la tienda, pero intentó que no se le notara.

—Creo que te refieres a *El libro de las maravillas para nuestros pequeños. La primera introducción al mundo y al espacio.*

—Sí, justamente ese.

—Claro que lo tenemos.

Hélène se dirigió a una estantería alta en las que se hallaban los libros para niños y jóvenes. Dorothea la siguió.

—Me parece una obra muy bonita —comentó mientras le entregaba el libro a su clienta.

—¡Sí, este es! —Hojeó el libro de gran formato con una portada a todo color—. Las ilustraciones interiores son también preciosas.

Hélène asintió. Dorothea cerró el libro.

—Qué silencio... —Se volvió a buscar a sus hijos—. ¿Albert, Johannes...?

No hubo respuesta.

—¡Señores! —Era la voz grave de Georg Bachmayr. Sonaba muy seria—. ¿Y qué se supone que va a ser esto cuando esté terminado?

—Eh... ¡una torre! —exclamó uno de los niños.

—Una torre muy alta —completó el otro—. Bueno, la más alta de todas... en realidad.

—Pero ¡cómo se os ocurre! —exclamó la madre, que se acercó a toda prisa al lugar donde los dos habían comenzado a construir una columna torcida de libros—. ¡Recoged eso inmediatamente!

—Pero, mamá...

—¡Ahora mismo!

Hélène la siguió e intercambió una mirada con Georg. Reconoció al instante que, más que enfadado, los contemplaba divertido.

—Escuchadme. Arriba, en casa, tengo precisamente dos pirulís de azúcar. Cuando hayáis recogido los libros, podéis subir conmigo a buscarlos.

Los niños se miraron y empezaron a desmontar su torre a toda velocidad. Georg los ayudó a colocar en su sitio los libros que habían sacado al azar de las estanterías cercanas.

Entretanto Hélène se dirigió a la caja con Dorothea.

—No creo que esos dos se hayan ganado una recompensa —opinó la mujer mientras le entregaba el dinero a Hélène.

—Al menos han recogido —respondió esta.

—Bueno, de acuerdo. Ah, quería preguntarte algo, Hélène. Martin va a dar un concierto en Stuttgart en octubre. Supongo que ya lo sabes, ¿no? —Dorothea observaba cómo Hélène envolvía el libro en un papel marrón—. Edgar y yo vamos a ir, sin los niños. ¿Quieres que hagamos el viaje juntos?

—Ay, Dorothea, no sé, todavía me lo tengo que pensar... —comenzó Hélène.

La mirada interrogante que le lanzó su amiga le resultó incómoda. Había estado rehuyendo la decisión hasta tal punto que casi había perdido de vista la fecha.

—¡Hélène! Mira que no me gusta meterme en vuestras cosas, pero sé lo importante que es para Judith —insistió—. Tú has vivido tu vida según tus propias ideas, Hélène, y tus hijos tuvieron que crecer sin ti. ¿No te parece que ya va siendo hora de demostrarles tu cariño y tu valor?

En ese momento regresó Georg con los dos niños.

—¡Tu pirulí es mucho más grande que el mío! —gritó uno.

—No es verdad —se defendió el otro.

—Son exactamente iguales —decidió su madre tras una mirada a los dulces, y guardó el libro—. Muchas gracias, Georg. ¡Muy amable por tu parte!

—¡Ah, no hay de qué! Ha sido un placer —dijo Georg con un guiño a los dos hermanos, que estaban luchando con los pirulís como si fueran espadas.

—Saluda a Edgar de nuestra parte —dijo Hélène al despedirse.

—Lo haré. Últimamente pasa más tiempo en Stuttgart que en Múnich.

—¿Otra vez tiene encargos de la fábrica de chocolate?

—Sí, muy a menudo. Pero además tiene otros buenos clientes en la ciudad. Por eso va y viene con tanta frecuencia.

—¿Y tú te encargas de dirigir vuestra fábrica cuando él no está?

Dorothea se rio.

—Si alguien me hubiera dicho de joven que iba a dirigir una empresa con tanto entusiasmo como Judith, lo habría tachado de loco. Pero de alguna manera me he ido haciendo con ello y ahora no me puedo imaginar nada distinto.

Hélène asintió. Se alegraba de que cada vez más mujeres pudieran compaginar su vida como madres con su profesión, en lugar de estar limitadas al cuidado del hogar. A veces deseaba volver a ser joven y poder empezar de nuevo.

—¡Mamá! —protestó Albert.

—¡Queremos irnos ya! —exclamó Johannes, con el pirulí entre los dientes.

Dorothea llevó a sus hijos hacia la puerta.

—Hasta pronto, Hélène. ¡Que tengáis un buen día los dos!

30

Stuttgart, en la agencia de viajes aéreos junto al Königsbau, 2 de junio de 1926

—AQUÍ TIENE SUS billetes, señor Rothmann —dijo amablemente el dependiente de la agencia de viajes aéreos de Stuttgart, situada cerca del edificio Königsbau, en la Fürstenstrasse. El empleado le entregó a Karl los documentos y le señaló con el dedo una especie de tabla. Serafina no pudo distinguir con claridad de qué se trataba, estaba demasiado lejos—. Y aquí puede ver los horarios de los vuelos.

Karl comprobó los documentos mientras la mirada de ella quedaba fija en un gran cartel que colgaba en la pared, detrás del mostrador: «Transportes aéreos de Wurtemberg. Sociedad Anónima. Sede en Stuttgart».

—La salida es a las 9:45 —le informó—. Por favor, preséntense aquí una hora antes para que sepamos que van a tomar el vuelo y podamos cargar su equipaje. Los llevaremos en automóvil al aeropuerto. Su viaje tendrá parada en Erfurt y Halle. La llegada a Berlín será a las dos y media. Si hiciera muy mal tiempo, se cancelaría el vuelo y viajarían en tren.

—Muchas gracias. Seremos puntuales. —Tomó el sobre y lo guardó en el bolsillo interior de su chaqueta—. ¿Cuánto es?

—Los dos billetes, cuatrocientos veinte marcos.

Serafina tragó saliva al oír la elevada suma.

—Haga el favor de enviar la factura a la fábrica de chocolates Rothmann. —Karl no parecía impresionado.

—Por supuesto, señor Rothmann. ¡Que tenga un buen día!

—¡Igualmente! —Karl levantó la mano en señal de despedida.

—Bueno —le dijo a Serafina mientras sujetaba la puerta—, ya tengo ganas de que llegue la semana que viene y podamos volar. El cortocircuito en la fábrica nos ha retrasado un par de días, pero ahora ya no falta mucho.

La muchacha salió delante de él a la agradable tarde de comienzos de verano.

—¿Un cortocircuito? —preguntó sorprendida, y se volvió hacia él—. ¿En la fábrica? Victor y Judith no me han contado nada.

—Uy. Ahora te he dicho algo que a lo mejor se suponía que no debías saber. —Karl dejó pasar a un señor mayor que se disponía a entrar en la agencia—. Bueno, ya se me ha escapado. Al principio pensamos que podría tratarse de un sabotaje, porque últimamente ha habido muchos incidentes. Pero resulta que fue obra de un par de ratoncitos, nada más. Habían roído el aislamiento de los cables.

—¿Ratones? —se rio Serafina—. Eso me parece ya bastante sabotaje. Imagínate, ratones en una fábrica de chocolate.

—No estaban en la planta de producción, sino en el cuarto de la instalación eléctrica. De todas formas, nos alegramos de saber por fin cuál es la causa de estos desperfectos. Y los saboteadores ya han recibido su merecido castigo. Cayeron en la ratonera.

—Bueno, pues entonces todo solucionado. —Seguía riéndose por lo bajo—. Pero yo no me fiaría, puede que los ratones también se hayan colado en la planta de producción. ¡Les encanta el chocolate!

—Ahora ya da igual, han pasado a mejor vida.

—Espero que los hayáis pillado a todos.

—Supongo que sí. Pero lo más importante es que quería invitarte al cinematógrafo esta noche —anunció Karl, mientras paseaban por la plaza del Palacio—. ¡Lo inauguraron en febrero!

—¡Qué buena idea! —Serafina se alegró—. ¿Qué ponen?

—Será una sorpresa —respondió misterioso.

Serafina se alegraba de que Theo, que la había bajado a la ciudad, hubiera continuado su camino hacia la fábrica y no la estuviera esperando. Victor y Judith tenían un compromiso en algún sitio, así que tenía toda la tarde para ella.

—Pero antes de ir al cine —añadió Karl—, quiero enseñarte algo muy especial.

—¡Oh! ¿Y qué es?

—También es una sorpresa.

—¡Madre mía! —dijo meneando la cabeza—. ¡Una sorpresa tras otra!

Karl sonrió, tomó su mano y la enlazó en su brazo. Serafina se lo permitió y caminó agarrada a él por la plaza del mercado. Pasaron por delante del imponente ayuntamiento de la ciudad, con su alta torre, las numerosas ventanas arqueadas y las pequeñas torres en voladizo, y continuaron hacia los estrechos callejones del centro.

—¿Adónde vamos?

—Espera. Ya falta poco.

Las calles por las que pasaban se veían muy concurridas y las fachadas de las casas estaban decoradas con todo tipo de adornos y motivos en relieve. Al llegar a una iglesia muy antigua y majestuosa, giraron a la derecha hacia una calle más ancha y se detuvieron ante una casa que hacía esquina. «Taller de mecánica Alois Eberle», leyó Serafina en el bonito cartel esmaltado que colgaba junto a la puerta.

Karl llamó al timbre.

Poco después oyeron que alguien arrastraba los pies, una llave giró en la cerradura y, al abrirse la puerta con un ligero crujido, apareció un hombre mayor vestido con ropa azul de trabajo.

—¡Karl! —Sus ojos oscuros se iluminaron y después se centraron en Serafina—. Y has traído a una señorita.

—Hola, Alois —respondió Karl—. No te entretendremos mucho tiempo, pero quería presentarte a alguien. Esta es Serafina Rheinberger, la medio hermana de Victor.

—Buenos días —saludó ella.

—¡Me alegro de conocerla! —Alois retrocedió y les indicó con un gesto que pasaran—. ¡No me molestáis! ¡Adelante! Voy por...

—No hace falta que traigas sidra, Alois. No vamos a quedarnos mucho tiempo —interrumpió Karl, que pasó un brazo por los hombros del anciano—. Solo quería enseñarle a Serafina el cuarto de grabación.

—¡Ah, claro! ¡Venid!

Alois Eberle atravesó el pasillo y el taller grande y desordenado, y los condujo a la sala.

—¿Y? ¿Qué te parece? —le preguntó Karl a Serafina al entrar.

—¡Increíble!

La joven contempló la sala y su equipamiento: un soporte con un micrófono y un aparato de aspecto muy complicado, parecido a un gramófono, con varios dispositivos conectados.

—Eso es un aparato para cortar los discos —explicó Karl, que la estaba observando.

—Ahí fabricamos en primer lugar la pieza en bruto —añadió Alois—, y con ella un disco matriz. Y a partir de esa matriz troquelada, se pueden imprimir los discos con las grabaciones.

Serafina inspeccionó el aparato.

—¿Y qué vais a grabar? —preguntó impresionada—. ¿Música?

—Exacto. ¡Música! —explicó Karl, con el entusiasmo vibrando en la voz—. Y la grabaremos en discos de chocolate. ¡Va a ser increíble!

—No solo en discos de chocolate —intervino Eberle.

—Claro. Pero empezaremos con los discos de chocolate. —Lo miró fijamente—. Y eso fue idea mía —añadió.

El inventor asintió.

—¿Ya está listo, Alois? ¿Podremos empezar pronto? —preguntó Karl, mientras colocaba unas cortinas en su sitio.

—Supongo que la semana próxima, ¿verdad, Alois? —La voz grave de Anton le puso a Serafina la carne de gallina. Volvió la cabeza.

—¡Hermano! —Karl se volvió sorprendido también y se dirigió a Anton, que estaba en la puerta de la sala—. ¿Qué haces aquí?

—He organizado el transporte de un piano vertical —respondió con la mirada fija en Eberle—. Está delante de la puerta, Alois. ¿Podemos meterlo?

Serafina no le quitaba los ojos de encima. No podía evitarlo. El corazón se le salía por la boca.

—Buenos días, Serafina —la saludó él con una mirada de refilón antes de desaparecer de nuevo en el taller con Alois.

—¿Os ayudo? —preguntó Karl, que salió detrás de ellos sin esperar respuesta.

Serafina se quedó sola.

Justo ahora que había conseguido mantener a raya la preocupación que sentía al pensar en él. Aunque su cabeza intentara ignorar para siempre la noche en los jardines municipales, una y otra vez se colaba en sus sueños. Su comportamiento en la terraza había sido cruel. ¿Cómo había sido capaz de acercarse a ella, dejarla plantada de repente y luego dedicarse a intercambiar miraditas con esa tal Elise?

En realidad, debería apartar de su mente a los dos hermanos Rothmann. Karl parecía pretenderla, pero ella no sentía una afinidad profunda con él. ¿Y Anton? ¿Sería el interés compartido por la música lo que la atraía de él? ¿La ligereza con que tocaba el piano, dirigía su orquesta y entusiasmaba al público?

Serafina se apoyó en la pared y cerró un momento los ojos.

Ya iba siendo hora de ser sensata. En esos momentos tenía otras preocupaciones. En lugar de concentrase en sus penas de amor, tenía que resolver el asunto de las fotografías.

En enero, en cuanto cumpliera veintiún años y Victor le entregara su herencia, sería independiente y podría decidir qué

252

camino tomar en su vida. Por eso, lo mejor sería que nada la atara a Stuttgart. ¿Por qué no intentar triunfar como cantante? Tenía una bonita voz, bien formada y, con su pequeño patrimonio, se le abrían todas las posibilidades.

—¡Cuidado!

Una voz desconocida la sobresaltó. Se separó de la pared de golpe. Serafina no conocía al joven que en ese momento entraba en la sala andando de espaldas, seguramente sería un empleado del taller de Anton.

—Tranquilo, Erich —le dijo Alois desde el otro lado.

—Pero si se rompe algo... —El chico parecía nerviosísimo. Llevaba un cinturón que lo ayudaba a levantar y mover el piano.

—No se va a romper nada. —Entonces apareció Anton, que cargaba el otro extremo del piano—. Tú concéntrate en el suelo y la puerta.

Los dos hombres fueron avanzando poco a poco, hasta que atravesaron la puerta de la sala.

—Un poco más hacia el fondo —dirigió Anton—. Así. Aquí está bien. Y ahora bajemos despacio.

Con mucho cuidado, depositaron el instrumento en el suelo.

Anton se quitó el cinturón y se lo entregó a Erich. Luego abrió la tapa y tocó un arpegio. Después pulsó las teclas una a una para comprobar si seguían intactas después del transporte.

—Suena normal —dijo Erich, que respiraba agotado.

—Sí. Me habría extrañado mucho que hubiera pasado algo. Enviamos pianos por todo el mundo y siempre llegan sin daños. —Anton tenía una expresión satisfecha.

Luego examinó el lugar en el que se encontraba el piano—. Tendremos que cambiarlo de posición para cada canción, según la composición del grupo en cada caso —le dijo a Alois, que entró con una banqueta.

—Sí, podéis hacer lo que queráis. —Eberle la colocó delante del piano—. ¡Listo!

—Seguro que van a ser grabaciones estupendas —se le escapó a Serafina. Anton la miró por fin.

—Eso espero.

—En cualquier caso, haremos todo lo que esté en nuestra mano —dijo Alois, que se puso a retocar su grabadora—. Ah —por cierto—, a Karl se le ha olvidado algo en la fábrica, señorita Serafina. Me ha dicho que le comunique que volverá dentro de una media hora.

Serafina, que ya se estaba preguntando dónde estaría Karl, no podía creer lo que oía. ¿Karl la dejaba ahí sola porque tenía algo que hacer? ¿Y ni siquiera se lo decía él mismo, sino que hacía que se lo comunicaran?

Anton recogió con su ayudante el cinturón para transportar el piano, Eberle se dedicó a sus aparatos y Serafina estaba a punto de despedirse y marcharse. También podía ir sola al cinematógrafo más tarde. Prefería buscar un café bonito para tomar el té de las cinco en lugar de quedarse allí y sentir que estaba de más.

Justo en aquel momento, Erich se despidió y abandonó la sala de grabación, y Anton se volvió hacia ella.

—¿Quieres cantar algo conmigo?

—¿Qué... cómo? —Serafina lo miró confundida.

—Si Karl va a tardar media hora en volver, podemos hacer una prueba. Y así me hago una idea de cómo suena tu voz. Tenía intención de escucharte, de todas formas.

—Hasta ahora no te había parecido tan importante. —Serafina no pudo resistirse a lanzarle la pulla—. ¿Y tienes tiempo, por cierto?

—¿Acaso te lo preguntaría si no tuviera tiempo? —Le aguantó la mirada interrogativa.

—Bueno, para una vez que tengo ocasión de cantar en una auténtica sala de grabación —dijo al fin, más relajada—, no voy a dejarla pasar.

—Bien. —Anton se sentó al piano—. «Amor, eres el cielo en la tierra», ¿la conoces? De la opereta *Paganini*.

—Sí, claro que la conozco. De Franz Lehár.

Era la última pieza que había estudiado antes de la muerte de su padre. Anton tocó un par de compases para que ella pudiera entonar. Luego le hizo una señal con la cabeza y desplazó los dedos suavemente sobre el teclado. Serafina se incorporó con facilidad a la melodía.

—«No lo comprendo, no puedo creerlo, han destrozado cruelmente mi sueño. Me quieren robar a mi amado, a quien pertenece todo mi corazón.»

¿Por qué había sugerido Anton esta canción?

—«Quiero conservar esta felicidad, este capricho, quiero labrar mi destino con mis propias manos. Y aunque esté sola contra todo el mundo...»

Alois Eberle había levantado la cabeza y escuchaba con atención.

—«¡Amor, eres el cielo en la tierra, quédate para siempre! ¡Amor, eres el sueño de sueños, no te vayas nunca!»

De repente las barreras que se alzaban entre Anton y ella parecían haber desaparecido, igual que aquel día en la salita de música. Los dos se miraban mientras la música los envolvía en una nube de poesía musical.

—«¡Causas gran alegría, curas todos los males, tienes poder sobre todos los corazones!»

Anton improvisó una melodía final. Cuando se extinguió la última nota, Serafina deseó que se acercara a ella, pero él permaneció sentado al piano, mantuvo presionado el último acorde y cerró los ojos.

El silencio de la sala estaba todavía lleno de música, cuando de repente se oyeron pasos apresurados fuera.

—Lo siento mucho, de verdad, Serafina —jadeó Karl, que parecía haber corrido mucho, cuando entró en tromba—. Cuando me encontraba fuera, delante de la camioneta de Anton, me acordé de que se me había olvidado en la fábrica la llave maestra del cuarto de la instalación eléctrica. Victor me pidió que comprobara esta noche los dispositivos más importantes. ¿Te lo ha dicho Alois?

—Sí, me lo dijo —respondió Serafina con sequedad.

—Bien. Pues entonces, vámonos. Podemos ir a comer algo antes de que empiece la función.

Anton cerró la tapa del piano. Durante unos momentos la miró pensativo.

—Bueno, pues os deseo una buena noche —dijo al fin. Con esas palabras se desvaneció la intimidad que acababa de compartir con ella y regresó ese frío dominio de sí mismo que le hacía parecer tan lejano.

Al salir, Serafina lo miró por el rabillo del ojo y se dio cuenta de que él también la estaba observando. Se notaba que había sentimientos entre ellos, eso no se podía negar. ¿Por qué no se permitía mostrarlos?

31

El cine UFA Palast en la calle del Palacio, en Stuttgart, esa noche

Serafina recorrió con la vista la moderna y majestuosa fachada del cinematógrafo. Sus tres altos arcos estaban pintados de marrón y violeta, simulando relieves, y en su parte superior se integraban en la pared del edificio con una franja decorativa. En contraste con la arquitectura moderna, la vieja mampostería se veía como una reliquia de tiempos pasados.

—Hasta hace cuatro años, aquí se ubicaba la vieja estación de ferrocarril —explicó Karl, como si le hubiera leído el pensamiento—. Este portal era la antigua entrada al vestíbulo y ahora lo han acoplado al edificio adjunto al cine. Interesante, ¿no te parece?

Asintió distraída.

—Entremos. —Karl le ofreció el brazo, pero ella negó con la cabeza.

Él se encogió de hombros y entró por el arco central, en cuyo dintel brillaba en azul y rojo el cartel con las letras UFA.

A Serafina se le habían quitado las ganas de pasar la noche en el cine. El encuentro con Anton había desencadenado una tormenta de sentimientos que todavía no se había calmado. Ni la comida ni el vino del restaurante Rathauskeller habían conseguido animarla. Habría preferido irse a casa, tomar un par de bombones de frambuesa de los de Vicky y retirarse a su habitación.

Pero en el momento en el que entró detrás de Karl en el vestíbulo del UFA Palast, se sintió maravillada, hasta el punto de olvidar por un momento sus preocupaciones.

El enorme hall estaba dominado por dos escaleras curvas que llevaban a ambos lados de las tribunas. Los numerosos visitantes se apiñaban en la sala brillantemente iluminada, aunque afuera todavía no había empezado a oscurecer.

Karl se excusó un momento para dirigirse a una de las taquillas situadas debajo de las escaleras. Poco después lo vio conversando con alguien que se parecía a...

Serafina se quedó sin aliento.

Se puso de puntillas y avanzó entre dos grupos de mujeres con intención de acercarse un poco más para asegurarse. Al final no le cupo ninguna duda. Karl estaba con Anton.

Serafina meneó la cabeza incrédula.

Poco antes, en casa de Eberle, Anton no le había mencionado que pensara ir esa misma noche al cine. ¿Habría sido una decisión de último momento?

Después de comprar las entradas, Karl regresó a su lado. Anton, sin embargo, se marchó en otra dirección, sin mirar hacia su hermano ni mostrar ninguna intención de unirse a ellos.

La joven lo siguió con la mirada, preocupada, y cuando se dio cuenta de que había venido con Elise, que lo esperaba junto a la entrada, sintió una punzada de amargura.

Él, sin embargo, parecía estar de buen humor, miraba a Elise sonriente y la agarró por el codo mientras señalaba hacia lo alto con las entradas en la mano.

—¡Tenemos entradas en la tribuna central! —Karl parecía haber respondido al gesto de Anton, aunque no mencionó a su hermano en absoluto. En lugar de eso, señaló la escalera de la izquierda con un gesto similar de la mano—. ¿Me acompañas?

Serafina despegó de mala gana la mirada de Anton y Elise, que se dirigían a la otra escalera. La ligera presión que ya sentía en el pecho se acentúo. Intentó librarse de ella y, mientras subía las escaleras junto a Karl en dirección a la tribuna, decidió disfrutar de la noche todo lo que pudiera, en lugar de imaginarse todo el tiempo cómo sería ocupar el lugar de Elise.

—Ahora vas a ver algo muy especial —comentó Karl con mucho bombo cuando atravesaron una puerta con ornamentos coloridos y plateados que conducía a la entreplanta del cine.

Tenía razón.

La enorme sala rectangular debía de contar con más de mil butacas. Las paredes estaban pintadas de amarillo claro, los asientos tapizados de rojo y el telón, al otro lado de sala, lucía en el mismo tono encarnado. Espectacular.

—Es muy elegante, ¿verdad? —Él la miró ilusionado—. ¡En eso Stuttgart no le anda a la zaga a Berlín!

—Es realmente precioso —confirmó Serafina mientras tomaba asiento y se daba cuenta del poco entusiasmo que transmitían sus palabras.

Karl la miró intrigado y se sentó también.

Al principio guardó silencio, pensativa, pero poco a poco su acompañante consiguió sacarla de su ensimismamiento y se pusieron a conversar en voz baja. Ella le contó que la semana anterior Viktoria había escondido en su cuarto dos ranas para enseñarles a hacer cabriolas. Pero al poco tiempo fueron descubiertas, como era de esperar, porque Dora las oyó croar y acudió a ver de dónde salía aquel ruido. Con lo buena que era, se había ocupado de que los pobres animalitos volvieran a la charca más cercana.

—Seguramente a Vicky no le hizo ninguna gracia —aventuró Karl.

—No —respondió Serafina—. Pero, como consuelo, decidió que quería un papagayo para enseñarle a hablar.

—¡Ay, madre!

—Al final se pusieron de acuerdo en un canario. Pero Vicky no está muy satisfecha con esta solución.

—¡Me lo imagino! —sonrió Karl—. Pues vamos a ver cómo termina la cosa. Yo apuesto por el papagayo.

Serafina asintió, pero no dijo nada más sobre el tema, porque había descubierto a Anton y Elise en uno de los estrechos palcos laterales y, con cierta satisfacción, se dio cuenta de que al poco tiempo dejaron de hablar. Además, le dio la impresión de que Anton miraba cada poco tiempo en su dirección, igual que Elise. Una situación peculiar.

Pasó una media hora hasta que se apagaron los focos, solo se veía un discreto juego de luces en las dos cúpulas del techo. Poco a poco se fueron extinguiendo los murmullos en la sala, se abrió el telón y comenzó el noticiero de los cines UFA, con las últimas novedades. El público lo miró muy concentrado.

El sonido del órgano instalado en la sala anunció la película principal, *Sueño de vals*. A Serafina la melancólica historia le resultó demasiado romántica para un día como aquel, pero la película estaba muy bien hecha y consiguió dejar su tristeza en segundo plano.

—¿Y qué te parece Willy Fritsch como príncipe consorte? —preguntó Karl cuando se cerró el telón durante el descanso.

—Bien. —Serafina se levantó—. ¿Y a ti te gusta Mady Christians como Alix?

—Sí.

Él se tomó el comentario con calma y la condujo a través del pasillo hacia un gran hall que ocupaba las dos plantas del cine.

—Me habría gustado —comentó Karl molesto, mientras se encendía un cigarrillo—, que mi hermano hubiera elegido otro programa para esta noche.

Exhaló el humo hacia el techo pintado de dorado y marrón. Al mismo tiempo, fijó su mirada en un punto detrás de Serafina.

Ella intuyó qué era lo que estaba mirando.

—Karl. —Aunque la voz de Anton sonó firme, a Serafina le pareció percibir una ligera timidez. Se giró lentamente hacia él y se lo encontró de frente.

Volvió a sentir, contra su voluntad, aquel aleteo en la boca del estómago. Incluso cuando Elise apareció a su lado, apenas pudo contener su nerviosismo.

—Buenas tardes —saludó Elise, que le causó una impresión tremendamente sincera—, me alegro mucho de conocerla. —Le tendió la mano a Serafina—. Anton me ha hablado de usted.

Aunque en realidad no quería que le cayera bien, le pareció simpática desde el primer momento. Estrechó la mano que le ofrecía.

—Yo también me alegro.

—Esta es Elise Bender —la presentó Anton—. Una... buena conocida mía.

—Qué bien, una buena conocida. —Karl no se molestó en disimular el tono burlón.

Elise le lanzó una mirada en la que a Serafina le sorprendió percibir una ligera advertencia. Karl, por su parte, miró a la joven que, a pesar de su figura menuda y grácil transmitía un inconfundible orgullo. ¿Se conocían? Y, en ese caso, ¿por qué no lo mostraban?

—Bueno, es posible que a las damas les guste este tipo de entretenimiento —siguió charlando Karl tranquilamente—. Es un poco como un cuento de hadas.

—Todavía no he decidido si me gustan las películas basadas en las operetas —intervino Anton—. La verdad es que prefiero la puesta en escena original de las obras de Oscar Straus.

—A mí me parece una película maravillosa —admitió Elise—, pero es la primera vez que vengo al cinematógrafo. Es una experiencia increíble.

Anton le dirigió una mirada elocuente.

—Bueno, por eso hemos venido.

—Sí —respondió ella, mirándolo con una sonrisa —. Anton ha sido muy amable de concederme esta noche el deseo de venir al cine, aunque en realidad él tenía otros planes.

—Sí, bueno —dijo él.

—Pues eso no me lo creo —replicó Karl, que le lanzó a su hermano una mirada desafiante—. Anton no hace nunca nada que no quiera hacer.

Elise levantó de nuevo sus ojos castaños hacia Karl. A Serafina le habría encantado poder leerle los pensamientos. Era evidente que había alguna dinámica entre los dos.

—Bueno, si me preguntan a mí —se oyó decir Serafina, movida por una especie de solidaridad femenina—, también me está gustando mucho la película.

Lanzó en dirección a Elise una sonrisa fugaz.

—Y es verdad que está hecha especialmente para que guste a las mujeres —respondió esta, conciliadora.

Ya no había más que añadir. Como los dos hermanos no dijeron nada más, se hizo un silencio embarazoso entre los cuatro.

—Bueno, pues con esto hemos cumplido las formalidades. —El resumen de Anton fue duro pero sincero. Le ofreció el brazo a Elise—. ¿Te gustaría estirar un poco las piernas, Elise?

—Sí, con mucho gusto. —Ella pareció aliviada de poder escapar de la situación y aceptó su brazo.

—Muy bien —dijo Karl, de nuevo con un tono burlón—, entonces os deseamos una... noche entretenida.

—Igualmente —respondió Anton, mientras conducía a Elise hacia las escaleras.

Aunque el encuentro apenas había durado unos minutos, Serafina sintió un gran agotamiento. Respiró profundamente.

—Es mejor que no interrumpamos su recién estrenada felicidad —comentó Karl a la ligera, pero Serafina tuvo la sensación de que él también tenía que digerir aquel encuentro. No quedaba ni rastro de su frescura habitual. En lugar de eso, se le veía pensativo.

—Volvamos a nuestros asientos —propuso ella.

—Lo mismo iba a sugerir yo —respondió.

—Dentro de poco podremos ver una película con sonido —profetizó Karl cuando se cerró el telón en medio de un gran aplauso final—. ¡Y la experiencia será perfecta!

Parecía haber recuperado el buen humor.

—A mí también me ha gustado mucho con la música del órgano en directo—respondió Serafina—. ¡Tenía un sonido estupendo!

—Eso es cierto. Lo construyeron especialmente para esta sala. Pero ¡imagínate si se pudiera oír hablar a los actores! ¡Sería algo muy distinto!

—Es posible.

—Llegará, ya verás.

La condujo al exterior. Tardaron un rato hasta que dejaron atrás la muchedumbre y pudieron salir del UFA Palast. Aunque Serafina miró varias veces a su alrededor, no vio ni rastro de Anton y Elise. Y en realidad se alegraba de ello. A su espalda brillaban las luces del vestíbulo que iluminaban la calle, pero al cabo de pocos pasos se vieron envueltos en la oscuridad estrellada de la noche de verano.

—Pronto llegará el solsticio de verano —comentó— y los días volverán a ser más cortos.

—Pero aún pasarán varias semanas hasta que lo notemos. Para mí, el verano dura siempre hasta septiembre.

Serafina suspiró.

—Si por mí fuera, podría ser verano todo el año. ¡No echaría de menos el invierno!

—El invierno también tiene sus cosas buenas.

—A mí no me lo parece.

—Oh, sí —le aseguró Karl—. En cuanto nieve, iremos a esquiar.

—¿Esquiar? —Serafina no había oído nunca hablar de ello—. ¿Qué es eso?

—¿No lo sabes? Ah, claro, que vienes de Berlín y allí no hay montañas. Bueno, pues los esquíes son dos tablas largas de madera que se fijan a los pies. Y así se puede uno deslizar sin problemas por las montañas nevadas.

—¿Sobre dos tablas de madera? ¡Imposible!

—Claro que sí. Las tablas son largas y estrechas. Es como si uno se colocara los patines de un trineo en los pies.

—¿Y se va rápido?

—Depende. —Serafina intuyó la sonrisa de Karl—. ¡Yo sí!

—¿Y adónde vas a esquiar?

—Casi siempre a la sierra de Jura de Suabia, allí hay una pendiente en la montaña de Treifelberg en la que se puede esquiar muy bien. Pero también he estado en la Selva Negra y en los Alpes. ¡Ya verás, una vez que lo pruebes, no querrás parar jamás!

—¡Pero no sé si voy a saber hacerlo!

—¡Eso se aprende rápido! —Karl parecía convencido.

—Bueno... ya veremos.

Serafina no podía imaginarse descendiendo por una colina nevada sobre dos tablas de madera, pero la charla animada de Karl la ayudó a no volver a sumirse en sus cavilaciones.

—Bueno, y ahora todavía tengo que pasarme por la fábrica —anunció él al poco rato, cuando tomaron la calle Calwer—. Por eso tuve que ir a antes a buscar la llave. ¿Me acompañas?

Se lo pensó un momento.

—¿Por qué no?

—¡Bien! —Unos pasos más adelante Karl se detuvo y abrió una puerta estrecha con barrotes—. No tardaremos mucho.

Entraron en la propiedad, que estaba muy tranquila por la noche. Aunque las farolas eléctricas del patio estaban encendidas, Serafina sintió un poco de miedo cuando atravesaron el patio alargado hacia la primera de las grandes naves de producción. Karl sacó otra llave y con ella abrió la pesada puerta de madera.

—¿No tenéis guarda nocturno? —preguntó ella mientras avanzaban por un corredor largo y mal iluminado. Las paredes alicatadas devolvían el ruido de sus pisadas, lo que daba la impresión de que no estaban solos.

—El conserje vigila después del cierre, sobre todo controla las máquinas de conchado, que tienen que funcionar día y noche. Pero su última ronda es a las nueve de la noche y la siguiente a las cuatro de la mañana.

Otra llave, otra cerradura. Karl encendió la luz.

Se encontraban en una sala grande donde se ubicaba la instalación eléctrica. En las paredes había varias cajas grandes y negras. Además, se veían varios interruptores y paneles indicadores circulares acristalados.

—Como vivo aquí enfrente —añadió mientras comprobaba los indicadores—, Victor espera que vigile la fábrica—. Examinó el suelo, así como los cables, enchufes y conexiones—. Pero ¿sabes?, yo también tengo vida privada. Y por las noches duermo o salgo por ahí. O hago cualquier otra cosa. Y, en cualquier caso, no quiero ser responsable si pasa algo en el momento menos pensado.

Serafina lo entendía.

—¿Y qué opinaría Victor de contratar un guarda nocturno? O sea, uno que realmente vigile por las noches.

—Al principio le pareció muy caro. Y luego no hemos vuelto a hablar del tema, la verdad.

—Pues coméntaselo otra vez.

—Bueno, ¿sabes? —dijo Karl, que por último dirigió su mirada hacia el techo—, es que tengo mis propios planes. Y si lo que espero conseguir algún día es que hagamos una gran remodelación de la fábrica, no me voy a poner a dar la lata ahora pidiendo un vigilante nocturno. Con los gastos que eso conllevaría.

—Esa remodelación es muy importante para ti, ¿no? De eso estabas hablando con el arquitecto cuando fuimos a las carreras de motos.

—Sí, con Adolf Schneck. Tiene ideas realmente extraordinarias. —Se volvió para salir del cuarto—. Bueno, aquí no hay nada fuera de lo normal. Incluso sin vigilante nocturno, no debería pasar nada en las próximas horas.

Salieron de la fábrica.

Karl pasó el brazo sobre los hombros de Serafina. Era un gesto de delicadeza que denotaba familiaridad, pero ella no se sentía bien así. No se sentía bien con nada desde que Anton se había cruzado en su camino.

—¿Quieres subir conmigo? —preguntó Karl cuando llegaron al portal del edificio donde vivía.

Serafina meneó la cabeza.

—No te lo tomes a mal...

Él la miró vacilante.

—¿Seguro que no?

—Por favor, Karl, llévame a casa.

Él asintió.

—De acuerdo. Entendido.

Avanzaron hacia el descapotable que Karl había aparcado aquella mañana junto a la fábrica. Y de repente se paró en seco.

—¿Quién es ese tipo de ahí?

Serafina, que en ese momento estaba distraída, levantó la vista.

—¿A quién te refieres?

—Allí, junto al portón.

Serafina vio un hombre corpulento, vestido de oscuro. Parecía que tuviera la intención de abrir la puerta de la fábrica.

—¿Qué hace? —Bajó la voz automáticamente.

—¡Eso me gustaría saber a mí! —Karl la soltó y aceleró sus pasos—. ¡Son dos, hay otra persona con él!

Cuando Karl y Serafina se acercaron, se oyeron fuertes arcadas.

—¿Tienen algún problema? —preguntó Karl en voz alta.

—Todo bien, solo está vomitando —respondió una voz femenina.

—¿Está usted segura?

—¡Pues claro, se lo acabo de decir!

—Vamos —le dijo Serafina a Karl en voz baja, tirándole de la manga—. A lo mejor les da vergüenza.

Se dejó llevar por ella, pero Serafina se dio cuenta de que no se quedaba tranquilo. Ya estaban a punto de subirse al automóvil cuando Karl dio un puñetazo en el capó.

—Maldita sea. Aquí hay algo que no cuadra. Voy a mirar de nuevo. ¡No te muevas de aquí!

Sin esperar respuesta, salió corriendo. Serafina fue detrás de él. Cuando tuvieron a la vista el portón de la fábrica, las dos personas habían desaparecido. Ella alcanzó a Karl, que ya estaba inspeccionando la zona.

—Bueno, pues quienquiera que fuese, aquí no ha vomitado nadie. No hay nada, ni rastro.

—¿No? —Serafina examinó el suelo adoquinado.

—No.

—¿A lo mejor solo tenía arcadas, pero no ha llegado a vomitar? A veces pasa.

Él no respondió. En lugar de eso miró a su alrededor muy concentrado.

—¡Allí! —Señaló la esquina de una casa situada enfrente.

Serafina llegó a ver cómo dos sombras se escabullían en el siguiente callejón. Karl salió corriendo. Y Serafina también echó a correr. Pero a pesar de su rapidez, cuando llegaron a la Gymnasiumstrasse la encontraron tranquila y en silencio. Solamente un gato pasó de una acera a la otra a la luz de una farola y desapareció en el siguiente jardín.

—¡Qué rabia! —Karl recorrió la calle y miró en un par de portales—. ¡No pueden haber ido muy lejos!

—¿Crees que podrían tener algo que ver con las cosas que han ocurrido en la fábrica?

—Es posible.

—Pero tú mismo dijiste que las averías se debían a otras causas.

—No podemos estar totalmente seguros.

—Yo creo que el tipo se sentía mal y ahora quiere llegar a casa lo antes posible —dijo Serafina—. Pasa muchas veces, que el marido bebe demasiado y la mujer tiene que llevarlo a casa.

Karl se echó a reír y pareció relajarse.

—¿Te parece? ¿Y tú tienes mucha experiencia en el asunto?

—No, claro que no... pero es lo que dice siempre la gente.

—Era solo una broma, Serafina —comentó todavía riéndose—. Bueno, pues entonces te llevo a casa. ¡Pero si pasa algo en las próximas horas, la responsabilidad es tuya!

Serafina se rio. Karl tenía mucho sentido del humor, y eso le gustaba mucho de él.

EL HOMBRE JADEANTE que se escondía en la entrada de la casa sentía los latidos de su corazón contra las costillas. No los habían descubierto por un pelo. Si el joven Rothmann lo hubiera atrapado, todos sus plantes se habrían ido al garete. Menos mal que se había hecho acompañar por aquella mujer. Ella llevaba tiempo descontenta con los Rothmann y era una buena cómplice.

Miró hacia la calle y vio que los dos, el hombre y la mujer, todavía seguían allí. Esperaba que se marcharan pronto. Le costaba controlar su respiración agitada.

Ahora estaba muy cerca de su objetivo. Y no tenía intención de fracasar en el último momento.

32

Berlín, 4 de junio de 1926, por la tarde

EL HUMO GRIS azulado se elevó formando hermosos anillos hacia el techo decorado con aplicaciones de estuco. Lilou contemplaba cada círculo tembloroso hasta que se deshacía, daba otra calada y lanzaba uno nuevo al aire.

En su regazo había una carta que acababa de llegar con el correo urgente. Contenía el horario de vuelo de Serafina.

Se alegraba de que la chica por fin viajara a Berlín. Aunque escribía que vendría acompañada de un joven, Karl Rothmann, y eso ya le gustó menos. Pero también había mencionado que se trataba del cuñado de su medio hermano, que tenía varias citas profesionales en Berlín. Era evidente que su medio hermano, el tal Victor Rheinberger, prefería que acudiera acompañada por un hombre a visitar a su vieja ama de llaves, que es lo que le había contado Serafina a su familia como motivo de su viaje. Por lo tanto, tenían que planear una visita corta a la anciana; además, era posible que supiera un par de cosas que podrían resultarles útiles.

En total disponían solo de tres días. No era mucho tiempo para resolver todo lo que tenían por delante.

Serafina no le había revelado a nadie la verdadera razón de su viaje a Berlín y Lilou esperaba que pudiera burlar la vigilancia de este Karl para que pudieran ir juntas tras las pistas de las fotos.

Después de una última calada, apagó el cigarrillo en el cenicero de porcelana de Meissner en el que se veía un dragón rojo.

Le gustaba aquel motivo asiático, le daba un aire exótico y gue-
rrero, dos cualidades que Lilou apreciaba mucho, especialmente
en las mujeres. Dobló el mensaje de Serafina y lo colocó sobre
una mesita auxiliar. Por último, se puso la chaqueta y tomó su
bolso, en el que introdujo un pequeño sobre que ya tenía preparado de antemano.

Disponía de cuatro horas antes de tener que acudir al teatro
Nelson para preparar la función de la tarde y quería aprove-
charlas, ya que en los últimos días apenas había tenido tiempo
para hacer averiguaciones. El día anterior, por ejemplo, Josephine Baker se había paseado por la ciudad montada en un carruaje tirado por dos avestruces. A Lilou le había costado mucho
tiempo y unas cuantas canas conseguir las extravagantes aves y
el vehículo adecuado. Le sorprendió mucho comprobar que la
bailarina lo conducía perfectamente con ayuda de unas riendas
de cuero. Así era Josephine. Su belleza era tan legendaria como
su habilidad para encontrar nuevas formas de llamar la atención, y no solo sobre el escenario.

Los berlineses se volvieron locos cuando vieron pasar las
majestuosas aves con las plumas al viento y con la sonriente
Josephine a remolque. La sorpresa, la admiración, el júbilo y el
escándalo que generaba a su paso constituían exactamente la
atmósfera en la que ella se sentía a gusto.

Con una sonrisa provocada por el recuerdo de los acontecimientos del día anterior, Lilou emprendió el camino: primero
tomó la línea A del suburbano hasta la Postdamer Platz y luego
la C hasta Leopoldplatz, en el norte de la ciudad. El resto del
trayecto lo hizo a pie. Era un día cálido y agradable, y se puso a
silbar una canción, «Mon Paris».

La nota que llevaba en el bolsillo iba dirigida de nuevo a la
persona que le estaba haciendo chantaje a Serafina. Lilou la había escrito con la intención de darle un empujón a sus pesquisas,
pues el mensaje que había recogido hacía más de una semana en
la pequeña taberna de Alexanderplatz seguía sin formular

270

ninguna petición; solo decía que encontraría más instrucciones en un puesto del parque de atracciones del Tío Pelle. Aquello parecía un extraño juego de búsqueda del tesoro, y la francesa se preguntaba cuál sería el verdadero objetivo de la persona que se encontraba detrás de todo eso.

El pequeño parque de atracciones no estaba lejos de la estación del suburbano y lo encontró sin problemas. Paseando tranquilamente cruzó sus puertas, bajo cuyas torres colgaba un gran cartel en el que se podía leer «Parque del Tío Pelle». La entrada era gratuita y deambuló entre los tiovivos y las distintas casetas, contemplando a los niños y jóvenes que mataban el tiempo y gastaban alguna moneda ahorrada con esfuerzo. Compró algodón de azúcar y empujó sin querer a un vendedor de globos cuando buscaba el lugar indicado en el mensaje.

Por fin encontró la caseta de madera, ubicada bajo un enorme arce, que tenía un gran trapo espeluznante colgado sobre la entrada, donde se podía leer en letras grandes: «Hoy ejecución».

—Pase usted, señorita —le dijo un chico que se encargaba de atraer a los clientes a las distintas atracciones—. ¡Una cosa así no se ve todos los días! —En cuanto ella mostró interés y pagó los diez céntimos que costaba la entrada, el chico concentró su atención en otro cliente, al que intentó convencer para que entrara en el puesto del mago.

La luz en el interior era muy tenebrosa. Lo único iluminado era el pequeño escenario, sobre el que se alzaba una construcción de la que colgaba una guillotina.

Entre el público reinaba una tensión nerviosa, se oían cuchicheos excitados y algunos cambiaban de sitio para ver mejor. Con el mensaje en la mano, Lilou se sentó en el rincón derecho del recinto, al fondo. En aquel lugar había una columna que dificultaba la visibilidad del escenario, y diez minutos más tarde, cuando comenzó la actuación sin que nadie hubiera establecido contacto con ella, se fue acercando sin darse cuenta al centro de la sala y estiró el cuello. La curiosidad por ver qué o quién iba a ser ejecutado era demasiado grande.

En primer lugar, un hombre demostró su pericia tocando el tambor con gran potencia, después llegó un mago con sus trucos de cartas. Lilou conocía bien aquel tipo de entretenimiento y ya estaba empezando a perder el interés cuando una mujer mayor muy maquillada, con una gran serpiente alrededor del cuello, subió al escenario. Lilou contempló fascinada cómo el reptil se enroscaba en el cuerpo de su dueña. Si decidiera apretar, no habría forma de salvar a la dama. Ella empezó a bailar con la serpiente, muy lentamente, todo lo que le permitía el animal. Cuando terminó el número, sonó un aplauso atronador.

Un murmulló recorrió el público cuando por fin la reproducción de la guillotina ocupó el centro de las tablas y comenzaron los preparativos para la ejecución. Un joven que pretendía defenderse con todas sus fuerzas fue arrastrado hasta el escenario. Después de una pelea coreografiada, lo ataron al artilugio.

Todos aguantaron la respiración, también Lilou, cuando el supuesto delincuente esperaba sus últimos segundos de vida mientras sonaba un redoble de tambor. La tensión se podía tocar con las manos.

Justo en el momento en que la guillotina caía con un golpe tremendo sobre el bloque de madera, Lilou sintió que la zarandeaban. Al mismo tiempo, se dio cuenta de que había perdido la nota.

Se giró inmediatamente y vio a un chico larguirucho abrirse paso entre la gente hacia la salida.

Era muy rápido y a la joven le costó un gran esfuerzo no perderlo de vista. Su persecución despiadada iba dejando a su espalda un reguero de insultos y empujones a su paso.

Poco antes de llegar a la pesada cortina de terciopelo que separaba la sala de la entrada de la caseta, consiguió agarrarlo por el cuello, pero él se giró de forma que la tela se le escapó entre los dedos. Volvió a salir corriendo, pero Lilou no se daba tan fácilmente por vencida y logró tomarlo del brazo antes de que alcanzara la salida.

Él se defendió, pero ella lo tenía bien sujeto.

—¡Silencio! —exclamó la mujer que picaba las entradas—. ¡O se callan o se largan de aquí ahora mismo!

Abrió la puerta y el chico salió de inmediato. La puerta se cerró detrás de ellos.

—*Ah, mon garçon* —dijo Lilou, mientras clavaba los dedos con más fuerza en el brazo del chico, que se defendía como podía—, *allons, allons!* Tan fácil no te vas a escapar.

—¡Suélteme! ¡No he hecho nada!

—*Mais si!* Me has robado una nota.

—¡No es verdad!

—¿Cómo te llamas?

—¡Y a usted qué le importa!

—*Alors.* No te voy a soltar hasta que me hayas contado todo. Y además te daré cinco marcos.

—¿Qué? ¿Cinco marcos?

—*Oui.* Cinco marcos.

El chico intentó de nuevo librarse de Lilou, pero como tampoco lo logró, se rindió. Después de pasar junto a un organillero que tocaba una coplilla con su viejo instrumento, Lilou lo empujó hacia un banco y lo obligó a sentarse con una ligera presión.

—¿Y bien? —le preguntó con severidad.

—¿Y usted qué es? ¿Un hombre o una mujer?

—Eres un maleducado. ¡Habla de una vez!

—Primero el dinero.

—No. Primero me cuentas todo.

—No sé nada.

—¿Quién te mandó a robarme la nota?

—No lo conozco.

—¿A dónde tenías que llevarla?

—A... a la Friedrichstrasse.

—¿Dónde en la Friedrichstrasse?

—¡No se lo voy a decir! —El joven se resistió.

—Bueno, pues nada de cinco marcos, entonces —dijo Lilou—. ¡Dime de una vez cómo te llamas!

El chico dudó.

—Gustav —dijo al fin.

—¿Y dónde vives?

—Aquí y allá.

—¿No tienes casa?

—No.

Lilou lo creyó. Había muchos niños sin techo en las calles de Berlín. Demasiados.

—Pues llévame al lugar a donde tenías que llevar la carta.

Gustav parecía inseguro. Luego asintió. Tenía el rostro lleno de pecas y debajo de su agujereada gorra se escapaban unos mechones pelirrojos.

—¡Ya me puede soltar!

—*Non!* Cuando lleguemos.

Lo mantuvo controlado mientras atravesaban la ciudad, pero el chico no hizo ningún intento por liberarse. Después de unos veinte minutos cruzaron el puente Ebert sobre el río Spree y Lilou supo adónde se dirigían. Efectivamente, Gustav se detuvo a pocos pasos del Admiralspalast.

—¿Es aquí? —preguntó ella.

El chico asintió.

Lilou conocía el edificio, con su fachada iluminada y decorada con apliques de porcelana que atraía a los visitantes nocturnos como la luz a las polillas. A estas horas todavía estaba tranquilo, el público disfrutaba del té de las cinco con baile. Después, cuando la vida nocturna extendiera sus brazos para recibirlos, llegarían los que venían a admirar las largas piernas de las chicas de Haller, ya que Hermann Haller, que actuaba en el local, era considerado el rey de la revista.

—¿Y ahora? —preguntó Lilou.

—Tenemos que entrar —respondió Gustav.

—Lo suponía. —Lanzó una mirada a su reloj de pulsera. Eran las cinco pasadas—. Pues entonces entremos. Y... *Gustave?*

—¿Sí?

—Después me esperas aquí fuera. Si no, no hay dinero.

Gustav asintió y la condujo hacia una puerta lateral.

En cuanto entraron en el edificio, Lilou oyó las risitas de las chicas, el taconeo, el canturreo y alguna que otra palabrota. Conocía bien aquel mundillo y se recordó que, a más tardar dentro de una hora, tendría que salir hacia el teatro Metropol si quería llegar a tiempo.

Gustav se acercó con precaución a un camerino donde chicas que no parecían nada especial se transformaban en las reinas de la noche.

Abrió la puerta despacio.

En cuanto quedó una rendija al descubierto, les llegó una bocanada de perfume intenso, mezclado con los típicos aromas del maquillaje, los cosméticos, las cremas y la laca de uñas.

Había más o menos cuarenta chicas de revista preparándose para su actuación. Cambiaban sus vestidos de tirantes por trajes de una pieza con cola larga, sus sombreros por boas de plumas y maquillaje con purpurina, y al final llevaban puesta tan poca ropa que mostraban mucho más de lo que ocultaban.

A lo largo de la noche se retirarían de vez en cuando a este camerino para cambiarse de ropa o retocar el maquillaje, respirar un poco y recuperarse del agotamiento provocado por los zapatos de baile.

Lilou permaneció al fondo y observó a Gustav, que se dirigió directamente hacia una mujer que ya estaba arreglada y hacía ejercicios de estiramiento. Cuando ella lo vio, lo saludó con una inclinación de cabeza. Que llegaran chicos con mensajes no era nada extraordinario. A menudo traían mensajes secretos, bombones o flores para las bailarinas. Las chicas tenían suficientes admiradores, porque Haller solo aceptaba a las bailarinas más hermosas.

Lilou no quería llamar la atención, así que como sabía que las chicas estarían más o menos ocupadas con sus cosas, fingió estar examinando un traje colgado de una barra. Le lanzaron alguna que otra mirada interrogante, pero nadie le dirigió la palabra.

Entretanto Gustav hacía dejado su nota en la mesa de la bailarina, que interrumpió el calentamiento para entregarle una moneda. Luego le susurró algo al oído, le hizo repetir el mensaje y le ordenó marcharse con un brusco movimiento de la mano. Gustav le lanzó una breve mirada a Lilou antes de salir del camerino.

La mujer se sentó, leyó la nota y la guardó en su bolso. Lilou la observó atentamente, pero no pudo detectar ninguna reacción en su rostro. Los mensajes que habían recibido hasta el momento no tenían mucho contenido concreto. Al parecer, los delincuentes querían asegurarse de que no se trataba de una trampa. Pero esta vez, para que el asunto por fin avanzara, Lilou había escrito su verdadero nombre y se había presentado como representante de Serafina, con la esperanza de que la aceptaran como interlocutora.

La mujer levantó la pierna estirada en el aire formando una línea totalmente vertical. Era muy flexible, pero un poco mayor que las otras chicas. Le calculó veintimuchos años. ¿Sería una de las chantajistas? ¿O solamente una intermediaria?

Mientras Lilou dudaba si entablar conversación con ella, otra chica se le acercó. Era muy joven, seguramente nueva, y parecía muy insegura.

—¿Me puedes enseñar otra vez los pasos, Paula?

¿Paula? Lilou se aproximó un poco más a las dos.

—Ya te los he enseñado tres veces —respondió Paula irritada—. ¡Ya va siendo hora de que te los aprendas!

—Por favor, Paula...

—Está bien. Antes del ensayo general los repasaremos juntas. Una última vez.

Lilou se desplazó discretamente hacia la puerta y salió del vestuario. Había oído lo suficiente, ya tenía otra pieza más del mosaico. La Paula enmascarada de la fotografía era la Paula que bailaba en la revista de Haller. Ahora tenía que pensar muy bien cuál sería su siguiente paso.

GUSTAV LA ESPERABA en la acera, como había prometido. Apoyado en una farola, miraba al cielo con el dedo en la nariz. Se asustó cuando Lilou le dio un empujoncito.

—Te he esperado —afirmó—, así que dame mi dinero.

—Tranquilo, chico —lo frenó—. Primero quiero saber qué te ha dicho la chica del camerino.

—Me ha indicado el lugar donde tengo que recoger la respuesta.

—¿Y cuál es?

—Al lado de la Reina Luisa. En el zoo.

—Ah, muy bien. —Lilou sacó del bolso los cinco marcos prometidos—. ¿Sabes el apellido de la mujer a la que entregaste la nota? —preguntó mientras le ponía el dinero en la mano.

—No. —Gustav se mordía la uña del dedo pulgar.

—¿Y cómo sabías a quién se la tenías que entregar?

—Ya le he traído un par de cosas otras veces.

—Pero ¿no sabes cómo se llama?

—No. No es asunto mío.

—¿Y cuánto te pagan por llevar y traer esas notitas?

—Un marco.

—¿Cada vez?

Gustav asintió.

—Necesito saber su apellido, *Gustave*. Si lo averiguas, te doy diez marcos.

33

Aeropuerto de Böblingen-Stuttgart, 8 de junio de 1926

EL REFLEJO DE la luz del sol hacía que Serafina viera unas manchitas molestas. Se llevó una mano a la frente, esperó a que el efecto pasara y entonces pudo leer la inscripción del fuselaje del Fokker-Grulich que aguardaba en el aeródromo, listo para despegar: «Luft Hansa».

Le daba cierta aprensión pensar que iba a subir a esa aeronave. Nunca había volado y esperaba que todo fuera bien.

Karl, por el contrario, no parecía preocupado en absoluto.

Sonreía con expectación y daba la impresión de ser un niño de diez años impaciente por abrir los regalos el día de Navidad.

—¿Lo tienes todo? —le preguntó a Serafina, quizá por quinta vez desde que habían subido al automóvil que los llevó allí desde la agencia de viajes.

Ella asintió.

—Muy señores míos —informó un empleado del aeropuerto—, ya estamos preparados para despegar. Por favor, suban a bordo.

Se encaminaron hacia el avión junto con los otros dos pasajeros, que estaban esperando delante de la sencilla sala de facturación, un cobertizo de madera.

—¿Estás nerviosa? —preguntó Karl.

—Un poco.

—Yo también. Un poco. —Se echó a reír—. Es la primera vez que vuelo. He tenido que emplearme a fondo para convencer a Victor de que no nos enviara a Berlín en tren.

—¡Vaya!

—Sí, como lo oyes. —Karl señaló el recinto con un gesto—. Imagínate, hace apenas unos años, este lugar no era más que pastos para ganado. Solo se utiliza para vuelos de líneas regulares desde el año pasado.

—¿Y cómo se les ocurrió convertir unos pastos en un aeropuerto?

—El terreno es apropiado porque es muy llano. Hace mucho, aquí ya hubo un aeropuerto militar.

—Entonces, seguro que se prestaba a ello —repuso Serafina, y contempló el avión que tenían delante.

Debajo de la cabina abierta, desde donde el piloto controlaba todo lo relacionado con el motor, había una escalerilla, y en ese preciso instante un mecánico bajó por ella con varias herramientas en la mano.

—Siempre lo comprueban todo —explicó Karl para tranquilizarla—. En cada escala revisan el avión, y también repostan combustible, por supuesto.

Justo al lado estaban cargando el equipaje desde una carretilla. Mientras tanto, los dos caballeros que iban a viajar con ellos fumaban un cigarrillo a cierta distancia.

Karl la ayudó a entrar por la portezuela.

—¿Dónde quieres sentarte? ¿A la izquierda o a la derecha? ¿Delante o detrás?

Serafina vio los asientos de mimbre que habían instalado en la cabina de pasajeros: dos a cada lado, uno detrás de otro.

—Me sentaré delante a la derecha.

—¡De acuerdo!

Karl tomó su bolso y lo colocó en la rejilla portaequipajes que había encima del asiento.

Antes de instalarse, ella echó un vistazo por el pequeño espacio con curiosidad. Era estrecho y la atmósfera resultaba algo sofocante a causa del revestimiento de tela, pero le pareció sorprendentemente cómodo. Incluso disponían de un aseo y un

retrete a bordo. Se hizo con una de las mantas que había preparadas y se sentó.

Poco después tomaron asiento también los otros dos pasajeros.

—Bueno, pues a ver si el piloto encuentra el camino —bromeó uno.

A Serafina le dio la sensación de que lo decía para disimular
su nerviosismo.

Cuando tanto los pasajeros como el equipaje estuvieron en
su lugar, el empleado del aeropuerto les deseó un vuelo agradable y bajó del avión. Cerraron la portezuela.

El ruido de la hélice al arrancar fue ensordecedor. La joven,
casi sin darse cuenta, se caló más el sombrero blanco adornado
con una flor azul claro para protegerse los oídos.

Cuando la aeronave empezó a avanzar dando saltos por la
pista, cada vez a mayor velocidad, y por fin levantó el vuelo
como si estuviera danzando, tuvo la sensación de que iba a vomitar.

—¡Mira al exterior! —exclamó Karl, que también tenía la
cara algo pálida.

Serafina se obligó a mirar por la ventanilla y vio que el cobertizo de facturación y las personas que había al lado se hacían
cada vez más pequeños a medida que el Fokker ganaba altura.

—¡Ahí detrás está el Jura de Suabia! —Karl tenía que gritar
porque, si no, el ruido del motor ahogaba sus palabras.

En efecto, a lo lejos se veía una cadena de montañas redondea-
das y teñidas de diferentes tonos azulados y verdosos, una pared
rocosa que acompañaba la vista hacia el horizonte y al mismo
tiempo la obstaculizaba. En dos de sus cumbres, Serafina creyó
distinguir imponentes construcciones, castillos o fortalezas.

Karl se inclinó hacia ella desde el otro lado del estrecho pasillo.

—¡Cuando regresemos, iremos allí de excursión! Y en invierno, a esquiar... ¡Ya sabes!

El estrépito del motor no remitió siquiera cuando alcanzaron la altitud de vuelo y dejaron de ascender. La sensación de mareo en el estómago mejoró un poco, pero Serafina no acababa de encontrarse del todo bien.

Uno de los pasajeros intentaba hojear un periódico, el otro había cerrado los ojos. Imposible entablar una conversación con ellos.

Estaba muerta de frío con su traje blanco, así que se subió más la manta. Volvió a mirar al exterior y contempló entonces el paisaje que cambiaba constantemente al deslizarse debajo de ellos. Desde allí arriba, todo se veía diminuto: praderas y campos, bosques y lagos. Los ríos serpenteaban entre valles y vegas, los tejados rojos de casas e iglesias relucían a la luz del sol. Era como una tierra de juguete salida de un libro ilustrado.

—¡Viajamos a ciento veinte kilómetros por hora! Lo leí hace poco en un folleto sobre vuelos comerciales. —Karl no se rendía y seguía hablando a pesar del ruido de la aeronave. Quizá fuese también para mantener el miedo a raya.

De vez en cuando, unas fuerzas invisibles sacudían el aparato. Las primeras veces que provocaron que el aparato descendiera de forma abrupta, Serafina sintió que un sobresalto le recorría todo el cuerpo. Después, cuando consiguió sentirse algo más segura, los continuos movimientos oscilantes hicieron que se le revolviera el estómago otra vez. Al final se distrajo pensando en los días que tenía por delante, aunque eso le provocaba un miedo de otra clase.

Para poder hablar con Lilou sin interrupciones, necesitaba disponer de tiempo libre fuera como fuese. Por eso era importante que Karl se dedicara a sus negocios con total tranquilidad y se interesara lo menos posible por lo que hacía ella. Solo así podría intentar aclarar el asunto de las fotografías de una vez por todas. Para eso también tendría que visitar a la señorita Schmidtke, su antigua ama de llaves. Sus amigas, en cambio, no sabían que iba a estar en Berlín. No tenía ni el tiempo ni la presencia de ánimo necesarios para disfrutar de una agradable charla con ellas.

El plan de vuelo los obligó a hacer escala en Erfurt y en Halle. Cada vez que aterrizaban y despegaban, volvía a tener ganas de vomitar. Y entonces, por fin, después de cinco largas horas de travesía, realizaron el vuelo de aproximación a Berlín-Tempelhof. El bamboleante descenso volvió a poner a prueba su estómago, pero el avión tomó tierra una última vez con una sacudida y rodó por la pista hasta detenerse.

Habían llegado.

—¿Y bien? —preguntó Karl cuando se preparaban para bajar—. ¡Menuda experiencia, ¿eh?! —Tenía la cara colorada y casi parecía eufórico.

En cierto modo, ella podía entender su fascinación por volar, la sensación de alzarse como un pájaro por encima de las cosas. Sin embargo, se alegraba de volver a tener tierra firme bajo los pies.

Cuando por fin bajaron de la aeronave, le zumbaban los oídos y la cabeza a causa del rugido constante de la hélice. Todo el cuerpo parecía vibrarle por dentro.

No HABÍA PASADO media hora cuando tomaron un taxi para ir a la ciudad.

—¿Adónde los llevo? —preguntó el conductor.

—Al hotel Excelsior —respondió Karl.

—En dirección a la estación de Anhalter Bahnhof, pues. Como deseen. —El hombre asintió y arrancó por la calle que salía del aeropuerto, luego torció a la derecha en dirección a Kreuzberg. Los primeros bloques de pisos no tardaron en aparecer.

A Serafina le resultó extraño estar de nuevo en su ciudad. Era una visión familiar y extraña a la vez. Solo unas semanas antes, había dejado atrás todo aquello para emprender el viaje hacia Baden-Württemberg sola y desarraigada, sin saber lo que le aguardaba allí. Ahora que regresaba, de pronto cobró conciencia de hasta qué punto consideraba ya Stuttgart su hogar.

Llegaron al hotel Excelsior tras un breve trayecto. Mientras un botones se encargaba de su equipaje, Serafina y Karl entraron en el gigantesco hotel, que tenía varios cientos de habitaciones. Por el camino, Karl le había contado que, según decían, incluso habían planeado construir su propio túnel peatonal para que, en un futuro, los viajeros pudieran cruzar directamente desde el vestíbulo de la estación de Anhalter Bahnhof, al otro lado de la calle, hasta el vestíbulo del hotel. Ella no había oído nada de eso, pero como en el establecimiento solían alojarse muchas personas que viajaban por negocios, la idea le pareció plausible.

En la recepción había mucho ajetreo, así que se pusieron a la cola y esperaron junto a otros clientes. Desde la pastelería que pertenecía al hotel llegaban seductores aromas a café y pasteles y, ahora que sentía el estómago más tranquilo, se dio cuenta de que tenía hambre.

Por suerte, Karl no tardó mucho en rellenar los documentos del registro, y a continuación el recepcionista les entregó las llaves.

—Ah, señor Rothmann, ha llegado un mensaje para usted —recordó en ese momento.

Serafina prestó atención.

—Seguro que será de Max Hoffmann. Hemos quedado mañana —comentó Karl, pero, cuando leyó el sobre, se detuvo un momento y se lo pasó a Serafina—. ¡Es para ti!

Ella enseguida reconoció la letra de Lilou y guardó el mensaje.

—¿Es por lo de la visita a tu antigua ama de llaves? —preguntó Karl, en cuya voz se percibía cierto recelo—. ¡Iremos a verla los dos juntos!

—Mmm... Sí, es por lo de la visita —repuso Serafina, que intentó ocultar su repentino nerviosismo—. Pero puedo ir yo sola a verla, Karl. Al fin y al cabo, me he pasado casi toda la vida en esta ciudad.

—¡Eso ni lo sueñes!

El tono autoritario que adoptó de pronto molestó a Serafina.

—No tienes ningún derecho a ordenarme nada —replicó con brusquedad.

Karl la miró disgustado.

—Primero nos instalaremos en las habitaciones y después hablaremos de todo lo demás —zanjó, y así evitó la discusión.

Serafina se mordió la lengua para que no se le escapara ningún otro comentario. Tal vez ese tiempo libre que necesitaba aparecería por sí solo. Él tenía varias citas a las que acudir y, por lo menos durante el tiempo que estuviera ocupado con eso, ella podría actuar por su cuenta.

Tomaron el ascensor hasta la tercera planta. Allí, Victor les había reservado dos habitaciones individuales, que además no eran contiguas.

—Este hotel tiene muchísimas habitaciones —comentó Karl de mal humor—. ¡Ya podrían habernos asignado dos que no estuvieran en extremos opuestos del pasillo!

A Serafina, en cambio, le pareció bien así.

—Eso no es ningún problema, de verdad, Karl.

—¡Pero había prometido cuidar de ti!

Ella sacudió la cabeza.

—Supongo que ya nos habrán subido el equipaje —dijo para cambiar de tema—. Voy a refrescarme, antes de nada.

Karl arrugó la frente.

—Sí, está bien. Pasaré a buscarte dentro de un cuarto de hora. Luego podemos bajar a la cafetería.

—Tardaré algo más —repuso Serafina—. Mejor adelántate tú. Nos encontraremos abajo.

—Como prefieras. —Karl le entregó su llave y, a regañadientes, se encaminó a su habitación.

Ella lo siguió un momento con la mirada, luego abrió la puerta, entró en la habitación y se inclinó contra el batiente, que se cerró con un leve chasquido. Estaba cansada, exhausta, y le habría gustado echar una cabezada, pero tenía que saber qué decía el mensaje de Lilou.

Todavía de pie, sacó el pequeño sobre:

> *Ma chère* Serafina, espero que hayas llegado bien. *Mademoiselle* Schmidtke nos espera mañana. Pasaré a buscarte a las dos de la tarde. *Bisous,* Lilou.

Su amiga había escrito un texto impersonal por si la nota acababa en manos ajenas. Así lo habían acordado.

Se apartó de la puerta, dejó el sombrero en la cama y la nota en la mesilla de noche. Después se metió en el pequeño baño de la habitación y se lavó las manos. Qué detalle por parte de Victor reservarle una habitación con aseo propio. ¡Y el agua que salía del grifo estaba caliente! ¡Un auténtico lujo!

UNA MEDIA HORA después, cuando entró en la pastelería que había junto al vestíbulo del hotel, se sentía hasta cierto punto recuperada. Karl estaba sentado ante una mesita cerca del salón de té y había pedido pastel y café para ambos.

—Supongo que te gusta el pastel de manzana con licor de huevo —dijo cuando Serafina se sentó frente a él.

—¡Sí, me gusta mucho!

Tomó el tenedor de plata para postre y cortó la punta del trozo de pastel. Estaba exquisito, con un dulzor equilibrado por la delicada acidez de las manzanas.

—¡Vaya! ¡Sí que tienes hambre! —Karl, divertido, vio cómo daba buena cuenta del pastel mientras él mismo devoraba un trozo de tarta de moca.

—¡Igual que tú!

—Sí. ¡Aquí la repostería es extraordinaria! ¿Te apetece algo más?

—Sí, si no te escandaliza que de pronto coma como una lima...

Karl se echó a reír y llamó al camarero. Serafina pidió un trozo de pastel Bienenstich.

—Bueno —dijo él por fin, y se reclinó en la silla—. Deberíamos hablar de estos próximos días. Hoy es martes, y el viernes tomaremos el avión de vuelta.

—Lo sé. —Dejó el tenedor junto al plato—. Pero no me has dicho qué planes tienes.

—Mañana estaré todo el día en Tempelhof, en las oficinas de Sarotti. Creía que ibas a acompañarme. Me gustaría presentarte a Max Hoffmann, el director de la empresa. Mientras yo esté reunido, tú podrías visitar la fábrica... Según parece, en algún momento también formarás parte de la dinastía chocolatera Rothmann.

—¡Ni mucho menos! —Serafina reaccionó con más rechazo de lo que había pretendido.

—¿Es que Judith no ha hablado contigo todavía?

—¿Por qué tendría que hacerlo?

—Quiere proponerte que recibas formación comercial. Así podríamos considerar qué lugar ofrecerte entre nosotros.

—No quiero dedicarme a nada comercial.

—Ajá... ¿Y a qué querrías dedicarte?

—Quiero ser cantante, o algo relacionado con la interpretación. ¡De ninguna manera pienso ocupar un puesto en vuestra fábrica de chocolate!

Karl se inclinó hacia delante.

—¿No? ¿En serio rechazarías esa oferta? ¿Para hacerte... cantante? ¿O... actriz? —Pronunció esa última palabra con una carga de desprecio.

Ella levantó la mirada hacia el estuco del techo.

—Escucha, Serafina, por favor —prosiguió Karl—. Victor y Judith han reflexionado mucho sobre tu futuro. ¡Los dos lo hacen con buena intención!

—Igual que tú, ¿no? —lo increpó ella—. ¡Lo mejor sería que me casara contigo y así ya tendría el apellido correcto! —En realidad, no había querido decir eso.

—Pues no sería mala idea... —Karl sonrió de oreja a oreja.

Serafina no pudo evitar pensar en Anton, cuya sonrisa, por algún motivo, le resultaba más agradable. Además, nunca había ni rastro de ofensa en ella.

—Yo creo que... sí lo es. —Las cartas estaban por fin sobre la mesa.

Karl entornó los ojos y encendió un cigarrillo, pensativo.

—Mañana vendrán a buscarme a las ocho —dijo, cambiando de tema—. Seguramente regresaré sobre las cuatro de la tarde. ¡Entonces podrías enseñarme Berlín!

Serafina no confiaba en que ella pudiera haber acabado a las cuatro, pero no quería desvelar nada todavía. Bastaría con dejarle una nota para comunicárselo al día siguiente.

Suspiró.

—Ya lo hablaremos mañana.

34

Berlín, playa de Wannsee, 9 de junio de 1926

EL TRAQUETEO DE las ruedas sobre las vías del tren elevado de Berlín había conseguido adormecerla. A Serafina empezaron a pesarle los párpados mientras recorrían los túneles del metro y los trazados elevados, tan típicos de la ciudad. Sin embargo, nada más llegar a la estación de Nikolassee, la repentina expectación acabó de golpe con su somnolencia. Liar los bártulos y salir a la naturaleza; eso era el verano en Berlín.

El sendero que tan bien conocía atravesaba el bosque y llegaba hasta el lago y la playa de Wannsee. Estaba sembrado de recuerdos: las calurosas tardes de verano con su padre o con la señorita Schmidtke, chapoteando, nadando, jugando; el bocadillo de fiambre, más delicioso que nunca después de haberse cansado en el agua; las formas de las nubes, que acababan teniendo vida propia si uno se quedaba observándolas el tiempo suficiente, tumbado en la fina arena de la playa.

—He pensado que esto te gustaría —le dijo Lilou con una sonrisa—. Cuando has crecido en Berlín, el lago de Wannsee forma parte de tu *enfance*, de tu infancia, *n'est-ce pas?*

Se detuvieron en la orilla a contemplar el vivaz ajetreo que había en el agua. Allí se oían risas, gritos y voces, salpicaduras, una pelota que volaba de aquí para allá. Un grupo de adolescentes emulaba una justa de caballeros sobre los caballitos hinchables que se podían alquilar desde el año anterior. Más allá se veían las habituales siluetas de los botes de remos y los veleros.

—Es una maravilla —repuso Serafina—. ¡Me encantaría meterme en el agua!

—*Allez!* ¡Venga!

—No he traído bañador, Lilou. ¡No se me había ocurrido que, en los pocos días que iba a estar en Berlín, vendría al Wannsee!

—*Eh, bien...* ¡Menos mal que yo sí he pensado en ello! —Tras guiñarle un ojo, Lilou sacó dos trajes de baño de su amplia bolsa en bandolera.

—¿Qué...? —Serafina parpadeó con incredulidad—. ¿Para mí?

—¡Pues claro! ¡No voy a bañarme *toute seule!*

—¡Eres maravillosa, Lilou! ¡Gracias!

Las dos fueron a las casetas de madera que servían de vestidores. El bañador negro de Serafina, de lana y con perneras cortas, le quedaba a la perfección. Le incomodó un poco pensar que Lilou debía de haberse fijado mucho en su figura para acertar con la talla, pero la alegría de poder bañarse se impuso a esa sensación.

—*Tiens!* —exclamó su amiga cuando, poco después, se encontraron frente a las casetas.

Incluso había llevado gorros de baño. Serafina hizo una mueca mientras se lo ponía. Esos chismes eran espantosos.

Sin esperar a su amiga, echó a correr con largas zancadas y se metió en el agua, que en la orilla estaba cálida y en calma.

—*Attends-moi!* —pidió la francesa riendo, y la siguió.

Serafina no le hizo caso. En cuanto el agua le llegó a las caderas, se impulsó con ambos pies para flotar un poco y empezó a nadar con brazadas imperiosas.

—Eres muy rápida —jadeó Lilou cuando la atrapó.

—Cuando estoy... en el agua —repuso Serafina, que también se había quedado sin aliento— ... ¡no hay quien me pare!

—¡Ya lo veo!

Serafina volvió a acelerar y enseguida dejó a Lilou atrás. Un poco después, vio de reojo que la francesa regresaba a la orilla, salía del agua y se sentaba a fumar en el embarcadero de madera.

A ella no le gustaba el tabaco. La primera vez que probó un cigarrillo, una desagradable sensación de suciedad se le extendió por la boca y la garganta, y además le dio un ataque de tos. Siguió nadando con brazadas amplias y potentes hacia el centro del lago, disfrutando de la fortaleza de su cuerpo, insuflando aire en los pulmones y ligereza en el corazón.

Al final, dio media vuelta y miró hacia la orilla.

Las personas de la playa habían encogido hasta convertirse en figuras insignificantes y los sonidos le llegaban amortiguados, pero eso era porque Serafina tenía los oídos dentro del agua. Lo más hermoso, sin embargo, era esa sensación de dejarse llevar por las pequeñas olas y disfrutar del balanceo.

No se decidió a regresar hasta que notó que empezaba a helarse de frío.

—*Chapeau!* —la felicitó Lilou cuando llegó a la orilla—. ¡Has estado nadando más de media hora!

—¿De verdad? ¿Tanto? —Serafina se secó, se quitó el gorro de baño y se sentó en su toalla.

—*Oui.* —Su amiga se dejó caer junto a ella con un suspiro—. Ya pensaba que no ibas a volver. ¿Tienes hambre?

—Un poco.

Lilou hizo un gesto para llamar a uno de los vendedores que recorrían la playa con bandejas de salchichas cocidas y compró una con un panecillo.

—Gracias. —Serafina atacó su tentempié.

—*Ma chère...* —empezó a decir Lilou unos minutos después, y Serafina supo perfectamente de qué iba a hablarle—. En cuanto a las fotografías...

Se le encogió el estómago, pero se obligó a seguir comiendo.

—En la nota ya te dije que he descubierto algunas cosas —prosiguió Lilou—. No quería ser más explícita, porque nunca se sabe si una carta acabará en malas manos.

Serafina asintió con la cabeza.

—¿El nombre de Richter te dice algo? ¿O el de Schwarz?

—No.

—*Non?* Qué extraño... Estas últimas semanas me he topado con ambos. —Lilou, con total objetividad, le hizo un resumen de lo que sabía.

Cuando Serafina oyó el nombre de su madre por primera vez, se le cerró la garganta.

—Elly Schwarz —repitió, conmovida—. Imagínate, he tenido que esperar hasta los veinte años para saber cómo se llama. —Sacudió la cabeza.

Su amiga le pasó un brazo por los hombros para consolarla.

—Es un momento especial. Tómatelo como un regalo, Serafina. —Le dejó unos minutos para asimilar la información—. ¿Y Richter? —preguntó después con cautela—. ¿Habías oído ese apellido alguna vez?

Serafina se secó unas gotas de agua que le habían resbalado del pelo a las sienes.

—¿Richter? No, no me dice nada. ¿Trabaja en la caja de ahorros?

—*Oui.* Lleva la contabilidad.

—Tal vez mi padre tuviera una libreta de ahorros allí.

—Es una posibilidad, aunque yo creo que debió de depositar su gran fortuna en otros bancos. De todos modos, desde su puesto, Richter pudo hacerse una buena composición de lugar en cuanto a vuestra situación económica.

Serafina empezó a cavar en la arena con una mano y formó un pequeño montículo.

—O sea, que se trata de dinero.

—Eso creo. —Lilou apagó el cigarrillo—. *Et...* tengo una cosa. Desde ayer. —Abrió su bolsa y sacó un trozo de papel doblado—. Lee.

Aunque tenía las manos llenas de arena, Serafina tomó la nota y la desdobló. Varios granos resbalaron por ella mientras sus ojos recorrían las líneas a toda velocidad.

—¿Tanto quieren? —preguntó con incredulidad—. ¡Yo no tengo esa cantidad de dinero!

—Pues ellos parecen dar por hecho que sí.

—Entonces, ese tipo sabe más que yo sobre la fortuna de mi padre.

—Da la sensación de que así es. Por eso me parecía tan importante que vinieras a Berlín.

—¿Qué voy a hacer? —Ella misma percibió la desesperación en su voz.

—Lo primero, ir mañana a visitar a *mademoiselle* Schmidtke. Tal vez tu padre le dijera algo sobre su testamento, quizá estuviera presente o viera algo. Pero lo más importante es que le preguntes por todas las personas que entraron y salieron de vuestra casa en los últimos años.

—No fueron muchas.

—Eso no tiene nada que ver.

Serafina le devolvió el papel.

—¡Voy a meterme otra vez en el agua! —Buscó el gorro y se levantó.

—¡Oh, no va a poder ser! ¡Tenemos que regresar a la ciudad!

—¿Por qué?

—Hay que ir a ver a Hugo Baltus. Es quien te hizo esas fotografías. Estuve en su casa, pero había salido de viaje dos días. Hoy ya habrá vuelto.

La presión que Serafina sentía en la zona del estómago se hizo insoportable.

—¿Tenemos que verlo?

—*Oui.* —La francesa se puso seria de pronto—. Imagino que te resultará desagradable, pero quiero que vengas conmigo. Es importante ver cómo reacciona al tenerte delante.

Serafina soltó un hondo suspiro.

—Entonces, será mejor que nos cambiemos ya.

—Sí. —Lilou recogió sus cosas—. Y en cuanto a la respuesta al chantaje, esta tarde iré yo misma al lugar indicado. Les propondremos un pago a plazos con la esperanza de que acepten y así ganar algo de tiempo.

—¿Quieres que te acompañe? —preguntó su amiga con vacilación.

—*Non.* La Münzstrasse no es precisamente elegante. No se te ha perdido nada allí.

UNA HORA DESPUÉS, entraron en el estudio de Hugo Baltus en la avenida Kurfürstendamm. Serafina apenas podía mirar al fotógrafo a la cara. Lilou, sin embargo, le plantó las imágenes delante sin ningún recato y le exigió una explicación.

Hugo Baltus se quedó sorprendido.

—Me dijeron que la señorita posaba para esas fotografías profesionalmente —se justificó después de mirar las copias—. En aquel momento no lo dudé. Aunque usted se encontraba en unas condiciones... digamos... bastante penosas. —Hizo una leve reverencia en dirección a Serafina.

—¿No se dio cuenta de que las otras dos personas presentes la obligaban a participar en esa escena? —insistió Lilou—. ¿De qué estaba drogada?

—Bueno, verá... —respondió el fotógrafo—. En el mundo del teatro y las variedades uno ve muchas cosas. Y como Anita me pidió que hiciera las fotos casi de rodillas...

—Anita Berber ya no sabe lo que se hace. Debería ser usted consciente de eso.

—Pues todavía tiene compromisos profesionales... Además, ¿cómo voy a adivinar yo qué sirenas de la noche son auténticas y cuáles no? —Volvió a mirar a Serafina con una disculpa en los ojos.

—Alguien le compró las fotografías —afirmó Lilou.

—En efecto. Una señora me ofreció un buen precio por ellas justo al día siguiente, así que le hice dos copias de cada una. De algo hay que vivir.

—¿Y los negativos? Supongo que en esas ocasiones utiliza una cámara de carrete, ¿no?

—Una Voigtländer, sí. Los destruí todos enseguida. Es lo que hago siempre con esas sesiones tan... indiscretas. —Intentó mostrar una sonrisa—. No quiero tener problemas después. Nunca hago las fotografías si tengo dudas. Por eso tampoco pongo marca de identificación en las copias que vendo de esos encargos.

Serafina miró al suelo, avergonzada.

—Ha mencionado a una mujer. —Lilou se puso a caminar por el estudio. En ese momento, su parte masculina salió claramente a relucir—. ¿Aparece esa mujer en alguna de las fotografías?

Baltus dudó antes de responder.

—Eso es secreto profesional.

—Lo cual quiere decir que sí.

—Piense lo que quiera. A mí, la señorita me da lástima. —Miró a Serafina, y su rostro, en efecto, transmitía compasión—. De haber imaginado que estaba en juego su reputación...

—¡La están extorsionando con esas fotos! —exclamó Lilou—. ¡Incluso la amenazan con publicarlas en el *Berliner Tagblatt!*

El fotógrafo se quedó de piedra.

—¡Maldita sea!

Lilou rio.

—Vamos, Hugo, haga un esfuerzo y ayúdenos.

—Pero ¿qué es lo que quieren de mí? —preguntó el fotógrafo, que parecía arrepentido de verdad—. Los negativos ya no existen.

—Si pudiera darnos el nombre de la bailarina que sale en las fotografías, avanzaríamos bastante. —Lilou se detuvo y contempló los cuadros con unos paisajes que colgaban en la pared como si estuviera distraída. Sin embargo, su postura era tensa y alerta.

—Se llama Paula.

La francesa permaneció inmóvil un instante, después asintió con complicidad.

—¿Y usted ya la había fotografiado antes?

—Sí —reconoció él a regañadientes.

—¿Sabe dónde vive esa tal Paula?

—No, pero trabaja en el Admiralspalast. A veces también hace sustituciones en otros teatros cuando alguna chica se pone enferma. —Lo pensó un momento—. Sé que suele estar mucho con Vollmoeller, que también hace fotografías, a las chicas les gusta posar para él.

—¿Karl Gustav Vollmoeller? ¿En la Pariser Platz?

—Sí.

—Conozco bien la dirección —dijo Lilou—. Su mujer, Ruth, es muy especial.

—Sí, es un ave ambigua —repuso Baltus.

—*Comme moi.* —Sonrió Lilou—. Como yo.

Serafina sospechaba lo que quería insinuar su amiga con eso. No le habría extrañado que la francesa y esa tal Ruth se hubieran visto alguna vez en la intimidad.

—Pero —añadió Lilou, volviendo al asunto que los ocupaba—, para poder ayudarla a ella, necesito el apellido de esa Paula.

—Es que... —Baltus carraspeó—. Les diré su apellido con una condición.

—¿Qué condición?

—Que esta conversación no haya tenido lugar jamás.

—De todas maneras, así habría sido, señor Baltus —aseguró Lilou—. Sé cuándo debo hablar y cuándo no.

—Muy bien. La mujer se llama Paula Schwarz.

EL CORAZÓN DE Serafina seguía latiendo deprisa y con fuerza cuando salieron del estudio de Hugo Baltus y echaron a andar por la Kurfürstendamm.

—¿Quieres que nos sentemos? —preguntó Lilou, que seguramente sospechaba que su amiga no se encontraba bien, y le señaló la terraza del café Wien.

Serafina asintió.

Escogieron una de las elegantes mesas blancas que había entre palmeras y jardineras de flores. Al fondo, las cinco torres de la iglesia del Recuerdo conformaban su familiar silueta, y bajo las altas copas de los árboles que bordeaban la avenida se veía un nutrido ir y venir de paseantes.

La terraza del café Wien no era la única que estaba muy concurrida; por todas partes había personas reunidas alrededor de las mesitas que los encargados de ostrerías, cafeterías y tabernas habían sacado a la ancha acera. En la calzada, los tranvías eléctricos competían con automóviles y autobuses urbanos abiertos. En Berlín, el mundo entero se sentía como en casa. Serafina percibió ese ritmo trepidante de su ciudad a pesar de la fuerte conmoción que había sufrido al oír el nombre de Paula Schwarz.

Lilou pidió dos cafés y dos vasos de agua.

—En realidad, lo que necesitaría es una melisa —murmuró Serafina cuando le sirvieron la bebida oscura.

—El café te sentará bien, *ma chère*, ya verás. —Lilou tomó un sorbito de su taza—. Bueno, esto es... *incroyable* —prosiguió después—. Paula Schwarz. Cuesta creerlo.

—¿Piensas que tiene alguna clase de parentesco con mi madre, Elly Schwarz?

—Deberíamos darlo por sentado. Aunque seguro que no se trata de tu madre, es demasiado joven para eso. ¿Conoces a otros familiares?

Serafina negó con la cabeza.

—No, no sé de nadie más.

—¿Y Victor?

Serafina se encogió de hombros.

—Puede. Pero a él no querría...

—Ya sé que prefieres no contarle nada, aunque sería lo mejor. Sobre todo porque se enterará de todas formas cuando no puedas pagar el dinero que te piden.

Serafina guardó silencio.

—Plantéate, por lo menos, preguntarle mañana a *mademoiselle* Schmidtke por Elly y Paula Schwarz, *d'accord*?

—Sí, Lilou. —Serafina apoyó la cabeza en las manos y puso

en palabras el temor que la reconcomía por dentro desde que habían estado con Baltus—: Me pregunto si tal vez mi madre tendrá algo que ver con todo esto. Con el chantaje.

Lilou tardó en responder.

—No lo creo. Es muy probable que tu madre... ya no esté viva.

Serafina se sobresaltó.

—¿De dónde has sacado eso? ¿Por qué no me habías dicho nada?

—Escucha —repuso su amiga con calma—, Anita insinuó que Elly Schwarz murió de tuberculosis, pero eso no quiere decir que sea cierto. Antes de contártelo, quería asegurarme de que decía la verdad.

—¡Pues pregúntaselo!

—Anita está ahora mismo en Hamburgo y no puedo ponerme en contacto con ella.

—Podrías escribirle, o llamarla por teléfono...

—*Non*. Además, de todas formas, Anita no es una fuente de información fiable —dijo Lilou, y encendió el inevitable cigarrillo—. De momento seguiremos las pistas que tenemos. Imagino que así enseguida descubriremos algo sobre tu madre.

Serafina suspiró.

—Eso espero. Aunque también lo temo. O bien está muerta, y entonces lo del chantaje no ha sido cosa suya, o bien sigue con vida y no tiene escrúpulos para extorsionar a su propia hija...

—¡Basta! —Lilou levantó la voz—. No tiene ningún sentido que te pongas a dar vueltas a todo eso sin parar. Mejor vayamos paso a paso y, cuando sepamos algo más, podrás volver a preguntártelo, *d'accord*?

La joven no dijo nada. Se bebió el café de un trago y consultó su reloj de pulsera.

—Tengo que volver, pronto serán las seis. Seguro que Karl ha regresado al hotel hace rato.

—Te acompaño. —Lilou apagó el cigarrillo.

—No hace falta, conozco muy bien estas calles.

—*Bon.* Siempre se me olvida que eres de Berlín —dijo—. Aunque me habría encantado ir contigo —añadió con un guiño.

—Aprecio mucho lo que estás haciendo por mí, Lilou. —Tenía la desagradable sensación de que le debía algo a la francesa, y no quería eso—. En cuanto reciba la herencia, sin falta te demostraré mi gratitud y...

—*Mon dieu.* No pasa nada —la interrumpió Lilou—. No lo hago por eso.

—Cuando redactes la respuesta, escribe que empezaremos a pagar a partir de enero —añadió Serafina enseguida—. Hasta entonces no podré disponer de mi fortuna.

—Muy bien. —Su amiga se levantó—. Me pondré en contacto contigo mañana a lo largo de la tarde. ¡Y luego vendrás a ver el espectáculo de Josephine Baker por la noche! Tráete a Karl. Sería el primer hombre que no cae rendido a los pies de Josephine.

35

Stuttgart, la fábrica de chocolate, 10 de junio de 1926

Viktoria había colocado una hoja de papel en la máquina de escribir y estaba tecleando sin ganas. Siempre que su madre quería acercarse a las oficinas pasaba lo mismo: desaparecía con su padre tras la decorativa puerta de cristal y tardaba un montón en salir de allí. A ninguno de los dos le importaba en absoluto que ella no supiera cómo entretenerse durante todo ese rato. A veces los mayores eran raros.

Suspiró y pensó en algo importante que escribir en el papel. ¿Un poema, quizá?

Cambió la hoja porque en la que tenía en la máquina había largas líneas de letras tecleadas unas detrás de otras sin orden ni concierto, y entonces empezó de nuevo.

> Vas todos los días a clase,
> y lees sobre el joven Rula,
> valeroso hombre de Tulka
> que hazañas increíbles hace.

No sonaba nada mal.

Apoyó la barbilla en las palmas de las manos. En el colegio estaban leyendo una novela muy emocionante titulada *Rulamán*. Contaba la historia de un hombre de la Edad de Piedra que vivía con su clan en una cueva del Jura de Suabia. Ya estaba componiendo los siguientes versos cuando una discusión hizo que aguzara los oídos.

—¡No puede hacer eso, señorita Häberle! —le recriminó la señora Fischer, a quien Viktoria conocía de toda la vida, a una compañera, una mujer muy delgada que trabajaba allí desde hacía unos meses.

—¿Y por qué no? —espetó esta con descaro.

—¡No tiene usted permiso para ver esos papeles! —La voz de la señora Fischer era severa—. Los documentos confidenciales solo deben sacarse del armario por orden expresa.

—¡Pero es que los necesito! —La voz de la señorita Häberle adoptó un desagradable tono chillón.

—¿Quién le ha dado permiso?

—Eso da igual. ¡Los necesito y punto!

—Además, ¿cómo ha podido sacarlos?

—¡Se ha dejado usted el armario abierto!

—No importa cómo estuviera el armario. —La señora Fischer tomó los grandes tomos negros del escritorio de la señorita Häberle—. ¡Voy a guardarlos ahora mismo!

Viktoria vio que la señorita Häberle se quedaba un momento sentada en su silla con cara de enfado, pero luego se puso de pie y fue tras la señora Fischer.

Cuando esta guardó los libros en el armario de los documentos, la señorita Häberle empujó a la mujer, de edad avanzada. Viktoria se asustó al ver que caía al suelo con un ruido sordo.

—¡Ay, lo siento mucho, señora Fischer! —susurró la señorita Häberle—. A ver... ¿Se ha hecho daño?

—Déjeme en paz. —Su voz sonaba alterada. Era evidente que sí se había hecho daño—. Me las apaño muy bien yo sola.

Sin embargo, la señorita Häberle no se apartaba de ella y no hacía más que intentar levantarla del suelo. Las demás empleadas habían interrumpido su trabajo y contemplaban la escena con curiosidad y compasión.

Viktoria estaba pensando si debía acercarse a echar una mano, cuando la puerta de cristal se abrió y sus padres salieron por ella. El repiqueteo de las máquinas de escribir regresó con cierta vacilación mientras Judith y Victor corrían a ayudar a la señora Fischer.

—Lo siento muchísimo, señor Rheinberger. Me disgusta que tenga usted que verme en una situación así... —La señora Fischer intentaba ponerse de pie como buenamente podía, pero en cuanto conseguía enderezarse, las rodillas le fallaban de nuevo.

—Parece que está herida, señora Fischer. Debería verla un médico —opinó Victor, que sostuvo a la mujer con cuidado por debajo de los brazos y la ayudó a sentarse en la silla más cercana.

—Ay, no... —protestó ella—. ¡Si no es para tanto!

—¿Qué ha ocurrido? —preguntó Judith.

—Que he resbalado —contestó la mujer.

El sentido de la justicia de Viktoria se activó al instante.

—¡Eso no es verdad! —exclamó.

—¿Vicky? ¿Qué tienes que ver tú con esto? —preguntó su madre, sorprendida, y se acercó a ella.

La niña notó la mirada de advertencia que le lanzaba la señorita Häberle, que volvía a estar sentada tras su escritorio y fingía trabajar. Se irguió mucho antes de contestar.

—A la señora Fischer la ha empujado la señorita Häberle.

—¡Ja! —La señorita Häberle soltó una risa vulgar—. ¡Esta criatura no sabe lo que dice!

—Señorita Häberle —reconvino Judith a la empleada—, si Viktoria tiene algo que decir, la escucharemos a ella también.

—Tal vez deberíamos mantener a nuestra hija al margen de esto —intervino Victor, pero con ello se ganó una mirada indignada por parte de su mujer.

—Bueno, Vicky —animó Judith a la niña—, ¿qué has visto?

Explicó muy deprisa lo que había sucedido, mientras la señorita Häberle no hacía más que negar con la cabeza.

—¿Y qué dicen las demás señoras de la sala? —preguntó Victor cuando su hija terminó.

Sin embargo, ninguna quiso manifestarse. Viktoria no lo entendía.

—¡Pero si todas ustedes lo han visto! —exclamó.

En lugar de una respuesta, volvió a oírse la cacofonía de las máquinas de escribir.

—Está bien —dijo Victor—. Si alguien ha visto algo y lo recuerda de pronto, la animo a que venga a contármelo en privado. Antes que nada, sin embargo, deberíamos ir a buscar a un médico.

UNA HORA DESPUÉS, el pie de la señora Fischer había recibido atención médica y habían acompañado a la empleada a su casa. Luego, Victor convocó a la señorita Häberle a una pequeña reunión para comentar el incidente.

Aunque a Judith le habría gustado estar presente, decidió marcharse para poder pasar el resto de la tarde con su hija. Porque, por mucho que amara su trabajo, este a menudo le dejaba poco tiempo para estar con la niña.

Primero respiró hondo y fue a por su bolso, luego se acercó a Viktoria, que seguía sentada ante la máquina de escribir, algo consternada todavía.

—Bueno, Vicky, ¿todo bien por aquí?

—¡Claro, mamá!

Judith le acarició las trenzas rubias. Cuánto quería a su hija, tan guapa y con tanto temperamento. Aunque sabía que a veces debería mostrarse más estricta con ella, se alegraba de que Vicky fuera una niña segura y valiente. Aquello que en su día le ocurrió a ella con Max Ebinger no debía repetirse con su propia hija. Y para ello, Vicky necesitaba ante todo una cosa: mucha confianza en su propia personalidad. Lo único que debía mejorar un poco era su rendimiento académico. Esa cuestión provocaba de vez en cuando alguna discusión con Victor, que era más consecuente que Judith a la hora de exigirle disciplina a la niña.

Vicky sacó una hoja de la máquina de escribir.

—¡Esto lo he compuesto yo sola, mamá!

Judith tomó la hoja y leyó el poema por encima.

—¡Qué bonito! ¡Te ha quedado muy bien!

—¿Se lo llevo a la profesora?

—Me parece una gran idea. —Judith metió el poema en su bolso—. Te lo guardaré hasta entonces. Si no, puede que se pierda. —Le guiñó un ojo—. No sería la primera vez, ¿verdad?

—Mmm...

Le pasó un brazo por los hombros y la miró con cariño.

—Tengo una sorpresa para ti, Vicky.

—¿De verdad? ¿Y qué es?

—¡Nos vamos juntas al mercado!

—¿Al mercado?

Un nuevo brillo iluminó el delicado rostro infantil de Viktoria, en el que ya se adivinaban los primeros rasgos de la joven que sería algún día.

—¡Sí! Tenemos unas dos horas para nosotras solas. Después tendré que irme, porque esta noche papá y yo vamos a la ópera. Theo te acompañará a casa.

EL EDIFICIO DEL mercado de Stuttgart, decorado con saledizos y torrecillas, se encontraba entre el ayuntamiento y el Castillo Antiguo, y era un paraíso. En ningún otro lugar de la ciudad había tal abundancia de alimentos frescos y exquisiteces como allí. Gran parte de los productos eran de los alrededores, pero muchos otros venían de muy lejos.

Nada más atravesar las arcadas ojivales de la alargada construcción, empezaba a percibirse un alegre ajetreo que continuaba en el pabellón interior, coronado por un techo abovedado de cristal. Los deliciosos productos frescos se olían desde lejos.

Viktoria tiró enseguida de su madre para subir por la escalera que conducía a la primera planta, donde una galería con ventanales se extendía por encima de las arcadas. Desde allí se apreciaba una vista impresionante de los numerosos puestos del

mercado, cada uno de los cuales ofrecía su mercancía en exposi-
tores escalonados.

Manzanas, cerezas y fresas, zanahorias y patatas, espárragos
y guisantes se codeaban con plátanos y limones, pimientos y
pepinos, alcachofas, miel y toda clase de frutos secos. Panecillos
y hogazas de pan, carne, pescado y fiambres... Era difícil abarcar
toda la oferta con la mirada.

—¡Después querré una piña! —anunció Viktoria, y se inclinó
un poco más sobre la barandilla.

—Tendrás una piña si no te has caído antes —repuso Judith,
y apartó un poco a su hija hacia atrás.

—Nunca me he caído de ningún sitio —se defendió, algo
tozuda.

—No, nunca... —Judith rio—. Solo dos veces del manzano y
bastantes más por la escalera.

—Pero eso no cuenta, entonces aún era pequeña.

Bajaron de la galería y recorrieron los pasillos de puestos
repletos de productos, compraron la piña prometida y una cajita
de fresas. A Judith le gustaba el mercado, aunque muy pocas
veces tenía tiempo de ir a visitarlo. Lo que se necesitaba en la
cocina de los Rothmann y no podía comprarse a los agricultores
de Degerloch, Dora o Gerti iban a buscarlo allí.

—¿Te apetece un *pretzel?* —le preguntó a la niña.

—¡Uy, sí!

Judith compró el panecillo trenzado, se lo dio y después se
dirigieron con calma a la salida.

—Oye, mamá...

—¿Sí?

—Es que... quería preguntarte si me dejas ir a ver a Tilda un
rato.

—¿Tilda? ¿No es esa amiga que ha estado varias veces en casa?

—Sí. Verás, mamá, Tilda está muy triste. Su padre está en la
cárcel y su madre siempre tiene que trabajar mucho porque, si
no, no tienen nada para comer.

—Karl quería ayudarla —comentó Judith. Después miró a su hija—. Tilda vive en Ostheim, ¿verdad?

—Sí. Estuve allí una vez con el tío Karl.

Salieron del mercado y regresaron en dirección a Königsbau. Allí era donde Theo tenía que recogerlas.

—Bueno, no sé... —No le parecía bien que Vicky quisiera irse por su cuenta—. ¿Por qué no viene Tilda a nuestra casa? Allí tenéis más cosas para jugar y seguro que Gerti os prepararía algo rico de comer.

—Mamá, si yo tuviera un papagayo... —la niña suspiró y cargó de teatralidad sus siguientes palabras—: seguro que Tilda querría venir siempre a nuestra casa.

—Ay, Vicky. —Judith posó una mano en el brazo de su hija—. Eso ya lo hemos hablado. En cuanto encontremos el momento, iremos a buscar un canario.

—¡Un canario es aburrido!

—Tienen un canto precioso.

—¡Pero no saben hablar!

—Cosa que está muy bien.

—Pero, mamá...

—¡No me discutas más, Viktoria!

—¡Pues entonces déjame ir a ver a Tilda! ¡Hace mucho que quiere invitarme un día a su casa para jugar!

—Bueno, está bien. —Judith se dio por vencida—. De todas formas, no me dejarías tranquila.

—¡Genial! ¡Gracias, mamá!

Poco después, cuando subían al coche, Judith le pidió a Theo que diera un rodeo por Ostheim.

—Ah, a casa de la señorita Tilda —dijo el chófer, adivinándolo, y arrancó mientras le guiñaba un ojo—. ¡Seguro que se llevará una alegría!

Viktoria sonrió.

—Y luego veremos si su madre necesita algo de ayuda —prometió Judith durante el breve trayecto.

Frente al edificio de vecinos en el que vivían los Fetzer había una pandilla de niños jugando en la calle. Theo aparcó el coche, Viktoria bajó de un salto y corrió hacia Mathilda, a quien había visto en el grupo.

—¡Vicky! —Los rizos pelirrojos de la niña saltaron con alegría sobre su cabeza cuando vio a su amiga y echó a correr hacia ella—. ¿Qué estás haciendo aquí?

—He pensado que tal vez necesitaras a alguien para jugar... pero ya veo que tienes muchos amigos.

Mathilda miró a los demás.

—Estamos jugando al corre que te pillo. ¡Puedes jugar tú también!

—Buenos días, Mathilda —Judith se acercó despacio a las niñas—. Vicky estaba ansiosa por pasar un rato contigo.

—¡Buenos días, señora Rheinberger! —Hizo una rápida reverencia—. ¡Puede jugar con nosotros!

Entonces se acercó también Theo.

—¿Está tu madre en casa, Mathilda? —dijo Judith—. Querría preguntarle si necesita algo.

—No. —La niña arrugó la frente—. Hoy ha ido a Ludwigsburg en tren a ver a mi padre.

—Ay, qué lástima —repuso Judith—. ¿Y cuándo volverá?

—No me lo ha dicho.

—Vicky —le dijo Judith a su hija—, entonces, será mejor que vengas otro día a jugar con tu amiga. No quiero dejarte aquí si su madre no está.

—Yo me quedo de todas formas. —Ya se había unido a los demás niños.

—¡No, Viktoria! ¡Te vienes a casa conmigo! ¡Además, parece que va a llover!

La niña puso una cara muy larga, pero entonces se le ocurrió algo.

—¿Y si Mathilda viene conmigo a la fábrica de chocolate? ¡Hace tiempo que quiero enseñarle la cocina de pruebas!

Mathilda, sorprendida, miraba alternativamente a Viktoria y a Judith. Los demás niños habían detenido el juego y escuchaban con curiosidad.

—Sí, bueno... —No le entusiasmaba demasiado la idea.

—¡Por favor, mamá!

—Señora Rothmann —intervino Theo entonces—, podríamos llevarnos a las dos y dejarlas en la fábrica. Desde allí, yo los acompañaría al señor Rheinberger y a usted a casa y luego regresaría a buscarlas.

—Seguro que el señor Rheinberger querrá ir directamente a la ópera desde Degerloch por sus propios medios, Theo. Esta tarde no tendría por qué ponerse usted en camino otra vez.

—A mí no me importa. Aprovecharé para ir a ver a un amigo... Solo si a usted le parece bien, claro, señora Rheinberger.

—Por mí, ningún problema —repuso Judith.

—¡Yuju! —Viktoria dio un salto de alegría.

—No sé. Creo que debería dejarle a mi madre una nota diciéndole adónde he ido —comentó Mathilda.

—¡Desde luego! Ve, que te esperamos —dijo Judith—. Vamos, Vicky, volvamos al automóvil.

36

Penitenciaría de Ludwigsburg, ese mismo día

—¡FETZER! —EL PUÑO del policía golpeó en la mesa.

Robert se estremeció, pero mantuvo los ojos fijos en la pared de enfrente y no abrió la boca.

—Sabe que se pudrirá aquí dentro si no habla —lo increpó el agente.

Robert bajó la mirada hacia la mano, que seguía cerrada en un puño ante él sobre la mesa.

—¡Gentuza comunista! —El policía retiró el puño y se puso a caminar en pequeños círculos alrededor de Robert.

Este ya no sabía cuántos interrogatorios similares había tenido que soportar durante los últimos días. Sentía que el deseo de endilgarle el asesinato a quien fuera se hacía cada vez mayor, solo para que lo dejaran en paz. Y se despreciaba por ello.

No sabía quién había disparado. Cuando uno de los dos guardias que irrumpieron en la reunión de aquel día salió hacia la comisaría de Ostendplatz para buscar refuerzos, se extendió un repentino malestar entre los presentes. Los primeros camaradas intentaron dirigirse a la salida y el guardia los apuntó entonces con su pistola.

A partir de ese momento, todo fue muy rápido. Se oyeron disparos que cruzaron la sala, se produjo un tiroteo y la turba, sin dejar de gritar, acabó pasando por encima del guardia, que había caído herido en el suelo.

También Robert salió huyendo. Antes de que se presentaran los refuerzos de la policía, él ya había dado un enorme rodeo por Ostheim para llegar a su casa siguiendo una ruta poco habitual.

Luise se lo había quedado mirando, pero no le hizo ninguna pregunta. Tampoco preguntó nada cuando cada vez más personas empezaron a comentar que habían matado a Tschirsch de un tiro en una asamblea comunista. Y él no abrió la boca.

Las semanas posteriores a los hechos, Robert estuvo intranquilo, evitaba las reuniones del KPD y creía que en cualquier momento irían a detenerlo. Sin embargo, habían pasado meses, y luego años. Como no ocurrió nada, Robert, aliviado, dio por hecho que las autoridades no conseguirían resolver el caso.

Y, de pronto, casi tres años después, cuando ya ni siquiera se acordaba de ello, lo habían encerrado en la cárcel.

—Vamos, Fetzer... ¡Ninguno de sus camaradas va a ayudarle! ¡Esos más bien lo delatarán! ¡Alguien como usted ya no le sirve de nada a la lucha de clases! —El policía detuvo sus pasos.

Robert levantó la mirada al oír la burla que contenían esas últimas palabras.

Se sentía viejo, mucho mayor de los años que tenía.

Estaba enfermo. Esa mañana había vaciado la última botella de jarabe para poder soportar el interrogatorio. Esperaba que Luise le llevara más después, cuando fuese a verlo.

Sus visitas eran muy escasas. La buena mujer trabajaba todo el día, se ocupaba de la casa y de Mathilda, que iba a la escuela Waldorf de Ostheim. La institución pedagógica se había construido expresamente para los hijos de los trabajadores de la fábrica de tabaco.

—A su familia le iría mucho mejor si colaborara con nosotros, Fetzer. —Como si le hubiera leído el pensamiento, el agente bajó un poco la voz para ablandarlo—. Y a usted también. Está enfermo. Pronto, su cuerpo ya no resistirá más todo esto.

Siempre seguían la misma táctica. En todos los interrogatorios.

Antaño, antes de la guerra, nada habría sido capaz de doblegarlo. Su ánimo combativo era legendario, todos sabían que se podía contar con Robert Fetzer. Siempre. Ningún reto era demasiado grande, ninguna tarea demasiado pesada, ningún objetivo inalcanzable.

Solo aquello de Babette... Aquello sí que le había afectado. Babette, que había servido a los Rothmann en Degerloch, igual que él, por un sueldo mísero y haciendo un trabajo demasiado duro. Que se había venido abajo, había vendido su cuerpo a hombres y había acabado en el arroyo.

Robert notó que se le humedecían los ojos. En ese instante se odió. Qué débil y blando... Era cierto que ya no servía de nada en esa lucha que para él significaba la vida.

—¡Ah! —El policía porfiaba—. Quiere volver a ver a su mujer y a su hija, ¿tengo razón? Y no pudrirse aquí dentro para siempre.

Robert se secó las lágrimas con un gesto furioso.

Ya no sabía lo que quería.

No solo estaba triste por él y porque le hubieran destrozado la vida. Su tristeza procedía, sobre todo, de la maravillosa Babette, que hacía tiempo que solo vivía en un oculto recoveco de su corazón. Todavía le bajaban escalofríos por la espalda al recordar aquel día de 1905 en que vio los carteles de «Se busca» en las columnas de anuncios de Stuttgart, esos que pedían la colaboración ciudadana para resolver un asesinato cometido en el Recinto Real. Por la descripción de la víctima, solo podía tratarse de Babette. Meses después, el culpable —un antiguo amante suyo que también había sido su chulo— fue condenado a cadena perpetua. Cuando lo llevaron en tren a Stuttgart, Robert fue a la estación para verle la cara: un hombre flaco, maniatado y fuertemente vigilado, con una sonrisa bobalicona. Robert siguió todo el juicio. Todavía no podía creer que Babette hubiese preferido a semejante escoria antes que a él. Una parte de su alma se partió y estaba hecha añicos desde entonces. Ni siquiera Luise había sido capaz de curar esa herida.

—¡Escúcheme bien, Fetzer!

El puño volvió a caer sobre la mesa. El recluso se sobresaltó y el policía lo agarró del cuello con la otra mano.

—¡Aquí no se viene a dormir! ¡Y eso que le traen se lo vamos a quitar! ¿O acaso cree que no sabemos lo que le proporciona su mujer a escondidas? —El agente se le acercó hasta que su rostro quedó a pocos centímetros del de Robert—. ¿Estamos? —Con un movimiento brusco, le sacudió la cabeza—. De temblores no se morirá.

La esperanza de Robert se llamaba Mathilda. Su hija, con su reluciente melena pelirroja, era guapa y lista, y poseía una ambición increíble. Quería ser abogada, aunque él aún tenía la ilusión de inculcarle la lucha de clases. Hacía años que todos los domingos por la mañana la enviaba a los Jóvenes Pioneros, donde, junto a los hijos de otros camaradas, debía aprender la ideología correcta. Por desgracia, aquello no estaba dando tantos frutos como Robert habría deseado. Mathilda, desde su más tierna infancia, había demostrado ser una persona muy terca. Siempre encontraba excusas para quedarse en casa el domingo, o hacer lo que más le gustaba, salir a pasear ella sola por Stuttgart. Un rasgo preocupante, ya que para servir al partido era importante sacrificarse en aras de un objetivo superior. Si su hija quería hacer carrera dentro del KPD, tal como él tenía previsto, necesitaría unas convicciones firmes.

Por el momento, no daba la sensación de que la niña fuese por buen camino. Luise era demasiado permisiva con ella. En cuanto él regresara a casa, tenía que tomar las riendas de la situación...

No esperaba el bofetón que le cayó de pronto y que lo dejó aturdido varios segundos.

—Venga. Empiece a desembuchar. ¿Quién iba armado aquella noche?

Robert se sostuvo la cabeza, que le retumbaba.

—Todos —se esforzó por contestar mientras notaba el sabor de la sangre en la boca.

—¿De dónde habían sacado las armas?

—Todavía eran de 1919. —Le dolía la lengua, debía de habérsela mordido.

—Por supuesto. Los rojos querían vendernos a Moscú.

—Queríamos una sociedad justa, sin diferencias de clase.

—Ustedes y sus ansias de igualdad —se burló el policía—. ¿Dónde están sus camaradas ahora que los necesita?

Robert inspiró profundamente.

—Montarán un buen jaleo y tomarán la penitenciaría por asalto. Ayudarán a su manera.

—Vamos a retenerlo aquí una buena temporada, Fetzer. Así tendrá tiempo suficiente para recordar los nombres del resto de participantes en esa reunión.

—Pero si usted ya los conoce...

—No estoy hablando de la reunión en la Leonhardsplatz, sino de la segunda que tuvo lugar esa noche, la de la Alfredstrasse.

—De eso no sé nada. No estuve allí. Ya se lo he dicho muchas veces.

Otra bofetada en toda la cara.

—¡Miente!

—Metsch Ferdinand... —dijo Fetzer— fue quien disparó.

—Metsch. —El agente soltó una risa falsa—. Ese hace tiempo que puso pies en polvorosa.

—Tenía motivos para hacerlo.

—Lo que están intentando resulta muy evidente. Todos culpan al mismo hombre, uno que está en la Unión Soviética desde hace tiempo. ¿Acaso nos toman por tontos?

Negó con la cabeza. De pronto sintió un intenso dolor en las sienes y el cráneo.

—Le aconsejo... —estaba diciendo el policía cuando la puerta se abrió de repente.

Robert cerró los ojos esperando que volvieran a golpearlo. Sintió un mareo.

—Traigo una notificación que exige la inmediata puesta en libertad de Robert Fetzer. —La sonora voz que dijo eso parecía venir de muy lejos.

—¿Qué? —El agente no se lo esperaba.

Una sonrisa hizo amago de asomar a los labios del preso, pero el agotamiento lo impidió.

—¡Que tienen que dejar marchar a Robert Fetzer!

—¡Enséñeme eso!

Un siseo de papeles.

—Han pagado la fianza y, además, me han contratado como abogado suyo.

¡Los camaradas no lo habían dejado en la estacada!

Robert levantó los párpados con cansancio y vio a un caballero que vestía un traje a medida. Tras él estaba Luise.

—¿Quién lo ha hecho? —preguntó el policía.

—Actúo por orden de la familia Rothmann, de Stuttgart.

37

Stuttgart, la fábrica de chocolate, a media tarde ese mismo día

—¿SABES QUÉ? —PREGUNTÓ Viktoria, y puso una cara misteriosa mientras llevaba a Mathilda por el pasillo de la cocina de pruebas—. En realidad, hoy podríamos pasar la noche aquí, ¡en la fábrica de chocolate!

Estaba muy orgullosa de su propuesta, porque con ella demostraba que se tomaba su promesa en serio. ¡Menos mal que lo había recordado!

—No sé, Vicky. —Mathilda parecía menos entusiasmada que ella.

—¡La última vez te pareció buena idea!

—Sí, es verdad. Pero la última vez mi padre todavía estaba en casa.

—Ah, vaya. Sí, tienes razón. —Lo pensó un momento—. Bueno, solo nos quedaremos el rato que podamos.

Mientras tanto, habían llegado a la puerta cerrada del final del pasillo.

—¿Es aquí? —La niña estaba un poco nerviosa.

—¡Sí! —Viktoria abrió—. ¡Aquí es!

Mathilda, asombrada, siguió a su amiga y entró en la gran sala. Estaba dividida en dos partes y tenía dos largas mesas y un gran fogón antiguo de hierro fundido, también otro moderno, eléctrico y más pequeño, de solo dos hornillos, un fregadero e incluso una nevera. Todo estaba como los chorros del oro. A lo largo de las paredes se alineaban estanterías llenas de platos, cuencos y toda clase de recipientes de diversos tamaños. Diferentes accesorios culinarios colgaban de ganchos al alcance de la mano, entre ellos cucharones y cazos, varillas, paletas y coladores. Había unos armarios altos y estrechos en los que sin duda se guardaban más utensilios interesantes, aunque no pudieran verse tras las puertas cerradas.

Viktoria disfrutó viendo el asombro de su invitada ante el pequeño imperio que compartía con su madre y otros dos empleados. Antes no era más que un cuartito, pero dos años atrás lo habían ampliado utilizando el espacio adyacente del departamento de decoración, y con ello habían creado la nueva sala.

—¿Y aquí es donde haces chocolate? —Mathilda no se cansaba de mirarlo todo.

—Sí. —Fue a uno de los armarios y lo abrió—. Mira esto. Es cacao en polvo. Y canela, y anís estrellado, y vainilla auténtica.

—¿Esos palitos negros de ahí son vainilla auténtica? —preguntó su amiga.

—Sí. Se añade al chocolate y así tiene un sabor más delicado. —Calló un instante—. ¿Sabes qué? Hace tiempo que intento crear un chocolate con galletas, pero todavía no me ha salido bien. Hoy lo intentaremos juntas.

—¿Te dejan cocinar? ¿Sin ningún adulto?

—¡Pues claro que sí! Mi madre ha comprado unas galletas de mantequilla con ese propósito porque las que horneamos nosotros siempre se nos desmigajan. —Empezó a disponer varios cuencos sobre la mesa—. ¡Las galletas están en ese armario de ahí! —le indicó a su amiga.

Mathilda encontró dos paquetes de galletas de mantequilla y los alcanzó con los dedos. Viktoria, mientras tanto, sacó de algún sitio unos trozos toscos de chocolate y los puso en uno de los cuencos, que a continuación metió en una olla ancha y baja que había llenado de agua hasta una cuarta parte.

—¿Y cómo se hace? —preguntó Mathilda con curiosidad mientras su amiga colocaba la olla junto con el cuenco sobre uno de los hornillos eléctricos.

—Solo tengo que girar esto de aquí, ¿ves? —Movió el gran mando giratorio—. ¡Ahora la placa se calentará!

Apenas podía creer lo que veía, pero Viktoria no le dejó tiempo para contemplar el hornillo.

—Alcanza una de esas varillas —le pidió— y ve removiendo el chocolate del cuenco hasta que esté líquido.

Dejó las galletas, obedeció a su amiga y movió las varillas con mucho respeto en la dulce masa marrón. Viktoria tomó una cucharita y probó con cuidado el chocolate.

—¿Puedo yo también? —preguntó Mathilda.

—¡Claro, prueba! —Le pasó la cuchara.

Poco después, todo el chocolate estaba derretido. Viktoria sacó una tabla y un cuchillo con el que abrió una de las vainas de vainilla.

—¿Qué estás haciendo? —se interesó su ayudante.

—Extraigo las semillas de la vaina. Eso es lo que se añade al chocolate. —Con el dorso del cuchillo, Viktoria arrastró unos pegajosos grumos negros del interior de la vaina y los incorporó al chocolate derretido. Después alcanzó una lata de azúcar y añadió bastante cantidad—. ¡Remueve! —le dijo a Mathilda.

—Sí, sí, ya voy.

—Ahora necesitamos un molde —comentó Viktoria, pensando en voz alta.

Sacó una bandeja de horno cuadrada y con los laterales altos y la dejó en la mesa.

—¿Tengo que verter el chocolate ahí? —quiso saber su amiga.

—Sí, exacto. —Viktoria descolgó un cazo de la pared.

—No, Vicky, no hace falta el cazo. ¡Lo echaré directamente! —Tomó el cuenco del chocolate fundido y vertió un poco en el molde, con cuidado, formando una capa fina.

Esperaron unos minutos y entonces Viktoria repartió las galletas de mantequilla por encima.

—Podríamos echarle más cosas —propuso Mathilda mientras contemplaba su creación.

—¿Como qué?

—Algo rico.

—¿Frutos secos? ¿O pasas? O... ¡Espera! —Viktoria fue a la nevera y sacó una bandejita. En ella había trozos de caramelo de diferentes tamaños—. Esto suele sobrar cuando preparan caramelo y dejan que me lo lleve.

—¿Caramelo? ¡Qué buena idea! ¡Me encanta el caramelo!

Las dos niñas siguieron concentradas perfeccionando la receta, cortaron el caramelo blando en trocitos pequeños y lo distribuyeron entre las galletas antes de volver a verter otra capa de chocolate. Mientras tanto, iban probándolo todo y perdieron por completo la noción del tiempo.

—¡Buenas noches, señoras!

Dos melenas infantiles, una rubia y otra pelirroja, se volvieron al instante.

—¡Theo! —exclamó Viktoria con un tono de reproche—. ¡Qué susto nos has dado!

—No era mi intención, por supuesto —repuso el chófer, divertido, mientras se acercaba a la mesa donde estaban trabajando las niñas—. Aun así, debo comunicaros que ya va siendo hora de terminar la sesión chocolatera. —Miró la bandeja con curiosidad—. Eso tiene una pinta deliciosa. ¿Qué es?

—Chocolate con galletas —explicó Viktoria—. Todavía no puedes probarlo, primero tiene que endurecerse del todo. Después lo cortaremos en trocitos y...

—Eso tendréis que dejarlo para mañana —adujo el hombre—. ¡Ya es hora de ir a casa!

—Theo, sé bueno —empezó a decir Viktoria con dulzura—, ¿no podemos quedarnos un poquito más?

—Eso no puedo decidirlo yo, Vicky. Tendrías que preguntárselo a tu madre.

—¡Pero es que no está aquí!

—Y por eso os llevaré a casa ahora mismo.

—¡Ay, por favor, por favor, Theo! —La chiquilla puso su infalible cara de súplica—. Todavía no hemos terminado, y tampoco hemos recogido.

—Además, nos estamos divirtiendo mucho —añadió Mathilda.

Theo se quitó la gorra de chófer y se rascó la cabeza, pensativo.

—Bueno, no sé...

—¡Tengo una idea! —anunció Viktoria—. Tilda y yo seguimos con nuestro chocolate y, cuando terminemos, iremos a su casa caminando. Puedes recogerme luego allí con el coche.

—La madre de Tilda no está. Además, de aquí a su casa hay mucho trecho. Así que, por mucho que quiera, Vicky, no.

—Seguro que mi madre ya habrá llegado —calculó Mathilda con optimismo.

—¡Y yo no quiero irme a casa todavía! —protestó la otra—. ¡Allí no hay nadie! Mamá y papá querían ir a la ópera, y Karl se ha marchado a Berlín con Serafina. Estaría yo sola y eso es un rollo.

—En casa están Dora y Gerti, y también estamos Wally y yo.

—¡Aun así! —Viktoria lo intentó una vez más con su cara de figurita de azúcar—. ¡Por favor, Theo!

—Está bien. —El hombre se dio por vencido—. Tengo que hacer un recado en Stuttgart. En realidad, pensaba ocuparme de ello mañana, que tengo la tarde libre, pero lo haré hoy mismo. Después pasaré a buscaros.

—¡Eres el mejor! —celebró Viktoria.

—A las siete y media estaré de vuelta.

—¡Aaay! —La niña hizo un mohín—. ¿Tan pronto? ¿No puede ser más tarde?

—¿Te das cuenta de que ya me estás pidiendo mucho, Vicky?

La niña le sonrió.

—A las ocho en casa de Mathilda. Y ni un minuto más.

—¡Gracias, Theo!

El hombre salió a regañadientes. En cuanto estuvo al otro lado de la puerta, las dos niñas compartieron una sonrisa de complicidad.

El chófer salió por fin del recinto con el reluciente Mercedes-Benz. Los últimos empleados de las oficinas de la fábrica se iban ya a sus casas, y el matrimonio Rheinberger estaba de camino a la ópera. Qué bien tener sus propios informadores...

Había pensado en todo. Incluso había reservado ya los pasajes del barco. Primero iría en tren nocturno a Hamburgo, y desde allí a casa, al otro lado del océano Atlántico.

Elevó la mirada hacia el cielo con escepticismo. Unas nubes espesas habían cubierto Stuttgart. Esperaba que no se pusiera a llover, por lo menos hasta la mañana siguiente.

Echó un vistazo cauteloso desde el portal donde estaba esperando. Su colaboradora aparecería en cualquier momento. Sin bajar la guardia, dejó su puesto de vigilancia en el edificio de enfrente.

En producción aún no habían terminado la jornada. Por eso se había puesto ropa de faena, así podría moverse por las naves y mezclarse con los trabajadores sin llamar la atención.

Más tarde, justo después de que el portero hiciera su última ronda, se encargaría de todo y abandonaría la ciudad para siempre.

Había llegado su hora.

Por fin.

38

La casa de los Fetzer, dos horas después

THEO TUVO QUE esperar un buen rato después de llamar hasta que le abrieron la puerta. Cuando Robert Fetzer lo reconoció, entornó los ojos.

—¡Largo de aquí, Theo!

Este conocía bien la naturaleza impulsiva de Robert.

—¡Calma, Robert!

—¡No me obligues a echarte a patadas!

—Está bien, está bien... —El chófer hizo un gesto tranquilizador con la mano.

La expresión del rostro de Robert no auguraba nada bueno.

—¡No te necesito! —siguió vociferando Robert, que tenía saliva acumulada en las comisuras de los labios—. ¡No necesito a Rothmann! ¡No necesito a nadie!

—Por favor, Robert, cálmate un poco. —La señora Fetzer asió a su marido del brazo con cuidado, pero él se la quitó de encima.

—Déjame, Luise.

—Robert, no me quedaré mucho rato. Solo venía a...

—¡No vas a poner un pie en mi casa!

—Robert... ¡Theo no quiere hacerte ningún daño! —El tono de Luise se hizo más insistente—. ¡Tómate la medicación!

—¡Pues tráemela! —A Robert se le quebró la voz.

Luise le lanzó al recién llegado una mirada de preocupación y regresó al interior del piso. Los vecinos no tardarían mucho en salir a ver qué ocurría.

—Robert, solo he venido a... —Volvió a intentar explicarse.

—Cierra el pico. —El hombre dio media vuelta y quiso cerrar la puerta, pero Theo fue más rápido y se metió en el piso con él.

La puerta se quedó abierta.

—¿Dónde está la botella? —oyó que preguntaba Luise.

—¿Qué botella?

—¡La del jarabe!

Fetzer se quedó helado.

—¡Esta mañana me he acabado la última! Tienes que abrir una nueva. ¿No has ido a por más?

Theo oyó cómo Luise, inquieta, recorría toda la vivienda.

—Pensaba que quedaba alguna más.

—¡Pues busca! ¡Deprisa! —gritó Robert.

—No la encuentro... ¡Se han acabado! —A Luise le temblaba la voz.

—¿Cómo? —Robert abrió mucho los ojos y Theo vio pánico en ellos—. ¿Por qué no has ido a comprar más? —jadeó.

La mujer regresó al recibidor.

—Pensaba que aún te quedaban. —Se retorcía las manos.

—¡Serás imbécil!

El marido se abalanzó hacia ella, pero Theo tuvo tiempo de inmovilizarlo antes de que la cosa llegara a las manos.

—¡Tranquilízate! —Lo empujó contra la pared, pero Robert se lo quitó de encima enseguida.

—Pues... dame un trago —pidió con voz ronca a su mujer.

Luise sacó un aguardiente de frutas y le dio la botella a su marido, que se echó el alcohol al coleto.

—¿Dónde están las niñas? —preguntó Theo, que empezaba a estar bastante preocupado.

No las veía por ninguna parte, y era evidente que Robert no era dueño de sí mismo.

—¿Qué niñas? ¿Tilda? —Robert se secó la boca y la barbilla con el dorso de la mano, pero el aguardiente goteó de todas formas y le manchó el cuello de la camisa azul de trabajo—. Está... —Se interrumpió. De repente empezó a temblar sin control.

—Mathilda ha dejado una nota diciendo que se iba con Viktoria a la fábrica de chocolate —dijo Luise a la vez que sostenía a su marido.

—Entonces, ¿todavía están allí? —quiso saber Theo—. Había quedado con ellas en que pasaría por aquí a buscar a Viktoria.

—¿Ah, sí? —espetó Luise, contrariada—. Pues yo no sé nada de eso. Hemos llegado hace una hora de la penitenciaría de Ludwigsburg. Tal vez todavía estén jugando fuera. —Se la veía sobrepasada. Miraba a su marido con inquietud—. Robert, vamos, ve a tumbarte.

Él no dijo nada.

—Me acercaré a la fábrica a ver si todavía están allí. —Theo se volvió para marcharse.

—¡No! —De repente, Fetzer puso los ojos totalmente en blanco.

Theo se acercó enseguida y lo sujetó de las axilas. También Luise intentó evitar que cayera, pero las fuerzas que sacudían al saco de huesos en que se había convertido eran más fuertes que ellos dos.

El cráneo de Robert se golpeó contra el canto de la puerta de entrada e hizo un ruido terrible. Se desplomó en el suelo.

—¡Robert! —El grito de Luise resonó por toda la escalera desde el pequeño recibidor.

Theo le levantó los párpados a Robert, le comprobó el pulso, escuchó para ver si respiraba.

Entonces vio el pequeño reguero de sangre que le salía del oído izquierdo.

—Esto no tiene buen aspecto —masculló.

—¡Pues haga algo! —gritó Luise, desesperada.

En la escalera se oyeron pasos.

—¡Señora Fetzer! ¿Puedo ayudarles? —preguntó un hombre alto y fuerte que se detuvo nada más ver a su vecino tumbado en el suelo. Se arrodilló junto a él—. ¿Señor Fetzer? ¿Me oye?

—No reacciona. —Theo le buscó el pulso otra vez—. ¡Vaya a avisar a un médico!

El hombre sacudió la cabeza.

—El médico que suele atendernos no está hoy. Lo sé porque habitualmente se ocupa de mi mujer... Padece del pulmón, ¿sabe? —Le abrió los párpados a Robert—. Tenemos que llevarlo a un hospital.

El chófer se levantó.

—¿Puede llevarlo usted, señor Theo? —Luise lo agarró de los brazos y lo miró con el rostro blanco a causa del miedo—. ¡Usted tiene coche! —También le temblaban las manos.

Theo se frotó la nuca. Tenía prisa por ir en busca de Viktoria y Mathilda, pero tomó la decisión más lógica.

—Está bien. Usted quédese aquí, señora Fetzer, y encárguese de encontrar a las niñas. Lo último que necesitamos es que también les pase algo a ellas.

Luise asintió.

—¡Ayúdeme a levantarlo! —le pidió al vecino—. Iré a por el coche.

—¡Traeré una manta! —exclamó Luise.

Entre los dos hombres llevaron el cuerpo inerte y sin fuerzas al coche y lo tumbaron con cuidado en el asiento trasero. Luise tapó a su marido.

—¡Piense en las niñas! —le insistió Theo—. ¡No pierda tiempo! ¡Yo volveré en cuanto pueda!

Condujo despacio y con atención, intentaba evitar cualquier traqueteo y esperaba no tener que dar ningún frenazo brusco.

Cuando llegaron al Marienhospital, Robert todavía no había vuelto en sí.

39

La cocina de pruebas de la fábrica de chocolate, ese mismo día, sobre las 21:30 horas

—Huele un poco raro, Vicky —opinó Mathilda, y arrugó la nariz.

—Yo no huelo nada —repuso Viktoria, que estaba cortando el gran bloque de chocolate, galletas y caramelo en trozos más pequeños—. ¡Qué rabia, no hace más que romperse! —se lamentó—. ¡O la galleta queda demasiado blanda o, como ahora, todo queda demasiado duro! —Fulminó su creación con la mirada.

—¡Eso no importa! —su amiga secó la bandeja y la dejó junto a los incontables utensilios que habían utilizado a lo largo de la tarde.

Además del chocolate con galletas, también habían hecho un pastel de chocolate redondo, que habían cortado por la mitad y habían rellenado con mermelada de membrillo. Viktoria había visto preparar esa receta a Gerti en la cocina hacía poco y se decidió a probarla.

El pastel les había quedado un poco torcido, pero gracias a la ganache de chocolate tenía una pinta deliciosa.

—¡Vicky, quiero irme a casa! —Mathilda dejó el paño de secar—. ¡Ya hemos terminado! Y mira fuera: ¡está oscuro!

Viktoria levantó la cabeza y entonces dejó el cuchillo.

—Tienes razón, está oscureciendo. Y... sí que huele a algo así como a humo. ¡Envolveremos el pastel y las galletas en un momento y los llevaremos a tu casa! —Buscó una bandeja metálica de laterales altos y puso las galletas en ella—. ¿Puedes cortar el pastel en cuatro trozos, Tilda? Así cabrá también en la bandeja. Si no, no podremos llevarlo todo.

—¿Qué hora debe de ser? —preguntó la niña mientras cortaba el pastel con cuidado.

—Ni idea —contestó Viktoria.

—¡Seguro que ya pasan de las ocho!

—Es posible —dijo mientras lavaba la tabla donde había cortado el chocolate con galletas.

—¡Vuestro chófer nos estará buscando! —Mathilda se lamió la ganache de los dedos y le dio el cuchillo a su amiga para que lo lavara también.

—Enseguida estaremos listas —aseguró, y guardó el cuchillo en el cajón de los cubiertos.

Juntas envolvieron sus creaciones con papel recio. Viktoria le dio a Mathilda la bandeja bien tapada, y esta la llevó en equilibrio hasta la puerta.

Antes de salir de la cocina de pruebas, Viktoria comprobó que hubieran apagado los fogones y que no quedara agua en el fregadero. Así se lo había inculcado su madre.

—¡Buf! —exclamó Mathilda con preocupación cuando salieron al pasillo—. ¡Esto está lleno de humo! Vicky, ¿no habrá un incendio en la fábrica?

—¡Tienes razón! —Justo entonces le entró miedo también a ella—. ¡Vamos, tenemos que salir de aquí!

Corrieron hacia la escalera. Sin embargo, cuando Viktoria abrió la pesada puerta de acceso, unas llamas enormes se abalanzaron hacia ella.

—¡Corre, Tilda! —gritó, espantada—. ¡Está todo ardiendo!

—¡No! —Mathilda tiró al suelo la bandeja, que hizo un ruido tremendo al caer.

—Tenemos que volver —decidió Viktoria—. ¡Vamos a la cocina de pruebas! ¡Desde allí saldremos por la ventana!

—¡Estamos en la segunda planta, Vicky!

—No podemos bajar por la escalera, ya lo has visto. ¡Nos quemaremos! ¡Venga, vamos, Tilda!

Regresaron corriendo para salvar la vida mientras el pastel y las galletas quedaban hechos un amasijo irreconocible en el suelo del pasillo.

Stuttgart, Augustenstrasse, sobre las 21:45 horas

ANTON IBA DE camino a casa, esperando llegar con los pies secos. No hacía frío, pero sí estaba muy nublado. Las últimas horas había estado con Alois, realizando una primera grabación de prueba con la nueva técnica, y el resultado había sido realmente bueno. Ahora había que esperar para ver si la fabricación de la matriz y el disco de goma laca funcionaba sin pérdida de calidad. Después de eso, podrían atreverse a hacer una grabación con los músicos. Lo estaba deseando.

Además, hacía unos días que Elise había aceptado su cautelosa proposición sobre su futuro en común. Ya no había nada que les impidiera prometerse, y él enseguida había informado a Judith de sus planes. Al instante habían acordado que, para la ocasión, organizarían una pequeña fiesta en octubre, cuando Martin regresara a Stuttgart y la familia, por tanto, estuviera al completo. La boda tendría que celebrarse la primavera del año siguiente. Hasta entonces, tendría tiempo de sobra para ampliar y remodelar la vivienda de encima del taller, donde podría vivir cómodamente con su mujer y sus futuros hijos.

La desazón que sentía cuando pensaba en Serafina prefirió olvidarla. Ella se había ido a Berlín con Karl en avión; era una persona inquieta, igual que su hermano. Él, por el contrario, necesitaba formalidad y constancia, y con Elise las encontraría. En cuanto a los sentimientos que lo consumían y que todavía lo unían a Serafina, se desvanecían como el humo en cuanto se planteaba el futuro en serio. Qué deprisa se esfumaban las pasiones cuando se instalaba la rutina del día a día...

—¡Buenas tardes, señor! —Erich estaba cerrando la puerta del taller cuando Anton llegó a su fábrica de pianos en la Augustenstrasse.

—¡Buenas tardes, Erich! ¿Todavía estás aquí?

—Pues sí, quería planificar el pedido de los Hahn. Ahora mismo estaba con ello, y no es fácil dejarlo a la mitad.

—¡Muy bien! Entonces, mañana haremos el listado.

—Sí. —Erich se subió el cuello de la chaqueta y miró al cielo de reojo—. ¡Parece que va a llover!

—En efecto, ya veremos si esta noche cae algo. —Anton sacó su llave del bolsillo de la chaqueta—. ¡Tú vete a casa, que mañana tenemos mucho que hacer!

—¡Por supuesto, señor! —Erich se llevó una mano a la gorra—. ¡Hasta mañana, pues! —Se quedó inmóvil un momento—. ¿Señor?

—¿Qué pasa?

—¡Algo no va bien!

También Anton se dio cuenta entonces de la extraña agitación que se percibía en la ciudad. A lo lejos se oyeron las campanas de los bomberos, también gritos, y de pronto llegó un olor acre, amargo, a algo carbonizado.

Miró alrededor y vio la columna de humo gruesa y negra que se elevaba hacia el cielo encapotado.

—¡Ay, madre mía, eso de ahí no es una hoguera pequeña! —El aprendiz se quitó la gorra para poder ver mejor.

—Aquello queda... ¡en dirección a la Calwer Strasse! —Anton volvió a guardar la llave y echó a correr.

—¡Espere, señor! —exclamó Erich, y corrió tras él.

A PIE SOLO se tardaba unos minutos —había que bajar por la Augustenstrasse y pasar por la central eléctrica y el cuartel de infantería— y, sin embargo, a Anton casi le pareció una eternidad. Cuando cruzaron la Alten Postplatz, vio que no se había equivocado en su suposición. Del tejado de la fábrica de chocolate salían llamas de varios metros de altura.

El corazón le dio un vuelco.

—¿Queda alguien dentro todavía? —preguntó a gritos en cuanto llegaron allí mientras se abría paso como podía entre la muchedumbre que se había formado alrededor del recinto de la empresa. Todavía llegaban ríos de gente, como solía ocurrir cuando los curiosos podían regodearse con la desgracia ajena—. ¡Abran paso, por favor! —vociferó.

Erich lo seguía pegado a sus talones.

Cuando por fin alcanzaron la verja de la fábrica, vieron que los primeros camiones de los bomberos de Stuttgart ya estaban allí. Los hombres de los cascos de latón se comunicaban con órdenes sucintas; estaban a punto de forzar la verja cerrada con llave. Tenían varios vehículos aparcados a lo largo del muro del recinto y todavía se acercaban más. Empezaron a desenrollar las mangueras.

Por lo que Anton pudo ver en un primer vistazo, las construcciones más afectadas eran las naves de producción. El edificio de oficinas parecía intacto. Aunque a saber cómo estaría por dentro. Los incendios eran imprevisibles.

—¡Desalojen las inmediaciones de la fábrica! —Uno de los bomberos tenía un megáfono en la mano y hablaba por él a los curiosos—. ¡No interfieran en los trabajos de extinción!

Un murmullo recorrió la muchedumbre, que, sin embargo, apenas se movió.

Lograron abrir la verja, metieron la primera bomba de incendios motorizada en el patio y la colocaron en posición.

—¿Quiénes son ustedes? —preguntó uno de los bomberos cuando Anton entró corriendo con Erich en el recinto.

—Yo soy Anton Rothmann.

—Por su propia seguridad, señor Rothmann —dijo el bombero con gesto compasivo—, debo pedirle que aguarde al otro lado de la verja.

—¿El edificio está vacío? —quiso saber él.

—No podemos saberlo todavía.

Una voz chillona interrumpió su breve conversación.

—¡Mi niña! ¡Ay, Dios mío! ¡Mi niña!

Anton se volvió y vio a una mujer que se abría paso entre la gente hasta que llegó a la verja, donde uno de los bomberos la detuvo. Cuando quiso apartarlo, el hombre la agarró de los brazos.

Anton se alarmó y recorrió los pocos pasos que lo separaban de la verja para dirigirse a la mujer, que todavía intentaba librarse de las fuertes manos del bombero.

—¿Quién es usted?

—Luise Fetzer. ¡Suélteme de una vez! —Por su rostro corrían las lágrimas—. ¡Es posible que mi hija esté ahí dentro!

—¿Su hija? —preguntó Anton, estupefacto—. ¿Qué iba a hacer su hija ahí dentro?

—Ha venido con Viktoria... ¡y no ha vuelto a casa!

—¿Con Vicky?

La mujer solo lograba hablar entre jadeos.

—Cuando me he enterado de que había un incendio en la fábrica de chocolate... —Se quedó sin voz.

—¿Y qué hacían las dos aquí?

—Experimentos con chocolate. Hace tiempo que Mathilda me habla de ello. El chófer ha venido a nuestra casa a recoger a Viktoria, pero las niñas todavía no habían regresado y... mi marido ha sufrido un grave accidente... —Sollozó.

Anton sintió un escalofrío. Según lo que acababa de oír, las dos niñas habían estado en la cocina de pruebas.

—Señora Fetzer —dijo el bombero con severidad—, no podemos dejarla entrar ahí por mucho que su hija se encuentre en el edificio.

—¡Pero tenemos que hacer algo! —Luise Fetzer estaba al borde del colapso.

Anton reaccionó.

—¡Deprisa! ¡Sé dónde pueden estar! —le dijo a Erich—. ¡Envíe a hombres con cascos antihumo! —le pidió al bombero, que seguía sosteniendo a Luise Fetzer con fuerza. Después echó a correr.

Su preocupación se confirmó apenas dos minutos después, cuando llegaron a la parte del edificio central que daba a la calle.

—¡Socorro!

No podía ser. ¿Qué estaban haciendo las dos niñas allí a esas horas? ¿Habrían sido ellas las que habían causado el fuego?

—¡Vicky! —exclamó.

—¡Aquí! ¡Ayuda! —Era Viktoria, que tosía.

Un humo espeso rodeaba el edificio, así que apenas se veía nada.

—¿Estás en la cocina de pruebas?

—¡Mamá! —La segunda voz de niña debía de pertenecer a Mathilda Fetzer. Era descorazonadora.

—¿Estás en la cocina de pruebas? —vociferó otra vez Anton entre el humo.

—¡Socorro! ¡Aquí!

—Mamá...

No servía de nada. El fragor del fuego lo tapaba todo, seguramente las niñas solo oían una voz lejana, pero no entendían lo que decía.

Anton sabía lo que necesitaba.

Le hizo una señal a Erich para que lo siguiera a un cobertizo que se encontraba a unos cincuenta pasos. Antes había sido la cochera donde dejaban los caballos y los carros, pero la habían convertido en el almacén de los utensilios que más se usaban. Puesto que allí no había cosas de mucho valor y todo el mundo debía tener acceso rápido al interior, hacía años que la llave estaba debajo de una de las piedras sueltas del muro.

Anton abrió la puerta de madera a toda prisa y miró alrededor. El humo también había llegado allí; no les quedaba mucho tiempo.

—¡Ahí atrás, Erich! ¡La escalera!

Juntos sacaron una larga escalera de madera que estaba apoyada contra la pared del cobertizo y la llevaron al patio, justo debajo de la cocina de pruebas, donde habían oído a las niñas.

Todo estaba en silencio. Un silencio sobrecogedor.

—¿Vicky? —llamó Anton.

No hubo respuesta.

—¡Pongámosla contra la pared! —le indicó a Erich a gritos.

Se apresuraron a colocar la escalera contra el edificio.

—¡Usted no puede subir, señor! ¡Es demasiado peligroso! —le advirtió Erich—. ¡Ahora mismo llegan los bomberos!

—¡No hay tiempo!

Mientras Anton se quitaba la chaqueta, le pidió a Erich que le diera el pañuelo que llevaba al cuello. Se lo ató tapándose la nariz y la boca, tomó aire y empezó a subir por la escalera.

40

La ventana de la cocina de pruebas había reventado a causa del calor. Anton se cubrió el puño izquierdo con la manga y, después de retirar a golpes los afilados restos del cristal del marco, un dolor penetrante le recorrió la mano y el brazo. A continuación entró en el edificio.

—¿Vicky?

—Aquí —gimoteó una de las niñas.

El joven notó que el humo le quemaba en los ojos y sintió un ardor en la garganta y la faringe que lo obligó a agacharse.

—¡Mamá! —Un sollozo, luego una tos.

—¿Mathilda?

Notó dos manos en la espalda y se volvió.

—¡Vicky! ¡Gracias a Dios!

—Tío... Anton. —La niña sostenía un paño mojado en la cara.

—¡Vuelve a la ventana! ¿Dónde está tu amiga?

—¡Estoy aquí! —Una segunda silueta se arrastró hacia él entre la densa humareda. También Mathilda tenía en la mano un pañuelo con el que intentaba protegerse la cara.

—Ya han llegado los bomberos. Enseguida nos sacarán de aquí. —Anton se obligó a hablar con calma—. Respirad con cuidado a través de los pañuelos.

—¡Señor Rothmann! —La amortiguada voz de un bombero llegó entre el hollín. El rescate estaba en marcha.

—¡Estamos aquí! —Anton abrió los batientes de la ventana rota, se asomó al exterior y le hizo una señal al hombre.

—Vamos a traer la escalera giratoria. ¡Estén preparados!

Anton ayudó a Mathilda a ponerse de pie. Vicky ya se había levantado y se apoyó en la pared, junto a la ventana.

—Seguid respirando despacio, ya casi estamos.

El bombero de la escalera fue dando indicaciones a los compañeros que lo esperaban en el suelo hasta que la dejaron bien orientada. Entonces alargó un brazo.

—¡Páseme a una de las niñas! —le dijo a Anton.

Decidió ayudar primero a Mathilda a salir por la ventana. Parecía más exhausta que Viktoria. Sin embargo, cuando la subió al alféizar, ella negó con la cabeza.

—¡Tengo miedo!

—Venga, Mathilda —la animó—, ¡que tú puedes!

—¡Vamos! —Un segundo bombero había subido por la escalera giratoria y estaba preparado para hacerse cargo de ella.

Anton le puso un pie en el marco a la niña.

—¡Mamá! —gritó la pequeña.

—Tu madre te está esperando abajo —le dijo con suavidad pero con firmeza—. Este hombre te llevará con ella.

Mathilda sollozó y dejó caer el pañuelo, que se enganchó en los travesaños de la escalera de madera. El bombero lo apartó con su bota y lo tiró al suelo.

—Lo hemos hecho muchas veces —le aseguró a la chiquilla—. ¡Confía en nosotros!

Ella se sorbió los mocos.

—¡La otra pierna, Mathilda! —Anton la empujó hasta dejarla en el antepecho, donde el bombero de la escalera giratoria por fin pudo alcanzarla.

—¡Bien! ¡La tengo! —dijo antes de asegurar a Mathilda con un cinto y su propio brazo. Luego empezó a bajar con ella.

Anton le dio la mano a Viktoria.

—¡Ahora tú!

Su sobrina reaccionó enseguida y se sentó en el antepecho sin dudarlo ni un instante, pero en ese momento una potente explosión hizo temblar todo el edificio.

Instintivamente, Anton tiró de la niña hacia atrás. Viktoria soltó un fuerte grito cuando la onda expansiva la lanzó contra un rincón de la sala. Una fracción de segundo después, su tío, horrorizado, se dio cuenta de que una parte del edificio se venía abajo.

De repente aparecieron ante él imágenes que creía olvidadas desde hacía tiempo. Noches en las trincheras, tanques renqueantes, granadas explosivas, fuego de ametralladoras. Con el horror ante sus ojos, intentó alcanzar a Viktoria.

Desde el patio les gritaban órdenes apresuradas. Al mismo tiempo, una corriente de aire fresco recorrió la sala y les proporcionó algo de oxígeno. Anton respiró hondo y apretó contra sí a Viktoria, a quien le temblaba todo el cuerpo, antes de ponerse de pie con la niña.

Entonces reparó en un agujero que había en la pared exterior, a escasos metros del lugar donde se encontraban, y supo que ya no les quedaba tiempo. El edificio podía derrumbarse en cualquier momento. Febril, buscó una forma de salir de allí.

—¡Anton! —La voz de Victor llegó hasta ellos como si estuviera muy lejos.

Con Viktoria en brazos, el joven se movió despacio hacia la ventana y miró abajo. La detonación había volcado su escalera y había lanzado al bombero al suelo. Vio que sus compañeros se ocupaban de él, lo tumbaban en una camilla y retiraban la escalera giratoria.

Mathilda parecía estar a salvo.

—¡Anton!

Entre las nubes de humo, Anton vio que Victor intentaba indicarle algo por señas desde el patio.

—¡Victor! —No lograba contener la tos—. ¡Estamos aquí!

—¡La caja de la antigua escalera todavía existe! —oyó que gritaba Victor—. Sal de la cocina de pruebas y ve a la izquierda. Tenéis que atravesar una puerta de acceso que está cerrada. Es muy estrecha y la taparon con pintura, pero la encontrarás a tientas, más o menos a medio metro en la pared de la izquierda. ¡Si está cerrada con llave, échala abajo! ¡Os sacaremos por allí!

—¡Entendido! —exclamó Anton—. ¿Lo has oído, Vicky? —le dijo a la niña, que se agarraba a él con fuerza—. Tu padre está aquí y viene a buscarnos. Solo tenemos que salir al pasillo. Lo conseguiremos.

Notó que ella asentía con la cabeza. «Qué niña más valiente.»

Avanzaron agachados y con mucho cuidado por el suelo, que estaba lleno de cascotes de las paredes y añicos de cristal. Pasaron por encima de una estantería volcada y apartaron los fogones, que con la violencia de la explosión se habían abollado y habían sido catapultados desde el otro extremo de la sala.

Por fin llegaron a la puerta.

Una parte del batiente estaba arrancado, el resto colgaba de las bisagras. Anton lo empujó lo justo para abrir un paso, miró al pasillo del otro lado y retrocedió asustado cuando vio que, a solo unos metros de donde estaban, había un precipicio lleno de escombros y ceniza. De allí salía humo y se veían ascuas, pero ya no ardían llamas. Era posible que el muro, al caer, hubiera extinguido gran parte del incendio.

—No mires —le ordenó a Viktoria—. ¡Te sacaré de aquí!

La parte del pasillo por la que avanzaron seguía intacta, y Anton encontró la puerta justo donde Victor le había descrito.

Accionó el tirador. Estaba cerrada.

Dejó a Viktoria en el suelo con cuidado, tomó impulso y golpeó la madera con el hombro. Se oyó un crujido, pero la puerta seguía aguantando. Le dio varias patadas con la esperanza de encontrar un punto más débil, y entonces se lanzó contra ella una vez más, empleando todas sus fuerzas.

La madera cedió por fin, se abrió y les franqueó el paso hacia la estrecha escalera a la que se había referido su cuñado. Anton rodeó con un brazo a Viktoria, que había estado todo el rato pegada a él, y la hizo pasar primero hacia los escalones de la salvación.

Desde abajo les llegó el sonido de fuertes golpes, crujidos, vibraciones, madera haciéndose astillas, unos pasos que se acercaban corriendo.

—¡Estoy aquí, Vicky! —exclamó Victor cuando apareció ante ellos—. ¿Me oyes? ¡Estoy aquí!

—¡Papá! —Viktoria sollozó sin lágrimas y se abrazó a su padre.

—Ya pasó todo, hija —dijo él, estrechándola con fuerza, y le besó la frente con cariño.

La breve mirada que le dirigió a Anton en ese instante contenía una gratitud inmensa.

Levantó a la niña en brazos y bajó con ella los últimos escalones hacia el exterior. Anton los siguió por el orificio recién abierto en el revestimiento de madera. Dos bomberos lo recibieron. Lo habían conseguido.

Justo entonces empezó a caer un aguacero.

41

Berlín, teatro Nelson, en la Kurfürstendamm, sobre las 22:30 horas de esa misma noche

JOSEPHINE BAKER, QUE solo iba tapada con unas cuantas plumas rojas y azules, daba vueltas por el escenario extasiada, desatada. Parecía estar en llamas, hacía muecas, balanceaba la pelvis y meneaba el trasero de tal forma que Serafina sintió un mareo. No solo le parecía obsceno que llevara los pechos al descubierto, sino todo el espectáculo en general.

De repente, la diva se puso a caminar pavoneándose, dando pasos exagerados y sacudiendo sus pechos oscilantes a uno y otro lado, como si se encontrara en un campo de instrucción, antes de lanzarse a bailar un impetuoso charlestón con su compañero, que iba tan escasamente vestido como ella.

—¿No es asombrosa? —comentó Lilou sin aliento. Era incapaz de apartar los ojos de la belleza de piel oscura que ocupaba el escenario.

Lo mismo le ocurría a Karl, que estaba sentado junto a ella con la boca abierta, contemplando a la extraña bailarina, y que en ese momento volvió a aplaudir, silbar y gritar entusiasmado, igual que el resto del público, sumido en un vertiginoso torbellino de desinhibición y erotismo exótico.

Serafina tenía la sensación de estar sentada tras una mampara de cristal que la separaba del espectáculo. Estaba furiosa con Lilou por haberla llevado allí; ella más que nadie debía saber lo mucho que le repugnaban los ambientes como ese, cargados de humo y llenos de hombres que babeaban y codicia-ban cada centímetro de piel desnuda de una Baker que se con-toneaba de un modo lascivo.

De haber sabido lo que la esperaba allí, se habría encerrado en la habitación del hotel para entregarse a sus penas.

De todos modos, no era solo la atmósfera del teatro lo que la tenía tan crispada. También el hecho de que la señorita Schmidtke no hubiera podido contestar a ninguna de sus apremiantes pre-guntas cuando la habían visitado esa tarde.

El dolor de Serafina nacía de algo más profundo.

La noche anterior, Karl le había dado la noticia de que su hermano iba a prometerse con Elise antes de que acabara el ve-rano. Aquello le había afectado tanto que tuvo que disculparse enseguida y subir a su habitación con las rodillas temblorosas para deshacerse en lágrimas.

Después, para calmar la hinchazón de los ojos, se los había refrescado con una manopla mojada, pero sin demasiado éxito. Un poco más tarde, cuando bajó al restaurante para cenar con Karl, él se dio cuenta con solo mirarla.

—Ya te lo dije —dejó caer como de pasada—. Anton no hace las cosas a medias.

Sí, Anton sí hacía las cosas a medias.

Había pasado un cuarto de hora de ensueño con ella en una terraza de los jardines municipales. Era capaz de ver en su interior, de contemplar su alma. Le hablaba en el idioma que ella mejor entendía: el de la música. Y de pronto se pro-metía con otra, sin darle ninguna oportunidad a aquello que los unía.

—No te lo tomes tan a pecho —soltó Karl con su típica ru-deza—. Por suerte, existe un doble de Anton.

Ese intento de animarla fue tan ridículo como todos los que le siguieron mientras ella apenas probaba la sopa de cangrejo y paseaba el fletán con salsa holandesa por el plato, que al final regresó a la cocina prácticamente intacto.

No, no existía ningún doble de Anton. Solo él le provocaba un dulce estremecimiento de anhelo en el estómago. Era su voz, no otra, la que le ponía la piel de gallina por todo el cuerpo. Era en sus ojos donde Serafina creía reconocer parte de su propia mirada.

Su corazón suspiraba por Anton, no por Karl.

Josephine Baker hizo una pausa.

Las luces de la sala se encendieron, el ruido de las conversaciones fue a más y la gente empezó a pedir bebidas. Lilou se disculpó y se dirigió a los camerinos por si la necesitaban allí. Serafina no entendía qué le veían la francesa y todas las personas allí presentes a ese baile tan frívolo.

También Karl se levantó.

Mientras esperaba a que volviera, Serafina pidió un café. La asustaba la sensación de estar sentada allí sola.

Se bebió el café y una copa de vino, luego fue al baño.

Ya había pasado un buen rato después de que ella regresara a su asiento, y Karl seguía desaparecido. Serafina miró alrededor e intentó localizarlo entre el gentío de la sala, pero no lo consiguió.

—Estoy preocupada —le dijo a Lilou cuando esta volvió a la mesa antes de que terminara el intermedio.

—*Mais non!* —exclamó su amiga, animada—. Seguro que estará divirtiéndose. Ya que tú no lo quieres, deja que disfrute.

Serafina apretó los labios.

—*Je t'en prie, Serafina!* —Lilou sacudió la cabeza—. ¿No quieres ser cantante? Pues tendrás que superar el miedo. Este de aquí será tu mundo, ¿entiendes? —Sacó un cigarrillo—. Si no, será mejor que te ganes la vida en una oficina, o como profesora.

—También hay otro tipo de espectáculos.

—¿La ópera?

—Por ejemplo.

Lilou la escrutó con la mirada y expulsó el humo en amplios círculos que subieron hacia el techo.

—¡Vivir requiere valor!

—¿Qué quieres decirme con eso?

—Lo que sea que te está afectando tanto esta noche, Serafina, solo tú puedes cambiarlo.

—No te haces una idea.

—Uy, sí, me hago más idea de lo que crees. —Lilou formó más anillos de humo—. *Un homme?*

Serafina guardó silencio.

—Es una verdadera pena que no le des ninguna *chance* a una mujer —suspiró su amiga.

Se abrió el telón, el público de la sala empezó a aplaudir y a alborotar de nuevo. Josephine Baker salió al escenario. Esta vez, en lugar de las plumas de antes, llevaba una faldita hecha de plátanos de tela que le cubría las caderas.

Cuando empezó a bailar, Karl regresó por fin. Estaba a punto de sentarse a su lado cuando Serafina vio que guardaba un sobrecito en el bolsillo interior de la chaqueta.

Se levantó al instante e intentó alcanzarlo.

—Bueno, bueno... —dijo Karl con una sonrisa—. ¡No seas tan impetuosa! Por mucho que me guste que...

—¡Dame eso! —exclamó Serafina.

Lilou se puso de pie y la agarró por los hombros.

—¡Shhh!

—¡Me da igual! ¡Aquí grita todo el mundo! —Se quitó de encima las manos de su amiga y volvió a rebuscar en la chaqueta de Karl. Esta vez consiguió sacar el sobrecito—. ¿Qué haces tú con esto? —le preguntó a un Karl desconcertado.

—¿Qué quieres que haga? —Alargó la mano—. Devuélvemelo.

—No.

—¡Por Dios bendito, Serafina! —Karl la agarró de la muñeca—. ¡No te pongas así! Fuiste tú quien propuso venir aquí hoy. Si insistes en renunciar a todos los placeres para llorar por Anton Rothmann, tú misma. ¡Pero a mí déjame tranquilo!

—¿Quién te ha dado esto? ¿La encargada de los servicios? —exclamó ella, furiosa.

—¡Es evidente que conoces bien este sitio!

—¡Yo no conozco nada! ¡Ni quiero conocerlo! ¡Y menos con esto! —Serafina levantó el sobrecito y lo rasgó en dos mitades.

El polvo blanco que contenía se esparció sobre la mesa y las copas de champán que había en ella.

—¿Quieres que me lo beba en lugar de esnifarlo? —preguntó Karl, sarcástico.

La mano de Serafina aterrizó en su rostro con un sonoro bofetón. Karl se frotó la mejilla.

—*Je suis désolée!* —Lilou se llevó a su amiga tirándole del brazo con fuerza—. ¡Ya basta! O te tranquilizas, Serafina, o te vas a casa.

—Déjala —dijo Karl—. Me parece que hoy todo la está superando.

De repente, Serafina tuvo la sensación de que no le llegaba el aire. Empezó a respirar entrecortadamente, y poco después sintió un cosquilleo muy extraño en las manos y los pies. Tenía el corazón acelerado.

—No me encuentro bien —le dijo a Lilou.

Esta le puso una mano en el hombro.

—Te has alterado mucho, *ma chère*. Ven, vamos a tomar un poco el aire.

—Será mejor que regresemos al hotel —opinó Karl al verla—. Estás blanca como la pared.

MEDIA HORA DESPUÉS, cuando bajaron del taxi en la puerta del hotel, Serafina ya se encontraba algo mejor. Karl le ofreció el brazo y ella lo aceptó porque todavía sentía que las piernas le flaqueaban un poco.

—¿Sabes qué? —comentó Karl, y su voz sonó inusualmente seria—. Nos quedaremos un rato en el bar del hotel.

—La verdad es que preferiría ir a dormir.

—Solo será media hora. ¡Seguro que te recuperarás enseguida!

Serafina asintió sin ánimo.

Fueron a buscar sus llaves a recepción, y Karl preguntó si el bar todavía estaba abierto. Los condujeron por un pasillo, pasaron junto a la bodega y la biblioteca del hotel, y por fin llegaron al Excelsior Bar.

Ella pidió un té; él, un whisky.

—No pensaba que lo de Anton fuese a afectarte tanto —reconoció Karl, y sacudió la cabeza.

—Déjalo, por favor —repuso ella—. Esas cosas no pueden explicarse.

—¿Qué tiene él que no tenga yo? —Miró el interior de su vaso antes de vaciarlo de un trago.

Serafina no sabía qué responder a eso.

—No estoy seguro de que de verdad ame a Elise —siguió diciendo él sin esperar una contestación.

Ella creyó detectar cierto malestar. Recordó su encuentro en el cinematógrafo y volvió a tener la sensación de que Karl conocía a Elise. Pero ¿de dónde?

Tomó la taza de té con ambas manos y sopló el vapor caliente que salía de la infusión.

—No creo que tú puedas juzgar eso —murmuró.

—Somos gemelos, Serafina. —El joven levantó la mirada—. Lo que nos une escapa a toda explicación. Yo intuyo cosas sobre lo que le ocurre, y también sucede al revés, por supuesto.

—Hasta ahora, más bien tenía la impresión de que entre vosotros existía una especie de competición o algo parecido —dijo antes de darle un sorbo al té—, no que os entendierais con los ojos cerrados.

—Una cosa no excluye la otra. —Karl pidió una segunda copa y después encendió un cigarrillo—. Supongamos que uno de los gemelos siempre parece el descarado, el insensato, y el otro es a quien siempre toman en serio, al que todo le sale bien. ¿Cómo crees que se sentiría el primer gemelo?

—¿Celoso?

—No. O tal vez un poco. Pero lo que siente, ante todo, es impotencia.

—¿Eso es lo que sientes? —Serafina lo miró con incredulidad.

Karl tenía la mirada perdida.

—He sentido esa impotencia toda la vida. Sin madre, con un padre que solo gritaba, despotricaba y repartía golpes. Durante la guerra, cuando tu vida ya no te pertenece y puedes perderla en cualquier momento. O en la empresa, donde no puedes tomar ni una sola decisión sin la aprobación de tu hermana y tu cuñado. Al contrario que Anton, yo nunca he podido demostrar que soy capaz de lograr algo por mí mismo.

A Serafina le costaba encontrar algo que decir.

Él carraspeó.

—¿Y tú? ¿Por qué has reaccionado así antes, en el teatro?

—Eso... —La joven iba a contestar con una evasiva cuando un empleado del hotel se acercó presuroso al tresillo donde estaban sentados.

—Una conferencia para usted, señor Rothmann. Desde Stuttgart.

—¿A estas horas?

—Así es.

Karl la miró extrañado, después apagó el cigarrillo y siguió al hombre al vestíbulo del hotel.

Cuando regresó, tenía la cara pálida. Volvió a sentarse sin decir nada.

—¡Por el amor de Dios, Karl! —exclamó ella, mirándolo con sobresalto—. ¿Qué ha ocurrido?

Él sacudió la cabeza. Le temblaban las manos.

Serafina sintió un pánico creciente y dejó la taza en la mesa.

—¡Habla de una vez, por favor! ¿Quién llamaba?

—Judith —consiguió decir—. Ha... ha habido un incendio.

El camarero le sirvió otro whisky sin decir nada.

—¿Un incendio? ¿En la mansión? —Lo agarró por los hombros.

—No, en la fábrica.

—¡Ay, Dios mío! —Se tapó la boca con la mano—. ¿Es muy grave? ¿Hay alguien herido o...?

—La fábrica de chocolate... ya no existe. —Karl se pasó la mano por el pelo con un gesto de desesperación—. Vicky estaba en el edificio. Anton ha logrado sacarla.

Serafina tenía el corazón en un puño.

—¿Están... vivos?

42

Stuttgart, la mansión de los Rothmann, 11 de junio de 1926

—Vicky —susurró Judith—. Cielo...

Hundió un paño en la fuente de agua tibia que tenía preparada y fue lavando con cuidado la cara de la niña dormida, llena de costras de sangre y ceniza. Le costó mucho retirar las marcas visibles de la noche anterior. Viktoria había tenido una suerte increíble. Se había hecho algunos rasguños que se curarían enseguida, pero no había sufrido ninguna herida grave. Solo quedaba esperar que el miedo vivido durante aquellas horas no le dejara ninguna secuela anímica.

—Mamá... —A la niña le temblaban los párpados.

—Todo va bien, Vicky. Estoy aquí. —Judith retiró el paño y puso una mano cariñosa sobre la melena alborotada de su hija.

La almohada en la que apoyaba la cabeza había sido blanca como la nieve, pero ahora estaba llena de restregones negros. Contempló el rostro de la niña, agradecida de poder abrazarla con vida.

Fuera se oía caer la lluvia.

Para Judith, el monótono sonido de las gotas al repiquetear contra los cristales de la ventana resultaba tranquilizador, un consuelo, pues había empezado a llover justo cuando el pánico de la espera ante la catástrofe terminó por fin. En su recuerdo, todavía veía a Victor corriendo hacia ella con su hija en brazos: «¡Está viva!». Su traje de etiqueta llamaba la atención tanto como el elegante vestido de gala de ella; ambos desentonaban muchísimo en la escena con la que se habían encontrado después de que les comunicaran la terrible noticia mientras aún estaban en la ópera.

Llamaron a la puerta.

—Ha llegado el médico, cariño. —Su marido entró en la habitación.

Aunque ya se había dado un baño, su rostro seguía surcado de marcas y con las mejillas hundidas. Tenía sombras profundas bajo los ojos.

—Esto no es nada para haber jugado con fuego... —comentó Arthur Knödler con su recio acento suabo cuando saludó a la joven paciente. Era un profesional extraordinario, pero, puesto que había sido médico de a bordo, también tenía un trato algo rudo.

Judith se levantó y dejó libre su sitio junto a la cama para que el doctor Knödler pudiera examinar a la niña.

—¿Y bien? ¿Cómo nos encontramos hoy, señorita Viktoria?

Judith vio que su hija abría los ojos con cansancio.

—Mmm...

—Eso no suena nada bien. —El médico sonrió de oreja a oreja—. Vamos a auscultarte la espalda un momento.

Judith ayudó a Viktoria a incorporarse un poco.

—¡Inspira! —ordenó el hombre, y apretó el estetoscopio contra su espalda—. Y espira. ¡Otra vez! Bien. Y, ahora, ¡tose!

Ella obedeció y tosió.

El médico se concentró entonces en la garganta y la faringe.

—Yo diría que has tenido suerte —constató.

Le indicó a la madre que pusiera a la niña un poco de costado y le auscultó el pecho.

—Tiene una leve intoxicación por humo —diagnosticó al final.

—¿Una intoxicación? —preguntó Viktoria, que a esas alturas ya estaba del todo despierta.

—El humo que respiraste durante el incendio ha afectado un poco a los pulmones y los bronquios. Ahora descansa, ya verás como pronto vuelves a encontrarte bien. —El hombre se levantó—. Asegúrense de que la habitación esté siempre bien ventilada —le dijo a Judith—. Y debe beber mucho líquido.

—Desde luego. Me encargaré de que así sea, Arthur —respondió ella, y volvió a sentarse junto a la cama de su hija—. Gracias.

—No hay de qué —repuso Knödler mientras se colgaba el estetoscopio del cuello—. ¿Dónde están los otros heridos?

—Los hemos acomodado en las habitaciones de invitados —respondió Victor.

—Bueno, pues ¡vamos allá! —El médico se hizo con su maletín y salió de la habitación con paso firme—. Adiós, señorita Viktoria.

—Adiós —repuso la niña con la voz un poco ronca.

—Vamos a ver a Mathilda y a Anton —le dijo Victor a su mujer antes de cerrar la puerta con cuidado.

—¿Tilda? —preguntó la chiquilla—. ¿Está aquí con nosotros?

—Sí —contestó Judith, y la arropó—. Y su madre también.

—¿Se encuentra bien? —Todavía tenía la voz tomada, pero ya no tosía tanto como las primeras horas después de su rescate.

—Sí, de momento se encuentra bien. Más o menos como tú. —Era un milagro que Anton hubiera conseguido sacar a las dos niñas prácticamente ilesas de la nave de la fábrica mientras el fuego la consumía.

—¿Y el tío Anton? —quiso saber Viktoria, como si sus pensamientos hubieran seguido la misma línea que los de su madre.

—El tío Anton también está bien.

Eso, sin embargo, solo era verdad en parte. Se encontraba en buen estado hasta cierto punto, pero tenía heridas graves en la mano izquierda.

—¿Tilda puede caminar? —preguntó Viktoria.

—Sí, esta mañana ya se ha levantado.

—Ayúdame a bajar de la cama, mamá —pidió—. Quiero vestirme.

Tres horas después, Victor estaba sentado en su despacho, en una silla tapizada de cuero marrón claro, y se masajeaba la frente con ambas manos. Le dolía la cabeza, también los hombros. Incluso la espalda lo hacía sufrir.

No habían pegado ojo en toda la noche. Ni él ni Judith. Inquietos, habían montado guardia junto a la cama de Vicky y de vez en cuando iban a ver cómo se encontraba Anton.

En esos momentos, el agotamiento empezaba a pasarle factura. Luego se echaría a dormir una siesta de por lo menos media hora, y después intentaría acercarse a Stuttgart con el coche para realizar un primer reconocimiento, o eso esperaba. Todavía era demasiado peligroso entrar en el recinto de la fábrica.

Mientras tanto, quería buscar la póliza del seguro contra incendios y tener preparada toda la documentación necesaria para el parte de daños. Por suerte, la guardaba en casa, y no en la empresa. En cuanto tuvieran clara la magnitud de las pérdidas, lo presentaría todo para recibir el importe de la indemnización lo antes posible.

Cansado, se levantó y fue a la caja fuerte de madera de raíz barnizada que había a pocos pasos de su escritorio y abrió la pesada puerta de hierro. El seguro contra incendios lo había suscrito Wilhelm Rothmann en sus tiempos y estaba guardado, igual que los demás papeles importantes, en un compartimento propio.

Encima de todo había una gruesa carpeta con las disposiciones de la herencia de su padre, Friedrich Rheinberger. Victor todavía no había encontrado el momento de ocuparse de ello a fondo. Dejó la carpeta sobre la pila de revistas que siempre tenía a un lado del escritorio, todas ellas números de la publicación sobre economía y política *Der deutsche Volkswirt*. Después se volvió de nuevo hacia la caja de seguridad, sacó con cuidado el estuche de la documentación que buscaba y lo dejó en la mesa. Lo abrió y seleccionó minuciosamente diversos documentos que estaban clasificados y guardados en sobres de papel con diferentes inscripciones.

Le sentaba bien ocuparse de algo útil. Dentro de lo posible, le permitía olvidar las imágenes de la noche anterior y concentrarse en la tarea que tenía por delante: la reconstrucción.

Fue sacando un sobre tras otro hasta reconocer por fin la letra de su suegro: «Aseguradora Wurtemberguesa contra Incendios». Abrió la lengüeta y extrajo los documentos.

Para estudiarlos con calma, se dirigió al pequeño tresillo —el único mobiliario que había conservado en el despacho tras la muerte de Wilhelm Rothmann siete años atrás— y se sentó en uno de los cómodos sillones. Fue allí donde conoció al patriarca del chocolate, hacía ya más de veintitrés años. Cuando vio a Judith por primera vez.

Apenas había empezado a hojear los documentos cuando llamaron a la puerta.

—¿Señor Rheinberger? —preguntó Dora.

—¿Qué ocurre?

—El jefe de bomberos desea hablar con usted. Y también un caballero de la policía.

—¡Hágalos pasar! —Se levantó y enseguida dejó los papeles en su escritorio.

—¡Buenos días, señor Rheinberger! —Los hombres entraron y se quitaron los sombreros.

—Me alegro de que hayan venido —dijo Victor, y les ofreció asiento alrededor de la mesita—. ¿Les gustaría beber algo? ¿Un aguardiente, quizá?

—Estamos de servicio, lo lamento —repuso el agente de policía—. Señor Rheinberger, quisiera comunicarle que esta tarde podrá realizar una primera inspección de su empresa.

—Bien, gracias. ¿A qué hora calcula usted?

—Preséntese delante de la verja sobre las cuatro y media —contestó el jefe de bomberos—. Nosotros estaremos allí. El incendio está controlado en su mayor parte. La lluvia ha ayudado bastante. Los bomberos que se han quedado de guardia apagan alguna brasa de vez en cuando, pero no parece existir un gran peligro.

Victor asintió. Unos golpes en la puerta interrumpieron la conversación. Era Judith.

—Dora me ha avisado de que habían llegado ustedes —dijo dirigiéndose a las dos visitas, y se colocó detrás del sillón que ocupaba Victor—. Vicky está jugando al parchís con Mathilda y su madre, así que he pensado que podía venir a enterarme de las novedades —explicó en voz baja a su marido.

—¿Cómo se encuentran las niñas? —preguntó el jefe de bomberos.

—De momento bien, gracias. —Se la notaba aliviada—. ¿Y su compañero, el que se cayó de la escalera?

—Se ha roto un brazo y tiene una grave contusión en la espalda, pero ha sobrevivido.

Asintió, compungida.

Victor se aclaró la garganta.

—Podemos ir a la fábrica sobre las cuatro y media para hacernos una composición de lugar. ¿Querrás venir, Judith?

—¡Desde luego!

—¿No será demasiado duro para ti? —insistió él.

Su mujer lo miró.

—Me conoces desde hace mucho tiempo. ¿En serio me preguntas si va a ser demasiado duro para mí?

Por primera vez en ese día, Victor notó que en sus labios se formaba una sonrisa. Judith le dio un golpecito en el hombro y él le sostuvo la mano con cariño.

—Por desgracia, también tengo que comunicarles una cosa... digamos que bastante inquietante, señor Rheinberger —añadió el jefe de bomberos.

Victor asintió y notó que la mano de su esposa se encogía bajo la suya.

—Durante estas últimas horas hemos empezado a investigar

la causa del incendio, y los primeros resultados nos han obligado a informar al señor comisario.

—¿No querrá decir que...? —Las uñas de Judith se clavaron en la palma de Victor y le hicieron daño.

—Me temo que sí, señora Rheinberger. Pensamos que el incendio fue provocado.

Hamburgo, embarcaderos de Sankt Pauli, más o menos a la misma hora

—¿Qué significa eso de que el barco no zarpa?

—Hay un problema con el motor, caballero. Ahora mismo lo están reparando.

—Pues búsqueme otro pasaje.

—Lo lamento, caballero. La siguiente conexión no sale hasta dentro de diez días.

—¿Y cuánto va a tardar esa reparación?

No podía ser cierto. ¡Hasta el momento todo había salido según lo planeado! ¡Al milímetro!

—No sabría decírselo con exactitud. En estos momentos esperamos que el barco pueda volver a navegar mañana.

—¿Esperan? —Cerró ambos puños. No faltó mucho para que borrara a golpes la babosa sonrisa profesional de la cara del empleado de facturación.

Maldición.

Había ido tranquilamente a la estación por la Königstrasse para no llamar la atención. Allí se había subido al tren, había llegado a Hamburgo con puntualidad, se había presentado a tiempo en los embarcaderos de Sankt Pauli... ¡y de pronto le decían que el barco no zarpaba!

—¿A qué hora tengo que volver mañana?

—Eso no puedo decírselo con exactitud, caballero.

—¡Maldita sea! ¿Hay algo que sepa? —Las paredes hicieron resonar su voz.

—Lo lamento. —Esta vez el hombre prescindió del «caballero».

Al demonio. En México, eso le habría costado tres latigazos, pero en Europa había que renunciar a esa satisfacción.

Resolló con desdén, agarró su maleta y decidió que pasaría la noche en uno de los bancos del vestíbulo. Por la mañana, con suerte, se marcharía de allí. ¡La madre que los hizo a todos!

43

Stuttgart, instalaciones destruidas de la fábrica de chocolate, por la tarde

AÚN SE PERCIBÍA un olor acre en el aire cuando Judith y Victor bajaron del automóvil frente a las ruinas de la fábrica de chocolate. La situación parecía irreal, casi grotesca. Solo un día antes, allí se levantaban las naves de la fábrica, los camiones de reparto entraban y salían, habían hablado de adquirir otra instalación de selección de grano, y, de pronto, toda su existencia había quedado reducida a escombros.

El jefe de bomberos los saludó con gravedad. Judith se secó las lágrimas que le caían por el rabillo del ojo. No quería llorar; el momento exigía fortaleza. De algún modo, saldrían adelante. Y, sobre todo, debían dar gracias a Dios por que Viktoria, Mathilda y Anton estuvieran vivos, por que esa horrible noche no hubieran tenido que lamentar víctimas mortales.

Junto a la verja abierta de la fábrica se encontraba también el coche del comisario. El policía se apeó y estrechó la mano a los presentes.

—Cuando quieran.

Entraron juntos en el recinto, serios y concentrados. Victor había abierto un paraguas y lo sostenía sobre Judith y sobre él para protegerse de la lluvia.

Solo una de las naves de producción seguía en pie, pero incluso allí los desperfectos eran tan enormes que probablemente tendrían que derribarla. En el edificio que contenía la cocina de pruebas de Judith y Viktoria se abría un agujero gigantesco. Grandes tramos del tejado se habían venido abajo. Los restos de los muros, empapados por la lluvia, mostraban de forma caprichosa la violencia con que habían ardido las llamas mientras convertían la imponente fábrica en añicos, cascotes y cenizas.

—Por el momento, creemos que provocaron la explosión con pólvora negra —explicó el jefe de bomberos a la vista de la descomunal destrucción.

—¿Pólvora negra? —se extrañó Victor—. En la empresa no almacenamos pólvora negra.

—Hemos encontrado restos de saquitos de algodón llenos de ella —explicó el comisario.

—No me lo puedo creer —dijo, frotándose la frente—. Entonces, es que alguien quería hacer volar la fábrica por los aires.

—Sí, eso parece —repuso el comisario—. Los restos de largas tiras de algodón empapadas en gasolina también encajan con esa hipótesis. Las colocaron en todas las naves para acelerar el incendio. Por eso estamos bastante seguros de que se trató de un acto premeditado.

—Pero ¿quién querría hacer algo así? —preguntó Judith, horrorizada. Le costaba guardar la compostura.

—Ese es el objeto de nuestras investigaciones, señora. En estos momentos estamos estudiando las pruebas. Espero recibir unos resultados más determinantes dentro de aproximadamente una hora. Si me lo permiten, más tarde quisiera pasar a verlos de nuevo por su residencia de Degerloch. Necesitaremos las declaraciones de todos los miembros de la familia.

—Desde luego, señor comisario. ¿Podemos invitarlo a cenar? —repuso Judith, que notó la apatía que teñía su voz.

El comisario la miró, comprensivo.

—Con mucho gusto.

—Lo que me parece extraño —comentó Victor, y miró a su mujer con preocupación— es el hecho de que el edificio de oficinas, con la tienda de chocolate, haya quedado intacto.

—Ha sido por una serie de circunstancias favorables —repuso el jefe de bomberos—. Allí hemos encontrado tiras de algodón en la escalera, lo cual parece indicar que también querían incendiar ese edificio. El tejido, sin embargo, contenía poca gasolina. Es posible que el autor o los autores de los hechos se quedaran sin combustible. O que alguien los interrumpiera.

—¿Quizá se dieron cuenta de que aún había personas en una de las dependencias?

—No podemos descartar esa posibilidad —opinó el comisario—. Si es que tenían escrúpulos de algún tipo. Señora y señor Rheinberger, querríamos pedirles que realizaran un breve reconocimiento de su despacho. Sé que están agotados, pero es importante. Presten atención, sobre todo, a documentos que falten o que estén fuera de su sitio, y a cualquier otra cosa que crean que debemos investigar. Los acompañaré.

—Por supuesto, señor comisario —accedió Victor—. Subamos.

Judith oyó sus palabras como si vinieran de muy lejos.

—Judith, ¿vienes?

No se encontraba bien. De repente tuvo la sensación de que las piernas ya no la sostenían y cayó de rodillas.

—Cariño, ¿qué te pasa? —Su marido corrió a su lado.

—No... no lo sé. Me siento rara.

—¿Podrás llegar al despacho? Allí tengo aguardiente.

No contestó a eso.

—Nuestra vida, todo lo que teníamos... —tartamudeó en cambio—. Todo ha desaparecido, todo está destruido... ¡Míralo!

Victor la rodeó con un brazo.

—Volveremos a construir la fábrica de chocolate —le aseguró—. ¡Más grande y más bonita de lo que fue jamás!

Ella negó con la cabeza. Alargó la mano poco a poco y sus dedos se hundieron en los cascotes del suelo.

—Esto es todo lo que nos queda —susurró, y dejó caer una lluvia de cenizas y restos de piedra. Después contempló la

mugre húmeda de sus manos—. La fábrica de chocolate Rothmann ya no existe. —Se echó a llorar.

Victor la estrechó con fuerza.

—Te prometo una cosa —dijo con voz firme—. Encontraremos a quien nos ha hecho esto y me encargaré de que lamente
haberse metido en nuestra vida y haber atacado a nuestra familia. ¡Todos y cada uno de los días de su miserable existencia!

La mansión de los Rothmann, por la tarde

ANTON ESTABA EN una de las habitaciones de invitados, sentado en una butaca alta, y se miraba la mano vendada. Qué
golpes más insidiosos asestaba la vida... Hacía nada, Karl y
él eran todavía unos niños que tenían a todos en la casa y en
Degerloch pendientes de ellos. ¿Y ahora? De pronto, su futuro
era incierto.

—¿Anton? —Dora asomó la cabeza en la habitación. Debía
de haber llamado a la puerta y él no la había oído—. Tiene usted
visita.

—Sí, está bien —repuso, y se irguió un poco en su asiento.

Era Erich, que entró y se quedó de pie a cierta distancia.

—¿Cómo se encuentra, señor? —Retorcía su gorra, nervioso.

—Sigo vivo. —Había pretendido resultar gracioso, pero él
mismo percibió la desolación de sus palabras.

El muchacho asintió con seriedad.

—Sí, tuvo suerte. Habría podido acabar peor.

—Las niñas están a salvo —dijo—, y yo también me recuperaré.

—¿Es muy grave?

Anton miró hacia la ventana, por cuyo cristal resbalaban las
gotas de lluvia.

—No sé si podré volver a tocar el piano.

—¿Por la mano? —preguntó Erich con espanto.

—Sí. Los cortes son profundos, sobre todo en el pulgar.

—Seguro que se pondrá bien, señor. —Era evidente que no sabía qué decir.

Ambos guardaron silencio durante un rato.

—¿Señor? —El aprendiz fue el primero en volver a hablar.

—¿Sí?

—No sé si será importante, pero ayer vi a una mujer.

Anton no pudo reprimir una sonrisa.

—¡Qué interesante! ¿Era guapa?

—Eh... No me refería a eso. —Erich se sonrojó—. Cuando me marché, bueno, después de la explosión, me fijé en ella. Se comportaba de una forma algo rara.

—¿Qué quieres decir?

—No hacía más que correr de un lado a otro, bueno, o todo lo que podía con el gentío que había allí. Pero estaba completamente fuera de sí. No dejaba de gritar algo, que no sabía que hubiera gente dentro y cosas por el estilo. Después estuvo intentando cruzar la verja, pero los bomberos se lo impidieron, claro.

—¿Qué aspecto tenía?

—Joven, muy delgada. Flaca de verdad. Pelo castaño, como así de largo... —Se llevó una mano plana a la altura de la mandíbula—. Tenía una voz muy chillona. Gritaba mucho.

—¿Y qué más dijo?

—Que se lo tenían bien merecido y que cada cual es culpable de sus propias desgracias. Que si hubieran tratado bien a sus trabajadores, nada de eso habría pasado, y cosas así. Además, olía muy mal.

—¿Olía mal? ¿A qué?

—A gasolina.

—¿A gasolina?

—Sí. Se me ocurrió que no era buena idea acercarse tanto a un incendio si llevaba gasolina encima.

—Eso es cierto, sí.

—Era todo lo que quería decirle, señor.

—Muchas gracias, Erich. Has sido muy observador.

—Pues me marcho ya —dijo este con una sonrisa de medio lado, y se puso la gorra—. Me pasaré otra vez por el taller. Ah, sí, el señor Stern le manda saludos. Ya se ha encargado de todo lo que había apuntado para hoy en el libro y en las carpetas de trabajo. Todos se están esforzando mucho, señor.

—Muy bien. Espero poder ir mañana a la fábrica, por lo menos un rato.

Erich asintió y alzó una mano para despedirse. Cuando encajó la puerta con cuidado al salir, Anton cerró los ojos. Tras sus párpados danzaban las llamas.

No habían pasado ni cinco minutos cuando Dora volvió a llamar a la puerta.

—Tiene otra visita.

—No me encuentro muy bien.

—¡Es una joven dama! —añadió la mujer, elocuente.

Elise.

Anton respiró hondo. Apreciaba que hubiera ido a visitarlo, pero al mismo tiempo no quería que lo viera así. Además, no le hacía ninguna falta su compañía.

—Dígale que vuelva dentro de unos días, Dora.

—¿Está seguro?

—Sí.

—Parece muy preocupada.

—De verdad que no estoy... Bah, dígale lo que quiera, ya se le ocurrirá algo.

A la mujer se le vio la duda en la cara, pero aceptó su decisión. Cuando salió de la habitación, Anton se levantó con esfuerzo, se acercó a la ventana y apartó un poco la cortina.

Poco después vio a Elise recorrer abatida el sendero de grava en dirección a la verja. Le dio lástima. Sin embargo, antes de hablar con ella tenía que volver a sentirse fuerte, reflexionar sobre su situación, saber hacia dónde lo llevarían sus siguientes pasos. Suspiró y soltó la cortina.

La mano le dolía muchísimo, pero tenía la sensación de que debía moverse un poco, así que decidió bajar a la cocina y pedirle a Gerti una taza de café. Y quizá le quedara un trocito de brioche trenzado en la despensa.

En el ala de la cocina, los ánimos también estaban abatidos. Solo el ruido del roce metálico del afilador, que estaba amolando cuchillos y tijeras bajo el tejadillo que había ante la puerta abierta que daba al exterior, aportaba cierto consuelo con su ajetreo a las silenciosas salas. Anton recordó un cálido día de verano de años atrás: Karl y él, contemplando fascinados al hombre con su piedra de afilar portátil, decidieron dedicarse al oficio en ese mismo instante. Gran parte de los cuchillos de cocina a los que intentaron sacar filo quedaron inservibles cuando terminaron.

Entró en la cocina y encontró a la cocinera de pie delante del fregadero, meditabunda. La mujer recibió con un asentimiento de cabeza su petición de un café bien cargado y un dulce.

—Señor Rothmann, echamos en falta a Theo —dijo mientras introducía los granos de café en el molinillo.

—¿A Theo? —preguntó Anton, extrañado—. Páseme el molinillo, Gerti, que yo me encargo.

—¡Pero si está herido!

—Me las apañaré. ¡Todavía tengo la mano derecha operativa!

Ella lo miró con ciertas dudas, pero le entregó el molinillo de café y después puso un filtro de papel en el accesorio que había colocado sobre la cafetera.

—Creo que Theo no vino a dormir anoche.

—Debió de llegar tarde, igual que todo el mundo. —Se sentó en un banco, sostuvo el molinillo entre los muslos y empezó a dar vueltas a la manivela con el brazo sano.

Gerti negó con la cabeza.

—Es cierto que todo lo que ha pasado me ha dejado algo turbada, pero estoy segura de que Theo no volvió a casa anoche

—dijo mientras cortaba una gruesa rebanada de brioche—. Esta mañana no ha bajado a desayunar. Empiezo a preocuparme.

—Estoy convencido de que regresará pronto sano y salvo. Tal vez tenía que hacer algún recado para los señores Rheinberger y no le ha dado tiempo a desayunar. —Anton abrió el cajoncito con el café recién molido.

—Siempre se toma su café por las mañanas, ¡siempre! —Gerti lo alcanzó y echó la aromática molienda en el filtro de la cafetera. Después vertió agua a borbotones.

—Aun así, yo no me preocuparía demasiado. Theo es un hombre muy prudente. —Anton se sentó a la larga mesa, donde los empleados de la mansión de los chocolates llevaban generaciones reuniéndose para comer, comentar las tareas del día y, de vez en cuando, disfrutar de un traguito de vino.

La cocinera untó la miga dorada del brioche con mantequilla.

—¡Precisamente por eso! ¿Y si todavía estaba en la fábrica? ¿Porque, por ejemplo, hubiera ido a buscar a las niñas? —Llenó una taza de café y dejó ambas cosas delante de Anton—. ¡Ayer salió otra vez para ir a recogerlas!

En ese momento entró Dora.

—Gerti, necesitamos tres chocolates a la taza especiados para... ¡Ah, Anton! ¡Se ha levantado! ¡Pero si el médico se lo había prohibido!

—No puedo pasarme todo el día tumbado en la cama —repuso él—. ¡Me volveré loco!

—Pero aún está herido...

—Me encuentro bien.

—¿Tres tazas de chocolate especiado? —preguntó Gerti, que de pronto parecía haberse olvidado de Theo.

—Sí, para Vicky, Mathilda y su madre. —Dora se sentó al otro lado de la mesa—. Nuestra Vicky se está recuperando muy deprisa. ¡Ya vuelve a tenernos a todos ocupados!

—¡Nuestra princesa es una niña muy valiente y muy dura! —Anton sonrió satisfecho y devoró el último trozo de brioche—.

Muchas gracias, Gerti. Estaba buenísimo, ¡como siempre! —Y se levantó.

—Sí. Qué tiempos aquellos, cuando su hermano y usted venían a la cocina cada dos por tres... —suspiró la mujer, que ya estaba batiendo algo con unas varillas en un cazo. Se volvió hacia Dora—: ¿Qué especias quieren que ponga? ¿Canela, cardamomo, vainilla?

Las dos mujeres siguieron charlando y Anton cerró la puerta de la cocina sin hacer ruido al salir. Tenía que hablar con Victor de inmediato, así que decidió ir a buscarlo a su despacho.

44

La mansión de los Rothmann, media hora después

—¡Subo directamente a ver a Vicky! —exclamó Karl, y le lanzó a Dora su chaqueta mientras el taxista se quedaba en la puerta con el equipaje—. ¿Está en su habitación?

—¡No! —respondió la mujer, aunque el joven ya corría escaleras arriba—. Está en el salón, con Mathilda y su madre.

—¡Gracias!

Dio media vuelta, bajó saltando varios escalones a la vez y desapareció en dirección al salón grande.

Dora miró a Serafina.

—Debía de estar muy preocupado por Vicky —comentó.

Ella asintió con la cabeza.

—Sí, preocupadísimo.

—A mí alguien tendrá que pagarme... —reclamó el conductor.

Serafina le dio el dinero del trayecto desde la estación central hasta Degerloch. A causa de la persistente lluvia, habían cancelado el vuelo de Berlín a Stuttgart que tenían reservado y lo habían cambiado por un billete de tren. Serafina no había visto ningún inconveniente. Después de no pegar ojo en casi toda la noche, había podido dormir mucho por el camino.

—Discúlpeme, señorita Rheinberger —dijo el ama de llaves—, pero tengo que ir un momento a supervisar a la doncella. Ahora mismo está con las habitaciones de los heridos y se encuentra un poco sobrepasada. Deje el equipaje ahí mismo, le diré a Theo que se lo suba a su habitación. En cuanto regrese, quiero decir.

—Puedo llevarlo yo misma —repuso la muchacha, comprensiva, y agarró la bolsa de viaje para subir la escalera.

—Gracias, señorita Rheinberger —exclamó Dora tras ella.

Después de guardar sus cosas y cambiarse de ropa, Serafina fue al despacho de Victor. Quería ofrecerle su ayuda. Tal vez podía contribuir en algo para hacerles la situación más llevadera a Judith y a él. Pero ante todo debía pedirle que le dejara ver brevemente su documentación, aun sabiendo que en esos momentos no tendría la cabeza para esas cosas. Para ella, en cambio, el tiempo apremiaba.

Cuando llegó a la puerta, se detuvo un instante antes de llamar con unos golpes.

De dentro no llegó ninguna respuesta. ¿No estaba Victor allí?

Volvió a llamar.

Algo pareció caer al suelo. Se oyeron ruidos extraños, alguien que maldecía. Serafina abrió la puerta.

—Dora, por favor, no... ¡Serafina!

Serafina se quedó de piedra.

Junto al escritorio de Victor estaba Anton Rothmann, arrodillado y recogiendo a toda prisa unos documentos del suelo.

Ambos se quedaron inmóviles unos segundos. Después, la mirada de Serafina recayó en su mano.

—¿Qué te ha pasado?

—Ah, no es grave... —contestó él restándole importancia.

—¡Pero si está sangrando! —insistió ella.

Anton vio entonces las manchas del vendaje.

—¡Maldita sea! —Se puso de pie como pudo y, al hacerlo, los papeles que sostenía volvieron a resbalar al suelo.

Serafina corrió hacia él, pero cuando quiso agacharse a su lado, Anton la apartó.

—Será mejor que te vayas. —Tenía la voz tensa.

Ella desoyó su deseo, se arrodilló en el suelo junto a él y empezó a reunir los documentos desperdigados.

—¡Serafina, por favor! ¡No necesito ayuda! —Su tono fue brusco. Estaba asustado.

La mirada de la joven se dirigió sin querer a las hojas, pero no porque pretendiera llevarle la contraria, sino porque intuyó que tenía problemas.

Acuerdo de confidencialidad —decía uno de los documentos— en cuanto al origen de Martin Friedrich Rheinberger, nacido el 26 de junio de 1904 en Degerloch: a los abuelos biológicos, Josefine y Artur Ebinger, se les concede el derecho de trato con el niño de por vida. A cambio, ellos se comprometen a no revelar ninguna clase de información sobre su ascendencia, ni siquiera al padre biológico (su hijo Max Ebinger). El presente acuerdo se formaliza por deseo de la madre del niño y por el bien del propio menor...

—Serafina...

—¿Sí? —Se volvió hacia Anton.

La mirada de él, llena al mismo tiempo de reproche e inseguridad, la turbó.

—Creo que a Victor y a Judith no les parecería bien lo que estamos haciendo, si lo supieran —dijo Anton con vehemencia.

—No, claro que no —repuso ella en voz baja—. ¿Volvemos a recogerlo todo?

Él asintió.

—Aunque —añadió Serafina— tal vez sea mejor que tú no toques nada. Podrías... ensuciarlo.

Anton se miró la mano. Las manchas de sangre estaban algo más oscuras, parecía que la hemorragia se había detenido, pero tenía todos los dedos ensangrentados.

—Tienes razón.

—Dime dónde va cada cosa, por favor.

—Está bien. Esos son los documentos sobre Martin. Estaban en esa carpeta de papel que tienes justo al lado... ¡Sí, esa!

Anton se sentó en la silla del escritorio de Victor. Siguiendo sus indicaciones, Serafina fue ordenando los certificados, las copias, los contratos y las cartas que estaban desperdigados por todas partes, y volvió a guardarlos en sus carpetas y sobres correspondientes. Como todo estaba perfectamente rotulado, no tuvieron ningún problema en dejar cada documento en su sitio. Cuando terminaron, Serafina tomó la pila de papeles y se levantó.

—¿Dónde los guardo?

—Estaban junto a ese estuche que hay en el escritorio. —Se aclaró la garganta—. No es lo que piensas. No estaba husmeando.

—Yo no pienso eso, Anton. —Dejó los documentos.

—Pues yo, si fuera tú, lo haría —repuso él.

—Pero no eres yo.

Se miraron y ambos soltaron una risa contenida que tuvo algo de liberador.

—Quería hablar con Victor —explicó Anton—. Me he encontrado el despacho abierto, pero él no estaba, así que me he preocupado. Esta habitación suele cerrarse con llave cuando no hay nadie.

Serafina asintió.

—Me ha dado la sensación de que había salido de manera precipitada. He visto todos esos papeles en el escritorio, junto al estuche, y he pensado que sería mejor recogerlos un poco para que no se traspapelase nada. Entonces me he encontrado con el documento de Martin en las manos y justo en ese instante has llamado tú.

—Y se te ha caído todo al suelo por descuido.

—Sí, supongo que... me he sobresaltado. —Suspiró—. No sé, si no me doliera tanto...

—¿La mano?

—Sí.

—¿Me dejas verla?

—Prefiero que no. No es un espectáculo bonito. Nuestro genial médico, Knödler, me cambiará hoy los vendajes.

—¿Cómo te lo hiciste?

—Rompí el cristal de una ventana.

—Caray. —Los ojos de Serafina brillaron con diversión.

—Verás, es que ahora me ha dado por robar chocolate. —Anton demostró tener humor negro—. Sobre todo en edificios en llamas.

Ella notó que la atmósfera seguía relajándose.

—Siempre lo había sospechado. —Apoyó la cadera en el borde del escritorio y sonrió.

Cuando sus miradas se encontraron, el fulgor burlón de los ojos de Anton se convirtió en un intenso afecto.

—Serafina...

—Sacaste a Vicky de allí, ¿verdad? —Posó la mano con delicadeza sobre la de él, la sana, que se agarraba al brazo de madera de la silla.

Ese contacto hizo que Anton se quedara inmóvil. Sin apartar la mirada de ella, volvió la mano y entrelazó sus dedos con los de Serafina.

Ella sintió una oleada de cariño cuando él le acarició suavemente el dorso con el pulgar. La atracción parecía incontenible. Se le secó la boca, tragó saliva.

Anton la soltó. Aunque debía de dolerle mucho, se levantó y le puso la mano derecha, la sana, sobre la mejilla.

—Eres... maravillosa.

Le levantó el rostro para contemplarlo y lo recorrió con la mirada como si la viera por primera vez. Serafina cerró los ojos.

Los labios de Anton, cálidos y suaves, exploraron su boca, buscando, acariciando, incitando. Ella se acercó más a él con un suave suspiro, y así lo alentó de forma instintiva a que la besara con mayor pasión. Anton reaccionó a esa entrega y la hizo cruzar junto a él el umbral que separaba el amor del deseo, la calidez del ardor.

Cuando por fin se separó de ella, a ambos les costaba respirar.

Por un momento, Serafina temió que él se apartara, pero en lugar de eso, la atrajo otra vez hacia sí y posó los labios en su frente. Fue un gesto protector, que buscaba y ofrecía consuelo.

Fuera se oyeron unos pasos, luego voces.

Anton apartó a Serafina a un lado, a cierta distancia del gran escritorio de Victor. En ese instante, a ella le llamó la atención una carpeta bastante voluminosa: «Friedrich Rheinberger: Testamento. Herencia. Serafina Rheinberger: Documentos».

Justo entonces, alguien metió una llave en la cerradura.

—¡Anda, si está abierto! Creía que había cerrado con llave.

Serafina puso algo más de distancia entre Anton y ella.

—¿Qué hacéis vosotros aquí? —preguntó Victor al verlos de pie en su despacho.

Lo seguían Judith y un hombre a quien Serafina no conocía.

—Creía que te encontraría en tu refugio —contestó Anton, y dio un paso en dirección a su cuñado—. Y Serafina también. ¡Empezábamos a preocuparnos!

—Estábamos en la ciudad. —Victor se acercó a su escritorio—. La policía ya ha empezado a investigar y necesitaba nuestra colaboración. —Apartó la mirada de su cuñado y la dirigió a su hermana—. Seguro que habéis aprovechado el tiempo para tener una agradable conversación.

Anton asintió.

—De lo más agradable.

Victor lo escrutó con la mirada, pero no dijo más.

Mientras, Judith se acercó a la joven y la abrazó.

—Qué bien volver a verte sana y salva, Serafina. ¿Cuándo habéis llegado?

—Hará unas dos horas —contestó ella.

—¿Dónde está Karl? —preguntó Victor.

—Ha querido ir directamente a ver a Vicky —dijo Serafina.

—Sí, ya me lo imagino —repuso Judith.

—A la niña le irá bien que la anime —opinó Victor—. Si me lo permites, quisiera presentarte a un viejo amigo de la familia, Serafina. —Hizo un gesto con la mano hacia el desconocido, que entretanto se había servido vino de una jarra que había en un armarito bajo de pared, junto a varias botellas de licor—. Edgar Nold, de Múnich. Edgar, esta es mi medio hermana, Serafina Rheinberger.

Edgar Nold brindó en dirección a ella.

—Encantado de conocerla, señorita Rheinberger.

—Serafina, debes de estar agotada del viaje —añadió Victor antes de que ella pudiera decir nada—. Si quieres, puedes subir a descansar un rato.

Ella sabía que con esas palabras no había pretendido ser descortés. Era evidente que se encontraba bajo una presión enorme.

—Me parece bien. El viaje ha sido largo.

Él asintió con la cabeza.

—Nos veremos en la cena.

—Hasta luego. —Serafina miró alrededor y, mientras se dirigía a la puerta, vio el ardor en los ojos de Anton.

45

—Nos enfrentamos a un incendio provocado —anunció Victor con seriedad cuando Serafina abandonó el despacho.

Miró pensativo el montón de documentos que tenía delante, se sentó y seleccionó algunos papeles con rapidez.

—Lo sospechaba —repuso Anton.

Tras unos breves golpes, Dora abrió la puerta.

—El señor comisario ya está aquí.

Entró un caballero de cierta edad, con bigote, que se quitó el sombrero y saludó parcamente.

—Pues ya estamos todos —dijo Victor—. Me alegro de que también hayas venido tú, Anton. Si no, habría trasladado esta reunión a tu cuarto.

Anton se sentó; estaba mareado. Judith pareció darse cuenta de que no se encontraba bien y le sirvió una copa de vino. Cuando la alcanzó, él reparó en lo desmejorada que se la veía.

—Bien. Primero, recapitulemos los hechos —empezó a exponer el comisario, que sacó una libreta gris—. El incendio debió de iniciarse sobre las nueve y quince minutos de la noche y de manera simultánea en varios puntos. Se extendió deprisa gracias al uso de acelerantes de la combustión. La pólvora negra colocada en diversos lugares provocó explosiones que sin duda aumentaron los daños.

—Está claro que la intención era hacer volar por los aires la fábrica de chocolate Rothmann. —También Victor iba tomando notas.

—La pregunta fundamental, por lo tanto, es quién saldrá beneficiado de esa destrucción. —El comisario miró a los presentes—. ¿La competencia, trabajadores descontentos, enemigos personales?

—Por supuesto, siempre hay alguien que le quiere mal a uno —contestó Victor—, pero semejante energía criminal requiere una motivación de mucho peso.

—¿Se ha producido algún incidente en los últimos tiempos? ¿Alguna pelea o algo por el estilo?

—La jefa de nuestras oficinas, la señora Fischer, tuvo un altercado hace poco con una de las chicas del departamento de administración —dijo Judith—. Resultó herida y desde entonces está de baja.

El comisario anotó el nombre de la mujer.

—¿Cómo se llama la señorita que estuvo implicada en la pelea?

—Herta Häberle. Hace poco que trabaja para nosotros.

—¿No es algo desacostumbrado que una empleada nueva provoque una riña de esas características? —reflexionó el comisario.

—Desde luego —opinó Victor—. Tuve una larga conversación con ella por eso mismo. Se mostró razonable y quiso disculparse con su jefa, pero aún no se ha dado la ocasión.

—¿Cuándo tuvo lugar la pelea?

—Anteayer —dijo Judith.

—Interrogaremos a las dos mujeres —decidió el comisario.

—Debo añadir que en estos últimos meses se han producido varios episodios extraños —dijo Victor, e hizo un resumen de los diferentes sucesos, desde las piedras entre los granos de cacao hasta el cortocircuito eléctrico.

—Podrían estar relacionados —corroboró el comisario.

—Mi aprendiz observó algo que quizá le interese saber —intervino entonces Anton, y explicó lo que le había contado Erich.

Cuando mencionó el olor a gasolina que desprendía la mujer, el comisario comentó:

—¡Ese es un detalle importante!

—Por la descripción, podría tratarse de la señorita Häberle —dijo Judith—. Tiene más o menos esa complexión y también lleva una melena así.

La puerta del despacho se abrió de repente. Todos volvieron la cabeza.

—¿La fábrica ha ardido y no creéis necesario llamarme para tener esta reunión? —Karl apareció en el umbral con una arruga de ira entre las cejas.

—¡Ay, Karl! —exclamó Judith, y corrió hacia él—. ¡Pasa!

Él no le prestó atención, sino que fue directo al escritorio de su cuñado.

—Ya sé que no me tienes en mucha estima, Victor, pero como socio de la fábrica de chocolate tengo todo el derecho a estar informado. —Su voz era cortante.

El comisario lo observó con interés, y Anton reprendió a su hermano en silencio por protagonizar una aparición tan irreflexiva.

La pregunta del policía fue inmediata:

—¿Dónde estuvo usted ayer entre las ocho y las diez de la noche?

—¡Bah! ¿Acaso me considera sospechoso? —preguntó Karl con sarcasmo—. Pues me alegro mucho de haber estado ocupándome de un asunto en Berlín, a una distancia segura.

—¡Karl, por favor! —A Anton le habría gustado zarandearlo.

—¿Supongo que los presentes podrán corroborar su afirmación? —preguntó el comisario con profesionalidad.

—Desde luego —respondió Victor—. Karl Rothmann ha regresado a Stuttgart hace solo unas horas. Estaba de viaje de negocios.

—Muy bien. —Volvió a escribir algo en su libreta—. Ya he comprobado el paradero de todas las demás personas. También he tomado nota de cómo se sucedieron los hechos ayer. ¿Hay alguna otra cosa que deba saber?

—Sí. —Karl miró al comisario a los ojos. En su voz aún se notaba el enfado—. Hace más o menos semana y media, me llamaron la atención dos personas que se encontraban en las inmediaciones de la fábrica.

Victor se extrañó.

—No nos comentaste nada.

—Interesante... —dijo el policía—. Continúe, por favor, señor Rothmann.

—Me dio la impresión de que se trataba de una parejita. El hombre fingía que iba a vomitar y la mujer...

—¿Una mujer? —lo interrumpió Victor.

—Sí, en efecto. Un hombre muy corpulento y una mujer exageradamente flaca. La mujer dijo que el hombre tenía que vomitar, así que dedujimos que él iba borracho y que ella, su esposa, había ido a buscarlo.

—¿Dedujeron? —se interesó el comisario.

—Serafina Rheinberger también estaba presente —dijo Karl, mirando a Victor de reojo—. Habíamos ido al cinematógrafo. Después de eso fui a hacer mi ronda en la empresa y luego pensaba acompañarla a casa.

—¿Realiza usted rondas de vigilancia? —El hombre clavó la mirada en Karl.

—Oiga, señor... comisario —dijo este. Le costaba mucho contener su agitación—. Soy copropietario de esa fábrica. Como es natural, quiero que todo esté en orden en mi empresa, y a todas horas, ya sea de día o de noche.

—No se altere, joven. —El comentario del policía resultó algo desdeñoso—. Por favor, intente recordar todos los detalles.

Karl declaró todo lo que había visto, aunque hablaba en un tono molesto.

—Nada más lejos de mi intención que lanzar sospechas gratuitas —intervino de repente Edgar—, pero no dejo de darle vueltas a que tal vez Albrecht von Braun estuviera por la zona.

—¿Albrecht von Braun? —preguntó Victor—. Pensaba que eso no estaba confirmado, ¿o sí?

—Si consideramos que lo que vio Dorothea hace pocas semanas fue fruto de una equivocación, entonces no está confirmado —dijo Edgar—. Sin embargo, desde entonces se han acumulado varios incidentes. Por separado, pueden parecer casualidades, pero en conjunto...

Victor se levantó.

—¡Eso sería sencillamente atroz! —Cerró los puños con fuerza.

—Tendría un móvil. —Edgar se acercó a Victor, y Karl le dejó sitio de forma instintiva—. La venganza.

—¿Albrecht von Braun? —También a Judith se la notaba horrorizada.

—Por favor, aclárenme un poco quién es ese tal Albrecht von Braun —pidió el comisario—. ¿Está relacionado de algún modo con el banquero Von Braun?

—Sí, es el hijo —explicó Victor, y describió brevemente lo sucedido en 1903, cuando Albrecht von Braun tenía que casarse con Judith Rothmann. Al hacerlo, hizo especial énfasis en el desplante público durante el baile en casa de los Ebinger, que el hijo del banquero debió de tomarse como una gran ofensa.

—¿Y quién es Dorothea? —preguntó el comisario.

—La hermana de Albrecht von Braun —contestó Edgar—, y mi esposa.

—Esa pista debemos seguirla sin falta —afirmó el policía—. También deberíamos interrogar de inmediato a la señorita Herta Häberle. Me temo que, por desgracia, tendré que despedirme antes de la cena, señora Rheinberger.

—Desde luego, faltaría más, señor comisario —repuso Judith, que todavía estaba visiblemente afectada.

—Yo iré ahora mismo a casa de mis suegros —dijo Edgar—. Tal vez Albrecht haya ido a ver a su madre en secreto. Sería muy propio de él.

—¿Dónde vive la señorita Häberle? —quiso saber el comisario.

Victor miró a Judith, que lo pensó un momento.

—En la Marienstrasse.

—Bien. ¿Y dónde puedo encontrar a su aprendiz, señor Rothmann? Debemos llevarlo a ver a la señorita Häberle para que realice una identificación.

—Supongo que estará todavía en el taller. En la Augustenstrasse.

—Lo acompañaré, señor comisario —dijo Victor.

—Me parece lo más sensato. Lo llevaré conmigo a la jefatura. Y sería bueno que también viniera usted, señora Rheinberger.

—Desde luego.

—¿Tienen algo en contra de que los acompañe? —Karl parecía haberse tranquilizado y se esforzaba por hablar en un tono agradable.

—Muy al contrario —dijo el comisario—. De todos modos, a usted también le habría tomado declaración.

Karl le lanzó una mirada de desconfianza al policía.

—Antes de que se marchen todos... —Anton se levantó.

—Por favor, señor Rothmann. —El comisario lo miró con atención.

—Me interesa saber por qué Vicky y Mathilda estaban aún en la fábrica de chocolate a esas horas de la noche.

—Las niñas estaban experimentando con un par de recetas en la cocina de pruebas, y después pensaban ir a casa de Mathilda. Debieron de perder la noción del tiempo —explicó Judith en voz baja—. ¿Cómo iba yo a sospechar que...? —Luchaba por mantener la compostura.

—No es culpa tuya, cariño. —Victor la rodeó con un brazo.

—Pero seguro que alguien tendría que ir a buscar a Vicky, ¿o no? —quiso saber Anton.

—Iba a encargarse Theo. —Judith sacudió la cabeza, como si aún no pudiera hacerse a la idea de que los acontecimientos se hubieran sucedido de una forma tan trágica—. Por lo visto,

Vicky lo convenció para que fuera a buscarla más tarde a casa de Tilda.

—Anton —rogó Victor—, ya ves que todo esto ha afectado mucho a tu hermana. No insistas.

—En este caso debo llevarle la contraria, señor Rheinberger —intervino el comisario—. Deje que el señor Rothmann haga las preguntas que desee. Toda esta información es de gran relevancia.

—Enseguida termino, Judith —dijo Anton—. Pero me interesa saber si provocaron el incendio sabiendo que todavía quedaba gente en el edificio.

Judith miró a su marido.

—No creo que nadie supiera que las niñas estaban allí —respondió en voz baja.

—Y una cosa más: ¿por qué no fue Theo directamente a la fábrica de chocolate después de pasar por casa de los Fetzer y no encontrar allí a las niñas, como creo que ocurrió?

—Así fue, sí —suspiró Judith—. Tuvo que llevar a Robert Fetzer al Marienhospital porque el hombre se cayó al suelo y se hizo una herida grave en la cabeza. Me lo ha explicado la madre de Mathilda, y también me ha contado que Theo le pidió con insistencia que fuese a buscar a las niñas. Como la mujer no pudo encontrarlas en las inmediaciones de la casa, salió hacia la fábrica de chocolate. Todavía no había llegado cuando se enteró de que estaba en llamas... —Se le quebró la voz.

—Por eso le gritaba al bombero que estaba en la verja que tenía que entrar a buscar a las niñas —terminó de decir Anton.

Judith asintió.

—¿Dónde podemos encontrar a ese tal Theo? —preguntó el comisario—. Deberíamos interrogarlo. —Seguía tomando notas en su libreta incansablemente.

—A estas horas suele estar en la cocina —dijo Victor—. Mandaré a buscarlo.

—No está allí —informó Anton—. Perdona. Al principio no le he dado demasiada importancia, pero parece ser que Theo no volvió a casa anoche.

—¿Y por qué no me lo ha dicho nadie? —Victor parecía irritado—. ¡Tenemos que salir a buscarlo!

—¿Puede que siga con Robert en el hospital? —se preguntó Judith.

—Ordenaré que lo busquen —prometió el comisario— en cuanto lleguemos a la jefatura.

46

—Acabo de enviar a dos agentes —dijo el comisario, y dio un sorbo de su taza de café—. Traerán aquí a la señorita Häberle y al aprendiz. No creo que tarden mucho. Y también están buscando a su chófer.

—Espero que los encuentren a todos —masculló Karl, que tomó asiento frente al policía, junto a Victor y Judith.

Ya lo habían interrogado, al principio solo, en una sala contigua. Una experiencia perturbadora. Enseguida había comprendido adónde querían llegar: el hecho de que hubiese perdido brevemente los nervios en presencia del comisario y hubiese arremetido contra Victor parecía ser motivo suficiente para apretarle bien las tuercas.

A petición suya, un rato después habían hecho entrar también a Victor, y este había explicado de inmediato que no tenía ninguna clase de sospecha contra él, puesto que era su cuñado y socio empresarial, tras lo cual dieron por terminado el interrogatorio. Karl esperaba que, con eso, las absurdas sospechas hubiesen quedado del todo disipadas.

Miró a su alrededor.

El despacho del comisario era de un tamaño modesto y estaba amueblado con un estilo bastante funcional. Una mesa sencilla, varias sillas, armarios y estanterías. A Karl le pareció sobrio. Lo más vivo que había allí dentro era un cactus que llevaba una solitaria existencia en el alféizar de la ventana.

Llamaron a la puerta.

—¡Adelante! —El comisario dejó la taza de café.

Karl miró la puerta con atención, esperando que hicieran pasar a Erich o a esa tal Häberle. En lugar de eso, en la sala entró una señora mayor con muletas que cojeaba.

—¡Señora Fischer! —exclamó Victor, sorprendido, antes de levantarse—. ¡Espere, que la ayudo!

—Gracias, estoy bien —repuso la mujer.

Karl le ofreció su asiento. Ella lo aceptó y dejó las muletas apoyadas en la mesa.

—Tengo que contarles algo urgentemente.

El comisario sacó enseguida su libreta.

—¿Cómo tiene el pie? —se interesó Judith.

—Ay, el pie... —respondió la señora Fischer—. Está mejor. Dentro de cuatro semanas ya podré volver al trabajo... si es que todavía me quieren por allí.

—Señora Fischer, por favor. —Victor parecía algo desconcertado—. ¿Por qué no íbamos a quererla?

La mujer bajó la cabeza y luego tomó aire con ímpetu.

—Porque he perdido la llave. No consigo explicarme cómo ha ocurrido...

—¿A qué llave se refiere, señora Fischer? ¿La de la empresa?

—Sí. —La mujer se desmoronó.

Judith y Victor le habían confiado una de las llaves maestras de la fábrica porque a menudo, temprano por la mañana, era de las primeras en llegar a la oficina para organizar el trabajo del día.

—¿Desde cuándo echa en falta esa llave, señora Fischer? —aprovechó para preguntar el comisario.

—Desde hace poco. No me había dado cuenta hasta hoy por la mañana.

—¿Cree que pueden habérsela robado?

—Sí, bueno... Verá, señor comisario, la verdad es que yo nunca pierdo nada.

—¿Eso quiere decir que sí?

—No consigo explicármelo de otra forma.

—Señora Fischer —dijo entonces Judith—. Durante esa riña con la señorita Häberle... ¿no podría ser que se le hubiera caído la llave?

La mujer se encogió de hombros, confusa.

—Siempre la llevo en el bolsillo de la falda, colgada de una cadena.

Un agente entró en el despacho y habló con el comisario en voz tan baja que nadie oyó lo que decía. Su superior asintió despacio con la cabeza.

—Hemos podido localizar tanto a la señorita como al aprendiz —explicó entonces—. Ahora los interrogarán por separado y después habrá un careo.

Por la puerta abierta se oyó una voz de mujer:

—¡Pero, bueno, qué se han creído! ¡No pueden obligarme así como así a...!

La señora Fischer se puso nerviosa.

—¿Esa no es la señorita... Häberle?

Judith asintió.

El comisario se puso de pie.

—¿Me disculpan? En cuanto tengamos algún resultado, se lo haremos saber. ¿Les apetece un café mientras tanto?

—Sí, por favor —aceptó Victor.

El comisario desapareció y, poco después, una taquígrafa les sirvió un café claro. Entonces empezó la espera.

Hablaron muy poco. Judith había apoyado la cabeza en el hombro de Victor y de vez en cuando se quedaba dormida. También Karl notaba el desgaste de las últimas horas en el cuerpo. La señora Fischer, por el contrario, permanecía sentada en su silla con la espalda muy erguida.

Debían de haber transcurrido tres cuartos de hora cuando un agente terminó por fin con la incertidumbre.

—¡Pueden acompañarme!

Judith se frotó los ojos, Victor le susurró algo al oído. La señora Fischer recuperó sus muletas, y Karl, su chaqueta. Siguieron al agente por un pasillo muy oscuro y llegaron a otro despacho.

A través de la puerta cerrada pudieron oír los lamentos de la señorita Häberle:

—Les digo que no tuve más remedio, ese hombre me hizo chantaje. Quería matarme.

Cuando entraron en la sala, Herta Häberle se los quedó mirando atónita.

—¡No es lo que ustedes creen!

—Señorita Häberle —dijo Victor, y se notaba que le habría gustado zarandear a la escuálida joven—, seguro que estos agentes nos informarán de cómo sucedió todo en realidad. Hasta entonces, le agradecería mucho que nos ahorrara sus explicaciones.

Buscó con la mirada a Erich, que estaba sentado en una silla, extenuado.

—La ha reconocido de inmediato —informó el comisario—. Y en su domicilio han encontrado ropa manchada de gasolina y una paca del mismo algodón que utilizaron para provocar el incendio.

—¡Eso no es verdad!

—¿Señora Fischer? —preguntó el comisario sin hacer caso a la señorita Häberle—. ¿Reconoce esta llave? —Y levantó en alto un llavero de cuero.

—¡Sí! ¡Es la mía! —La señora Fischer se acercó cojeando al hombre—. Bueno, en realidad es de la empresa.

—¿Cómo puede explicar que hayamos encontrado esta llave en su casa, señorita Häberle?

La joven sacudió la cabeza.

En el pasillo se oyó un estrépito. Acto seguido, alguien llamó a la puerta y abrió de golpe. Un agente sin aliento asomó la cabeza en la sala:

—Disculpe, señor comisario, pero el caballero dice que es un asunto de máxima urgencia.

—¡Edgar! —exclamó Victor, sorprendido.

—Victor, señor comisario —saludó Edgar, que llegaba con la lengua fuera—. Albrecht von Braun sí que está en Alemania, y desde hace varias semanas. Ayer por la mañana fue a visitar a su madre y le comunicó que hoy partía en barco hacia México.

—¡Qué interesante! —El comisario le dio las gracias a Edgar con un asentimiento de cabeza—. Bueno, señorita Häberle —dijo, dirigiéndose con calma a la joven—, ahora puede escoger: o bien nos dice cómo se llama el hombre que la metió en todo esto, o la llevamos a la cárcel de mujeres esta misma noche.

—¡Anda ya! ¡No pueden encerrarme en la cárcel porque les venga en gana!

Karl se preguntó si la tal Häberle se hacía la tonta a propósito. ¿Cómo se le había ocurrido a Judith contratar a alguien así? Su hermana tendría que darle una explicación en algún momento.

—Ya está bien, señorita Häberle. —El comisario le hizo un gesto a uno de sus agentes, que sacó las esposas.

—Es que fue muy amable conmigo... —soltó por fin la mujer—. Me invitó, fue todo un caballero. También me dio dinero, y luego me explicó lo que le había pasado con los Rheinberger. Así que lo ayudé. Conmigo, los Rheinberger siempre se han portado bien.

Cuanto más escuchaba Karl a esa mujer, más seguro estaba de haber oído su voz hacía poco. Y fuera de las oficinas, además, porque hasta ese momento no le había prestado ninguna atención en la empresa.

—¿Cómo se llama ese hombre?

—Carlos.

—¿Carlos? —A Edgar se le escapó una carcajada.

—¿No creerá que me lo estoy inventando? —preguntó la señorita Häberle, ofendida.

—¿Podría describirnos a ese Carlos? —pidió el comisario.

La mujer solo había dicho una frase cuando Edgar interrumpió su respuesta:

—¡Pero si ese es Albrecht!

Ella lo miró con inquina y acabó su descripción.

Mientras tanto, Karl recordó dónde había oído antes su voz.

—¿Comisario? —Levantó la mano.

La señorita Häberle se quedó callada y lo fulminó con una mirada de ira. Parecía estar disfrutando de una forma extraña el hecho de ser el centro de atención del interrogatorio.

—¿Señor Rothmann? —El comisario hizo un gesto con la mano invitándolo a hablar.

—La mujer que he mencionado antes, la que vi una noche cerca de la fábrica —dijo Karl—, tenía una voz muy particular. Y sonaba igual que la de la señorita Häberle.

—¿Está seguro? —preguntó el comisario.

Karl asintió.

—¿Cómo es que no reconoció la voz aquella misma noche? —se extrañó el hombre—. ¿La señorita Häberle no trabaja en su empresa?

—Todavía no me había relacionado mucho con ella porque solo hace unos meses que está con nosotros. Además, mi despacho se encuentra en otra zona, y de las empleadas de administración se encarga mi hermana.

—Es una explicación plausible. —El comisario se volvió de nuevo hacia la joven—. Bueno, señorita Häberle. ¿Qué tiene que decir a eso? —Se inclinó contra la pared con aspecto de estar muy relajado, pero no le quitaba los ojos de encima.

—Sí, bueno... —Parecía insegura.

—Señorita Häberle —siguió presionándola el comisario—, las pruebas contra usted son abrumadoras. Si se decide a colaborar con nosotros, su pena podría rebajarse un poco.

Herta Häberle miró al suelo.

¿Qué había movido a esa joven a prestarse a algo semejante? Karl no era capaz de entenderlo.

—¿Y bien? —El comisario esperaba sin dejar de mirarla.

Y entonces, por fin, Herta Häberle explicó cómo había ocurrido todo. Que un hombre grueso la había abordado y la había embaucado; que, por encargo de él, había metido piedras a escondidas entre los granos de cacao y había manipulado la caja de distribución de la electricidad. También que él había preparado el incendio con ella. A cambio, le había prometido una gran cantidad de dinero que le transferiría en cuanto regresara a su país.

Edgar no fue capaz de reprimir una carcajada burlona.

—Ya puede esperar ese dinero sentada hasta el fin de sus días, señorita Häberle.

—Señor Nold —intervino el comisario—, acaba de mencionar usted que el susodicho Albrecht von Braun quería zarpar hacia México.

—Eso me ha dicho su madre, sí.

—¿Desde qué puerto?

—El de Hamburgo —respondió Edgar.

—Ya pueden marcharse, damas y caballeros. Ahora mismo llamaré por teléfono a mis compañeros de Hamburgo. En cuanto tengamos novedades, se las haré llegar.

—Yo me quedo —dijo Victor enseguida.

—Yo también —añadió Edgar.

—Yo quiero irme a casa. —Judith estaba deshecha—. Para ver cómo está Vicky.

—Desde luego, cariño —repuso su marido—. Pediremos un taxi. Karl, ve tú con ella. Esto de Albrecht es cosa mía.

47

—Bueno, bueno, Anton. —El doctor Knödler fue retirando con cuidado las vendas de la mano de su paciente—. Vamos a ver.

Anton estaba tumbado en la cama de la habitación de invitados. La mano le dolía muchísimo, y cuando el doctor Knödler empezó con su examen, el dolor aumentó más aún. Gimió.

—Eso te pasa por no hacerle caso al médico —afirmó el hombre sin ninguna pena—, que te había dicho que guardaras cama.

Lo que menos le apetecía a Anton en esos momentos era uno de los sermones de Knödler, pero no había forma de librarse de él. El médico no tenía compasión con los pacientes desobedientes, como bien sabía Anton tras años de experiencia.

—Te estás haciendo daño tú solo —prosiguió el doctor, sacudiendo la cabeza—. Supongo que tendrás claro que, si no te cuidas, jamás volverás a tocar el piano, ¿no?

Anton carraspeó, pero prefirió no contestar nada. En lugar de eso, se concentró en disimular un poco el dolor mientras el médico comprobaba cada uno de los dedos por separado.

—Bueno. Como decía, el tendón flexor del pulgar quedó seccionado —explicó al terminar—. Esperemos que sane bien, porque el cirujano ha hecho un buen trabajo. —Knödler había acudido a un especialista aquella misma noche.

—Eso espero yo también —comentó Anton con un deje de fatalismo.

—Si no, mi colega tendrá que abrirte otra vez. —Knödler volvió a palparle la mano—. Pero, de momento, esperemos que no haga falta.

—¿Qué puedo hacer yo?

—Descansar. Reducir la actividad. Estas cosas son un tanto delicadas. No mover el dedo por el momento, pero eso ya lo habíamos dicho.

—Y, así, ¿me recuperaré? ¿Podré volver a tocar el piano? ¿A trabajar?

—No quiero engañarte, Anton. —Knödler cerró su maletín médico—. Lo de tu mano es grave. Ahora mismo no puedo saber cómo evolucionará, pero haremos todo lo posible para que te recuperes. De momento, dejemos que se cierren esos puntos que se te han abierto hoy. Mañana vendré otra vez y te pondré una férula. Ahora hay todavía demasiada hinchazón para eso.

—Confío en tus artes, doctor. —Anton intentó sonreír un poco, pero no acabó de conseguirlo.

—Bueno, pues voy a ver otra vez a doña Viktoria —anunció Knödler mientras se encaminaba a la puerta—. Esa chiquilla te debe la vida. Y su amiga también.

—Valió la pena. Aunque no pueda volver a tocar ni una sola nota. —Lo dijo casi con obstinación.

El rostro del doctor Knödler, surcado de arrugas, adoptó una expresión aprobatoria.

—Ten paciencia, Anton. Haré todo lo que pueda, y el cirujano también vendrá a verte otra vez. Conseguiremos curar esa mano.

Anton tenía hambre, así que, cuando Dora pasó a verlo, le pidió un trozo de morcilla y un poco de pan con mantequilla. Poco después, Walli, la doncella tímida, subió de la cocina con una opípara bandeja; Gerti le había preparado incluso una tartaleta de chocolate. Intentaba protegerse la mano herida mientras comía.

En realidad, habría preferido regresar a su casa cuanto antes, porque desde su vivienda, al menos, podría asomarse por el taller de vez en cuando. Sin embargo, Judith se lo había quitado de la cabeza con vehemencia, y tenía razón: allí no había nadie que pudiera ocuparse de él. Seguramente tendría que quedarse en Degerloch dos o tres días más.

De todos modos, algo bueno había en todo ello, y era estar bajo el mismo techo que Serafina. Besarla había sido el error más bonito de su vida. La terrible noche del incendio le había enseñado que la vida podía cambiar muy deprisa, e incluso terminar de repente. ¿No era demasiado valiosa para andarse con medias tintas?

Por mucho que apreciara a Elise, no la echaba de menos. Con ella había planeado una relación y un futuro avalados por argumentos sensatos y sólidos. No una buena vida, sino una vida satisfactoria. Amar a Serafina era una osadía, sí, pero sin duda llena de música y pasión.

Dejó la tartaleta de chocolate de Gerti para el final. Estaba deliciosa, coronada por una generosa capa de cremosísima nata. Así era como debía saber la vida.

¿No se habían arriesgado mucho también Judith y Victor? Si era cierto lo que había descubierto en aquellos documentos, por lo menos Martin no era hijo biológico de Victor. Fuera cual fuese la historia o el drama que se desarrolló en aquel entonces... era evidente que no había impedido a Victor casarse con la mujer que amaba.

Anton reflexionó sobre lo que debía hacer. Todavía no estaba lo bastante cansado para irse a dormir, pero tenía que ser cuidadoso con la mano. Victor y Judith no habían regresado, así que aún podría tomarse una copita de vino con ellos. Seguro que Vicky se alegraría si iba a jugar un rato con ella. Aunque, a él, lo que le apetecía de verdad era otra cosa.

La idea de ver a Serafina le hizo olvidar el dolor de la mano, y no solo eso. Le provocó una agradable tensión en el estómago.

Se le aceleró el corazón cuando salió de su cuarto, ubicado en la ampliación de la casa, y cruzó el vestíbulo de entrada hacia la escalera. En el salón grande se oía la risa de Vicky y de las dependencias del servicio llegaban rumores tenues. Walli se cruzó con él cuando subía al primer piso por la escalera iluminada, lo saludó deprisa y siguió rauda su camino.

Anton llegó a la puerta de la antigua habitación de Judith, que ahora ocupaba Serafina.

Recordó las angustiosas noches de tormenta de su infancia, cuando Karl y él buscaban refugio en el cuarto de su hermana mayor. A menudo bajaban los tres a la cocina a escondidas y se preparaban un chocolate caliente con especias en plena noche. Para cuando terminaban, la tormenta casi siempre había pasado ya.

Llamó a la puerta.

Al no recibir respuesta, empujó con cuidado el tirador y abrió.

Serafina lo miró con tal sobresalto que él estuvo tentado de dar media vuelta.

—Buenas tardes, Serafina. —Tenía la voz ronca.

—Buenas... buenas tardes, Anton. ¿Puedo ayudarte en algo?

Estaba sentada en la cama, completamente vestida y con unas fotografías en la mano. Él se quedó en la puerta para darle tiempo a que lo invitara a pasar. De ningún modo quería que se sintiera presionada.

—¿Prefieres que vuelva en otro momento? —preguntó con inseguridad.

—Es que... Bueno, no. —Se levantó, cruzó la habitación y dejó las fotos en la repisa de la chimenea. Sin embargo, cuando se giró para acercarse a él, resbalaron y cayeron al suelo, a su espalda.

La mirada de Anton se dirigió hacia ellas sin querer. Serafina se arrodilló enseguida e intentó taparlas con la mano, pero comprendió que Anton ya la había visto contoneándose con sensualidad alrededor de una columna, con el torso desnudo y cubierta apenas por una túnica.

—Serafina...

—Vete. Por favor, márchate.

Su voz denotaba tal abatimiento que Anton no fue capaz de dejarla sola.

—Yo... no te juzgo —dijo con delicadeza.

Ella se volvió de golpe.

—¡No tienes ni idea de lo que son estas fotografías! ¿Y te atreves a tratarme con compasión? ¿O, lo que es peor, con comprensión? ¿Porque he cometido un desliz? ¿Es eso?

—No era mi intención...

—Crees lo que ves. Una mujer semidesnuda, una joven libertina, depravada y víctima del desprestigio. ¡Pero las cosas no son tan sencillas!

Se incorporó. El verde brillante de sus ojos refulgía de ira, miedo, desesperación.

—Ten. —Le lanzó las copias a los pies—. Quédatelas. Enséñalas por ahí. Cuéntales a todos quién soy, según tú. —Le caían lágrimas por las mejillas—. Es el precio que tengo que pagar por... mi estupidez.

Se volvió de espaldas y fue a la ventana.

El vestido azul claro que llevaba realzaba su estilizada figura. Y si antes le había parecido valiente y fuerte, de repente a Anton se le antojó vulnerable... alguien que necesitaba protección.

Cerró la puerta tras de sí y se acercó a ella con mucha cautela. Serafina no se volvió. En lugar de eso, siguió mirando hacia fuera, el sol poniente que había conseguido disipar las nubes de lluvia. Anton se fijó en que había descorrido del todo las cortinas de la habitación.

—Me gustaría oír tu historia —le dijo en voz baja, y se colocó justo detrás de ella, pero sin tocarla—. Si quieres contármela.

Serafina respiró hondo. Él sintió sus dudas, cómo se debatía consigo misma.

Y entonces llegaron las palabras.

Le explicó, primero entrecortándose, después con más fluidez, los acontecimientos de los últimos tiempos y el peso casi insoportable con el que cargaba. Anton apenas podía creer que no se hubiera dado cuenta de su lucha interior en todas esas semanas.

La joven no lloró, pero, incluso después de terminar, seguía sin volverse hacia él. Mantenía la mirada fija en la ventana.

¿Pensaría que Anton iba a denunciarla?

Él contempló la suave curva de su cuello, realzada por la línea de su cabello negro y las perlas de su collar, y levantó una mano con cuidado. Cuando le tocó el hombro, ella se estremeció sin querer, pero aun así él siguió acariciándole la espalda.

—¿Cómo se hace algo así, Anton? —preguntó al final en voz baja, sin rehuir su mano—. Vas detrás de una mujer y al mismo tiempo la tienes en vilo. Muestras sentimientos para luego volver a guardarlos bajo llave. Buscas la cercanía de alguien y, poco después, pones una distancia atroz entre ambos.

Él sabía muy bien a qué se refería. Serafina había descrito en pocas frases cómo debía de haber visto ella, desde fuera, el debate interno de él. Así debía de haber sentido ella su acercamiento y su rechazo, según la decisión que pesara más en la balanza en cada momento. Anton se sintió miserable. Mientras intentaba alcanzar sus propios y sublimes objetivos, había herido infinitamente a otras personas. No solo a Serafina. También a Elise.

—Es muy... Te entiendo —susurró, la tomó entre sus brazos y la estrechó con dulzura—. Lo siento mucho. Creo que te he hecho más daño de lo que imaginaba. —Recorrió la curva de su cuello con las caricias de sus labios—. Si estás preparada para lo nuestro, Serafina, entonces yo también.

En ese preciso instante, un grito resonó por toda la casa.

48

EL PENETRANTE GRITO procedía del ala de la cocina, donde reinaba una gran agitación cuando entraron Anton y Serafina. La cocinera, Walli, Vicky y Tilda, Luise Fetzer... todas estaban nerviosas, apiñadas entre los fogones y los armarios.

Anton se acercó y entonces comprendió el motivo: Theo.

El chófer se había derrumbado sobre el largo banco de la gran mesa de madera donde comía el servicio y estaba temblando. Se temió lo peor.

—¡Walli! Ve a buscar ahora mismo al doctor Knödler —ordenó a la criada—. ¡Vicky, Tilda! ¡Vosotras regresad al salón!

Viktoria se sobresaltó. No estaba acostumbrada a que le hablaran en un tono tan acuciante, pero su tío no podía andarse con muchos miramientos.

Le buscó el pulso a Theo.

—Tiene el corazón acelerado. —Se volvió hacia Serafina—. ¿Me ayudas a incorporarlo?

Entre los dos, lo sentaron. El chófer tenía la camisa empapada de sudor, que también le cubría la frente y la nuca.

—¿Theo? —Anton le apretó el brazo con cuidado—. Theo, ¿me oye?

El hombre consiguió levantar la mirada hacia él, pero no respondió.

—¡Necesitamos un paño húmedo! —le pidió Anton a Gerti.

La cocinera puso un trapo bajo el grifo, lo escurrió y se lo dio.

—¿Qué le ocurre? —se lamentó la mujer.

—Déjame a mí —dijo Serafina, y le quitó el paño a Anton. Con cuidado, fue aplicándolo por la frente de Theo.

—Estoy... mareado —anunció este.

—Deberíamos tumbarlo —le dijo Anton a Serafina.

—Sí, será lo mejor.

Anton miró a Theo e intentó que este fijara la vista en él.

—¿Puede caminar aunque sea unos pasos? ¿Hasta su habitación?

El chófer negó con la cabeza. Tiritaba y sudaba al mismo tiempo, el pulso seguía yéndole demasiado deprisa.

—Lo mejor será que lo dejemos aquí un rato más —opinó Serafina—. Hasta que venga el médico y nos diga qué tiene.

Anton asintió.

—De todas formas deberíamos acostarlo. —Buscó un cojín de una silla.

Theo, con cuidado y algo de ayuda de Serafina, se tumbó en el banco de la mesa. Gerti fue a por una manta.

Acababan de tenderlo de lado y taparlo cuando Walli regresó. El doctor Knödler la seguía a poca distancia.

—Bueno, ¿qué ha pasado aquí? —preguntó el hombre, que dejó su maletín y sacó el estetoscopio.

—Prepararé un poco de gaseosa —dijo Gerti, y se retiró a la alacena.

La madre de Mathilda y las dos niñas ya habían salido de la cocina, y también Walli desapareció al instante.

Serafina y Anton apartaron un poco la mesa para que el médico pudiera sentarse junto a Theo y examinarlo.

Knödler se tomó su tiempo, le auscultó los latidos del corazón con el estetoscopio, comprobó los reflejos del paciente y le palpó el cráneo lo mejor que pudo, dada su postura. Después miró a Theo.

—¿Qué ha ocurrido?

Por un momento pareció que el chófer iba a echarse a llorar, pero después negó con la cabeza.

—Bueno, seguramente se ha alterado mucho por algún motivo —le dijo el médico a Anton. Se levantó y preparó una jeringuilla. Después volvió a acercarse a Theo—. Ya sé que no te gustan nada las inyecciones... pero esto hará que te sientas mejor.

—N... no. —Theo intentó incorporarse.

Anton corrió enseguida hacia él y lo sostuvo por los hombros para intentar tranquilizarlo.

—¡Quédate ahí tumbado un rato más! —ordenó Knödler. Sin ninguna consideración hacia las damas que estaban presentes, le bajó un poco los pantalones a Theo por el trasero y le administró el pinchazo sin perder tiempo—. Y ahora, duerme un poco. Por la pinta que traes, has pasado una mala noche. —Recogió sus cosas con tranquilidad—. Yo intentaría llevarlo a la cama en la próxima media hora —le dijo entonces a Anton—. Y que alguien se quede con él. Si no mejora, envíame otra vez a la chica, a Walli.

Anton asintió.

—Bien, así lo haremos.

—¿Señor Rothmann? —Walli volvió a entrar—. ¡El Mercedes está fuera! ¡Atravesado en plena calle!

—Ahora voy a ver —repuso Anton enseguida, y salió de la cocina con el doctor Knödler.

THEO ESTABA TUMBADO en el banco y, aunque parecía medio dormido, de vez en cuando profería un leve quejido. Serafina suponía que esa duermevela estaba causada por la inyección que le había administrado el doctor Knödler. Seguramente era un tranquilizante.

—Vaya, pues sí que nos has dado un buen susto, Theo —protestaba mientras tanto Gerti, que sirvió un vaso de gaseosa recién hecha y se lo dio a Serafina.

Esta se había sentado en un taburete junto al chófer. En ese momento regresó Anton.

—El Mercedes estaba atravesado en mitad de la calle. He querido apartarlo, pero tiene el depósito vacío. Voy al garaje a ver si allí hay gasolina.

—Theo siempre guarda un poco —repuso Gerti—. Con eso es muy suyo. Me resulta impensable que un automóvil al cuidado de Theo se haya quedado tirado de esa forma.

—También a mí —dijo Anton—. Es muy extraño que se le acabara el combustible tan cerca de su destino. ¿Qué vueltas habrá dado con el coche?

—Seguro que nos lo cuenta todo cuando haya tomado un poco de mi sustancioso caldo. Ahora mismo voy a preparárselo.

Hasta la fecha, el caldo de Gerti siempre había conseguido devolverle la salud a todos los enfermos de la casa, y, además, estaba delicioso. La cocinera colocó una gran olla en los fogones.

—¿Crees que sobrará un poco para mí, Gerti? —comentó Anton mirando la cacerola—. ¡También estoy herido!

—¡Pues claro que sí! —repuso la mujer, y le guiñó un ojo.

Theo se movió y Anton volvió a comprobarle el pulso.

—En todo caso, ya está mejor —dijo con alivio—. No creo que hoy tengamos que llamar otra vez al médico.

MEDIA HORA DESPUÉS, se oyeron unos pasos apresurados en el pasillo. La puerta de la cocina se abrió tan de golpe que chocó con gran estrépito contra la pared.

—Ya estamos aquí —anunció Karl, y acto seguido se quedó inmóvil—. ¿Qué le ha pasado a Theo?

—Habéis vuelto —constató Anton, y se levantó.

—Judith y yo, sí. Victor y Edgar se han quedado en la jefatura. Por lo que parece, han encontrado al incendiario.

—¿Tan pronto?

—No sé si habrán podido detenerlo ya. Creen que ha huido a Hamburgo para zarpar desde allí a Centroamérica. Espero que a lo largo de la noche sepamos algo más. Se trata de Albrecht von Braun.

—¿Albrecht von Braun? —Anton se quedó de piedra—. ¡Cómo no!

—¿Lo conocías?

—Edgar comentó hace un par de semanas que su mujer lo había reconocido... en Múnich. Pero no la creyeron demasiado. Tampoco yo, si soy sincero.

—Por lo visto tenía una cuenta pendiente con Victor —explicó Karl—. Espero que lo atrapen. Y luego, veremos qué declara.

—¡También yo lo espero! —Anton sacudió la cabeza—. Albrecht von Braun...

—¿Y qué le pasa a Theo? —insistió Karl.

—Ha sufrido un colapso. Knödler ya le ha administrado algo.

—Entonces, ha estado en las mejores manos.

—Tenemos que llevarlo a la cama, Karl. ¿Me ayudas a cargar con él?

—¡Lo llevaré a la cama yo solo! —replicó este—. ¡Tú estás herido, hermano!

Karl consiguió que el chófer llegara a su habitación, que no estaba en la mansarda de la mansión, como las de los demás criados, sino al final del ala de la cocina. Serafina, mientras tanto, fue a buscar a Walli para pedirle que hiciera guardia junto a la cama de Theo las primeras horas.

Apenas habían vuelto a reunirse en la cocina, donde Gerti había sacado pan y manteca a la mesa, cuando oyeron el timbre de la puerta.

Anton se levantó al instante y Serafina lo siguió. Ella, en realidad, iba a comprobar cómo estaba Vicky, pero al ver entrar a un agente de policía, se detuvo.

—Buenas tardes. ¿Es usted el señor Rothmann?

—Sí, uno de ellos.

—Señor Rothmann, vengo de la jefatura. Se trata del empleado desaparecido.

—¿Theo? ¿Nuestro chófer? —preguntó Anton.

—Sí. Varias personas de la ciudad dicen haberlo visto estas últimas horas. Parece que se ha paseado bastante por ahí. Necesito detalles más exactos acerca del automóvil que conduce para poder cotejar las diferentes declaraciones. —El agente miró a Anton con insistencia.

—El coche está ahí delante, en la calle, sin gasolina —explicó este—. Y nuestro chófer, por suerte, ya ha regresado a casa.

—Ah, bien. —El agente asintió—. En la calle hay un Mercedes, en efecto. He aparcado la motocicleta al lado porque estaba bloqueando la calzada y no me ha dejado seguir adelante.

—Ahora mismo me encargo de eso —aseguró Anton.

—Hágalo sin falta, señor Rothmann —pidió el policía—. Y su chófer debería ir a prestar declaración lo antes posible.

—Me temo que eso queda descartado por el momento. No se encuentra bien —repuso—. Quizá dentro de unas horas.

—Que se presente en la jefatura en cuanto esté recuperado. —El agente se llevó una mano al chacó—. Le tomaremos declaración. Me pongo en camino ya. Que pasen una buena tarde.

—Gracias. —Anton cerró la puerta y fue entonces cuando se fijó en Serafina, que se había mantenido en un segundo plano.

—Iba a ver a Vicky —dijo esta a modo de disculpa.

—No pasa nada —repuso él, que fue hacia ella y la abrazó—. Judith se habrá ocupado de ella.

Serafina asintió.

—Anton... Lo de las fotografías...

—De eso tenemos que hablar cuanto antes. —Le besó la frente con cariño—. Te propongo que vayamos a mi habitación. Cuando haya dejado el coche en el garaje. —Rio en voz baja—. Espero que no malinterpretes mi oferta.

—No —repuso Serafina—. Quiero decir... Sí, iré a tu habitación. Y no, no malinterpreto tu oferta. Me alegra no tener que estar sola esta noche.

Hamburgo, embarcaderos de Sankt Pauli, sobre las nueve y media de la noche

EL SUEÑO LE había parecido horriblemente real. Estaba echando una cabezada en su hamaca y lo despertó uno de sus propios ronquidos. Cuando dirigió la mirada todavía borrosa a la ventana, vio con espanto que los empleados de su plantación de cacao lo estaban observando. Iban armados con machetes. Antes de que pudiera incorporarse del todo, los primeros ya habían logrado entrar en la casa y, con gestos amenazadores, pretendían obligarlo a que los acompañara. Adónde, no lo sabía. Fernanda no hacía más que soltarles sartas de insultos en español, y él intentaba desesperadamente entender lo que decía, pero no lo lograba.

El cabecilla —le resultó increíble reconocer en él a su administrador, Marcos— empujó a un lado a Fernanda, que entonces se desvaneció en el aire como si fuera un espectro. Luego el hombre se acercó a él con amenazas y blandiendo un machete por encima de la cabeza. Albrecht quería salir corriendo, pero los músculos no le obedecían.

De nuevo un ronquido.

En ese mismo instante, Marcos le golpeó en el hombro con brutalidad.

—¿Albrecht von Braun?

¿Cómo diablos era posible que el administrador lo llamara por su nombre alemán? En México no lo conocía nadie.

Quería decir algo, pero de sus labios no salía ningún sonido.

—¿Albrecht von Braun? —Esta vez lo agarraron del brazo. Le hacían daño—. ¿O quizá debería decir... Carlos?

El escenario del sueño desapareció, pero la presión en el brazo persistía. Hasta sus oídos llegaron unos molestos sonidos ambientales que no podían proceder de su plantación.

—¡Despierte, Von Braun! El juego ha terminado.

Se despejó de golpe. Abrió los ojos y vio a los dos policías que lo sostenían a izquierda y derecha. Se fijó entonces en el comisario de aspecto hanseático, con su traje y su sombrero, que estaba justo delante de él y lo miraba con desprecio.

Albrecht negó con la cabeza.

—¡Se equivocan de hombre!

—Yo creo que no —replicó el oficial.

Albrecht von Braun notó que empezaba a sudar. No podía ser. ¡Si ya lo había conseguido! Estaba de camino a casa... Solo unas cuantas horas más y habría quedado fuera del alcance de la jurisdicción alemana. Nadie habría podido demandarlo por tomarse la justicia por su mano y causar a los Rothmann el mismo dolor que él tuvo que sufrir por culpa de ellos.

—¡Le digo que se ha acabado! —repitió el comisario, que encendió un cigarrillo.

—Pero ¿qué se han creído? —Albrecht levantó la voz—. ¿Qué quieren de mí?

¿Acaso le habían echado una maldición? El barco que se retrasaba, unos policías que aparecían como salidos de la nada... Esas cosas no sucedían así como así. Fernanda creía en poderes malignos y tal vez estuviera en lo cierto.

—¡Sabe perfectamente por qué estamos aquí, Von Braun! —El comisario se mantenía firme.

—¡No! —Albrecht se removió, aunque seguía inmovilizado por los agentes. Intentó zafarse de ellos, pero lo esposaron.

El tenue chasquido de las esposas a su espalda selló su derrota. Soltó una maldición.

—Albrecht von Braun, queda usted detenido por provocar un incendio y también por ser el instigador de un delito. Se le acusa, además, de haber podido causar la muerte de dos niñas.

—¿Dos niñas? ¡Pero si allí no había ninguna niña!

—¿Ah, no? —Una expresión astuta iluminó la cara del comisario, y Albrecht comprendió que acababa de delatarse a sí mismo.

Su resistencia se vino abajo.

49

Jefatura Superior de Policía de Stuttgart, una hora después

EL ESTRIDENTE TIMBRE del teléfono rompió el frágil silencio del despacho del comisario. Victor se irguió en su asiento y miró a Edgar, que estaba sentado a su lado y esperaba igual de nervioso que él.

El comisario levantó el auricular.

—Sí, está bien... Sí, páseme. —Sacó un cigarrillo de su estuche con una sola mano y le dio unos golpecitos en un extremo sobre el tablero de la mesa—. Ah, compañero... ¡Sí! —Se detuvo y escuchó con concentración—. ¿Está del todo seguro? —insistió después y asintió con la cabeza en dirección a Victor—. Buen trabajo. Gracias. Hablaremos mañana... Sí, perfecto... Bien... Buenas noches a usted también. —Y colgó—. ¡Lo tienen!

Una sensación de alivio invadió a Victor, aunque al mismo tiempo creció en él una ira incontenible.

—Cuando le ponga las manos encima... —masculló Edgar.

—... no va a hacer usted nada —terminó la frase el comisario—. Deje que nos ocupemos nosotros de eso. Primero le tomarán declaración en Hamburgo, después organizaremos el traslado del detenido a Stuttgart.

—Aun así, estoy impaciente por ver a Albrecht entre rejas con mis propios ojos. —Edgar se volvió hacia Victor—. ¡Ese sí que será un día glorioso!

—Habría preferido que Albrecht no se hubiera atrevido a hacer realidad sus fantasías de venganza —dijo Victor, que se levantó y le ofreció la mano al comisario—. ¡Mi más sincero agradecimiento!

El comisario se la estrechó.

—Ha sido un placer. Las primeras horas y los primeros días tras la comisión de un delito son siempre los más decisivos. Si se interpretan los indicios de forma correcta, hay muchas probabilidades de atrapar al culpable. En el delito que nos ocupa, sin embargo, también la poca profesionalidad del delincuente ha contribuido a la pronta resolución del caso.

—Albrecht, el incendiario... —Edgar sacudió la cabeza—. Lo creía capaz de muchas cosas, pero ¿que haya llegado a prender fuego a vuestra fábrica?

—El odio es un estímulo muy poderoso —repuso Victor—. Parece que en todos estos años no ha olvidado que Judith lo rechazó.

—Lo ha envenenado por dentro —opinó Edgar, pensativo—, y seguirá impidiéndole ser feliz. Pero, a partir de ahora, será entre rejas donde tendrá que reflexionar sobre sí mismo y la vida que ha echado a perder.

—Caballeros —los interrumpió el comisario—. Según parece, ya hemos hecho nuestro trabajo por hoy. Si me lo permiten, me quedaré a redactar unos cuantos informes.

—Desde luego, señor comisario. —Victor se puso el sombrero—. Tomaré un taxi para volver a Degerloch. Caray, cómo me voy a alegrar de pillar la cama...

—Pues yo estoy impaciente por informar al viejo banquero Von Braun de todo lo que ha tramado su hijo —añadió Edgar.

—Bueno, señores, les deseo una buena noche, dondequiera que la pasen. —El comisario los acompañó a la puerta—. Y descansen.

—Todo lo posible, dentro de las circunstancias. —Victor se levantó un poco el sobrero otra vez, como gesto de despedida—. ¡Buenas noches, señor comisario!

Edgar y él salieron de la jefatura.

—¿Vas a pie? —preguntó Victor.

Su amigo asintió.

—Quiero estirar un poco las piernas. Además, la mansión de mis suegros no queda muy lejos.

—¿Vendrás a casa mañana por la mañana?

—Lo primero que haré será llamar a Dorothea por teléfono para explicarle lo sucedido de la forma más suave posible. A pesar de todo, Albrecht sigue siendo su hermano.

—Por supuesto. Entonces, cuento con que vendrás hacia el mediodía. —Victor le puso una mano en el hombro—. Y ahora, buenas noches, amigo.

—Buenas noches, Victor.

Serafina se acurrucó contra Anton. Tenía la cabeza apoyada en su pecho, y la mano sana de él la sostenía en un gesto protector. La luz de la luna entraba en la habitación a través de las cortinas abiertas, las nubes de tormenta habían pasado al fin.

Qué raro era estar tan cerca de él cuando hasta hacía pocos días aún pensaba que lo había perdido para siempre por otra mujer. Al mismo tiempo, sin embargo, le resultaba increíblemente natural. Nada en él le hacía sentir extrañeza.

—Tienes que hablar con Victor —dijo Anton en voz baja—. Y lo antes posible, además.

Ella suspiró.

—Lo digo por tu bien, Serafina.

—Ya lo sé, pero es que me cuesta mucho.

—Si conocieras mejor a Victor, habrías confiado en él desde el principio. No te juzgará a ti, sino a quienes te han hecho esto.

—Seguro que tienes razón. —Serafina dibujaba círculos con el índice sobre su torso—. Me alegro de no estar ya sola con esta... preocupación.

Anton rio con prudencia.

—¡Cuando imagino todo lo que has tenido que sobrellevar estas semanas...! Y nadie ha sospechado nada.

—Creo que Judith notaba que algo no iba bien, pero quizá pensaba que todavía estaba de duelo por la muerte de mi padre. —Tragó saliva.

—Eso además. Dios mío, y yo que creía que eras la hermanita malcriada de nuestro cuñado, recién llegada de la gran ciudad.

—¿Eso pensabas? —Levantó la cabeza.

—Sí. Por desgracia, nos apresuramos demasiado a la hora de formarnos una idea de los demás, en lugar de observar con atención. —La mano de Anton se deslizó por su cuello y sus hombros, que masajeaba con caricias—. Y como enseguida te llevaste tan bien con Karl, pensé que tendrías un carácter despreocupado, igual que él. Seguro que eres consciente de lo mucho que vales en ese sentido.

—No creo que se pueda estimar lo mucho que vale una mujer en función de si ha tenido más o menos... amistades —repuso Serafina—. Nunca se sabe qué motivos mueven a otra persona, y cuando alguien está buscando el amor, es muy normal tomar algún camino equivocado. Nadie está a salvo de eso.

Él le besó la frente.

—Puede que tengas razón, sí.

Serafina hundió la nariz en su camisa. Desprendía un irresistible aroma a jabón del bueno y a... Anton.

—Quería preguntarte una cosa —dijo—. ¿Elise...?

—Shhh... Lo mío con Elise ha terminado.

—Pero ¿no os habíais prometido?

—Habíamos planeado hacerlo, pero desde hace un tiempo siento que no es lo correcto.

Serafina se apretó más contra él.

—¿Ella lo sabe ya?

Anton sintió mala conciencia.

—Todavía no del todo.

—No la dejes mucho tiempo con esa incertidumbre. Es terrible no saber dónde se encuentra uno.

—En cuanto tenga ocasión de acercarme a la ciudad, hablaré con ella.

Serafina guardó silencio un rato. Después, se incorporó un poco.

—Hay algo más, sobre Elise... y Karl.

—¿Elise y Karl?

—Sí. Tengo la sensación de que Karl y ella se conocen.

—¿Cómo? Creo que ahí tu intuición femenina se equivoca. Me cuesta mucho imaginarlo.

—¿Karl y tú no habláis de esas cosas?

—Muy poco. Y cuando lo hacemos, más bien nos tomamos el pelo el uno al otro. Hablar de mujeres siempre resulta difícil, porque en ese tema somos muy diferentes.

Serafina se enderezó un poco más, de manera que pudo mirarlo a los ojos.

—¿Sabes qué, Anton Rothmann? Tan, tan diferentes no sois. —Le dio un suave beso en los labios—. Los dos tenéis el mismo miedo a que una mujer se os acerque demasiado. Karl se protege dejando muchas posibilidades abiertas y no comprometiéndose. Y tú... Tú ni siquiera llegas a abrirte.

Anton tardó en responder.

—Una tesis muy interesante, esa que se le ha ocurrido a tu lista cabecita —dijo, y después la atrajo hacia sí—. Tendré que reflexionar sobre ello.

Serafina se echó a reír.

—Sí, hazlo.

Anton se movió para volverse un poco hacia un lado.

—¡Ay!

—¿Te duele? —preguntó Serafina, preocupada.

—Estoy bien.

Pero ella vio que apretaba los dientes. Habían colocado con cuidado la mano herida de Anton sobre un cojín para que estuviera lo más inmóvil posible.

—Knödler me pondrá una férula —dijo él, intentando sonreír—. Mañana. O, por lo menos, ha amenazado con eso.

—¿Podrás volver a tocar el piano?

La respuesta de Anton fue dubitativa.

—Espero que sí.

—¿Qué te ha dicho el médico?

—Que si obedezco sus órdenes, todo debería ir bien. Aunque tardará un tiempo. Y eso que dentro de poco queríamos realizar las primeras grabaciones.

—¿Con el señor Eberle?

—Sí, pero ahora toca dormir —ordenó Anton con cariño—. Mañana temprano iremos a ver a Victor.

—Mmm...

Los latidos del corazón de Anton le transmitieron paz y seguridad. También la casa se había quedado por fin en silencio. Serafina cayó en un sueño profundo y tranquilo.

50

La Augustenstrasse de Stuttgart, 16 de junio de 1926, sobre las cinco de la tarde

—YA VOLVERÉ YO solo a Degerloch. Gracias por traerme, Victor. —Anton abrió la puerta del Mercedes.

—De nada, Anton. Entiendo que quieras venir a ver cómo va todo en tu fábrica de pianos. Además, de todos modos me habría acercado con el coche para recoger a Judith. Ha estado trabajando todo el día en la oficina mientras los de la aseguradora contra incendios estaban conmigo en casa.

—¿Sabéis algo ya? ¿Se harán cargo de los daños?

—Cumplirán con sus obligaciones contractuales, sin duda. Lo que aún está por ver es a cuánto ascenderá la cantidad, porque primero tenemos que calcular la dimensión exacta de los desperfectos. Judith ya se está ocupando de eso.

—Admiro a mi hermana —dijo Anton con seriedad.

—Yo también —repuso Victor—. Solo que a veces me preocupa que se esté sobrecargando de trabajo.

—No podrías impedírselo.

—Ya lo sé. Además, Karl resulta de gran ayuda. Se ha empeñado en hacerse cargo de la reconstrucción de la empresa.

—Eso no me extraña —comentó Anton—. Ahora que se encuentra ante un desafío, por fin puede demostrar de lo que es capaz.

Su cuñado asintió.

—Es bonito ver que la familia se mantiene unida en los momentos difíciles. —Carraspeó—. Judith y yo no volveremos a casa antes de las ocho. ¿De verdad no quieres que pasemos a buscarte?

—Todavía no sé cuánto tardaré. No te preocupes, de alguna manera regresaré a Degerloch.

—Muy bien. ¡Pero no quieras hacer demasiado, Anton! Seguro que el trabajo se habrá acumulado. ¡Tómatelo con calma!

—Iré con cuidado. —Bajó del coche prestando atención al brazo izquierdo, que llevaba en cabestrillo—. ¡Hasta la noche! —Dio unos golpecitos en el techo del vehículo antes de cerrar la puerta.

Victor levantó la mano para despedirse y pisó el acelerador. De momento conducía el gran Mercedes él mismo. Theo se encontraba algo mejor, pero el doctor Knödler le había aconsejado que estuviera dos semanas sin llevar el coche.

Anton respiró hondo y contempló pensativo el cartel que había sobre la entrada del taller. Desde fuera nadie podía imaginar lo grande que era en realidad la empresa, porque dos años atrás había alquilado varios espacios del edificio contiguo para ampliar la producción. Los encargos del otro lado del charco eran los que más quebraderos de cabeza les daban, pero también los más lucrativos. Hacían falta veinte carpinteros solo para el trabajo con la madera, y a eso había que añadirle otros tantos constructores de pianos y oficiales. En esos momentos, Erich era el único aprendiz, pero Anton tenía pensado incorporar algunos más en el transcurso de los meses siguientes. Aunque antes habría que ver cómo se iba recuperando su mano.

—¡Señor! —Erich, que justo entonces estaba limpiando, lo saludó con alegría al verlo entrar en el taller—. ¡Menuda sorpresa que haya venido hoy a casa! ¡No nos había dicho nada!

—Es verdad —repuso Anton—. Lo he decidido de repente. Quería venir a veros y hablar con el señor Stern de algo importante, pero todavía me quedaré unos días más en Degerloch, dejando que me cuiden.

—Casi parece poco propio de usted, señor. —En el rostro de Erich apareció una expresión preocupada—. Pensaba que no le gustaba que lo cuidaran, ¿o me equivoco?

Anton se echó a reír.

—No, la verdad es que no. ¿Está todavía el señor Stern?

—¡Por supuesto! —Erich dejó la escoba en un rincón y dudó un momento—. Me gustaría hacerle una pregunta, señor —dijo entonces con cautela—. Espero no parecerle un entrometido, pero... ¿han conseguido localizar a Theo?

—¿Cómo sabías que había desaparecido?

—Lo oí en la jefatura de policía.

—Ah, es cierto, cuando fuiste a declarar. Sí, Theo ya apareció. Hace unos días.

—Me alegro, señor. Estaba preocupado. ¿Y dónde se había metido?

—Es una larga historia, Erich. Cuando se declaró el incendio en la fábrica, Theo había ido a llevar al padre de la amiga de Viktoria al Marienhospital. El hombre había sufrido una caída grave, aunque no conozco muy bien los detalles. Theo estuvo un buen rato con él y, cuando por fin salió del hospital, ya era muy tarde.

—Pero estuvo ilocalizable durante mucho más tiempo, ¿no? Creía que toda la noche.

—Sí. Fueron una serie de desafortunados contratiempos. Primero, el Mercedes no arrancaba. Lo había aparcado en el hospital y, cuando por fin logró ponerlo en marcha, quiso ir a buscar a las niñas a casa de Mathilda, porque así se lo había prometido a mi hermana, Judith. Pero allí no había nadie. Theo empezó a asustarse y las estuvo buscando por todo Ostheim y los barrios colindantes. En algún momento, su camino lo llevó hasta la fábrica de chocolate...

—¿Y entonces supo que había habido un incendio?

—Exacto. —Anton asintió con la cabeza—. Las personas a quienes preguntó qué era lo que había ocurrido le dijeron que, por lo visto, dos niñas le habían prendido fuego al edificio. Ya sabes lo deprisa que corren los rumores.

—Sí. Se da uno un martillazo en el pulgar y al instante todos explican que han tenido que amputarle el brazo.

—Así es. En cualquier caso, Theo quedó tan conmocionado que regresó al coche y se puso a dar vueltas y vueltas por la zona. No recuerda exactamente qué es lo que hizo. En algún momento se encontró delante de la mansión de Degerloch y, justo en los últimos metros, se quedó sin gasolina.

—¡Caramba! ¡Pobre hombre! Aunque, la verdad, a mí también me habría afectado mucho que me pasara algo así, señor. —Se secó la frente con la tela de la manga—. Seguro que se alegra mucho de que salvara usted a las dos niñas.

—Por supuesto. Y poco a poco se va recuperando del susto. —Anton se frotó el hombro izquierdo. A causa de llevar el brazo dentro del cabestrillo, los músculos se le agarrotaban y le dolían—. Bueno, voy a echar un vistazo por el taller, Erich. Si me necesitas para algo, más tarde estaré en el despacho.

—¡De acuerdo, señor!

Mientras Anton recorría las salas de su empresa, respiraba aquel olor tan especial a madera, barniz y cola y sentía la incontestable lealtad de sus empleados, comprendió que pronto tendría que abandonar Degerloch, por muy cómodo que estuviera allí. Su lugar era ese.

—¡Señor Rothmann! —Stern, trabajador de la empresa desde hacía años y un hombre de dilatada experiencia, se quitó las gafas y se levantó cuando Anton entró en el despacho.

—Veo que, por el momento, aquí está todo controlado.

—Damos lo mejor de nosotros, señor Rothmann.

—¿Está muy avanzado el encargo doble para Nueva York?

—Calculo que podremos entregarlo dentro de dos meses, así que nos ajustaremos al plazo acordado.

Anton fue a su mesa y se sentó.

—Tráigame el libro de cuentas, señor Stern, por favor.

ALGO MÁS DE una hora después, salió de la empresa y se puso en camino hacia las galerías Schocken. Había un segundo motivo por el que le había pedido a Victor que lo llevara a la ciudad. Tenía una cosa que aclarar y, por muy desagradable que se le hiciera, resultaba muy importante.

Esperó cerca de la entrada de los trabajadores, y ella apareció puntual, como siempre.

La abordó en la esquina.

—Elise... —La mala conciencia de Anton resonó en todas las sílabas de su nombre.

—Ahora no tengo tiempo, Anton —repuso ella, reservada—. ¿Cómo te encuentras?

—Por ahora muy bien.

—Estás pálido. Y vas lleno de arañazos. —Elise le señaló la mano.

—Es lo que tiene meterse en un edificio en llamas —dijo él, intentando bromear.

—Siento mucho lo que ocurrió en la fábrica —repuso ella.

—Ay, Elise. Soy yo quien siente de corazón muchas cosas. —Le salió la voz ronca—. Hace poco te hablé de un futuro en común, y luego me negué a verte.

—Tendrías tus motivos.

—Así es. —La miró a los ojos—. ¿Puedo invitarte a un café? No me parece correcto decirte aquí, en la calle, lo que tengo que comunicarte.

—No es que no me apetezca tu compañía, Anton —replicó ella, retorciendo sus guantes—, pero, por un lado, de verdad que estoy muy ocupada y, por otro, me resultaría más fácil que nos dijéramos lo que tengamos que decirnos sin demasiado revuelo, a ser posible...

—Lo entiendo. —Él le ofreció un brazo—. ¿Damos aunque sea un corto paseo?

Ella aceptó su ofrecimiento, pero al mismo tiempo intentó mantener las distancias.

—No he sido del todo sincero, Elise. Ni cuando intenté ganarme tu afecto ni cuando te pedí que te marcharas. Ni contigo ni conmigo mismo. —Se aclaró la garganta—. Prometerme contigo me parecía algo bueno, algo sensato. Sin embargo, los sucesos de estos últimos días me han demostrado que con lo bueno y lo sensato no siempre es suficiente.

—Si eso es lo que sientes, entonces es que es lo correcto para ti. —A ella le temblaba la voz.

—Cuando fuiste a visitarme, al principio no quise que me vieras tal como estaba, débil y herido. Pero no fue solo por eso.

—¿Has comprendido que no soy la mujer que deseas tener a tu lado?

Anton se detuvo.

—Yo lo habría expresado de otra forma, pero en el fondo se trata de eso, sí.

Con mucha delicadeza, Elise retiró la mano de su brazo.

—Te dejo marchar, Anton. No tengo intención de casarme solo para convertirme en una esposa sensata. —Hizo una breve pausa—. Además... en mi vida también ha habido cambios.

—¿De verdad?

—Me interesan la decoración y el interiorismo. Desde hace ya un tiempo. Pero ahora me han ofrecido un puesto con Mia Seeger. —Soltó un leve suspiro—. Cuando me propusiste matrimonio, estuve a punto de rechazar esa oportunidad. Sin embargo, a mí estos últimos días también me han hecho pensar mucho, y he decidido aprovechar la ocasión que me brindan. Ahora no me sería posible formar una familia, por lo menos en los próximos años. Así que, en realidad, me haces un favor retirando tu petición, Anton.

Él se llevó una mano a la frente.

—El destino a veces hace extrañas piruetas. Pero, desde luego, me tranquiliza saber que mi decisión también te ofrece a ti una bienvenida libertad. —Se pasó la mano por el pelo—. Que te vaya bien, Elise. Que tengas éxito en la vida.

—También tú, Anton. Y... gracias. El tiempo que hemos pasado juntos ha sido bonito. —Los ojos le brillaron un poco, aunque sonrió con valentía para contener las lágrimas—. Sobre todo aquella tarde en el cine.

Cuando se estrecharon la mano para despedirse, Anton se sintió abrumado unos instantes por la melancolía. Sin embargo, en cuanto echó a andar hacia la parada de taxis más cercana, supo que había tomado la decisión correcta.

51

La mansión de los Rothmann, 20 de junio de 1926

—¡Tío Karl! —Viktoria bajó la escalera saltando con alegría porque había oído llegar el descapotable.

A poca distancia la seguía Mathilda, que se había recogido el pelo corto con un pañuelo. El fuego había chamuscado tanto sus rizos pelirrojos que habían tenido que cortárselos.

Por primera vez desde la catástrofe de la fábrica, volverían a tomar el habitual café de los domingos en la mansión de los chocolates, y Viktoria llevaba días esperándolo con ilusión. Karl, de hecho, había anunciado que tenía una sorpresa, y la niña estaba tan emocionada que esa mañana incluso le había costado estarse sentada en su sitio durante la misa.

Y ahora, por fin, su tío había llegado.

Dora estaba en el vestíbulo y le había abierto la puerta de par en par a Karl, que parecía cargar con algo muy grande.

Lo primero que vio Viktoria fue la enorme jaula tapada con una tela oscura que su tío cargaba en los brazos.

—¿Qué hay ahí dentro? —preguntó con curiosidad mientras se acercaba.

—¡Un canario! —respondió Karl.

—¿Un canario? ¿De verdad? —La niña puso cara de desilusión—. Pero si yo no quiero un canario, yo quiero...

—... un papagayo, ya lo sé, Vicky. Pero a veces uno tiene que conformarse con lo que hay.

—¡Amén! —exclamó una voz ronca desde algún lugar.

—¿Quién ha dicho eso? —Viktoria aguzó los oídos y miró a Mathilda, que se encogió de hombros.

—¡Yo! ¡Lo he dicho yo! —Karl intentó poner una expresión inescrutable.

—¡No te creo! —Su sobrina, intrigada, contempló la jaula, pero no se atrevía a mirar debajo de la tela.

—¿Y ese canario sabe cantar? —preguntó Mathilda. Tampoco ella podía apartar la mirada del armatoste que Karl sostenía en los brazos.

—Por supuesto que sabe cantar. Este trasto empieza a pesar demasiado... —dijo—. Os propongo que lo llevemos juntos al comedor.

—Pero si los canarios no pesan tanto... —se extrañó Mathilda.

—No es el pájaro lo que pesa, sino la jaula —explicó el tío.

—¡Vamos nosotras primero! —exclamó Viktoria, y se llevó a su amiga de la mano.

Por el rabillo del ojo llegó a ver cómo Dora sacudía la cabeza.

—Pero cómo se le ocurre, Karl...

A Viktoria se le aceleró el corazón de puro nerviosismo. No creía que en la jaula hubiese ningún canario, porque no habría necesitado tanto espacio. Más bien estaba convencida de que ese día Karl iba a hacer realidad su mayor deseo. O, por lo menos, eso esperaba.

Ayudada por Mathilda, se apresuró a despejar el aparador del comedor, y entonces llegó su tío y colocó la enorme jaula en el lugar que le habían preparado.

Del interior salió un breve graznido y, después, otra vez silencio.

—¡Quita la tela, tío Karl, por favor! —Viktoria no podía estarse quieta.

—¡Sí, sí, por favor! —También Mathilda estaba entusiasmada.

—Primero hay que reunir a los demás —anunció Karl—. A fin de cuentas, es un regalo para todos.

—¡Bueno, en realidad es mío! —exclamó Viktoria algo indignada, aunque sin levantar mucho la voz, pero enseguida fue a buscar a toda la familia.

Su amiga la acompañó.

Un cuarto de hora después, todos se habían reunido alrededor de la jaula. Viktoria vio que su padre le lanzaba una mirada de reprobación a Karl.

—Querido Victor, queridísima hermana —proclamó este con gran solemnidad, y Viktoria creyó verlo algo nervioso—. Estos últimos días no han sido fáciles... para ninguno de nosotros. Pero sobre todo nuestra Vicky —miró a la niña con compasión— ha vivido una experiencia aterradora que ha superado con gran valentía, igual que su amiga Tilda. —Le hizo un gesto con la cabeza a ella también.

Victor miró a su cuñado entornando los ojos con censura. Karl no le hizo caso.

—Considero —siguió diciendo, en cambio— que Vicky se ha ganado un gran regalo como compensación. —Fue hacia la jaula y agarró la tela—. ¡Por eso, es para mí un placer dar la bienvenida a un nuevo miembro de la familia! —Tiró de la tela—. ¡Este es... *Pepe!*

—¡Un papagayo! —El grito de alegría de la niña debió de oírse hasta en el Jura.

—¡Ooooooh! —exclamó Mathilda.

Viktoria se acercó mucho a la jaula y contempló a la imponente ave, que se había retirado al extremo más alejado de su barra.

—¡Pero si no es de colores! —señaló con cierta decepción.

—Que sí —la contradijo Mathilda—. Tiene la cola roja, ¿no lo ves?

—¡Me refería a que no es de muchos colores! ¡Como el de la enciclopedia!

—Es que es un loro gris, Vicky —explicó Karl con paciencia—. Los loros grises no tienen tantos colores, ¡pero se les da muy bien hablar!

El pájaro parecía observar con atención todo cuanto sucedía a su alrededor, y Vicky enseguida intentó que se fijara en ella.

—¡Di «Vicky»!

El loro menó la cabeza, pero no emitió ningún sonido.

—¡Venga, di «Vicky»! —siguió pidiendo la niña, y metió los dedos entre los barrotes—. ¡Viii-ckyyy! —repitió, enfatizando cada sílaba.

—Antes tendrás que enseñárselo —supuso Mathilda al ver que el ave seguía sin reaccionar.

—Es verdad. Tienes que practicar con él —confirmó Karl—. Pero aprende muy deprisa.

—En realidad —intervino entonces Victor—, no teníamos pensado comprar ningún loro. Esto es lo que yo llamo pillarnos por sorpresa, Karl.

—De otro modo no os habríais dejado convencer —repuso su cuñado—. Seguro que pronto le tomaréis por lo menos tanto cariño como Vicky y yo —añadió con confianza.

—Victor —pidió Judith—, déjala que tenga esta alegría. Ahora que ya está aquí...

—¡Mirad! ¡Está haciendo algo! —exclamó la chiquilla emocionada, y volvió a atraer la atención de todos hacia ella y el pájaro, que se había puesto en marcha y se movía de aquí para allá con curiosidad.

—Esto es lo que yo llamo dar en el clavo —dijo Anton, que hasta entonces se había mantenido al margen, junto con Serafina—. No te tomes a mal mi opinión, Victor, pero tengo la sensación de que Karl ha acertado del todo con ese loro.

Karl miró sorprendido a su hermano.

—¿Semejante cumplido saliendo de tus labios?

—Bueno, a riesgo de que me consideréis un aguafiestas —empezó a decir Victor—, todavía no está ni mucho menos decidido si el loro se queda o no...

—¡Por los clavos de Cristo! —El grito chillón resonó en la tensa atmósfera de la sala.

—¡Sí que sabe hablar! —celebró Viktoria.

—¿De dónde lo has sacado, con ese lenguaje? —preguntó Judith horrorizada.

—Bueno... —respondió Karl, que apenas conseguía contener la risa—. Se lo he comprado al parque zoológico de Doggenburg. Por lo visto, vivió en una casa parroquial antes de que lo dejaran allí.

—Pues, entonces, no me extraña que tenga ese vocabulario —masculló Victor, y también las comisuras de sus labios temblaron de una forma sospechosa—. A veces se encuentran más malhablados en esos sitios que entre los creyentes de a pie.

—¡Amén! —chilló *Pepe*.

Despacho de Victor, esa misma tarde

—Ah, aquí estás, Serafina. —Victor, sentado en su escritorio haciendo algunas anotaciones, dejó la estilográfica y se levantó—. Has venido con Anton. —No parecía sorprendido, solo lo constataba.

Su medio hermana asintió. Tenía la sensación de que la presencia de Anton le daba fuerzas. En la mano llevaba una carta urgente que Lilou le había enviado hacía tres días.

—Os propongo que nos pongamos cómodos —dijo Victor, y señaló el pequeño tresillo del despacho—. ¿Queréis beber algo?

—No, gracias —repuso Serafina.

—¿Y tú, Anton? ¿Un brandi? ¿Un aguardiente?

—Un brandi, por favor.

Victor sirvió dos Asbach Uralt y le pasó a su cuñado una de las dos copas panzudas. Tomaron asiento.

—¿De qué querías hablar conmigo, Serafina? —preguntó Victor—. ¿Tenéis algún plan especial? —Sonrió satisfecho.

—No —dijo ella.

—Bueno... no todavía —la corrigió Anton, y le dirigió una mirada llena de intención.

—Verás, Victor —empezó a decir ella, buscando las palabras adecuadas—, cometí un gran error.

Este arrugó la frente y dejó su copa en la mesa.

—¿De qué se trata?

—Me... —Se interrumpió y volvió a empezar—. Cuando nuestro padre murió, fui en busca de mi madre. Tal vez sepas que fue bailarina.

—Sí, lo sabía.

—Apenas tenía ninguna pista de dónde encontrarla. Tampoco la señorita Schmidtke pudo o quiso darme ninguna información. Así que me puse a buscarla por mi cuenta.

Victor escuchaba con atención.

—Recordé que mi madre salía en una vieja fotografía... junto a Anita Berber, que es muy conocida en Berlín.

Poco a poco, fue contándole toda la historia sin que Victor la interrumpiera ni una sola vez.

—Pero eso es una canallada... —comentó pensativo cuando ella terminó—. Lo que más lamento es que no te hayas atrevido a explicármelo antes. Ya habríamos podido poner fin a las actividades de esos elementos.

—Seguro que no resulta fácil cuando eres nuevo en una familia —dijo Anton, acudiendo en ayuda de Serafina—. Al principio no podía saber cómo reaccionaríamos.

Ella le lanzó una mirada llena de gratitud.

Victor asintió, reflexivo.

—Y esa tal... ¿Lilou? —quiso saber entonces—. ¿Es de fiar?

—Yo misma me he hecho mil veces esa pregunta —respondió Serafina—, pero tiene los contactos adecuados. Y estoy segura de que su intención es buena, sean cuales sean sus motivos. —No dijo nada sobre las inclinaciones de Lilou, algo que solo Anton conocía—. Me ha escrito una carta —prosiguió, y la sacó del sobre para enseñársela a Victor.

Él tomó la hoja y la leyó con concentración. Mientras tanto, ella, nerviosa, no hacía más que tirarse de la falda, hasta que Anton le puso una mano sobre la suya con suavidad.

Entonces Victor carraspeó.

—En fin. Si lo he entendido bien, esos delincuentes quieren que les entregues un adelanto de quinientos marcos. A cambio, ellos te concederán un plazo hasta enero para pagarles, y entonces te exigirán la cantidad de cinco mil marcos. ¡Esos sinvergüenzas piden una fortuna!

Llamaron a la puerta. Sin esperar respuesta, la visita entró en el despacho.

Ella se sobresaltó.

—¡Perdón! —exclamó Edgar, desconcertado—. Pensaba que estarías solo, Victor.

—No llegas en mal momento —repuso este, y se levantó para darle unas palmadas en el hombro a su amigo—. Más bien al contrario.

Serafina miró a su medio hermano sin entender nada.

—Según parece, siempre estás en el lugar oportuno cuando los Rheinberger tienen dificultades —comentó Anton.

—¡Madre mía! Y ¿de qué dificultades se trata esta vez? ¿No basta con que la fábrica haya ardido? —Edgar enarcó una ceja.

—Por lo visto, no —contestó Victor, sucinto—. Sin embargo, antes quiero pedirle permiso a Serafina para contarte todo lo que hemos hablado hasta ahora.

—Es que... Bueno, no sé yo —tartamudeó Serafina, pero Anton asintió con la cabeza para tranquilizarla.

—Edgar es de confianza —dijo—. Si puedes soportar que sepa de qué se trata, yo accedería. Puede ayudarnos.

Ella lo miró con ciertas dudas, luego se volvió hacia Edgar y al final se decidió.

—Está bien.

Victor le hizo un breve resumen a su amigo.

—Comprenderás —dijo al terminar— que debo encargarme del asunto.

—Te enfrentas a un nuevo desafío, en efecto —comentó Edgar.

Victor asintió, se acercó a la caja fuerte y sacó de allí la carpeta de documentos que Serafina había visto en el escritorio unos días antes.

—Tenemos que ir a Berlín —anunció entonces.

—Yo acompañaré a Serafina —repuso Anton al instante.

Su cuñado, sin embargo, se mostró contrario:

—No, Anton. Estás herido. Este es un asunto que atañe a mi familia. Seré yo quien vaya con ella.

—¡Pero si ya tienes suficiente con encargarte de las consecuencias del incendio!

—Es cierto —repuso—, pero también tengo una esposa muy competente. Ella dirigirá la empresa hasta mi vuelta, junto con Karl.

—¡Yo también voy! —exclamó Edgar sin que nadie le preguntara.

—¿Perdón? —preguntó Serafina.

Incluso Victor parecía sorprendido.

—¿Por qué me miráis así? —dijo Edgar—. Llevamos media vida apoyándonos el uno al otro, y en las situaciones más insospechadas. La verdad es que quería esperar a que trajeran a Albrecht a Stuttgart, pero creo que en Berlín se me necesita con más urgencia.

—¿Estás seguro, Edgar? —quiso cerciorarse Victor.

—En realidad, soy yo quien debería ir —insistió Anton.

—No. Eso no pienso discutirlo —repuso su cuñado.

—Tiene razón, Anton —dijo Serafina en voz baja.

Este sacudió la cabeza, pero no añadió nada más.

—Edgar, tu ofrecimiento es muy generoso —dijo Victor—. Lo acepto de buen grado, si Serafina está de acuerdo. Quién sabe lo que nos espera en Berlín...

Ella asintió.

—Pues no se hable más —decidió Edgar, que parecía más que satisfecho.

—Serafina, por favor, envíale un telegrama a Lilou para decirle que llegaremos a Berlín en tren el próximo miércoles. Tal vez tenga tiempo de quedar con esa gente para la entrega del dinero —dijo Victor—. Y ahora, lo que necesitamos es un plan de batalla.

—Cómo se nota que en tus tiempos hiciste carrera de oficial... —se burló Edgar.

Victor sonrió y dejó en el escritorio la carpeta con la documentación, que hasta entonces había tenido en la mano.

—Eché un vistazo rápido a todos estos documentos —dijo al abrirla—, pero hasta ahora no he podido ponerme a estudiarlos en detalle. —Se puso las gafas—. Bueno, aquí tenemos el testamento, donde dice que al cumplir los veintiún años recibirás tu parte de la herencia, Serafina.

—Eso ya lo sabía —repuso ella—. Lo que no sé es la cantidad.

—No es nada despreciable —comentó Victor—, pero ya habrá tiempo para eso cuando todo lo demás esté resuelto. —Siguió pasando páginas—. Bueno... y aquí está tu partida de nacimiento. Como padre figura Friedrich Rheinberger, como madre, Elly Schwarz. Eso coincide con la información que te dio Lilou. Sin embargo, no se menciona a ningún otro familiar.

—¿Y Paula Schwarz?

—No. Nada.

Serafina se acercó a Victor y miró por encima de su hombro mientras él deshacía el nudo de un atado de papeles.

—Esto son acciones. Sobre todo de compañías ferroviarias —constató—. No solo alemanas, también estadounidenses. Hay, además, acciones de diferentes industrias. Tendré que mirármelo con más atención. Por lo visto, realizó inversiones muy rentables. —Victor dejó la pila de papeles a un lado y tomó una funda de cartulina negra.

Serafina miró con atención cómo sacaba más papeles de dentro, entre ellos una libretita fina de un negro grisáceo con un emblema desgastado.

—Esto es una libreta de ahorro de la Caja de Ahorros de Berlín. Está a tu nombre, Serafina. —Victor la abrió—. Las firmas no se leen bien, pero podría tratarse de la de Richter. Es el hombre que sale en una de las fotografías, ¿verdad?

Ella asintió y tomó la libreta. Estudió los trazos.

—Sí. Richter.

Se la pasó a Anton, que también asintió.

—O sea que ese tal Ernst Ludwig Richter sabía de tu existencia —afirmó.

—Por entonces debía de ser empleado de la caja de ahorros —supuso Victor—. Está claro que ha ascendido desde aquella época.

—A eso le llaman hacer carrera... —apostilló Edgar.

—En cualquier caso, parece que Ernst Ludwig Richter conoce lo suficiente de tu situación económica —dijo Victor—. Para empezar, deberíamos averiguar cuál es su verdadera relación con esa tal Paula Schwarz. Y si ella, por su parte, está emparentada con tu madre.

Serafina notó que ese punto le resultaba doloroso.

—Lo que me preocupa, Victor, es que mi madre pueda estar metida de algún modo en todo esto.

—¿No has dicho que seguramente habrá muerto? —repuso él.

—Así es. Todo parece indicarlo, pero Lilou no ha podido comprobarlo con seguridad.

—Llegaremos hasta el fondo del asunto, Serafina —le garantizó—. Ya tenemos muchas pistas para tirar del hilo. Y, sobre todo, lo que creo que está más que claro es el motivo: el dinero. O bien por necesidad, o bien por codicia... Ambas son fuertes motivaciones. Y, al mismo tiempo, importantes puntos débiles. Por ahí es por donde atacaremos.

—Pues, según parece, esa tal Lilou sí que ha hecho un gran trabajo —opinó Edgar—. Tengo muchas ganas de conocerla.

—Creo que estamos todos igual —repuso Anton, y le guiñó un ojo a Serafina.

52

El estudio de Mia Seeger en Stuttgart, 23 de junio de 1926, a última hora de la tarde

KARL BUSCÓ EL timbre indicado y llamó. Estaba nervioso. Realmente esperaba encontrar a Elise en el estudio de Mia Seeger, tal como le había indicado Adolf Schneck el día anterior.

Bajo el brazo llevaba una carpeta con los proyectos que el arquitecto había diseñado en un principio para la reforma de la fábrica de chocolate, y que en esos momentos él estaba adaptando para la reconstrucción.

Desbordaba entusiasmo. En lo más hondo de su ser, sin embargo, oía el rumor de la mala conciencia. Casi era como si su incontenible deseo de transformar la fábrica hubiese provocado las terribles circunstancias que se habían producido. Era un disparate, por supuesto, pero de todos modos no conseguía quitarse esa idea de la cabeza.

Oyó unos pasos amortiguados y, poco después, Mia Seeger abrió la puerta.

—¡Buenos días, señor Rothmann! ¡Menuda sorpresa! ¿Qué le trae a mi estudio?

—Buenos días, señora Seeger. —Se quitó el sombrero de paja—. Disculpe la interrupción, pero me han dicho que hoy encontraría aquí a la señorita Bender.

Mia sonrió.

—Sí, Elise está aquí. ¿Le apetece pasar, señor Rothmann?

—Si no es molestia, con mucho gusto.

Siguió a Mia hasta la espaciosa sala del estudio.

Elise estaba sentada a uno de los dos grandes escritorios y levantó la mirada con sorpresa al reconocerlo.

—¡Karl!

—Buenos días, Elise —saludó él, y se quedó inmóvil en el centro del espacio, sin saber qué hacer—. Vengo porque querría pedirle un favor.

Ella se levantó.

—¿De qué se trata?

—Traigo unos esbozos de nuestro arquitecto. —Señaló la carpeta que llevaba bajo el brazo—. Son para la reconstrucción de la fábrica de chocolate, y me gustaría preguntarle si le apetecería revisarlos conmigo. Sobre todo en cuanto a la distribución de las salas interiores. Nos gustaría que no le faltara un toque femenino.

A Elise se le iluminó la cara.

—¡Me encantaría!

—Naturalmente, remuneraremos su tiempo como es debido —dijo Karl.

—No es necesario.

—Sí, sí que lo es. —Karl intentó poner una expresión convincente, lo cual era su fuerte, en realidad. La ligera timidez que le sobrevenía cuando se encontraba cerca de Elise lo tenía desconcertado.

Ella lo miró con escepticismo, pero luego asintió.

—Muy bien. Aunque no soy interiorista.

—Soy consciente de ello —le aseguró—. Aun así, nuestro arquitecto, Adolf Schneck, me ha hablado maravillas de usted. Parece que es un manantial de buenas ideas, y eso es justo lo que necesitamos ahora.

—Bueno, Elise —intervino Mia—. La propuesta del señor Rothmann es una oportunidad extraordinaria para adquirir experiencia. Aprenderías mucho.

—Me gustaría seguir las ideas del movimiento Nueva Construcción —añadió Karl—. Otras formas, otros materiales...

—Ese es un plan muy ambicioso —opinó Elise, y se dirigió a Mia—: Si realizo esta colaboración, tendré menos tiempo para el Gremio de Artesanos.

—Yo no lo veo así. Ambas cosas se complementan —repuso su nueva jefa—. Aún estás empezando, Elise, y veo grandes dotes en ti. Ponte a prueba en la práctica y acepta la remuneración que te ofrece el señor Rothmann, porque la vas a necesitar.

—Entonces, ¿podría llevarme a la señorita Bender ahora mismo para tener una primera reunión con ella? —preguntó Karl.

—Eso debe decidirlo Elise —contestó Mia.

—Si puedes prescindir de mí, me gustaría acompañar al señor Rothmann y ponerme a trabajar ya con esos planos. —Elise parecía contenta.

Él lo tomó como una buena señal.

Mia asintió.

—Ve tranquila. De todos modos, yo tengo que salir dentro de un rato. Diría que ya no nos veremos hasta mañana por la mañana.

—Pensaba que iríamos a su empresa —se extrañó Elise cuando comprendió que Karl la llevaba a la Vinoteca del Lago de los jardines municipales—. El edificio de oficinas sobrevivió al incendio sin sufrir daños, ¿verdad?

—Sí, por suerte —confirmó Karl—. Así, por lo menos, podemos organizarlo todo bien. Pero, como es natural, ahora mismo ese lugar es una casa de locos. Aquí estaremos más tranquilos. Además, se está bien al aire libre. —Le sostuvo la puerta abierta—. Usted primero, Elise.

Fueron a sentarse a una mesa exterior.

—Me gustan mucho los jardines municipales —comentó ella.

—A mí también —repuso Karl, y le acercó la silla—. Aquí se trabaja estupendamente. —Fue a su sitio, tomó asiento y la miró pensativo—. Ya que vamos a embarcarnos en un proyecto tan grande —dijo entonces con precaución—, ¿quizá podríamos... tutearnos?

—Mmm... —Elise dudó—. Sí, claro, ¿por qué no? Claro que puedes tutearme. —Le sonrió, y al mismo tiempo Karl tuvo la sensación de que lo observaba con más detenimiento. No fue una mirada desagradable, sino refinada.

—Me alegro —repuso, y se esforzó por hablar en un tono distendido—. ¡Deberíamos celebrarlo brindando con champán! —Llamó al camarero con un gesto y pidió una botella de Veuve Clicquot.

—Como nos la bebamos entera, la nueva construcción de la fábrica de chocolate nos quedará muy impetuosa —bromeó Elise.

—Para mi gusto, no hay nada demasiado impetuoso —repuso Karl, y le guiñó un ojo.

El camarero les sirvió el champán y, mientras el frío vino espumoso burbujeaba en las copas, el joven brindó a su salud.

—¡Por la reconstrucción y la vida!

Entrechocaron las copas.

—Tengo una pregunta más, Elise. Aunque no sé si atreverme a hacértela. —Karl dejó su champán.

Ella se puso alerta enseguida.

—Eso depende.

—Tiene que ver con mi hermano —prosiguió él. Tenía que saberlo con certeza.

Elise cerró un momento los ojos y él temió haberse entrometido demasiado.

—Pregunta —dijo ella entonces.

—¿Todavía sales con Anton? —No había pretendido empezar de una forma tan brusca, pero ya lo había soltado.

Ella negó con la cabeza.

—No. —Casi parecía serena, aunque Karl creyó percibir también cierta decepción.

Se sintió aliviado, por mucho que ya esperase esa respuesta. Durante los últimos días, Anton no le había ocultado a nadie su afecto por Serafina, y puesto que su hermano jamás cortejaría a dos mujeres a la vez, Karl suponía que la relación con Elise se había terminado. Lo que no sabía era cómo se habría tomado ella la nueva situación. ¿Sabía de la existencia de Serafina?

—Pero —prosiguió Elise—, aunque ya no salga con tu hermano, eso no quiere decir que busque... una especie de sustituto.

—¡No, no! —aclaró Karl—. ¡Tampoco yo estaba pensando en eso! Para mí es importante que me ayudes con el proyecto porque en estos momentos la fábrica de chocolate es un caos y esta mañana Victor se ha marchado a Berlín.

—¿A Berlín? ¿No lo necesitáis ahora en Stuttgart?

—Lo cierto es que sí, pero por lo visto se trata de un asunto inaplazable.

Victor le había hablado de unas irregularidades con el testamento de su padre que solo podía aclarar en persona. Sin embargo, Karl no entendía por qué se había llevado también a Serafina y a su amigo Edgar Nold.

Se distrajo un instante pensando en Serafina. Cierto, sus sentimientos por ella se habían enfriado mucho, sobre todo desde su regreso de Berlín. Que ella hubiese preferido a su hermano no le sorprendía, pero, aun así, el hecho de que ya no pareciera preocuparse en absoluto por él había supuesto un duro golpe para su autoestima.

—Bueno —dijo como si nada. Puso en la mesa la carpeta con los planos del arquitecto y sacó los pliegos—. Centrémonos en lo importante de verdad. ¿Te parece bien que revisemos los bocetos primero y que después pidamos una buena cena?

—¡De acuerdo! —Al verlos, un nuevo brillo iluminó la cara de Elise—. Estoy muy emocionada.

Karl le pidió al camarero una mesita auxiliar para dejar el champán, la cubitera y las copas. Después extendió los planos.

Sin darse cuenta de cómo volaba el tiempo, comentaron los diseños de Adolf Schneck. El espacio quedaba dominado por una espectacular escalera acristalada que recordaba a la de las galerías Schocken, como Elise comentó enseguida. Su forma semicircular tenía continuación en el edificio destinado a producción, de líneas sencillas pero con gran solidez, que debía resultar idóneo para los procesos de trabajo.

—Y, sobre todo —explicó Karl—, queremos incluir medidas de seguridad. Instalaremos puertas antiincendios entre las diferentes salas, renunciaremos a la madera como material de construcción, pondremos escaleras de emergencia y habrá compartimentos especiales para toda la instalación eléctrica.

Elise asintió.

—Parece que está todo muy bien pensado.

—¿Y la distribución? ¿Te gusta?

—¡Uy, sí! Está muy lograda, es muy moderna. —A Elise le brillaban los ojos—. En el interior, todo resulta simple y, aun así, acogedor. Duchas para los trabajadores y una sala comedor. ¿Qué te parecería añadir una biblioteca? —Lo pensó un momento—. Y falta una zona al aire libre adonde puedan ir durante las pausas.

—¿No crees que eso es exagerar un poco?

—De ninguna manera. ¡En Schocken tienen tumbonas en la azotea!

—Mmm... —Karl no sabía qué pensar de la idea de Elise—. Está bien, lo tendremos en cuenta para valorarlo más adelante.

—¡Ya verás! Vuestros empleados trabajarán mucho más contentos. ¡Y eso se notará en el chocolate!

—¿Quieres decir que el chocolate sabrá mejor porque los empleados que lo han empaquetado habrán tomado un rato el sol y leído algún libro? —Karl apenas podía contener la risa.

—No me quieres entender —repuso ella con seriedad—. Si vuestros obreros y empleados se encuentran a gusto, trabajarán con más eficiencia y rapidez. Ahorraréis recursos. La plantilla no se pondrá enferma tan a menudo y no cambiará de puesto de trabajo en cuanto encuentre una oportunidad mejor. Y, por eso —lo miró con gravedad—, el chocolate Rothmann, en efecto, tendrá mejor sabor... si quieres expresarlo así.

Karl guardó silencio. Le gustaba la pasión con que argumentaba Elise.

—Te prometo que reflexionaré sobre cada una de tus propuestas y, llegado el caso, haré que las introduzcan.

Ella lo miró dubitativa. Para convencerla de la sinceridad de su afirmación, Karl sacó un lápiz y anotó sus comentarios directamente en los planos.

Elise, concentrada, lo observaba y de vez en cuando le corregía alguna cosa. A él le habría gustado darle un beso, pero estaba convencido de que habría malinterpretado su intención.

—¿Y sigues trabajando en las galerías Schocken? —preguntó, en cambio.

—No, lo dejé.

—Eso está bien. —Asintió—. ¿Y ahora te ha contratado Mia Seeger?

—Sí. —Elise suspiró levemente—. A veces me pregunto si fue la decisión correcta. Pero después de tantos cambios, pensé que...

—¿Te refieres a Anton?

—¿En qué sentido?

—Con eso de los cambios.

Ella miró al frente con la mirada perdida.

—Sí —dijo por fin—. Ese fue seguramente el empujón decisivo.

—Ahora ya no tienes por qué tener en cuenta a nadie en tus decisiones.

—Exacto. En la vida que se abre ante mí no hay lugar para ningún hombre.

Karl sintió una punzada al oír ese comentario, pero al mismo tiempo le hizo intuir que Anton la había herido profundamente, a pesar de que, gracias a ello, Elise había resuelto su conflicto interior en cuanto a la oferta de Mia Seeger.

Era injusto.

Anton había robado dos corazones, el de Serafina y el de Elise. Y eso que solo podía quedarse con uno.

53

Berlín, parque de Tiergarten, 24 de junio de 1926, poco antes del ano-checer

—OCUPEMOS NUESTROS PUESTOS —dijo Victor, y volvió a consultar su reloj de bolsillo—. Deben encontrar el escenario tal como han pedido, para que no sospechen nada. Ahora mismo son las nueve y media. —Miró a Serafina—. ¿Te encuentras bien?

Ella estaba viviendo la situación con muchísimos nervios, pero asintió con valentía.

—Sí, estoy bien.

—Nos tendrás muy cerca, *ma chère*. Pronto habrá acabado todo —comentó Lilou para tranquilizarla. Llevaba a la pequeña *Coco* en brazos.

Serafina casi no se atrevía ni a imaginarlo. Había tantas cosas que podían torcerse...

—Repasémoslo una vez más. —Victor le asió el brazo con fuerza—. Edgar y yo estaremos detrás de esos árboles. —Señaló hacia la siguiente curva del camino.

—¿De verdad es este el lugar acordado? —preguntó Edgar por enésima vez—. Aquí hay mucha actividad. No me parece muy apropiado para una entrega de dinero ilícito. —Miró alrededor.

Era cierto que todavía quedaban algunos paseantes por los bonitos caminos que rodeaban la isla de Luiseninsel, en el Tiergarten. Cuando vivía en Berlín, Serafina iba a pasear por allí muchos domingos.

—La descripción se ajusta exactamente a este punto —repuso.

—Imagino que se llevarán a Serafina a alguna parte —explicó Victor—, pero tendremos que esperar. —Miró a Lilou y añadió—: Tal como hemos comentado, usted recorrerá estos caminos con la perra sin perder de vista a Serafina en ningún momento. Si se la llevan de aquí, sígalos a una distancia prudencial. Y si alguno de nosotros pierde el rastro, nos lo comunicaremos con un doble silbido, como hemos hablado.

—*D'accord* —repuso Lilou, y dejó a *Coco* en el suelo—. En caso de duda, volveremos a encontrarnos aquí. Pero seguro que todo irá bien.

La perrita se puso a husmear y a tirar de la correa de inmediato. Lilou echó a andar tras ella.

—Bueno —dijo Victor—, pues vamos allá.

Asintió con la cabeza para darle ánimos a Serafina y después se escondió con Edgar detrás de los robles.

Serafina se quedó sola. O, por lo menos, así era como se sentía.

Caminó un poco, hasta uno de los tres puentes que cruzaban a la Luiseninsel, el punto de encuentro acordado. La superficie del agua, al moverse, reflejaba los últimos rayos de sol y confería a la escena un aire entre romántico y grotesco. Era como si, con el crepúsculo, regresara a la vida el espíritu de la estimada reina Luise, cuya estatua hecha en mármol de Carrara había encontrado un acogedor hogar en la idílica isla. Serafina posó una mano en la barandilla de madera del puente. Solo tenía que esperar.

Los sonidos lejanos de la gran ciudad penetraban en la serenidad del parque, en el cielo se veían nubes vespertinas, y a Serafina la espera se le estaba haciendo eterna. Al principio aún se orientaba gracias a su reloj de pulsera, pero oscureció y ya no pudo ver la esfera con claridad, así que se dio por vencida. Cada vez estaba más intranquila.

Pensó en los últimos días.

Durante las horas de viaje en tren hasta Berlín, había comentado los detalles con Victor y Edgar hasta la saciedad. Victor quería pagar todo el dinero para no exponer a Serafina a ningún peligro. Consideraba que el aplazamiento ya no era necesario ahora que él sabía lo de las fotografías y el chantaje. Ella lo había reflexionado mucho.

También en el primer encuentro con Lilou se había mostrado indecisa en ese punto. Si les daba el dinero a cambio de las fotografías... todo habría acabado. Solo que no era tan sencillo. ¿De verdad conseguiría ese pago devolverle la tranquilidad? Ella no era la única que lo dudaba. Lilou y Edgar pensaban lo mismo. ¿Y si habían vuelto a fotografiar las imágenes? ¿O si el chantajista decidía seguir presionándola al ver que había conseguido el dinero con tanta facilidad? No, tenían que averiguar quién se escondía detrás de aquello. Solo entonces serían capaces de poner fin a esa pesadilla de una vez por todas.

Por eso, a pesar de las reticencias de Victor, finalmente habían decidido enviar a Serafina a convenir el trato solicitado y no ofrecer el pago completo desde buen principio, con la esperanza de aprovechar la oportunidad para desenmascarar a todos los maquinadores.

Lilou había transmitido el mensaje a los chantajistas y, como respuesta, había recibido indicaciones exactas para la entrega del dinero. Desde entonces habían repasado una y otra vez lo que debía ocurrir esa noche.

—¡Venga conmigo! —exclamó una voz de muchacho que sobresaltó a Serafina.

—¿Cómo dices? —preguntó cuando se dio la vuelta.

—¡He dicho que venga conmigo!

Tras ella había aparecido un chaval, alto y delgado.

—¿Qué quieres?

—No pregunte —dijo el chico—. Yo no sé nada, solo me han encargado esto.

Serafina lanzó una mirada furtiva alrededor. Esperaba que Edgar y Victor pudieran ver lo suficiente en aquella penumbra. Entonces localizó a Lilou, que estaba en la siguiente curva, fingiendo ocuparse de *Coco*.

El chico miró por encima del hombro.

—¡Venga conmigo, ya!

—Está bien —repuso Serafina, levantado un poco la voz adrede—. Iré contigo.

—¡Shhh! —hizo el chico—. No hable tan alto. Que no nos oiga nadie.

La agarró de la manga y tiró de ella. De pronto, la curva donde había visto a Lilou estaba desierta.

El muchacho la paseó por todo el Tiergarten cambiando varias veces de dirección. Cruzaron la extensa cuadrícula de caminos rectos, dejaron el sendero, atravesaron extensiones de hierba y se internaron entre los árboles... hasta que por fin llegaron a la Pariser Platz, junto al parque.

El chico se aseguró una vez más de que no los seguía nadie. Y en efecto, no se veía a Lilou ni a Victor ni a Edgar por ninguna parte. A Serafina empezó a preocuparle que los numerosos rodeos que habían dado les hubiesen hecho perder la pista. Ella conocía bien el Tiergarten. Apenas se tardaba un momento en llegar de la Luiseninsel a la Pariser Platz.

—¡Siga! —siseó el chico, y la empujó hacia la penumbra de los suntuosos edificios colindantes. Desaliñado como iba, llamaba bastante la atención en esa acomodada zona del corazón de Berlín.

Allí estaba la Puerta de Brandemburgo junto al palacio Blücher, que albergaba la embajada estadounidense. También se alcanzaba a ver el hotel Adlon, así como el palacio del Príncipe Heredero, que acogía exposiciones de arte, y muchos otros edificios públicos.

Poco después, Serafina se fijó en un caballero que se les acercaba desde un lado.

El muchacho soltó un fuerte suspiro.

—¡Ahí está! —dijo en voz baja, como para sí.

El hombre llevaba el sombrero muy calado y le ocultaba el rostro.

—¿Te ha visto alguien? —También él miró nervioso alrededor, y observó a dos transeúntes rezagados hasta que desaparecieron en uno de los portales.

—Qué va, nadie. ¿Cuándo me dará mi dinero?

—¡Pronto! —masculló el hombre—. Ahora, sigue tu camino. ¡Si no, llamaremos mucho la atención!

—¡No era eso lo que habíamos acordado, señor Rich...! —protestó el joven.

Horrorizada, Serafina vio cómo el hombre le soltaba un fuerte bofetón.

—¡No digas nombres!

Al instante la agarró de los hombros. Le hacía daño, así que se retorció instintivamente para zafarse de él.

—¡Largo! —le gritó el hombre a su ayudante, que se esfumó enseguida—. Y ahora, a lo nuestro —le dijo a ella—. ¡Llevo mucho tiempo esperando este momento!

Le plantó una mano en el trasero.

—¡No! —Sintió que la invadía el pánico.

—Pues antes no te ponías así. Hay una fotografía preciosa en la que no tienes nada en contra de mis...

—¡Suélteme! —gritó Serafina.

Él le tapó la boca con brusquedad.

—Shhh. Por mí, podemos dejar eso para después. Primero nos ocuparemos de los negocios. —La empujó para hacerla caminar.

Asustada, esperó que alguien acudiera en su ayuda, pero no ocurrió nada.

¿Dónde estaban Victor y Edgar? ¿Dónde estaba Lilou?

A lo lejos ladró un perro. ¿Sería *Coco?*

—¡Aquí no están! —Edgar iluminó con su linterna el camino, donde la oscuridad ya era total—. ¡Los hemos perdido!

—Eso parece. —Victor se esforzaba por contener la inquietud.

El tipo delgado que había ido a buscar a Serafina había recorrido el parque haciendo extraños zigzags. Victor conocía el Tiergarten de antes, pero a oscuras le había resultado difícil no perder la orientación. «Maldita sea», pensó.

—¿En qué dirección vamos? —preguntó Edgar.

—Mi instinto me dice que han dado un gran rodeo —reflexionó Victor—. Seguro que querían impedir que los siguieran y han tomado una dirección equivocada para despistar.

—Es muy probable —repuso Edgar—. Deberíamos buscar a Lilou.

Regresaron a la Bellevueallee y caminaron un trecho por la avenida en dirección a la Potsdamer Platz antes de torcer por la Kleine Querallee. Victor se detenía cada poco para observar los alrededores.

No había ni rastro de Serafina ni de Lilou por ninguna parte.

—¡Esto no puede estar pasando! —Empezaba a reprochárselo a sí mismo—. Jamás tendría que haberla dejado...

—¡Pst! —Edgar lo asió del brazo.

Se oyó un ladrido a lo lejos.

—¿Crees que es *Coco*? —preguntó Victor.

—¡Podría ser!

Edgar silbó por entre los dientes dos veces seguidas y con fuerza.

Aguzaron los oídos en la oscuridad, pero no recibieron ninguna respuesta.

Edgar volvió a intentarlo.

Esta vez, Lilou contestó con el doble silbido acordado.

—Ha habido suerte —dijo Edgar.

Victor señaló un camino vecinal que había a mano derecha.

—¡Por ahí!

Echaron a correr. De nuevo se comunicaron mediante silbidos, y entonces vieron aparecer ante ellos la esbelta silueta de la francesa.

—¡Lilou! —exclamó Victor.

La joven se volvió y *Coco* soltó un ladrido.

—¿Dónde está Serafina? ¿Le ha seguido la pista? —preguntó Victor. Estaba sin aliento, y también Edgar jadeaba.

Enseguida se fijaron en el joven que estaba junto a Lilou. Era el mismo que había ido a buscar a Serafina a la Luiseninsel.

—Directamente no —contestó la muchacha—. La he perdido de vista y... —señaló al chico, que ponía cara de circunstancias— lo he esperado a él. Empezaba a preocuparme que no hubiera mantenido su palabra. Tenía que dejarme una pista en este lugar.

—¿Y este quién es?

—*Gustave* —contestó Lilou—. Un niño de la calle que me ha hecho buenos servicios en otras ocasiones. Juega a un doble juego, por así decirlo. Y recibe el pago de ambas partes.

—Sí. —El chico parecía inseguro—. Pero solo porque me han obligado.

—¿Dónde está Serafina? —preguntó Victor.

—Un hombre la ha recogido en la Pariser Platz —explicó Gustav.

—Ernst Ludwig Richter —añadió Lilou.

—Al final, aún nos lo pondrán fácil... —comentó Edgar.

—*Peut-être* —repuso Lilou—. Se la ha llevado a un piso de la Pariser Platz. *Gustave* lo ha visto.

—¡Ajá! —Edgar se frotó las manos.

—*Oui.* Eso también explica que el punto de encuentro fuera el Tiergarten. —Lilou tiró un poco de *Coco*, que había empezado a cavar—. Tengo una sospecha de dónde pueden estar. ¡Vamos!

—¡Sí, vamos! —apremió Victor.

—¿Yo me puedo marchar ya? —Gustav parecía asustado—. Como se enteren de que he contado algo... —Hizo un inequívoco gesto con la mano a la altura del cuello.

—*Non!* —exclamó Lilou con severidad—. Tú vienes con nosotros, y estate preparado. Todavía te necesitamos. Piensa en los veinte marcos.

—Cien —subió Victor enseguida.

Gustav tragó saliva.

—¡Cien...!

—Sí. —Victor le ofreció la mano derecha para sellar el trato.

—*Alors* —Lilou insistió—. Quien paga, manda. ¡Vamos!

—Por mí...

No estaban muy lejos de la Pariser Platz. En el lado oeste se levantaba la imponente Puerta de Brandemburgo, y la escultura de la cuadriga que la coronaba parecía a punto de bajar al galope hacia la plaza rectangular. Toda la zona estaba iluminada por farolas, de modo que Victor se preguntó cómo podían haberse llevado a la fuerza a una joven sin que nadie lo impidiera.

Siguieron a Lilou hasta un edificio de viviendas nobles que quedaba a solo unos pasos del insigne monumento de columnas poderosas.

—Aquí es —dijo Gustav a media voz, y señaló unas ventanas de la planta baja tras las que se veían luces encendidas.

—*Tiens!* Ya lo sabía yo —exclamó Lilou—. Aquí vive Karl Vollmoeller.

—Sí, nos ha hablado de él —repuso Victor—. Compañero del fotógrafo, Hugo Baltus.

—*Exactement.* Estoy convencida de que ahí dentro no encontraremos solo a Richter.

—Sino también a Paula Schwarz —dedujo Victor.

—*Oui. Gustave,* tú quédate aquí fuera y vigila los alrededores y las ventanas.

—Muy bien.

—Ahora, la pregunta es si Vollmoeller estará en casa —prosiguió Lilou—. Aunque no lo creo, es mejor que vaya yo primero. Ya estuve aquí una vez que vine como invitada con Josephine Baker.

—De modo que en casa del tal Vollmoeller se reúnen las criaturas de la noche —comentó Edgar.

—Podría decirse así. —Lilou los llevó al portal del edificio—. Karl Vollmoeller vive la mayor parte del año en Venecia, pero, cuando está en Berlín, por las noches organiza buenas fiestas —explicó en voz baja mientras, para sorpresa de Victor, sacaba una ganzúa—. Como verán —comentó, tajante—, vengo preparada. *Gustave, ¿quieres atar a Coco?* No me gustaría que le pasara nada. —Le entregó la correa al muchacho.

Este la ató a un poste para después retirarse en dirección a las ventanas. Lilou les hizo una señal con la cabeza a los dos hombres, que enseguida la entendieron y se agruparon junto a los timbres como si estuvieran buscando un nombre. Colocados así, ocultaban a Lilou, que mientras tanto intentaba forzar la cerradura de la puerta del edificio. No tardó mucho en conseguirlo.

—Yo también tengo cierta experiencia en eso —dijo Edgar, que no fue capaz de reprimir el comentario.

—¿Ah, sí? —susurró Lilou, y se coló en la amplia escalera.

Victor y Edgar la siguieron.

La francesa se llevó un dedo a los labios.

Todos aguzaron los oídos. Silencio.

—No hay *musique,* ni risas —susurró Lilou—. Karl Vollmoeller no está en casa.

—Pero se ve luz en su piso. —Victor señaló con la cabeza la puerta tras la que se encontraba la vivienda de Vollmoeller.

—Entonces es que ha entrado alguien más —opinó Edgar, elocuente.

—*Messieurs* —anunció Lilou—, en cuanto la puerta esté abierta, entren.

—¿No viene usted con nosotros? —preguntó Edgar.

—Claro, por supuesto que sí. Solo que aún no sé por dónde voy a entrar. —La francesa rio en voz baja al ver la expresión de desconcierto de Edgar.

54

—QUINIENTOS MARCOS —anunció Ernst Ludwig Richter mientras volvía a meter los billetes en el sobre—. ¡Estupendo!

Serafina disimuló un escalofrío.

Se dio cuenta desde el primer instante de que las personas que la tenían en su poder eran las mismas de la fotografía, aunque Paula Schwarz llevara un antifaz como aquella noche en el Metropol. ¿Tenía miedo de que la reconociera?

Intentó controlar el pánico que sentía. No podía dejarse dominar por el miedo, debía concentrar todos sus sentidos en resistir lo mejor posible en aquella situación.

Paula llevaba ropa elegante y el pelo teñido de negro, con un corte similar al de Serafina. Tenían casi la misma altura y una figura similar. ¿Resultaría ser una medio hermana suya o tal vez su prima?

Paula se mantenía en segundo plano, mientras que Richter estaba plantado junto a la silla en la que habían obligado a Serafina a sentarse. Percibía el repugnante olor corporal del hombre y el de los cigarrillos que los dos fumaban sin parar.

Tuvo claro que se hallaban en la vivienda de Karl Vollmoeller desde el momento en que Richter la condujo hasta allí. Después de la charla con Hugo Baltus había retenido el nombre, así como el hecho de que tenía una vivienda en la Pariser Platz. Lo que no entendía era que Paula pudiera utilizarla aunque Vollmoeller no estuviera en Berlín. En cualquier caso, daba la impresión de que Richter y Paula se habían instalado allí para un par de días.

Richter se acercó a un escritorio moderno situado frente a Serafina, dejó allí el sobre con el dinero y tomó un documento de apariencia oficial.

—Bueno, señorita Rheinberger —comenzó—. Me alegro mucho de que por fin haya sido razonable y haya decidido aceptar sus responsabilidades. Hasta ahora, teníamos la impresión de que nos estaba tomando el pelo enviándonos a ese bicho raro, que no sabemos si es un hombre o una mujer. O las dos cosas.

Soltó una carcajada burlona. Ella guardó silencio.

—Pero ahora está usted aquí. Por lo tanto —anunció levantando el documento—, solo nos falta su firma.

¿Acaso la tomaba por tonta?

—Antes de firmar, quiero leer el acuerdo —dijo Serafina.

—Por supuesto.

Se lo entregó. Leyó rápidamente aquellas líneas que la obligaban a depositar la suma acordada en varios plazos hasta el treinta de enero del año siguiente en una cuenta de la Caja de Ahorros de Berlín. A cambio, las fotografías serían destruidas. Bajó la mano con el documento y levantó la vista.

—¿Y qué les parecería —comenzó— si les pagara la suma completa de una sola vez?

—¡Anda! —Richter la miró asombrado—. ¿Hoy mismo? ¿Lleva consigo esa cantidad tan bonita?

—No. Pero se encuentra en un lugar seguro.

Él mostró de inmediato su desconfianza.

—¿Y eso qué quiere decir, en un lugar seguro? ¿Acaso alguien más sabe de nuestro encuentro aquí?

—Mi intermediaria. —Serafina notó cómo Richter y Paula intercambiaban una mirada confundida.

—¿Lo tiene ella? —preguntó Richter.

—Como acabo de decir, está en un lugar seguro. —Se esforzó por aparentar tranquilidad.

Entonces se levantó Paula, que hasta ese momento había permanecido sentada en un gran sillón, y se acercó a ella.

—¡Escucha! ¡No hemos venido aquí a jugar! Puede que a este... —hizo un movimiento de la mano en dirección a Richter, que seguía sentado detrás del escritorio—, lo puedas embaucar. Pero a mí no.

En ese momento Serafina comprendió que Paula era la impulsora de toda la trama. Su cabeza empezó a dar vueltas. ¿Cómo debía reaccionar? Se decidió por formular una pregunta.

—¿Cómo puedo asegurarme de que las fotografías serán destruidas de verdad después de la entrega del dinero?

—¡Qué graciosa! —Paula la miró detrás de las ranuras del antifaz—. Fíjate, te creerás muy lista, ¿no?

—Necesito seguridad. —Serafina tragó saliva. Esperaba que Paula y Richter no notaran su nerviosismo.

—Así no vamos a ningún sitio, Se-ra-fi-na. —Paula subrayó de forma burlona cada sílaba de su nombre—. Creo que estás un poco confundida respecto a tu situación. Tú eres la que está en nuestras manos. No al revés—. Chasqueó los dedos—. Ernst Ludwig seguro que sabrá ocuparse bien de ti en el caso de que no... te muestres colaboradora.

Serafina notó cómo el miedo le subía por la espalda hasta la nuca, donde le produjo una horrible sensación de frío. Paula se percató enseguida con su mirada experta.

—Esto no sería una experiencia totalmente nueva para ti, ¿no?

De repente mostró un sobrecito que tenía en la mano. Serafina sabía a qué se refería y se tapó la cara con la mano.

—¡No podéis obligarme! ¡No, cocaína no!

—Pues claro que podemos. Así será todo un poco más sencillo.

Serafina meneó la cabeza. No sería capaz de aguantar mucho más. ¿Dónde estaban los otros?

—El dinero —dijo Paula con frialdad, bajando la mano—. Si nos lo entregas, te dejaremos marchar. O si firmas el documento. Y en cuanto a las fotografías... —Le hizo una señal a Richter—. Están aquí. Seguras.

Richter sacó las fotos del bolsillo interior de su chaqueta y las arrojó encima del escritorio junto al sobre con el dinero.

—Entonces... entonces firmaré —dijo Serafina con voz temblorosa.

—¡Muy bien! —Paula la agarró del brazo, la obligó a levantarse de la silla y la empujó con tanta fuerza que se golpeó contra el canto del escritorio—. ¡Ernst Ludwig, dale una pluma!

Richter ya tenía una preparada y se la entregó. Serafina colocó sobre la mesa el documento que todavía llevaba en la mano, tomó la pluma y, tras un breve momento de vacilación, firmó en la parte inferior de la hoja.

—¡Excelente! —exclamó Paula con una inclinación de cabeza.

Mientras Richter aplicaba papel secante sobre la firma, ella se acercó y le acarició provocativamente la mejilla.

—¿Y ahora qué hacemos contigo? —preguntó en un tono almibarado—. Si te dejamos marchar, irás a la policía para que nos busquen.

—¡No, no lo haré! —exclamó indignada.

—¡No me fio de nadie! —Se dirigió a una de las muchas estanterías de la habitación y tomó una cuerda delgada que al parecer había depositado antes allí. Serafina era incapaz de controlar sus temblores.

—¡No, por favor!

Paula soltó una carcajada malvada.

—Ahora bien que lloriqueas. Pero la vida es injusta de vez en cuando. Nadie lo sabe mejor que yo.

Le lanzó una mirada rápida a Richter, que le sujetó a Serafina las manos detrás de la espalda para que Paula pudiera atarla.

—¿Qué os he hecho? —Serafina intentaba soltarse y sacar las manos de las cuerdas.

Paula se limitó a reírse.

—¿Os ha inducido alguien a hacer esto? —preguntó Serafina—. ¿Mi madre?

Paula se estremeció con la última pregunta, pero siguió atándole las manos sin compasión.

—¿Tu madre? —preguntó malhumorada—. ¿Y qué tiene tu madre que ver con nosotros?

Serafina tironeó de las ataduras, pero Richter la tenía bien sujeta y no sirvió de nada. En ese momento se oyeron unos golpecitos en la ventana. Paula se puso nerviosa.

—¿Quién será?

—Ni idea —respondió Richter.

Serafina volvió a intentar soltarse, pero solo consiguió que Paula apretara el nudo aún más.

—Así está bien —constató. Serafina notó que se le cortaba la circulación. Se volvieron a oír golpes en la ventana.

—¡Señor Richter!

—¡Es Gustav! —exclamó Paula aliviada mientras iba a abrir la ventana—. ¿Qué ocurre, chico? ¡Tranquilo, que te vamos a pagar lo que acordamos!

—Tengo que deciros algo importante —dijo Gustav sin aliento—. ¿Puedo entrar? Si no, me van a ver.

A Serafina le pareció oír un clic proveniente del pasillo. En ese momento Gustav entró por la ventana y se lanzó con todas sus fuerzas contra Richter, dándole un cabezazo en el costado. Richter soltó una maldición y le asestó al chico una bofetada tan fuerte que salió volando hacia un rincón y se quedó lloriqueando en el suelo. Serafina, aprovechó la breve distracción para alejarse unos pasos de Richter y acercarse a la ventana abierta.

—¡Quieta! —gritó Paula, que se interpuso en su camino—. ¡No te escaparás tan fácilmente!

La joven esquivó sus manos, cambió de dirección y corrió hacia el pasillo mientras intentaba librarse de la cuerda. Richter corrió detrás de ella, pero antes de que lograra alcanzarla, lo agarraron dos brazos fuertes. Reconoció a Edgar, que se había arrojado entre los dos para protegerla. Al mismo tiempo, Victor se lanzó sobre Richter, le retorció un brazo por la espalda y lo empujó contra la pared.

—¡Como la vuelvas a tocar —lo amenazó furioso—, te verás suplicando por tu vida!

—¡Señores! —De repente apareció Paula con una pistola pequeña y plateada en la mano—. ¡No nos vencerán tan fácilmente!

—*Mais non, Paula!* —exclamó de repente Lilou, que apareció detrás de ella. ¿Habría entrado también por la ventana?

Paula dio media vuelta y la apuntó con la pistola. La otra levantó lentamente las manos al tiempo que Gustav llegaba corriendo y gritando por el pasillo y se lanzaba directamente contra Paula.

Se oyó un disparo.

El chico cayó al suelo.

—*Merde!* ¿Qué has hecho? —gritó Lilou, que se arrodilló junto a Gustav—. *Mon dieu, mon petit!*

—¡Nadie podrá detenerme! —exclamó Paula con voz penetrante—. ¡No dejaré que me arrebaten lo que me pertenece! ¡Nunca más! ¡Entrégame a Serafina!

Edgar la seguía protegiendo con su cuerpo.

—¡Si no me la entregáis, estos dos morirán! —Paula apuntaba con la pistola a Lilou, que estaba en cuclillas junto a Gustav.

Serafina no lo dudó.

Salió de detrás de Edgar y avanzó hacia Paula.

—De acuerdo, Paula Schwarz.

Paula la miró fijamente bajo el antifaz.

—¿Qué? ¿Cómo... sabes mi nombre?

Serafina avanzó rodeando a Paula, de forma que tuviera que girarse hacia ella y le diera la espalda a Edgar y Victor, que aún tenía a Richter en su poder.

—¿Quién eres, Paula? —le preguntó.

Esta había recuperado el control y encañonaba a su oponente.

—Tú vienes conmigo, Serafina. ¡Y muy despacio! Vamos a salir por la venta...

El golpe de Edgar aterrizó en la espalda de Paula, que se puso a gritar mientras él intentaba arrebatarle la pistola. Se defendía como una posesa, arañaba, pataleaba y mordía, pero al final el arma cayó al suelo. Lilou la cogió al instante y apuntó con ella a su dueña.

—*C'est fini.*

Serafina se colocó detrás de Lilou, mientras que Edgar agarró a Paula y le retorció el brazo detrás de la espalda, tal como había hecho Victor con Richter. La resistencia de Paula se vino abajo. Lilou bajó la pistola.

—¡Desátame, Lilou! —le pidió Serafina, que se dio media vuelta para quedar de espaldas a ella.

Lilou la liberó de las ataduras y, con ayuda de Edgar, ató con la cuerda a Paula. Después la llevaron al despacho. Victor los siguió y la francesa le entregó el arma. Mientras Edgar y Victor se ocupaban de los dos malhechores, Lilou y Serafina se acercaron a Gustav. El chico estaba consciente, pero la manga de su vieja chaqueta estaba empapada de sangre.

—Me duele —dijo, apretando los dientes.

—Hay que quitarle la chaqueta —opinó Serafina.

Se la quitaron entre las dos y vieron que el disparo le había rozado el brazo. La herida era profunda, pero la bala no estaba alojada en el interior. Lilou la encontró en el suelo.

Después de hacerle un vendaje provisional, lo llevaron también al despacho y lo sentaron en un gran sillón. Mientras Serafina se quedaba con él, Lilou se plantó delante de Paula, que se encontraba sentada en una silla con las manos atadas y con Edgar montando guardia a su lado.

—*Une femme!* —exclamó Lilou en tono despectivo—. ¿No te da vergüenza? Eres una mujer como nosotras, ¿cómo puedes haberle hecho algo así a Serafina?

—¡Qué sabrás tú, marimacho! —replicó Paula.

—¿Cómo has entrado en este piso? —preguntó Lilou, sin hacer caso de su insulto.

—No tengo ningún motivo para decirte nada —espetó Paula.

—Sí, tienes un motivo —respondió Lilou—, porque cuando desparece una bailarina, no la busca nadie. Y en Berlín ocurre de vez en cuando que las bailarinas desaparecen, ¿no?

La otra se puso nerviosa.

—Tenemos tiempo —añadió Lilou.

—¡No digas nada! —exclamó de repente Richter, a quien Victor había sentado en una silla junto a la puerta y mantenía controlado apuntándolo con la pistola.

Paula se volvió un momento hacia él y luego dirigió su mirada a Serafina.

—Me abandonó —comenzó sin aparente conexión con la pregunta anterior—. Tuve que ir al orfanato, pero a ti te llevó a casa de Rheinberger.

—¿De quién estás hablando? —preguntó Lilou confundida.

—Elly. Mi hermana.

—Entonces tú eres... ¿mi tía?

Paula asintió. Lilou le quitó el antifaz.

Serafina reconoció el parecido de inmediato. Los ojos de Paula eran de un verde más oscuro que los suyos, la nariz un poco más ancha y la barbilla un poco más puntiaguda, pero no se podía ignorar que eran parientes.

—¿Y dónde está mi madre?

—Está muerta.

—¿Muerta? —susurró Serafina. Los ojos se le llenaron de lágrimas. Junto a todos los horrores de las últimas horas, se sumaban una mezcla de alivio y profunda tristeza que la desbordaron.

—Entonces era verdad lo que dijo Anita —comentó Lilou—, que murió de tuberculosis.

—Sí.

—*Donc*, ¿te llevó al orfanato? ¿Antes de morir?

—Cuando se dio cuenta de que no le quedaba mucho tiempo de vida. —De repente el rostro de Paula reflejó su agotamiento—. Yo tenía nueve años.

—¿Y Serafina?

—Todavía era un bebé. Pero me enteré de que planeaba llevársela a ese tal Rheinberger.

—¿Y durante todos estos años has estado pensando que ella disfrutaba de una buena vida y tú no?

Lilou planteaba muy bien las preguntas y Serafina se alegró de que fuera la francesa la que se encargara de conducir el interrogatorio. Ella todavía se sentía demasiado afectada.

—¡Y así era! Ella tenía vestidos preciosos, mientras que yo tenía que andar vestida con harapos. Mientras yo pasaba hambre todo el tiempo, a ella no le faltaba qué comer.

—Y cuando su padre murió, ¿pensaste que ya era hora de conseguir algo tú también?

—Ella tiene más que de sobra —respondió Paula con voz quebradiza.

—A lo mejor te habría dado algo voluntariamente, Paula, si se lo hubieras pedido.

—Pero si se lo pedía y ella se negaba, enseguida las sospechas habrían recaído sobre mí —replicó Paula—. Mientras que de esta forma ella ni siquiera conocería mi existencia. Ernst Ludwig también lo veía así.

—Lo cual nos lleva a un asunto muy interesante —intervino Victor—. ¿Señor Richter, por qué se ha dejado involucrar en una cosa así?

—Él no se ha dejado involucrar —respondió Paula—, sino que ha planeado todo esto conmigo.

—Cállate la boca —la interrumpió Richter—. No pienso decir nada.

Pero ella lo soltó todo.

—Más tarde, cuando ya trabajaba de bailarina y ganaba dinero, abrí una cuenta en la Caja de Ahorros de Berlín. Y siempre hacía mis depósitos con él. Después empezó a ir a buscarme al teatro. Al principio me pareció un pesado, pero con el tiempo llegamos a un... acuerdo provechoso.

—¿Te mantenía? —preguntó Lilou.

—Él pagaba y a mí me iba bien. Pero entonces llegó la guerra.

—¿Lo llamaron a filas?

—Sí, pero no lo enviaron al frente. Como era bueno con los números, le asignaron otras tareas. Al terminar la guerra, volvió a trabajar en la Caja de Ahorros. En el departamento de contabilidad.

—Y retomasteis vuestros encuentros.

—Sí. Hasta que se le terminó el dinero.

—¿Qué le pasó a su fortuna, señor Richter? —le preguntó Lilou directamente. Él meneó la cabeza.

—Bonos de guerra —respondió.

—¡Ah! ¿Lo perdió todo especulando? —quiso saber Victor.

—¡Creí que ganaríamos la guerra! Y con la victoria todos habríamos conseguido mucho dinero.

—Pero la guerra se perdió —afirmó Lilou—, y de golpe sus bonos dejaron de tener valor.

—Si solo hubiera sido eso —intervino Paula—. Incluso contrató varios créditos para comprar más bonos.

—Eso fue una mala idea —constató Victor—, porque el dinero con el que habría tenido que pagar los créditos era el de los dividendos de los bonos.

Richter asintió.

—Son cosas que pasan, por avaricioso —juzgó Victor—. Pero a mí me interesa saber de quién fue la idea de chantajear a Serafina para pagar las deudas y financiarles una buena vida.

—¡De Ernst Ludwig!

—¡De Paula!

Se miraron con odio.

—Tú dijiste que podrías averiguar cuánto dinero tenía —atacó Paula.

—¡Pero si eras tú la que te pasabas el día hablando de tu sobrina rica! —contraatacó Richter.

—Y tú no dejabas de lloriquear porque tenías que contratar otro crédito para pagar los antiguos. Y porque pronto te iban a descubrir en el banco.

—Está claro que el asunto se convirtió en una auténtica espiral —resumió Edgar—. Cancelaba un crédito con otro nuevo. Y ahora que ocupaba un alto puesto en la administración del banco, ¡seguramente podía concederse créditos a sí mismo!

—En realidad, una muy buena idea —dijo Lilou.

Richter se encogió de hombros.

—¿Cómo os enterasteis de que el padre de Serafina había muerto?

—Tenía algunas libretas de ahorros en nuestra oficina. Cuando un titular fallece, nos lo comunican.

—Seguramente mi padre lo dejó todo preparado —dijo Victor—. Con las mejores intenciones, para que la distribución de la herencia transcurriera sin problemas.

—Y entonces me mandaron un mensaje para que acudiera al Metropol. ¡Qué miserables! —Serafina había recuperado la voz. La indignación era más fuerte que el agotamiento.

—Y serán castigados por ello —anunció Victor.

—*Oui*. Voy a buscar a la policía —se ofreció Lilou—. Pero antes quiero saber una cosa: ¿Cómo has entrado en este piso, Paula?

—Tengo una llave.

—¿De dónde la has sacado?

—Me la dio Vollmoeller. Nos conocemos bien.

Lilou meneó la cabeza.

—Algunos hombres son incapaces de pensar cuando una mujer les guiña un ojo.

Richter resopló y Lilou soltó una carcajada. Luego señaló el sobre y las fotografías que se encontraban sobre la mesa.

—No deberíamos dejar eso ahí.

Con un gesto hacia Serafina, Victor tomó ambas cosas.

Lilou miró a Gustav, que había seguido toda la escena con interés.

—*Gustave* —le dijo cariñosamente—, ¡has sido muy valiente!

—Sí, y por eso me merezco... ¡cien marcos!

55

—¿Cuándo sale vuestro tren? —preguntó Lilou, después de exhalar otro anillo con el humo de su cigarrillo.

—Mañana, muy temprano —respondió Victor. Edgar y él se sentían agotados pero satisfechos. Estaban sentados en la pastelería del hotel Excelsior, donde Serafina se había alojado con Karl unas semanas antes.

Serafina bebía a sorbitos su café caliente. Había dormido tan solo unas pocas horas con un sueño intranquilo, después de que llegaran al hotel de madrugada. No conseguía calmar sus pensamientos inquietos, todavía sentía el miedo acumulado en las últimas horas y le costaba asimilar el encuentro con su tía y la tristeza de saber que su madre no seguía con vida.

—¡Todavía me parece increíble —exclamó Edgar menando la cabeza— la falta de escrúpulos de esos dos!

—¡Paula rezuma tanto odio! Todos estos años acumulándolo y ahora lo ha descargado todo de golpe —dijo Lilou, que presentaba un aspecto muy fresco a pesar de la noche tan dura que habían pasado—. Y los dos necesitaban el dinero. La mezcla de esas dos cosas produjo una peligrosa *combinaison*.

—Pues ahora les espera un juicio muy difícil —añadió Victor—. Contrataré a los mejores abogados. Y en prisión tendrán tiempo de sobra para pensar en lo que han hecho. Creyeron que tendrían una presa fácil contigo, Serafina, pero han descubierto que toda tu familia te apoya.

—*Et moi!* —añadió Lilou—. ¡Yo también te apoyo, Serafina!

—Es una sensación maravillosa no haber tenido que pasar por todo esto sola.

De repente se abrió la puerta de la pastelería. *Coco*, que descansaba a los pies de Serafina, se puso en pie y comenzó a ladrar.

—¡Alto ahí, granuja! —Uno de los empleados del hotel echó a correr hacia un joven con un brazo vendado que se escabulló rápidamente en dirección a Lilou—. No molestes a nuestros huéspedes.

—*Bonjour, Gustave!* —lo saludó Lilou con calma.

—No hay ningún problema —informó Victor al hombre con la librea del hotel—. Este muchacho es nuestro invitado.

Gustav había pasado la noche en la habitación de Victor. Lo habían colado por la noche y le habían curado la herida, pero por la mañana había desaparecido. Todos se preocuparon mucho, menos Lilou, que dijo que los niños de la calle no aguantaban mucho tiempo encerrados bajo techo. Y al parecer tenía razón. Ahora había regresado y sonreía al empleado del hotel, que no parecía convencido con la explicación de Victor.

—Si les molesta de alguna forma, háganmelo saber —dijo con una mirada de desconfianza antes de marcharse.

—Primero tienes que comer algo —le dijo Lilou a Gustav, y pidió para él dos grandes pedazos de tarta de nueces—. Te lo has ganado de verdad.

—Y también te has ganado algo más, chico —añadió Victor mientras sacaba la cartera del bolsillo de la chaqueta. Extrajo varios billetes, los enrolló y se los puso en la mano al muchacho.

—¡Cien marcos! —Gustav miraba asombrado los billetes.

—Sí. Tu sueldo —le dijo con una palmadita en el hombro—. ¡Lo hiciste muy bien, de verdad!

—¡Nunca en mi vida había tenido tanto dinero junto!

—¡Para que no tengas que hacer trabajillos dudosos! —respondió Victor—. Será mejor si le das el dinero a Lilou para que te abra una cuenta en la Caja de Ahorros de Berlín y lo puedas ingresar.

—*Mais oui!* Es una muy buena idea —reacción Lilou—. Si te parece bien confiarme tu dinero, entonces podemos hacerlo cuanto antes.

—Bueno, no sé —dijo Gustav indeciso—. Preferiría quedármelo...

—¿Y si te lo roban? —preguntó Serafina.

—Sí, piénsatelo bien —intervino Edgar—. En la calle no estará seguro. A lo mejor te lo roba alguien esta misma noche, mientras duermes.

Gustav suspiró y lanzó una última mirada anhelante a los billetes. Luego se los dio a Lilou.

—Está bien. Ahí lo tienes.

Ella guardó el dinero.

—Es la decisión correcta, *Gustave*. —Sacó una hoja de papel y un lápiz y escribió algo. Después lo dobló y se lo entregó a Gustav.

—¿Esto qué es? —le preguntó.

—Es un comprobante de que me has entregado cien marcos para que los ingrese en una cartilla de ahorros —respondió Lilou.

—¡Ah! ¡Muy bien! —Gustav se metió el papel en el bolsillo del pantalón a toda prisa.

—Y me gustaría decir algo más —anunció Victor, que se sentó más derecho en la silla. Todas las miradas se posaron en él—. Es algo relacionado con usted, Lilou.

—*Moi?* —Lilou lo miró perpleja.

—Me gustaría darle las gracias, Lilou.

—*Mais non* —respondió la francesa con un gesto de la mano—. Ha sido un placer ayudar, de verdad—. Miró a Serafina—. Pensé que si un hombre le hacía algo tan terrible a una mujer, tenía que ayudarla. ¡Pero resulta que la que se comportó contigo de esa forma tan horrible era una mujer, Serafina! —exclamó Lilou, afligida.

—Bueno, a mí Richter me parece un hombre ¿A vosotros no? —intervino Edgar, que era capaz de bromear en las situaciones más increíbles.

—Paula lo utilizó, ella fue la culpable —replicó Lilou.

—Sí, para mí es terrible —dijo Serafina—. Y no solo porque Paula sea una mujer. Es mi tía. ¿Sabes lo que más me entristece, Lilou? Haber encontrado por fin a alguien de la familia de mi madre, y al mismo tiempo, haberla perdido. ¿Me entiendes?

—Te comprendo muy bien, *ma chère*. Es algo que tardarás algún tiempo en procesar.

—Pero volvamos a lo que estaba diciendo —intervino Victor—: Lilou, lo que ha hecho usted por mi hermana y por toda mi familia es admirable. No tengo palabras para expresarlo. Conoció a Serafina en la estación del tren y se lanzó a una aventura como esta. Y, además, también ha sido peligroso para usted.

Ella sonrió, apagó su cigarrillo y encendió otro a continuación.

—Sí. ¡Pero ha sido divertido!

Edgar se rio.

—Para mí también. Victor, a veces subestimas cuánto necesitamos algunos un poco de aventura. ¿Verdad, Lilou?

—*Exactement*. Así es.

Victor carraspeó.

—Esta noche, mientras escuchaba los ronquidos de Gustav —todos rieron—, he estado pensando en cómo podríamos expresarle nuestra gratitud. —Sacó un segundo sobre de la chaqueta y se lo extendió a Lilou—. Por un lado, de forma práctica. ¡Y no diga que no, Lilou! Es el dinero que Serafina le había entregado a Richter. ¡Si no fuera por usted, no habríamos vuelto a verlo!

—¡Si no lo quieres, me lo quedo yo! —exclamó Gustav.

Lilou se rio.

—Si vas a la escuela, lo compartiré contigo.

—Pero no tengo ganas de ir a la escuela...

—Pues entonces no te daré nada —respondió tajante—. Pero como no quiero ser mala, te concedo dos semanas para que te lo pienses.

A Gustav no se le ocurrió ninguna respuesta para llevarle la contraria.

—Y otra cosa más —añadió Victor—. A principios de octubre vamos a celebrar una gran fiesta familiar. Mi hijo va a dar un concierto, es pianista. Nos haría un gran honor si pudiera acompañarnos ese día.

Lilou no dijo nada, pero Serafina se dio cuenta de que el gesto de Victor la había conmovido.

Edgar aplaudió bajito.

—Y, en cualquier caso —concluyó Victor—, nuestra casa estará siempre abierta para usted. ¡Será siempre bienvenida, de todo corazón!

56

—Este año parece que atraemos a los criminales como un imán —bromeó Edgar mientras avanzaban por un largo pasillo de la Jefatura Superior de Policía de Stuttgart. Victor se dio cuenta de que, como tantas veces, intentaba ocultar su nerviosismo mediante el humor.

—A lo mejor deberíamos iniciar una carrera en la policía a nuestra provecta edad —le siguió la broma.

Esquivaron a un oficinista cargado con varias carpetas y llegaron hasta el despacho del comisario. La puerta estaba entornada y entraron después de llamar.

—¡Señor Rheinberger, señor Nold! —El comisario les señaló dos sillas frente a su escritorio—. Me alegro de que hayan venido. Tomen asiento, por favor.

—Yo soy el primer interesado en que avance la investigación —apuntó Victor—. Les agradezco a usted y a sus compañeros que hayan atrapado tan rápidamente al culpable.

—Es nuestro trabajo —respondió el comisario—. Dentro de unos momentos van a traer al señor Von Braun. En caso de que lo reconozcan, es importante que me lo hagan saber claramente. Su cuñado, Karl Rothmann, ya lo identificó la semana pasada como el hombre que vio merodeando delante del edificio de la fábrica de chocolate. Y la señorita Häberle ha confirmado que se trata del susodicho Carlos, quien la contrató como ayudante. Y con esto prácticamente hemos terminado con los careos.

—Bien. —Victor notó cómo aumentaba la tensión. Edgar bamboleaba la pierna derecha.

Por fin se oyeron pasos y llamaron a la puerta.

Entonces lo hicieron pasar.

Albrecht tenía un aspecto horrible. Los mechones de su escasa cabellera se le pegaban a la cabeza y una barba descuidada le cubría las mejillas. En su cara pálida, los ojillos llorosos se hundían en el fondo de las cuencas.

Su cuerpo amorfo se estremeció al reconocer a Victor y Edgar. Entrecerró los ojos y después adoptó una expresión de indiferencia y se dejó conducir hasta una silla vacía. Un policía se colocó a su lado y el inspector se puso en pie.

—Volvemos a vernos, Albrecht —dijo Edgar—. Habría preferido que nos encontráramos frente a una fuente de absenta.

—No se puede volver al pasado, Edgar —respondió Albrecht inexpresivo. Había adquirido un ligero acento español.

—Las cosas no tendrían que haber llegado tan lejos —continuó Edgar.

Albrecht no dijo nada.

—Si te hubieras quedado en México... ¡Has destruido tantas cosas! —Edgar meneó la cabeza.

El otro guardó silencio.

Llamaron a la puerta. Un policía le pidió al comisario que saliera, al parecer habían encontrado armas en las vías del tren.

—¿Me disculpan un momento, señores?

Victor asintió con la cabeza.

—Tu madre no se encuentra bien, Albrecht —continuó Edgar—. ¿Tenías que causarle tantas preocupaciones?

El hombre se estremeció ligeramente, pero siguió sin decir nada. Su expresión lastimera indignó a Victor. Albrecht era el que había hecho las cosas mal. Ahora le correspondía pagar por ello. Él era el único culpable de su destino.

—¿Qué demonios estabas pensando para prender fuego a la fábrica de chocolate, Albrecht? —En la cabeza de Victor se agolpaban las preguntas—. ¿Te das cuenta de que estuvieron a punto de morir dos niñas en el incendio?

—Yo no incendié la fábrica —replicó Albrecht con descaro—. Se trata de un tremendo error. Pronto se aclarará todo.

Victor no se lo creía.

—¡Venga ya, Albrecht! Todos los indicios están en tu contra, las pruebas son aplastantes. ¿En serio quieres negar tu culpabilidad?

—No sé de qué me hablas —dijo con una voz tan patética que Victor apretó los puños.

—¡Compórtate como un hombre por una vez en tu vida! —exclamó en un tono más fuerte—. ¡Reconoce de una vez lo que has hecho, maldita sea!

Albrecht no respondió.

—Tendría que haber funcionado, ¿no? —comenzó Victor de nuevo—. Te buscaste a la Häberle y le encargaste todo el trabajo sucio. Y mientras ella se incriminaba por no delatarte, tú te habrías marchado muy lejos. ¡Menos mal que eres un chapucero!

Entonces el pesado cuerpo se puso en movimiento. Albrecht se inclinó hacia un lado y tiró de las esposas. Su cara pasó del blanco al rojo.

—¡Le estoy eternamente agradecido a quien haya incendiado tu maldita fábrica! ¿Quién te crees que eres, Victor Rheinberger? ¡Un don nadie! ¡Estuviste en la cárcel antes de dejar preñada a la jovencita Rothmann! ¿O es que ya se te ha olvidado la temporadita que pasaste en la fortaleza de Ehrenbreitstein?

—¡Cállate! —Victor se levantó y se acercó lentamente a Albrecht. El policía que estaba a su lado no se movió.

—¡Has dado un buen braguetazo! ¡Eres un estafador!

—¡Albrecht, te lo advierto!

—Y la Rothmann, ¡una puta, eso es lo que es! Se dejó preñar por un don nadie sin oficio ni beneficio. ¿Tú te crees que después de eso le habría puesto yo un dedo encima?

Victor se detuvo sorprendido ante aquel terrible insulto a Judith. Después dio dos grandes zancadas y le propinó un fuerte guantazo en la cara.

Albrecht gimió.

Victor le sacudió otro más. La cabeza de Albrecht se zarandeó.

—Si estuviera a solas contigo, saldrías de aquí arrastrándote —le dijo con frialdad.

—¿Por qué nadie hace nada? —gritó Albrecht—. ¡Me están atacando!

Pero su grito de ayuda no obtuvo ninguna respuesta. El policía que estaba a su lado hizo como si no hubiera visto nada y se puso a juguetear con las llaves de las esposas.

Entonces Albrecht levantó la cabeza, miró fijamente a Victor y le escupió. Victor se apartó a tiempo, de forma que su lanzamiento sanguinolento cayó al suelo con un ruido sordo.

—En toda tu vida no has conseguido alcanzar ningún objetivo —afirmó Victor despectivamente. Se dirigió a Edgar—. ¡Vámonos, amigo! ¡Ya he tenido bastante de esta... piltrafa!

Edgar se levantó.

En la puerta se encontraron con el comisario, que regresaba.

—¡Estos dos hombres son muy peligrosos, señor comisario! —Albrecht intentó llamar la atención desde dentro del despacho—. ¡Tiene que detenerlos! —Le temblaba la voz.

El comisario hizo como si no lo hubiera oído.

—¿Está herido? —le preguntó a Victor en tono neutral.

—Se ha caído contra la mesa —respondió Victor.

—¡No me he caído, me han atacado!

—¡Silencio! —ordenó el policía que lo vigilaba.

—Esos golpes duelen mucho —le dijo el comisario tranquilamente a Victor—. Nos haremos cargo de él. ¿Lo han reconocido?

—Por supuesto que he reconocido a Albrecht von Braun.

—Muy bien. En la salida puede firmar su declaración, lo tenemos todo preparado. ¡Que tenga un buen día!

—Usted también, señor comisario. Y... ¡gracias!

El hombre inclinó la cabeza, esperó a que salieran y cerró la puerta de su despacho. En el interior se oyó a Albrecht muy alterado.

—Lo siento, Edgar, no he tenido más remedio —dijo Victor.

Su amigo le puso una mano en el hombro.

—Ya lo sé. ¿Te sientes mejor?

57

En el despacho de la fábrica de chocolate, un día después

—¡Los planos me parecen extraordinarios, Karl! —Victor le dio a su cuñado una palmada de reconocimiento en el hombro—. ¿Has pedido ya presupuestos?

—No —respondió Karl—. Judith quería consultarlo antes contigo. Y tú hace solo tres días que volviste de Berlín.

—Yo creo que en una cosa tan importante deberíamos estar todos de acuerdo —dijo Judith—. No sabía si te gustarían estos bocetos, Victor.

—La verdad —admitió— es que estoy un poco dividido. Por un lado, es una arquitectura de un estilo un tanto particular, tendría que acostumbrarme a él. Aunque, por otro lado, veo que sería perfecto para mejorar los procesos de producción. Y este diseño tan sobrio seguramente permitirá que nos ahorremos mucho dinero en la fase de construcción.

—En eso tienes razón —dijo Karl—. En los próximos días voy a pedir varios presupuestos. Así podremos calcular los costes de la edificación y cuándo podremos ponerlo en marcha y recuperar el ritmo de producción.

—Pero hay algo que no me deja tranquilo. —Victor se quedó pensativo—. Si vamos a construir desde cero, al menos deberíamos atrevernos a plantear la posibilidad de hacerlo en un lugar distinto a la Calwer Strasse.

Judith lo miró confundida.

—¿Qué quieres decir?

—Ya lo había estado considerando desde antes del incendio, cariño —respondió Victor—, porque aquí estamos un poco encajonados. Estar el centro de la ciudad siempre conlleva dificultades y quejas de los vecinos por el ruido de los camiones de reparto. Además, nos limita en términos de espacio y eso nos impediría aumentar la producción. Puede que esto no sea muy relevante ahora mismo, pero dentro de diez o veinte años, seguramente sí. Y, además, el tráfico en la ciudad es horrible.

—Tu marido tiene razón, Judith —apoyó Karl a su cuñado—. Merece la pena considerar si es buena idea aprovechar la coyuntura para darle una nueva orientación a nuestro negocio.

—¿Es que os habéis puesto de acuerdo los dos? —preguntó Judith, con una súbita sensación de ahogo—. ¡Esta fábrica es el legado de papá!

—Claro que no lo hemos hablado antes. —Victor la tomó de la mano—. Nunca trataría un asunto así sin ti, eso ya lo sabes.

—Estoy oyendo la propuesta de Victor por primera vez, igual que tú, pero me parece que tiene razón —intervino Karl—. Y aunque entiendo que te costaría mucho tomar una decisión así, al menos deberíamos considerarlo.

—¿Y ya has pensado adónde podríamos trasladarnos, Victor? —preguntó Judith, que se dio cuenta de lo alterada que sonaba su voz.

—Una opción sería Cannstatt —respondió—. Allí hay sitio de sobra, el río Neckar está cerca y las conexiones son excelentes, en todos los sentidos.

—¿Cannstatt?

—La verdad es que sería un lugar óptimo —confirmó Karl.

Judith meneó la cabeza.

—Pero... aquí ya tenemos una propuesta maravillosa. —Señaló los planos desplegados sobre la mesa—. ¡Sería una pena!

—Por ahora son solo bocetos, no son planos detallados —replicó Karl—. Adolf Schneck está esperando nuestro visto bueno para ponerse inmediatamente en acción.

Judith suspiró.

—Bueno, por mí podéis comprobar si tendría sentido el traslado a Cannstatt. Sé que desde el punto de vista empresarial, lo tiene. Pero mi corazón adora todo esto. —Con un gesto de la mano, señaló hacia las ventanas, por las que se veía a los trabajadores que estaban ocupados retirando los escombros de los edificios derruidos—.

—Te prometo, Judith —dijo Victor con gran intensidad—, que no te obligaremos a nada. Lo consideraremos todos juntos. Y al final tendrá que ser una decisión unánime.

Ella asintió.

Karl recogió los planos y se giró para marcharse.

—¡Bueno, entonces me encargaré de Cannstatt! —exclamó. Y la energía que proyectaba se podía casi tocar con las manos.

Cuando su hermano salió del despacho y Judith se quedó a solas con su marido, se abrazó a él.

—¡Qué tiempos nos ha tocado vivir!

Victor la besó en los labios.

—Parece que no nos permitirán disfrutar de la vida con tranquilidad.

—¡Todos los fantasmas del pasado nos visitan! —Meneó la cabeza y miró la mano de Victor, que tenía un arañazo—. ¡Y te has pegado por mí!

—Fue imposible evitarlo.

—Albrecht se lo tenía más que merecido. Espero que se pase el resto de su vida entre rejas.

—Parece que así será.

—¡Por cierto, el viejo Von Braun vino a verme! ¡Se me olvidó decírtelo!

—¿Cómo has dicho?

—Has oído bien —insistió Judith—. El padre de Albrecht vino a verme y se disculpó por su hijo. Al menos creo que fue una disculpa; como ya sabes, no le resulta muy fácil hacer ese tipo de cosas. ¡Y ante una mujer, para colmo! En cualquier caso, nos ofreció un préstamo de cincuenta mil marcos sin intereses para la reconstrucción de la fábrica—. Lo miró—. Por supuesto, lo acepté.

Llamaron a la puerta.

—¿Y ahora quién es? —Victor soltó a Judith.

—¿Me permiten interrumpir este momento de intimidad matrimonial? —preguntó Edgar con una sonrisa.

—¡Edgar, amigo mío! ¡Adelante!

—Quería despedirme, al menos por ahora —dijo—. Después de tantos días, ya me toca pasar por casa y volver a Múnich. ¡Si no, al final ni mi propia mujer me va a reconocer!

—Dorothea es admirable —dijo Judith—. En las últimas semanas se ha encargado de todo ella sola mientras tú nos ayudabas a nosotros.

—Lo he hecho con mucho gusto —replicó sin darle importancia—. Y Dorothea también. Por suerte, está acostumbrada. Me toca viajar mucho por negocios. —La fábrica de Edgar tenía dos filiales, en Dresde y Hamburgo—. La verdad es que hay muchas cosas que funcionan incluso mejor bajo su dirección —añadió con un brillo en los ojos; en su voz se reconocía lo orgulloso que se sentía de ella.

—Sé perfectamente de qué me hablas —dijo Victor con una mirada cariñosa hacia Judith, que le sonrió.

—Dorothea estará contenta de recuperarte sano y salvo —le dijo a Edgar.

—¡Eso espero! Ah, y me ocuparé de las fundas de los discos. Por favor, Judith, díselo a Anton y Alois.

—Claro que sí. Estamos impacientes por ver qué se te ocurre.

—Tengo un par de cosas en la cabeza, ya veréis. —Edgar se rio—. Nos volveremos a encontrar como muy tarde para el concierto de Martin en octubre.

—Será un día maravilloso —respondió Judith—. Por cierto, la semana pasada hablé con él por teléfono.

Victor se dio una palmada en la frente.

—¡Es verdad! ¡Fue su cumpleaños! ¡Se me olvidó totalmente!

—Lo felicité de tu parte también —mencionó, y su marido le dio un beso en la sien.

—Muchas gracias. Tenemos que pensar en un regalo para él.

—¿Cuántos años ha cumplido? —preguntó Edgar.

—Veintidós —respondió Judith—. Increíble, ¿no?

—Viendo a la madre, realmente parece imposible que sea tan mayor —dijo Victor.

—Bueno, amigos, me tengo que marchar. ¡Que voy a perder el tren! —Edgar se llevó los dedos al sombrero de paja a modo de despedida.

—¡Buen viaje, Edgar! —dijo Judith, y Victor le dio un abrazo a su amigo—. Te voy a echar de menos.

—¡Hasta la próxima aventura! —bromeó Edgar.

Cuando se marchó, Judith se sentó a su escritorio.

—A mí me parece que ya está bien de aventuras —dijo. Victor se puso detrás de ella y comenzó a masajearle suavemente el cuello—. Si pienso en Berlín... —suspiró ella—. ¡No quiero ni imaginar lo que podría haber ocurrido!

—Todo salió bien. El riesgo mereció la pena, por el futuro de Serafina.

—Todavía tiene que asimilar muchas cosas. Sobre todo, la muerte de su madre.

—Puede sonar un poco duro lo que voy a decir, pero seguramente sea mejor así. Ha soltado amarras. Ahora puede empezar de nuevo aquí, en Stuttgart. No olvides que es una mujer de carácter —aseguró Victor.

—Y lo más probable es que Anton le eche una mano —añadió con una sonrisa.

—Estoy convencido de ello.

—¿Victor?

—¿Sí, cariño?

—Esa Lilou de la que me habéis hablado, ¡me encantaría conocerla!

—¿Lilou? La he invitado al concierto de Martin, ¿no te lo había dicho? Y si tiene tiempo, ha dicho que vendrá. Espero que te parezca bien.

—¡Pues claro que sí! Victor... —Se irguió un poco—. Imagínate, me ha escrito mi madre: va a asistir al concierto. ¡Vendrá con Georg a Stuttgart!

—¡Me alegro!

—Yo también. Pero... —Judith tragó saliva—. Max Ebinger también tiene pensado venir a Stuttgart. En septiembre.

—¿Cómo lo sabes?

—Me lo han dicho sus padres. —Judith carraspeó—. A los Ebinger les encantaría poder ser los abuelos de Martin. Oficialmente.

—El mismo tema de siempre. —Victor meneó la cabeza—. Espero que no se les ocurra decírselo a él.

—No creo. Han guardado nuestro secreto todos estos años. —Lo miró muy seria—. No es fácil vivir con esta mentira, Victor. A veces me pregunto si ocultarle todo a Martin fue la decisión correcta.

—Lo hicimos con la mejor intención. En aquel entonces las cosas eran distintas —respondió—. Si tuviéramos que tomar esa decisión ahora... ¿quién sabe? Tal vez lo habríamos hecho de otra forma. Pero ahora es demasiado tarde.

—Seguramente tienes razón. Las últimas semanas nos han dejado agotados, hemos tenido que lidiar con muchas cosas. Estoy muy sensible últimamente.

—Eres maravillosa. —Victor se arrodilló frente a ella—. Si no fuera ya tu marido, ¡me casaría contigo ahora mismo!

58

ROBERT TODAVÍA SE sentía muy débil. Cuando el médico le tendió la mano, tuvo que reunir todas sus fuerzas para corresponder a su gesto.

—Que le vaya bien. Espero no volver a verlo por aquí.

—Yo también lo espero. Gracias, doctor.

—Y, como ya le dije, tenga mucho cuidado con la cabeza. ¡Ha tenido usted suerte!

Robert asintió.

Como consecuencia de la caída, había sufrido una grave conmoción cerebral y un desgarramiento del tímpano derecho. Estuvo varios días en observación y en el hospital aprovecharon para examinar sus terribles temblores, una enfermedad que afectaba a muchos veteranos de guerra. Sin embargo, los medicamentos que le dieron no funcionaban tan bien como su jarabe. Por eso le había pedido a Luise que se lo consiguiera y esperaba que lo hubiera encontrado.

Luise. Al pensar en ella lo invadió una oleada de indignación, porque después del incendio de la fábrica del capitalista Rothmann, ella había vivido unos días en su mansión de Degerloch. Robert se puso fuera de sí cuando se enteró. ¡Su propia esposa en casa de su enemigo de clase! ¡Inimaginable!

Pero, después de su reprimenda, ella había reflexionado y había cambiado de opinión: desde hacía algunos días estaba de nuevo en casa en la Stuifenstrasse. Y también había vuelto a trabajar, pues de algo tenían que vivir. Él tendría que quedarse en casa al principio porque lo habían despedido de la fábrica de tabaco mientras estaba en prisión. Esos explotadores eran todos iguales.

Después de todo lo que había vivido, decidió dedicarse aún con más ahínco a la lucha de clases. Había que terminar de una vez por todas con todas aquellas injusticias. En cuanto su cabeza se recuperase por completo, volvería a comprometerse, dedicaría toda su vida a aquello de lo que estaba tan convencido.

El médico abandonó la habitación. Robert tomó la bolsa con las pocas pertenencias que Luise le había llevado y se dirigió a la salida, pero en el pasillo se encontró con su mujer, acompañada por Karl Rothmann.

Robert se puso de inmediato a la defensiva.

—¿Qué hace usted aquí?

—Robert, el señor Rothmann ha venido conmigo expresamente para llevarte a casa —explicó Luise con calma.

—¡Tengo dos piernas bien sanas! —Agarró del brazo a su mujer—. Y tú también.

—¡Por favor, Robert, déjese ayudar! —Karl Rothmann se había detenido.

—Se lo agradezco, señor Rothmann, pero nos las arreglamos solos —respondió apretando los dientes.

—¡Robert, por favor! —Luise se zafó de su mano.

—Es nuestra vida, Luise. ¡Y me niego a que el señor Rothmann se entrometa en ella!

—¡Han ayudado a Tilda!

—¡Sin los Rothmann, a Tilda no le habría pasado nada! —Le costaba cada vez más controlarse. Lo de su hija lo tenía muy alterado desde que su esposa se lo había contado—. Si no recuerdo mal, nuestra hija estuvo a punto de morir quemada en la fábrica de los Rothmann, ¡no en casa! ¡No les debemos nada!

—Robert. —Luise sonaba agotada.

—Tranquila, señora Fetzer —dijo Karl—. Será mejor que los deje solos. Pero si necesita usted algo, no dude en ponerse en contacto conmigo, sea cuando sea.

—No necesita nada. —Robert volvió a agarrar del brazo a su mujer—. Nos vamos a casa. ¡Que tenga un buen día!

Karl Rothmann lo miró vacilante una vez más, dio media vuelta y se marchó.

—No quiero que te acostumbres a depender de... ¡estos fabricantes! —Robert se dio cuenta de que su voz sonaba estridente.

—¡Qué tiene eso que ver! ¿Qué iba a hacer si no?

—¡Acudir a los camaradas a pedir ayuda! ¡Ese es nuestro sitio!

—No, Robert. Ese es tu sitio. El mío, no.

Aquella réplica lo enfadó.

—Vamos, mujer. Vámonos a casa.

Salieron del hospital y avanzaron por la Filderstrasse. Robert notó desde el principio que caminar lo agotaba. Luise se mantenía a distancia.

Aquella gente incluso había llegado a ponerle en contra a su mujer.

—A partir de ahora Mathilda irá a los Jóvenes Pioneros. ¡Sin excusas ni excepciones! —Robert sentía la necesidad de defender su territorio.

—Pues... no va a ser posible —titubeó Luise.

—¿Por qué no? ¿Porque no le apetece? Eso se acabó. Hay que llevarla por el buen camino. —Se detuvo para recuperar el aliento.

—Tendrías que haber aceptado el ofrecimiento del señor Rothmann —dijo Luise—. Estás demasiado débil para recorrer el largo camino hasta casa.

—No estoy demasiado débil. —Reunió todas sus fuerzas y continuó andando—. A ver, dime, ¿por qué no es posible?

Ella carraspeó.

—Mathilda no va a volver a casa, por el momento.

Robert se quedó parado.

—¿Qué quieres decir con eso de que no va a volver a casa? ¿Dónde va a ir si no?

—Se quedará en casa de los Rothmann y asistirá con Viktoria a la escuela secundaria para señoritas.

—¡No!

Sintió un mareo y Luise lo tomó del brazo, preocupada.

—Por favor, no te alteres.

—Mathilda volverá a casa hoy mismo.

—Ella tendrá un futuro mejor si estudia con Viktoria. ¡Robert, nuestra hija tiene mucho talento! ¿Quieres negarle esa oportunidad?

—No lo entiendes, Luise. —dijo meneando la cabeza. Lo invadió la desesperación—. Solo cuando logremos vencer todas las injusticias y el capital deje de dominar el mundo, solo entonces, habrá un futuro digno para Mathilda. Incluso si ahora le permiten estudiar con los hijos de los amos, ni tú misma te crees que podrá llegar a ser algo más que una institutriz. —Respiró hondo—. Puede seguir yendo al colegio en nuestro barrio, como hasta ahora. ¡Hay que arrancar el mal de raíz! ¡Y eso significa que hay que rebelarse y establecer un orden nuevo con nuestros camaradas! ¡Un orden nuevo sin diferencias de clase! ¡Aquí, en Stuttgart! ¡En Alemania! ¡En todas partes!

—Eso es falso. —Luise frunció el ceño—. Cada uno es responsable de su propia vida. Así lo he aprendido yo. No todo funciona bien en nuestra sociedad, en eso tienes razón, pero de todas maneras el futuro pertenece a aquellos que emplean bien su talento. Y yo no quiero que Mathilda se consuma en vuestra lucha de clases.

—¿Se consuma? —Robert sintió que le faltaba el aire—. ¿Y quién se consume aquí? ¿No se consumen los trabajadores que trabajan para sus amos y a pesar del trabajo tienen que ver cómo sus familias pasan hambre?

—No podemos cambiar el sufrimiento de todos —insistió su esposa—. Pero podemos conseguir un futuro mejor para nuestra hija. Y por eso Mathilda va a seguir viviendo en casa de los Rothmann.

Él se echó a reír con una risa amarga.

—¡Así que ese es el precio que hay que pagar!

—¿Qué precio?

—Como Rothmann me sacó de la cárcel, ahora tenemos que entregarle a nuestra hija a cambio. —En los ojos de Robert ardían lágrimas de rabia—. Tendría que haberlo sabido. Un capitalista no hace nada sin cobrar. Y en este caso el precio es Mathilda. —Se secó las lágrimas con un movimiento airado—. ¿Tenemos jarabe en casa? —preguntó sin transición.

—Suficiente —respondió Luise.

59

Stuttgart, taller de grabación de Alois Eberle, finales de julio de 1926

SERAFINA TOQUETEABA NERVIOSA su collar de perlas. Había llegado la hora. Llevaba preparándose para ese momento desde su vuelta de Berlín: le explicó sus ideas a Alois Eberle, habló con los músicos de Anton, que le entregaron las notas, con las melodías y armonías, se familiarizó con el estilo y ensayó muchas horas con los miembros de la orquesta.

Y ahora se encontraba sentada al piano de Anton. A su alrededor el resto de los músicos se preparaba para la grabación. Ya los conocía muy bien. El batería probaba unos cuantos ritmos, el saxofonista y los trompetistas calentaban, el guitarrista afinaba su instrumento, igual que el contrabajista.

La atmósfera en el taller de grabación de Alois era incomparable.

Serafina disfrutaba de aquella mezcla entre concentración y ligereza de la música, de la increíble fuerza del jazz, de la energía vital que surgía al tocar en conjunto. Sabía que no se trataba simplemente de reproducir las notas. De lo que se trataba era de unirse en la música, fundirse con el ritmo y la armonía.

Alois preparaba su aparato de grabación y parecía estar de buen humor. Al cabo de un rato les hizo una señal. Todos guardaron silencio.

—Venga —les dijo—, ¿lo intentamos?

Después de distribuir a los músicos en la sala, les pidió que tocaran un par de compases, dispuso las cajas de resonancia en posición y movió un poco las cortinas para lograr un sonido óptimo.

—Bueno, ya está —concluyó—. Ahora está todo en su sitio.

Serafina extendió los dedos y los movió un poco. Estaban húmedos por los nervios. Esperaba que todo saliera bien.

Querían grabar dos temas, ambos compuestos por Anton: un foxtrot que el grupo interpretaba a menudo y un blues que había transcrito hacía tiempo.

Alois tomó asiento junto a su aparato.

—¿Dónde estará? —preguntó, mirando hacia la puerta.

—Debe de estar a punto de llegar —respondió Serafina. Ella también miraba la puerta con impaciencia. En realidad, había quedado con Anton para que pasara a recogerla al taller a las siete. Él no sabía nada de la grabación, era una sorpresa que le habían preparado.

Serafina había sufrido muchísimo viendo cómo él echaba de menos tocar con sus músicos. Todavía no podía mover la mano lo bastante bien como para tocar con virtuosismo, por eso pospuso la grabación y se sumergió en el trabajo de su fábrica de pianos. Era ella la que había organizado todo para hoy. Quería que Anton volviera a atreverse a tocar, en un principio con la mano sana.

Por fin se abrió la puerta.

—Hola, ¿dónde estáis? —Se quedó sorprendido—. Pero ¿qué es esto?

Todas las miradas se volvieron a Anton, que se encontraba en el umbral de la puerta y miraba incrédulo alrededor. Se llevó la mano sana al cuello.

Serafina se levantó y se acercó despacio hacia él.

Su mirada se dirigió de ella a los músicos, después a Alois y de vuelta a ella.

—Serafina, ¿qué has hecho?

—Necesitamos al director de la orquesta, Anton —respondió ella, que posó la mano sobre su fuerte pecho y sintió su calor y su vibración interna—. Sin ti, esto no va a salir bien.

Pudieron observar en su rostro cómo iba comprendiendo lentamente.

—¡No me digas que los has convocado a todos para hacer aquí y ahora una grabación!

—Exacto —respondió con calma—, justamente eso es lo que he hecho. Con ayuda de Alois. Y, por supuesto, de todos los miembros de la Southern Swing Band.

—¿La Southern Swing Band?

—Sí. Hemos pensado mucho —explicó Serafina— y, si vamos a grabar discos y espero que también venderlos, necesitamos un nombre apropiado. Y Southern Swing Band nos gusta a todos. Pero solo nos llamaremos así si a ti también te gusta, claro.

—Yo voté por Neckar Swing Band —intervino Alois, lo que provocó algunas sonrisas tímidas.

—No es por nada, Alois —carraspeó Anton—, pero a mí también me gusta más Southern Swing Band. Aunque casi por igual.

—No pasa nada —replicó Alois sonriendo—. ¿Empezamos?

Anton le pasó el brazo por el hombro a Serafina y fue con ella hasta el piano. Allí le dio un beso delicado delante de todos y luego se dirigió a sus músicos.

—Estoy... impresionado —dijo, visiblemente conmovido—. Este momento... volver a estar con vosotros... gracias.

Todos aplaudieron y el contrabajista dio unos golpecitos contra su instrumento.

—¿Con qué empezamos? —Anton se puso al mando inmediatamente.

Ahora que su plan estaba tan cerca de cumplirse, a Serafina le entraron los nervios.

Al fin y al cabo, estaba ocupando el lugar de Anton. El piano era su instrumento, con él dirigía a los demás, los unía y los conducía.

¿Cómo podría sustituirlo? Era evidente que se había puesto una meta demasiado alta. Se sintió acalorada.

—Habíamos pensado comenzar con «High Wings» —dijo uno de los trompetistas—, y luego seguir con «Southern Mood».

—De acuerdo. —Anton se quitó la chaqueta negra y la dejó a un lado. Luego se remangó la camisa blanca mientras miraba a Serafina. Le lanzó una gran sonrisa despreocupada. Por primera vez desde que lo conocía parecía sentirse en paz consigo mismo.

—Vamos a tocarlo —explicó Anton—, y si sale bien, lo grabamos. A ver, *one... two...* —Marcó el ritmo con los dedos y los instrumentos empezaron a tocar, pero sonó forzado y sin energía—. ¡No, no, no! —Meneó la cabeza—. ¡No suena nada bien! ¡Otra vez! *One... two... one, two, three, four...*

Comenzaron desde el principio y esta vez salió mejor. Pero las manos de Serafina estaban tan húmedas que tenía la sensación de que los dedos se le quedaban pegados a las teclas.

Anton volvió a interrumpirlos.

—Serafina, por favor, mantén el ritmo. Y las trompetas, ¡es un mi bemol!

Volvió a dar la entrada. Esta vez les dejó tocar la pieza hasta el final, aunque el batería y el contrabajista tuvieran que frenar constantemente a los instrumentos de viento, que iban muy acelerados.

—Vosotros mismos os habéis dado cuenta. ¡Tocad juntos! Y la tensión tampoco funciona. La parte central es más contenida, pero cuando regresa el tema principal, ¡ahí sí podéis lanzaros! Y, Serafina —la miró concentrado—, no toques tan bajito, ¡casi no se te oye!

—¡Ay, Anton, no seas tan duro! —exclamó el clarinetista, que tenía la cara roja por el esfuerzo. Uno de los trompetistas se quitó la chaqueta. La atmósfera era muy pesada.

—Lo voy a grabar ya —intervino Alois—. En algún momento tenemos que empezar.

Anton asintió.

—¡De acuerdo, vamos!

A Serafina se le salía el corazón por la boca. Tragó saliva. Anton marcó el compás y comenzaron a tocar de nuevo. Ella misma se daba cuenta de lo tensa que estaba. Hizo lo que pudo, pero más o menos a la mitad del tema los nervios la dominaron, perdió el compás y ya no lo volvió a recuperar. Le resultó realmente embarazoso.

Anton le lanzó una mirada interrogante. Alois cambió sin decir nada el disco de cera recubierto de grafito y les hizo una señal para indicar que estaba listo para el segundo intento. Anton estaba a punto de dar la entrada, cuando se dio cuenta de cómo temblaban las manos de Serafina. La tomó en sus brazos.

—No te preocupes —le dijo en voz baja—. Créeme, es normal que estés nerviosa. —Luego se volvió a Alois—. ¿Me puedes traer una silla, por favor?

—¡Claro! —Alois trajo la silla y colocó una banqueta más junto a la de Serafina.

—¿Te puedes levantar un momento? —preguntó Anton—. Vamos a tocar juntos. Yo la mano derecha y tú la izquierda.

Colocaron las dos banquetas una junto a la otra. Alois volvió a su lugar junto a la grabadora y la sonora voz de Anton contó tranquilamente:

—*One... two...*

Al tocar con él, Serafina se sentía mucho más tranquila. Los demás músicos también estaban más concentrados. Y su entusiasmo se les contagió a todos los demás.

Entonces ocurrió el milagro.

De las notas surgió la música; de las voces individuales, un animado diálogo. Los arreglos sonaban impresionantes, cada improvisación vibraba con una energía única. Serafina no había sentido nunca nada igual, tenía la sensación de disolverse en la música. Por fin se liberó del peso de las últimas semanas, los recuerdos se borraron y el lugar que antes ocupaban los miedos y preocupaciones se llenó de audacia, gozo y una profunda alegría de vivir.

Y, al igual que unas semanas atrás en la sala de música, sintió con todos sus sentidos la presencia de Anton a su lado, fuerte y dinámico. Era brillante. Toda la sala parecía bailar el swing.

—¡Caramba! ¡Ha sido estupendo! —exclamó Alois cuando terminaron. Muy satisfecho, sacó el disco de cera del aparato de grabación y lo colocó a un lado con mucho cuidado—. ¿Seguimos con el segundo tema?

Los músicos se secaron el sudor de la frente e hicieron un par de bromas antes de volver a concentrarse para sumergirse en los melancólicos sones del blues.

«Southern Mood.»

El tema de Anton era muy complejo, junto a la melancolía y el dolor había amor y esperanza. Y mucho más: sensualidad. Deseo. En aquel momento Anton estaba tan cerca de ella, física y musicalmente. La piel le ardía.

Anton por fin terminó y levantó la mano de las teclas. Su respiración era muy agitada y Serafina se dio cuenta de que tenía la espalda perlada de sudor. Los demás músicos bajaron sus instrumentos y se hizo un silencio íntimo entre ellos. Con delicadeza, le puso la mano sobre el muslo a Anton. Él la tomó con la mano sana y la apretó con suavidad.

—Bueno, bueno —dijo Alois en algún momento, y la devolvió a la realidad—. Tardaré un par de días en tener listo el disco de goma laca. Ya te avisaré, Anton.

—¡Me muero de impaciencia! —Su rostro estaba colorado y un rizo negro le caía sobre la frente. Serafina se alegraba de verlo tan contento.

Él volvió a apretar su mano, luego se levantó y se dirigió a sus músicos.

—¡Muchas gracias! ¡Ha sido extraordinario! ¡Ya tengo ganas de volver a grabar!

Todos se relajaron, también Serafina respiró hondo. Mientras los músicos guardaban sus instrumentos, se reían y bromeaban, y Alois limpiaba su aparato de grabación y lo cubría con una tela, Anton tomó a Serafina en sus brazos.

—Quería preguntarte algo —le susurró al oído.

—¿Sí?

—¿Te quedas conmigo esta noche?

El piso de Anton se encontraba en el piso de arriba de la fábrica de pianos. Serafina no había estado allí nunca y se sorprendió al ver cómo lo había decorado: con mucha sencillez pero con elegancia. Por todas partes había partituras musicales y esbozos de diseños para pianos, lo que delataba el espíritu artístico de Anton. Un gran piano de cola dominaba el salón.

—Siéntate —le dijo Anton.

Mientras él fue a la cocina a buscar una botella de vino, Serafina se sentó en el sofá tapizado de terciopelo verde claro que se encontraba en un pequeño saledizo.

—Te pusiste muy nerviosa antes —dijo Anton mientras tomaba dos copas de una vitrina.

—Sí, demasiado. No me lo esperaba, la verdad.

Anton colocó los vasos en una mesita baja, abrió la botella y sirvió el vino.

Brindaron. El ligero tintineo del cristal tallado tenía algo sensual, al igual que el vino tinto afrutado, que sabía a verano.

—Lo planeaste todo de maravilla —dijo él agradecido—. Hoy he recuperado un pedazo de mi vida.

Serafina sonrió ensimismada. Su copa reflejaba la suave luz de la sencilla lámpara que colgaba sobre ellos.

Anton le tomó la copa de la mano y la dejó sobre la mesita, junto a la suya.

Luego, con los dedos de su mano sana, recorrió la línea de su pelo, le acarició la mejilla y el cuello, y los posó sobre la nuca.

Sus caricias provocaron estremecimientos por toda su piel.

Anton la miraba fijamente, acariciaba su alma con la mirada, igual que sus sentidos. Y cuando la besó, saltaron chispas por todo su cuerpo.

La besó más profundamente, explorando con delicadeza; sus dedos jugueteaban con el dobladillo de su escote y le quitaron con cuidado el collar de perlas de varias vueltas. Lentamente fue desabrochando los pequeños botones de su vestido de batista amarillo claro y lo deslizó con suavidad sobre sus hombros. Sus labios fueron dejando una huella tierna a lo largo de su cuello, hasta llegar al nacimiento de su pecho, mientras con la mano exploraba su piel.

Serafina no tenía ninguna experiencia, pero no le faltaban valor ni curiosidad para lanzarse a su propio viaje de descubrimiento. Con decisión, le quitó el chaleco y la camisa, y le acarició con suavidad los fuertes músculos del torso. Descubrió un lunar con forma de hoz en el costado derecho y una pequeña cicatriz sobre el ombligo, que él no recordaba cómo se había hecho. Cuando decidió sustituir las manos por besos ligeros y sensuales, Anton la llevó con cuidado a la mullida alfombra que se extendía delante del sofá.

Así se descubrieron el uno al otro, sin aliento y conscientes de cada instante: se entregaron a un amor que los reconciliaba con el pasado y anunciaba la llegada del futuro. Y cuando los primeros rayos del sol de la mañana rozaron sus cuerpos entrelazados, Serafina supo que acababa de comenzar su nueva vida.

60

En las obras de la fábrica de chocolate, 14 de septiembre de 1926, por la mañana

—ME ALEGRO DE que hayamos decidido permanecer en el centro de la ciudad —le dijo Judith a Victor.

—Aunque el terreno de Cannstatt habría sido ideal —respondió Victor.

Había una parcela perfecta en venta, pero a Judith le resultaba imposible abandonar Stuttgart. El chocolate Rothmann formaba parte del centro de la ciudad, tanto como el Castillo Antiguo, el Königsbau y el monumento a Schiller.

Su marido le dio un abrazo, como si fuera capaz de leerle el pensamiento.

—Menos mal que pudimos comprar el terreno vecino —dijo él—. Así tendremos espacio suficiente para construir la fábrica según nuestros planes.

—La idea de ampliar la tienda me parece estupenda —dijo Judith—. Eso no habría sido posible en Cannstatt.

—Sí, Karl lo ha pensado todo muy bien —replicó Victor—. ¡Es increíble la cantidad de ideas que tiene!

—Detrás de esas ideas se esconde una intuición femenina —sonrió Judith—. Pasa cada minuto que tiene libre con Elise Bender.

—¿Elise Bender? —preguntó Victor asombrado—. ¿No es la misma chica con la que Anton iba a comprometerse?

—¡Exacto! —Ella le lanzó una mirada pícara—. Mientras Anton se enamoraba de Serafina, parece ser que Karl empezaba a sentir debilidad por Elise. Al fin y al cabo, son gemelos. No me extraña que hayan intercambiado a las chicas, por decirlo así.

—Si te soy sincero, a mí tampoco me extraña —respondió Victor—. ¿Dónde está, por cierto? ¡Ah, allí! —Señaló hacia la zona donde antes se encontraba la entrada a la fábrica. Habían retirado el portón para facilitar el acceso a las obras—. ¡Allí delante! Está con Adolf Schneck.

Se reunieron con ellos.

—Ah, señora Rothmann, señor Rothmann —los saludó el arquitecto—. ¡Esto avanza estupendamente!

—Sí, nosotros también estamos muy satisfechos —confirmó Victor—. Karl está haciendo un gran trabajo como director de obra.

Judith notó cuánto alegraba a Karl el elogio de su marido. Estaba entregado a la nueva fábrica, parecía que la tarea lo hacía feliz y, al mismo tiempo, lo había vuelto más serio. Esperaba que aquellos cambios fueran duraderos.

Paseó la mirada por el terreno en obras. Por todas partes había gente trabajando con diligencia. Era increíble todo lo que habían levantado en los últimos dos meses, pese al calor húmedo del verano. Habían retirado los escombros y colocado los nuevos cimientos, por todas partes se elevaban muros sostenidos por cubiertas de madera y rodeados de andamios y escaleras por los que los trabajadores se movían con una seguridad que maravillaba a Judith. Con solo mirar la construcción desde abajo, se mareaba.

—Estábamos pensando —dijo su hermano—, en la posibilidad de elevar el terreno de lo que ahora es el patio, de forma que debajo quede espacio para instalar una piscina cubierta. Podrían usarla todos los trabajadores de la fábrica, con sus familias y niños.

Victor asintió

—¡Buena idea!

—Hay que tener en cuenta que los costes serían elevados —les indicó Schneck.

—Por suerte no tenemos problemas de financiación —respondió Victor.

—Lo mejor sería planificar ese espacio de forma que pueda usarse también con otro propósito, como almacén, por ejemplo. Una vez construido, podemos decidir cómo lo utilizamos —añadió Judith.

—Muy bien —dijo Karl, mientras Adolf Schneck tomaba notas.

Después recorrieron las distintas partes de la obra, charlaron y al final se detuvieron en una zona amplia que daba a la calle.

—Y aquí es donde va a estar la nueva tienda —afirmó Judith.

—Sí. Y no solo vamos a vender chocolate —dijo Karl.

—¿En qué estabais pensando? —preguntó Victor con una sonrisa—. ¿En una fuente de chocolate?

Karl se rio.

—Algo así. Habrá una zona grande donde se podrán comprar todos nuestros productos. Y luego propongo ofrecer algunos objetos complementarios: tazas de porcelana para el chocolate caliente con motivos diseñados por Edgar o nuestros discos de chocolate, por ejemplo. Venir a comprar a nuestra tienda debe ser toda una experiencia. ¿Qué os parece una fuente de chocolate en medio de una reproducción en yeso de una plantación de cacao? ¿O una cascada de chocolate? —Le hizo un guiño a Victor—. Y añadiríamos un par de mesas para que los clientes puedan sentarse y decidir sus compras con calma. O una casita de cuento recubierta de tabletas de chocolate en la que los niños puedan jugar. Y, por supuesto, una de nuestras máquinas.

—Bueno, tendremos que volver a sentarnos para planearlo todo, Karl —se rio su cuñado—. Me encanta tu creatividad, pero habrá que ver si todo eso se puede hacer y si tiene sentido.

—A mí me gustaría conservar nuestra tienda actual —intervino Judith—. Ha sobrevivido al incendio y por eso sería una señal de que la vida sigue, creo yo. ¿Qué os parece si la convertimos en un pequeño café?

—A mí me parece muy bien —dijo Victor.

—En cualquier caso —dijo Karl—, pondremos un mostrador que dé a la calle. ¡Para los helados!

—¡Por fin! —Aplaudió Judith llena de alegría—. ¡Llevo casi toda mi vida soñando con ello!

—Ya lo sé —sonrió Karl—, ¡la tienda de helados es para ti!

La tarde del mismo día en la cocina de la mansión de los Rothmann

Viktoria removía el cazo con el chocolate negro que estaba al baño maría sobre la placa de la cocina. A su lado, Mathilda manipulaba un gran molde de hierro con forma de papagayo que Karl había mandado fabricar para las niñas.

—¡No se abre! —Mathilda sacudió el molde, pero no consiguió separar sus dos mitades—. ¿Me puedes ayudar, Vicky?

—¡Ayuda, Vickyyyyy! —gritó *Pepe* desde su jaula, colocada sobre la mesa. Se había acostumbrado a repetir fragmentos de diálogos que escuchaba, lo cual encantaba a Vicky, pero ponía muy nerviosos al resto de habitantes de la casa.

—¡Ese bicho, fuera de mi cocina! —exclamó Gerti, que a pesar de la ocupación de sus dominios por Viktoria, Tilda y *Pepe*, intentaba hornear una tarta—. Aquí no pinta nada. ¡Esto es una cocina, no un zoo!

—¡Por los clavos de Cristo! —gritó el loro.

—No puedo llevármelo, Gerti —explicó Viktoria—. ¡Lo necesito de modelo!

—Lo ves todos los días desde hace meses, Vicky —replicó la cocinera—. Sabes perfectamente cómo es.

—¡Perfectamente! —chilló *Pepe*.

—No me acuerdo con todo detalle de cómo son las plumas —la contradijo la niña—. ¡Y tiene que parecer auténtico!

Gerti elevó la mirada al techo. El molde se abrió con un fuerte crujido.

—¡Ja! —se alegró Mathilda—. ¡Funciona!

—Menos mal —dijo Viktoria—. Ahora lo tienes que untar por dentro.

Vertió un poco de chocolate líquido en un cuenco y lo colocó junto a la cocina. Luego echó más pedazos de chocolate en el cazo y siguió dando vueltas. Mathilda tomó un pincel y el cuenco con el chocolate y untó con él el interior de las dos mitades del molde.

—Bueno, mi chocolate ya está listo para verterlo —anunció Viktoria. Esperaba haber logrado la temperatura adecuada. Lamentablemente, en la cocina de Gerti no disponían de todos los utensilios necesarios, como en su cocina de pruebas. Tenía que guiarse por instinto.

Mathilda cerró el molde, lo aseguró con las pinzas de metal y se lo llevó a Viktoria, que lo rellenó de chocolate a través de una abertura en la base. A continuación, golpeó un par de veces contra el molde de metal con la cuchara de palo de Gerti, para que no quedaran burbujas de aire. Por último, le dieron la vuelta al molde y vaciaron el chocolate sobrante directamente en el cazo. Repitieron el procedimiento dos veces más, para que el cuerpo de chocolate del papagayo tuviera el grosor suficiente.

Pepe daba saltitos nerviosos en su jaula mientras la cocinera, agotada, en algún momento metió en el horno su tarta de manzana.

—Gerti, ¿tenemos una tabla? —preguntó Viktoria.

—¡Una cabra! —gritó *Pepe*.

—¡Cállate, pájaro bobo! —replicó Gerti—. ¡Claro que tengo una tabla!

Se la trajo a la niña, que colocó un papel por encima y el molde sobre él. Después depositó todo sobre una mesita auxiliar.

—Ahora tiene que enfriarse.

Viktoria contempló el enorme molde de papagayo, que medía unos treinta centímetros de alto. En ese momento se abrió la puerta, entró Judith y abrazó a las dos niñas.

—¡Nuestra nueva fábrica de chocolate va a ser preciosa! Hemos ido hoy a ver las obras.

—¿Cuándo estará lista? —preguntó Mathilda.

—Todavía tardará unos cuantos meses —dijo Judith—. Tal vez la próxima primavera.

—Vamos a estar mucho tiempo sin poder vender chocolate —dijo Viktoria pensativa—. ¡Y sin ganar dinero!

—Sí, serán tiempos difíciles —admitió Judith—. Pero vosotras estáis trabajando mucho, probando nuevas ideas, por lo que veo. —Contempló el molde de metal—. ¿Os lo ha conseguido Karl?

—Sí. ¡Pero ha sido idea mía! —replicó con orgullo.

—¿Es *Pepe*? —preguntó Judith.

—¡*Pepe*! ¡*Pepe*! —se alegró el loro.

—Cuando esté listo, será *Pepe* —respondió Mathilda—. Todavía tenemos que hacer todas las plumas.

—¿Plumas? ¿Y cómo?

—De mazapán —respondió Viktoria.

—Es posible —dijo Judith—, pero tendréis que añadir bastante azúcar a la masa de mazapán para que sea más fácil de moldear.

—¿Sabes cómo podemos colorear el mazapán de gris y rojo, mamá? En la fábrica teníamos colores, ¿no?

—El colorante lo compramos en la droguería. Yo tengo que ir para otra cosa, os puedo traer un poco y os ayudo si os parece bien —sugirió.

—Nosotras nos las arreglamos solas —respondió Vicky—. Pero si quieres, te dejamos que mires cómo lo hacemos.

—Lo haré. —Judith sonrió, pensando que seguramente le tocaría hacer bastante más que mirar—. Pero hay algo en lo que tengo que insistir, Vicky: el auténtico *Pepe* tiene que salir de la cocina. No puede estar aquí.

—¡No puede! ¡No puede! ¡Amén! —gritaba el pájaro indignado.

—¡Cállate, *Pepe*! —exclamó Viktoria con severidad. El loro saltaba alterado en su percha.

—¡Por los clavos de Cristo!

—¿Puedes enseñarle a que no diga esas indecencias, Viktoria? —Judith le lanzó al pájaro una mirada de desaprobación—. ¡Es una vergüenza!

—De verdad que lo intento —respondió.

—Yo creo que él no sabe lo mal que suena —comentó Mathilda.

—Lo que sí sabe con toda seguridad —intervino Gerti, mientras miraba cómo iba su tarta—, es que todos le prestan atención cuando lo dice.

—Eso es cierto —opinó Judith.

—¡Ya he dicho que lo estoy intentando! —exclamó Viktoria impaciente—. Pero si *Pepe* no puede quedarse aquí, haremos las plumas en otro sitio, en el salón, por ejemplo. ¡Lo tengo que ver para poder hacerlas! ¡Y tiene que estar listo para la semana que viene!

—¿La semana que viene? —preguntó Judith—. ¿Y por qué?

—Porque es cuando llega Martin, ¿ya se te ha olvidado? —le reprochó—. ¡El loro de chocolate será su regalo de bienvenida!

61

La mansión de los Rothmann, 21 de septiembre de 1926, por la tarde

POR TODA LA casa se respiraba un aire de alegría e ilusión. Todo estaba limpio y reluciente, Walli y Dora daban los últimos toques y colocaron flores frescas en la entrada, en el salón y el comedor.

Theo había ido con Judith y Victor a la estación a recoger a la persona que todos estaban esperando: Martin.

«Qué rápido ha pasado el verano», pensó Serafina, mientras salía con Anton a pasear un poco por los senderos de gravilla del jardín. Se había puesto un abrigo, pues hacía un fresco inusual para septiembre que ya anunciaba la llegada del otoño.

—Parece que vamos a recibir al rey de Inglaterra —se burló Anton tomándole la mano. Serafina se rio.

—Sí, es como si se hubiera anunciado la visita de un jefe de Estado. Tengo muchas ganas de conocer a Martin.

—Es un chico muy simpático, te va a caer bien —dijo Anton—. Y tiene mucho talento. Es una maravilla cómo toca.

Serafina se quedó mirando a un gorrioncillo que estaba posado en el sendero y echó a volar cuando se acercaron.

—Estoy impaciente por asistir a su concierto.

—Seguro que va a ser el hito cultural del año. —Anton soltó su mano y la abrazó—. Hoy he recibido dos grandes encargos de América. ¿Podrías ayudarme de nuevo con los cálculos?

—¡Pues claro! —respondió ella—. No hace falta que preguntes. Prácticamente trabajo como empleada de tu taller.

Serafina le dio un beso furtivo en la mejilla.

Después de aquella noche de julio que había pasado en su piso de la Augustenstrasse, él se había concentrado en su trabajo de nuevo y para ella había sido lo más natural echarle una mano. En realidad, nunca había imaginado que trabajaría en un despacho, pero la colaboración con Anton la llenaba tanto que ahora le encantaba sentarse delante de su escritorio mientras él se ocupaba de la producción, se reunía con algún cliente o dibujaba planos.

—¡Gracias! —Sonrió—. Ya sabes cuánto me gusta tenerte a mi lado. Día y noche. —Se detuvo y la besó con pasión, hasta que ella se apartó un poco con delicadeza—. ¡Como sigas así, nos vamos a perder la llegada de Martin!

Él la soltó con una carcajada.

—Y hay otra cosa que tengo que contarte —anunció significativamente—. ¡Hemos vendido los primeros cien discos, imagínate!

—¿De verdad?

—¡De verdad! Alois quería repartir las ganancias entre todos, pero me parece mejor invertirlas en la sala de grabación. Al menos, al principio.

Serafina se alegraba mucho de aquel éxito, pues ella había cantado unos cuantos de los temas que habían grabado en las últimas semanas. Uno de ellos lo había escrito Anton el día que se conocieron, y por eso significaba tanto para ella: «Dedicated to Serafina».

—El éxito también se debe al diseño tan original de las cubiertas de Edgar —dijo con una sonrisa—. ¡Cada una de ellas es una obra de arte! La combinación de fotografía y dibujo es única.

—Sí, es un artista —confirmó Anton.

—¿Y qué tal se venden los discos de chocolate?

—Hay bastante interés, pero todavía no es un gran negocio. Aunque eso era de esperar, en realidad. Estaban pensados en primer lugar como reclamo publicitario, y en ese sentido cumplirán su papel con creces en cuanto la fábrica vuelva a abrir.

—A mí me parecen fascinantes —opinó ella—. ¡Karl tuvo una muy buena idea!

—Sobre todo, porque eso llevó a que Alois fundara la empresa A.K.A. Musik. Ese hombre es un genio y el estudio de grabación es simplemente sensacional.

EL PETARDEO DE un automóvil anunció la llegada de Martin. Casi todos los habitantes y empleados de la mansión de los chocolates se habían reunido en los escalones de la entrada principal, flanqueada por columnas. Serafina contempló al grupo. Seguramente, en el pasado, cuando los aristócratas terratenientes recibían a los invitados en sus fincas, se debían de producir escenas similares.

Walli y Gerti se habían colocado una detrás de otra en el último escalón, con cofias limpias y delantales blancos almidonados. Karl no estaba, porque tenía una cita importante en la obra.

Viktoria y Tilda, bien vestidas y peinadas, ocupaban el escalón más bajo, esta vez sin *Pepe*, que había sido desterrado a uno de los salones, donde se quedó soltando palabrotas. Dora estaba detrás de las niñas, y evitó que Vicky saliera corriendo en cuanto el coche tomó el camino de entrada agarrándola por el cuello blanco del vestido.

Pero aquel momento de exquisita educación y buenos modales fue solamente pasajero, porque en el momento en que se abrió la puerta del coche y apareció un joven rubio con una sonrisa arrebatadora, no hubo manera de pararla.

Vicky se lanzó a sus brazos con un grito de alegría.

Fue muy conmovedor ver a los dos hermanos fundidos en un abrazo tan intenso, y Serafina se dio cuenta de que Judith y Victor también estaban emocionados. Theo se bajó del coche, se rascó bajo la gorra de chófer y esperó con paciencia a que Martin volviera a dejar en el suelo a Vicky y entrara con ella en casa.

—¡Martin! —exclamó Dora—. ¡Bienvenido a casa!

Todos aplaudieron, y Martin, que se parecía a Judith como si fueran dos gotas de agua, fue dándoles un abrazo a cada uno. Al ver a Mathilda, que se había situado unos peldaños más arriba para observar mejor la ceremonia de bienvenida, se mostró confundido un instante.

—Otra señorita —dijo Martin, dedicándole una sonrisa—. ¡Seguramente eres la amiga de Vicky!

Serafina notó divertida cómo su rostro normalmente pálido se iba poniendo colorado, compitiendo con sus rizos rojos, que ya habían crecido en una melena corta y desenfadada.

Mathilda hizo una reverencia, pero Martin meneó la cabeza.

—Soy el hermano de Vicky. No tienes que hacerme ninguna reverencia. Mathilda se ruborizó aún más, pero le ofreció la mano con aplomo.

—Me llamo Mathilda —dijo con voz firme.

—¡Es un nombre muy bonito! —Martin le puso una mano sobre el hombro.

—Y ahora también vivo aquí.

—Ya me lo ha contado Vicky por carta. Seguro que en los próximos días nos iremos conociendo mejor. —Martin sonrió.

—Le he preparado pasta rellena —intervino Gerti en ese momento, y cuando Martin dirigió su atención a la cocinera, ella lo abrazó contra su blando pecho, sin más rodeos.

—¡Qué ganas de probarla!

Martin se liberó riéndose del abrazo posesivo de Gerti.

«Volver a casa es maravilloso», pensó Serafina.

LA MESA ESTABA puesta para la ocasión. El brillo de las copas de cristal le hacía la competencia a la cubertería de plata y los candelabros relucientes. Los ramitos de azulejos y capuchinas anaranjadas contrastaban con la porcelana de color marfil y el mantel blanco de damasco.

Judith y Victor, de pie junto al aparador, ofrecían a todos los que iban entrando al comedor una copa de champán. Serafina tomó la suya y acompañó a Anton al extremo de la mesa. Allí se quedaron de pie junto a una pareja bastante mayor que resultaron ser los Ebinger: los abuelos biológicos de Martin. Su presencia en aquella reunión familiar no parecía sorprender a nadie, y Anton le susurró al oído que siempre se les invitaba a las fiestas familiares como los «padrinos» de Martin. La verdadera historia de aquella relación tan estrecha no la conocía mucha gente. Serafina y Anton habían decidido no revelar que habían descubierto el secreto de los orígenes de Martin Rheinberger. Aquello era asunto únicamente de Judith y Victor. Y de Martin, si es que lo conocía.

El papagayo de chocolate presidía la mesa del comedor y mostraba con orgullo su plumaje gris con una cola de color rojo intenso. La imagen majestuosa no dejaba de ser imponente por el hecho de estar peligrosamente inclinada. De hecho, solo unas cuantas manzanas colocadas estratégicamente impedían que cayera. Al observarlo más de cerca, se veía que el pico estaba aplastado y que la punta se había roto y había sido reparada después.

—¡Nuestro *Pepe* va a terminar formando parte del escudo de armas de la familia! —exclamó Karl mientras contemplaba la escena con la copa de champaña en la mano.

—Me temo que es bastante probable —respondió Victor—. Pero no ocurrirá jamás mientras yo viva.

—... y luego hemos pegado todas las plumas —se oyó la voz de Viktoria por el pasillo. Unos segundos más tarde entró tirando de su hermano—. ¡Ahí está! —anunció—. ¡Es para ti! ¿Te gusta?

—¡Me chifla! —Martin se acercó a la mesa y contempló detenidamente el pájaro, que le devolvió la mirada con dos ojos de distinto tamaño—. ¿Lo has hecho tú sola?

—Con Tilda —admitió Viktoria—. Y mamá me ayudó también, pero solo un poco.

Serafina observó la mirada fugaz que intercambiaron Judith y Victor. Judith había pasado casi todas las tardes en el salón con las niñas, fabricando cientos de plumas de mazapán junto al modelo de la creación. Como era de esperar, *Pepe* no cesó ni un segundo de hacer comentarios sobre todo el proceso.

—¡Pero ha tenido que ser muchísimo trabajo! —Martin aceptó agradecido la copa que Victor le tendía.

—Nos costó un poco sacarlo del molde —explicó Viktoria por último, con un orgullo evidente—. ¡No se podía abrir!

También en este punto estaba alterando un poco la realidad. Serafina y Judith tardaron casi una hora en liberar el cuerpo de chocolate de su molde. Por suerte, permaneció más o menos intacto. Pero se formó una capa grisácea porque el chocolate no había alcanzado la temperatura necesaria.

—Es un regalo de bienvenida extraordinario, Vicky —afirmó Martin, que miró a su hermana con cariño. No era tan alto como sus tíos y era más delgado, pero tenía los mismos ojos azul claro de la familia. Un joven muy guapo.

A la mesa se habían reunido muchos comensales.

Además de Dora, estaba la amiga de Judith, Dorothea Nold, la mujer de Edgar. Serafina no podía creer que aquella mujer simpática y cariñosa fuera la hermana de Albrecht von Braun, el culpable de los boicots contra la fábrica de chocolate. Dorothea llevaba varias semanas en Stuttgart porque había venido a ayudar a sus padres, abrumados con la detención de su hijo y la preparación del juicio.

—Queridos todos, querido Martin —comenzó Victor; Serafina notó la alegría en su voz—. No siempre resulta fácil dejar que un hijo se marche a recorrer el mundo. Por eso es tan bonito cuando emprende el camino de regreso, aunque sea por un tiempo limitado. Puedes seguir la llamada de tu vocación, Martin. Un privilegio que muy pocos jóvenes logran disfrutar. Nos alegramos y también nos sentimos orgullosos de lo bien que estás aprovechando esta oportunidad. Y estamos deseando oírte tocar en el concierto, claro. Pero antes de eso, disfrutaremos del tiempo que pasemos juntos. Todos los acontecimientos de los últimos meses me han mostrado lo frágil que puede resultar la felicidad. —Levantó su copa—. ¡Bienvenido, hijo mío! ¡Disfruta estas semanas con nosotros, déjate mimar por las mujeres de la casa y que no te dé mucho la lata tu querida hermanita! —Todos se rieron—. ¡Brindamos por ti y porque regrese la tranquilidad a nuestra mansión de los chocolates!

62

En las afueras del barrio de Degerloch, 30 de septiembre de 1926

—¡Es MARAVILLOSO TENERTE con nosotros, mamá!

Hélène acarició la mano de Judith, que se había agarrado con confianza a su brazo, y la miró.

—Es muy bonito estar aquí, pero también un poco extraño —respondió con sinceridad.

A Hélène le costaba mucho reconciliarse con su pasado, por mucho que hubieran cambiado las cosas tanto en el barrio de Degerloch como en la mansión en la que había pasado junto a Wilhem Rothmann los años más infelices de su vida.

Judith había redecorado la casa para hacerla más grande, luminosa y acogedora, y el exterior invitaba a pasear, con sus esculturas modernas, el amplio césped y las fuentes entre los numerosos parterres de flores.

Pero era imposible evitar que emergieran los recuerdos que había mantenido a raya con tanto empeño durante tantos años. Georg ya había imaginado que esto ocurriría, por lo que insistió en que se llevara sus utensilios de pintura. Nada más llegar, dos días antes, le había colocado el caballete en el lugar más hermoso del jardín con la esperanza de que el arte, como tantas veces, la ayudara a comenzar de nuevo.

Judith pareció darse cuenta de que su madre no se sentía bien, por lo que propuso salir a dar un paseo. La madre y la hija se pusieron en camino después del almuerzo. Cuando dejaron atrás las calles del barrio, con sus elegantes mansiones, y llegaron a la linde del bosque, Hélène se sintió mejor.

Respiró hondo el aire fragante.

—Es una pena que os quedéis solo una semana —le dijo Judith mientras caminaban a buen paso—. ¿No queréis pensarlo mejor y alargar la estancia?

—No, Judith —respondió Hélène—, no te lo tomes a mal, por favor. Todavía tengo mucho que preparar para mi exposición del año que viene. Y no podemos faltar de la librería tanto tiempo.

—Pero entonces tenéis que regresar pronto —insistió Judith—. ¿Tal vez por Navidad? Sería precioso si pudiéramos celebrarla juntos después de tantas décadas separados.

Hélène sintió inmediatamente una opresión en el pecho con solo pensar que tenía que pasar la Navidad en Degerloch.

—Las fechas de antes y después de las Navidades son fatales, siempre hay mucho que hacer.

—Ya veo —dijo Judith decepcionada— que volverán a pasar muchos años antes de que vengas a visitarnos de nuevo.

Hélène no replicó a su comentario.

—Martin se está preparando con mucha intensidad para su concierto —dijo, cambiando de tema—. Apenas lo hemos visto.

—Ensaya mucho, es verdad —respondió Judith—. Y va a ser maravilloso, puedes estar segura.

—No me cabe duda. —Hélène sintió que le remordía la mala conciencia que había logrado reprimir durante tanto tiempo—. Me alegro mucho de poder asistir a su concierto.

—Nosotros también nos alegramos de que hayáis venido —respondió Judith—. Es un momento muy especial para todos nosotros.

—Admiro mucho a Martin. ¡Menudo talento! — Hélène observó a una ardilla que enterraba algunas nueces bajo un abeto—. ¿De dónde le vendrá?

Judith no respondió inmediatamente. En lugar de eso, tomó una rama de avellano del borde del camino y a Hélène le pareció que la pregunta le resultaba incómoda.

—Parece ser cosa de familia. Anton toca muy bien y Vicky también —comentó Judith al cabo de un momento.

Hélène asintió. Al parecer, el arte encontraba una forma distinta de manifestarse en cada persona. Ya fuera mediante la música o la pintura.

—No pienses que queremos obligarte a venir, mamá —continuó Judith con la conversación anterior—, pero ¿no sería bonito si pudiéramos tener una relación más estrecha como familia?

Entendía a su hija. Y había algo dentro de ella que compartía su deseo. ¡Si no fuera por aquel miedo que no lograba sacudirse!

Paseó su mirada por los alrededores. Allí arriba, en la pequeña meseta de Filder, el paisaje era hermoso y apacible. En los días claros, incluso se veía el Jura a lo lejos, y al mismo tiempo estaba cerca de la ciudad. El otoño ya había llegado y el follaje de los árboles que flanqueaban el camino se había teñido de colores. Una imagen preciosa. De repente tuvo ganas de trasladar hasta allí su caballete y atrapar con su pincel todas aquellas tonalidades maravillosas.

—¡Ay, mira quién viene por allí, mamá! —exclamó Judith en ese instante.

ANTON RECONOCIÓ A su madre de inmediato. Su figura delicada y erguida le resultaba profundamente familiar. Pero al mismo tiempo le parecía irreal verla allí al cabo de tantos años.

—¡Por allí vienen mamá y la abuela! —gritó Vicky, que echó a correr hacia ellas. Anton contempló a su sobrina avanzar por el sendero del bosque y lanzarse en brazos de Judith.

—Menos mal que le cogí yo las setas —dijo Martin, balanceando el cestillo con una sonrisa—. ¡Si no, la cena habría terminado por los suelos!

—Seguramente —respondió Anton con un guiño a su sobrino.

Se había tomado tiempo libre para pasar el día con él y con Vicky. Era un ritual que habían iniciado hacía unos años. Cada vez que Martin volvía a casa, hacían algo agradable los tres juntos: iban a la ciudad o a la sierra del Jura, tocaban música o jugaban al tenis en la cancha de la casa. Y los tres lo disfrutaban mucho.

Hoy Vicky había insistido, desde bien temprano, en ir a la cantera de la Paulinenstrasse para escalar un poco por allí. Después sacudieron un enorme nogal cercano y recogieron las nueces para, a continuación, buscar en la charca larvas de salamandra. Alrededor del mediodía pusieron rumbo a Staigeloch, un pequeño lago en el que solían jugar los niños de Degerloch y donde capturaban ranas en verano o patinaban sobre hielo en invierno. Gerti les había preparado *pretzel* y jamón, y al aire libre todo les supo mucho mejor.

Por último, a Vicky se le ocurrió la idea de llenar de setas la cesta vacía del pícnic. Así que llegaron hasta el bosque, donde habían encontrado unos cuantos ejemplares imponentes. Y ahora, de camino a casa, acababan de toparse por sorpresa con Judith y Hélène. Anton sabía que su madre ya había llegado, pero no había tenido tiempo de saludarla personalmente.

—¡Cuánto me alegro de verte, Anton! —La alegría en el rostro de ella era sincera—. ¡Cuando me levanté esta mañana, ya habíais salido!

—Sí, salimos muy temprano —respondió el joven, que le dio un beso rápido en la mejilla—. Tu nieta es muy madrugadora, al menos cuando tiene planes.

—Abuela —interrumpió Viktoria—, ¿puedo pintar contigo después? Has colocado un caballete en el jardín.

—Claro —respondió Hélène—. Cuando volvamos, podemos pintar un cuadro del bosque entre las dos.

La niña pareció satisfecha con la respuesta y se puso a recoger flores en la franja de prado que lindaba con el bosque. Los adultos la contemplaron.

—Vicky ha descubierto la madriguera de un zorro —dijo Martin para romper el silencio.

—Nos costó mucho esfuerzo impedir que la investigara hasta el fondo —añadió Anton.

—¡Ay! —gritó Viktoria de pronto—. ¡Me ha picado algo!

—¡A ver! —dijo Martin, que fue hasta ella. Su hermana se miró la mano con horror y comenzó a llorar.

—¡Me duele mucho!

—Te ha picado una avispa —dijo Martin mirando la base de la mano, que se iba hinchando con rapidez.

—Entonces volvamos lo antes posible a casa para ponerte una rodaja de cebolla —sugirió Judith—. ¡Vamos, Vicky!

Judith y Martin colocaron a la llorosa Viktoria entre los dos y se pusieron en marcha.

Anton y Hélène se quedaron en el bosque.

—Espero que no le quede un recuerdo muy doloroso de la picadura —dijo Hélène, y Anton notó que se sentía insegura.

—Me alegro mucho de que estés aquí, madre —dijo Anton.

Hélène lo miró.

—Me siento aún como una forastera, pero me alegro mucho de veros. Karl y tú sois dos hijos de los que se puede estar orgullosa. Cada uno a su manera.

—Se lo debemos a Judith —respondió Anton en voz baja—. Ella nos dio todo lo que necesitábamos.

—Claro. —Anton percibió su vergüenza—. Yo no estuve a vuestro lado.

—No, no estuviste, madre. —De repente sintió la necesidad de decirle de una vez lo que llevaba dentro desde hacía tantos años—. Y hasta el día de hoy no entendemos por qué, ni Karl ni yo.

—Pues... —comenzó Hélène dudando— estaba enferma. Y cuando a uno lo atrapa la melancolía, como me atrapó a mí, la vida se siente de una manera completamente distinta. —Se apretó las manos.

—Lo siento, pero no puedo imaginármelo.

Anton sabía que tal vez estaba siendo injusto, pero el niño lastimado que fue necesitaba respuestas.

—Es difícil de entender para alguien que no ha tenido que pasar por ello. No es que uno esté triste o no tenga fuerzas. Lo peor es que los sentimientos se encuentran completamente al revés.

—Pero éramos tus hijos. A los hijos se les quiere siempre, ¿o no?

Hélène suspiró.

—Como la enfermedad me llegó justo después de vuestro nacimiento, nunca pude crear con vosotros la relación íntima que hubiera sido natural y necesaria. Yo me daba cuenta, porque lo había vivido de forma distinta con Judith. Pero, a pesar de ser consciente de ello, no podía hacer nada en contra. Es más, cuanto más lo intentaba, peor era.

—¿Tuvo algo que ver con nuestro nacimiento?

—El doctor Hartungen, el director del sanatorio del lago de Garda en el que pasé mucho tiempo, me lo explicó. Pasa de vez en cuando que algunas madres caen en la melancolía después del parto. Muchas se recuperan al cabo de unas semanas, pero no fue mi caso.

Anton intentó comprender la explicación.

—¿Quieres decir que no decidiste abandonarnos conscientemente?

—La única decisión consciente que tomé fue que quería curarme. Y no vi ninguna posibilidad de lograrlo en Stuttgart. Vuestro padre, nuestro matrimonio... ya no sentía ninguna estabilidad en él. Pero no decidí abandonaros. Créeme, Anton, si hubiera sido posible, os habría llevado conmigo a Riva, al menos en cuanto empecé a sentirme mejor. Pero vuestro padre nunca lo habría permitido. Él era el cabeza de familia, y como tal tenía el derecho de decidir dónde teníais que vivir.

Anton se quedó pensativo.

—Nunca lo había visto así.

—¿Cómo lo ibas a ver? Erais demasiado pequeños. —Hélène suspiró—. Ahora me siento bien, Anton. Estoy sana. Pero sigo sufriendo por haber abandonado a mis hijos. Por no haberos visto crecer. Es un dolor permanente.

Él guardó silencio durante unos momentos.

—Ese dolor nos conecta contigo. Nosotros también lo sufrimos, Karl y yo. ¡Pero no es demasiado tarde, madre! Ven a visitarnos más a menudo, deja los recuerdos de papá en su sitio: en el pasado. Claro que no podremos recuperar todo el tiempo perdido, pero tampoco se trata de eso. Podríamos llegar a conocernos mejor y volver a ser una familia.

—Karl nunca me perdonará —dijo Hélène en voz baja—. Me doy perfecta cuenta. Siempre me ha rechazado. Ni una sola vez ha venido a Riva o a Múnich. Y ni siquiera se presentó ayer a cenar.

—No se lo tengas en cuenta. Seguramente tenía alguna cita importante. Yo tampoco pude venir ayer porque tenía la visita de un cliente de ultramar. Los dos estamos muy ocupados.

—Ya... — Hélène parecía desanimada.

—Karl se dará cuenta en algún momento de que es mejor tener una madre tarde que no tener ninguna —le aseguró Anton—. Dale tiempo, pero no dejes de luchar por él.

—Luchar —repitió Hélène pensativa—. Tienes razón. Tal vez haya llegado la hora... de luchar.

Su hijo le dio un abrazo con delicadeza.

—Volvamos a casa, mamá. Vicky te estará esperando muerta de impaciencia.

63

La sala de conciertos Liederhalle de Stuttgart, 2 de octubre de 1926

UN AMBIENTE FESTIVO reinaba en la elegante Gran Sala del Liederhalle, con sus altos techos, rodeada de arcos de medio punto elevados sobre columnas. Numerosas lámparas iluminaban el recinto, creando la sensación de que bajo la bóveda del artesonado se acumulaba una gran energía que conectaba a todos los que se habían congregado aquella noche en honor de Martin Rheinberger, el prodigioso hijo de la ciudad.

Martin había vuelto a casa para tocar en Stuttgart. Y sus conciudadanos acudieron en masa para escucharlo.

La sala estaba abarrotada.

Judith no conocía a todos los asistentes, ni mucho menos, pero le dio la impresión de que toda la alta sociedad de Stuttgart se hallaba allí reunida. Mientras avanzaba por el pasillo central del patio de butacas, notaba sus miradas fijas en ella.

Pero no solo en ella.

Detrás de Judith iba su madre, Hélène, caminando muy erguida del brazo de Georg. Muchos de los presentes debían de recordar que Hélène Rothmann había abandonado a su esposo para escapar de sus responsabilidades como esposa y madre e instalarse en el lago de Garda. Eran las habladurías de aquel entonces. Y todavía se percibía mucha curiosidad, incluso después de tantos años.

—¿Estás nerviosa, cariño? —preguntó Victor en voz baja.

—Un poco. ¿Y tú?

—También. Tal vez incluso un poco más que tú —respondió con una sonrisa.

Judith recorrió con la mirada la parte delantera de la sala y se fijó en el matrimonio Ebinger, que estaban acomodados cerca del pasillo. Josefine Ebinger charlaba muy animada con un hombre de mediana edad que estaba sentado junto a ella. Judith se detuvo bruscamente para verlo mejor.

—¿Qué pasa? —preguntó Victor.

—Ahí está... —Judith tragó saliva—. Ahí está Max Ebinger. Al lado de su madre.

Victor siguió la dirección de su mirada.

—Es cierto. —Frunció el ceño—. ¿Qué significará esto? ¿Acaso sabe que Martin...?

—No creo —dijo Judith rápidamente y avanzó de nuevo por el pasillo—. Sus padres me dijeron que Max iba a venir a Stuttgart. Seguramente se habrá interesado por el concierto de hoy, nada más. Él también toca muy bien el piano.

—Claro. Martin ha heredado su talento.

Llegaron a la primera fila y se sentaron junto a Viktoria y Mathilda, que habían salido antes con Theo y Dora, y esperaban inquietas. Estaban muy elegantes y miraban con impaciencia el escenario, en cuyo centro un reluciente piano de cola negro aguardaba el momento de poder ejecutar su magia.

—¡También han venido los Von Braun! —exclamó Victor en voz baja, y le apretó la mano—. Los he visto, con Edgar y Dorothea a su lado. Y Alois también está.

Judith le agradeció que no volviera a mencionar a Max, sino que aceptara su presencia como algo normal. Victor era su fortaleza. Desde el primer día hasta hoy permanecía igual de firme a su lado, sin importar qué tormentas la zarandearan.

Pensó en su hijo, que esperaba tras el telón. En el mismo instante en el que Victor y ella lo tuvieron en brazos, la alegría y el agradecimiento se unieron en su interior para dar lugar a un amor inmenso. Martin y Viktoria eran los dos mayores regalos que les había dado la vida.

Anton y Serafina llegaron por el pasillo, seguidos de Karl y Elise. Juntos tomaron asiento en primera fila. Las dos jóvenes aportaban una gran riqueza a la familia, cada una a su manera: Serafina, su cariño, musicalidad y gran energía; Elise, un mundo de ideas fascinantes. Su personalidad tranquila y sensata le hacía mucho bien a Karl.

En el último momento, cuando los murmullos iban silenciándose poco a poco y las luces de la sala se iban apagando, una figura pequeña se deslizó en el último asiento de la primera fila.

—¡Es Lilou! —le susurró Victor a Judith.

—¡Ay, qué bien! —Judith se alegró de que la amiga de Serafina hubiera podido venir al final. Su tren había llegado con retraso, por lo que temieron que la francesa no se presentase a tiempo.

Los músicos de la orquesta ocuparon su lugar y toda la atención del público se concentró en el escenario.

A Judith se le desbocó el corazón cuando su hijo apareció bajo los focos. Sonó un tremendo aplauso. El público lo saludaba con cariño y respeto.

Martin posó una mano sobre el instrumento e hizo una reverencia. El frac negro lucía impecable, ella misma había planchado y almidonado la camisa blanca. Su melena rubia reflejaba la luz.

Se había hecho mayor.

Las primeras notas de la sección de cuerdas llenaron la sala con un aire tranquilo, pero con la entrada de los instrumentos de viento se aceleró el ritmo para interpretar el vivaz *allegro* del Concierto para piano número 23 en la mayor, de Mozart.

Y cuando Martin empezó a tocar, cautivó a su público desde la primera nota con su precisión y sensibilidad. Las notas brotaban de sus dedos como perlas alegres y poéticas. Después, en el *adagio*, adoptaron un tono más ensimismado y pensativo. Por último, llegó el *allegro assai*, pleno de fuerza y alegría.

A Judith le costaba contener las lágrimas. Incluso Viktoria escuchaba con la boca abierta y Mathilda, a su lado, miraba deslumbrada a Martin con los ojos como platos.

Después de la pausa, Martin regresó al escenario sin la orquesta y les ofreció un repertorio riquísimo y variado: «Rêverie», de Claude Debussy, dos romanzas de Jean Sibelius y «Salut d'amour», de Edward Elgar. Cerró su programa con una sonata de Beethoven.

En cuanto se apagó la última nota, la sala irrumpió en una fervorosa ovación de varios minutos. Pero en lugar de levantarse a saludar, Martin permaneció sentado al piano con las manos sobre las piernas.

Un murmullo desconcertado recorrió el patio de butacas.

Judith se empezó a poner nerviosa y miró de refilón a Victor, que le tomó la mano y la acarició para tranquilizarla.

Por fin Martin se levantó y se dirigió al borde del escenario.

—La última pieza se la dedico a mis queridos padres, Judith y Victor Rheinberger. —Carraspeó—. Y a mi hermana pequeña, que pronto tocará el piano igual de bien que yo. ¿Puedes subir al escenario, Viktoria?

La niña puso cara de sorpresa y preguntó con la mirada a Victor y a Judith. Cuando Judith afirmó con la cabeza, se levantó y siguió las instrucciones de su hermano. Otro fuerte aplauso resonó en la sala. Sacaron otra banqueta.

Viktoria, nerviosa, se toqueteaba el pelo, que aquel día no llevaba recogido en trenzas, sino con un lazo de terciopelo.

—¡No soy pequeña! —le riñó a su hermano en voz baja—. ¡Y no hemos ensayado nada!

—La pieza que vamos a tocar la conoces muy bien —respondió Martin, en voz alta para que todos lo oyeran—. La llevamos tocando juntos desde hace muchos años.

Viktoria se llevó un dedo a la mejilla y pensó.

—¿«Tarareando», de Schumann?

—No, he elegido otra. Vamos a tocar la Pieza para piano en fa mayor, de Mozart, KV 33b.

—Ah, vale, esa me la sé.

Viktoria se sentó directamente al piano y el público estalló en carcajadas benévolas.

—Damas y caballeros —anunció Martin—, esta noche van a ser testigos de una *première* extraordinaria. Viktoria Rheinberger va a tocar conmigo la Pieza para piano en fa mayor, de Mozart, que trascribí para cuatro manos hace unos años. ¡Que la disfruten!

Tomó asiento junto a su hermana y la sala volvió a contener la respiración.

Viktoria tocó sin cometer errores, aunque de vez en cuando se aceleraba, como siempre. Pero la animada composición impregnó de ligereza la sala y la armonía entre los dos hermanos conmovió a cada uno de los espectadores.

La ovación final estuvo puntuada de vítores, con gran parte del público puesto en pie durante varios minutos. Victor rodeó a Judith con el brazo y la apretó contra él. Viktoria se inclinó unas treinta veces para agradecer los aplausos.

Y aquel final familiar e íntimo puso un broche de alegría y felicidad en todos los corazones, al tiempo que unía con un lazo musical el pasado y el futuro.

LA FIESTA EN honor a Martin que se celebró en la salita de música de la mansión de los chocolates había sido preparada con gran mimo y cariño.

Gerti, Wally y Dora engalanaron la sala con sencillas guirnaldas de hiedra y boj decoradas con manzanas glaseadas, hojas otoñales y bellotas, y distribuyeron ramitos de flores del jardín para crear un ambiente muy acogedor. En algunas mesas de los laterales esperaban aperitivos variados, carne mechada, huevos rellenos, asado frío y pastel de cebolla. Junto al pan recién horneado por Gerti había salchichas, queso y una canasta de frutas. Además, distribuidos por toda la habitación habían colocado pequeños cuencos con frutas de chocolate y bombones elaborados minuciosamente por Viktoria y Mathilda. También había tartas de manzana, de pera y de arándanos con un aroma maravilloso.

Se había reunido un grupo pequeño. Además de los miembros de la familia Rheinberger y Rothmann, estaban Dorothea y Edgar, el matrimonio Ebinger y Alois Eberle. La madre de Mathilda, Luise Fetzer, había acudido sin su esposo, aunque él también había sido invitado. Lilou llamó la atención de algunos de los presentes, como siempre, pero charlaba con simpatía con unos y con otros, y al poco tiempo estaba integrada en el grupo con toda naturalidad.

Se sirvió el champán y, bajo la luz de las numerosas velas que iluminaban temblorosamente la sala, Judith tomó la palabra.

—Hoy es un día feliz y quiero daros las gracias a todos los que habéis venido, al concierto y ahora aquí, para acompañar a nuestro Martin.

Todos aplaudieron.

—Aunque no podamos ni queramos ignorar los dramáticos acontecimientos de las últimas semanas y meses —continuó—, es importante mirar hacia adelante. La vida no es previsible, nos presenta pruebas y sorpresas, nos coloca frente al abismo y nos vuelve a poner a salvo. Este concierto, querido Martin, y creo que hablo en nombre de todos los que te han visto en el Liederhalle, ha sido uno de esos momentos significativos. Un instante que nos ha mostrado lo importante que es seguir siempre adelante.

—Te has ganado nuestro mayor respeto —Victor tomó la palabra— y nuestro agradecimiento. Me siento orgulloso y feliz de poder llamarte hijo mío. Puedes estar seguro de que tu madre y yo, tu hermana y toda tu familia estaremos siempre a tu lado para todo lo que necesites. —Puso la mano sobre el brazo de Martin, en un gesto paternal—. Brindemos todos juntos por nuestros seres queridos. ¡Sobre todo por nuestros hijos! ¡Y por el futuro!

A este discurso siguió una sorpresa musical.

Viktoria se había sentado al piano sin que nadie se diera cuenta y se puso a tocar «Tarareando», de Robert Schumann. De esta forma, recuperó la atmósfera alegre y ligera del concierto. El aplauso que siguió fue para los tres.

Después de eso, Serafina se sentó junto a Lilou.

—Todavía no me puedo creer que hayas venido. ¿Cuánto tiempo te quedas?

—Solo hasta mañana, *ma chère.*

—¡Qué pena!

—Mi tren para París sale mañana temprano. ¡Pero ahora estoy aquí!

Se prepararon algo para comer y beber, y buscaron un rincón tranquilo.

—¿Cómo está Gustav? —preguntó Serafina.

—Bien. Intenta ir al colegio regularmente.

—¿Lo intenta? —sonrió Serafina.

—No le resulta fácil seguir horarios y reglas fijas. Le he conseguido un cuarto en casa de una familia muy agradable, pero de vez en cuando desaparece durante un par de días. Esperemos que se dé cuenta pronto de que la escuela le puede ser muy útil.

—Deseo que le vaya muy bien en el futuro.

—*Oh, moi aussi.* Por eso lo voy a tener vigilado.

Brindaron por ello. Luego Lilou inclinó su copa en dirección a Anton.

—Es *trés interessant* que hayas elegido a un hombre que tiene exactamente el mismo aspecto que Karl —le dijo con un brillo en los ojos.

—¿A que sí? —rio Serafina—. El amor a veces sigue caminos extraños.

—*Oui.* —Lilou dejó su copa y probó un pedazo de pastel de nata—. ¡*Oh là là!* ¡Qué rico!

—Es una especialidad de nuestra cocinera —explicó Serafina—. ¿Te quedarás mucho tiempo en París?

—Josephine quiere abrir allí un local el año que viene —respondió Lilou—. Y me lo ha encargado a mí. Estaré una temporada alternando entre Berlín y París, pero no me importa. En realidad, me gusta volver a casa más a menudo.

Serafina asintió.

—¿Te pasarás entonces a vernos de vez en cuando?

—*Mais oui!* —Lilou sonrió—. ¿Te acuerdas de cuando nos conocimos? Hoy recordé aquel momento, cuando llegué a la estación.

—Sin ti habría estado perdida, Lilou.

—*Ah, non,* habrías encontrado otra forma de solucionar tus problemas. Eres una mujer fuerte, ya te lo he dicho. Pero me alegro de haberte conocido. Aunque también sea triste que solo te gusten los... —Hizo un gesto en dirección a Anton, que estaba hablando con los Ebinger.

—Así son las cosas en el amor, Lilou. —Serafina puso una mano en el hombro de su amiga—. En algún momento conocerás a una mujer que te haga feliz, ya verás.

—*J'espère* —suspiró Lilou—. No pierdo la esperanza.

CERCA DE MEDIANOCHE, cuando la mayoría de los huéspedes ya se habían despedido, Anton tomó del brazo a Serafina.

—¿Te apetece salir a tomar el aire conmigo?

—Queríamos tomar una última copa de vino con Judith y Victor.

—Estarán muy cansados. Y a mí me gustaría pasar un par de minutos a solas contigo.

La ayudó a ponerse el abrigo y salieron a la noche fresca de octubre.

—No pensé que fuera a verse la luna esta noche. Ha sido un día muy nuboso —dijo Serafina mirando al cielo.

—«... solo se la ve a medias y es redonda y hermosa» —cantó Anton y se rio por lo bajo.

—Me gusta esa canción de cuna.

—Sí, se la cantaremos a nuestros hijos.

—Seguro que les gusta —dijo Serafina, tomando su mano. La gravilla crujía bajo sus pasos mientras paseaban por los jardines de la mansión. El riachuelo chapoteaba suavemente y la luz de la luna transformaba las esculturas que flanqueaban el camino en guardianes borrosos. Era una noche tranquila a pesar del fuerte viento otoñal que se había levantado.

—Me cae bien tu madre —continuó Serafina—. Qué pena que Karl la reciba con tanto rechazo.

—Ya la aceptará en algún momento. Seguro que Elise se encarga de ello.

—Probablemente tengas razón.

—Por cierto, me acabo de acordar de que me debes algo, Serafina.

—¿En serio? —preguntó ella sorprendida—. ¿Un beso?

—Eso también —se rio Anton—. El día en que nos conocimos me prometiste que darías un paseo en automóvil conmigo.

—Últimamente hemos ido muchas veces juntos en coche, Anton.

—Sí, claro. ¡Pero no has conducido tú ninguna vez!

—¡Ah, te refieres a eso! ¡Ya sabes que no tendré mi permiso de conducir hasta dentro de dos días!

—Pues por eso lo digo.

—¿Y adónde quieres que te lleve? —preguntó Serafina.

—¿Qué te parece el castillo Solitude?

—¿Quieres que haga una carrera contigo? —Serafina soltó una carcajada.

—¿Por qué no?

—¡Tienes mucha confianza en mi conducción!

—Sobre todo, tengo mucha confianza en ti. —Anton se detuvo y la besó íntimamente—. ¿Sabes una cosa? —susurró contra su cabello—. Que ya no puedo imaginarme vivir sin ti.

Serafina se rio bajito.

—Eso espero.

—¿Podrías imaginarte, no digo ahora, pero tal vez dentro de un tiempo... podrías imaginarte como mi esposa?

Serafina le apartó un mechó oscuro de la cara.

—Te amo, Anton Rothmann —le dijo con ternura—. Y quiero estar contigo. —Se interrumpió—. Pero casarme... ¿no crees que podríamos esperar un poco? No es que no pueda imaginármelo, al contrario. Pero forzar el amor a encajar en un modelo en el que la mujer se convierte en una especie de propiedad puede acabar con toda la magia. Y eso no me gustaría nada. Precisamente porque lo que tenemos es algo maravilloso. —Ella notó su desilusión y le enmarcó la cara entre sus manos—. Ay, ahora me has entendido mal. Lo que cuenta es lo que sentimos el uno por el otro, Anton. Y de esos sentimientos estoy segura. Completamente segura.

—¿Entonces hoy comienza nuestro camino juntos? —preguntó él, inseguro.

—Nuestro camino hace mucho que ha empezado —respondió Serafina—. Y espero con ilusión cada uno de los días que pasaré a tu lado.

Epílogo

POCO TIEMPO DESPUÉS Serafina se fue a vivir con Anton a su pequeño piso sobre la fábrica de pianos, aunque aquella forma poco convencional de convivencia provocara algunos rumores en la ciudad. El 1927 cumplió veintiún años y recibió su parte de la herencia, pero de todas formas quería esperar antes de casarse. A Anton no le resultaba fácil aceptar su reticencia, habría preferido formalizar su relación. «Me esfuerzo por entenderte, cariño, pero no lo consigo. Nos queremos, planeamos nuestra vida en común, ¿qué hay en contra de una boda?», le preguntaba a menudo. Serafina intentaba una y otra vez dejarle claro que su negativa no tenía nada que ver con él, sino con el hecho de que, en su opinión, el amor no se podía convertir en una institución. Al final decidieron que se casarían cuando tuvieran su primer hijo.

El día que cumplió veintiún años fue muy especial en la vida de Serafina. No solo porque Judith y Victor le organizaron una fiesta maravillosa, a la que asistieron incluso la señorita Schmidtke y Lilou, sino, sobre todo, porque entre los muchos papeles que le entregó Victor, se encontraba una carta:

Serafina, mi querida niña:
Eres todavía muy pequeñita y me encuentro ante la decisión más difícil de mi vida. Tu abuela ha muerto de tuberculosis y me doy cuenta de que yo la voy a seguir muy pronto. Todas las mañanas expulso sangre cuando toso. Me cuesta respirar. La enfermedad me está consumiendo. Me siento vieja, como una anciana. Y solo tengo dieciocho años.

¿Qué será de ti cuando me llegue la hora? A mi hermana Paula ya la he llevado al orfanato y le pido al cielo que la traten bien. Pero a ti no podía dejarte allí, ni niña: un bebé, con toda aquella suciedad y tantos niños pequeños que no tienen suficiente para comer. Habría significado tu muerte.

Tu padre nos visita de vez en cuando. No mucho, pero cada vez deja una pequeña suma para ti. Por eso he decidido llevarte con él. Espero que te acepte. O al menos que encuentre una buena familia para ti.

En este momento estás en una canastilla a mi lado y me miras con unos ojos enormes, como si supieras que pronto tendremos que separarnos para siempre. Llevo una carga en el corazón. Pero la muerte nos va a separar de todas formas, así que al menos voy a intentar que tengas un buen futuro.

Si Dios quiere, tu padre te entregará esta carta cuando seas lo bastante mayor para entenderlo todo. Ese es mi gran deseo.

Crece, Serafina. Hazte grande. Vive tu vida como tú quieras vivirla.

Espero con ilusión que un día lejano volvamos a encontrarnos en el cielo, si es que existe de verdad.

Tu madre

Anton la abrazó mientras los sollozos sacudían todo su cuerpo. Poco a poco fue capaz de hablar con él sobre el contenido de la carta y al final terminó por ver que era algo maravilloso: un mensaje de su madre, con palabras muy bonitas, que le llegaba más allá del tiempo y de la muerte.

Anton le regaló una caja de plata bellamente decorada en la que hizo grabar sus iniciales. Riendo, le dijo que su apellido en cualquier caso comenzaría por R, tanto si se seguía llamando Rheinberger como si en algún momento pasaba a llamarse Rothmann.

Desde aquel momento guardó en la cajita la carta de su

madre junto a las fotografías de su padre y algunos otros recuerdos de su vida. Y debajo de todo, una hoja de papel artesanal en la que Anton había escrito tres versos de Rainer Maria Rilke:

Lo que fue
no ha pasado,
solo se ha transformado.

Y, así, Serafina se dedicó a vivir su vida conforme a sus propios deseos. Se convirtió en copropietaria de la fábrica de pianos de Anton y se puso a trabajar allí, en la oficina, y juntos planearon la ampliación de su negocio.

Entretanto, no perdió de vista su sueño de ser cantante y siguió tomando clases de canto. Enseguida se convirtió en integrante fija de la orquesta Southern Swing Band y además tuvo alguna actuación en solitario. Estaba feliz, y al poco tiempo también en estado de buena esperanza.

Lilou mantuvo el contacto con Serafina, sobre todo mediante cartas y alguna llamada telefónica. Cuando se encontraba en Alemania, solía arreglárselas para pasar un par de días en Stuttgart. Pero Lilou era un pajarillo que volaba libre. Durante una temporada siguió en la compañía de Josephine Baker y asistió a la inauguración de su club Chez Josephine en el barrio de Montmartre. Pero luego se enamoró locamente de una periodista inglesa y la siguió hasta Londres. Las dos eran activistas por los derechos de las minorías y tenían un salón literario en el que se reunían periodistas y escritores críticos con el sistema. «Ah, *ma chère*, tienes que venir a visitarnos. ¡Londres es *magnifique* y nuestra vida aquí *extraordinaire*! ¡Cuando vengas, ya verás como no quieres regresar a casa!» Serafina había respondido con un guiño que no quería arriesgarse y prefería esperar un poco antes de visitarla.

ELISE NO SE lo puso fácil a Karl, pero, por fin, en una hermosa aunque fría noche de marzo, cedió ante su insistencia... para luego, después de la exitosa exposición en Weissenhof, marcharse a Berlín con Mia Seeger. Después de eso estudió en la Bauhaus de Dessau. Aunque Karl la apoyaba totalmente, llevaba los largos períodos de separación mucho peor que ella.

Por eso, poco antes del terrible desplome de la bolsa de 1929 habló con Victor y Judith para anunciarles que quería abandonar la dirección de la empresa para reunirse con Elise. «De todas formas, si Vicky sigue así me va a tomar la delantera, así que prefiero irle dejando el sitio libre. Más que nada, para evitar que me lance a *Pepe* al cuello», bromeó.

Aquella decisión no le resultó fácil, porque la nueva fábrica de chocolate había sido en su mayor parte obra suya y de Elise. Pero otro proyecto común le hizo olvidar pronto su nostalgia por Stuttgart: cuando se casó con Elise en la primavera de 1930, no se podía ocultar la redondez de su vientre bajo el vestido de novia. Y en agosto, con la llegada al mundo del pequeño Oscar, Karl tuvo la certeza de haber encontrado por fin su sitio.

PARA JUDITH Y Victor la decisión de Karl no fue una sorpresa, pero su marcha de Stuttgart supuso un gran cambio para todos, especialmente para Judith. Echaba de menos a su hermano, no solo en la fábrica. Tenía la sensación de que la familia se separaba, aunque sabía que Karl hacía bien en seguir su propio camino. Anton pronunció la frase decisiva: «Si se hubiera quedado aquí, siempre habría sido tu hermano pequeño, Judith. Tiene que alejarse para ser él mismo».

La fábrica de chocolate volvió a abrir en mayo de 1927 y continuó su carrera de éxitos. Con nueva maquinaria y productos muy solicitados, su futuro se presentaba muy prometedor. La tienda El Mundo de los Chocolates, con sus numerosos reclamos, y el mostrador de los helados que permanecía abierto todo el año, eran muy queridos por los habitantes de Stuttgart. En la antigua tienda habían abierto un café que funcionaba muy bien. El desplome de la bolsa poco después de la partida de Karl pareció poner en peligro todo lo que habían conseguido, pero, pese a que otras empresas quebraron, la fábrica de chocolate salió muy bien parada. No obstante, Victor tenía otras preocupaciones. «¿Crees que Vicky seguirá nuestros pasos?», le preguntaba a Judith cada vez más a menudo. El tema de la sucesión lo apremiaba cada año con mayor intensidad, y de repente Judith entendió al viejo Ebinger. ¿Qué ocurriría si no había ningún heredero?

VIKTORIA TAMBIÉN SUFRIÓ mucho cuando Karl se marchó. Al principio la ayudaron Mathilda y *Pepe,* que seguía aumentando su repertorio de insultos de forma inexplicable. Después del nacimiento de Oscar, Mathilda y ella hicieron una visita a la nueva familia. Fue muy emocionante viajar por primera vez sin sus padres, pero *Pepe* se tomó fatal las tres semanas de separación. A su regreso, se negó a dirigirle la palabra durante cuatro días seguidos. Y cuando por fin se dignó decirle algo, sus primeras palabras fueron las poco cariñosas: «¡Vaca tonta!».

—¿Sabes qué, mamá? —le dijo Viktoria a Judith—. Oscar es muy lindo, de verdad.

—¿Pero? —preguntó Judith, que imaginaba por dónde iría la respuesta.

—Pero da muchísimo trabajo. Creo que me quedo con *Pepe.*

Unos años más tarde terminó la secundaria para señoritas, un año después que Mathilda. Le molestaba bastante que su amiga hubiera terminado la escuela con mejores notas que ella, pero logró que no se le notara nada.

Mathilda, que no regresó con sus padres, se trasladó poco después a Bonn para estudiar Derecho, lo que dejó a Viktoria muy triste, pues se tuvo que acostumbrar a vivir sola con sus padres en la mansión de los chocolates. Victor y Judith decidieron enviarla a una estancia en el extranjero, a Bonnat, en Francia, donde aprendió a desarrollar su talento como chocolatera. Martin terminó sus estudios musicales en París con las mejores notas y llegó a ser un pianista muy solicitado. Sus giras lo llevaron por muchas ciudades alemanas y extranjeras, pero su hogar volvió a ser la mansión de los chocolates, que se convirtió en una base estable en su vida inquieta de músico.

HÉLÈNE Y GEORG pasaron las Navidades de 1926 en Stuttgart. Hélène logró vencer las sombras del pasado y, aunque Karl siguió mostrándose muy distante con ella, estrechó sus lazos con Judith y Anton. Además, desarrolló un vínculo especial con Viktoria. La personalidad valiente y decidida de su nieta la impresionaba.

En 1928 se casó con Georg Bachmayr en una ceremonia íntima. De la confianza y el respeto había surgido el amor. Su último y breve encuentro con Max en la noche del concierto le demostró que ya no sentía ninguna añoranza por él. Su relación la mantuvo bajo un velo de silencio, como hasta entonces.

ALOIS EBERLE PRODUJO discos de enorme éxito y su sello se benefició muchísimo de la popularidad cada vez mayor de la Southern Swing Band. Además, colaboró mucho con Martin, cuyas grabaciones se vendían como rosquillas. Pronto encontraría un nuevo campo para sus experimentos: la televisión. «¿Sabes? Si algún día dejo de inventar cosas, es que estoy muerto», le dijo un día a Victor.

ROBERT FETZER SIGUIÓ involucrado en el KPD, incluso residió una temporada en Moscú, y se encargó de la revista de la Internacional Comunista en Alemania. Su esposa Luise sufría mucho con su ideología radical y escapaba a Degerloch cada vez con mayor frecuencia. Nunca se atrevió a dejar a su marido, pero protegía a Mathilda con mano de hierro y evitó que Robert la obligara a regresar a casa.

ALBRECHT VON BRAUN fue a juicio en 1927 y pasó el resto de su vida en prisión condenado por incendio provocado e intento de asesinato. Su cómplice, Herta Häberle, tras pasar unos años en la cárcel de mujeres, recuperó la libertad.

CON MUCHAS DUDAS, Serafina comenzó a cartearse con su tía, Paula Schwarz, pero las dos mujeres no llegaron a establecer una relación cercana. Paula se casó con un viudo viejo y rico, que para su mala suerte tuvo una muy larga vida. Ernst Ludwig Richter cumplió su condena en prisión y después se trasladó a Namibia, donde se le perdió la pista.

Personajes

Personajes ficticios
Nota: La historia de la familia Rothmann no está basada en hechos reales.

Las familias Rheinberger y Rothmann:
Serafina Rheinberger: Media hermana de Victor de una relación tardía de su padre, Friedrich Rheinberger.

Judith Rheinberger, de soltera Rothmann: Hija del difunto fabricante de chocolates de Stuttgart, William Rothmann, y actual directora de la fábrica de chocolate de la familia.

Victor Rheinberger: Esposo de Judith. Dirige junto a su esposa la fábrica de chocolate Rothmann.

Martin Friedrich Rheinberger: Hijo de Judith Rheinberger y Max Ebinger, fue adoptado por Victor al nacer.

Viktoria (Vicky) Rheinberger: Hija de Victor y Judith.

Karl Rothmann: Impetuoso hermano de Judith Rheinberger y gemelo de Anton, con una clara tendencia al hedonismo. Copropietario de la fábrica de chocolate.

Anton Rothmann: Hermano gemelo de Karl, con un carácter equilibrado y una gran pasión por los instrumentos musicales. Fabricante de pianos con su propia empresa en Stuttgart.

Hélène Rothmann: Madre de Judith. Pintora. Vive en Múnich.

Georg Bachmayr: Socio de Hélène. Propietario de una librería y una galería de arte en Múnich. Reconocido crítico de arte y teatro.

In memoriam:
Wilhelm Rothmann: Esposo de Hélène Rothmann. Padre de Judith. Fundador de la fábrica de chocolates Rothmann.
Friedrich Rheinberger: Padre de Victor y Serafina Rheinberger.

La familia Ebinger:
Max Ebinger: Arquitecto de carácter inquieto con raíces en Stuttgart. Mantuvo una relación con Hélène Rothmann. Padre biológico de Martin Rheinberger.
Artur Ebinger (el viejo Ebinger): Padre de Max, abuelo de Martin. Propietario de una fábrica de maquinaria con gran tradición en Stuttgart.
Josefine Ebinger: Esposa de Artur Ebinger.

La familia Nold:
Edgar Nold: Propietario de una exitosa fábrica de esmaltes en Múnich. Amigo de Victor y Judith.
Dorothea Nold, de soltera Von Braun: Esposa de Edgar, amiga íntima de Judith, hermana de Albrecht von Braun. Tiene cuatro hijos con Edgar: Ludwig, Julius, Johannes y Albert Nold.

Familia Von Braun:
Albrecht von Braun: Hijo de un banquero de Stuttgart y hermano de Dorothea Nold. Propietario de una plantación de cacao en México. En el pasado quiso casarse con Judith Rothmann.
El banquero Von Braun: Padre de Albrecht von Braun y Dorothea Nold.

El personal de la mansión de los chocolates:
Dora: Ama de llaves, niñera. Antigua doncella de Judith.
Theo: Chófer de la familia.
Walli: Criada.
Gerti: Cocinera.

Otros personajes:

Lilou Roche: Ayudante de Josephine Baker.

Robert Fetzer: Antiguo mozo de la familia Rothmann.

Luise Fetzer: Esposa de Robert.

Mathilda Fetzer: Hija de Robert.

Agatha Fischer: Encargada de la oficina de la fábrica de chocolate.

Herta Häberle: Mecanógrafa en la fábrica de chocolate.

Trude Schätzle: Dependienta en la tienda de chocolate.

Alois Eberle: Inventor suabo.

Personas reales

Josephine Baker (1906-1975): Bailarina francoamericana e icono de los años veinte. Su carrera comenzó en 1925 en París. Su *Revue Nègre* hacía enloquecer al público, pues satisfacía los anhelos de la época por el exotismo y el sexo. En la Nochevieja de 1925, la artista, que era bisexual, actuó en Berlín en la que sería la primera de muchas actuaciones.

Por cierto, en 1926 realmente condujo un carruaje tirado por avestruces por las calles de Berlín. Sin embargo, Baker no actuó en el Friedrichsbau de Stuttgart hasta 1929, donde fue celebrada con entusiasmo por el público. «Su trasero, con todo respeto, se mueve como un flan de chocolate», dictaminó la revista cultural *Der Querschnitt*, por ejemplo.

Anita Berber (1899-1928): La vida de la bailarina, cantante y actriz fue breve y embriagadora. Su medio de expresión artística era la danza libre y se convirtió rápidamente en una gran celebridad. Su excesiva adicción a la vida también se reflejó en el uso de drogas y en sus numerosas aventuras amorosas, tanto con hombres como con mujeres. En el año 1926 solo visitó Berlín durante breves temporadas, ya que se embarcó en una gira por Alemania y Europa del Este con su (tercer) marido Henri, con quien también actuaba. Murió de tuberculosis en 1928.

Dr. Arthur Knödler (1880-1951): Médico generalista en Degerloch desde 1910. Como antiguo médico de a bordo parece que fue una figura bastante estrafalaria, pero, a pesar de eso, o precisamente por esa razón, fue inmensamente popular en la ciudad. Se sabe que usaba un lenguaje grosero y tuteaba a todo el mundo, sin importarle la condición social de su interlocutor. Soltero, pasaba consulta hasta bien entrada la noche y siempre mostró un gran corazón, especialmente con los pobres.

Una anécdota (Fuente: Schoch/Nopper: *Liebes altes Degerloch,* Stuttgart, 1978): «Una mujer embarazada que ya había tenido seis hijos se acercó a su consultorio quejándose. El consejo del Dr. Knödler fue tan breve como sencillo: "Dile a tu Karle que no te levante la falda tan a menudo"».

Adolf Gustav Schneck (1883-1971): Arquitecto y fabricante de muebles de Stuttgart, que también trabajó como profesor universitario. Su estilo era muy cercano al de la Bauhaus y fue uno de los dos arquitectos de Stuttgart que participaron en la construcción de la urbanización mundialmente famosa Weissenhofsiedlung. Sin embargo, nunca trabajó en la planificación de una fábrica de chocolate.

Maria Margarete «Mia» Seeger (1903-1991): La teórica del diseño del Gremio de Artesanos participó en todas las exposiciones relevantes de arquitectura y diseño de menaje de la época. Estudió en Stuttgart en la Escuela de Artes Aplicadas de Wurtemberg y desde 1924 trabajó para el Gremio de Artesanos alemán, una asociación con el objetivo de elevar la producción artesana comercial mediante la interacción del arte, la industria y la artesanía. Durante la década de los veinte del siglo pasado, el gremio resulta cada más influenciado por las ideas de la Bauhaus. Uno de sus principales proyectos fue la exposición *Die Wohnung (La vivienda)*, que se celebró al mismo tiempo que la inauguración de la famosa urbanización Weissenhofsiedlung de Stuttgart. En la novela, Mia Seeger se encuentra en plenos preparativos de la misma. De 1928 a 1932 trabajó en la sede central del gremio en Berlín y más tarde como editora en la editorial Julius Hoffmann Verlag de Stuttgart. Después de la guerra, fue comisaria de exposiciones internacionales de diseño en Londres, París y Estocolmo, entre otras. En 1985 estableció la Fundación Mia Seeger, que hasta el día de hoy otorga cada año un premio de diseño muy bien dotado.

Que Mia Seeger trabajara en los decorados del teatro de Stuttgart se debe exclusivamente a mi imaginación, aunque, de hecho, no sería algo descabellado.

Sargento mayor Tschirsch: El oficial de policía murió en 1923 en una operación contra una reunión secreta del Partido Comunista en Stuttgart-Ostheim, cuando él y un compañero intentaron arrestar a los asistentes. Mientras el otro agente fue a pedir refuerzos, se produjo un altercado entre Tschirsch y sus prisioneros, durante el cual el policía recibió varios disparos y murió. Los comunistas arrestados, entre ellos algunos de la zona este de Stuttgart, huyeron y estuvieron varios años en busca y captura. El juicio no se celebró hasta 1927, pero no se pudo demostrar la implicación en el crimen de ninguno de los acusados. Pese a ello, algunos fueron condenados a penas de prisión, largas, en algunos casos, debido a otros delitos.

Karl Gustav Vollmoeller (1878-1948): Una persona polifacética, fue conocido como poeta, guionista, fotógrafo y piloto de carreras, entre otras cosas. A partir de 1919 vivió en Venecia, pero mantuvo durante mucho tiempo su apartamento en Berlín, en la Pariser Platz 6a, que solo visitaba esporádicamente. Allí se celebraron muchas fiestas desenfrenadas, pero no se tiene noticia de que tuvieran lugar actividades delictivas.

La criada Babette: Babette es en realidad un personaje del primer volumen de la trilogía de *La mansión de los chocolates.* Para Robert Fetzer, sin embargo, todavía sigue muy presente. He basado su historia en un hecho real del año 1901. El caso está documentado en el *Stuttgarter Volksbuch No. 182* y la historia narrada aquí se corresponde con la auténtica, excepto por el cambio de año (en la novela todo ocurrió en 1905).

He aquí un extracto:

> Esta mañana a las siete y media se encontró el cadáver degollado de una persona de sexo femenino desconocida en el recinto real, detrás de la lavandería de la corte y el granero. La víctima tiene aproximadamente veinticinco años, de mediana estatura, complexión media, pelo rubio, e iba vestida con una falda negra y lisa de cheviot, blusa de lana a rayas rojas y negras, cinturón negro a cuadros negros y azules, con hebilla metálica y lazo deslizante amarillo, chaqueta de paño negro y basto muy gastada, con bolsillos laterales y grandes botones de metal, sombrero de fieltro plano negro con banda de color claro y pluma gris, botas negras de cordones, medias negras y rodilleras de cuero con hebillas. (...) Una gran cantidad de curiosos de ambos sexos se acercaron al lugar de los hechos para satisfacer su curiosidad a aquel lugar espeluznante detrás del patio de la lavandería que parecía tan adecuado para ocultar actos nocturnos y que, como se comprobó más tarde, servía de punto de encuentro para la escoria de la gran ciudad. (...) Se trataba, como se comprobó enseguida, del asesinato de una presunta criada de veintidós años, Babette Wirth, que había sido degollada.

Más tarde se determinó que Babette Wirth no era una criada, sino una «modelo» que se movía en el ambiente de la prostitución. Semanas después se descubrió que el autor fue un tal Ludwig Gerster de Kirchheim/Teck, que no solo había tenido una relación con Babette Wirth, sino que también había sido su chulo. Parece que la mató por celos, después de que ella se buscara un nuevo «protector» mientras Gerster se encontraba en prisión por otros delitos.

La época histórica

Los dorados años veinte, entre 1924 y 1929, siguen ejerciendo una gran fascinación. A pesar de tratarse de un período de tiempo tan corto, se distinguió por su derroche y extravagancia, sobre todo en las grandes ciudades. En aquel entonces nadie podía imaginar qué frágiles eran los cimientos sobre los que se asentaba la sociedad.

Entre las ruinas de la Primera Guerra Mundial surgió una joven democracia, la República de Weimar, que sentaría las bases para una época de esplendor inigualable en los ámbitos de la economía, la cultura y la sociedad. Aquel nuevo estado joven y con ansia de vivir había dejado atrás las estrecheces anteriores a la guerra. Si bien las fuerzas conservadoras seguían defendiendo los «viejos valores», se produjo una fase caracterizada por una sensación de libertad e individualismo desconocida hasta entonces. En aquellos años, distintas mentalidades y concepciones del mundo convivían más o menos pacíficamente, y sobre todo las mujeres supieron aprovechar las recién obtenidas libertades, desde el derecho al voto en 1919 hasta las nuevas posibilidades profesionales y artísticas. También supuso una liberación de su estilo de vida: conducían automóviles y vivían solas, estudiaban y no permitían que nadie les indicara cómo vivir su sexualidad.

Aunque de ninguna manera se debe ocultar la pobreza y la miseria propias de aquellos años, *La mansión de los chocolates. Los años dorados* es una novela que se propone reflejar el espíritu de libertad y de emancipación de la mujer de aquellos tiempos.

El Berlín de los dorados años veinte es legendario. En cambio, resulta menos conocido el hecho de que Stuttgart también fue una metrópoli palpitante. Contaba con una animada escena artística y musical, había teatro y espectáculos de variedades, contaban con un teatro de ópera, sala de conciertos y numerosos clubs de jazz, salas de cine y cafés, que con su té de las cinco daban inicio a la vida nocturna de la ciudad. Cada uno podía divertirse a su manera.

Además, Stuttgart iba a la cabeza de la modernidad, sobre todo en el terreno de la arquitectura y la cultura. Y no hay que olvidar que la ciudad se beneficiaba de una industria próspera y variada, lo que nos lleva de vuelta a *La mansión de los chocolates:* en aquel entonces, la ciudad era conocida, entre otras cosas, por la fabricación de chocolate y de pianos. Y, por supuesto, por su industria del automóvil. Así pues, en esta nueva novela decidí centrarme especialmente en estos tres temas: el chocolate, la música y la movilidad.

Algunos acontecimientos históricos concretos aparecen ordenados alfabéticamente en el glosario, para facilitar su consulta.

Glosario

Admiralspalast: Local de entretenimiento de Berlín en el que alrededor de 1926 actuaba la famosa revista Haller, con sus hermosas chicas de piernas largas.

Becherovka: Licor amargo de hierbas de la ciudad de Karlsbad (ahora llamada Karlovy Vary, en la República Checa).

Bleyle: Conocida fábrica de ropa de punto en Stuttgart. Su popularidad se debía sobre todo a sus trajes de marinero para niños.

Café Königin-Olga-Bau, en Stuttgart: Popular café en la plaza del Palacio.

Café Merkur, en Stuttgart: Aquí se tocaba jazz en la década de los años veinte.

Café Wien, en Berlín: Gran cafetería de dos pisos en la Kurfürstendamm.

Conche, conchado: Un conche (o máquina de molido) es un aparato utilizado en la producción de chocolate para refinar la estructura arenosa del chocolate hasta que esta adquiere una consistencia delicada y fundente. Además, el conchado volatiliza las sustancias amargas. Durante el proceso, los rodillos de granito se mueven a través de una tina alargada que contiene la masa de chocolate, la cual se calienta mediante la fricción, se va licuando poco a poco y se vuelve más cremosa.

Tanto el dispositivo como el proceso de conchado fueron desarrollados en 1879 por Rodolphe Lindt. Poco después del cambio de siglo, a pesar de que era un proceso secreto, terminó revelándose al público y poco a poco fue adoptado por los demás fabricantes de chocolate.

Aeropuerto de Böblingen-Stuttgart: El aeropuerto fue abierto en 1925 en el terreno de un antiguo aeropuerto militar y rápidamente se convirtió en un importante centro de tráfico aéreo. Debido al rápido aumento de pasajeros, se planeó la construcción de un nuevo aeropuerto en Echterdingen a partir de 1936. Sin embargo, este solo se utilizó para la aviación civil después de la Segunda Guerra Mundial.

Cielo e Infierno: Juego de rayuela popular entre los niños. Normalmente se dibuja en la calle con tiza.

Escoba de bruja: Una enfermedad micótica altamente agresiva que causa la infección de los brotes y cojines florales del árbol del cacao, lo cual provoca deformaciones en forma de escoba. Las frutas de cacao y, especialmente, los granos de cacao de las plantas afectadas ya no pueden desarrollarse adecuadamente.

Hotel Excelsior, en Berlín: Hotel para viajeros de negocios en Berlín situado junto a la estación de ferrocarril Anhalter Bahnhof. En 1928 se construyó un túnel peatonal entre el edificio de la estación y el vestíbulo del hotel.

Las galerías Schocken, en Stuttgart: El «Schocken» se diseñó según los planes del arquitecto Erich Mendelsohn al estilo de la Nueva Arquitectura de la década de los veinte del siglo pasado. Sin embargo, en 1926 estaba aún en construcción, pues fue inaugurado en 1928. Se cuenta entre una serie de espectaculares grandes almacenes que los hermanos Salman y Simon Schocken construyeron en muchas ciudades alemanas desde 1907. Pero un edificio tan característico, reconocido internacionalmente por su valor arquitectónico y pionero en su género, tenía que aparecer en *La mansión de los chocolates*. En su época fueron consideradas las galerías comerciales más hermosas de Alemania y uno de los grandes ejemplos de la arquitectura moderna de Stuttgart. Por eso decidí tomarme la licencia poética de hacer un poco de malabarismos con los años, pues tampoco hay tanta diferencia. No está claro que el departamento de droguería y perfumería contara con perfumes franceses en su oferta. Por cierto, los grandes almacenes Schocken fueron demolidos en 1960 a pesar de las masivas protestas nacionales e internacionales. En su lugar se construyó un nuevo edificio sobrio y funcional, los grandes almacenes Horten.

KPD: Siglas del Partido Comunista Alemán.

Mercado de Stuttgart: Construido en 1914 por Martin Elsässer, como sucesor de otro anterior. La fachada de estilo art nouveau con arcadas, miradores y torretas contrasta con un interior muy moderno para la época: una gran nave (60 x 25 metros) rodeada de columnas de hormigón armado sobre la que se eleva un techo de cristal. El segundo piso permite una vista panorámica sobre la sala, mientras que el tercer piso no se encontraba abierto al público en ese momento. En sus más de cuatrocientos puestos se vendían alimentos de todo tipo.

Metropol: Teatro legendario de Berlín. En los años veinte se representaron muchas revistas, entre otras *No, no, Nanette* y *La noche de las noches*.

Café Mohrenköpfle, en Stuttgart: Café situado en la esquina de Lange y Kronprinzstrasse.

Nueva Construcción: Término de la época que designaba a un movimiento arquitectónico caracterizado por formas de construcción modernas y socialmente responsables. Fue inspirado por el libro de Erwin Anton Gutkind titulado *La nueva construcción. Bases para las actividades prácticas de urbanización*, publicado en 1919.

El parque de atracciones del tío Pelle: Curt Moreck lo llamó «uno de los más bellos recintos feriales, uno de los más genuinos» de Berlín. Los chicos acudían en masa. Este parque de diversiones fue fundado por el artista de circo y *showman* Adolf Rautmann y, debido a sus bajos precios, era visitado principalmente por la gente humilde.

Pochette: bolso de mano, generalmente rectangular, a menudo decorado con motivos artísticos. Sería un equivalente al *clutch* de hoy en día.

Ayuntamiento de Stuttgart: El ayuntamiento de la época fue construido en estilo gótico tardío a principios del siglo xx, pero quedó reducido a escombros y cenizas durante los bombardeos nocturnos de 1944. Después sería reconstruido como un sobrio edificio funcional en los años cincuenta. Destaca la torre del reloj con su carillón que toca canciones populares suabas a horas determinadas.

Revolución (Octubre alemán): En otoño de 1923, la República de Weimar fue testigo de disturbios que amenazaban con sumir al país en el caos político. Entre otros, el Partido Comunista alemán (KPD), a instancias de Moscú, trató de usar esta crisis nacional para un intento de golpe de Estado. Según el modelo de la Revolución de Octubre rusa, los comunistas pretendían tomar el poder en Alemania para extender la revolución posteriormente a toda Europa Central. Debido a la decidida actuación del presidente Friedrich Ebert, que llegó a desplegar al ejército, así como a la poca disposición a combatir de los trabajadores, los preparativos para la revolución se suspendieron y, consecuentemente, el KPD estuvo prohibido durante varios meses.

Chica de revista: Aunque el término no parezca histórico, se utilizaba para las bailarinas de los años veinte.

Poema del Rulamán: Escribí este poema yo misma cuando tenía diez años. Mientras redactaba el capítulo sobre Vicky y Judith, me acordé de él y decidí incluirlo en la escena. *El Rulamán*, una novela para jóvenes, fue publicada por primera vez en 1878 y vendió más de quinientos mil ejemplares. Cuenta la vida y las aventuras de un grupo de personas que habitaba las cuevas suabas del Alb durante el Paleolítico. La cueva del Rulamán recibe el nombre de la cueva de Tulka en la novela, pero hoy se conoce como la cueva de Schiller y se encuentra bajo las ruinas del castillo de Hohenwittlingen, cerca de Bad Urach.

Fabricación de discos/grabación de sonido: A partir de 1925 surgieron por primera vez métodos de grabación eléctrica, también de empresas alemanas. Estos modernos dispositivos lograron reducir los costes de producción y mejorar la calidad del sonido. La introducción de métodos de registro eléctrico permitió que durante un corto período de tiempo surgiera en Alemania un gran número de pequeñas compañías discográficas, dispuestas a experimentar tanto técnica como musicalmente, al igual que hacen en la novela Alois Eberle y los gemelos Rothmann. El sello musical A.K.A. es de mi invención, nunca existió en Stuttgart.

Carrera de Solitude: La carrera de motos celebrada alrededor del palacio de Solitude realmente tuvo lugar ese fin de semana de mayo de 1926, incluso con esas condiciones climáticas. El trazado que se describe en la novela también se corresponde con la pista de carreras real. Sin embargo, nunca se produjo ningún accidente grave en las curvas de Ramtel, a pesar de su peligrosidad.

Extintor de mano Minimax: Extintor de mano producido por la empresa Minimax. Salió al mercado en diciembre de 1902 y pronto llegó a ser un éxito mundial de ventas.

Jardines municipales de Stuttgart: Situados junto a la Escuela Politécnica y la Escuela de Construcción, los jardines municipales eran un lugar de entretenimiento popular en los años veinte. En el verano, artistas internacionales de variedades actuaban en un escenario al aire libre. El gran salón de baile estaba situado junto a la Vinoteca del Lago.

Teatro de Stuttgart: Construido e inaugurado en 1909, el teatro alcanzó su apogeo en las décadas de los veinte y los treinta. Ofrecía una mezcla de obras ligeras y serias, incluso de carácter expresionista o de la crítica social. Tras una trayectoria ajetreada, el teatro sigue existiendo bajo el nombre de Antiguo Teatro en el mismo lugar de la Kleine Königstraße. Durante la guerra apenas sufrió ningún daño.

Chacó: Gorra de policía.

UFA Palast: La espléndida sala de cine (UFA significa Universum-Film-AG), situada en la antigua Schlossstrasse (hoy Bolzstrasse), se inauguró en febrero de 1926. Como homenaje a la vieja estación de ferrocarril, que estuvo en activo desde mediados del siglo XIX hasta 1922, se conservaron tres de los cinco arcos de la antigua fachada neorrenacentista de la estación y se los integró en la construcción del cine. Después de la Segunda Guerra Mundial el cine pasó a llamarse Metropol Palast.

Urbanización Weissenhofsiedlung en Stuttgart: Esta urbanización, que aún hoy es conocida internacionalmente, fue construida según las propuestas del Gremio de Artesanos alemán con la intención de presentar nuevas innovaciones técnicas mediante un lenguaje formal reducido. El terreno en el barrio de Weissenhof tenía suficiente espacio sin construir, lo que permitió disponer los edificios de forma orgánica. Además, al encontrarse en las colinas, ofrecía una maravillosa vista del valle del río Neckar y del centro de la ciudad. La dirección artística fue confiada al arquitecto berlinés Ludwig Mies van der Rohe, mientras que el arquitecto de Stuttgart, Richard Döcker, se encargó de dirigir la obra. Otros grandes nombres de la arquitectura como Le Corbusier o el director de la Bauhaus, Walter Gropius, colaboraron con diseños propios. Adolf Schneck, que hace aparición en el libro y recibe el encargo de remodelar la fábrica de chocolate, es uno de los arquitectos de Stuttgart que participó en el proyecto. Las viviendas fueron construidas en un período cortísimo de unos cuatro meses, y la urbanización fue inaugurada en julio de 1927. Además del Weissenhofsiedlung, con sus treinta y una casas unifamiliares y multifamiliares, se organizó otra exposición llamada «La Vivienda», ubicada en una nave industrial y en los jardines municipales. Al mismo tiempo, se celebró la Exposición Internacional de Planos y Modelos de la Nueva Arquitectura, con muestras de procedentes de todo el mundo. El interés tanto en Alemania como en el extranjero fue muy grande, y obtuvo un eco muy positivo en la prensa. En cambio, recibió duras críticas por parte de los tradicionalistas de Stuttgart. Pese a todo, la exposición fue un gran éxito. Cuando cerró sus puertas en octubre de 1927, había registrado medio millón de visitantes.

Hoy en día, partes de la Weissenhofsiedlung pertenecen al patrimonio cultural mundial de la UNESCO, entre las que se incluyen dos edificios de Le Corbusier.

La silla Weissenhof: He alterado un poco la historia real de esta silla, también llamada MR 10 o MR 20. Fue diseñada por Ludwig Mies van der Rohe en 1927 y se mostró al público por primera vez en la exposición de Weissenhof. Esta primera silla voladiza flexible estaba compuesta por un tubo de acero curvado y un entramado de mimbre diseñado por Lilly Reich. En la novela, Lilly Reich, socia de Mies y amiga íntima de Mia Seeger, ya había anticipado el diseño de esta silla. Hay que añadir que Mies y Lilly siempre trabajaron en estrecha colaboración y el diseño de estas célebres sillas de acero tubular se le ha atribuido a ella en muchas ocasiones.

La fábrica de tabaco Waldorf-Astoria: Esa fábrica realmente existió, así como su distante conexión con el famoso hotel de Nueva York. El nombre deriva en ambos casos del fundador de la dinastía del mismo nombre, Johann Jakob Astor (1763-1848) y su lugar de origen, Walldorf. El fundador de esta fábrica con sedes en Hamburgo y Stuttgart, entre otros lugares, fue Emil Molt, quien en 1919 decidió construir una escuela para los hijos de sus trabajadores en Stuttgart. Para ello contrató a Rudolf Steiner y fundó con él la primera escuela Waldorf, que sería el punto de partida de la pedagogía antroposófica Waldorf.

Penitenciaría de Ludwigsburg: Aquí estuvieron presos en los años veinte, entre otros, miembros del Partido Comunista. Ludwigsburg se encuentra a unos diecisiete kilómetros de Stuttgart.

Agradecimientos

Un libro no sería nada sin las personas que lo leen. Por eso, esta vez quiero daros las gracias en primer lugar a vosotros, queridos lectores y lectoras. Le habéis dado una sensacional acogida a *La mansión de los chocolates*, lo habéis leído y regalado con entusiasmo hasta llevarlo a las listas de los más vendidos. Os habéis dejado llevar por las alas de mi fantasía, os habéis mudado conmigo a la mansión de los Rothmann, habéis vivido, amado y sufrido con mis personajes. Contar con vuestra compañía ha sido un gran privilegio y me ha motivado a la hora de tejer una novela a partir de nuevas ideas.

Los libros albergan mundos: expanden nuestra mente, nos sirven de entretenimiento y refugio, nos permiten ver la vida con otros ojos. Escribir es una tarea sobre todo creativa, pero a veces también es un trabajo duro. No es posible concebir y plasmar en palabras una buena historia sin el apoyo de profesionales que acompañen el proceso de escritura. Por eso quiero dar las gracias de todo corazón a mi editora, la doctora Britta Claus, de Penguin Publishing. ¡Britta, eres increíble! ¡Tu apoyo me lleva a ser cada vez mejor!

Sarvin Zakikhani ha realizado una maravillosa labor de corrección editorial. ¡Muchas gracias!

Y desde aquí envío un abrazo cariñoso a mis hijos, Simon y Anna, a mis padres, Marianne y Franz Diwischek, y a mis hermanos, Martin y Ursula, que me dan fuerza y amor todos los días. También me gustaría mandar un fuerte abrazo a mi increíble grupo de amigos, cercanos y lejanos. Siempre estáis ahí, incluso cuando tengo la cabeza en otro lado. Quisiera dar las gracias de manera especial a Michaela Leopold por estar siempre tan cerca: como asistente a las lecturas, cuando me hace falta dar un paseo después de una intensa jornada de escritura o cuando simplemente necesito un buen consejo.

También quiero expresar un agradecimiento especial a Steffi Kania, del Taller de Chocolatería en Bernau am Chiemsee, por invitarme a desarrollar juntas la receta del «Sueño de frambuesa» de Viktoria. La producción de bombones entraña muchas dificultades: la consistencia adecuada, una técnica laboriosa y la conservación. ¡Tu consejo profesional ha sido insustituible!

Durante el último año he tenido la suerte de conocer a muchos autores y autoras. Monika Pfundmeier, Jørn Precht, Julia Kröhn y muchos otros se han convertido en valiosos compañeros en mi día a día como escritora.

¡Muchas gracias también a todos y todas los que publicáis reseñas de mis libros, habláis de ellos en vuestros blogs y me apoyáis con tanto entusiasmo! Vosotros dais a conocer nuestros libros a otros lectores, un trabajo importante y maravilloso.

Y, por supuesto, un abrazo a mi equipo de Penguin Publishing y de la editorial Random House. Sin vosotros, *La mansión de los chocolates* no habría salido al mundo, ¡ni habría llegado a las manos de tantos lectores! Es un placer trabajar con vosotros. ¡Muchas gracias!

Por último, pero no menos importante, me gustaría dar las gracias a mi agente, el doctor Uwe Neumahr, del equipo de la Agencia Hoffman, en Múnich, por todo su apoyo en este tiempo increíble.

Todo final anuncia un nuevo comienzo. Termino *Los años dorados* para sumergirme de inmediato en la próxima historia sobre las familias Rothmann y Rheinberger. ¡Me alegra saber que pronto volveremos a leernos en nuestra mansión de los chocolates!

De todo corazón,
Maria Nikolai

Maria Nikolai es una autora alemana que ya inventaba historias y escribía poesía y obras de teatro cuando era una niña.

Tras publicar cinco libros a lo largo de diez años, el éxito le llegó con *La mansión de los chocolates*, que la ha convertido en una autora de éxito en Alemania y en todos los países donde se ha publicado.

En *Los años dorados*, el segundo título de esta irresistible saga familiar protagonizada por la familia Rothmann, la autora vuelve a compartir con los lectores su pasión por los temas históricos, los grandes romances y el chocolate.

www.marianikolai.de

MARIA NIKOLAI

La mansión

de los

chocolates

UNA HISTORIA EXQUISITAMENTE
DELICIOSA QUE TE VA A GUSTAR
MÁS QUE EL CHOCOLATE

Una novela que te hará viajar desde Stuttgart,
la cuna de los chocolates en Europa,
hasta el lago de Garda de Thomas Mann
y el Café Florian de Casanova en Venecia.

Stuttgart, 1903. Como hija de un próspero fabricante de chocolate, no parece que el futuro de Judith Rothmann vaya a
estar sometido a muchos sobresaltos. Lo que se espera de
ella es un buen matrimonio e hijos que aseguren la continui-
dad familiar. Pero las previsiones son engañosas y el destino,
imprevisible. La aspiración de Judith es tener un rol importante
en la compañía, y casarse sin estar enamorada no entra en sus
planes.
Mientras tanto, Hélène, su madre, cansada de una ciudad
y un marido que ahogan su espíritu libre y apasionado, sigue
una cura de reposo a orillas del lago de Garda. Allí descubre
que todavía está a tiempo de cambiar su anodina vida en
Alemania por otra independiente y libre en Italia.

Un espectacular best seller en Alemania,
con más de 300.000 ejemplares vendidos.

Una novela adictiva con una magnífica
ambientación histórica.

El destino de dos mujeres.
La herencia de una familia.
La historia de una pasión.

Chanel Cleeton

EL PRÓXIMO AÑO
en LA HABANA

**Una revolucionaria historia conecta
el destino de una familia con la verdad
de sus recuerdos**

**Después de la muerte de su querida abuela,
una joven viaja a La Habana donde descubre
las raíces de su identidad y desentierra
un secreto familiar oculto
desde la Revolución**

La Habana, 1958. **Elisa Pérez,** hija de un barón del azúcar, pertenece a la alta sociedad cubana y vive protegida de la creciente inestabilidad del país, hasta que se embarca en un romance clandestino con un apasionado revolucionario. Tras el triunfo de la Revolución encabezada por el Che Guevara y Fidel Castro, su familia debe abandonar el país e instalarse en Miami.

Miami, 2017. La joven escritora **Marisol Ferrera** creció escuchando las historias nostálgicas sobre Cuba que le contaba su difunta abuela Elisa, por lo que conoce a la perfección las canciones, los platos típicos y los lugares más emblemáticos sin haber estado nunca.

**Una novela que nos recuerda que, si bien el amor
es complicado y puede ser desgarrador, siempre
vale la pena arriesgarse**

EL PRÓXIMO AÑO
en LA HABANA

Chanel Cleeton

LIBRO
— DEL —
AÑO

MAEVA

Novela elegida por Reese Witherspoon,
reconocida actriz y prescriptora
de libros, con un club de lectura
en sus redes sociales.

Una lectura cautivadora y maravillosa
para los amantes de la ficción histórica
y de los viajes en busca del alma.

Library Journal

Una gran historia de amor y un homenaje
a la historia del pueblo cubano.

Kirkus Reviews

RUTA SEPETYS

LAS
FUENTES
DEL
SILENCIO

Desenterrar fragmentos del pasado puede ser doloroso, pero conocer nuestra historia nos ayudará a sanar las cicatrices

En plena época del colaboracionismo con Estados Unidos, España recibe una multitud de turistas y empresarios extranjeros. Entre ellos se encuentra el joven Daniel Matheson, aspirante a fotoperiodista e hijo de un magnate del petróleo, cuyo destino se cruza con el de Ana, una doncella del hotel Castellana Hilton que proviene de una familia devastada por la Guerra Civil. Las fotografías de Daniel revelan el rostro oscuro de la posguerra, despiertan en él preguntas incómodas y lo condicionan a la hora de tomar decisiones difíciles para proteger a las personas que ama.

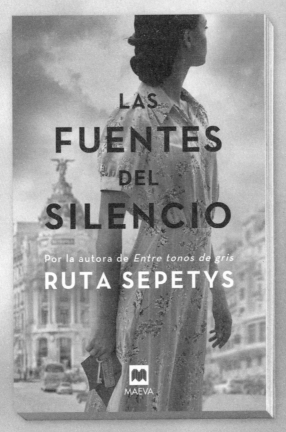

LAS
FUENTES
DEL
SILENCIO

Por la autora de *Entre tonos de gris*
RUTA SEPETYS

MAEVA

Una novela impresionante que exalta
la resiliencia humana.
Kirkus

Ficción histórica cautivadora, ilustrativa
y hábilmente narrada.
Booklist

Un retrato memorable de la España de la posguerra.
Publisher's Weekly

Una novela histórica apasionante llena
de giros y revelaciones.
The Wall Street Journal

Una novela tan realista que te hace sentir como
si estuvieras caminando por las calles empedradas
del Madrid de los años cincuenta.
Marie Claire